Wer zu lieben wagt

KRISTIN HANNAH

Wer zu lieben wagt

ROMAN

Aus dem Amerikanischen
von Hedda Pänke

Weltbild

Die amerikanische Originalausgabe erschien 2003 unter dem Titel *Between Sisters* bei The Ballantine Publishing Group, a division of Random House, Inc., New York.

Besuchen Sie uns im Internet:
www.weltbild.de

Genehmigte Lizenzausgabe für Verlagsgruppe Weltbild GmbH,
Steinerne Furt, 86167 Augsburg

Erschienen im Ullstein Taschenbuch Verlag.
Übersetzung: Hedda Pänke
Umschlaggestaltung: Atelier Seidel, Teising
Umschlagmotiv: Corbis, Düsseldorf (© John Henley)
Gesamtherstellung: CPI Moravia Books s.r.o., Pohorelice
Printed in the EU

ISBN 978-3-8289-8882-8

2010 2009 2008 2007
Die letzte Jahreszahl gibt die aktuelle Lizenzausgabe an.

Für meine Schwester Laura,
für meinen Vater Laurence.
Und – wie immer – für Benjamin und Tucker.
Ich liebe euch alle.

Wir sehen Dinge nicht wie sie sind.
Wir sehen sie wie wir *sind.*

Anaïs Nin

Wenn Liebe die Antwort ist, bitte ich darum, die Frage neu zu formulieren.

Lily Tomlin

Erstes Kapitel

Geduldig wartete Dr. Harriet Bloom auf eine Antwort.

Meghann Dontess lehnte sich zurück und studierte ihre Fingernägel. Sie mussten manikürt werden. Dringend. »Wie Sie wissen, versuche ich, nicht allzu viel zu grübeln, Harriet. Das nimmt mir irgendwie die Lebensfreude.«

»Kommen Sie deshalb seit vier Jahren jede Woche zu mir? Weil Ihnen Ihr Leben so großen Spaß macht?«

»Darauf würde ich an Ihrer Stelle lieber nicht hinweisen. Das spricht nicht gerade für Ihre fachliche Kompetenz. Schließlich ist es durchaus vorstellbar, dass ich zunächst völlig normal war, und Sie mir nur *einreden*, ich wäre verrückt.«

»Sie versuchen wieder einmal, sich mit einer witzigen Bemerkung aus der Affäre zu ziehen.«

»Sie überschätzen mich. Das war nicht komisch.«

Harriet Bloom verzog keine Miene. »Ich kann auch nur sehr selten über Sie lachen.«

»Und dahin ist er, mein Traum von einer Karriere als Standup-Comedian.«

»Sprechen wir über den Tag, an dem Claire und Sie getrennt wurden.«

Unbehaglich rutschte Meghann auf ihrem Sessel herum und suchte nach einer schlagfertigen Antwort, mit der sie das Thema umgehen konnte. Aber es fiel ihr nichts ein. Sie wusste genau, worauf die Therapeutin hinauswollte, und das war auch Harriet Bloom klar. Wenn sie die Antwort verweigerte, würde die Frage einfach noch einmal gestellt werden. »Getrennt – was für eine nette, saubere Formulierung. Sie gefällt mir, sogar sehr, aber das Thema ist abgeschlossen.«

»Es ist immerhin interessant, dass Sie den Kontakt zu Ihrer Mutter aufrechterhalten, sich von Ihrer Schwester jedoch absolut distanzieren.«

Meghann zuckte mit den Schultern. »Meine Mutter ist Schauspielerin, ich bin Anwältin. Wir verdienen beide unseren Lebensunterhalt, indem wir uns verstellen.«

»Das heißt?«

»Kennen Sie vielleicht eins ihrer Interviews?«

»Nein.«

»Sie erzählt jedem von unserem bitterarmen, aber liebevollen Familienleben. Wir tun beide so, als wäre es wahr.«

»Sie wohnten doch in Bakersfield, als dieses angeblich bitterarme, aber liebevolle Familienleben endete, oder?«

Meghann schwieg. Harriet Bloom hatte es geschafft, sie in die schmerzliche Vergangenheit zurückzuführen wie eine dressierte Ratte.

»Claire war damals neun Jahre alt«, fuhr die Therapeutin fort. »Wenn ich mich recht erinnere, hatte sie eine Zahnlücke und in der Schule Probleme mit dem Rechnen.«

»Hören Sie auf.« Meghanns Hände krallten sich um die Armlehnen des Sessels.

Die Therapeutin sah sie an. Ihr Blick unter den dunklen Brauen war ernst und konzentriert. Die kleinen, runden Gläser der Brille vergrößerten ihre Augen. »Weichen Sie nicht aus, Meg. Wir machen Fortschritte.«

»Noch ein paar mehr dieser Fortschritte, und Sie können mich in die Notaufnahme des nächsten Krankenhauses einliefern lassen. Wir sollten lieber darüber sprechen, was mir das Leben wirklich schwer macht. Deshalb komme ich schließlich zu Ihnen. Mein Alltag im Familiengericht ist kaum noch zu ertragen, kann ich Ihnen versichern. Gestern fuhr allen Ernstes ein Typ mit einem Ferrari vor, um dann zu behaupten, er wäre total pleite. Dieser Mistkerl will einfach nicht für die Ausbildung seiner Tochter zahlen. Zu dumm für ihn, dass ich mitbekommen hatte, welchen heißen Schlitten er sich offenbar leisten kann.«

»Warum bezahlen Sie mich eigentlich, wenn Sie mit mir nicht über die Gründe für Ihre Probleme reden wollen?«

»Weil ich keine *Probleme* habe. Und es bringt absolut nichts, in der Vergangenheit zu stochern. Damals war ich sechzehn, jetzt steuere ich auf die Zweiundvierzig zu. Es ist höchste Zeit, das alles ruhen zu lassen. Ich habe das Richtige getan. Mehr ist dazu nicht zu sagen.«

»Und warum haben Sie dann noch immer Albträume?«

Meghann spielte mit ihrem silbernen Armband. »Ich träume auch von Spinnen mit Oakley-Sonnenbrillen. Aber davon wollen Sie nie etwas hören. Oh, und in der letzten Woche habe ich geträumt, in einem gläsernen Raum gefangen zu sein, dessen Fußboden aus Speck bestand. Ich hörte Menschen weinen, konnte aber den Schlüssel nicht finden. Wie wäre es, wenn wir uns darüber unterhielten?«

»Das weist auf Gefühle von Isolation hin. Auf eine unbewusste Ahnung, dass sich Menschen über Ihre Handlungen aufregen oder Sie auch vermissen. Gut, reden wir über den Traum. Also, wer hat geweint?«

»Unsinn.« Meghann hätte es kommen sehen müssen. Schließlich hatte sie während des Studiums auch einen Kursus in Psychologie belegt. Ganz zu schweigen von der Tatsache, dass sie in jungen Jahren als wahres Wunderkind galt.

Sie sah auf ihre Armbanduhr. »Schade, Harriet. Die Zeit ist um. Ich schätze, wir müssen die Bewältigung meiner verflixten Neurosen auf die nächste Woche verschieben.« Sie stand auf und strich glättend über die Hosen ihres dunkelblauen Armani-Anzugs, obwohl auf ihnen kein Fältchen zu sehen war.

Betont langsam setzte die Therapeutin ihre Brille ab.

In einer unbewussten Geste der Selbstverteidigung verschränkte Meghann die Arme über der Brust. »Ich denke, wir sollten wirklich Schluss machen.«

»Gefällt Ihnen Ihr Leben, wie Sie es führen, Meghann?«

Damit hatte sie nicht gerechnet. »Was sollte mir daran denn nicht gefallen? Ich bin die beste Scheidungsanwältin im ganzen Staat. Ich lebe ...«

»... allein.«

»... in einer piekfeinen Eigentumswohnung oberhalb von Public Market und fahre den neuesten Porsche.«

»Wie ist es mit Freunden?«

»Jeden Dienstagabend telefoniere ich mit Elizabeth.«

»Familie?«

Vielleicht war es an der Zeit, sich einen anderen Therapeuten zu suchen. Harriet hatte inzwischen mit untrüglicher Sicherheit alle ihre wunden Punkte herausgefunden. »Letztes Jahr war meine Mom eine Woche lang bei mir. Wenn ich Glück habe, besucht sie mich das nächste Mal gerade noch rechtzeitig, dass wir uns gemeinsam die Mars-Landung auf MTV anschauen können.«

»Und Claire?«

»Ich will nicht leugnen, dass meine Schwester und ich ein paar Problemchen miteinander haben. Aber das ist nichts Grundsätzliches. Wir sind einfach zu beschäftigt, um uns häufiger zu treffen.« Als Dr. Bloom schwieg, fuhr Meghann schnell fort: »Gut, gut, es bringt mich fast um den Verstand, wie sie ihr Leben vergeudet. Sie ist intelligent und hat das Zeug dazu, Karriere zu machen, aber sie scheint wild entschlossen, ihre Tage auf diesem schäbigen Campingplatz zu verplempern, den sie als *Resort* bezeichnet.«

»Bei ihrem Vater.«

»Ich möchte nicht über meine Schwester sprechen – und auf gar keinen Fall über ihren Vater.«

Dr. Bloom pochte mit dem Stift auf die Schreibtischplatte. »Nun gut, lassen Sie mich eine andere Frage stellen. Wie lange ist es eigentlich her, dass Sie zweimal mit demselben Mann geschlafen haben?«

»Daran finden nur Sie etwas Verwerfliches. Ich mag Abwechslung.«

»So wie Sie jüngere Männer bevorzugen? Männer, die noch keinen Wunsch nach einer festen Bindung haben. Die Sie wieder abservieren, bevor sie sich von Ihnen trennen können.«

»Auch wenn ich mich wiederhole: Was ist falsch daran, sich mit jungen, sexy aussehenden Männern zu treffen? Ich sehne mich absolut nicht nach einem Häuschen im Grünen. Und an einer Familie bin ich auch nicht interessiert, aber ich mag Sex.«

»Und wie gefällt Ihnen die Einsamkeit?«

»Ich bin doch nicht einsam«, erklärte Meghann. »Ich bin unabhängig. Männer mögen nun mal keine starken Frauen.«

»Starke Männer schon.«

»Dann sollte ich vielleicht häufiger in Fitness-Center gehen statt in Bars.«

»Und starke Frauen stellen sich ihren Ängsten. Sie sprechen über die schmerzlichen Entscheidungen, die sie in ihrem Leben getroffen haben.«

Meghann zuckte sichtlich zusammen. »Tut mir Leid, Harriet, aber ich muss jetzt wirklich los. Bis nächste Woche.«

Ohne sich umzusehen verließ Meghann die Praxis.

Draußen war strahlender Sonnenschein. Erstaunlich für den so genannten Sommer in diesen Breiten. Während sich die Leute überall sonst im Juni längst am und im Wasser tummelten, im Freien grillten und zu Pool-Parties einluden, schaute man hier in Seattle üblicherweise verdrossen auf den Kalender und murrte, schließlich sei es doch *Juni, verdammt noch mal ...*

Nur wenige Touristen waren an diesem Morgen unterwegs; man erkannte sie an den Regenschirmen, die sie unter die Arme geklemmt hatten.

Meghann holte tief Luft, überquerte die Straße und betrat den Rasen des Uferparks. Ein hoher Totempfahl begrüßte sie. Hinter ihm segelten Möwen träge durch die Luft und warteten auf ein paar Essensbrocken.

Sie kam an einer Parkbank vorbei, auf der ein Mann unter vergilbten Zeitungen schlief. Vor Meghann erstreckte sich der tiefblaue Puget Sound bis zum blassen Horizont. Sie wünschte, der Anblick könnte sie aufmuntern, ihr Kraft und Zuversicht geben wie sonst so oft. Doch heute wanderten ihre Gedanken in eine andere Zeit und zu einem anderen Ort.

Wenn sie die Augen schließen würde – was sie natürlich nicht wagte –, käme alles wieder: das Wählen der Telefonnummer, das stockende, unbeholfene Gespräch mit einem Mann, den sie nicht kannte, die lange, schweigsame Autofahrt zu der trostlosen Kleinstadt im Norden. Und am schlimmsten von allem: Sie würde wieder die Tränen sehen, die ihrer kleinen Schwester über die Wangen liefen, als sie sagte: »Ich kann nicht bleiben, Claire.«

Meghanns Finger verkrampften sich fester um das Geländer des Uferweges. Dr. Harriet Bloom irrte sich. Ein Gespräch über Meghanns verhängnisvolle Entscheidung und die einsamen Jahre, die ihr folgten, würde, ja konnte ihr nicht helfen.

Ihre Vergangenheit war keine Ansammlung von Erinnerungen, die aufgearbeitet werden konnten. Sie war wie ein übergroßer Samsonite-Koffer mit kaputten Rädern. Das hatte Meghann schon vor langer Zeit begriffen. Sie konnte ihn nur hinter sich herschleifen.

Jedes Jahr im November schwoll der Skykomish River bedrohlich an. Die Gefahr der Überflutung war allgegenwärtig. Gespannt beobachteten die Menschen in den kleinen Ortschaften am Fluss das Ansteigen der Flut und hielten Sandsäcke in Bereitschaft. Ihre Erinnerung reichte Generationen zurück. Jeder konnte Geschichten davon erzählen, wie das Wasser ins Obergeschoss des Hauses der Familie So-und-so drang, durch die Flure von Grange Hall strudelte, die Ecke Spring und Azalea Street überflutete. Die Bewohner weniger gefährdeter Gegenden saßen in ihren trockenen Wohnzimmern auf der Couch, sahen sich kopfschüttelnd die Nachrichten im Fernsehen an und fragten sich, wie verrückt man sein musste, um freiwillig mit den Überflutungen zu leben.

Wenn der Wasserspiegel schließlich wieder zu sinken begann, durchlief ein kollektiver Seufzer der Erleichterung die kleine Stadt. Üblicherweise nahm er bei Emmett Mulvaney seinen Anfang, dem Apotheker, der wie gebannt vor dem einzigen Großbildschirm in Hayden hockte und den Weather Channel nicht aus den Augen ließ. Er witterte bereits die kleinsten Veränderungen, die selbst den klugen Meteorologen in Seattle entgingen, und teilte seine Beobachtungen dem Sheriff Dick Parks mit, der sie prompt an seine Sekretärin Martha weitergab. In kürzerer Zeit, als man benötigte, um den Ort mit dem Auto zu durchqueren, verbreitete sich die frohe Botschaft: »Sieht so aus, als wären wir diesmal davongekommen. Die größte Gefahr ist vorbei.« Und rund vierundzwanzig Stunden nach Emmett Mulvaneys Vorhersage stimmten die Meteorologen für gewöhnlich dieser Einschätzung zu.

Aber heute, an diesem herrlichen Frühsommertag, war es leicht, die herbstlichen Regenfälle zu vergessen, die die Menschen am Skykomish River vor Sorgen fast um den Verstand brachten.

Claire Cavenaugh stand am Flussufer. Ihre Stiefel steckten fast knöcheltief im weichen, braunen Schlamm. Sie hatte ihre Hacke sinken lassen und wischte sich den Schweiß von der Stirn. Wie jedes Jahr wollte sie kaum glauben, welcher Anstrengungen es bedurfte, das Resort auf die Sommersaison vorzubereiten.

Das *Resort* ...

So nannte ihr Vater Sam Cavenaugh den Besitz von sechzehn Morgen Land. Er hatte das Grundstück vor fast vierzig Jahren für einen Apfel und ein Ei erworben, zu einer Zeit, als Hayden kaum mehr war als eine Tankstelle auf dem Weg zum Stevens Pass. Er bezog das dazugehörende baufällige Farmhaus, gab seiner Immobilie den Namen River's Edge Resort und begann von einem Leben ohne Plastikhelm, Ohrenschützer und die Nachtschichten zu träumen, die bei seinem Job in der Papierfabrik in Everett an der Tagesordnung waren.

Zunächst arbeitete er nur in seiner Freizeit und an den Wochenenden. Mit einem Pick-up, einer Kettensäge und einem Plan, den er auf eine Papierserviette gezeichnet hatte. Unermüdlich rodete er jahrzehntealtes Strauchwerk und errichtete eigenhändig eine Reihe von Blockhütten. Inzwischen war River's Edge ein blühendes, kleines Familienunternehmen. Es gab insgesamt acht Ferienhäuser – jedes verfügte über ein nettes Wohnzimmer, zwei Schlafräume, ein Bad und eine Terrasse mit Blick auf den Fluss.

In den letzten Jahren waren ein Swimmingpool und ein separater Vergnügungsbereich hinzugekommen. Pläne für einen Minigolfplatz und Waschautomaten warteten noch auf ihre Verwirklichung. Es war eine Ferienanlage, in die Familien Jahr für Jahr gern zurückkehrten, um dort ihre kostbaren Urlaubswochen zu verbringen.

Claire konnte sich noch gut an ihre Ankunft in River's Edge erinnern. Die hoch aufragenden Bäume und der silbern funkelnde Fluss erschienen dem Mädchen, das in einem Wohnwagen aufgewachsen war, wie das Paradies. Von der Zeit davor waren ihr nur düstere Bilder im Gedächtnis geblieben: schäbige Trailerparks am Rande von hässlichen Ortschaften, noch hässlichere Wohnungen in heruntergekommenen Gebäuden. Und Bilder von Mama, die immer vor irgendetwas auf der Flucht zu sein schien. Mama hatte mehrmals geheiratet, aber Claire konnte sich nicht entsinnen, dass ein Mann länger als wenige Wochen geblieben wäre. Meghann war die einzige Konstante, an die Claire sich erinnerte. Ihre größere Schwester, die für alles sorgte – und dann eines Tages verschwand und Claire zurückließ.

Und jetzt, nach all diesen Jahren, war ihre Beziehung nicht nur lose, sondern praktisch nicht existent. Höchstens alle paar Monate einmal telefonierten Claire und Meg miteinander und fanden an manchen dieser Tage kein anderes Gesprächsthema als das Wetter. Dann bekam Meg unweigerlich einen anderen, *wichtigen* Anruf und hängte auf. Ihre Schwester verbreitete sich gern über ihre beruflichen Erfolge und hielt Claire vor, ihr Leben »auf einem lächerlichen, kleinen Campingplatz« zu vergeuden, indem sie für fremde Leute putzte. Jedes Jahr zu Weihnachten bot sie Claire an, ihr ein Studium zu bezahlen.

Als würde die Lektüre von *Beowulf* Claires Leben verbessern.

Jahrelang hatte Claire sich danach gesehnt, dass sie nicht nur Schwestern wären, sondern Freundinnen, aber das wollte Meghann nicht, und die größere Schwester setzte sich immer durch. Und so waren sie Meghanns Wunsch entsprechend zwei Fremde, die nur zwei Dinge gemeinsam hatten: die gleiche Blutgruppe und eine trostlose Kindheit.

Sie hob die Hacke auf und marschierte langsam zum geparkten Pick-up. Auf dem Weg fielen ihr unzählige Dinge ein, die bis zur Resort-Eröffnung unbedingt noch zu erledigen waren. Rosen mussten beschnitten und Moosbelag von den Schindeldächern entfernt werden. Und der Rasen musste dringend gemäht werden. Ein langer, nasser Winter war in einen überraschend sonnigen Frühling übergegangen und inzwischen reichte das Gras Claire bis an die Knie. Sie nahm sich vor, George zu bitten, am Nachmittag die Kanus und Kajaks zu schrubben.

Claire warf die Hacke auf den Pick-up. Scheppernd landete sie auf der rostigen Ladefläche.

»Hey, Schätzchen. Fährst du in die Stadt?«

Claire drehte sich um und entdeckte ihren Vater auf der Veranda der Rezeption. Er steckte in einem ölfleckigen Overall und einem Flanellhemd.

Er zog ein rotes Taschentuch aus der Gesäßtasche, wischte sich über die Stirn und kam auf sie zu. »Ich beschäftige mich übrigens gerade mit der Tiefkühltruhe. Komm mir also nicht auf den Gedanken, eine neue anschaffen zu wollen.«

Es gab nichts, was er nicht reparieren konnte, dennoch hatte Claire vor, sich nach Angeboten zu erkundigen. »Brauchst du denn irgendwas?«

»Smitty hat ein Ersatzteil für mich. Könntest du es vielleicht abholen?«

»Mach ich. Wenn George auftaucht, kann er sich schon mal die Kanus vornehmen.«

»Ich werd's ihm ausrichten.«

»Und Rita soll sich die Decken in Blockhütte sechs vorknüpfen. Da haben sich während des Winters ein paar Moderflecke gebildet.« Claire verriegelte die Ladeklappe des Pick-up.

»Kann ich zum Abendessen mit dir rechnen?«

»Kaum. Ali hat ein Spiel im Riverfront Park. Es beginnt um fünf.«

»Ach ja. Ich werde pünktlich sein.«

Sie nickte. Natürlich würde er. Er hatte sich noch kein einziges Ereignis im Leben seiner Enkeltochter entgehen lassen.

Claire packte den Türgriff des Pick-up und zerrte. Ächzend ging die Tür auf. Sie streckte die Hand nach dem Steuerrad aus und hievte sich auf den Fahrersitz.

Dad schlug die Tür hinter ihr zu. »Fahr mir bloß nicht zu schnell. Sieh dich vor allem an dieser vertrackten Kurve vor.«

Sie musste lächeln. Genau diesen Rat hörte sie seit zwei Jahrzehnten immer wieder. »Ich hab dich lieb, Dad.«

»Ich dich auch. Und jetzt los, bring mir meine Enkeltochter. Wenn du dich beeilst, haben wir vor dem Spiel noch Zeit, uns *SpongeBob SquarePants* anzusehen.«

Zweites Kapitel

Das Bürogebäude bot einen atemberaubenden Ausblick auf den Puget Sound und Bainbridge Island. In der Dunkelheit konnte man zwischen den Bäumen auf der anderen Seite hier und da ein paar Lichter funkeln sehen, aber am Tag wirkte die Insel unbewohnt. Nur die weiße Fähre, die im Stundentakt hinübertuckerte, wies darauf hin, dass auf dem dicht bewaldeten Eiland Menschen lebten.

Meghann saß hinter einem langen, nierenförmigen Konferenztisch. Die schimmernde Oberfläche aus Kirsch- und Ebenholz verriet Geschmack und Geld. Vor allem Geld. Einen Tisch von dieser Qualität und Beschaffenheit bekam man nicht im Sonderangebot. Er war von einem Innenarchitekten entworfen und handgefertigt – was auch auf die Wildledersessel zutraf. Für jeden, der an diesem Tisch Platz nahm und einen Blick durch die Panoramafenster auf das weite Blau warf, war die Botschaft unmissverständlich: Wer dies Büro besaß, musste verdammt erfolgreich sein.

Und so war es auch. Meghann hatte alle ihre Ziele erreicht. Als sie vor vielen Jahren mit dem Studium begann, hatte sie es gewagt, von einem besseren Leben zu träumen. Inzwischen war dieser Traum Wirklichkeit. Ihre Kanzlei zählte zu den bekanntesten der Stadt und genoss einen ausgezeichneten Ruf. Ihr gehörte eine elegante Eigentumswohnung mitten im Zentrum von Seattle (ein eklatanter Gegensatz zu dem erbärmlichen Wohnwagen, in dem sie ihre Kindheit verbracht hatte) und sie brauchte für niemanden zu sorgen.

Sie blickte auf ihre Armbanduhr. Zwanzig nach vier.

Ihre Klientin verspätete sich.

Man sollte doch meinen, dass ein Honorar von über dreihundert Dollar die Stunde die Leute zur Pünktlichkeit anregte.

»Miss Dontess?«, kam eine Stimme über die Gegensprechanlage.

»Ja, Rhona?«

»Ihre Schwester möchte Sie sprechen.«

»Stellen Sie sie durch. Aber sagen Sie mir sofort Bescheid, wenn May Monroe eintrifft.«

»Selbstverständlich.«

Meghann nahm den Hörer ab und zwang sich zu einem liebevollen Unterton. »Claire! Wie schön, dich zu hören.«

»Du könntest ja auch mal anrufen. Oder hast du die Nummer verlegt? Wie geht es dir so? Wie lebt es sich im Geldparadies?«

»Angenehm. Und in Hayden? Warten alle noch immer gespannt darauf, dass der Fluss über die Ufer tritt?«

»Diese Gefahr ist bis zum Herbst erst einmal gebannt.«

»Gut.« Meghann stand auf und blickte zum Fenster hinaus. Unter ihr luden gewaltige, orangefarbene Kräne Container auf einen Frachter. Sie zermarterte sich das Hirn, worüber sie mit ihrer Schwester reden sollte. Sie teilten die Vergangenheit, doch das war alles, was sie verband. »Und wie geht es meiner bezaubernden Nichte? Hat ihr das Skateboard gefallen?«

»Sehr sogar.« Claire lachte. »Aber manchmal solltest du vielleicht doch eine Verkäuferin um Rat fragen, Meg. Nicht jedes Kind kann schon mit fünf perfekt die Balance halten.«

»Du schon. Damals haben wir in Needles gewohnt, und ich habe dir beigebracht, wie man ohne Stützräder fährt.« Sofort wünschte sich Meghann, das nicht erwähnt zu haben. Es tat immer ein bisschen weh, sich an frühere Zeiten zu erinnern. Für eine lange Reihe von Jahren war Claire für sie mehr eine Tochter als eine Schwester gewesen, für die sie besser sorgte, als Mama es je getan hatte.

»Kauf ihr das nächste Mal einfach eine Disney-Kassette. Du brauchst nicht so viel Geld für sie auszugeben. Sie freut sich schon über Polly Pocket.«

Was immer *das* wieder sein mochte. Ein unbehagliches Schweigen breitete sich aus. Meghann sah auf ihre Armbanduhr, dann sprachen beide gleichzeitig.

»Und was wirst du …?«

»Freut sich Alison schon auf die Schule?«

Hastig kniff Meghann die Lippen zusammen. Sie wusste, dass Claire es hasste, wenn ihr jemand ins Wort fiel. Und ganz besonders hasste sie es, wenn Meg ein Gespräch dominierte.

»Ja. Ali ist schon wahnsinnig aufgeregt. Obwohl sie gern in den Kindergarten geht, kann sie den Herbst kaum erwarten. Dauernd redet sie davon. Manchmal kann ich sie kaum bändigen. Ständig ist sie in Bewegung, selbst nachts im Schlaf.«

Du warst genauso, hätte Meg fast gesagt, biss sich aber noch rechtzeitig auf die Zunge. Sie wünschte, die Erinnerungen verdrängen zu können.

»Was macht die Arbeit?«

»Ich kann nicht klagen. Und wie geht es auf dem Campingplatz?«

»Es ist ein *Resort*. In gut zwei Wochen wollen wir öffnen. Eine Familie hat sich mit zwanzig Gästen angemeldet.«

»Eine Woche ohne Telefon und Fernsehen? Warum

kommt mir da nur die Titelmusik zu *Deliverance* in den Sinn?«

»Es gibt eben Familien, die gern zusammen sind«, entgegnete Claire spitz.

»Entschuldige. Tut mir Leid. Ich weiß schließlich, wie sehr du das River's Edge liebst. Aber hör mal«, fügte sie hinzu, als wäre ihr gerade eine Idee gekommen, »warum leihst du dir nicht von mir ein wenig Geld und baust eine hübsche Wellness-Anlage? Oder noch besser – ein schickes, kleines Hotel? Fitness-Urlaube sind unglaublich angesagt. Den nötigen Schlamm habt ihr schließlich direkt vor eurer Haustür.«

Claire seufzte laut vernehmlich. »Verdammt, Meg, du musst mich nicht ständig daran erinnern, wie erfolgreich du bist. Im Gegensatz zu mir.«

»So habe ich es doch gar nicht gemeint. Aber ich weiß nun mal, dass man ohne Kapital schlecht expandieren kann.«

»Ich brauche dein Geld nicht, Meg. *Wir* brauchen es nicht.«

Ein höchst überflüssiger Hinweis ... »Tut mir Leid, falls ich etwas Falsches gesagt habe. Ich wollte dir nur helfen.«

»Ich bin nicht mehr das kleine Mädchen, das von seiner großen Schwester beschützt werden muss, Meg.«

»Sam hat schon immer gut für dich gesorgt.« Meghann hörte selbst, wie bitter das klang.

»So ist es.« Claire schwieg kurz, holte Luft. Meghann wusste, dass ihre Schwester um Gelassenheit rang. »Ich fahre ein paar Tage an den Lake Chelan«, sagte sie schließlich.

»Oh, der jährliche Ausflug mit deinen Freundinnen.« Meghann war dankbar für den Themenwechsel. »Wie nennt ihr euch doch gleich? Die *Bluesers*?«

»Yeah.«

»Und ihr fahrt tatsächlich jedes Mal an den gleichen Ort?«

»Wie in jedem Sommer seit der High School.«

Meghann fragte sich, wie es sein musste, einen Kreis so enger Freundinnen zu haben. Wäre sie ein anderer Frauentyp gewesen, hätte sie vielleicht etwas wie Neid empfunden. Wie auch immer – für Ausflüge mit einer Frauentruppe hätte sie ohnehin keine Zeit. Und sie konnte sich nicht vorstellen, mit Frauen befreundet zu sein, die sie schon von der High School kannte. »Nun, dann wünsche ich dir viel Spaß.«

»Oh, den werden wir haben. In diesem Jahr will Charlotte …«

Die Sprechanlage summte. »Meghann? May Monroe ist da.«

Dem Himmel sei Dank. Ein Vorwand, das Gespräch zu beenden. Claire konnte endlos über ihre Freundinnen faseln. »Verdammt. Entschuldige, Claire, aber ich muss auflegen.«

»Macht nichts. Ich weiß, wie gern du Geschichten von meinen *Versager*-Freundinnen hörst.«

»Darum geht es nicht. Eine Klientin ist gerade gekommen.«

»Ja, sicher. Bis dann, Meg.«

»Bis dann.« Meghann legte den Hörer in dem Moment auf, als ihre Sekretärin Mrs Monroe in den Raum führte. »Guten Tag, May«, lächelte Meg und ging auf ihre Klientin zu. »Vielen Dank, Rhona. Wir möchten nicht gestört werden, bitte.«

Die Sekretärin nickte, verließ das Zimmer und zog die Tür hinter sich zu.

Meghanns Klientin blieb vor dem großen Ölgemälde an der Wand stehen, einem Original von Nechita mit dem Titel »Wahre Liebe«. Die Ironie entging Meghann durchaus nicht. Hier in diesem Raum fand die *wahre Liebe* an jedem Tag der Woche ihr trauriges Ende.

May Monroe trug ein schlichtes schwarzes Jerseykleid und schwarze Schuhe, die seit mindestens fünf Jahren aus der Mode waren. Ihre blonden Haare waren zu einem pflegeleichten Bob geschnitten und fielen ihr glatt auf die Schultern. Ihr Ehering war ein einfacher, schmaler Goldreif.

Wer sie so sah, käme kaum auf den Gedanken, dass ihr Mann einen schicken Mercedes fuhr und seine Dienstagnachmittage regelmäßig auf dem Broadway Golf Course verbrachte. Vermutlich hatte May Monroe seit Jahren kein Geld für sich ausgegeben. Anspruchslos und bescheiden wie früher, als sie in einem Restaurant schuftete, um ihrem Mann das Zahnarztstudium zu finanzieren. Sie war kaum älter als Meghann, aber eine melancholische Resignation hatte Spuren hinterlassen. Dunkle Schatten lagen unter ihren Augen.

»Bitte nehmen Sie doch Platz, May.«

May Monroe zuckte zusammen und setzte sich irgendwie ruckhaft in Bewegung, wie eine Marionette. Sie hockte sich auf den Rand eines der bequemen schwarzen Wildledersessel.

Meghann ließ sich wie immer an der Stirnseite des Tisches nieder. Vor ihr lag ein Stapel Aktenordner. Sie trommelte mit den Fingern auf die Unterlagen und fragte sich, wie sie anfangen sollte. Aus Erfahrung wusste sie, dass Reaktionen auf unangenehme Nachrichten sehr unterschiedlich ausfallen konnten. Ihre Instinkte sagten ihr, dass May Monroe sich an Hoffnungen klammerte, dass sie sich mit dem Unvermeidlichen längst nicht abgefunden hatte. Obwohl ihr Mann die Scheidung schon vor Monaten eingeleitet hatte, glaubte May noch immer nicht, dass er sie auch tatsächlich durchziehen würde.

Nach diesem Zusammensein würde sie es glauben.

Meghann sah ihre Klientin an. »Wie ich Ihnen bei unseren letzten Treffen bereits andeutete, habe ich durch einen privaten Ermittler ein paar Nachforschungen über die finanzielle Situation Ihres Mannes anstellen lassen.«

»Das war sicher reine Zeitverschwendung, oder?«

Ganz gleich, wie oft sich so etwas in diesem Zimmer auch wiederholte – es wurde nicht leichter. »Nicht ganz.«

May Monroe starrte sie schweigend an, stand dann auf und trat vor das silberne Kaffee-Service auf dem Sideboard. »Okay«, sagte sie nach einer Weile, ohne sich jedoch umzudrehen. »Und was haben Sie herausgefunden?«

»Er besitzt mehr als sechshunderttausend Dollar auf den Cayman Islands. Das Konto lautet auf seinen Namen. Vor sieben Monaten hat er das Rücklagenkonto für die Abzahlung Ihres Hauses gekündigt. Möglicherweise glaubten Sie, irgendwelche Refinanzierungsunterlagen zu unterzeichnen?«

May drehte sich um. Die Kaffeetasse in ihrer Hand klirrte. »Ich kann mich nicht mehr erinnern.«

»Im Gegensatz zu ihm vermutlich. Er hat sich das Guthaben auf sein Konto überweisen lassen.«

»O mein Gott«, flüsterte May Monroe.

Meghann konnte förmlich sehen, wie Mays Welt in sich zusammenbrach. Alles Leben wich aus dem Blick ihrer grünen Augen.

Es war ein Moment, mit dem sich in diesen Zeiten viele Ehefrauen konfrontiert sahen – der Erkenntnis, dass ihre Männer ihnen fremd waren und alle ihre Träume keinen Bezug zur Realität hatten.

»Es kommt noch schlimmer«, fuhr Meghann fort und suchte vergebens nach schonenden Worten. »Er hat die Praxis an seinen Partner Theodore Blevin verkauft. Für einen Dollar.«

»Aber warum sollte er so etwas tun? Die ist doch …«

»Damit Sie nicht die Hälfte des Praxiswertes erhalten, auf die Sie sonst Anspruch hätten.«

Jetzt schienen Mays Beine ihr endgültig den Dienst zu verweigern. Abrupt sank sie auf einen Sessel und setzte ihre Tasse ab. Kaffee schwappte auf die glänzende Tischplatte. Sofort griff May nach einer Serviette. »Oh nein, entschuldigen Sie ...«

Meghanns Finger schlossen sich um das Handgelenk ihrer Klientin. »Lassen Sie das. Bitte. Und Sie brauchen sich nicht zu entschuldigen.« Sie stand auf, schnappte sich ihrerseits ein paar Servietten und wischte die Kaffeepfütze vom Tisch. »Ich bedauere wirklich, Ihnen das alles sagen zu müssen, May. Ich erlebe so etwas leider immer wieder und jedes Mal macht es mich ganz krank.« Sanft legte sie eine Hand auf die Schulter der Frau.

»Finden sich in Ihren Unterlagen auch Gründe dafür, warum er mir das angetan hat?«

Meghann wünschte sich, die Antwort darauf nicht zu wissen. Zögerlich griff sie in ihre Akten und holte ein Schwarzweißfoto heraus. So behutsam, als handele es sich um Sprengstoff, schob sie es May Monroe zu. »Sie heißt Ashleigh.«

»Ashleigh Stoker. Jetzt weiß ich, warum er Sarah immer so bereitwillig vom Klavierunterricht abgeholt hat.«

Meghann nickte. Wenn die Ehefrau die Geliebte kannte, war es immer noch schlimmer. »Im Staat Washington wird nicht mehr nach dem Schuldprinzip geschieden, das heißt, es braucht kein Fehlverhalten des Ehepartners nachgewiesen zu werden. Daher ist seine Affäre für die Scheidung belanglos.«

May hob den Kopf und starrte sie an. Der glasige Blick ihrer Augen erinnerte an ein Unfallopfer. »Belanglos?« Sie schloss die Augen. »Ich bin eine Idiotin.« Die Worte waren mehr gehaucht als gesprochen.

»Nein. Sie sind eine treue und loyale Frau, die einem verantwortungslosen, egoistischen Kerl zehn Jahre lang das Studium ermöglicht hat, damit er ein besseres Leben führen kann.«

»Eigentlich sollten *wir* ein besseres Leben haben.«

»Natürlich ...«

Meg streckte den Arm aus und berührte Mays Hand. »Sie haben einem Mann voll vertraut, der Ihnen einmal geschworen hat, dass er Sie liebt. Jetzt rechnet er fest damit, dass Sie auch weiterhin die selbstlose, verständnisvolle Seele sind. Die Frau, die ihre Familie an die erste Stelle setzt und Herrn Doktor Dale Monroe das Leben so bequem wie möglich macht.«

May Monroe schien verwirrt, vielleicht sogar ein wenig eingeschüchtert. Meghann konnte das gut nachvollziehen. Frauen wie May wussten sich längst nicht mehr zu behaupten.

Aber das machte nichts. Das war schließlich ihre Aufgabe als Anwältin.

»Was werden wir unternehmen? Ich möchte den Kindern nicht wehtun.«

»*Er* tut ihnen weh, May. *Er* hat sie bestohlen. Und Sie auch.«

»Aber er ist ein guter Vater.«

»Dann muss er sich wünschen, dass sie gut versorgt sind. Wenn er auch nur einen Funken Anstand besitzt, wird er sich von der Hälfte des Familienvermögens trennen.«

May Monroe kannte die Wahrheit, die Meghann nur vermutete. Ein Mann wie Dale Monroe teilte nicht gern. »Und wenn er es nicht tut?«

»Nun, dann müssen wir ihn eben dazu zwingen.«

»Er wird außer sich sein.«

Meghann beugte sich vor. »*Er*? Dazu hätten wohl Sie

weit mehr Anlass. Dieser Mann hat Sie belogen, betrogen und bestohlen.«

»Er ist und bleibt der Vater meiner Kinder«, entgegnete May mit einer Gelassenheit, die Meghann schier auf die Palme brachte. »Ich will keine Schlammschlacht. Vielmehr möchte ich ihm zu verstehen geben, dass er jederzeit zurückkommen kann.«

Oh, May …

Meghann wählte ihre Worte mit Bedacht. »Wir werden nichts anderes als fair sein, May. Ich habe durchaus nicht vor, jemanden auszunehmen oder über den Tisch zu ziehen, aber ich werde auch nicht zulassen, dass Sie arm und mittellos auf der Strecke bleiben. Basta. Schließlich ist er ein sehr wohlhabender Zahnarzt. Eigentlich sollten Sie Armani tragen und einen Porsche fahren.«

»Das wollte ich noch nie.«

»Und vielleicht werden Sie es auch nie tun, aber es ist meine Aufgabe, Ihnen zumindest die Chance dazu offen zu halten. Mir ist bewusst, wie kalt und hart sich das im Moment anhört, aber wenn Sie sich bis zur Erschöpfung mit der Erziehung Ihrer Kinder abrackern, während Ihr Herr Doktor in einem schnittigen Mercedes herumfährt und die Nächte mit einer sechsundzwanzigjährigen Klavierlehrerin durchtanzt, werden Sie noch froh sein, sich etwas leisten zu können. Glauben Sie mir.«

May Monroe blickte sie an. Die Skepsis in ihren Augen war unübersehbar. »Okay.«

»Ich werde nicht zulassen, dass er Ihnen weiterhin wehtut.«

»Glauben Sie wirklich, dass mich juristische Erfolge und eine gewisse Summe Geld auf der Bank davor bewahren?« Sie seufzte. »Gut, Miss Dontess, unternehmen Sie alles, was Sie für die Absicherung meiner Kinder für nötig halten. Aber tun Sie bitte nicht so, als könnten Sie mir eine schmerzfreie Scheidung garantieren. Es tut ja jetzt schon so weh, dass ich kaum atmen kann, und dabei hat es gerade erst angefangen.«

Über dem sonnenverbrannten Präriegras ragten Windräder in den wolkenlosen Himmel. Langsam und stetig drehten sich ihre Metallflügel. Manchmal, bei günstigem Wetter, konnte man sogar das dumpfe Knacken der Rotoren hören.

Aber heute war es zu heiß, um mehr zu vernehmen als den eigenen Herzschlag.

Mit einer Dose inzwischen lauwarmer Cola stand Joe Wyatt auf der betonierten Fläche vor dem Lagerhaus.

Er blickte zu den Feldern hinüber und wünschte sich, dort zwischen den Bäumen entlanglaufen, den Duft der Erde und heranwachsender Früchte riechen zu können.

Vielleicht würde da drüben sogar ein leichter Wind wehen und die stickige Schwüle aus der Luft vertreiben. Hier brannte die Sonne geradezu gnadenlos auf das Metall des Lagerhauses herunter. Schweiß stand ihm auf der Stirn, lief ihm in Rinnsalen unter seinem T-Shirt den Rücken herunter.

Die Hitze machte ihn schon jetzt völlig fertig, dabei war es gerade einmal Mitte Juni. An den Hochsommer im Yakima Valley wagte er nicht einmal zu denken. Es war an der Zeit, die Zelte abzubrechen.

Die Erkenntnis deprimierte ihn.

Nicht zum ersten Mal fragte er sich, wie lange er noch ziellos von Ort zu Ort ziehen konnte. Die Einsamkeit setzte ihm zu, machte ihn zu einem ruhelosen Schatten seiner selbst. Unglücklicherweise gab es keine Alternative.

Früher einmal – und das schien Urzeiten her zu sein – hatte er gehofft, irgendwann an einen Ort zu kommen, der für ihn so etwas wie ein *Zuhause* werden könnte, und eine Wohnung zu mieten statt mit einem schäbigen Motelzimmer vorlieb zu nehmen.

Doch diesen Traum hatte er längst aufgegeben. Er wusste es inzwischen besser. Nach einer Woche im selben Raum wurde ihm die Umgebung vertraut, er begann sich zu erinnern. Und prompt setzten die Albträume ein. Dagegen gab es seiner Erfahrung nach nur einen Schutz: Fremdheit. Wenn das Bett nicht »seins« war, wenn ein Raum unbekanntes Territorium blieb, gelang es ihm mitunter, zwei Stunden hintereinander ungestört zu schlafen. Sobald er sich aber an die Umgebung gewöhnte, eine gewisse Vertrautheit empfand und länger schlief, fing er unweigerlich an, von Diana zu träumen.

Das war nicht nur schlecht. Natürlich tat es weh, denn selbst im Traum erfüllte ihn der Anblick ihres Gesichts mit einer quälenden Sehnsucht, es gab aber auch Angenehmes – die bittersüße Erinnerung daran, wie das Leben früher war, an die Liebe, die er einst empfand. Wenn die Träume nur dort enden könnten: mit Bildern von Diana auf dem Rasen ihres Colleges oder von ihnen beiden, eng aneinander geschmiegt im großen Bett in ihrem Haus auf Bainbridge Island.

Doch dieses Glück war ihm nie beschieden. Die Traumbilder änderten sich, wurden hässlich, unerträglich. Und meistens schreckte er aus dem Schlaf hoch – die Worte »Verzeih mir« auf den Lippen.

Seine einzige Rettung bestand darin, rastlos weiterzuziehen und nicht aufzufallen.

Er hatte in seinen Streunerjahren gelernt, sich nahezu unsichtbar zu machen. Wenn sich ein Mann anständig kleidete, regelmäßig zum Friseur ging und einen ordentlichen Job hatte, wurde er von seinen Mitmenschen bemerkt. Sie warteten neben ihm an der Haltestelle auf den Bus und verwickelten ihn hin und wieder in ein Gespräch.

Aber wenn sich ein Mann gehen ließ, wenn er Friseurbesuche aufschob, ein formloses Harley-Davidson-T-Shirt, ausgeblichene Levi's und einen schmuddeligen Rucksack trug, übersahen ihn die Leute. Noch wichtiger: Er wurde nicht erkannt.

Hinter Wyatt schrillte die Sirene. Mit einem tiefen Seufzer betrat er das Gebäude. Die Kälte traf ihn wie ein Schlag. Schnell fühlte sich der Schweiß auf seinem Gesicht eisig an. Fröstelnd warf Wyatt seine leere Cola-Dose in einen Abfalleimer, durchquerte das Kühllager für Obst und trat wieder ins Freie.

Für den Bruchteil einer Sekunde fühlte sich die Hitze fast wohltuend an, aber als er die Laderampe erreicht hatte, lief ihm schon wieder der Schweiß den Körper hinab. »Wyatt«, schrie ihm der Vorarbeiter zu. »Was glauben Sie eigentlich, wo Sie sind? Bei einem gottverdammten Picknick?«

Joe musterte die lange Reihe von Lastwagen voller frisch gepflückter Kirschen. Dann betrachtete er die Männer, die mit dem Entladen der Ernte beschäftigt waren – hauptsächlich Mexikaner, die in baufälligen Wohnwagen ohne WC oder Wasseranschluss hausten.

»Nein, Sir«, antwortete er dem rotgesichtigen Vorarbeiter, dem es offenbar Freude machte, seine Arbeiter anzubrüllen. »Ich halte das hier keineswegs für ein Picknick.«

»Gut. Dann machen Sie sich endlich an die Arbeit. Ich ziehe Ihnen eine halbe Stunde vom Lohn ab.«

Früher hätte Joe den Mann bei seinem schmutzstarrenden, schweißdurchtränkten Kragen gepackt und ihm klar gemacht, wie man seine Mitmenschen behandelte.

Doch diese Tage gehörten der Vergangenheit an.

Langsam schlenderte er auf den nächststehenden Laster zu und zerrte im Gehen ein Paar Schutzhandschuhe aus der Gesäßtasche.

Es war wirklich Zeit für einen Ortswechsel.

Claire stand an der Spüle in der Küche und dachte über das gestrige Telefongespräch mit Meg nach.

»Mommy, kann ich noch ein Eggo haben?«

»Wie heißt das, Alison?«, fragte Claire fast abwesend zurück.

»Darf ich *bitte* ein Eggo haben, Mommy?«

Claire drehte sich um und trocknete sich die Hände an einem Geschirrtuch ab. »Natürlich.« Sie schob eine Waffel in den Toaster, blickte sich um ...

Und sah ihre Umgebung plötzlich mit den Augen ihrer Schwester.

Das Haus war nicht übel, zumindest nicht im Vergleich zu anderen in Hayden. Aber nicht gerade groß: drei winzige Mansardenzimmer im Dachgeschoss, ein Bad oben, ein WC unten, ein Wohnzimmer und eine Küche mit einer Essecke, deren Tisch auch als Arbeitsfläche diente. In den sechs Jahren, in denen Claire hier wohnte, hatte sie die früher moosgrünen Wände in einem zarten Cremegelb gestrichen sowie den orangefarbenen Teppichboden herausgerissen und durch schimmernde Holzdielen ersetzt. Die ausnahmslos gebraucht gekauften Möbel hatte Claire sorgsam restauriert und neu gebeizt. Ihr ganzer Stolz war ein hawaiianisches Sofa aus Koaholz mit Polstern in einem müden Rot. Im Moment wirkte es im Wohnzimmer irgendwie fehl am Platz, aber das würde sich ändern, eines Tages, wenn sie auf Kauai lebte.

Für das alles hätte Meg natürlich nur ein geringschätziges Schulterzucken übrig. Meg, die nach ihrem guten Schulabschluss buchstäblich durch ihr Studium flog. Die nie auch nur den geringsten Zweifel daran ließ, dass sie Unsummen von Geld besaß, und ihrer Nichte zu Weihnachten Präsente schickte, neben denen alle anderen Geschenke unter dem Baum geradezu verblassten.

»Fertig!«

»So ist es.« Claire nahm die Waffel, bestrich sie mit Butter, schnitt sie in bissgerechte Stücke und schob ihrer Tochter den Teller zu. »Hier, bitte.«

Sofort spießte Alison mit der Gabel einen Happen auf, stopfte ihn sich in den Mund und begann wild zu mampfen.

Bei ihrem Anblick musste Claire unwillkürlich lächeln. Das war schon immer so gewesen, seit Alisons Geburt. Ihre Tochter wirkte mit ihren blonden Haaren, dem blassen Teint und dem herzförmigen Gesicht wie eine Miniaturausgabe von ihr selbst. Es gab zwar keine Fotos von ihr im Alter von fünf Jahren, aber Claire wusste einfach, dass sie genauso ausgesehen hatte wie jetzt ihre kleine Tochter. Von ihrem Vater schien Alison absolut nichts geerbt zu haben.

Was Claire nur gerecht fand, denn kaum hatte er von ihrer Schwangerschaft erahren, hatte er unverzüglich das Weite gesucht.

»Du bist noch gar nicht angezogen, Mommy. Wenn du dich nicht beeilst, kommen wir noch zu spät.«

»Ich fürchte, du hast Recht.« Claire dachte an die Dinge, die heute zu erledigen waren: Sie musste die hintere Wiese mähen, die Fenster im Bad von Blockhütte drei abdichten, die Toilettenspülung in Blockhütte fünf reparieren, überprüfen, ob alle Schimmelflecke an Wänden und Decken beseitigt waren, und den Bootsschuppen in Ordnung bringen. Morgen wollten sie für eine Woche an den Lake Chelan. Es war noch früh, gerade einmal acht Uhr, sie konnte nur hoffen, alles rechtzeitig fertig zu bekommen. »Hast du vielleicht irgendwo meine Liste gesehen, Alison?«

»Sie liegt im Wohnzimmer auf dem Tisch.«

Kopfschüttelnd stand Claire auf und holte den Zettel. Sie konnte sich beim besten Willen nicht erinnern, ihn dort zurückgelassen zu haben. Manchmal fragte sie sich wirklich, wie sie ohne Alison klarkommen sollte.

»Ich möchte zum Ballett, Mommy. Oder hast du was dagegen?«

Das erinnerte Claire daran, dass auch sie sich als kleines Mädchen sehnsüchtig wünschte, eine große Ballerina zu werden. Meghann hatte diesen Traum stets unterstützt, obwohl für den Unterricht nie genug Geld da war.

Nun, das stimmte nicht ganz. Für *Mamas* Tanzstunden hatte das Geld gereicht, aber nicht für Claires.

Aber dann, als Claire vielleicht sechs oder sieben war, hatte Meghann eine Studienfreundin gebeten, ihrer kleinen Schwester sonnabends ein paar Unterrichtsstunden zu geben. An diese wundervollen Vormittage konnte sie sich heute noch erinnern.

Ihr Lächeln schwand.

Alison musterte sie stirnrunzelnd. »Was ist, Mommy? Darf ich zum Ballett oder nicht?«

»Früher wollte ich auch unbedingt Tänzerin werden. Wusstest du das?«

»Nein.«

»Dummerweise habe ich Füße wie Frachtkähne.«

Ali musste kichern. »Frachtkähne sind *riesig*, Mommy. Deine Füße sind nur ein bisschen groß.«

»Oh, vielen Dank.« Claire lachte.

»Und warum bist du keine Tänzerin geworden, sondern eine Arbeitsbiene?«

»So nennt mich nur Grandpa – *Arbeitsbiene*. Eigentlich bin ich stellvertretende Geschäftsführerin.«

Wie viele von Claires Entscheidungen wurde die für ihr jetziges Leben eher zufällig getroffen, ohne tiefschürfende Überlegungen. Es begann damit, dass sie an der Washington State University durchfiel, weil sie es am offenbar nötigen Fleiß fehlen ließ. Damals wusste sie nicht, dass

Meghann natürlich grundsätzlich Recht hatte. Eine Hochschulausbildung gab einem Mädchen vielfältige Chancen. Ohne Abschluss und ohne einen klaren Berufstraum war Claire erst einmal nach Hayden zurückgekehrt. Eigentlich wollte sie nur ein paar Wochen bleiben, um dann nach Kauai zu fliegen und Surfen zu lernen, aber Dad holte sich eine Bronchitis, die ihn für einen Monat ans Bett fesselte. Claire war spontan eingesprungen, um ihn zu entlasten. Als ihr Vater dann endlich wieder gesund genug war, um seine Arbeit wieder aufnehmen zu können, erkannte Claire, wie sehr es ihr hier am Fluss gefiel. In dieser Hinsicht wie in vielen anderen Punkten auch war sie eben ganz die Tochter ihres Vaters.

Genau wie er liebte sie ihre Tätigkeit für die Ferienanlage. Bei Sonne wie bei Regen verbrachte sie den ganzen Tag im Freien und erledigte, was an Arbeit so anfiel. Und wenn sie eine Aufgabe bewältigt hatte, wurde sie prompt mit greifbaren Ergebnissen belohnt. Die Schufterei auf diesen sechzehn Morgen am Fluss hatte etwas zutiefst Befriedigendes.

Es überraschte sie nicht, dass Meghann dafür kein Verständnis aufbringen konnte. Für ihre Schwester, die Bildung und Geld weit über alles andere stellte, war dieser »Campingplatz« nicht mehr und nicht weniger als eine Verschwendung von Talenten und Zeit.

Claire versuchte, sich von Megs Sicht der Dinge nicht deprimieren zu lassen. Sie wusste sehr wohl, dass ihre Beschäftigung nichst Großartiges war, dass sie lediglich ein paar Blockhütten in Ordnung hielt und an Feriengäste vermietete, aber nie betrachtete sie sich als Versager, fühlte sich niemals vom Leben um mögliche Chancen betrogen.

Mit einer Ausnahme: wenn sie mit ihrer Schwester sprach.

Drittes Kapitel

Vierundzwanzig Stunden später war Claire bereit für den Aufbruch in den Urlaub. Sie unternahm einen letzten Inspektionsgang durch das kleine Haus, um sich zu vergewissern, dass sie nichts übersehen oder vergessen hatte, aber alles war so, wie es sein sollte. Die Fenster geschlossen, die Geschirrspülmaschine leer und alle leicht verderblichen Lebensmittel aus dem Kühlschrank geräumt. Sie zog gerade den Duschvorhang zurecht, als sie Schritte hörte.

»Was in drei Teufels Namen machst du denn immer noch hier?«

Lächelnd verließ Claire das winzige Bad.

Ihr Vater stand mitten im Wohnzimmer. Wie immer schien er alles um ihn herum schrumpfen zu lassen. Durch seine Körpergröße und die breiten Schultern wirkte jeder Raum im Vergleich dazu sonderbar klein. Aber in Wahrheit war es seine Persönlichkeit, die seine Umgebung dominierte und beeindruckte.

Erst mit neun Jahren hatte sie ihn kennen gelernt. Sie war damals klein für ihr Alter und so scheu, dass sie mit kaum jemandem sprach, nur mit Meghann. Als er ihren Wohnwagen betrat, kam er ihr vor wie ein Riese. »Nun«, sagte er und ließ sie nicht aus den Augen. »Du musst meine Tochter Claire sein. Du bist das hübscheste Mädchen, das ich jemals gesehen habe. Komm, lass uns nach Hause fahren.«

Nach Hause …

Auf diese Worte hatte sie gewartet, sehnsüchtig von diesem Augenblick geträumt. Erst Jahre später wurde ihr schmerzlich bewusst, dass er Meghann dieses Angebot nicht gemacht hatte. Und dann war es natürlich zu spät, daran etwas zu ändern.

»Hallo, Dad. Ich wollte nur sichergehen, dass alles in Ordnung ist, wenn du hier einziehst.«

»Du weißt sehr gut, dass ich nicht die Absicht habe, hierher umzusiedeln«, schmunzelte er. »Es gefällt mir in meinem Trailer. Ein Mann braucht nicht viel Platz. Ich habe einen Kühlschrank und einen Fernseher. Mehr will ich nicht.«

Diese Diskussion führten sie nicht zum ersten Mal, seit Claires Vater seiner Tochter das kleine Haus überlassen hatte. Er behauptete stets steif und fest, dass der zwischen hohen Bäumen verborgene Wohnwagen geräumig genug für einen sechsundfünfzigjährigen Single war.

»Aber Dad …«

»Fang bloß nicht wieder mit meinen körperlichen Ausmaßen an, ich weiß. Ich werde täglich mehr. Und nun komm her und lass dich mal von deinem alten Vater drücken.«

Claire lief auf ihn zu.

Seine Arme umfingen sie und hielten sie fest. Gaben ihr Sicherheit und das Gefühl, geliebt zu werden. Er roch schwach nach irgendeinem Desinfektionsmittel. Das erinnerte sie daran, dass sie doch noch etwas vergessen hatte.

»In einer Stunde mache ich mich auf den Weg«, sagte sie. »Die Toilette in Nummer fünf …«

Aber er drehte sie kurzerhand um und schob sie zur Tür. »Fort mit dir. Ohne dich bricht hier schon nichts zusammen. Ich kümmere mich um die verdammte Toilette.

Und ich werde auch nicht vergessen, das PVC-Rohr abzuholen, das du bestellt hast, und die Holzscheite trocken zu lagern. Wenn du mich noch ein einziges Mal daran erinnerst, drehe ich durch. Du tust gerade so, als wäre ich total verkalkt.«

Claire konnte sich ein Lächeln nicht verkneifen. An das Rohr hatte sie ihn mindestens sechsmal erinnert. »Okay.«

Ihr Vater legte ihr seine Hände auf die Schultern und zwang sie sanft dazu, ihn anzusehen. »Und lass dir Zeit, hörst du? Bitte. Bleib ruhig drei Wochen fort. Ich komme schon allein klar. Du hast dringend Erholung nötig.«

»Du auch. Und trotzdem machst du nie frei.«

»Ich habe die Hälfte meines Lebens längst hinter mir und möchte nicht mehr so viel durch die Gegend gondeln. Aber du bist gerade einmal Mitte dreißig. Du solltest mit Alison endlich einmal ein wenig Spaß haben. Du bist viel zu verantwortungsbewusst.«

»Ich bin eine fünfunddreißigjährige, allein erziehende Mutter, die nie geheiratet hat. Sehr verantwortungsbewusst ist das nicht gerade. Und ich habe bestimmt jede Menge Spaß am Lake Chelan. Aber in einer Woche bin ich wieder da. Bevor die Gäste für diese Familienfeier eintreffen.«

Er schlug ihr leicht auf die Schulter. »Du hattest schon immer deinen eigenen Kopf. Ich hätte wissen müssen, dass ich mir meine Ratschläge sparen kann. Also dann – amüsier dich gut.«

»Du auch, Dad. Und geh in der nächsten Woche ruhig mal mit Thelma essen. Hör endlich mit der Heimlichtuerei auf.«

Er sah sie verblüfft an. »Was meinst du denn damit?«

Claire lachte. »Komm schon, Dad. Der ganze Ort weiß, dass ihr ein Pärchen seid.«

»Wir sind *kein* Pärchen.«

»Ach nein? Aber ihr schlaft immerhin miteinander …« Ihr Vater schwieg. Claire verließ das Haus und trat in den trüben Tag hinaus. Aus grauen, schweren Wolken fiel ein leichter Nieselregen. Auf Zaunpfählen und Telefonkabeln hockten Krähen und stritten laut krächzend miteinander.

»Komm endlich, Mommy!«, rief Alison durch das geöffnete Autofenster.

Dad rannte an Claire vorbei und küsste seine Enkelin auf die Wange.

Claire warf noch einmal einen prüfenden Blick in den Kofferraum, schlug die Klappe wieder zu und setzte sich hinter das Steuer. »Können wir los, Ali Kat? Hast du auch nichts vergessen?«

Alison schmiegte sich behaglich in die Rücksitzpolster. »*Meinetwegen* könnten wir schon ganz weit weg sein!« Sie umklammerte die Proviantbox auf ihrem Schoß mit beiden Händen. Bluebell, ihr großer Plüsch-Orca, saß angeschnallt neben ihr.

»Na, dann steht unserem Aufbruch ja nichts mehr im Wege.« Claire schaltete den Motor ein und rief ihrem Vater einen letzten Abschiedsgruß zu.

»Katzen brauchen, Katzen brauchen viel Musik«, begann Alison zu singen. Sie hatte eine hohe, kräftige Stimme und so laut, dass vermutlich alle Hunde der Umgebung die Ohren spitzten und unweigerlich in Gejaule ausbrachen. »Bitte, Mommy, sing mit.«

Als sie den Stevens Pass erreichten, hatten sie alle Songs aus *Aristocats* geschmettert und weitere siebzehn aus *Bernard und Bianca*. Während Alison ihre Proviantbox öffnete, schob Claire eine weitere Disneykassette in den Rekorder. Die Melodien von *Arielle die Meerjungfrau* erklangen.

»Ich wünschte, ich wäre Arielle«, seufzte Alison, »dann hätte ich Flossen.«

»Und wie willst du damit Tänzerin werden?«

Alisons kleines Gesicht im Rückspiegel verzog sich missbilligend. »Aber an Land hat sie doch Füße, Mommy!« Dann lehnte sie sich wieder zurück, schloss die Augen und lauschte der Geschichte von der kleinen Meerjungfrau.

Die Zeit verging wie im Fluge und schon bald durchquerten sie das flache, karge Land im Osten des Staates.

»Dauert es noch lange, Mommy?« Alison leckte hingerissen an einer Lakritzstange. Lippen und Kinn waren schwärzlich verfärbt. »Ich wünschte, wir wären schon da.«

Claire ging es ähnlich. Sie freute sich auf die Tage auf dem Blue Skies Campground. Kurz nach dem High-School-Abschluss hatte sie mit ihren Freundinnen erstmals ihre Ferien dort verbracht, woraus bald eine liebgewonnene Gewohnheit wurde. Zunächst waren sie fünf gewesen, inzwischen hatte ein trauriges Schicksal ihre Zahl auf vier reduziert. Hin und wieder hatte eine von ihnen ein Jahr ausgelassen, aber im Großen und Ganzen trafen sie sich regelmäßig. Zunächst als muntere, ausgelassene Mädchen, die sich einem wilden Flirt mit den einheimischen Jungs durchaus nicht abgeneigt zeigten. Aber das gab sich – mit der Zeit und der Pflicht, für die Babys sorgen zu müssen, die nach und nach eintrafen und natürlich auf den Campground mitgenommen wurden. Doch jetzt, da die lieben Kleinen groß genug waren, um zu schwimmen und sich auf dem Spielplatz zu vergnügen, hatten die Frauen ein wenig von ihrer früheren Freiheit wiedergewonnen.

»Mommy! Du hörst mir überhaupt nicht zu.«

»Oh, entschuldige, Schätzchen.«

»Ich habe gesagt, dass wir diesmal in der Flitterwochenhütte wohnen.« Übermütig hopste sie auf ihrem Sitz herum. »Yippee! Mit der tollen Badewanne. Und vergiss nicht, dass ich in diesem Jahr vom Dock springen kann. Das hast du mir versprochen. Bonnie durfte auch mit fünf.« Alison seufzte theatralisch. »Erlaubst du es mir nun oder nicht?«

Claire wäre gern weniger übervorsichtig gewesen, aber wenn man bei einer Mutter aufwächst, die buchstäblich alles erlaubt, lernt man, wie schnell man sich verletzen kann. Es macht einem Angst. »Warten wir´s ab. Wir sehen, wie gut du schon schwimmen kannst. Und dann entscheiden wir, okay?«

»Immer, wenn du das sagst, heißt das Nein. Dabei hast du es *versprochen.*«

»Ich habe es dir nicht versprochen. Ich erinnere mich sehr genau, Alison Katherine. Wir waren zusammen im Wasser, du auf meinem Rücken, und wir haben zugesehen, wie Willie und Bonnie ins Wasser sprangen. ›Im nächsten Jahr werde ich fünf‹, hast du gesagt, und ich habe geantwortet: ›Ja, das wirst du.‹ Dann hast du wieder gesagt, dass Bonnie fünf Jahre alt ist, und ich habe daraufhin gesagt: ›Ja, aber fast sechs.‹«

»Jetzt bin *ich* fast sechs.« Entschlossen verschränkte Alison die Arme. »Und ich springe.«

»Wir werden sehen.«

»Du bist nicht mein Boss.«

»O doch, das bin ich«, lachte Claire.

Ihre Tochter sah zum Fenster hinaus. Sie schwieg eine halbe Ewigkeit – fast zwei Minuten. »In der letzten Woche hat Marybeth Amys Handabdruck aus Gips in die Toilette geworfen.«

»Wirklich? Das war aber nicht sehr nett.«

»Ich weiß. Mistress Schmidt hat sie zur Strafe auch ganz lange nicht mitspielen lassen. Hast du mein Skateboard mitgenommen?«

»Nein, dafür bist du noch zu klein.«

»Aber Stevie Wain fährt dauernd mit seinem Skateboard rum.«

»Ist das nicht der Junge, der sich bei einem Sturz die Nase gebrochen und zwei Vorderzähne ausgeschlagen hat?«

»Das waren *Milchzähne*, Mommy. Und schon ganz wacklig, hat er gesagt. Warum besucht uns Tante Meg eigentlich nie?«

»Das habe ich dir doch erzählt. Tante Meg hat so viel zu tun, dass sie kaum zum Atmen kommt.«

»Eliot Zane war ganz blau im Gesicht, als er nicht geatmet hat. Er musste ins Krankenhaus.«

»Das war nicht wörtlich gemeint. Ich wollte damit nur sagen, dass Meg keine Zeit hat, uns zu besuchen. Sie ist damit beschäftigt, andere Menschen zu beraten, ihnen zu helfen.«

»Oh.«

Claire machte sich auf die nächste Frage gefasst. Das entsprechende Reservoir ihrer Tochter schien unerschöpflich zu sein. Und nie konnte man auch nur ahnen, was sie jetzt wieder wissen wollte.

»Ist das hier schon die Wüste?«

Claire nickte. Ihre Tochter bezeichnete den Osten von Washington schon immer als »Wüste«. Ganz absurd war das nicht. Im Gegensatz zum üppigen Grün der Umgebung um Hayden wirkte die Landschaft hier karg und sonnenverbrannt. Scheinbar endlos zog sich das schwarze Asphaltband der Straße durch die Prärie.

»Da ist die Wasserrutsche!«, rief Alison, beugte sich vor und begann laut zu zählen. Als sie bei siebenundvierzig angelangt war, schrie sie: »Und da ist das Wasser!«

Links von ihnen schob sich der Lake Chelan bis an die Straße heran, ein riesiger, kristallklarer See, begrenzt von sanften Hügeln. Claire und Alison überquerten die Brücke, die in den Ort führte.

Noch vor zwanzig Jahren war der nicht mehr als ein verschlafenes Nest gewesen. Aber mit der Zeit drangen Nachrichten über das Klima nach Westen und in die feuchten Küstenstädte, die sich ihrer tellergroßen Rhododendronblüten und ihrer baumhohen Farne rühmten. Nach und nach orientierten sich die Bewohner von Seattle nach Osten. Es wurde Mode, im Sommer über die Berge in die sonnendurchfluteten, trockenen Ebenen zu ziehen. Und mit den Feriengästen kam der Bauboom. Am Ufer des Sees schoss ein Apartmentkomplex nach dem anderen in die Höhe, bis sich der Ort zur Jahrtausendwende zu einem beliebten Urlaubsziel mit familienfreundlichen Attraktionen gemausert hatte: Swimmingpools, Wasserrutschen, Motorbootverleih und Möglichkeiten zum Wasserskifahren.

Die Straße schlängelte sich am Seeufer entlang. Sie kamen an Dutzenden von Feriendörfern vorbei. Dann wurde die Bebauung wieder spärlicher. Nach etwa zwei Kilometern tauchte ein Hinweisschild auf: Blue Skies Campground. Nächste Ausfahrt links.

»Sieh mal, Mommy. Sieh doch nur!«

Auf dem Schild war ein Zelt zwischen zwei Bäumen zu sehen, davor ein Kanu.

»Ja, Ali Kat. Gleich haben wir es geschafft.«

Claire bog nach links auf die Schotterpiste ein. Gewaltige Schlaglöcher ließen den Wagen von einer Seite zur anderen schlingern.

Nach anderthalb Kilometern machte die Straße eine scharfe Haarnadelkurve und kam an einer großen Wiese mit Wohnwagen und Trailern vorbei. Claire und Alison ließen das offene Gelände links liegen und fuhren weiter zu einer Ansammlung kleiner Blockhütten am bewaldeten Seeufer.

Claire parkte, half ihrer Tochter beim Aussteigen, schloss die Tür und drehte sich zum See um.

Für eine Sekunde war Claire wieder acht Jahre alt, ein kleines Mädchen in einem pinkfarbenen Bikini, das am Ufer des Lake Winobee stand. Sie erinnerte sich noch genau, wie sie laut kreischend immer tiefer ins kalte Wasser gelaufen war.

»*Geh nicht zu weit hinein, Claire. Höchstens bis zu den Knien*«, schrie Meghann ihr vom Steg aus nach.

»*Großer Gott, Meggy, was bist du nur für eine zimperliche alte Jungfer.*« Mama fuchtelte laut lachend mit ihren Virginia-Slims-Mentholzigaretten. »*Keine Angst, es kann nichts passieren*«, rief sie Claire zu. »*Lauf weiter. Es bringt nichts, sich vor allem zu fürchten.*«

Und dann stand Meghann plötzlich neben Claire, fasste nach ihrer Hand und sagte, dass es überhaupt nicht schlimm war, Angst zu haben. »*Es beweist nur, dass man vernünftig ist, Claire-Bear.*«

Claire drehte sich um und sah Mama mit ihrem winzigen Bikini am Ufer stehen, in der Hand einen Tom Collins im Plastikbecher.

»*Trau dich, Süße. Wirf dich ins Wasser und schwimm einfach los. Angst bringt dich nicht weiter. Es ist besser, sich schon früh am Riemen zu reißen.*«

»*Wieso* Riemen?«, wollte Claire von Meghann wissen.

»*Das sagen so genannte Schauspielerinnen, wenn sie ein paar Wodkas zu viel getrunken haben. Denk nicht weiter drüber nach.*«

Arme Meg. Immer darum bemüht, so zu tun, als hätten sie ein absolut normales Leben geführt.

Aber wie wäre das möglich gewesen? Manche Kinder hatten nun einmal Mütter, die zu einem *normalen* Familienleben einfach nicht fähig zu sein schienen. Das Schöne daran waren die abenteuerlichen Späße, Albernheiten und so verrückte, ausgelassene Partys, dass man sie nie wieder vergaß – aber das Traurige, dass schlimme Dinge passieren konnten, wenn niemand da war, der sie verhinderte.

»Mommy!« Alisons Stimme brachte Claire in die Gegenwart zurück. »Beeil dich.«

Claire lief auf das alte Farmhaus zu, das als Rezeption und Lobby des Campingplatzes diente. Die um das ganze Gebäude laufende Veranda war in diesem Jahr neu gestrichen worden. Die tannengrüne Farbe passte hervorragend zu den nussbraunen Holzschindeln der Fassade. Hohe, nachträglich eingebaute Fenster gewährten einen einladenden Blick ins Innere. Im Obergeschoss, das die Besitzer bewohnten, waren die ursprünglichen, kleineren Fenster erhalten geblieben.

Zwischen Haus und See gab es eine Wiese von der Breite eines Footballfeldes und auf ihr einen Spielplatz mit Schaukeln, eine Krocketanlage, eine Badminton-Spielfläche, einen Swimmingpool und einen Bootsschuppen. Links davon standen die vier Blockhütten, jede mit Veranda und großen Fenstern.

Alison rannte los. Ihre kleinen Füße flogen fast lautlos die Stufen hinauf. Sie zog die Fliegengittertür auf. Mit dumpfem Knall fiel sie hinter ihr wieder zu.

Lächelnd beschleunigte Claire ihre Schritte. Sie öffnete die Tür gerade rechtzeitig, um Happy Parks sagen zu hören: »… aber du kannst auf keinen Fall die kleine Ali Kat Cavenaugh sein. Dafür bist du viel zu groß.«

Alison strahlte. »Im Herbst komme ich in die *richtige* Schule. Und ich kann schon bis tausend zählen. Willst du mal hören? Eins, zwei, drei …«

Die sympathische Frau mit dem silbergrauen Haar, die den Campingplatz mittlerweile seit mehr als dreißig Jahren führte, lächelte Claire über Alisons Kopf hinweg an.

»Einundfünfzig, zweiundfünfzig …«

Happy klatschte laut in die Hände. »Großartig, Ali. Wie schön, Sie wiederzusehen, Claire. Wie geht es denn so in River's Edge?«

»Wir haben die neue Blockhütte fertig. Jetzt können wir insgesamt acht vermieten. Ich hoffe nur, dass sich die Wirtschaftslage nicht verschlechtert. Es wird von einer Erhöhung der Benzinpreise gemunkelt.«

»Hundert, hunderteins …«

»Bislang gab es bei uns noch keine Absagen«, erzählte Happy. »Aber alle unsere Gäste sind auch genau wie Sie. Sie kommen immer wieder. Jahr für Jahr. Gina ist schon da, Charlotte auch. Nur Karen fehlt noch. Und in diesem Jahr sind Sie mit der Flitterwochenhütte an der Reihe.«

»Wundervoll. Als ich das letzte Mal dort wohnte, schlief Alison noch in einem Faltbettchen.«

»In der großen Hütte gibt es einen Fernseher.« Alison hopste von einem Fuß auf den anderen. Das Zählen war vergessen. »Ich habe ganz viele Videos mitgebracht.«

»Aber nicht mehr als eine Stunde am Tag«, warnte Claire ihre Tochter – natürlich war diese Ermahnung absolut nutzlos. Alison konnte *Arielle die Meerjungfrau* buchstäblich rund um die Uhr sehen.

Hinter ihnen öffnete sich die Tür. Lachend und schreiend stürmten ein paar Kinder herein, gefolgt von sechs Erwachsenen.

Happy schob Claire einen Schlüssel zu. »Sie können den Papierkram auch später erledigen. Wenn ich mich nicht sehr irre, steht mir jetzt erst einmal eine Führung bevor. Die Leutchen werden sich vermutlich jeden Zeltplatz ganz genau ansehen wollen, bevor sie sich entscheiden.«

Claire nickte. Im River's Edge Resort gab es nur wenige Zeltplätze, gerade einmal neunzehn, und die guten unter ihnen vergab sie sehr überlegt. Wenn ihr Gäste sympathisch waren, erhielten sie einen Platz am Ufer und in der Nähe der Waschräume. Wenn nicht ... Nun, in einer regnerischen Nacht konnte der Weg zur Toilette mitunter lang werden. Sie schlug mit der flachen Hand leicht auf den Holztresen. »Schauen Sie doch mal abends auf ein Gläschen herein.«

»Ein kleines Beisammensein mit euch verrückten Nudeln?«, schmunzelte Happy. »Das lasse ich mir auf gar keinen Fall entgehen.«

Claire streckte ihrer Tochter den Schlüssel entgegen. »Hier, Ali Kat, nimm. Du kennst den Weg.«

Mit einem Jubelschrei schoss Ali los. Im Zickzack durchquerte sie die inzwischen gut gefüllte Lobby und rannte zur Tür hinaus. Diesmal klapperten ihre Schuhe unüberhörbar auf den Stufen.

Claire folgte ihrer Tochter. Sobald sie ihr Gepäck aus dem Auto geholt hatten, liefen sie über die Wiese, vorbei am Bootsschuppen, und tauchten in den kleinen Wald ein. Der Boden unter ihren Füßen war hier von einem Teppich aus Kiefernnadeln bedeckt.

Schließlich kamen sie zur Lichtung. Ein Schwimmdock aus silbergrauem Holz schwankte leicht auf den blauen Wellen. In der Ferne, am anderen Ufer, hoben sich schneeweiße Ferienapartments vom satten Grün der sanft geschwungenen Hügel ab.

»Clara Bella!«

Claire legte eine Hand über die Augen und sah sich um. Am Ufer stand Gina und winkte ihr zu.

Selbst aus der Entfernung konnte Claire die Größe des Drinks in der Hand ihrer Freundin erkennen.

Eigentlich war Gina die Konservative unter ihnen, ein zuverlässiger Halt und Stütze für die anderen, aber in den letzten Monaten hatte sie ihre Scheidung hinter sich gebracht und musste sich nun ganz neu orientieren. Ein Single in einer Welt, die ausschließlich auf Paare ausgerichtet schien. In der vergangenen Woche hatte ihr Exmann mit seiner jüngeren Freundin eine Wohnung bezogen.

»Ali! Endlich! Komm ins Wasser«, rief Ginas sechsjährige Tochter Bonnie.

Alison ließ ihren Winnie-Puh-Rucksack fallen und riss sich die Kleidung vom Leib.

»Alison ...«

Stolz wie ein Pfau drehte sich Ali in ihrem gelben Badeanzug. »Ich bin längst fertig, Mommy.«

»Komm her, Schätzchen.« Gina holte eine Riesentube Sonnenschutzlotion aus der Tasche und cremte Alison gründlich ein.

»Du gehst mir aber nicht weiter hinein als bis zum Bauchnabel«, ermahnte Claire ihre Tochter und ließ die Reisetaschen aus den Händen fallen.

Alison verzog das Gesicht. »Ja-a-a, Mommy«, maulte sie, drehte sich um und rannte zu Bonnie.

Claire sank neben Gina in den goldgelben Sand. »Wann bist du denn angekommen?«

Gina lachte. »Rechtzeitig natürlich. Eins habe ich in den letzten Monaten gelernt. Auch wenn es in deinem Leben zu einer Katastrophe kommt, bleibst du doch die, die du warst. Ich bin nun einmal der Typ Frau, der immer und überall pünktlich ist.«

»Dagegen ist doch auch nichts einzuwenden.«

»Rex ist da ganz anderer Meinung. Er hat immer gesagt, ich wäre nicht spontan genug. Ich dachte, dabei ginge es ihm vielleicht um Sex am Nachmittag, aber dann stellte sich heraus, dass er Fallschirmspringen wollte.« Sie schüttelte den Kopf und lächelte müde. »Jetzt würde ich ihn nur zu gern aus dem Flugzeug stoßen.«

»Und ich seinen Fallschirm zusammenlegen.«

Sie lachten, obwohl es überhaupt nicht komisch war. »Und wie nimmt Bonnie die ganze Sache auf?«

»Wenn du mich fragst, ist das vielleicht das Traurigste an dem Ganzen. Sie scheint es irgendwie gar nicht zu merken. Rex war ja auch früher schon nur selten zu Hause. Allerdings habe ich ihr noch nicht gesagt, dass er jetzt mit einer anderen Frau zusammenwohnt. Wie soll man so etwas seinem Kind beibringen?« Gina lehnte sich an Claire, die einen Arm um die Schultern der Freundin legte. »Großer Gott, habe ich mich auf diese Woche gefreut. Sie wird mir gut tun.«

Sie schwiegen eine Weile. Die einzigen Geräusche waren das leise Klatschen der Wellen und das Lachen der Kinder.

Gina sah Claire von der Seite her an. »Wie bist du in all diesen Jahren damit fertig geworden? Mit dem Alleinsein meine ich.«

Über ihre Situation seit Alisons Geburt hatte Claire nicht viel nachgedacht. Sicher, sie lebte allein – ohne Ehemann oder Freund –, fühlte sich aber nur selten wirklich einsam. Zugegeben, manchmal sehnte sie sich schon nach jemandem, mit dem sie ihr Leben teilen könnte, aber sie hatte vor langer Zeit eine Entscheidung getroffen: Sie wollte nicht so werden wie ihre Mutter. »Das Gute daran ist, dass man immer weiß, wo die Fernbedienung liegt, und niemand einen auffordert, endlich das Auto zu waschen, oder superkluge Ratschläge beim Einparken gibt.«

»Im Ernst, Claire. Ich brauche deinen Rat.«

Claire sah zu Alison hinüber, die exakt bis zum Bauchnabel im See stand, ausgelassen mit Wasser spritzte und den ABC-Song sang. Bei dem Anblick wurde ihr die Kehle eng. Erst gestern noch hatte sie in ihrer Wiege gelegen. Morgen würde sie vielleicht schon um die Erlaubnis bitten, sich die Augenbraue piercen zu lassen. Claire liebte ihre Tochter über alle Maßen. Sie wusste, dass es Gefahren barg, einen anderen Menschen so ausschließlich zu lieben, aber anders war es Claire nicht möglich. Aus diesem Grund hatte sie nie geheiratet. Männer, die ihre Frauen bedingungslos liebten, waren mehr als selten. Im Grunde fragte sich Claire sogar, ob es diese tiefe Zuneigung überhaupt gab. Dieser Zweifel war eins der vielen Vermächtnisse, die die Mutter auf die Tochter vererbt hatte wie eine Krankheit. Für Mama war Scheidung die Lösung gewesen, für Claire bestand sie in dem Entschluss, nie zu heiraten.

»Irgendwann fühlt man sich nicht mehr einsam. Und man lebt für die Kinder«, sagte sie leise, überrascht über den Anflug von Bedauern in ihrer Stimme.

»Aber Alison sollte nicht alles auf der Welt für dich sein, Claire.«

»Es ist ja nicht so, als hätte ich nicht versucht, mich zu verlieben. Ich bin mit jedem Junggesellen von Hayden ausgegangen.«

»Aber nie ein zweites Mal«, lachte Gina. »Und Bert Shubert hat noch immer eine Schwäche für dich. Miss Hauser hält es für verrückt, dass du ihm einen Korb gegeben hast.«

»Ich finde es echt traurig, wenn ein dreiundfünfzigjähriger Klempner mit zentimeterdicken Brillengläsern und rotem Spitzbart allein deshalb als idealer Heiratskandidat betrachtet wird, weil er einen Eisenwarenladen besitzt.«

Gina lachte. »Hast ja Recht. Wenn ich dir jemals erzählen sollte, dass ich mich mit Bert treffe, rede mir bitte ernsthaft ins Gewissen.« Langsam ging ihr Lachen in Tränen über. »Oh, verdammt.« Sie verbarg ihr Gesicht an Claires Schulter.

»Du kommst darüber hinweg, Gina«, flüsterte sie und strich ihrer Freundin über das Haar. »Glaub mir.«

»Ich bin mir nicht sicher«, entgegnete Gina leise. Und etwas an der Art, wie sie es sagte, verursachte in Claire ein Gefühl innerlicher Leere. Der Einsamkeit.

Absurderweise erinnerte sie sich an den Tag, der ihr Leben verändert hatte. An den Moment, an dem sie erkennen musste, dass es auch für Liebe offenbar ein Verfallsdatum gab.

»Ich gehe«, hatte ihre Schwester gesagt. Bis zu dieser Minute war Meg Claires beste Freundin gewesen, ihre ganze Welt und eine weit bessere Mutter als Mama.

Jetzt kamen auch Claire die Tränen.

Gina schluchzte kurz auf. »Kein Wunder, dass niemand mehr mit mir zusammen sein will. Ich strahle Unheil und Unglück aus. Zehn Sekunden in meiner Gesellschaft, und absolut glückliche Menschen fangen an zu weinen.«

Hastig wischte sich Claire über die Augen. Es hatte wenig Sinn, über die Vergangenheit Tränen zu vergießen. Sie wunderte sich sogar, dass sie überhaupt noch weinen konnte. Dabei hatte sie fest geglaubt, über Megs »Verrat« längst hinweg zu sein. »Erinnerst du dich an das Jahr, in dem Char vom Dock fiel, weil sie so heftig schluchzte, dass sie nichts mehr sehen konnte?«

»Wegen Bobs Midlife-Crisis. Sie war überzeugt, dass er eine Affäre mit ihrer Haushälterin hatte.«

»Dabei hatte er heimlich etwas gegen seine beginnende Glatze unternommen. Durch eine Haartransplantation.«

Gina zog Claire fester an sich. »Dem Himmel sei Dank für die Bluesers. Nie habe ich euch dringender gebraucht als jetzt.«

Viertes Kapitel

Die Gegensprechanlage meldete sich. »Eine Miss Jill Summerville möchte Sie sprechen.«

»Führen Sie sie bitte herein.«

Meghann holte sich einen neuen Block und einen Stift aus dem Schrank neben dem Konferenztisch. Als Jill Summerville über die Schwelle trat, saß sie wieder in ihrem Sessel und lächelte ihrer potentiellen Klientin höflich entgegen. Sie stand auf und streckte die Hand aus. »Guten Tag, Miss Summerville. Ich bin Meghann Dontess.«

Mit leichtem Unbehagen blieb die hübsche, schlanke Frau neben der Tür stehen. Sie war etwa fünfzig und trug ein schickes graues Kostüm, darunter eine cremefarbene Seidenbluse.

»Bitte, setzen Sie sich doch.« Einladend deutete Meghann auf den leeren Sessel neben ihr.

»Ich bin mir nicht sicher, ob ich mich wirklich scheiden lassen will.«

Der Satz war Meghann sehr vertraut. Ähnliches hörte sie immer wieder. »Wenn Sie möchten, können wir uns auch nur ein wenig unterhalten. Vielleicht erzählen Sie mir, was Ihnen in Ihrer Ehe fehlt.«

Steifbeinig setzte sich Jill Summerville in Bewegung und nahm neben Meg Platz. Sie legte die Hände auf die Tischplatte, mit gespreizten Fingern, als hätte sie Angst, der Tisch könnte zu schweben beginnen. »Unsere Ehe ist einfach nicht gut«, begann sie mit leiser Stimme. »Wir sind seit sechsundzwanzig Jahren verheiratet. Aber so geht es nicht weiter. Das ertrage ich nicht. Wir reden kaum noch miteinander. Wir sind zu einem von diesen Ehepaaren geworden, die sich während des Abendessens beharrlich anschweigen. Das habe ich bei meinen Eltern miterlebt und mir geschworen, dass mir das nicht passiert. Im nächsten Jahr werde ich fünfzig. Es ist Zeit, *mein* Leben zu leben.«

Der zweithäufigste Grund für eine Scheidung, übertroffen nur von der niederschmetternden Erkenntnis eines Ehebruchs: Er betrügt mich. »Jeder hat es verdient, glücklich zu sein«, sagte Meg und verspürte dabei ein sonderbares Gefühl von Distanziertheit. Routiniert kamen ihr eine Reihe von Fragen und Feststellungen über die Lippen, die sowohl darauf abzielten, wichtige Informationen zu erhalten als auch Vertrauen zu wecken. Meg sah, dass ihr beides gelang. Jill Summerville entspannte sich allmählich. Hin und wieder lächelte sie sogar.

»Und wie sieht Ihre wirtschaftliche Situation aus? Haben Sie einen Überblick über Ihr Vermögen?«

»Beatrice DeMille sagte mir, dass Sie das fragen würden.« Jill Summerville öffnete ihren Fendi-Aktenkoffer, zog einen Stapel Papiere heraus und schob sie über den Tisch. »Mein Mann und ich haben das Internet-Unternehmen Emblazon gegründet und zu einem äußerst günstigen Zeitpunkt an AOL verkauft. Durch diesen Erlös sowie den Wert unserer anderen Firmen und der Häuser dürfte sich unser Vermögen auf etwa zweiundsiebzig Millionen belaufen.«

Zweiundsiebzig Millionen Dollar ...

Nur mit äußerster Willensanstrengung gelang es Meghann, ihre Klientin nicht mit offenem Mund anzustarren. Es handelte sich um den größten Fall, der ihr je auf den

Tisch gekommen war. Auf so eine Chance hatte sie während ihrer gesamten Anwaltstätigkeit gewartet. Dieser Fall würde mit Sicherheit all die schlaflosen Nächte, in denen sie sich sorgte, dass Klienten ihre Rechnung nicht bezahlen konnten, mehr als aufwiegen. Vor dem Gesetz sind alle gleich, hatte ihr Lieblingsprofessor immer betont. Aber Meghann wusste es besser: Die juristische Praxis begünstigte Frauen wie Jill Summerville.

Wahrscheinlich sollte sie sogar einen Medienberater engagieren. Ein Scheidungsverfahren dieser Größenordnung könnte eine Menge Aufsehen erregen.

Eigentlich hätte Meg so etwas wie Triumph verspüren müssen, ganz neue Energien. Doch so war es nicht. Sie empfand vielmehr fast Bedauern. Sie wusste, dass Jill Summerville trotz ihrer Millionen eine Frau war, die vernichtet werden würde.

Meg streckte die Hand nach dem Telefon aus. »Bringen Sie mir bitte die Anwaltsliste, Rhona.«

Ihre Klientin runzelte die Stirn. »Aber …«, setzte sie an, verstummte allerdings wieder, als die Sekretärin den Raum betrat.

»Danke.« Meghann streckte Jill Summerville die Liste entgegen. »Diese zwanzig Anwälte in Seattle, Los Angeles, San Francisco, New York und Chicago sind die besten der Vereinigten Staaten.«

»Ich fürchte, ich begreife nicht ganz …«

»Sobald Sie mit ihnen gesprochen haben, können sie Ihren Mann nicht mehr vertreten. Das wäre ein Interessenkonflikt.«

Jills Augen überflogen die Liste, dann hob sie wieder den Kopf. »Verstehe. Eine Strategie für die Scheidung.«

»Nur eine Absicherung. Für den Fall des Falles.«

»Ist das nicht moralisch bedenklich?«

»Keineswegs. Sie haben jedes Recht, noch andere Meinungen einzuholen. Ich würde Sie um einen Vorschuss bitten – sagen wir fünfundzwanzigtausend Dollar – und für zehntausend davon die besten einschlägigen Berater in Seattle engagieren.«

Jill Summerville musterte sie lange Zeit schweigend. Schließlich nickte sie und stand auf. »Ich werde jeden Anwalt Ihrer Liste kontaktieren. Allerdings schätze ich, dass Sie mich vertreten, wenn ich mich für Sie entscheide.«

»Selbstverständlich.« Erst in letzter Minute fügte sie hinzu: »Aber natürlich hoffe ich, dass Sie mich gar nicht brauchen.«

Jill Summerville nickte. »Ja. Wie ich sehe, sind Sie der optimistische Typ.«

Meghann seufzte. »Ich weiß, dass unzählige Paare in diesem Land glücklich verheiratet sind. Die brauchen mich nicht, aber ich hoffe aufrichtig, dass ich auch Sie nicht wiedersehe.«

Ihre Klientin sah sie ebenso wissend wie traurig an, und Meghann wusste, dass die Entscheidung bereits gefällt worden war. Mit Bedauern vielleicht, aber sie war gefällt worden.

»Hoffen Sie weiter«, sagte Jill Summerville leise. »Für uns beide.«

»Sie sehen nicht gerade gut aus.«

Wie hingegossen lag Meghann in dem schwarzen Ledersessel. »Also deshalb zahle ich Ihnen zweihundert Dollar die Stunde. Damit Sie mich beleidigen. Wenn Sie jetzt auch noch erklären, dass ich schlecht rieche, sind Sie Ihr Geld wirklich wert.«

»Und warum bezahlen Sie mich?«

»Ich betrachte es als karitative Spende.«

Dr. Harriet Bloom verzog keine Miene. Wie immer saß sie reglos da und beobachtete. Wäre da nicht die Anteilnahme in ihren braunen Augen gewesen, hätte man sie leicht mit einer Statue verwechseln können. Oft war es diese Anteilnahme – eine Emotion, die an Mitleid grenzte –, die Meghann nervte. In den letzten zwanzig Jahren hatte sie zahllose Seelenklempner aufgesucht. Ausnahmslos Psychiater, nie Verhaltenstherapeuten oder Psychologen. Erstens hielt sie Psychiater für umfassender ausgebildet. Zweitens – und das war entscheidend – wollte sie jemanden, der ihr Pillen verschreiben konnte.

In ihren Dreißigern hatte sie sich alle zwei Jahre einen neuen Psychiater gesucht. Nie vertraute Meg ihnen irgendetwas von Bedeutung an und sie verhielten sich entsprechend.

Dann war sie auf Harriet Bloom gestoßen, die steinerne Lady, die eine ganze Stunde reglos dasitzen konnte, den Scheck entgegennahm und Meghann erklärte, es sei schließlich ihr Geld, das sie klug investieren oder zum Fenster hinauswerfen könne.

Dr. Bloom hatte ein paar Relikte der Vergangenheit ausgegraben und stellte über weitere ihre Vermutungen an. Mehrmals im Verlauf des letzten Jahres war Meg fest entschlossen, ihre Sitzungen zu beenden, aber jedes Mal, wenn sie es wirklich tun wollte, überfiel sie prompt ein Gefühl der Panik und sie entschied sich anders.

Die Stille wurde unerträglich.

»Okay, okay, ich sehe miserabel aus. Das weiß ich selbst. Ich habe nicht gut geschlafen. Ich brauche übrigens neue Tabletten.«

»Aber ich habe Ihnen doch genügend verschrieben. Für mindestens zwei weitere Wochen.«

Meghann konnte der Psychiaterin nicht in die Augen sehen. »Ein paar Mal in dieser Woche brauchte ich zwei. Diese Schlaflosigkeit … macht mich fix und fertig. Manchmal kann ich es kaum ertragen.«

»Weshalb können Sie Ihrer Meinung nach nicht schlafen?«

»*Meiner* Meinung nach? Sollte ich die Gründe dafür nicht von *Ihnen* erfahren?«

Harriet Bloom ließ sie nicht aus den Augen. Sie war so ruhig, dass bei Meghann schon Zweifel aufkamen, ob ihre Lungen überhaupt funktionierten. »Wirklich?«

»Ich habe hin und wieder Probleme mit dem Einschlafen. Das ist alles. Keine große Sache.«

»Und Sie brauchen Tabletten und Männer, um die Nächte zu überstehen.«

»Ich schleppe nicht mehr so viele Männer ab wie früher. Aber dann und wann …« Sie hob den Kopf und das Bedauern in Harriets Blick war unübersehbar. Es machte sie wütend. »Sehen Sie mich nicht so an.«

Dr. Bloom stützte die Ellbogen auf den Tisch und legte die Fingerspitzen aneinander. »Sie versuchen mit Sex die Einsamkeit zu vertreiben. Aber was ist trostloser als anonymer Sex?«

»Wenn die Typen mein Bett wieder verlassen, ist es mir egal.«

»Nicht so bei Eric.« Dr. Bloom lehnte sich in ihrem Sessel zurück. »Aber Sie waren nicht einmal ein Jahr miteinander verheiratet.«

»Spielen Sie es nicht herunter, Harriet. Er hat mir das Herz gebrochen.«

»Fraglos. Und daran werden Sie täglich in Ihrer Praxis erinnert, wenn Ihnen Frauen von ihrem traurigen – und vergleichbaren – Schicksal erzählen. Aber Sie befürchten längst nicht mehr, dass Ihnen wieder jemand das Herz brechen könnte. Sie befürchten vielmehr, dass Sie gar kein Herz haben, das gebrochen werden könnte. Sie empfinden Angst, und das passt schlecht zu Ihrem Bedürfnis, alles unbedingt unter Kontrolle zu haben.«

Das entsprach der Wahrheit. Meg hatte ihr Alleinsein satt, und es erschreckte sie, dass ihr weiteres Leben vor ihr lag wie eine leere Straße. Etwas in ihr wollte zustimmen und Harriet bitten, ihr dabei zu helfen, die Angst abzuschütteln. Aber die dünne, wispernde Stimme konnte sich gegen die fundamentale Lektion ihres Lebens nicht durchsetzen, der zufolge Liebe nun einmal nicht von Dauer war. Es war besser, einsam und stark zu sein statt unglücklich und schwach.

Als sie die Stimme wiederfand, hörte sie sich rau und heiser an. »Hinter mir liegt eine anstrengende Woche. Ich fange an, gereizt auf meine Klientinnen zu reagieren. Offenbar kann ich nicht länger das gleiche Mitgefühl aufbringen wie früher.«

Dr. Harriet Bloom war zu sehr Profi, um ihre Enttäuschung durch ein Seufzen oder ein Stirnrunzeln zu verraten. Aber dieser Ausdruck kehrte in ihre Augen zurück. Der unerträgliche Mitleidblick. »Sie reagieren distanziert und unnahbar? Aber warum?«

»Bei meiner Ausbildung habe ich gelernt, die Dinge emotionslos und rein sachlich zu betrachten.«

»Wir wissen beide, dass die besten Anwälte mitfühlend sind. Und Sie, Meghann, sind eine hervorragende Anwältin.«

Sie befanden sich wieder auf sicherem Terrain, auch wenn sich das jede Sekunde ändern konnte. »Genau das ist es, was ich Ihnen sagen wollte. Ich bin nicht mehr so gut. Früher habe ich Menschen *geholfen*, mich sogar um sie gesorgt.«

»Und jetzt?«

»Komme ich mir vor wie ein Automat, der Infos über Vermögenswerte inhaliert und Teilungsvereinbarungen ausspuckt. Ich ertappe mich dabei, wie ich Frauen in der größten Katastrophe ihres Lebens mit wohlfeilen Sprüchen abspeise. Früher konnte ich mich über die Männer aufregen. Jetzt bin ich nur noch ... müde. Ich nehme meinen Job nicht auf die leichte Schulter, dafür finde ich ihn zu wichtig, aber er scheint wenig mit dem wirklichen Leben zu tun zu haben. Jedenfalls für mich.«

»Vielleicht sollten Sie einmal Urlaub machen.«

»*Was* machen?« Meg musste lächeln. Es sollte ihnen doch beiden klar sein, dass man sich nicht auf Knopfdruck entspannen konnte.

»Machen Sie Ferien. Normale Menschen erholen sich wochenlang auf Hawaii oder in Aspen.«

»Vor Unzufriedenheit kann man nicht davonlaufen. Lernt man das nicht schon im ersten Psychologiesemester?«

»Ich schlage Ihnen keine Flucht vor, sondern eine Atempause. Sie könnten doch ein paar Tage bei Ihrer Schwester in den Bergen verbringen.«

»Gemeinsame Ferien sind nichts für Claire und mich.«

»Sie haben Angst. Sie fürchten sich vor dem Zusammensein mit ihr.«

»Ich habe überhaupt keine Angst. Claire führt einen Campingplatz irgendwo in der Wildnis. Uns verbindet nichts, gar nichts.«

»Eine Vergangenheit.«

»Die nicht gerade glücklich war.«

»Aber Sie lieben Claire. Vergessen Sie das nicht.«

»Ja, ich liebe Claire«, erwiderte Meg gedehnt. »Deshalb halte ich mich auch von ihr fern.« Sie blickte auf ihre Armbanduhr. »Oh, verdammt. Die Stunde ist um. Also dann – wir sehen uns nächste Woche wieder.«

Fünftes Kapitel

Joe stand an einer unbekannten Straßenecke in einem Ort, an dessen Namen er sich nicht erinnern konnte. Er nahm seinen Rucksack ab und warf ihn sich über die andere Schulter. An der Stelle, an der der Gurt bisher gesessen hatte, war sein T-Shirt schweißgetränkt. Er roch mittlerweile wie ein Iltis. Hinter ihm lag ein Fußmarsch von gut zwölf Kilometern. Niemand hatte ihn mitgenommen. Doch das war nicht überraschend. Je länger – und grauer – sein Haar wurde, desto seltener die Mitfahrgelegenheiten. Inzwischen konnte er nur noch auf Trucker zählen und die waren an diesem Sonntagmorgen kaum unterwegs.

Ein paar Meter die Straße hinunter entdeckte Joe ein handgemaltes Schild mit der Aufschrift: Wake Up Café.

Er schob die Hand in die Tasche und zog sein Portemonnaie hervor. Es war aus weichem, glattem Nappaleder, ein Überbleibsel aus seinem früheren Leben. Er öffnete es und warf kaum einen Blick auf das kleine Foto in der Schutzhülle.

Zwölf Dollar und zweiundsiebzig Cent. Er musste heute unbedingt Arbeit finden. Das Geld, das er in Yakima verdient hatte, war fast aufgebraucht.

Er lief auf das Café zu. Bei seinem Eintritt klingelte über ihm eine Glocke.

Alle Köpfe drehten sich zu ihm um.

Abrupt verstummte jede Unterhaltung. Nur aus der Küche drang weiterhin geschäftiges Klirren und Scheppern.

Joe konnte sich nur zu gut vorstellen, wie er auf die Gäste wirkte, ein ungepflegter Landstreicher mit schulterlangen, grauen Haaren und Klamotten, die nach einer ausgiebigen Wäsche geradezu schrien. Seine Levi's waren zu einem bläulichen Grau verblichen und auf seinem T-Shirt zeichneten sich deutlich Schweißflecken ab. Obwohl er in der nächsten Woche dreiundvierzig wurde, sah er knapp zwanzig Jahre älter aus. Und dann dieser penetrante Gestank ...

Joe zog eine kunststoffbeschichtete Speisekarte aus dem Fach neben der Kasse, lief mit gesenktem Kopf durch den ganzen Coffeeshop und setzte sich auf den allerletzten Barhocker. Seine Erfahrung riet ihm, den »anständigen Bürgern« nicht zu nahe zu kommen. Manchmal empfanden diese die Anwesenheit eines vom Schicksal weniger begünstigten Menschen als anstößiges Ärgernis. In diesen Kleinstädten konnte man sich verdammt schnell auf einer Gefängnispritsche wiederfinden. Und er hatte bereits mehr als genug Zeit in vergitterten Zellen verbracht.

In einem pinkfarbenen, fleckigen Polyesterkittel stand die Serviererin neben der Tür zur Küche. Wie alle anderen im Raum starrte sie ihn an.

Verspannt und reglos saß Joe auf seinem Barhocker.

Wie auf Knopfdruck setzte das Stimmengewirr wieder ein.

Die Serviererin zog einen Stift hinter ihrem Ohr hervor und kam auf ihn zu. Nach wenigen Schritten bemerkte Joe, dass sie jünger war, als er angenommen hatte. Möglicherweise ging sie sogar noch zur High School. Ihre braunen, von purpurnen Strähnen durchzogenen Haare waren zu einem Pferdeschwanz zusammengefasst, und ein kleiner Goldreif steckte in ihrer linken Augenbraue. Sie war stärker geschminkt als Boy George.

»Was darf ich Ihnen bringen?« Naserümpfend trat sie einen Schritt zurück.

»Vermutlich sollte ich dringend unter die Dusche, was?«

»Kann man wohl sagen«, lächelte das Mädchen und beugte sich vorsichtig vor. »Vielleicht sollten Sie es auf dem KOA Campground versuchen. Dort gibt es einen tollen Waschraum. Natürlich nur für Gäste, aber niemand passt auf.« Sie blies ihren Bubblegum auf, ließ ihn platzen und tuschelte: »Die Geheimzahl für die Tür ist zwei-eins-null-null. Das weiß hier jeder.«

»Vielen Dank.« Joe warf einen Blick auf ihr Namensschildchen. »Brandy ...«

Sie zückte ihren Stift. »Und was möchten Sie essen?«

Er schob die Speisekarte von sich. »Bringen Sie mir einen Muffin, ein bisschen Obst – was Sie gerade dahaben – und eine Portion Porridge. Oh, und ein Glas Orangensaft.«

»Keine Eier, kein Speck?«

»Nein, danke.«

Schulterzuckend drehte sie sich um und wollte gehen.

»Brandy?«, rief Joe ihr nach.

»Yeah?«

»Wo könnte jemand wie ich Arbeit finden?«

Sie musterte ihn überrascht. Offenbar hatte sie geglaubt, er würde sich das Nötigste zusammenschnorren, aber nicht arbeiten. »Ich würde es auf der Tip Top Apple Farm versuchen. Dort werden immer Helfer gebraucht. Und bei Yardbirds. Sie mähen Rasen – vor allem die der Ferienhäuser.«

»Danke.«

Joe saß auf dem erstaunlich bequemen Barhocker und

ließ sich Zeit mit dem Frühstück. Er kaute jeden Bissen so langsam und bedächtig wie möglich, aber irgendwann waren Schüssel und Teller doch leer.

Er wusste, es war Zeit zum Aufbruch, konnte sich aber nicht aufraffen. Die letzte Nacht – eine sehr unangenehme Nacht mit heulenden Winden und plötzlichen Regengüssen – hatte er neben einem umgestürzten Baum auf irgendeiner Weide zugebracht. Aber jetzt ging es ihm gut: Er saß gemütlich, sein Magen war gefüllt und er fühlte sich wohl. Es war wie im Paradies.

»Sie sollten besser verschwinden«, flüsterte ihm Brandy im Vorbeigehen zu. »Mein Boss will die Cops rufen, wenn Sie noch länger hier rumhängen.«

Joe hätte einwenden können, dass er nach dem Verzehr seines Essens das Recht hatte, noch eine Weile sitzen zu bleiben – wie jeder »normale« Gast auch.

»Okay«, sagte er stattdessen und legte sechs Dollar auf den pinkfarbenen Formica-Tresen.

Langsam stand er auf. Für einen Moment drehte sich alles vor seinen Augen. Als der Schwindelanfall vorüber war, hob er seinen Rucksack auf und schwang ihn sich über die Schulter.

Draußen traf ihn die Hitze mit voller Wucht. Es kostete ihn große Willensanstrengung, einen Fuß vor den anderen zu setzen.

Er reckte unverwandt den Daumen, aber niemand hielt an. Schnell geschwächt durch die unbarmherzige Hitze, bewegte er sich mühsam in die von Brandy angegebene Richtung. Als er den KOA Campground erreicht hatte, hatte er bohrende Kopfschmerzen.

Nichts wünschte er sich sehnlicher, als jetzt den Kiesweg zum Waschraum hinunter zu laufen, lange und ausgiebig zu duschen und sich dann eine Hütte zu mieten, um ausgiebig zu schlafen.

»Unmöglich«, sagte er laut und dachte an die verbliebenen sechs Dollar in seiner Tasche. In letzter Zeit sprach er häufig mit sich selbst. Sonst konnten mitunter Tage vergehen, ohne dass er eine menschliche Stimme hörte.

Er musste versuchen, möglichst ungesehen in den Waschraum zu gelangen, und dafür war es auf dem Campingplatz jetzt noch zu belebt.

Joe schlich um das Empfangsgebäude herum und betrat ein Kiefernwäldchen. Der Schatten tat ihm gut. Er lief weiter, bis er glaubte, vor allen Blicken sicher zu sein, sank zu Boden und lehnte sich gegen einen Baumstamm. Die Augen fielen ihm zu.

Gelächter ließ ihn Stunden später wieder wach werden. Ein paar Kinder rannten kreischend zwischen den Zeltplätzen hin und her. In der Luft lag der Geruch nach brennendem Holz.

Zeit fürs Abendessen.

Joe blinzelte, überrascht, dass er so lange geschlafen hatte. Er wartete, bis die Sonne untergegangen und auf dem Campingplatz alles ruhig war. Seinen Rucksack fest an sich gedrückt, schlich er vorsichtig auf das Blockhaus zu, in dem sich die Waschräume befanden.

Als er gerade die Hand ausstreckte, um die Codezahl einzugeben, tauchte neben ihm eine Frau auf – buchstäblich aus dem Nichts.

Joe hielt den Atem an und drehte sich langsam um.

In einem blauen Bikinioberteil und Shorts stand sie da, in den Armen einen Stapel rosafarbener Handtücher. Ihre blonden Haare waren ein Gewirr noch feuchter Locken. Das Lächeln auf ihrem Gesicht schwand abrupt bei seinem Anblick.

Verdammt! Da war er seiner ersten Dusche seit Wochen so nahe gewesen und jetzt würde diese hübsche Frau mit Sicherheit den Manager rufen.

»Die Codezahl lautet zweitausendeinhundert«, sagte sie leise. »Hier.« Sie streckte ihm ein Handtuch entgegen, verschwand im Waschraum für die Frauen und schloss die Tür hinter sich.

Ihre Liebenswürdigkeit verblüffte Joe so, dass er sich einen Moment lang nicht rühren konnte. Dann drückte er die Zahlenkombination und betrat den Männer-Waschraum. Er war leer.

Joe duschte lange und ausgiebig, zog seine saubersten Sachen an und wusch seine schmutzige Kleidung in einem Becken. Während er sich die Zähne putzte, betrachtete er sich im Spiegel. Sein langes Haar war struppig und fast vollständig grau. Da er sich am Morgen nicht hatte rasieren können, bedeckten Bartstoppeln die eingesunkenen Wangen. Dunkle Tränensäcke saßen unter seinen Augen. Er war wie eine Frucht, die allmählich von innen heraus verfaulte.

Joe strich sich mit den Fingern die Haare aus dem Gesicht und wandte sich vom Spiegel ab. Es war besser, sich nicht zu genau anzusehen. Das erinnerte ihn nur an früher, als er jung und eitel war, großen Wert auf ein gepflegtes Äußeres legte, als er viele unbedeutende Dinge für ungemein wichtig hielt.

Joe ging zur Tür und öffnete sie einen Spaltbreit. Da niemand in der Nähe war, schlüpfte er in die Dunkelheit hinaus.

Inzwischen war es stockfinster geworden. Über dem See hing ein runder Mond, warf seinen fahlen Schimmer auf das leicht gekräuselte Wasser und die Blockhütten am Ufer. In dreien brannte Licht. Hinter einem Fenster konnte Joe Leute entdecken. Es sah aus, als würden sie tanzen. Plötzlich sehnte er sich danach, in dieser Hütte zu sein, zu Menschen zu gehören, die einander etwas bedeuteten.

»Du spinnst, Joe«, sagte er und wünschte, über sich

selbst lachen zu können. Aber der dicke Kloß in seinem Hals machte das unmöglich.

Er lief in den Schutz der Kiefern. Als er hinter einer der Hütten vorbeikam, drang Musik an sein Ohr. *Stayin' Alive* von den Bee Gees. Dann hörte er ein Kind lachen. »Komm, tanz mit mir, Daddy.«

Joe zwang sich zum Weiterlaufen. Mit jedem Schritt wurde das Lachen leiser. Als er den Waldrand erreicht hatte, musste er sich anstrengen, es überhaupt noch hören zu können. Er suchte sich ein von Kiefernnadeln gepolstertes Plätzchen und setzte sich. Das sanfte Mondlicht verwandelte die Welt in eine diffuse Mischung aus bläulichem Weiß und Schwarz.

Joe öffnete den Rucksack und wühlte zwischen den feuchten, zusammengerollten Kleidungsstücken nach den beiden Dingen, die ihm die wichtigsten waren.

Vor drei Jahren, zu Beginn seiner Flucht, hatte er einen teuren Lederkoffer gepackt. Er erinnerte sich, wie er in seinem Schlafzimmer stand und überlegte, was ein Mann im Exil brauchen würde. Er hatte khakifarbene Hosen eingepackt, Wollpullover und sogar einen schwarzen Anzug.

Am Ende des ersten Winters wusste er, dass diese Sachen nutzlose Relikte einer längst vergangenen Existenz waren. In seinem neuen Leben brauchte er nichts weiter als zwei Jeans, ein paar T-Shirts, ein Sweatshirt und eine Regenjacke. Alles andere hatte er in die Altkleidersammlung gegeben.

Ein pinkfarbener Cashmere-Pullover mit Perlmuttknöpfen war das einzige teure Kleidungsstück, das er behalten hatte. An manchen Abenden konnte er noch immer den Duft ihres Parfums wahrnehmen.

Joe zog ein kleines, ledergebundenes Fotoalbum aus dem Rucksack und schlug es mit zitternden Fingern auf.

Das erste Bild hatte er besonders gern.

Es zeigte Diana in weißen Shorts und Yale-T-Shirt auf einer grasgrünen Rasenfläche. Neben ihr lag ein Stapel Bücher, zartrosa Kirschblüten waren auf die aufgeschlagenen Seiten gerieselt. Sie lächelte so strahlend, dass Joe Tränen in die Augen schossen. »Hey, Baby«, wisperte er und fuhr mit der Fingerspitze über das glänzende Foto. »Heute Abend habe ich geduscht.«

Er schloss die Augen. In der Dunkelheit war sie ihm nahe. In letzter Zeit hatte er es immer häufiger, dieses Gefühl, dass sie ihn gar nicht verlassen hatte, dass sie immer noch da war. Natürlich musste das eine Art Geistesverwirrung sein, eine wahnhafte Vorstellung. Doch das störte ihn nicht weiter.

»Ich bin müde«, sagte er zu ihr und atmete den Duft ihres Parfums – »Red« von Giorgio – tief ein. Er fragte sich, ob es überhaupt noch hergestellt wurde.

Es ist nicht gut, was du da machst.

»Ich weiß nicht, was ich sonst tun sollte.«

Geh nach Hause.

»Das kann ich nicht.«

Du brichst mir das Herz, Joey.

Sie verschwand.

Seufzend lehnte sich Joe an einen Baumstamm.

Nach Hause hatte sie gesagt. Es war das, was sie ständig sagte.

Was auch er sich immer wieder sagte.

Morgen vielleicht, dachte er und flehte um den dafür nötigen Mut. Nach drei Jahren auf der Straße hatte er das Alleinsein weiß Gott gründlich satt.

Morgen würde er sich vielleicht endlich, endlich gestatten, seine Schritte wieder nach Westen zu lenken.

Diana würde es freuen.

Sechstes Kapitel

Wie strahlender Sonnenschein verlieh auch die Nacht Seattle einen besonderen Zauber. Die Schnellstraße, ein wahrer Albtraum während des allmorgendlichen Berufsverkehrs, verwandelte sich nachts zu einem glitzernden, rotgoldenen chinesischen Drachen, der sich an den dunklen Ufern des Lake Union entlangschlängelte. Die im Dunst des feuchten Klimas nur langweilig und klobig aussehenden Wolkenkratzer im Stadtzentrum wurden zu einem Kaleidoskop faszinierend vielfarbiger Lichter.

Meghann stand am Fenster ihres Büros, wie gebannt von diesem Anblick. Das Wasser war eine glatte, schwarze Fläche, die Bainbridge Island verschluckt zu haben schien. Obwohl Meg die Straßen tief unter ihr nicht erkennen konnte, wusste sie, wie verstopft sie waren. Das Verkehrschaos hatte Seattle ins neue Jahrtausend mitgeschleppt wie einen Fluch. Millionen Menschen waren in die einst verschlafene Stadt geströmt, angezogen von der hohen Lebensqualität und dem vielfältigen Freizeitangebot in der wald- und wasserreichen Umgebung. Sie erwarben oder bauten luxuriöse Eigenheime in den Vororten, verdienten das dazu nötige Geld aber in der City. Die für eine abgelegene Hafenstadt gebauten Straßen konnten dieses Verkehrsaufkommen unmöglich bewältigen.

Der Preis des Fortschritts.

Meghann blickte auf ihre Armbanduhr. Schon halb

neun. Sie sollte sich die Akte Wanamaker greifen und nach Hause fahren. Sich gründlich auf den nächsten Tag vorbereiten.

Hinter ihr ging die Tür auf. Ana schob ihren Karren in den Raum und zog einen Staubsauger hinter sich her. »Hallo, Miss Dontess.«

Meghann lächelte. Sie hatte die Putzfrau schon unzählige Male gebeten, sie beim Vornamen zu nennen – erfolglos. »Guten Abend, Ana. Wie geht es Raul?«

»Morgen erfahren wir, ob er in den McChord Barracks stationiert wird. Wir wollen die Daumen drücken, *si*?«

»Es wäre wundervoll, Ihren Sohn in der Nähe zu haben«, sagte Meghann und blickte sich nach ihren Akten um.

Ana murmelte etwas vor sich hin. Es hörte sich an wie: Und wie ist es bei Ihnen mit Kindern? Für Sie gibt es nur Arbeit, Arbeit, Arbeit ...

»Finden Sie wieder einmal etwas an mir auszusetzen, Ana?«

»Das steht mir nicht zu. Aber Sie arbeiten einfach zu viel. Jeden Abend treffe ich Sie noch im Büro an. Wie wollen Sie eigentlich den Mann fürs Leben kennen lernen, wenn Sie ständig nur beschäftigt sind?«

Diese Debatte führten sie seit nunmehr fast zehn Jahren. Damals hatte Meghann der Frau zu einer Green Card verholfen und ihr einen Job angeboten, und fühlte sich seither von Anas Dankbarkeit buchstäblich heimgesucht – in Form von hausgemachten Schmorgerichten sowie ernsthaften Warnungen vor den verhängnisvollen Folgen unermüdlicher Arbeit.

»Sie haben Recht, Ana. Ich glaube, ich genehmige mir einen Drink und versuche ein bisschen zu entspannen.«

»Drinks waren nicht unbedingt das, woran ich gedacht habe«, murrte Ana und bückte sich, um den Staubsauger einzustöpseln.

»Dann auf Wiedersehen, Ana.«

Meg hatte den Fahrstuhl schon fast erreicht, als ihr Mobiltelefon klingelte. Sie wühlte in ihrer schwarzen Kate-Spade-Tasche und zog hastig den kleinen Apparat heraus. »Hallo?«, meldete sie sich.

»Meghann?« Die Stimme klang vor Erregung fast schrill. »Hier ist May Monroe.«

Beunruhigt runzelte Meghann die Stirn. In einer Scheidungssache konnten sich die Dinge mitunter rasend schnell entwickeln, und nicht immer zum Besseren. »Was gibt es?«

»Es geht um Dale. Er war gerade bei mir.«

Meghann nahm sich vor, gleich am nächsten Morgen eine einstweilige Verfügung zu erwirken. »Verstehe. Und was wollte er?«

»Er war sehr wütend über ein Schreiben, das er bekommen hat. Was haben Sie ihm denn geschickt?«

»Darüber haben wir in der letzten Woche am Telefon gesprochen, May. Erinnern Sie sich? Ich habe dem Anwalt Ihres Mannes und dem Gericht angekündigt, dass wir den Transfer seiner Guthaben anfechten, da dieser offenbar in betrügerischer Absicht erfolgte, und einen Überblick über die Konten auf den Cayman Islands verlangen. Darüber hinaus wurde der Anwalt Ihres Mannes von mir dahingehend informiert, dass uns die Affäre mit der Klavierlehrerin bekannt ist und dass sie negative Auswirkungen auf sein Sorgerecht haben könnte.«

»Darüber haben wir beide nie gesprochen. Haben Sie ihm etwa damit gedroht, ihm die Kinder wegzunehmen?«

»Bei seinem Wutausbruch geht es ihm nur um Geld. Glauben Sie mir, May. So ist es immer. Die Kinder sind bei Kalibern wie Ihrem Mann doch nur ein Vorwand. Sobald sie behaupten, es ginge ihnen um das Sorgerecht, können sie mehr Geld herausschlagen. Das ist die übliche Taktik.«

»Offenbar sind Sie sich sicher, meinen Mann besser zu kennen als ich.«

Diesen Satz hatte Meghann schon unzählige Male gehört, dennoch verblüffte er sie immer wieder. Frauen, die von ihren Männern nach Strich und Faden betrogen, hintergangen und arglistig getäuscht wurden, waren trotzdem felsenfest überzeugt, ihre Männer zu »kennen«. Ein weiterer Grund, nie zu heiraten. Nicht Selbstbefriedigung machte blind, wie ein alter Spruch behauptete, sondern die Liebe. »Es ist meine Aufgabe, *Sie* zu schützen, May. Wenn ich ihn in Ausübung meines Jobs erzürnt haben sollte, dann ist das bedauerlich, aber nicht zu vermeiden. Er wird sich schon wieder beruhigen. Das ist immer der Fall.«

»Sie kennen Dale nicht«, wiederholte May Monroe.

Meghanns Antennen fuhren aus. Irgendetwas stimmte da nicht. »Haben Sie Angst vor ihm, May?«

»Angst?« May bemühte sich, überrascht zu klingen, aber Meg wusste Bescheid. *Verdammt!* Eheliche Prügelszenen befremdeten sie immer wieder. Sie kamen in Familien vor, in denen sie nie damit gerechnet hätte.

»Schlägt er Sie, May?«

»Manchmal, wenn er getrunken hat. Dann brauche ich nur *ein* falsches Wort zu sagen.«

O ja. Das Opfer hat Schuld. Es war erschreckend, wie oft Frauen das glaubten. »Sind Sie jetzt okay?«

»Er hat mich nicht geschlagen. Und an den Kindern hat er sich noch nie vergriffen.«

Meghann verdrängte die Worte, die ihr durch den Kopf schossen. »Das ist gut«, sagte sie stattdessen. Auge in Auge mit May Monroe hätte sie den Gefühlszustand der Frau besser abschätzen und ihr gegebenenfalls ein paar statistische Erkenntnisse vermitteln können – wahre

Schreckensgeschichten, um sie endlich dazu zu bringen, die Wahrheit zu sehen. Ein Mann, der seine Frau schlug, machte auch vor den Kindern nicht Halt. Ein Tyrann bleibt ein Tyrann – mit der geradezu zwanghaften Neigung, hemmungslos Macht über Schwächere ausüben zu müssen. Und wer wäre hilfloser als ein Kind?

Aber am Telefon waren derartige Vorhaltungen nicht möglich. Manchmal hörte sich eine Klientin ruhig und beherrscht an, während sie innerlich am Zerbrechen war. Meghann hatte bereits zu viele ihrer Klientinnen in Nervenkliniken und Krankenhäusern besuchen müssen. Sie war aus Erfahrung vorsichtig geworden.

»Wir müssen ihm vor allem verständlich machen, dass es nicht meine Absicht ist, ihm die Kinder zu nehmen. Das würde ihn umbringen«, sagte May Monroe mit einem kaum wahrnehmbaren Zittern in der Stimme.

»Lassen Sie mich Ihnen eine Frage stellen, May. Stellen wir uns vor, wir wären drei Monate weiter. Sie sind geschieden und Ihr Mann hat die Hälfte seines Besitzes verloren. Er lebt mit seiner neuen Flamme zusammen und eines Abends kommen sie angetrunken nach Hause. In ihrer Abwesenheit hat der Babysitter zugelassen, dass die Kinder das halbe Haus demolieren. Was glauben Sie? Sind Ihre Kinder dann sicher?«

»Da müsste aber einiges schief laufen.«

»Nun, das ist nicht auszuschließen, May. Das wissen Sie. Ich nehme an, dass Sie immer als Puffer zwischen Ihrem Mann und den Kindern fungiert haben? Als eine Art menschlicher Stoßdämpfer. Sie wussten vermutlich genau, was Sie tun mussten, um ihn zu beruhigen und von den Kindern abzulenken. Aber wird die neue Flamme das auch wissen?«

»Bin ich so leicht zu durchschauen?«

»Nein, aber die Situation, sie liegt klar auf der Hand.

Aber das alles hat auch etwas Gutes. Sie bauen sich und Ihren Kindern ein neues Leben auf. Geben Sie nur nicht klein bei, May. Lassen Sie sich nicht von ihm schikanieren.«

»Und was soll ich Ihrer Meinung nach tun?«

»Verschließen Sie die Türen und schalten Sie das Telefon ab. Reden Sie nicht mit ihm. Ziehen Sie notfalls zu Freunden, wenn Sie sich nicht sicher fühlen. Oder auch in ein Motel. Morgen setzen wir uns zusammen und besprechen unser weiteres Vorgehen. Ich werde den Kontakt Ihres Mannes zu Ihnen unterbinden lassen.«

»Sie können uns vor ihm schützen?«

»Sie haben nichts zu befürchten, May. Glauben Sie mir. Schläger sind im Grunde genommen Feiglinge. Sobald er erkennt, wie stark Sie sein können, wird er nachgeben.«

»Gut. Wann können wir uns treffen?«

Meghann kramte in ihrer Tasche nach dem Terminkalender. »Wie wäre es mit zwei Uhr? Zu einem kleinen Lunch im Judicial Annex Café im Gerichtsgebäude? Mit dem Anwalt Ihres Mannes kann ich mich dann später treffen.«

»Okay.«

»Noch eins, May ... Ich weiß, es ist eine recht heikle Frage, aber gibt es vielleicht ein Foto, auf dem man möglicherweise Spuren seiner Schläge bei Ihnen erkennen kann?«

Am anderen Ende der Leitung entstand eine Pause. »Ich werde nachsehen«, sagte May Monroe schließlich.

»Das wäre ein Beweis«, schob Meg nach.

»Für Sie vielleicht.«

»Tut mir Leid, May. Ich wünschte, ich bräuchte Ihnen solche Fragen nicht zu stellen.«

»Nein, *mir* tut es Leid.«

Das überraschte Meg. »Was tut Ihnen Leid?«

»Ich bedauere, dass Sie offenbar nie Männer kennen

gelernt haben, die *anders* sind. Mein Vater hätte Dale für all das umgebracht.«

Unwillkürlich verspürte Meghann so etwas wie Sehnsucht. Das war ihre Achillesferse. Sie glaubte zwar nicht an die Liebe, träumte jedoch insgeheim davon. Vielleicht hatte May ja Recht. Vielleicht wäre alles anders, wenn Meg einen liebevollen Vater gehabt hätte. Doch so verglich sie die Liebe mit einer aus dünnen Seilen geknüpften Hängebrücke. Die ihr Gewicht eine gewisse Zeit tragen könnte, früher oder später aber reißen musste.

O sicher, es gab auch glückliche Ehen. Dafür war ihre beste Freundin Elizabeth der Beweis.

Aber es gab auch Menschen, die achtundvierzig Millionen Dollar in der Lotterie gewannen, fünfblättrige Kleeblätter, siamesische Zwillinge und totale Sonnenfinsternisse.

»Dann treffen wir uns also um zwei im Annex?«

»Ich werde pünktlich sein.«

»Gut.« Meghann schaltete ihr Mobiltelefon aus, steckte es in die Tasche und drückte auf den Liftknopf. Als sie den Fahrstuhl betrat, sah sie sich durch die verspiegelten Wände mit sich selbst konfrontiert. Wie immer beugte sie sich vor und betrachtete kritisch ihr Äußeres. In letzter Zeit hatte sie sich immer häufiger dabei ertappt, geradezu obsessiv nach Anzeichen des Alters zu suchen. Fältchen, Runzeln, schlaffe Haut.

Sie war inzwischen zweiundvierzig Jahre alt, und da sie gerade gestern noch dreißig gewesen war, musste sie davon ausgehen, im nächsten Augenblick fünfzig zu sein.

Das deprimierte sie. Sie stellte sich vor, wie sie wohl als allein stehende Sechzigjährige sein würde, eine Frau, die rund um die Uhr arbeitete, mit den Nachbarkatzen sprach und Kreuzfahrten für Singles buchte.

Meg trat aus dem Aufzug, lief durch die Halle und nickte im Vorbeigehen dem Portier zu.

Es war ein wundervoller Abend. Ein amethystfarbener Himmel verbreitete einen rosigen Perlmuttschein. Lichter hinter den Fenstern der Wolkenkratzer zeigten, dass Meghann Dontess nicht der einzige Workaholic in Seattle war.

Zügig lief sie die Straße hinunter, kam an Passanten vorbei, ohne sie auch nur wahrzunehmen. Vor ihrem Haus blieb sie stehen und blickte an der Fassade empor.

Da war ihre Terrasse. Die einzige im ganzen Gebäude ohne Kübelpflanzen und Sitzmöbel. Die Fenster dahinter dunkel, während alle anderen hell erleuchtet waren. Dort saßen Freunde und Familien zusammen, aßen gemeinsam zu Abend, sahen fern, plauderten miteinander, liebten sich, waren einander – vertraut.

»*Ich bedauere*«, hatte May Monroe gesagt, »*dass Sie offenbar nie Männer kennen gelernt haben, die* anders *sind ...*«

Meghann ging weiter. Sie wollte nicht in ihr Apartment hinauffahren, ihren alten Uni-Sweater anziehen und Raisin Bran essend eine Wiederholung von *Third Watch* anschauen.

Sie lief zum Public Market, aber zu dieser späten Stunde herrschte dort gähnende Leere. Die Fischhändler waren längst nach Hause gegangen, Obst und Gemüse in Kühlboxen verstaut, die Stände leer, an denen sonst getrocknete Blüten, allerlei Kunstgewerbe oder kulinarische Köstlichkeiten feilgeboten wurden.

Meg betrat das Athenian, das durch den Film *Schlaflos in Seattle* zu Berühmtheit gelangt war. In dieser gemütlich altmodischen Kneipe hatte Rob Reiner Tom Hanks ein paar Schnurren über zwischenmenschliche Beziehungen in den neunziger Jahren erzählt.

Der Tabakqualm in der Bar war zum Schneiden dick.

Das Fehlen jeder politischen Korrektheit im Athenian hatte etwas ungemein Tröstliches. Man konnte zwar jeden modischen Drink bestellen und bekommen, aber die Spezialität war eiskaltes Bier.

Meghann hatte die Kunst perfektioniert, die Gäste einer Bar in Augenschein zu nehmen, ohne eindeutig neugierig zu wirken.

Am Tresen hockten fünf oder sechs ältere Männer. Offensichtlich Fischer, die vielleicht für die Fangsaison nach Alaska wollten. Dazu zwei jüngere Banker, die Martinis tranken und Geschäfte besprachen. Diesen Typ sah sie oft genug vor Gericht.

»Hey, Meghann«, rief Freddie, der Barkeeper. »Das Übliche?«

»Aber sicher.« Lächelnd lief sie am Tresen vorbei und wandte sich nach links, wo ein paar blank polierte Holztische an der Wand standen. An den meisten saßen Pärchen oder Vierergruppen, nur wenige waren leer.

Sie suchte sich einen Tisch ganz hinten und setzte sich. Links von ihr führte ein Fenster auf die Elliot Bay mit ihren Lagerhäusern hinaus.

»Eine Sekunde.« Freddie stellte ein Martiniglas vor sie hin. Er schüttelte den Shaker und goss ihr einen Cosmopolitan ein. »Möchten Sie vielleicht ein paar Austern und Pommes?«

»Seit wann können Sie Gedanken lesen?«

»Eine meiner leichtesten Übungen, verehrte Anwältin«, schmunzelte der Barkeeper und beugte sich zu ihr. »Die Eagles haben sich angekündigt. Sollten eigentlich jeden Moment hier sein.«

»Die Eagles?«

»Die Zweitligisten aus Everett.« Er zwinkerte ihr zu. »Viel Glück.«

Meghann stöhnte auf. Es war ein schlechtes Zeichen,

wenn Barkeeper dazu übergingen, ganze Baseballmannschaften anzupreisen.

»Ich bedauere, dass Sie offenbar nie Männer kennen gelernt haben, die ...«

Meghann begann zu trinken. Sobald sie den ersten Cosmo intus hatte, bestellte sie einen zweiten. Als sich auch der dem Ende zuneigte, hatte sie alle Unerfreulichkeiten fast vergessen.

»Etwas dagegen, wenn ich Ihnen Gesellschaft leiste?«

Meghann zuckte zusammen, hob den Kopf und blickte in ein dunkles Augenpaar.

Er stand vor ihr, einen Fuß auf den ihr gegenüber stehenden Stuhl postiert. Sein Aussehen – jung, blond und verdammt sexy – sagte ihr, dass er immer bekam, was er wollte. Und heute Abend wollte er sie.

Eine anregende Vorstellung.

»Durchaus nicht.« Sie lächelte nicht, verzog keine Miene. Verstellung war noch nie ihre Sache gewesen. Oder Spielchen. »Ich heiße Meghann Dontess. Meine Freunde nennen mich Meg.«

Er glitt neben sie auf die Bank. Sein Knie berührte ihres und er lächelte sie an. »Ich bin Donny MacMillan. Mögen Sie Baseball?«

»Ich mag viele Dinge.« Sie winkte Freddie zu und er nickte. Einen Moment später brachte er ihr einen weiteren Cosmopolitan.

»Bringen Sie mir bitte ein Coors Light«, sagte Donny MacMillan, lehnte sich zurück und streckte die Arme auf der Banklehne aus.

Schweigend sahen sie sich an. Der Lärm der Bar schien erst lauter zu werden, dann zu verebben, bis Meghann nichts mehr hören konnte als sein gleichmäßiges Atmen und den Schlag ihres eigenen Herzens.

Freddie stellte das Bier auf den Tisch und verschwand wieder.

»Ihre Frage lässt mich vermuten, dass Sie Baseball spielen.«

Er schenkte ihr ein umwerfendes Lächeln. Sex mit ihm musste großartig sein. Und sie vieles vergessen lassen.

»Richtig. Und ich schaffe es bis ganz nach oben. Warten Sie nur ab. Eines Tages bin ich berühmt.«

Das war es, was Meghann zu jüngeren Männern hinzog. Sie glaubten noch immer an sich und die Welt. Sie hatten noch nicht erfahren, wie das Leben wirklich war, dass Träume langsam verblichen, dass Gut und Böse eher abstrakte Begriffe wurden. Diese Erkenntnisse kamen einem üblicherweise Mitte dreißig, wenn man einsehen musste, dass das Leben nicht das hielt, was man sich von ihm versprochen hatte.

Ein weiterer Vorteil jüngerer Männer bestand darin, dass sie nie mehr erwarteten, als Meg zu geben bereit war. Männer ihres Alters neigten zu der Annahme, Sex hätte etwas zu bedeuten. Junge Männer wussten es besser.

Während der nächsten Stunde hörte Meghann lächelnd zu, als Donny von sich erzählte. Nach ihrem vierten Cocktail wusste sie, dass er an der Washington State University studiert hatte, der Jüngste von drei Brüdern war und seine Eltern noch immer in dem alten Farmhaus in Iowa lebten, das sein Großvater gebaut hatte. Das alles ging zu einem Ohr hinein und zum anderen wieder hinaus, während sie sich ganz auf die Nähe seines Knies konzentrierte und fasziniert beobachtete, wie sein Daumen langsam und fast sinnlich über sein Bierglas strich.

»Möchten Sie nicht mit zu mir kommen?«, fragte sie, als er ihr gerade von einer Collegeparty erzählte.

»Auf eine Tasse Kaffee?«

Meg lächelte. »Auch das.«

»Nach einem kleinen Abenteuer?«

»Ich denke, das dürfte klar sein. In dieser Hinsicht bin ich gern direkt. Mit … vierunddreißig liegt die Zeit, in der ich irgendwelche Spielchen gespielt habe, hinter mir.«

Er sah sie an, begann träge zu lächeln, und bei der wissenden Sinnlichkeit in seinem Blick wurde ihr ganz heiß. »Wie weit ist es bis zu Ihnen?«

»Glücklicherweise nicht allzu weit.«

Donny MacMillan stand auf und streckte ihr eine Hand entgegen.

Er will galant sein, sagte sie sich, und nicht etwa einer Seniorin auf die Füße helfen … Sie ergriff die dargebotene Hand und die Berührung ließ sie erschauern.

Sie sprachen kaum auf dem Weg durch den menschenleeren Markt. Es gab nichts zu sagen. Die Höflichkeiten waren ausgetauscht, das Vorspiel eingeleitet. Was von jetzt an zählte, hatte mehr mit nackter Haut zu tun.

Der Portier in Meghanns Apartmenthaus war ein Musterbeispiel an Diskretion. Falls ihm auffiel, dass sie in diesem Monat zum zweiten Mal einen jungen Mann mit heim nahm, ließ er sich nichts davon anmerken.

»Guten Abend, Miss Dontess.« Er nickte ihr zu.

»Guten Abend, Hans«, erwiderte sie und ging – *O Gott, wie hieß er doch gleich*? – voran zum Fahrstuhl.

Ach ja, *Donny*. Wie Osmond.

Meg wünschte, es wäre ihr nicht eingefallen.

Sie betraten den Lift. Sobald sich die Tür geschlossen hatte, zog er sie an sich.

Sein Kuss war so leidenschaftlich und atemberaubend, wie sie es sich vorgestellt hatte.

Der Fahrstuhl hielt im Penthouse. Er wollte sich von ihr lösen, aber sie ließ ihn nicht los. »Mein Apartment ist das einzige auf der Etage«, flüsterte sie an seinen Lippen.

Ihn weiterhin küssend griff sie in ihre Tasche und zog die Schlüssel heraus.

Aneinander geklammert stolperten sie auf die Tür zu und dann über die Schwelle.

»Hier entlang.« Megs Stimme hörte sich heiser an, rau. Im Schlafzimmer begann sie sofort, ihre Bluse aufzuknöpfen. Er wollte sie umarmen, aber sie stieß seine Hand fort.

Als sie sich ausgezogen hatte, sah sie ihn an. Im Zimmer herrschte das schummrige Halbdunkel, das ihr gefiel.

Sein Gesicht verschwamm vor ihren Augen. Sie zog die Nachttischschublade auf und suchte nach einem Kondom.

»Komm«, sagte er und streckte die Arme nach ihr aus.

»Oh, das habe ich durchaus vor.« Langsam und ihren Bauch einziehend bewegte sie sich auf ihn zu.

Er berührte ihre linke Brust. Sofort richtete sich ihr Nippel vorwitzig auf. Das Verlangen zwischen ihren Schenkeln nahm zu, wurde fast schmerzhaft.

Sie griff nach ihm und begann gleichmäßig auf und ab zu streichen.

Und dann geschah alles ganz schnell, zu schnell. Ächzend und keuchend fielen sie über einander her wie Tiere. Das Bettgestell unter ihnen erbebte und knackte im wilden, hemmungslosen Rhythmus ihrer Bewegungen. Als ihr Orgasmus schließlich kam, verspürte sie ihn fast als scharfen Schmerz.

Meghann fühlte sich sonderbar unbefriedigt, fast enttäuscht. Das passierte in letzter Zeit immer häufiger. Sie sank in die Kissen zurück. Er war ihr so nahe, dass sie seine Körperwärme an ihrer Hüfte spürte.

Er war direkt neben ihr und doch fühlte sie sich allein. Sie lagen miteinander im Bett, aber sie wusste einfach nicht, was sie zu ihm sagen sollte.

Meghann drehte sich zu ihm um. Bevor sie recht wusste, was sie tat, schmiegte sie sich noch enger an ihn. Es war Jahre her, seit sie sich etwas so Intimes gestattet hatte.

»Erzähl mir etwas über dich, was sonst niemand weiß«, sagte sie und rieb mit ihren nackten Zehen sanft über sein Schienbein.

Er lachte leise. »Ich schätze, du lebst in einer Art Absurdistan, wo man alles andersherum macht, oder? Da vögelst du mit mir, dass mir Hören und Sehen vergeht, und willst erst dann wissen, *wer* ich eigentlich bin? In der Bar hast du vor Langeweile doch förmlich gegähnt, als ich von meiner Familie erzählt habe.«

Meghan zog sich wieder in sich selbst zurück. »Ich bin nicht gern wie alle anderen.« Es überraschte sie, wie gelassen sie sich anhörte.

»Glaub mir, das bist du nicht.«

Er schob ihren Fuß zur Seite und küsste sie auf die Schulter. Eine eindeutige Abfuhr. Auf den Kuss hätte sie gut verzichten können.

»Ich muss gehen.«

»Dann geh doch.«

Er runzelte die Stirn. »Nun sei doch nicht beleidigt. Schließlich ist es nicht so, als hätten wir uns Hals über Kopf unsterblich ineinander verliebt.«

Meghann angelte auf dem Fußboden nach ihrem Seahawks-Nachthemd und schlüpfte hinein. Bekleidet fühlte sie sich weniger verletzlich. »Du kennst mich nicht gut genug, um zu wissen, ob ich beleidigt bin oder nicht. Und offen gestanden kann ich mir nicht vorstellen, mich in jemanden zu verlieben, der so oft wie du die Formulierung ›Ballberührung‹ verwendet.«

»Großer Gott.« Er stand auf und zog sich an. Reglos blieb Meg im Bett liegen, sah ihm zu und wünschte, ein

Buch auf dem Nachttisch zu haben. Es wäre nicht schlecht, jetzt ein bisschen zu lesen.

»Wenn du dich links hältst, kommst du zur Wohnungstür.«

Seine Miene wurde noch nachdenklicher. »Bist du in ärztlicher Behandlung?«

Meghann lachte nur.

»Ich kann dir eine Therapie nur empfehlen.« Er verließ das Zimmer – nahezu im Laufschritt, wie sie bemerkte –, blieb aber an der Tür stehen und drehte sich um. »Eigentlich hast du mir gefallen. Sehr sogar.«

Dann war er fort.

Meg hörte, wie sich die Apartmenttür öffnete und wieder ins Schloss fiel. Sie atmete tief durch.

Üblicherweise dauerte es Wochen oder sogar Monate, bis Männer fragten, ob sie medizinisch behandelt wurde. Aber jetzt hatte sie es geschafft, Danny – nein, Donny! – bereits beim ersten Mal zu verschrecken.

Sie verlor die Beherrschung über ihr Leben. Es schien sich langsam völlig aufzulösen. Himmel, sie konnte sich nicht einmal erinnern, wann sie das letzte Mal einen Mann geküsst und dabei mehr als schlichtes Verlangen empfunden hatte.

»Und was ist mit der Einsamkeit?«, hatte Dr. Bloom sie gefragt. »Gefällt die Ihnen auch?«

Meg drehte sich zur Seite und schaltete die Nachttischlampe an. Ihr Licht fiel auf ein gerahmtes Foto. Es war vor vielen Jahren aufgenommen worden und zeigte Meghann zusammen mit ihrer Schwester.

Sie fragte sich, was Claire im Moment tat. Ob sie jetzt auch wach im Bett lag, sich einsam und hilflos fühlte. Aber sie kannte die Antwort.

Claire hatte Alison. Und Sam.

Sam ...

Meghann wünschte, ihre spärlichen Erinnerungen an den Vater ihrer Schwester verdrängen zu können. Aber diese Art von Amnesie überkam sie nie. Stattdessen hatte sich jedes kleinste Detail in ihr Gedächtnis gebrannt. Vor allem vergaß sie nie, wie sehr sie sich danach gesehnt hatte, Sam wäre auch *ihr* Vater. Als junges Mädchen hatte sie voller Hoffnungen gedacht: Vielleicht können wir drei eine kleine Familie werden …

Kindliche Träume, Hirngespinste. Die noch nach all diesen Jahren schmerzten.

Sam war Claires Vater. Mit seinem Auftauchen wurde alles anders. Zwischen Meg und Claire gab es nichts Gemeinsames mehr.

Claire lebte in einem von Liebe und Freude erfüllten Haus. Ihre Freunde – Liebhaber? – waren vermutlich nur Mitbürger von untadeligem Ruf. Claire brauchte sich nicht mit anonymem Sex abzufinden.

Meghann schloss die Augen und rief sich in Erinnerung, dass ihr Leben genau ihren Wünschen entsprach. Schließlich hatte sie es mit der Ehe versucht, die dann genauso endete wie von ihr befürchtet, mit seinem Betrug und ihrer Verzweiflung. Das wollte sie nicht noch einmal erleben. Selbst wenn sie nachts mitunter aufwachte und dann wegen dieses sonderbaren Gefühls der Sehnsucht kaum wieder in den Schlaf kam. Tja, das war nun mal der Preis der Unabhängigkeit.

Meghann streckte die Hand nach dem Telefon aus. Unter Direktruf waren fünf Nummern gespeichert: die vom Büro, drei von Restaurants mit Lieferservice sowie die ihrer besten Freundin Elizabeth Shore.

Sie drückte auf Taste drei.

»Was gibt's?«, meldete sich eine verschlafene Männerstimme. »Bist du es, Jamie?«

Meghann sah auf die Uhr auf dem Nachttisch. Verdammt. Es war kurz vor Mitternacht, also fast drei Uhr morgens in New York. »Entschuldige, Jack. Ich habe gar nicht auf die Zeit geachtet.«

»Für eine an sich kluge Frau machst du diesen Fehler ziemlich häufig. Einen Moment.«

Am liebsten hätte Meg wieder aufgelegt. Die Sache war ihr mehr als peinlich. Ein weiterer Beweis dafür, wie wenig sie ihr Leben im Griff hatte.

»Ist irgendwas passiert?« Elizabeth hörte sich besorgt an.

»Nein, natürlich nicht. Hör mal, es tut mir Leid, dass ich euch geweckt habe. Wir können auch morgen miteinander reden. Ich rufe dich an, bevor ich ins Büro gehe.«

»Bleib dran.«

Meg hörte, dass Elizabeth kurz mit ihrem Mann flüsterte. »Lass mich raten«, sagte sie wieder lauter. »Du bist gerade aus dem Athenian nach Hause gekommen.«

Unwillkürlich zuckte Meg zusammen. »Nein. Heute nicht.«

»Ist wirklich alles in Ordnung mit dir, Meg?«

»Sicher. Ich hatte nur jedes Zeitgefühl verloren. Offenbar habe ich zu lange über einem heiklen Schriftsatz gebrütet. Lass uns morgen miteinander telefonieren.«

»Jack und ich wollen nach Paris. Erinnerst du dich?«

»Oh, ja. Na, dann macht euch ein paar schöne Tage im guten alten Europa.«

»Ich könnte den Flug umbuchen …«

»Und die tolle Party im Ritz verpassen? Kommt ja gar nicht in Frage. Nein, du fliegst, und ich wünsche dir viel Spaß.«

Es entstand eine Pause, dann sagte Elizabeth leise: »Du fehlst mir, Meg.«

Sie spürte, dass ihr die Tränen kamen. Das waren

die Worte, die sie gebraucht hatte. Auch wenn sie Tausende Kilometer von Elizabeth trennten, fühlte sie sich nun nicht mehr ganz so einsam. »Du mir auch, Birdie. Gute Nacht.«

»Gute Nacht, Meg. Schlaf gut.«

Langsam legte Meghann den Hörer auf. Im Zimmer war es ganz still – und plötzlich zu dunkel. Sie zog die Decke bis ans Kinn, schloss die Augen und wusste doch, dass es Stunden dauern würde, bis sie einschlafen konnte.

Siebtes Kapitel

Das erste Mal waren sie an den Lake Chelan gefahren, um zu feiern. Das war neunundachtzig gewesen, das Jahr, in dem Madonna alle Welt aufforderte: *Express Yourself*, Jack Nicholson den Joker spielte und die Berliner Mauer in sich zusammenfiel. Vor allem aber war es das Jahr, in dem sie alle einundzwanzig und damit volljährig wurden. Fünf Freundinnen, die sich seit der Grundschule kannten.

Eigentlich war dieses erste Zusammensein am See eher dem Zufall zu verdanken. Die Mädchen hatten zusammengelegt, um Claire ein Wochenende in der Flitterwochen-Suite zum Geburtstag zu schenken. Im März '89 war Claire bis über beide Ohren in Carl Eldridge verknallt. (Die erste von einer ganzen Reihe unsterblicher Lieben, die sich dann als ausgesprochen kurzlebig erwiesen.) Doch Mitte Juli und kurz vor dem gebuchten Termin gehörte Carl bereits der Vergangenheit an. Sie war wieder allein und ziemlich deprimiert. Aber da sie das Geschenk nicht verfallen lassen wollte, fuhr sie trotz allem an den Lake Chelan – mit der Absicht, sich auf die Veranda zu setzen und zu lesen.

Am Spätnachmittag des ersten Tages hielt ein zerbeulter, gelber Ford Pinto vor der Blockhütte, dem ihre Freundinnen mit großem Hallo und zwei Krügen Margarita entstiegen. Sie bezeichneten ihren Überraschungsbesuch als

Erste-Hilfe-Maßnahme in einer Liebeskrise. Und siehe da – es funktionierte. Am Montag wusste Claire wieder, wer sie war und was sie sich vom Leben erhoffte. Carl Eldridge mit Sicherheit nicht.

Seither kamen sie in jedem Jahr für eine Woche an den See zurück, wenn auch unter veränderten Bedingungen. Gina und Claire hatten beide eine Tochter, Karen vier Kinder im Alter von elf bis vierzehn Jahren, während Charlotte noch immer vergeblich versuchte schwanger zu werden.

Natürlich verliefen ihre Abende bei den letzten Treffen sehr viel ruhiger. Statt sich herauszuputzen und zu Cowboy Bob's Western Roundup zu fahren, um Tequilas zu kippen und die Beine beim Squaredance zu schwingen, brachten sie die Kinder ins Bett, setzten sich mit einer Flasche Weißwein an den runden Holztisch auf der Veranda und spielten Hearts. Am Ende der Woche winkte der Gesamtsiegerin der Schlüssel für die Flitterwochen-Suite im kommenden Jahr.

Ihre Ferien hatten etwas von der trägen Behaglichkeit eines altmodischen Karussells. Sie verbrachten ihre Tage am See – ausgestreckt auf rotweiß gestreiften Badetüchern oder bequemen alten Stühlen rund um den Ghettoblaster auf dem Picknicktisch. Stets war einer der Oldies-Sender eingestellt, und wenn ein Song aus den achtziger Jahren gespielt wurde, sprangen sie auf, tanzten und sangen den Text mit. An heißen Tagen wie dem gestrigen liefen sie in den See hinaus und standen dann stundenlang bis zum Hals im kühlen Wasser, die Köpfe mit Strohhüten und Sonnenbrillen vor der Sonne geschützt. Und redeten miteinander. Unentwegt.

Jetzt endlich war das Wetter einfach perfekt. Der Himmel zeigte ein strahlendes Blau und der See wirkte wie ein Spiegel. Die älteren Kinder hielten sich im Haus auf, spielten unter den ohrenbetäubenden Klängen von Willies CDs Crazy Eights und sprachen wahrscheinlich über die neuesten, krassesten und altersbeschränkten Filme, die sich natürlich alle anderen Kinder außer ihnen anschauen durften. Alison und Bonnie fuhren in einem eingegrenzten Bereich des Sees Tretboot. Ihr Lachen und Kreischen war unüberhörbar.

Wie hingegossen lag Karen in ihrem Stuhl und fächelte sich mit einem Water-Paradise-Prospekt Luft zu, während Charlotte – mit einem breitkrempigen Hut und einem kaftanähnlichen Baumwollgewand vollständig gegen die Sonne abgeschottet – in einem Wälzer des Kelly-Ripa-Buchclubs las und Limonade schlürfte.

Gina beugte sich zur Seite, öffnete die Kühlbox und durchstöberte sie nach einer Diet Coke. Als sie fündig geworden war, öffnete sie sie und trank einen großen Schluck, bevor sie die Box wieder schloss. »Meine Ehe bricht auseinander, und was trinken wir? Diätcola und Limonade. Als Karens erster Mann, dieser Weiberheld, das Weite suchte, kippten wir Unmengen Tequila und tanzten Macarena im Cowboy Bob's.«

»Du meinst Stan, meinen zweiten Mann«, korrigierte Karen. »Als Aaron mich verließ, haben wir uns Haschkekse gegönnt und danach nackt im See gebadet.«

»Das ändert nichts an meinem Argument«, beharrte Gina. »Meine Krise wird nach dem Schema *Sesamstraße* abgehandelt. Für deine galt Schema *Animal House*.«

»Cowboy Bob's«, lächelte Charlotte nachdenklich. »Wir sind seit Jahren nicht mehr dort gewesen.«

»Jedenfalls nicht mehr, seit wir diese kleinen Monster mit uns herumschleppen«, warf Karen ein. »Mit einem Kind auf dem Rücken tanzt es sich nicht sonderlich gut.«

Charlotte blickte zu den beiden kleinen Mädchen im Tretboot hinüber. Ihr Lächeln verblasste. Ein Hauch von

Traurigkeit trat in ihre Augen. Zweifellos dachte sie an das Baby, das sie sich sehnsüchtig wünschte.

Claire betrachtete ihre Freundinnen, überrascht wie häufig auf diesen Ausflügen, sie als reife Erwachsene zu sehen. Fast schon *alt*. Frauen am Ufer eines glitzernden Sees, denen allzu viel durch den Kopf ging.

Das war nicht gut. Sie kamen schließlich an den Lake Chelan, um wieder jung zu sein, unbeschwerter. Probleme waren etwas für andere Breitengrade.

Claire rappelte sich hoch, stützte sich mit den Unterarmen ab. Der raue Frotteestoff des Badelakens kratzte an ihrer sonnenverbrannten Haut.

»Willie ist doch in diesem Jahr vierzehn geworden, stimmt's?«

Karen nickte. »Im September beginnt er mit der High School. Ist das zu fassen? Dabei schläft er noch immer mit seinem Stofftier und drückt sich vor dem Zähneputzen. Neben ihm wirken die Mädchen seiner Klasse wie junge Frauen.«

»Könnte er nicht für eine Stunde oder zwei auf die anderen Kinder aufpassen?«

Gina schoss kerzengerade in die Höhe. »Meine Güte, Claire. Warum sind wir darauf nicht längst gekommen? Er ist *vierzehn*.«

Karen verzog das Gesicht. »Aber so unreif wie ein Regenwurm.«

»In seinem Alter haben wir alle Babys gehütet«, erklärte Charlotte. »Himmel, in den letzten Wochen vor der High School war ich doch praktisch ein professionelles Kindermädchen.«

»Er ist ein verantwortungsbewusster Junge, Karen. Er schafft das schon«, versicherte Claire.

»Ich weiß nicht. Im letzten Monat sind seine Fische eingegangen. An Futtermangel.«

»Innerhalb von zwei Stunden werden die Kids schon nicht verhungern.«

Karen blickte zur Blockhütte hinüber, und Claire wusste genau, was die Freundin dachte. Wenn Willie alt genug war, um auf die anderen Kinder aufzupassen, war er wirklich kein kleiner Junge mehr.

»Nun gut«, sagte Karen schließlich. »Warum nicht? Wir geben ihm eins unserer Handys ...«

»... und eine Liste mit Telefonnummern ...«

»... und ermahnen die Bande, unter keinen Umständen das Haus zu verlassen.«

Gina lächelte strahlend, zum ersten Mal an diesem Tag. »Die Bluesers beenden hiermit offiziell ihre Auszeit, Ladies. Man muss wieder mit ihnen rechnen.«

Sie brauchten zwei Stunden, um zu duschen, sich umzuziehen und den Kindern Essen zu machen – Makkaroni mit Käse und Hot Dogs. Eine weitere Stunde war nötig, die Kids von ihrem Plan zu überzeugen.

Schließlich packte Claire Karen entschlossen am Arm und führte sie aus dem Haus. Auf dem langen, gewundenen Weg zur Straße blieb Karen alle paar Schritte stehen und blickte sich um. »Seid ihr euch auch wirklich sicher?«, erkundigte sie sich jedes Mal.

»Hundertprozentig. Es wird ihm gut tun, Verantwortung zu übernehmen.«

Karen runzelte die Stirn. »Ich muss immer wieder an die Goldfische denken. Wie sie mit dem Bauch nach oben im Aquarium trieben.«

»Lauf einfach weiter.« Gina drängte sich an Claire und flüsterte: »Sie ist wie ein Auto auf vereister Fahrbahn. Wenn sie stoppt, bekommen wir sie nie wieder in Gang.«

Sie standen dem Cowboy Bob's gegenüber, als die Erkenntnis sie traf wie ein Schlag.

»Aber es ist ja noch fast taghell«, entfuhr es Claire.

»Die Party Queens haben offenbar ihr Gespür für den optimalen Zeitpunkt ihres Auftritts verloren«, stellte Charlotte bekümmert fest.

»Mist!«, zischte Gina.

Claire ließ sich nicht entmutigen. Was machte es schon, wenn sie zwischen den Kampftrinkern, die zu dieser frühen Stunde den Schuppen bevölkerten, wie Wesen aus einer anderen Welt wirkten? Sie wollten sich einen netten Abend machen und eine Alternative zum Cowboy Bob's gab es nicht.

»Mir nach, Ladies«, kommandierte sie und marschierte auf die Tür zu.

Die Freundinnen folgten in geschlossener Formation. Hocherhobenen Hauptes betraten sie das Cowboy Bob's, als gehörte ihnen der Laden. Dichter, grauer Qualm lag über dem Raum und trieb in dünnen Schwaden zwischen den Deckenlampen. Am Tresen hingen die üblichen Verdächtigen schlaff auf schwarzen Barhockern und klammerten sich mit beiden Händen an ihre Gläser. Hier und da flackerten bunte Neonlichter von Bierwerbungen durch das rauchgeschwängerte Halbdunkel.

Claire lief auf eine Reihe Tische am Rand der Tanzfläche zu. Von hier aus hätten sie einen ungehinderten Blick auf die Band, die im Moment allerdings durch Abwesenheit glänzte. In der Jukebox wimmerte ein Westernsong.

Sie hatten sich kaum gesetzt, als auch schon eine schlanke, hochgewachsene Kellnerin neben ihnen auftauchte. Ihre Wangen sahen aus wie gegerbtes Leder. »Was darf's sein für euch?«, fragte sie und wischte mit einem schmuddeligen Lappen über den Tisch.

Gina bestellte eine Runde Margaritas und Zwiebelringe, die umgehend serviert wurden.

»Himmel, tut das gut.« Zufrieden seufzend griff Karen nach ihrem Glas. »Ich kann mich nicht erinnern, wann ich das letzte Mal aus war, ohne das vorher zu planen wie eine Erdumrundung.«

»Das kenne ich«, nickte Gina. »Rex hat es nie geschafft, einen Babysitter aufzutreiben. Nicht einmal, um mich mit einer Einladung ins Restaurant zu überraschen. Er sagte dann immer: ›Wir gehen essen. Könntest du bitte dafür sorgen, dass Bonnie nicht allein ist?‹« Ihr Lächeln wurde dünn. »Als bräuchte man Eierstöcke, um ein Telefon bedienen zu können. Das hat mich jedes Mal fast rasend gemacht. Dabei gibt es weit Schlimmeres, oder? Warum habe ich mir das vorher nicht klar gemacht?«

Claire ahnte, dass Gina an ihre Zukunft als geschiedene Frau und allein erziehende Mutter dachte. Nacht für Nacht würde das Bett neben ihr leer sein. Sie wollte etwas sagen, die Freundin trösten, aber Claire wusste nicht, wie man sich fühlte, wenn eine Ehe zerbrach. In den vergangenen zwanzig Jahren hatte sie zahllose Freunde gehabt, manchmal sogar geglaubt, es könnte mehr sein als Freundschaft, doch diesen Irrtum stets sehr schnell erkannt.

Mitunter dachte sie, dass ihrem Leben damit etwas Entscheidendes fehlte, aber als sie jetzt die Trauer in Ginas Augen sah, fragte sie sich unweigerlich, ob sie darüber nicht auch froh sein konnte.

Claire hob ihr Glas. »Auf uns«, erklärte sie entschlossen. »Auf die Bluesers. Wir haben die Junior High mit Mister Kruetzer überlebt und die High School mit Miss Bass, dieser Furie. Weder Krankheiten, Operationen, Hochzeiten noch Ehekatastrophen konnten uns unterkriegen. Zwei von uns wurden geschieden, eine konnte bisher nicht schwanger werden, eine hat sich nie wirklich verliebt und vor wenigen Jahren ist eine von uns gestorben. Aber wir sind immer noch da. Wir werden *immer* füreinander da sein. Und das macht uns zu glücklichen Frauen.«

Sie stießen miteinander an.

Karen wandte sich Gina zu. »Im Moment fühlst du dich, als würdest du zerbrechen. Das kenne ich. Aber mit der Zeit wird es besser. Das Leben geht weiter. Glaub mir.«

Schweigend drückte Charlotte Ginas Hand. Sie wusste von ihnen allen vermutlich am besten, dass es für manches Problem nun einmal keine tröstenden Worte gab.

Claire versuchte zu lächeln. »Mädels, es reicht. Trübsal kann ich auch zu Hause blasen. Lasst uns endlich über etwas anderes reden.«

Zunächst verlief die Unterhaltung ziemlich zäh, fast stockend, aber nach und nach kamen sie in Fahrt. Sie erzählten sich Geschichten von früher und konnnten – endlich! – laut und herzhaft lachen. Irgendwann bestellten sie ihre erste Schale Nachos. Als die zweite gebracht wurde, fing auch die Band wieder zu spielen an. Der erste Song war eine ohrenbetäubende Version von *Friends in Low Places*.

»Das hört sich ja an, als würde Garth Brooks in einem Stacheldraht feststecken«, lachte Claire.

Als die Band zu Alan Jacksons *Here in the Real World* überging, hatte sich der Raum bis auf den letzten Platz gefüllt. Nahezu alle Gäste steckten in Pseudo-Westernklamotten. Ein paar versuchten sich auf der Tanzfläche im Squaredance.

»Hört ihr das?« Claire beugte sich vor und stützte die Handflächen auf den Tisch. »Das ist *Guitars and Cadillacs*. Auf, auf, jetzt wird getanzt.«

»Getanzt?« Gina lachte schallend. »Als ich das letzte Mal mit euch getanzt habe, habe ich mit meinem kühnen Hüftschwung einen alten Mann von den Füßen gefegt. Spendiert mir lieber noch einen Drink oder zwei.«

Karen schüttelte den Kopf. »Ohne mich, Claire. Seit Größe sechsundvierzig für mich zur traurigen Norm wurde, kommt dieses Gehüpfe für mich nicht mehr in Frage. Mittlerweile halte ich es für klüger, mein Hinterteil nicht unnötig zu bewegen.«

Claire stand auf. »Komm, Charlotte. Du bist noch nicht so vergreist wie die beiden. Wie sieht's aus?«

»Machst du Witze? Ich bin dabei. Sofort!« Sie warf ihre Handtasche auf einen Stuhl und folgte Claire auf die Tanzfläche. Die fast ausnahmslos in Jeans gekleideten Paare um sie herum übten sich in komplizierten Schrittkombinationen. Leise »eins-zwei-drei« vor sich hin murmelnd, schwebte eine Frau an ihnen vorbei. Sie brauchte offenbar ihre ganze Konzentration, um im Einklang mit ihrem Partner zu bleiben.

Claire empfand die Musik wie eine kühle Dusche an einem heißen Sommertag. Sie fühlte sich erfrischt, jünger. Sie bewegte sich im Rhythmus der Klänge, schwenkte die Hüften, stampfte mit den Füßen, klatschte in die Hände und erinnerte sich, wie sehr sie das früher geliebt hatte. Sie konnte es kaum glauben, dass sie so lange darauf verzichtet hatte.

Die Musik riss sie in ihren Bann, ließ sie die letzten Jahre vergessen. Sie und Charlotte wurden wieder zu Teenagern, die sich lachend mit den Hüften anstießen und lauthals mitsangen. Der nächste Song war *Sweet Home Alabama*, gefolgt von *Margaritaville*.

Als die Band eine Pause einlegte, war Claire völlig außer Atem. Feine Schweißperlen standen auf ihrer Stirn. Hinter ihrem linken Auge pochte es. Sie steckte eine Hand in die Tasche und fand ein Excedrin.

Charlotte strich sich die Haare aus den Augen. »Das war toll. Johnny und ich haben nicht mehr getanzt seit …« Nachdenklich runzelte sie die Stirn. »Großer Gott. Vermutlich seit unserer Hochzeit nicht mehr. So kann's gehen, wenn man geradezu verzweifelt bemüht ist, ein Kind zu bekommen. Da bleibt am Ende jede Romantik auf der Strecke.«

Claire lachte. »Das passiert erst *nach* der Schwangerschaft, glaub mir. Ich habe seit Jahren keinen attraktiven Mann mehr kennen gelernt. Komm, gehen wir zurück. Ich bin total ausgetrocknet.«

Charlotte deutete mit dem Kopf in Richtung der Toiletten. »Ich muss noch schnell wohin. Bestell mir eine Margarita. Und sag Karen, dass diese Runde auf mich geht.«

»Gern.« Claire machte sich auf den Weg, erinnerte sich dann aber an die Tablette in ihrer Hand. Sie ging zum Tresen, bat um ein Glas Wasser und schluckte das Excedrin. Als sie zu ihrem Tisch zurückkehren wollte, sah sie, dass ein Mann die Bühne betrat. Er hatte eine Gitarre bei sich – ein herkömmliches Instrument, keine E-Gitarre. Der Rest der Band hatte das Podium verlassen, aber die Instrumente waren noch da.

Er setzte sich lässig auf einen Barhocker. Ein schwarzer Cowboystiefel stand fest auf dem Boden, der andere ruhte auf der untersten Hockersprosse. Der Mann trug ausgeblichene Jeans und ein schwarzes T-Shirt. Sein blondes, fast schulterlanges Haar schimmerte im Schein der Deckenbeleuchtung. Er senkte den Blick auf seine Gitarre, und obwohl ein schwarzer Stetson viel von seinem Gesicht verbarg, konnte Claire hohe, ausgeprägte Wangenknochen ausmachen.

Wow … Claire konnte sich nicht erinnern, wann sie zuletzt einen dermaßen attraktiven Mann zu Gesicht bekommen hatte.

Mit Sicherheit nicht in Hayden.

Männer wie er kreuzten nicht einfach so in Provinznestern auf. Das hatte sie schon vor vielen Jahren begriffen. Die Toms, Brads und Georges dieser Welt lebten in

Hollywood oder Manhattan, und wenn sie unterwegs waren, versteckten sie sich hinter Bodyguards mit Sonnenbrillen und schlecht sitzenden, schwarzen Anzügen. Sie redeten gern davon, den Kontakt zum »wirklichen Leben« nicht verlieren zu wollen, doch das waren nur Lippenbekenntnisse. Das wusste Claire aus Erfahrung, weil in Snohomish einmal ein Actionfilm gedreht worden war. Sie hatte ihren Vater so lange angebettelt, bis er mit ihr zu den Aufnahmen fuhr. Keiner der Stars hatte auch nur ein Wort mit den Einheimischen gewechselt.

Der Mann beugte sich zum Mikrofon. »Ich werde Sie ein wenig unterhalten, solange die Band eine kurze Pause macht. Ich hoffe, Sie haben nichts dagegen.«

Lustloser Applaus folgte seinen Worten.

Claire drängte sich an einem jungen Mann in hautengen Wrangler-Jeans und riesigem Stetson vorbei durch die Menge.

Am Rand der Tanzfläche blieb sie stehen.

Der Mann schlug ein paar Akkorde auf der Gitarre an und begann zu singen. Zunächst klang seine Stimme unsicher und so leise, dass sie in dem allgemeinen Stimmengewirr kaum zu hören war.

»Ruhe!« Überrascht merkte Claire, dass sie das Wort laut ausgesprochen hatte.

Wie sie so gar nicht unauffällig nur wenige Meter von ihm entfernt stand und ihn mit großen Augen anstarrte, war ihr zwar peinlich, aber sie konnte weder den Blick abwenden noch sich rühren.

Er hob den Kopf.

Claire stand eingekeilt zwischen einem Dutzend anderer Menschen, hatte aber das eigentümliche Gefühl, dass er nur sie ansah.

Ganz langsam verzogen sich seine Lippen zu einem Lächeln.

Vor vielen Jahren war Claire einmal am Lake Crescent hinter ihrer Schwester hergerannt. Eben noch stürmte sie lachend das Dock entlang, aber in der nächsten Sekunde fand sie sich im eiskalten Wasser wieder und rang keuchend nach Luft.

Genauso fühlte sie sich jetzt.

»Mein Name ist Bobby Austin«, sagte er und ließ sie nicht aus den Augen. »Mein Song ist für die Eine, Wahre bestimmt. Sie wissen sicher, wen ich meine. Die Frau, nach der ich schon mein ganzes Leben lang suche.«

Seine langen, sonnengebräunten Finger glitten über die Saiten. Dann setzte er von neuem zu singen an. Er hatte eine tiefe, angenehm raue und ungemein verführerische Stimme, und die leise Wehmut des Songs ließ Claire an all das denken, was sie in ihrem Leben vermisste. Sie ertappte sich dabei, wie sie sich im Klang der Musik leicht hin und her wiegte.

Schließlich stellte er die Gitarre zur Seite und stand auf. Die Gäste applaudierten höflich und wandten sich wieder ihren Biergläsern und Tellern mit Buffalo Wings zu.

Er kam geradewegs auf Claire zu. Sie schien sich nicht von der Stelle rühren zu können.

Direkt vor ihr blieb er stehen. Claire unterdrückte den Impuls, über die Schulter zu blicken, um festzustellen, ob er nicht doch jemand anders ansah.

»Ich bin Claire Cavenaugh«, sagte sie, als er sie nur schweigend anblickte.

Ein winziges Lächeln umspielte einen Mundwinkel, aber es wirkte sonderbar traurig. »Ich schätze, ich höre mich an wie ein Idiot, wenn ich sage, was ich denke.«

Claires Herz klopfte so heftig, dass ihr fast schwindlig wurde. »Was meinen Sie damit?«

Er trat noch einen Schritt auf sie zu. Jetzt war er ihr so nahe, dass sie die goldenen Fünkchen in seinen grünen

Augen erkennen konnte, und die winzige sichelförmige Narbe an seinem Mundwinkel. Sie sah auch, dass er sich die Haare offenbar selbst geschnitten hatte.

»Ich bin es«, sagte er leise.

»Was sind Sie?« Claire versuchte zu lächeln. »Der Weg zur Seligkeit? Die Erleuchtung? Der Heilsbringer?«

»Das ist kein Scherz. Ich bin der, nach dem Sie gesucht haben.«

Sie wollte laut lachen, wollte ihm sagen, dass sie diese plumpe Anmache das letzte Mal gehört hatte, als sie versucht hatte, sich die Augenbrauen mit einem Filzstift nachzuzeichnen.

Sie war fünfunddreißig Jahre alt. Sie glaubte schon lange nicht mehr an die Liebe auf den ersten Blick. Aber als sie den Mund öffnete, kam etwas ganz anderes über ihre Lippen. »Woher wollen Sie das wissen?«

»Weil ich auch nach Ihnen gesucht habe.«

Claire trat einen kleinen Schritt zurück. Gerade so weit, dass sie wieder atmen konnte.

Sie wollte lachen. Und tat es auch.

»Kommen Sie, Claire Cavenaugh«, flüsterte er. »Tanzen Sie mit mir.«

Achtes Kapitel

Manche Ehen endeten mit bitteren Worten und hässlichen Beschimpfungen, andere mit Tränenfluten und hilflosen Entschuldigungen, aber etwas war allen gemeinsam: Enttäuschung und Bedauern. Wenn der Richter oder die Richterin das Urteil verkündete und mit einem Hammerschlag bekräftigte, überlief Meghann jedes Mal ein kalter Schauer. Das kühl-sachliche Ende eines Traums war desillusionierend, und am Familiengericht wusste jeder, dass alle, die eine Scheidung über sich ergehen lassen mussten, die Welt – und die Liebe – künftig mit anderen Augen sahen.

»Wie geht es Ihnen?«, fragte Meghann ihre Klientin.

May Monroe saß kerzengerade und hatte die Hände auf dem Schoß verschränkt. Ein flüchtiger Betrachter konnte sie für würdevoll und gelassen halten, nahezu unbeeindruckt von der Tragödie, die sich gerade in diesem Gerichtssaal abgespielt hatte.

Aber Meghann wusste es besser. May Monroe stand kurz vor einem Zusammenbruch. Nur mit äußerster Willenskraft hielt sie sich aufrecht.

»Gut«, brachte ihre Klientin mit gepresster Stimme über die Lippen. Das war nicht untypisch. Manche Frauen atmeten so flach, dass man befürchten musste, sie bekämen überhaupt keine Luft mehr in die Lungen.

Meghann legte eine Hand auf May Monroes Arm. »Wie

ist es? Wollen wir nicht ins Annex Café gehen? Einen kleinen Happen essen?«

»Essen«, erwiderte die Frau so tonlos, dass es weder als Zustimmung noch als Ablehnung zu deuten war.

Die Richterin erhob sich. Sie lächelte erst Meghann, dann George Gutterson, den Anwalt von Dale Monroe, kurz an und verließ den Raum.

Meghann half ihrer Klientin beim Aufstehen und ging mit ihr langsam auf den Ausgang zu.

»Verdammtes Miststück!«

Meg hörte, wie May scharf die Luft einsog. Ihr ganzer Körper verspannte sich. Sie blieb wie angewurzelt stehen.

Mit hochrotem Gesicht bewegte sich Dale Monroe auf seine Frau zu. An seiner Schläfe pochte eine purpurfarbene Ader.

»Dale …« George Gutterson griff nach dem Arm seines Klienten. »Machen Sie keinen Fehler …«

Mr Monroe schüttelte die Hand des Anwalts ab und stürmte weiter.

Schnell stellte sich Meghann zwischen ihre Klientin und den Mann. »Halten Sie sich zurück, Mister Monroe.«

»Für Sie immer noch *Doktor* Monroe, Sie geldgierige Schlampe.«

»Oh, was für eine gewählte Ausdrucksweise. Sie müssen eine sehr liberale Ausbildung genossen haben. Und jetzt bitte – keinen Schritt weiter.« Meghann spürte, wie heftig May hinter ihr atmete. Sie schien am ganzen Körper zu zittern. »Halten Sie Ihren Klienten in Schach, Mister Gutterson.«

Hilflos hob der Anwalt die Hände. »Er will nicht auf mich hören.«

»Sie haben mir meine Kinder genommen«, zischte Dale Monroe und starrte Meghann wütend an.

»Wollen Sie damit etwa sagen, dass *ich* derjenige war,

der seiner Frau und seinen Kindern unberechtigt und in betrügerischer Absicht Geld entzogen hat?« Sie trat einen kleinen Schritt auf ihn zu. »Oder soll das vielleicht heißen, dass *ich* jeden Dienstagnachmittag die Klavierlehrerin meiner Tochter gebumst habe?«

Er wurde weiß wie die Wand, was seine Schläfenader noch deutlicher hervortreten ließ. Er versuchte um Meghann herum Blickkontakt zu seiner Frau aufzunehmen.

Seiner *Ex*-Frau.

»Ich bitte dich, May. Du kennst mich gut genug, um zu wissen, dass diese Vorwürfe komplett absurd sind. Du hättest alles von mir bekommen können. Du hättest nur zu fragen brauchen. Aber die Kinder ... Ich ertrage es nicht, sie nur an Wochenenden und zwei Wochen im Sommer sehen zu dürfen.«

Er hörte sich sehr überzeugend an, aufrichtig. Wenn Meghann nicht die ganze hässlische Wahrheit gekannt hätte, hätte sie ihm seine Verzweiflung über die Kinder fast glauben können.

Schnell öffnete sie den Mund, um May Monroe die Antwort zu ersparen. »Die Teilung Ihres *gemeinsamen* Vermögens war nicht mehr als recht und billig, Doktor Monroe. Auch für die Besuchszeiten wurde eine faire Lösung gefunden. Und wenn Sie sich ein wenig beruhigt haben, werden Sie mir sicher zustimmen. Uns allen ist bekannt, wie Ihr Alltagsleben ausgesehen hat. Sie verließen täglich gegen sechs Uhr morgens das Haus – bevor die Kinder aufwachten – und kehrten selten vor zehn Uhr abends nach Hause zurück. Die Wochenenden verbrachten Sie mit Ihren Freunden beim Golf oder Pokerspiel. Großer Gott, Sie werden Ihre Kinder in Zukunft vermutlich sogar häufiger sehen als bisher.« Ein zufriedenes Lächeln breitete sich auf Meghanns Gesicht aus. Diesem Argument konnte von keiner Seite widersprochen werden. Sie sah

George Gutterson an, der schweigend neben seinem Klienten stand. Der Anwalt wirkte, als müsse er sich jeden Augenblick übergeben.

»Was bilden Sie sich eigentlich ein?«, knurrte Dale Monroe, ballte die Fäuste und bewegte sich auf Meghann zu.

»Wollen Sie mich etwa schlagen, *Doktor* Monroe? Nur zu. Damit setzen Sie nur Ihr Besuchsrecht aufs Spiel.«

Verunsichert blieb er stehen.

Meghann trat einen Schritt auf ihn zu. »Und falls Sie meine Klientin jemals wieder schlagen oder sie auch nur belästigen, finden Sie sich in diesem Gerichtssaal wieder. Dann geht es allerdings nicht nur um Geld, sondern um Ihre Freiheit.«

»Sie *drohen* mir?«

»Tue ich das?« Durchdringend starrte sie ihn an. »Ja, ganz recht, das tue ich. Und damit das deutlich ist: Sie halten sich von meiner Klientin fern, oder ich sorge dafür, dass Sie Ihres Lebens nicht mehr froh werden. Jeden zweiten Freitag können Sie vor dem Haus parken und darauf warten, dass die Kinder herauskommen. Sie werden sie wie vereinbart pünktlich wieder zurückbringen und das ist Ihr einziger Kontakt mit Ihrer Exfrau. Haben wir uns verstanden?«

May Monroe berührte ihren Arm und flüsterte: »Lassen Sie uns gehen.«

Die Anspannung in ihrer Stimme entging Meghann nicht. Es erinnerte sie an ihre eigene Scheidung. Sie hatte ihre ganze Kraft gebraucht, um stark und ruhig zu wirken, aber in dem Moment, in dem sie auf den Gerichtsflur hinaustrat, war sie zusammengeklappt wie ein Kartenhaus. Etwas in ihr hatte sich davon bis zum heutigen Tag nicht erholt.

Sie griff sich ihre Aktentasche von der Verteidigerbank,

schlang einen Arm um May Monroes Taille, und gemeinsam verließen sie den Saal.

»Dafür wirst du bezahlen, du Schlampe«, schrie Dale Monroe ihnen nach. Dann stürzte irgendetwas mit lautem Gepolter um.

Meghann vermutete, dass es die andere Verteidigerbank war.

Sie sah sich nicht um. Stattdessen lief sie mit May Monroe zügig zum Fahrstuhl.

Sobald sich die Türen hinter ihnen schlossen, brach May in Tränen aus.

Meghann griff nach der Hand ihrer Klientin und drückte sie sanft. »Es hört sich im Augenblick vielleicht absurd an, aber Sie werden sich bald besser fühlen. Das verspreche ich Ihnen. Nicht sofort, nicht auf Anhieb, aber schon bald.«

Sie führte ihre Klientin aus dem Gerichtsgebäude und auf die Straße hinaus. Der Himmel war grau und wolkenverhangen. Ein leichter Nieselregen fiel auf die mit Autos verstopften Straßen. Die Sonne war nirgendwo zu sehen: zweifellos den Wildgänsen nach Süden gefolgt, nach Florida oder Kalifornien. Erst nach dem vierten Juli würde sie sich wieder längerfristig im Westen des Staates Washington blicken lassen.

Sie liefen die Third Street hinunter zum Judicial Annex, dem Lieblingstreffpunkt der Familienrichter und Anwälte für einen schnellen Lunch.

Als sie den Eingang erreicht hatten, war Meghanns Kostüm ziemlich durchnässt. Graue Regenspuren zeigten sich auf dem Kragen ihrer weißen Seidenbluse. Wenn es etwas gab, das Einheimische mit Nichtachtung straften, dann Regenschirme.

»Hey, Meg«, grüßten ein paar Kollegen, als sie das Restaurant durchquerte und einen Tisch im hinteren Bereich ansteuerte. Sie rückte May Monroe einen Stuhl zurecht und nahm dann ihr gegenüber Platz.

In Windeseile stand eine Serviererin neben ihnen, zog einen Stift aus ihrem Pferdeschwanz und zückte ihren Block. »Ist heute ein Tag für Champagner oder für Martinis?«, fragte sie Meghann.

»Eindeutig für Champagner. Danke.«

May Monroe sah sie über den Tisch hinweg an. »Aber wir wollen doch nicht im Ernst Champagner trinken, oder?«

»Sie sind jetzt Millionärin, May. Wenn Sie wollen, können Ihre Kinder in Harvard studieren. Sie besitzen ein wundervolles, abbezahltes Haus am Wasser in Medina. Ihr Ex wiederum lebt jetzt in einer hundertzwanzig Quadratmeter großen Eigentumswohnung in Kirkland. Und Ihnen wurde das uneingeschränkte Sorgerecht für Ihre Kinder zugesprochen. Selbstverständlich werden wir das feiern.«

»Was hat man Ihnen angetan?«

»Was meinen Sie damit?«

»Mein Leben ist aus allen Fugen geraten. Den Mann, den ich liebe, gibt es nicht mehr für mich. Jetzt erkenne ich, dass ich mir ihn und seine Liebe vielleicht nur eingebildet habe. Ich muss mit der Tatsache leben, dass ich nicht nur allein bin, sondern offensichtlich auch sehr töricht war. Meine Kinder werden in dem Bewusstsein aufwachsen, dass Familien zerbrechen können, dass Liebe keine Beständigkeit hat und – das ist das Schlimmste – dass Versprechen gebrochen werden. Irgendwie werden sie es überstehen. Wie andere verlassene Kinder und Frauen auch. Aber wir werden nie wieder ganz wir selbst sein. Ich habe Geld. Na und? Ich nehme an, dass auch Sie nicht ganz mittellos sind. Aber was machen Sie mit dem Geld? Liegt es nachts neben Ihnen im Bett? Tröstet es Sie, wenn Sie völlig verängstigt und schweißüberströmt aus einem Albtraum erwachen?«

»Hat Ihr Mann das denn getan?«

»Früher ja. Unglücklicherweise ist das der Mann, an den ich mich erinnere.« May Monroe blickte auf den Trauring an ihrem Finger. »Ich komme mir vor, als würde ich innerlich verbluten. Und Sie sitzen mir gegenüber und wollen Champagner trinken.« Sie hob wieder den Kopf. »Was stimmt mit Ihnen nicht?«

»Mein Job ist nicht gerade leicht«, antwortete Meghann wahrheitsgemäß. »Manchmal sogar so hart, dass ich ohne ein bisschen ...«

Im Restaurant brach Unruhe aus. Glas klirrte. Eine Frau kreischte hysterisch.

»O nein!«, ächzte May Monroe. Sie wurde totenblass.

Verständnislos runzelte Meghann die Stirn. »Was ist denn ...?« Sie drehte sich um.

Einige Meter entfernt stand Dale Monroe, eine Pistole in der linken Hand. Als Meghann ihn entsetzt anstarrte, trat er lächelnd über einen umgestürzten Stuhl hinweg. Sein Lächeln hatte jedoch nichts Heiteres. Es sah sogar so aus, als würde er weinen.

Vielleicht waren es aber auch nur Regentropfen auf seinen Wangen.

»Stecken Sie die Waffe weg, Doktor Monroe.« Die Ruhe, mit der sie das sagte, überraschte Meghann.

»Ihr Auftritt ist beendet, Frau Anwältin.«

Eine Frau in schwarzem Nadelstreifenkostüm kroch langsam über den Boden. An der Tür sprang sie auf und flüchtete.

Monroe achtete gar nicht auf sie. Er hatte nur Augen für Meghann. »Sie haben mein Leben ruiniert.«

»Werfen Sie die Waffe fort. Sie werden doch jetzt nichts Unüberlegtes tun.«

»Das ist längst geschehen.« Ein unkontrolliertes Aufschluchzen ließ ihn kurz verstummen. »Ich habe mich auf eine Affäre eingelassen und bin gierig geworden und habe darüber ganz vergessen, wie sehr ich meine Frau liebe.«

May Monroe wollte aufstehen. Meghann streckte blitzschnell die Arme aus, drückte sie auf den Stuhl zurück und erhob sich.

Sie reckte beide Hände über den Kopf. Ihr Herz fühlte sich an wie ein Schmiedehammer, der dabei war, ihren Brustkorb zu zerschmettern. »Kommen Sie, Mister Monroe. Beruhigen Sie sich. Wir werden jemanden rufen, der Ihnen hilft.«

»Wo war Ihr Hilfsangebot, als ich versuchte, meiner Frau zu erklären, wie sehr ich alles bereue?«

»Ich habe einen Fehler begangen. Dafür entschuldige ich mich. Wollen wir uns nicht setzen und ausführlich miteinander reden?«

»Glauben Sie denn, ich wüsste nicht, in welch ausweglose Situation ich mich gebracht habe? Ich weiß es sehr gut.« Wieder versagte ihm die Stimme. Tränen liefen ihm über die Wangen. »Um Gottes willen, May, wie konnte es nur so weit mit uns kommen?«

»Hören Sie, Mister Monroe«, sagte Meghann mit mühsam beherrschter Stimme. »Ich kann sehr gut nachempfinden, was Sie ...«

»Halten Sie den Mund! Es ist allein Ihre Schuld. Sie sind für diese Katastrophe verantwortlich.« Er zückte die Waffe, zielte und schoss.

Joe erwachte mit kratzendem Hals und Fieber. Ein Hustenanfall ließ ihn hochfahren, bevor er noch die Augen ganz aufgeschlagen hatte. Als er wieder durchatmen konnte, blickte er sich keuchend um.

Glitzernder Reif bedeckte seinen Schlafsack. Das

musste an der Höhe liegen, in der er sich befand. Obwohl die Tage in diesem Teil des Staates glutheiß waren, konnte es nachts eiskalt werden.

Wieder musste er krampfartig husten. Er kroch aus dem Schlafsack, rollte ihn mit zitternden Fingern zusammen und band ihn an seinen Rucksack. Dann verließ er das Dunkel des Waldes und blinzelte wie ein Maulwurf in die Strahlen der aufgehenden Sonne.

Joe holte Zahnbürste, Zahnpasta und Seife aus seinem Rucksack, hockte sich ans Ufer des Icicle Creek und begann mit seiner Morgentoilette.

Als er fertig war, ging sein Atem so keuchend, als hätte er am Boston Marathon teilgenommen.

Er betrachtete sich im Bach. Trotz der starken Strömung gab die Oberfläche des klaren Wassers sein Spiegelbild überraschend deutlich wieder. Sein Haar war entschieden zu lang und zerzaust. Struppig wie das Gesträuch, unter dem er die letzten beiden Nächte verbracht hatte. Ein Bart verdeckte die untere Hälfte seines Gesichts, ein dichtes Gekräusel, mehr Grau als Schwarz. Seine Lider hingen resigniert herab.

Und heute war sein Geburtstag. Er wurde dreiundvierzig Jahre alt.

Früher – in einem anderen Leben – wäre das ein Grund zum Feiern gewesen. Diana hatte Partys immer geliebt, konnte sie im Nu aus dem Boden stampfen. Als er achtunddreißig wurde, hatte sie das Restaurant in der Space Needle gemietet und einen Bruce-Springsteen-Imitator engagiert, der all die Hits ihrer Jugend sang. Das Lokal war unter dem Ansturm der Gäste nahezu aus den Nähten geplatzt. Alle wollten mit Joe zusammen seinen Geburtstag feiern.

Aber dann …

Mit einem tiefen Seufzer rappelte er sich hoch. Ein Blick

in sein Portemonnaie und ein forschender Griff in alle Taschen ergab gähnende Leere. Das wenige Geld, das er in der letzten Woche mit Rasenmähen verdient hatte, war ausgegeben.

Joe schnallte sich den Rucksack um und folgte dem gewundenen Pfad, der aus dem National Forest hinausführte. Als er den Highway 2 erreicht hatte, schwitzte er so heftig, dass er sich ständig über die Augen wischen musste. Seine Stirn glühte förmlich vor Fieber.

Benommen starrte Joe das schwarze Asphaltband an, das sich zu einer kleinen Siedlung in einiger Entfernung hinabzog. Von seinem Standpunkt aus konnte er Häuser im bayrischen Stil, Stoppschilder und große Reklametafeln ausmachen. Es war eine dieser Ortschaften, in denen das ganze Jahr über selbst gefertigte Weihnachtsdekoration verkauft wurde und wo es an jeder Ecke ein Bed-and-Breakfast gab. Einer dieser Orte eben, in denen Touristen mit offenen Armen empfangen wurden.

Es sei denn, sie sahen aus wie Joe und rochen auch so.

Aber er war zu erschöpft, um bergauf zu laufen, daher bewegte er sich gemächlich auf den kleinen Ort zu. Die Füße taten ihm weh und sein Magen knurrte. Seit Tagen hatte er nichts Anständiges mehr gegessen. Am Vortag hatte seine einzige Nahrung aus unreifen Äpfeln und den letzten paar Happen Dörrfleisch bestanden.

Als er in Leavenworth ankam, hatte er fast unerträgliche Kopfschmerzen. Zwei Stunden lang lief er von Tür zu Tür und fragte nach Arbeit.

Erfolglos.

An der Chevron-Tankstelle kaufte er von seinen letzten zwei Dollar Aspirin und spülte sie auf der Toilette mit metallisch schmeckendem Wasser hinunter. Dann starrte er hungrig die Regale mit Knabberzeug und Süßigkeiten an.

Ein Riegel Corn Nuts wäre nicht schlecht ...

Oder eine Tüte Barbecue Potato Chips ...

Oder ...

»Wie ist es, Mister?«, fragte der junge Mann hinter der Kasse. »Kaufen Sie nun noch etwas oder nicht? Sonst müsste ich Sie bitten zu gehen.« Er trug ein braunes T-Shirt mit der Aufschrift »Mach Pause von der Ehe – es ist Zeit für die Elchjagd«.

Joe warf einen Blick auf die Uhr an der Wand und stellte verblüfft fest, dass er sich bereits mehr als eine Stunde hier aufhielt. Er nickte dem Jungen zu, begab sich noch einmal auf die Toilette und füllte seine Wasserflasche auf. Auf dem Rückweg blieb er kurz neben der Kasse stehen und fragte mit niedergeschlagenen Augen nach Arbeitsmöglichkeiten.

»Auf der Darrington Farm werden zur Ernte häufig Helfer gesucht – natürlich im Herbst. Und die Whiskey Creek Lodge braucht in der Lachssaison auch immer ein paar zusätzliche Hände.«

Obst pflücken oder Fische ausnehmen. Darin hatte er in den letzten drei Jahren reichlich Erfahrung gesammelt. »Vielen Dank.«

»Hey, aber Sie sehen ziemlich krank aus.« Der junge Mann musterte ihn nachdenklich. »Kenne ich Sie nicht von irgendwoher?«

»Ich bin völlig okay, danke.« Joe zwang sich zum Gehen. Er hatte Angst, dass ihm seine Beine den Dienst verweigerten, wenn er noch länger hier stehen blieb. Er könnte straucheln, möglicherweise stürzen. Dann würde er in einem Krankenhausbett oder einer Gefängniszelle aufwachen. Er wusste nicht, was schlimmer wäre. Beide Vorstellungen weckten böse Erinnerungen.

Auf unsicheren Beinen verließ er die Tankstelle und hoffte inständig, dass die Tabletten endlich wirkten, als ihn der erste Regentropfen traf. Dick und klatschend landete er direkt über seinem linken Auge. Joe hob den Kopf und stellte fest, dass der Himmel unvermittelt pechschwarz geworden war.

»Verdammt!«

Kaum hatte er die zwei Silben ausgesprochen, brach das Unwetter los. Peitschende Regenfluten stürzten herab, verhinderten jeden weiteren Schritt.

Ergeben senkte Joe den Kopf.

Jetzt könnte sich seine Erkältung zu einer regelrechten Lungenentzündung auswachsen. Dafür würde eine weitere in nasser Kleidung im Freien verbrachte Nacht mit Sicherheit sorgen.

Und plötzlich konnte, wollte er nicht mehr so leben. Er war seine erbärmliche, einsame Existenz endgültig leid.

Nach Hause …

Der Gedanke traf ihn wie ein linder, warmer Wind und trug ihn weit fort von dem entsetzlichen Hier und Jetzt. Er schloss die Augen und dachte an die kleine Stadt, in der er aufgewachsen war, in der er Shortstopper des Baseballteams war, in der er nach der Schule und in den Sommerferien an einer Tankstelle arbeitete, bis er aufs College ging. Wenn er nach allem, was er getan hatte, überhaupt noch in einem Ort akzeptiert wurde, dann dort.

Vielleicht.

Zögernd, überwältigt von einer sonderbaren Mischung aus Angst und Vorfreude, lief er zu einer Telefonzelle, trat ein und zog die Tür hinter sich zu. Binnen Sekunden war der Regen nur noch ein Geräusch – heftig und hämmernd wie seine Herzschläge.

Joe holte tief Luft und ließ sie langsam wieder entweichen. Dann griff er zum Hörer und drückte die Null für ein R-Gespräch.

»Hey, Schwesterherz«, sagte er, als sich jemand gemeldet hatte. »Wie geht es dir?«

»O mein Gott! Das wurde aber auch Zeit. Ich habe mir wahnsinnige Sorgen um dich gemacht, Joey. Du hast dich lange nicht gemeldet, seit acht Monaten nicht mehr, glaube ich. Und da hast du dich einfach furchtbar angehört.«

Er erinnerte sich genau an das Gespräch. Damals war er in Sedona gewesen. Der ganze Ort wirkte wie verzaubert und schien auf übersinnliche Kontakte zu warten. Er hatte sich vorgestellt, dass Diana ihn via Telepathie nach Sedona gerufen hatte. Doch das war natürlich nicht der Fall. Der Ort war nur eine weitere Durchgangsstation. Er hatte angerufen, um seiner Schwester zum Geburtstag zu gratulieren. Damals gedachte er noch, bald wieder zu Hause zu sein. »Ich weiß. Es tut mir Leid. Was macht meine bezaubernde Nichte?«

»Es geht ihr blendend.«

Er glaubte, irgendetwas in ihrer Stimme zu hören. »Was ist?«

»Nichts«, erwiderte sie und fügte dann leiser hinzu: »Ich könnte meinen großen Bruder gerade jetzt echt brauchen. Das ist alles. War es nicht wirklich lange genug?«

Da war sie, die Frage aller Fragen. »Ich weiß nicht. Aber ich bin müde, so viel ist sicher. Haben die Leute inzwischen vergessen, was vorgefallen ist?«

»Man fragt mich nicht mehr so oft wie früher.«

Also hatten manche vergessen, aber nicht alle. Wenn er nach Hause ging, würde die Erinnerung wieder aufleben. Joe wusste nicht, ob er stark genug war, sich seiner Vergangenheit zu stellen.

»Komm nach Hause, Joey. Es ist an der Zeit. Du kannst dich nicht für immer verstecken. Und ... ich brauche dich.«

Er hörte sie leise schluchzen. Es zerriss ihm fast das Herz. »Nicht weinen. Bitte!«

»Ich weine überhaupt nicht«, schniefte sie. »Ich schneide gerade Zwiebeln fürs Abendessen. Deine Nichte durchläuft im Moment ihre Spaghetti-Phase. Sie isst nichts anderes.« Seine Schwester zwang sich zu einem Lachen, was er ihr hoch anrechnete.

»Mach ihr doch Spaghetti nach Moms Art. Danach wird sie bestimmt Ruhe geben.«

Jetzt lachte sie wirklich. »Himmel, die hatte ich ganz vergessen. Sie waren grauenhaft.«

»Aber immerhin noch besser als ihr Hackbraten.«

Schweigen breitete sich aus. »Du musst dir verzeihen, Joey«, sagte seine Schwester schließlich leise.

»Manche Dinge sind unverzeihlich.«

»Dann komm wenigstens nach Hause. Es gibt Menschen, denen du etwas bedeutest.«

»Das möchte ich. Ich kann nicht mehr ... so weiter leben.«

»Ich hoffe, du meinst es ernst.«

»Das hoffe ich auch.«

Es war ein äußerst ungewöhnlicher Sommertag in Seattle. Heiß und stickig. Kein Lufthauch regte sich. Dichter Smog über der Stadt erinnerte jeden daran, dass sich zu viele Autos auf zu vielen Schnellstraßen bewegten. Still und starr wie ein Spiegel lag der Puget Sound in der dunstverhangenen Sonne. Selbst die Berge wirkten irgendwie kleiner. Als würden auch sie von der Hitze niedergedrückt.

Draußen war es heiß, im Gerichtssaal hingegen unerträglich. Die altersschwache Klimaanlage oberhalb des geöffneten Fensters ächzte und stöhnte mitleiderregend.

Meghann starrte auf den Block vor ihr auf dem wackligen Tisch. Daneben lag ein ganzes Sortiment von Stiften.

Sie hatte noch kein einziges Wort geschrieben.

Das überraschte sie. Für gewöhnlich war sie mit dem Stift ebenso schnell wie mit dem Verstand.

»Miss Dontess ... Äh, *Miss Dontess*?«

Die Richterin sprach mit ihr.

Meghann zwinkerte erschreckt. »Entschuldigung.« Sie stand auf und wollte sich automatisch ein paar Strähnen aus dem Gesicht streichen. Aber das gelang ihr nicht. Sie hatte sich am Morgen die Haare zu einem französischen Zopf geflochten.

Die Richterin, eine schlanke, reiherähnliche Frau, hob die Brauen. Wegen der Hitze hatte sie offenbar auf eine Bluse oder ein Hemd verzichtet. Kein Kragen lugte aus dem V-Ausschnitt ihrer Robe. »Würden Sie mir bitte Ihre Argumente mitteilen?«

Meghann verspürte einen Anflug von Panik. Wieder blickte sie auf ihren leeren Block. Ihre rechte Hand begann zu zittern. Der teure Füllfederhalter entglitt ihren Fingern und landete scheppernd auf der Tischplatte.

»Treten Sie bitte vor«, sagte die Richterin.

Meghann vermied jeden Augenkontakt mit dem Anwalt der gegnerischen Partei. Sie hatte einen schwachen Moment, zitterte sogar, und jeder konnte es sehen.

Sie bemühte sich konzentriert um eine selbstsichere Ausstrahlung. Vielleicht gelang es ihr. Als sie zur Richterbank ging, betonten ihre hohen Absätze ihre Schritte. Die Geräusche wirkten wie Ausrufungszeichen hinter jedem ihrer Atemzüge.

Vor der Richterbank blieb sie stehen und hob den Kopf. Es kostete sie einiges an Willenskraft, die Hände nicht zu Fäusten zu ballen. »Ja, Euer Ehren?« Gott sei Dank hörte sich ihre Stimme normal an. Ruhig. Kräftig.

Die Richterin beugte sich zu ihr. »Uns allen ist bekannt, was in der letzten Woche geschehen ist, Meghann. Die

Kugel hat Sie nur um Zentimeter verfehlt. Sind Sie sicher, dass es nicht noch zu früh ist, in den Gerichtssaal zurückzukehren?«

»Ja.« Jetzt hörte sie sich leiser an, unsicherer. Ihre rechte Hand zitterte leicht.

Die Richterin musterte sie stirnrunzelnd. Dann räusperte sie sich und nickte. »Nun gut. Nehmen Sie bitte Ihren Platz wieder ein.«

Meghann marschierte zurück. John Heinreid erhob sich besorgt. Sie hatten eine Reihe von Fällen gegeneinander ausgefochten. Manchmal, nach einem langen Tag vor Gericht, saßen sie noch bei einem Glas Wein und einem Dutzend Austern zusammen.

»Ist mit Ihnen auch wirklich alles in Ordnung? Es macht mir nichts aus, die Sache ein paar Tage aufzuschieben.«

Sie sah ihn nicht an. »Danke, John. Ich bin ganz okay.« Sie setzte sich.

Besorgt starrte ihre Klientin sie an. Sie war eine Hausfrau, die glaubte, dass ihr neunzehntausend Dollar im Monat für ihr Leben in einer Villa auf Mercer Island bei weitem nicht ausreichten. »Was ist denn nur los?«, murmelte sie lautlos und spielte nervös mit der goldfarbenen Kette ihrer Chanel-Handtasche.

Meghann schüttelte den Kopf. »Kein Grund zur Sorge.«

»Auf Bitten meines Klienten ersuche ich um Unterbrechung des Verfahrens«, begann John Heinreid. »Damit er zusammen mit Mrs Miller einen Eheberater aufsuchen kann. Es sind immerhin kleine Kinder betroffen. Er möchte dem Fortbestand seiner Ehe jede auch noch so kleine Chance einräumen.«

Meghann hörte ihre Klientin »Auf gar keinen Fall« flüstern. Sie legte die Handflächen auf die Tischplatte und stand langsam auf.

Ihr Kopf war wie leer. Ihr fiel kein einziges Argument ein. Als sie die Augen schloss, um sich zu konzentrieren, vernahm sie eine raue, verzweifelte Stimme. »*Das ist alles nur Ihre Schuld, Sie Miststück.*« Dann sah sie, wie eine Pistole auf sie gerichtet wurde, hörte einen ohrenbetäubenden Knall. Als Meghann die Augen wieder öffnete, waren alle Blicke auf sie gerichtet. Hatte sie etwa laut geschrien? Sie wusste es nicht. »Meine Klientin hält die Ehe mit Mister Miller für endgültig zerrüttet, Euer Ehren. Sie ist überzeugt, dass auch eine Eheberatung absolut nichts bringt.«

»Nichts bringt?«, wiederholte Heinreid. »Sind nach fünfzehn Jahren gemeinsamen Lebens ein paar Stunden bei einem Therapeuten denn wirklich unzumutbar? Mein Klient ist fest davon überzeugt, dass das Wohl der Kinder unbedingte Priorität haben sollte. Er bittet lediglich um eine Möglichkeit für einen letzten Versuch, seine Familie zu retten.«

Meghann wandte sich an ihre Klientin. »Das ist eine durchaus verständliche Forderung, Celine«, flüsterte sie. »Es würde nicht gut aussehen, wenn wir uns hier erbittert herumstreiten.«

»Nun ...« Celine Miller runzelte die Stirn.

Meghann wandte den Blick wieder auf die Richterbank. »Wir ersuchen allerdings um eine zeitliche Begrenzung der Therapie und möchten, dass der Termin für die Fortsetzung des Verfahrens schon jetzt anberaumt wird.«

»Wir sind einverstanden, Euer Ehren.«

Unsicher, fast schwankend blieb Meghann stehen, während die Einzelheiten festgelegt wurden. Ihre Hand zitterte noch immer und ihr linkes Augenlid zuckte. Mechanisch griff sie nach ihrer Aktentasche.

»Moment. Was wurde gerade vereinbart?«, wisperte Celine Miller.

»Wir haben einer Eheberatung zugestimmt. Für einen begrenzten Zeitraum von ein paar Monaten. Vielleicht …«

»Beratung? Haben Sie denn vergessen, dass wir es damit längst versucht haben? Wie auch mit Hypnose, Wochenendausflügen in romantischer Umgebung und sogar einer Woche in einer Selbsthilfegruppe. Aber nichts davon hat etwas gebracht. Und wissen Sie auch warum?«

Das alles war Meghann komplett entfallen. Sie hatte diese wichtigen Informationen einfach vergessen. »Oh …« Mehr brachte sie nicht über die Lippen.

»Es hat nichts geholfen, weil er mich nicht liebt.« Celine Millers Stimme wurde heiser. »Mister Computer-Software bevorzugt nun einmal Strichjungs. Blowjobs unter dem Viadukt und in schummrigen Kinos.«

»Tut mir Leid, Celine.«

»Es tut Ihnen *Leid*? Meine Kinder und ich müssen endlich ein neues Leben beginnen. Und nicht diesen ganzen alten Mist wieder aufrollen.«

»Sie haben Recht. Ich bringe das in Ordnung. Das verspreche ich Ihnen.« Das sollte kein Problem darstellen. Ein kurzer Anruf bei John Heinreid mit der Andeutung, Mr Millers sexuelle Vorlieben bekannt zu machen, sollte für eine Rücknahme der Forderung ausreichen. Unverzüglich und diskret.

Celine Miller seufzte. »Hören Sie, mir ist bekannt, was in der letzten Woche passiert ist. Es war schließlich auf allen Fernsehkanälen. Ich empfinde durchaus Mitleid für diese Lady – und für Sie. Ich weiß, dass der Mann Sie umbringen wollte. Aber ich muss ein Mal in meinem Leben auch an mich denken. Haben Sie dafür Verständnis?«

Einen schrecklichen Moment lang fragte sich Meghann, ob sie den Verstand verloren hatte. Warum um alles in der Welt hatte sie Celine Miller für eine überaus oberflächliche, verwöhnte Hausfrau gehalten? »Sie *müssen* zunächst an sich denken. Ich habe Ihnen einen schlechten Dienst erwiesen. Aber das bringe ich wieder in Ordnung und Sie werden für die Scheidung keinen Cent zahlen. Einverstanden? Können Sie mir wieder vertrauen?«

Celine Millers Miene hellte sich auf. »Ich habe Menschen schon immer leicht vertraut. Das hat mich letzten Endes auch vor dieses Scheidungsgericht gebracht.«

»Ich setze mich sofort mit John Heinreid in Verbindung. Morgen teile ich Ihnen mit, was ich erreicht habe.«

Ihre Klientin lächelte tapfer. »Okay.«

Meghann legte Halt suchend beide Hände auf den Tisch und sah zu, wie ihre Klientin den Saal verließ. Als Celine Miller verschwunden war, seufzte sie tief auf. Ihr war gar nicht bewusst, dass sie den Atem angehalten hatte.

Sie streckte den Arm nach ihrem Block aus, bemerkte das Zittern ihrer Finger und dachte: Was ist denn nur mit mir los?

Eine Hand legte sich auf ihre Schulter und sie fuhr erschreckt zusammen.

»Meg?«

Es war ihre Partnerin Julie Gorset.

»Hey, Jules. Nun sag bloß nicht, dass du in der Verhandlung warst.«

Voller Mitgefühl blickte Julie sie an. »Doch. Und wir müssen dringend miteinander reden.«

An einem sonnigen Sommertag kam man wegen des starken Andrangs auf dem Pike Place Public Market kaum vorwärts, doch jetzt am Abend war er leer und verlassen. Schwitzende Händler packten ihre Siebensachen zusammen und verstauten sie in Transportern. Das Geräusch startender Fahrzeuge durchdrang die stille Nachtluft.

Meghann stand vor der offenen Tür des Athenian. Die verqualmte Luft drinnen war zum Schneiden. Am Tresen saßen mindestens zwei Dutzend Gäste und schlürften geräuschvoll rohe Austern aus Whiskeygläsern, wie es der Tradition des Etablissements entsprach.

Prüfend ließ Meghann den Blick von Tisch zu Tisch wandern, musterte das »Angebot«. Gut situierte Männer in teuren Anzügen und College-Studenten in abgeschnittenen Jeans, die ihre trainierten Körper ebenso zur Schau stellten wie ihre karierten Boxershorts.

Sie brauchte nur das Lokal zu betreten, ihr einladendes Lächeln aufzusetzen und prompt würde sie irgendjemanden aufgabeln. Für ein paar Stunden könnte sie so tun, als wäre sie nicht mehr Single, nicht mehr allein – ganz gleich, wie trügerisch und kurzlebig die *Zweisamkeit* auch war. Zumindest bräuchte sie dann nicht mehr zu grübeln. Sie könnte vergessen.

Plötzlich konnte sie an nichts anderes denken als an die traurige Realität. Sie würde irgendeinen Typ kennen lernen, dessen Namen sie schon bald vergessen hätte, und ihm gestatten, ihren nackten Körper zu berühren, sich ihrer zu *bedienen* – um sich danach noch einsamer zu fühlen als zuvor.

Ihr linkes Augenlid begann wieder krampfhaft zu zucken.

Meghann griff in ihre Handtasche und zog das Mobiltelefon heraus. Sie wollte gerade auf Elizabeths Mailbox eine dringende Bitte um Rückruf sprechen, als ihr wieder einfiel, dass ihre Freundin ja in Paris war.

Es gab sonst niemanden, den sie anrufen könnte. Bis auf …

Nein, tu das nicht.

Aber sie wusste nicht, mit wem sie sonst reden konnte.

Meghann tippte die Nummer ein und biss sich auf die Unterlippe, während sie wartete. Sie wollte schon wieder aufgeben, als sich eine Stimme meldete.

»Hallo? Hallo?« Dann: »Meghann! Ich erkenne Ihre Handynummer.«

»Ich werde denjenigen verklagen, der die Anruferkennung erfunden hat. Sie nimmt einem jede Möglichkeit, es sich noch einmal anders zu überlegen.«

»Es ist schon ziemlich spät. Warum rufen Sie mich an?«, fragte Dr. Harriet Bloom.

»Mein linkes Augenlid flattert wie eine Fahne bei Windstärke zehn. Ich brauche dringend ein Rezept für irgendein Mittel zur Muskelentspannung.«

»Wir haben doch über verzögerte Reaktionen gesprochen. Erinnern Sie sich?«

»Klar. Über posttraumatischen Stress. Ich dachte, damit meinen Sie depressive Niedergeschlagenheit, aber nicht, dass sich mein Augenlid selbstständig macht. Und außerdem zittern mir die Hände. Ich fürchte, im Moment könnte ich nicht einmal einen Stift halten.«

»Wo sind Sie?«

Meghann überlegte, ob sie lügen sollte, aber Dr. Bloom hatte Ohren wie ein Luchs. Vermutlich konnte sie den Lärm aus dem Lokal hören. »Vor dem Athenian.«

»Wo sonst? In einer halben Stunde bin ich in meiner Praxis.«

»Das ist doch nicht nötig. Ich möchte Sie nur bitten, beim Apotheker ...«

»In dreißig Minuten in meiner Praxis. Wenn Sie nicht da sind, mache ich mich auf die Suche nach Ihnen. Und nichts verschreckt betrunkene Collegeboys so nachhaltig wie eine wütende Seelenklempnerin namens Harriet. Alles klar?«

Meghann spürte, wie ein Gefühl der Erleichterung einsetzte. Dr. Bloom mochte vielleicht eine Nervensäge sein, aber zumindest war sie jemand, mit dem sie reden konnte. »Ich komme.«

Sie schaltete das Mobiltelefon aus und steckte es wieder in ihre Handtasche. In weniger als fünfzehn Minuten hatte Meghann ihr Ziel erreicht. Der Portier öffnete ihr und zeigte nach einer kurzen Diskussion auf den Lift. Sie fuhr in die vierte Etage und wartete vor den gläsernen Praxistüren.

Auf die Minute pünktlich tauchte eine irgendwie derangierte Harriet Bloom auf. Ihr sonst elegant frisiertes schwarzes Haar wurde von einem dünnen Band aus der Stirn gehalten und ihr ungeschminktes Gesicht glänzte. »Wenn Sie sich über das Stirnband lustig machen, berechne ich Ihnen das Doppelte.«

»Ich? Halten Sie mich etwa für überzogen kritisch? Das kann nicht Ihr Ernst sein.«

Dr. Bloom lächelte. Sie führten häufig erbitterte Debatten darüber, dass übertrieben kritische Maßstäbe zu Meghanns vielen Fehlern gehörten. »Ich musste mich zwischen Pünktlichkeit und gutem Aussehen entscheiden.«

»Nun, pünktlich waren Sie.«

»Treten Sie ein.« Harriet Bloom drehte den Schlüssel im Schloss und öffnete die Tür.

Selbst so spät abends roch es in der Praxis nach frischen Blumen und Leder. Die Vertrautheit der Umgebung entspannte Meghann. Sie durchquerte den Empfangsbereich, betrat Harriets Behandlungsraum und ging zum Fenster. Die Stadt unter ihr war ein vielfarbiges Raster aus den Lichtschlangen schnell fahrender Autos und Ampelanlagen.

Dr. Bloom nahm ihren üblichen Platz ein. »Sie scheinen fest zu glauben, dass ein Rezept Ihnen helfen kann.«

Langsam drehte Meghann sich um. »Entweder ein Medikament oder ein Blindenhund. Wenn das andere Auge auch noch verrückt spielt, bin ich nämlich blind.«

»Bitte setzen Sie sich, Meghann.«

»Ist das wirklich nötig?«

»Nun, ganz wie Sie wollen. Ich könnte auch wieder nach Hause gehen und *Friends* zu Ende sehen.«

»Sie schauen sich *Friends* an? Ich hätte gedacht, dass bei Ihnen nur PBS läuft. Vielleicht auch der Discovery Channel.«

»Nun setzen Sie sich endlich.«

Meghann nahm Platz. Die bequemen Polster schienen sie zu umfangen. »Ich weiß noch, wie ich diesen Sessel gehasst habe. Jetzt kommt er mir vor wie für mich gemacht.«

Dr. Bloom legte die Fingerspitzen aneinander und musterte Meghann nachdenklich. Ihre Nägel waren kurz geschnitten und farblos lackiert. »Heute ist es genau eine Woche her, stimmt's? Seit der Mann Ihrer Klientin auf Sie geschossen hat.«

Meghanns linker Fuß verselbständigte sich und fing an zu zucken, aber der dicke graue Teppichbelag schluckte jedes Geräusch. »Ja. Das Komische daran ist, dass mir die Publicity neue Klientinnen gebracht hat. Offenbar schätzen Frauen eine Anwältin, die einen Mann so ausrasten lässt.« Sie verzog die Lippen zu einem dünnen Lächeln.

»Ich habe Ihnen gesagt, dass Sie sich mit dieser Sache ordentlich auseinander setzen müssen.«

»Ja, haben Sie. Erinnern Sie mich, auf Ihrem Praxisschild einen goldenen Stern anbringen zu lassen. Zur Würdigung Ihrer fachlichen Qualitäten.«

»Können Sie wenigstens gut schlafen?«

»Nein. Sobald ich die Augen schließe, ist alles wieder da. Ich höre die Kugel an meinem Ohr vorbeipfeifen ... sehe, wie er die Waffe fallen lässt und auf die Knie sinkt ... May rennt zu ihm, nimmt ihn in die Arme und versichert, alles würde wieder gut, dass sie zu ihm steht. Die Polizei kommt und legt ihm Handschellen an. Heute habe ich das Ganze sogar im Gericht noch einmal durchlebt.«

Sie hob den Kopf. »Das war übrigens besonders prickelnd.«

»Es ist doch nicht Ihre Schuld. *Er* trägt die Verantwortung.«

»Das weiß ich. Mir ist aber auch bewusst, dass ich in dieser Scheidungssache versagt habe. Mir scheint das Mitgefühl für andere Menschen abhanden gekommen zu sein.« Meghann seufzte. »Ich weiß wirklich nicht – ob ich in meinem Job weitermachen kann. Heute habe ich sogar total versagt. Meine Partnerin hat mir geraten, erst einmal Urlaub zu nehmen. Geraten? Eigentlich hat sie es mir *befohlen.*«

»Das ist vielleicht keine schlechte Idee. Es könnte Ihnen nicht schaden, es mit dem wirklichen Leben zu versuchen.«

»Und wo wäre das Ihrer Meinung nach besser? In London oder in Rom – allein?«

»Warum rufen Sie nicht Claire an? Sie könnten ein bisschen Zeit in ihrem Resort verbringen. Um ein wenig zu entspannen. Ihre Schwester besser kennen zu lernen.«

»Für den Besuch bei Verwandten gibt es eine komische Vorbedingung. Man muss eingeladen sein.«

»Wollen Sie damit sagen, dass Claire Sie nicht um sich haben will?«

»Genau das will ich. Wir können doch keine fünf Minuten miteinander reden, ohne uns in die Haare zu kriegen.«

»Sie könnten Ihre Mutter besuchen.«

»Lieber fange ich mir ein tödliches Virus ein.«

»Und wie steht's mit Elizabeth?«

»Sie ist mit Jack nach Europa geflogen, um ihren Hochzeitstag zu feiern. Ich kann mir nicht vorstellen, dass sie das in meiner Gesellschaft tun möchten.«

»Damit räumen Sie ein, dass Sie niemanden haben, den Sie besuchen könnten.«

»Ich frage mich nur, wohin ich fahren soll. Nicht mehr und nicht weniger.« Es war ein Fehler, in die Praxis zu kommen. Die Unterhaltung mit Dr. Bloom machte sie nur noch depressiver. »Hören Sie, Harriet«, fuhr Meghann fort, leiser und unsicherer als üblich. »Irgendwie habe ich das Gefühl zu zerbrechen. Mich selbst zu verlieren. Alles, was ich von Ihnen erwarte, ist ein Medikament, das mir hilft, wieder zu mir selbst zu finden. Sie kennen mich doch gut genug. In ein oder zwei Tagen geht es mir wieder prächtig.«

»Meinen Sie wirklich, es hilft Ihnen, einfach weiter den Kopf in den Sand zu stecken?«

»Was spricht dagegen? Wenn es mir etwas bringt?«

»Damit machen Sie sich doch etwas vor. Die erprobte Methode wirkt nicht mehr, ist es nicht so? Deshalb zuckt Ihr Augenlid, zittern Ihnen die Hände, und Sie finden keinen Schlaf. Sie stehen kurz vor einem akuten Zusammenbruch.«

»Unsinn. Ich packe das schon. Glauben Sie mir.«

»Sie sind eine der klügsten Frauen, die ich kenne, Meghann. Vielleicht sogar ein bisschen zu klug. Sie haben einige Traumata in Ihrem Leben erfolgreich verdrängt. Aber Sie können nicht für immer vor Ihrer Vergangenheit davonlaufen. Eines Tages müssen Sie sich mit Claire auseinander setzen, mit ihr ins Reine kommen.«

»Der Ehemann einer Klientin wollte mich erschießen, aber Sie wollen meine Probleme unbedingt meiner Familie in die Schuhe schieben. Und Sie nennen sich Psychiaterin?«

»Ich brauche Claire doch nur zu erwähnen und Sie klappen zu wie eine Auster. Warum?«

»Weil es nicht um Claire geht, verdammt noch mal.«

»Der Schlüssel liegt immer in der Familie, Meghann. Die Vergangenheit hat nun einmal die unangenehme Eigenschaft, zur Gegenwart zu werden.«

»Diese Weisheit kommt mir irgendwie bekannt vor. Wahrscheinlich habe ich sie schon mal als Botschaft in einem chinesischen Glückskeks gelesen.«

»Und wieder weichen Sie aus.«

»Nein. Ich wehre mich nur gegen Unterstellungen.« Meghann stand auf. »Heißt das, dass Sie mir kein Rezept für ein muskelentspannendes Mittel ausstellen?«

»Es würde Ihnen nicht helfen.«

»Auch gut. Dann besorge ich mir eben eine Augenklappe.«

Auch Dr. Bloom erhob sich langsam. Sie blickten sich über den Schreibtisch hinweg an. »Warum wollen Sie sich nicht helfen lassen?«

Meghann schluckte. Diese Frage hatte sie sich selbst schon oft gestellt.

»Was wollen Sie eigentlich?«, fragte Dr. Harriet Bloom nach längerem Schweigen.

»Ich weiß es nicht.«

»Doch, Sie wissen es.«

»Und warum fragen Sie, wenn Sie die Antwort bereits kennen?«

»Sie wollen nicht mehr einsam sein.«

Unwillkürlich überlief Meghann ein Frösteln. »Ich war schon immer allein. Ich habe mich daran gewöhnt.«

»Nein. *Schon immer* waren Sie nicht allein.«

Ganz gegen ihren Willen wanderten Meghanns Gedanken in die Vergangenheit zurück, in jene fernen Jahre, in denen Claire und sie unzertrennlich waren. Damals konnte sie lieben.

Genug davon. Es brachte sie nicht weiter.

Dr. Harriet Bloom irrte sich. Es ging keineswegs um die Vergangenheit. Sicher, Meghann empfand Schuldgefühle über die Art und Weise, wie sie Claire damals im Stich gelassen hatte. Und zugegeben, es hatte sie tief getroffen, dass ihre Schwester sie zurückwies und sich stattdessen für Sam entschied. Na und? Das alles war vor sechsundzwanzig Jahren geschehen. Nach so langer Zeit würde sie daran schon nicht zerbrechen. »Nun, *jetzt* bin ich allein, oder? Und ich bin jedenfalls fest entschlossen, mein Leben wieder in die Reihe zu bekommen. Übrigens vielen Dank für Ihre große Hilfe dabei.« Sie hob ihre Tasche vom Boden auf und setzte sich in Bewegung. »Schicken Sie die Rechnung für das heutige Gespräch meiner Sekretärin. Leben Sie wohl, Harriet.« Diese Formulierung wählte sie bewusst, denn sie hatte nicht die Absicht, die Psychiaterin noch einmal aufzusuchen.

Sie war bereits an der Tür, als Dr. Blooms Stimme sie stehen bleiben ließ.

»Nehmen Sie sich in Acht, Meghann. Vor allem jetzt. Lassen Sie sich nicht von der Einsamkeit auffressen.«

Meghann trat über die Schwelle, verließ die Praxis und lief zum Fahrstuhl.

Während sie auf den Lift wartete, warf sie einen Blick auf ihre Armbanduhr.

Zwanzig Minuten vor zehn.

Noch früh genug, um dem Athenian einen Besuch abzustatten.

Neuntes Kapitel

Schlaff lehnte Joe am Fenster des Trucks. Vor rund vierzig Meilen hatte die Klimaanlage den Geist aufgegeben und im Innern des Lasters war es brüllend heiß.

Der Fernfahrer an seiner Seite hieß Erv; er trat auf die Bremse und wechselte die Gänge. Ächzend und stöhnend verlangsamte das schwere Fahrzeug das Tempo. »Jetzt kommt die Ausfahrt Hayden.«

Joe sah das vertraute Hinweisschild und wusste nicht recht, was er eigentlich empfand. Er war schon sehr lange nicht mehr hier gewesen …

Zu Hause.

Nein. Zu Hause war etwas anderes oder besser gesagt *jemand* anderes – und sie würde nicht auf seine Rückkehr warten.

Die Ausfahrt schwang sich in hohem Bogen über die Autobahn und mündete dann in einer Allee. Auf der linken Seite gab es eine kleine Tankstelle und einen Mini Mart.

Erv peilte die Tanksäule an und stoppte. Die Bremsen kreischten gequält auf und verstummten. »Für den Fall, dass Sie Hunger haben. In dem Supermarkt da gibt es verdammt gute Eiersalat-Sandwiches.« Erv griff nach dem Zündschlüssel und stieg aus.

Joe drückte den Türgriff hinunter und versetzte der Beifahrertür einen kräftigen Stoß. Fast widerwillig ging sie auf und nach einem kleinen Sprung stand er zum ersten

Mal seit drei Jahren wieder auf Washingtoner Boden. Ihm brach der kalte Schweiß aus – ob wegen seines Fiebers oder seiner Heimkehr wusste er nicht zu sagen.

Er sah sich nach Erv um, der geschäftig an der Säule hantierte. »Danke fürs Mitnehmen.«

Der Trucker nickte. »Sie waren eine angenehme Gesellschaft, auch wenn Sie kaum den Mund aufgemacht haben. Auf der Straße kann es ziemlich einsam werden.«

»Stimmt«, sagte Joe.

»Wollen Sie nicht doch bis Seattle mitkommen? In anderthalb Stunden wären wir da. Hier ist doch nicht viel los.«

Joe blickte die lange, von Bäumen gesäumte Straße hinab. Obwohl vom Ort noch fast nichts zu sehen war, überfielen ihn mit einem Mal Erinnerungen. »Sie würden sich wundern«, sagte er leise.

Ein paar Meter weiter wartete seine Schwester auf ihn und hoffte, dass er an ihre Tür klopfte – trotz allem, was geschehen war. Falls er den Mut dazu fand, würde sie ihn in die Arme nehmen und so fest an sich drücken, dass er wieder wüsste, wie es sich anfühlte, geliebt zu werden.

Die Vorstellung elektrisierte ihn.

»Gute Fahrt, Erv.« Er warf sich seinen Rucksack über die Schulter und lief los. Schon bald erreichte er das Ortsschild mit der Aufschrift: »Willkommen in Hayden. 872 Einwohner. Heimat von Lori Adams, Siegerin im Rechtschreibwettbewerb des Staates Washington 1974.«

Die Häuser hatten ausnahmslos hölzerne Fassadenverkleidungen, hier und da an einem Plankenweg gab es altertümliche Holzpflöcke zum Anbinden von Pferden. Die Geschäfte waren unverändert: das Whitewater Diner und der Basket Case Florist Shoppe, dann Mo's Fireside Tavern und der Stock-'Em-Up-Lebensmittelladen. Jedes Firmenschild weckte Erinnerungen, jede Eingangstür begrüßte ihn. In einem Sommer hatte er für den alten Bill Turman im Lebensmittelgeschäft Einkäufe eingetütet und im Mo's sein erstes Bier als Volljähriger getrunken.

Früher war er überall im Ort willkommen.

Aber jetzt? Da war er sich nicht sicher.

Joe seufzte tief auf und versuchte, sich seiner Empfindungen klar zu werden. Seit drei Jahren hatte er seine Rückkehr ebenso gefürchtet wie ersehnt, aber jetzt, da er tatsächlich hier war, fühlte er sich seltsam benommen. Vielleicht lag das an der Erkältung. Oder am Hunger. Eine Heimkehr nach Jahren der Abwesenheit, nach allem, was er getan hatte, sollte doch stärkere, deutlichere Gefühle auslösen.

Er bemühte sich mit aller Kraft etwas zu empfinden.

Aber ohne Erfolg, und so lief er weiter. Vorbei am Stoppschild am Ortseingang, vorbei am Loose Screw Hardware Shop und der Bäckerei.

Er spürte, dass Passanten ihn musterten. Sie bedrückten ihn, diese verstohlenen Blicke, die sich in stirnrunzelndes Wiedererkennen verwandelten. Getuschel folgte ihm, heftete sich an seine Fersen.

Großer Gott, ist das nicht Joe Wyatt?

Hast du den Mann gesehen, Myrtle? Das war Joe Wyatt.

Der hat vielleicht Nerven …

Wie lange ist das jetzt eigentlich her?

Jede Bemerkung ließ ihn schrumpfen. Er senkte den Kopf, rammte die Hände in die Taschen und marschierte weiter.

An der Azalea Street bog er links ab, und dann nach rechts in die Cascade Street.

Schließlich konnte er wieder durchatmen. Hier, nur wenige Blocks von der Main Street entfernt, war die Welt wieder ruhig und friedlich. Adrette, gepflegte Holzhäuser standen auf makellosen Rasenflächen, eins nach dem anderen, aber dann wurde die Besiedlung spärlicher.

Als er die Rhododendron Lane erreicht hatte, war die Straße nahezu menschenleer. Er kam an der vor der herbstlichen Ernte noch ruhigen Craven Farm vorbei und bog auf die Zufahrt ein. Der Briefkasten, auf dem jahrelang »Wyatt« gestanden hatte, trug jetzt den Namen »Trainor«.

Das Haus war aus Baumstämmen errichtet und stand mitten in einem perfekt angelegten Garten. Ein bemooster Lattenzaun umgab das Grundstück. Überall blühten Blumen in glühenden Farben und dunkelgrüner, glänzender Buchsbaum war zu einer rundlichen Hecke geschnitten. Sein Vater hatte das Haus Stamm für Stamm mit seinen eigenen Händen gebaut. Mit das Letzte, was Dad zu ihnen sagte, als er im Krankenhaus an gebrochenem Herzen starb, waren zwei Sätze gewesen: »Sorgt gut für das Haus. Eure Mutter hat es sehr geliebt …«

Joe fühlte, dass ihm die Kehle eng wurde, eine Trauer, die kaum zu ertragen war. Seine Schwester hatte Dads Wunsch erfüllt. Das Haus sah genauso aus wie immer. Mom und Dad wären zufrieden.

Irgendetwas zog seinen Blick an. Er hob den Kopf und bemerkte die Gestalt einer jungen Frau in Weiß auf der Veranda, die lachend davonrannte. Der Anblick war flüchtig, verschwommen und herzzerreißend.

Diana …

Doch es war nur eine Erinnerung, nicht mehr.

An Halloween siebenundneunzig. Sie waren hergekommen, um ihrer Nichte zum ersten Mal einen Halloween-Streich zu spielen. In ihrem Galadriel-Kostüm sah Diana nicht älter aus als fünfundzwanzig.

»Schon bald werden wir das mit *unserem* Kind machen«, hatte sie ihm dann in derselben Nacht zugeflüstert und fest seine Hand gedrückt. Nur wenige Monate später fanden sie heraus, warum sie kein Kind bekommen konnten …

Er stolperte, blieb auf der untersten Verandatreppe stehen, drehte sich zur Straße um und dachte: Vielleicht sollte ich umkehren.

Die Erinnerungen hier würden den kärglichen Frieden zunichte machen, den er inzwischen gefunden hatte …

Nein.

Auf der Straße hatte er keinen Frieden gefunden.

Er stieg die Treppe hinauf, registrierte das vertraute Knarren der Holzdielen unter seinen Füßen. Nach langem Zögern, wobei er sich dabei ertappte, den wilden Schlägen seines Herzens zu lauschen, klopfte er an die Tür.

Zunächst war aus dem Inneren kein Laut zu hören, dann schnelle Schritte und ein munteres: »Ich komme!«

Die Tür schwang auf. Und vor ihm stand Gina in einem bequemen Jogginganzug und grünen Clogs. Sie atmete heftig. Ihre Wangen waren rosig, ihre kastanienbraunen Haare zerzaust. Sie sah ihn an, ihre Lippen formten ein »Oh«, dann brach sie in Tränen aus. »Joey …«

Sie zog ihn in ihre Arme. Einen Moment lang war er zu benommen, zu verwirrt, um reagieren zu können. Schon lange hatte ihn niemand mehr berührt. Es fühlte sich irgendwie – *falsch* an.

»Joey«, wiederholte sie und verbarg ihr Gesicht an seiner Halsbeuge. Er spürte ihre warmen Tränen auf seiner Haut und irgendetwas in ihm öffnete sich. Er legte seine Arme um sie, drückte sie an sich. Der Geruch nach frisch gebackenem Brot und der Zitrusduft ihres Shampoos brachten seine ganze Kindheit zu ihm zurück. Er dachte daran, wie er ihr am Fischteich ein Fort aus Ästen gebaut hatte, wie er sonntagvormittags auf sie aufpasste und nach der Schule nach Hause begleitete. Obwohl sie sieben Jahre trennten, waren sie immer eng verbunden gewesen.

Gina drückte sich eine Handbreit von ihm fort und wischte sich über die Augen. »Ich habe nicht geglaubt, dass du wirklich zurückkommst.« Sie fuhr sich über die Haare und verzog das Gesicht. »O Gott, ich sehe bestimmt grauenhaft aus. Ich habe gerade hinten im Garten Blumen gepflanzt.«

»Du siehst wundervoll aus«, sagte er aufrichtig.

»Deine Heuchelei kannst du dir sparen.« Gina griff nach seiner Hand und zerrte ihn hinter sich her in das sonnendurchflutete Wohnzimmer.

»Ich sollte besser unter die Dusche, bevor ich mich setze …«

»Blödsinn.« Seine Schwester sank auf ein buttergelbes Sofa und zog ihn neben sich.

Plötzlich fühlte er sich unbehaglich, ausgesprochen fehl am Platz. Er konnte seinen Körpergeruch wahrnehmen, die Kälte seines Schweißes spüren.

»Du siehst krank aus.«

»Ich fühle mich nicht wohl. Mein Kopf schmerzt, als wollte er platzen.«

Gina sprang auf, rannte aus dem Zimmer, rief ihm aber etwas zu, während sie sich im Nebenraum aufhielt. Offenbar befürchtete sie, er könnte wieder verschwinden.

»… Glas Wasser und Aspirin.«

Joe wollte etwas erwidern – was, wusste er nicht –, als er das Foto auf dem Kaminsims bemerkte.

Langsam stand er auf und ging darauf zu.

Das Bild zeigte fünf Frauen, vier von ihnen trugen ähnliche pinkfarbene Kleider. Sie strahlten in die Kamera und hielten Weingläser hoch, von denen die meisten bereits leer waren. In der Mitte stand Gina, die einzige Frau in Weiß. Neben ihr lachte Diana.

»Hey, Di«, flüsterte er. »Ich bin wieder da.«

»Das ist eins meiner Lieblingsfotos«, sagte Gina und trat hinter ihn.

»Zum Schluss hat sie immer wieder von euch gesprochen«, sagte er leise. »Von den Bluesers. Sie hat mir bestimmt Hunderte Geschichten vom Lake Chelan erzählt.«

Seine Schwester legte eine Hand auf seine Schulter. »Sie fehlt uns allen schrecklich.«

»Ich weiß.«

»Hast du gefunden – wonach du da draußen gesucht hast?«

Joe dachte nach. »Nein«, sagte er schließlich. »Aber jetzt, wo ich wieder hier bin, wäre ich am liebsten weit fort. Wohin ich auch blicke ... Immer werde ich sie sehen.«

»Sag bloß nicht, dass es da draußen anders war.«

Er seufzte. Seine Schwester hatte Recht. Es war gleichgültig, wo er sich befand. Diana beherrschte seine Gedanken, seine Träume. Irgendwann drehte er sich um und sah Gina an. »Und jetzt?«

»Du bist wieder zu Hause. Das ist doch immerhin etwas.«

»Ich bin verloren, Gigi. Es ist, als würde ich im Eis feststecken. Ich kann mich nicht bewegen. Ich weiß nicht, ob und wie ich neu anfangen kann.«

Sie strich ihm sanft über die Wange. »Aber begreifst du denn nicht? Du hast bereits einen ersten Schritt gemacht. Du bist hier.«

Joe legte seine Hand auf ihre Finger und überlegte, was er darauf sagen könnte. Ihm fiel aber nichts ein, daher wechselte er das Thema. »Wo ist meine zauberhafte Nichte? Und mein Schwager?«

»Bonnie ist drüben in River's Edge. Sie spielt mit Ali.«

Joe runzelte die Stirn und trat einen Schritt zurück. »Und Rex? Er arbeitet doch nicht etwa auch am Sonntag?«

»Er hat mich verlassen, Joey. Wir sind inzwischen geschieden.«

Sie sagte nicht »während du fort warst«, aber das hätte sie tun können. Seine kleine Schwester hatte ihn dringend gebraucht und er war nicht für sie da gewesen. Er zog sie in die Arme.

Gina brach in hilfloses Schluchzen aus. Joe strich ihr beruhigend über das Haar und flüsterte ihr zu, dass er bei ihr bleiben und nicht wieder fortgehen würde.

Zum ersten Mal seit drei Jahren war das die Wahrheit.

Meghanns Schreibtisch war so leer und aufgeräumt, wie es schon seit mehr als zehn Jahren nicht mehr vorgekommen war. Alle anhängigen Fälle waren an Kollegen übergeben. Sie hatte Julie versprochen, mindestens drei Wochen Urlaub zu nehmen, aber schon jetzt war sie sich da gar nicht mehr so sicher. Was zum Teufel sollte sie nur in den langen Stunden anstellen, die einen normalen Tag ausmachten?

Gestern Abend und am Abend zuvor war sie mit Kollegen essen gegangen. Dabei wurde mehr als deutlich, dass sie sich große Sorgen um sie machten. Niemand erwähnte das Drama im Gerichtssaal, und als Meg einen Scherz über ihre Beinah-Begegnung mit dem Tod machte, entlockte er den anderen nicht einmal den Anflug eines Lächelns. Die beiden Abende bewirkten nur, dass sie sich noch einsamer fühlte als sonst.

Sie überlegte, ob sie Dr. Bloom anrufen sollte, entschied sich dann aber dagegen. In den letzten Tagen war sie ihrer Therapeutin bewusst aus dem Weg gegangen und hatte sogar ihren wöchentlichen Termin abgesagt. Ihr letztes Gespräch am späten Abend hatte sie als ausgesprochen deprimierend und verstörend in Erinnerung. Und deprimieren konnte Meghann sich selbst gut genug. Sie brauchte nicht noch eine Psychiaterin dafür zu bezahlen, dass sie sie dabei unterstützte.

Sie holte Aktenkoffer und Handtasche aus der untersten Schublade ihres Schreibtischs und machte sich auf den Weg zum Ausgang. Ein letztes Mal sah sie sich in dem Raum um, der für sie mehr Zuhause war als ihre Wohnung, und zog dann leise die Tür hinter sich ins Schloss.

Als sie den breiten, marmorgefliesten Gang entlanglief, stellte sie fest, dass ihre Kollegen ihr auswichen. Erfolg war ein Virus, den sich jeder nur zu gern einfing. Im Gegensatz zu Scheitern und Misserfolg. Das Getuschel in der Teeküche in den letzten Wochen war unüberhörbar gewesen. *Dontess ist am Ende ... Sie packt es einfach nicht mehr ... Das zeigt, was passiert, wenn man kein Privatleben hat.*

Natürlich wurden die Bemerkungen hinter vorgehaltener Hand gemacht, mit gedämpften, flüsternden Stimmen. Meghann war schließlich Seniorpartnerin der Sozietät, ihr Name stand an zweiter Stelle auf dem Firmenschild der Kanzlei, die eine Branche vertrat, in der Hackordnung alles war. Dennoch meldeten sich hier und da zum ersten Mal in ihrer beruflichen Karriere Zweifel und man fragte sich, ob die Bitch of Belltown vielleicht ihren Biss verloren hatte. Ähnliche Skepsis witterte sie bei ihren Anwalts-Freunden.

Als Meghann an der geschlossenen Tür von Julies Zimmer vorbeikam, blieb sie stehen und klopfte.

»Herein.«

Meg öffnete die Tür und betrat den hellen, sonnigen Raum. »Hey, Jules.«

Julie hob den Kopf von ihren Papieren. »Hey, Meg. Wollen wir nicht ein Glas trinken gehen? Um deinen ersten Urlaub in zehn Jahren zu feiern?«

»Wie wäre es, wenn wir meine Entscheidung begießen, doch lieber zu bleiben?«

»Keine Chance. In den letzten zehn Jahren habe ich mindestens einen Monat Urlaub genommen, während man dich vermutlich erst betäuben muss, um dich von Büro und Gericht fern zu halten.« Julie stand auf. »Du bist total ausgebrannt, Meg, aber zu dickköpfig, das auch zuzugeben. Was in der letzten Woche geschehen ist, würde jeden fertig machen. Du brauchst dringend Erholung. Wenn du mich fragst, solltest du dich wenigstens vier Wochen ausruhen.«

»Hast du je erlebt, dass ich mich *ausgeruht* habe?«

»Nein. Aber der Punkt geht an mich, Frau Anwältin, nicht an dich. Hast du schon Pläne? Wo willst du hin?«

»Vielleicht nach Bangladesch. Wie ich höre, sind die Hotels da spottbillig.«

»Sehr komisch. Wie wäre es mit meinem Apartment auf Hawaii? Eine Woche am Pool ist genau das, was du jetzt nötig hast.«

»Nein, danke. Ich kann nichts trinken, das mit einem Schirm serviert wird. Wahrscheinlich werde ich mich einfach vor die Glotze setzen und Court TV oder CNN anschauen. Oder mir selbst in *Larry King Live* zuhören.«

»Gib dir keine Mühe. Ich ändere meine Meinung nicht, auch wenn du noch theatralischer wirst. Und jetzt fort mit dir. Dein Urlaub kann erst beginnen, wenn du die Kanzlei verlassen hast.«

»Der Fall O'Connor ...«

»Ist vertagt.«

»Jill Summerville ...«

»Die Schlichtungsverhandlung findet am Freitag statt. Ich nehme persönlich daran teil, wie auch am Mittwoch an der Gerichtsentscheidung im Fall Lange. Es ist für alles gesorgt, Meg. Geh endlich.«

»Wohin?«, fragte Meghann kaum hörbar und verabscheute die Hilflosigkeit in ihrer Stimme.

Julie kam auf sie zu und legte ihr eine Hand auf die Schulter. »Du bist zweiundvierzig, Meg. Wenn du noch immer nicht weißt, wohin du gehörst, ist es höchste Zeit nachzudenken. Das hier ist nur ein Job. Wenn auch ein verdammt guter. Du hast ihn zu deinem Leben gemacht – was ich durchaus zugelassen habe, gebe ich ja zu –, aber es ist höchste Zeit, etwas zu ändern. Geh und such dir *irgendetwas*.«

Meghann umarmte Julie und zog sie fest an sich. Verlegen über diesen ungewöhnlichen Gefühlsausbruch ließ sie die Arme wieder sinken, drehte sich um und eilte hinaus.

Draußen beendete die Dämmerung einen für Seattle ungewöhnlich heißen Tag. Als sie sich dem Public Market näherte, wurde es voller auf den Straßen. Touristen standen vor Blumengeschäften und Bäckereien. Meghann bog in die Post Alley ein. Diese Route wählte sie nur selten auf dem Heimweg, aber sie wollte nicht am Athenian vorbeikommen. Nicht jetzt, nicht in dieser Stimmung. Es war ein Abend, an dem ein Absturz geradezu programmiert schien, und das wollte sie sich nicht mehr antun. Es war einfach zu schmerzhaft.

In der Lobby ihres Apartmenthauses winkte sie dem Portier kurz zu und fuhr mit dem Lift in den obersten Stock hinauf.

Sie hatte vergessen, das Radio eingeschaltet zu lassen. Ihre Penthousewohnung empfing sie mit quälender Stille.

Meg warf ihren Schlüsselbund auf den Tisch in der Diele. Klirrend landete er in der Lalique-Schale.

Die Wohnung war sauber und aufgeräumt. Die Putzfrau hatte alle Spuren von Meghanns angeborener Unordnung beseitigt. Ohne herumliegende Bücher, Aktenordner und Papiere machte das Apartment den Eindruck einer Hotelsuite. Von Räumen, in denen Menschen vorübergehend wohnten, aber nicht lebten. Zwei dunkelblaue Brokatsofas standen einander gegenüber, zwischen ihnen ein eleganter, schwarzer Couchtisch. Die Wände nach Westen waren vom Boden bis zur Decke verglast und zeigten nichts als die Weite des Himmels und die Bläue des Puget Sound.

Im Fernsehzimmer öffnete Meghann die schwarzgold lackierten Türen, die den Apparat verbargen, und griff nach der Fernbedienung. Als die ersten Töne erklangen, sank sie in ihren Lieblingssessel und legte die Beine auf die Ottomane.

Nach fünf Sekunden erkannte sie die Titelmusik.

»Oh, Mist.«

Es war eine Wiederholung der alten TV-Serie, in der ihre Mutter mitwirkte: *Starbase IV*. Meghann erkannte auch die Folge. Sie hieß »Topsy-Turvy«; in ihr wurde die Crew des Biolabors im All unglücklicherweise in Insekten verwandelt. Moskitomänner übernahmen die Kontrolle.

In einem absurden lindgrünen Stretchanzug und mit hüfthohen, schwarzen Stiefeln rannte ihre Mutter über den Bildschirm. Sie wirkte erregt. Und sehr schön. Selbst Meg konnte die Augen kaum von ihr abwenden.

»Captain Wad«, sagte Mama und verzog die gezupften Brauen gerade so weit, um Besorgnis anzudeuten, aber auf keinen Fall Fältchen zu verursachen. »Wir haben gerade einen Notruf von den Jungs in der Dehydrierungsschleuse erhalten. Sie sagten etwas von Moskitos.«

Meg krümmte sich förmlich unter dem nachgeahmten Südstaatendialekt. Als wäre die Mikrobiologin einer Mars-Raumstation in Alabama aufgewachsen. Aber ihre Mutter wollte einfach nicht davon lassen. Das erwarteten ihre Fans von ihr, behauptete sie immer. Wahrscheinlich hatte sie damit sogar Recht.

»Vergiss es«, sagte Meghann laut.

Aber das war natürlich unmöglich. Die Vergangenheit

vergessen konnte sie nur, wenn sie sich stark fühlte. In Momenten der Schwäche überfielen sie die Erinnerungen. Sie schloss die Augen und dachte viele Jahre zurück. Damals hatten sie in Bakersfield gelebt ...

»*Hey, Mädels. Mama ist wieder da.*«

Meghann zog Claire näher heran und hielt ihre kleine Schwester fest an sich gedrückt. In einem hautengen, roten Paillettenkleid mit silbernem Saum und durchsichtigen Plastiksandaletten kam Mama in den Wohnraum des Trailers gestolpert.

»*Ich habe Mister Mason mitgebracht. Wir haben uns im Wild Beaver kennen gelernt. Ich möchte, dass ihr nett zu ihm seid*«, sagte sie mit der lallenden Stimme, die darauf schließen ließ, dass sie gereizt und unberechenbar aufwachen würde.

Meghann wusste, dass sie schnell handeln musste. Mit einem Mann im Wohnwagen hatte Mama keinen Sinn für irgendetwas anderes und die Miete war längst überfällig. Sie hob die zerknitterte *Variety* auf, die sie in der Ortsbibliothek hatte mitgehen lassen. »*Mama*?«

Ihre Mutter zündete sich eine Mentholzigarette an und nahm einen tiefen Zug. »*Was gibt's?*«

Meghann streckte ihr die Zeitschrift entgegen, in der sie eine Anzeige rot angestrichen hatte. *Erfahrene Schauspielerin für kleine Rolle in einer SF-Fernsehserie gesucht. Bewerberinnen melden sich bitte unter der angegebenen Adresse.* Es folgte eine Anschrift in Los Angeles.

Mama las die Anzeige laut vor. Bei den Worten »erfahrene Schauspielerin« gefror ihr Lächeln. Nach einem langen Moment derAnspannung lachte sie laut auf und schob Mr Mason Richtung Schlafzimmer. Als sich die Tür hinter ihm geschlossen hatte, kniete sich ihre Mutter auf den Boden und breitete die Arme aus. »*Kommt, gebt Mama einen Kuss.*«

Meghann und Claire flogen in ihre Arme. Auf Augenblicke wie diesen warteten sie häufig tagelang, mitunter Wochen. Mama konnte kalt und abweisend sein, aber wenn sie sich entschloss, so etwas wie Zärtlichkeit zu zeigen, war es die reine Wonne.

»*Danke, Miss Meggy. Ich weiß nicht, was ich ohne dich tun würde. Selbstverständlich werde ich mich um die Rolle bewerben. Aber jetzt trollt euch und stellt bloß keinen Unsinn an. Ich bin beschäftigt.*«

Ihre Mutter meldete sich tatsächlich auf die Anzeige und wusste zu ihrer Überraschung und der aller anderen das Castingteam zutiefst zu beeindrucken. Statt des kleinen Parts, für den sie nach L. A. gefahren war, gab man ihr eine Hauptrolle, die der Mikrobiologin Tara Zyn.

Und das war der Anfang vom Ende gewesen …

Meghann seufzte. Sie wollte sich nicht an die Woche erinnern, die Mama in Los Angeles verbrachte und ihre Töchter in dem schmutzigen Trailer zurückließ – oder die Veränderungen, die dann folgten. Seither waren Claire und sie nie wieder richtige Schwestern gewesen.

Neben ihr klingelte das Telefon. Laut und schrill. Hastig griff Meghann nach dem Hörer, froh darüber, mit irgendjemandem sprechen zu können. »Hallo?«

»Hey, Meggy. Ich bin's. Deine Mama. Wie geht es dir, Schätzchen?«

Meghann verdrehte die Augen über den schleppenden Südstaatenakzent. Sie hätte den Anrufbeantworter übernehmen lassen sollen. »Gut, Mama. Und dir?«

»Könnte besser gar nicht sein. An diesem Wochenende war mein Fantreffen. Ich habe ein paar Fotos übrig behalten. Ich dachte, vielleicht möchtest du eins für deine Sammlung.«

»Nein danke, Mama.«

»Ich werde dir durch meinen Boy eins schicken lassen.

Großer Gott, ich habe so viele Autogramme geschrieben, dass ich jetzt Krämpfe in der rechten Hand habe.«

Meghann hatte einmal an einem *Starbase IV*-Treffen teilgenommen. Hunderte von verzückten Fans in billigen Polyesterklamotten rangelten miteinander um Autogramme von Ex- und Möchtegern-Stars. Ihre Mutter war die einzige der *Starbase*-Darsteller, die nach dem Absetzen der Serie so etwas wie eine Karriere hatte – wenn auch eine bescheidene. Sie trat in den Achtzigern in ein paar schlecht gemachten TV-Streifen auf und Ende der neunziger Jahre in einem Horrorschocker. Es waren die Wiederholungen, die ihr Geld und Ruhm einbrachten. Eine ganz neue Generation von SF-Spinnern hatte die alte Serie förmlich zum Kult erhoben. »Nun, deine Fans lieben dich eben.«

»Dem Himmel sei Dank für kleine Wunder. Es war echt schön, mit dir zu reden, Meggy. Ich finde, das sollten wir viel öfter tun. Ihr solltet einmal herkommen und mich endlich wirklich besuchen.«

Das sagte Mama immer. Es war Teil des Drehbuchs. Es sollte vorgeben, dass sie etwas miteinander verband, dass sie eine Familie waren.

Jeder wusste, dass sie es nicht ernst meinte.

Wobei ...

Meghann holte tief Luft. Tu es nicht, sagte sie sich. So verzweifelt ist deine Lage nun wirklich nicht.

Doch sie konnte auf keinen Fall drei Wochen lang in diesem Apartment herumsitzen. »Ich habe Urlaub«, kam es ihr über die Lippen. »Vielleicht könnte ich zu dir kommen.«

»Oh. Das wäre – wundervoll.« Ihre Mutter atmete hörbar aus. Meghann hätte schwören können, dass Tabakrauch aus dem Telefon drang. »Vielleicht zu Weihnachten ...«

»Morgen.«

»Morgen?« Mama lachte. »Aber morgen um drei kommt ein Fotograf vom *People Magazine*, Schätzchen. Und in meinem Alter wage ich es nach dem Aufwachen kaum, in den Spiegel zu schauen. Ich sehe aus wie … Nun, einfach schrecklich. Ich sage dir, *zehn* Frauen brauchen den *ganzen Tag*, um mich einigermaßen in Form zu bringen.«

Ihr Akzent wurde ausgeprägter. Wie immer, wenn sie etwas erregte. Meghann wollte schon »Vergiss es« sagen und auflegen, aber als sie sich in ihrem leeren Apartment umblickte, wurde ihr schlagartig übel. »Wie wäre es dann mit Montag? Nur für ein paar Tage. Wir könnten in ein Spa gehen.«

»Siehst du denn nie den E! Channel? Am Montag fliege ich nach Cleveland. Ich trete mit Pamela Anderson und Charlie Sheen in einem Shakespeare-Stück auf. *Hamlet*.«

»*Du*? *Du* spielst Shakespeare?«

Es entstand eine dramatische Pause. »Ich werde den eigentümlichen Ton in deiner Stimme einfach überhören.«

»Spar dir den Alabama-Akzent, Mama. Du sprichst mit mir. Ich weiß, dass du in Detroit zur Welt gekommen bist. Auf deiner Geburtsurkunde steht der Name Joan Jojovitch.«

»Jetzt bist du aber wirklich dreist. Na ja, du warst schon immer ein problematisches Kind.«

Meghann wusste nicht recht, was sie darauf erwidern sollte. Sie sehnte sich keineswegs nach einem Besuch bei ihrer Mutter, doch so betont *nicht* eingeladen zu werden, nagte an ihr. »Nun, ich wünsche dir viel Erfolg.«

»Es ist ein großer Durchbruch für mich.«

Für mich … Mamas Lieblingsworte. »Du solltest früh schlafen gehen, damit du morgen gut erholt bist, wenn dieser Fotograf kommt.«

»Gott im Himmel, wie Recht du hast.« Wieder atmete Mama tief durch. »Vielleicht könnt ihr mich später im Jahr besuchen. Wenn ich etwas mehr Zeit habe. Du und Claire.«

»Sicher. Mach's gut, Mama.«

Meghann beendete das Gespräch. Ratlos sah sie sich im Raum um. Sie wählte Elizabeths Nummer und hinterließ eine Nachricht auf dem AB.

Und was jetzt? Sie wusste es nicht.

Die nächste Stunde verbrachte sie damit, rastlos durch ihr Apartment zu tigern und irgendwelche sinnvollen Pläne zu schmieden.

Das Telefon klingelte erneut. In der Hoffnung auf Elizabeths Rückruf, riss sie den Hörer förmlich von der Gabel. »Hallo?«

»Hi, Meg.«

»Claire? Das ist aber eine nette Überraschung.« Und zum ersten Mal empfand sie es auch so. Meghann setzte sich. »Vorhin habe ich mit Mama telefoniert. Du wirst es nicht glauben. Sie ...«

»Ich heirate.«

»... spielt Shakespeare in ... Du *heiratest*?«

»Noch nie im Leben bin ich so glücklich gewesen wie jetzt, Meg. Ich weiß, es hört sich verrückt an, aber ich glaube, ich liebe ihn wirklich.«

»Und wen willst du heiraten?«

»Bobby Jack Austin.«

»Den Namen habe ich noch nie gehört.« Jedenfalls nicht, seit *Hee Haw* abgesetzt wurde.

»Ich habe ihn vor zehn Tagen am Lake Chelan kennen gelernt. Mir ist klar, was du sagen willst, aber ...«

»Vor zehn Tagen. Du schläfst mit Männern, die du kaum kennst, Claire. Manchmal verschwindest du sogar mit ihnen für ein nettes Wochenende. Aber du *heiratest* sie doch nicht gleich.«

»Ich liebe ihn, Meg. Bitte, mach es mir nicht kaputt.«

Meg wollte so dringend Ratschläge loswerden, Warnungen aussprechen, dass sich ihre Hand zur Faust ballte. »Was tut er? Womit verdient er sich seinen Lebensunterhalt?«

»Er ist Songschreiber und Sänger. Du solltest ihn hören, Meg. Singt wie ein Engel. Er ist im Cowboy Bob's Western Roundup aufgetreten, als ich ihn das erste Mal gesehen habe. Bei seinem Anblick blieb mir fast das Herz stehen. Ist es dir auch schon mal so ergangen?«

Ihre Schwester ließ ihr keine Zeit für eine Antwort. »Im Winter arbeitet er als Skilehrer in Aspen und im Sommer fährt er durch die Gegend. Spielt Gitarre und singt. Er ist zwei Jahre älter als ich und sieht unverschämt gut aus. Um Längen besser als Brad Pitt. Wirklich, kein Scherz. Er wird ganz bestimmt ein großer Star.«

Ohne einen Kommentar abzugeben, nahm Meghann die Neuigkeiten auf. Ihre kleine Schwester wollte einen siebenunddreißigjährigen Skilehrer heiraten, der von einer Karriere als Country- und Western-Star träumte! Und das Beste, was er bekommen konnte, war ein Auftritt im Cowboy Bob's in Nirgendwo.

»Versuch doch wenigstens ein Mal über deinen Schatten zu springen, Meg«, sagte Claire mit flacher Stimme, als die Stille sich hinzog.

»Weiß er, was der Zeltplatz wert ist? Ist er bereit, einen Ehevertrag zu unterschreiben?«

»Verdammt, Meg. Kannst du dich denn nicht für mich freuen?«

»Das möchte ich gern«, erwiderte Meghann und meinte es auch so. »Aber du hast nun mal nur das Beste verdient.«

»Bobby *ist* der Beste. Du hast noch gar nicht gefragt, wann die Hochzeit stattfindet.«

»Wann?«

»Am Sonnabend, dem Dreiundzwanzigsten.«

»*Diesen* Monat?«

»Warum sollten wir noch lange warten? Ich werde auch nicht jünger. Also haben wir einen Termin für die kirchliche Trauung vereinbart.«

»Die kirchliche Trauung ...« Das war doch komplett verrückt. Gänzlich übereilt. »Ich muss ihn unbedingt kennen lernen.«

»Selbstverständlich. Das Probe-Dinner ist am ...«

»Interessiert mich nicht. Ich möchte ihn sofort sehen. Morgen Abend bin ich bei dir. Ich lade euch beide zum Essen ein.«

»Aber das ist doch nicht nötig, Meg. Wirklich nicht.«

Meghann überhörte geflissentlich das Zögern in Claires Stimme. »Aber ich bestehe darauf. Ich muss doch den Mann kennen lernen, der sich meine Schwester geangelt hat, oder?«

»Okay. Dann bis morgen also.« Nach einer kleinen Pause fügte Claire hinzu: »Ich freue mich darauf, dich wiederzusehen.«

»Ich mich auch. Mach's gut.« Meghann legte auf, wählte die Nummer der Kanzlei und hinterließ eine Nachricht für ihre Sekretärin. »Suchen Sie mir alles heraus, was wir über Eheverträge in den Akten haben. Formulare, Vergleichsfälle, auch die Vereinbarung im Fall Ortega. Und ich möchte, dass mir bis morgen Vormittag um zehn alles nach Hause geliefert wird.« Erst verspätet fügte sie ein »Danke« an.

Dann setzte sie sich an ihren Computer, um ein paar Nachforschungen über Bobby Jack Austin anzustellen.

Jetzt wusste sie, womit sie ihren idiotischen Urlaub verbringen würde. Sie musste Claire davor bewahren, den größten Fehler ihres Lebens zu begehen.

Zehntes Kapitel

Claire legte den Hörer auf. In der folgenden Stille meldeten sich erste Zweifel.

Bobby und sie hatten sich *wirklich* wenig Zeit gelassen …

»Zur Hölle mit dir, Meg.«

Doch auch wenn Claire ihre Schwester jetzt verfluchte, wusste sie nur zu gut, dass von Anfang an eine gewisse Skepsis in ihr gewesen war – wie ein winziges Samenkorn, das darauf wartete, zu keimen und zu wachsen. Sie war zu alt, um sich von Leidenschaft überwältigen zu lassen.

Schließlich musste sie an ihre Tochter denken. Alison hatte ihren Vater nie kennen gelernt. Bisher war es leicht gewesen, dafür zu sorgen, dass Alis Welt heiter und unbeschwert war, ihr Enttäuschungen zu ersparen. Eine Ehe könnte das verändern.

Auf keinen Fall wollte Claire einen Mann heiraten, für den Dauerhaftigkeit ein Fremdwort war.

Sie kannte solche Männer. Männer, die hinreißend lächelten und einem das Blaue vom Himmel versprachen und dann eines Abends verschwanden, während man sich die Zähne putzte.

Bis zu ihrem neunten Geburtstag hatte Claire vier Stiefväter. Ganz zu schweigen von den Männern, die sie »Onkel« nennen sollte, Männer, die Mama konsumierte wie

Tequila. Heute hier, morgen fort, Männer, die nichts zurückließen als einen bitteren Nachgeschmack.

Claire dachte an die Hoffnungen, die sie an jeden neuen Stiefvater geknüpft hatte. *Dieser ist bestimmt der Richtige*, dachte sie jedes Mal. *Er wird mit mir Rollschuh laufen und mir zeigen, wie man Rad fährt*. Doch dann war es – wie konnte es auch anders sein – wieder ihre Schwester gewesen, die ihr diese Dinge beibrachte. Meg, die keinen von Mamas Ehemännern jemals »Daddy« nannte, die absolut nichts von ihnen erwartete.

Kein Wunder, dass Meghann misstrauisch war. Ihre Vergangenheit lieferte ihr schließlich mehr als genug Gründe.

Claire durchquerte den Rezeptionsbereich. Auf dem Weg zum Fenster hob sie einen Flyer vom Boden auf, den vermutlich ein Gast verloren hatte, und warf ihn in den kalten Kamin.

Draußen neigte sich die Sonne dem Westen zu. Das Resort war in rosig-goldenes Licht gebadet, das jedes Blatt schärfer umrissen, alle Farben klarer wirken ließ. Sonnenstrahlen glitzerten auf dem blauen Wasser des mittlerweile leeren Pools. Die Gäste befanden sich in ihren Blockhütten, heizten ihre Herde und Grillgeräte an.

Während Claire unschlüssig aus dem Fenster starrte, fielen Schatten auf den Rasen.

Dad und Bobby kamen in Sicht. Dad trug seine Sommeruniform: blauer Overall und schwarzes T-Shirt. Eine nicht mehr brandneue River's-Edge-Basecap beschattete seine Augen. Sein braunes Haar war ein Gewirr aus kleinen Locken.

Und Bobby.

Er steckte in ausgeblichenen Jeans und einem blauen T-Shirt mit der Aufschrift »Cowboy Up for Coors«. Im Nachmittagslicht hatte sein langes Haar die Farbe von Gold. In einer Hand trug er ihre Unkrauthacke, in der anderen einen Benzinkanister. Seit seiner Ankunft im Resort machte er sich nützlich. Er schien es gern zu tun, aber sie wusste, dass er hier auf Dauer nicht glücklich werden würde. Er hatte bereits davon gesprochen, dass er in diesem Sommer für ein paar Wochen unterwegs sein wollte. Mit Claire und Alison. »Die Austin-Sommer-Tour« nannte er seine Reisepläne. Claire fand die Vorstellung großartig, mit ihrem Mann eine Zeit lang von Ort zu Ort zu ziehen und ihm bei seinen Auftritten zuzuhören. Noch hatte sie nicht mit ihrem Vater über dieses Vorhaben gesprochen, war sich aber sicher, dass er nichts dagegen einzuwenden hätte. Was während ihrer Abwesenheit aus dem Resort würde, musste zum gegebenen Zeitpunkt geklärt werden.

Vor Blockhütte fünf blieben Dad und Bobby stehen. Dad zeigte zum Dach hinauf und Bobby nickte. Eine Minute später schüttelten sie sich vor Lachen. Dad legte eine Hand auf Bobbys Schulter. Dann liefen sie weiter zur Waschhütte.

»Hey, Mommy. Was gibt's da zu sehen?«

Claire drehte sich um. Mit ihrer Tickle-Me-Elmo-Puppe im Arm stand Ali auf der untersten Stufe der Treppe. »Hey, Ali Kat. Komm doch kurz zu mir.« Sie setzte sich in den blauweiß gestreiften Sessel neben dem Kamin.

Alison kletterte auf ihren Schoß und kuschelte sich an ihre Mutter.

»Ich habe nur Grandpa und Bobby zugesehen.«

»Bobby will mir Angeln beibringen. Er sagt, ich bin jetzt alt genug, um zur Forellenfarm in Skykomish zu fahren.« Alison schmiegte sich noch enger an Claire und flüsterte: »Um die ganz großen Fische zu fangen, muss man einen Trick kennen. Den will er mir zeigen. Und er sagt, wir können im August im Schlauchboot über den Fluss fahren. Hast du schon mal einen Wurm auf einen Angelhaken gespießt? Igittigitt! Aber ich werde es bstimmt schaffen. Wart's nur ab. Bobby will mir helfen, wenn der Wurm zu sehr zappelt oder zu glitschig ist.«

»Ich bin froh, dass du ihn magst«, sagte Claire leise.

»Er ist ganz toll.« Alison drehte sich, damit sie Claire in die Augen blicken konnte. »Was ist denn, Mommy? Du siehst aus, als fängst du gleich an zu weinen. Die Würmer spüren nichts. Wirklich nicht.«

Sanft strich Claire über die Wange ihrer Tochter. »Du bist für mich das Wichtigste auf der Welt, Ali Kat. Niemand könnte je deinen Platz in meinem Herzen einnehmen.«

Alison und Elmo küssten Claire. »Das weiß ich doch.« Kichernd rutschte Ali vom Schoß ihrer Mutter. »Aber jetzt muss ich los. Grandpa will mit mir zu Smitty's Garage. Wir lassen den Truck reparieren.«

Während sie ihrer Tochter nachsah, die zur Tür hinauslief und ihrem Großvater zurief: »Grandpa, ich komme«, empfand Claire erneut die Last der Verantwortung. Wie konnte eine Frau erkennen, dass sie egoistisch handelte, und war das eigentlich grundsätzlich verabscheuungswürdig? Männer waren schließlich ständig egoistisch, und sie bauten millionenschwere Unternehmen auf und konstruierten Raketen, die zum Mond flogen.

Aber was, wenn die Ehe nicht halten würde, was sie sich davon versprach?

Das war die alles entscheidende Frage.

Sie musste unbedingt mit jemandem darüber reden. Nicht mit ihrer Schwester natürlich. Mit einer Freundin. Sie rief Gina an.

Schon nach dem ersten Klingeln meldete sich Gina. »Hallo?«

Claire sackte in den Sessel zurück und legte die Beine hoch. »Ich bin's. Die Braut, die es nicht erwarten kann.«

»Ja, Claire. Das bist du wirklich.«

»Meghann hält mich für schwachsinnig.«

»Seit wann scherst du dich um die Meinung deiner Schwester? Großer Gott, sie ist Anwältin. Damit rangiert sie in der Evolution noch unter den wirbellosen Tieren.«

Claire musste lächeln. »Ich wusste, dass du mich wieder aufbaust.«

»Dafür sind Freundinnen schließlich da. Wenn du willst, kann ich es dir auch vorsingen. That's what friends are ...«

»Bitte nicht! Ich kenne deine diesbezüglichen Talente. Sag mir lieber, dass ich keine selbstsüchtige Schlampe bin, die durch die übereilte Heirat mit einem Fast-Fremden das Leben ihrer Tochter ruiniert.«

»Oh, wir sprechen über deine Mutter ...«

»Ich möchte nicht so sein wie sie.« Plötzlich klang Claires Stimme sehr leise, fast verzagt.

»Ich kenne dich, seit wir fünf am ersten Schultag alle mit identischen blauen Blusen aufgetaucht sind. Ich weiß noch, wie du dir diese Salbe gekauft hast, damit deine Brüste wachsen, und noch immer an Wunder geglaubt hast. Du warst noch nie egoistisch, Claire. Und ich habe dich noch nie so glücklich gesehen wie in letzter Zeit. Gut, du kennst ihn gerade mal zwei Wochen, aber was macht das schon? Endlich hat Gott dir Liebe und Leidenschaft geschenkt. Und jetzt musst du das Geschenk auch aufmachen.«

»Aber irgendwie fürchte ich mich ein bisschen davor. Ich hätte es tun sollen, als ich noch jung und optimistisch war.«

»Du *bist* jung und optimistisch. Und natürlich hast du Angst. Wenn du dich bitte mal erinnerst, musste ich zwei doppelte Tequila kippen, um Rex zu heiraten, dabei hatten wir schon vier Jahre zusammengelebt.« Sie machte eine kleine Pause. »Wahrscheinlich war es nicht unbedingt klug, meine Ehe zu erwähnen, aber das Prinzip stimmt. Wer seine fünf Sinne beisammenhat, fürchtet sich nun mal vor dem Heiraten. Du hast einen Mann kennen gelernt und dich in ihn verliebt. Alles ist sehr schnell gegangen. Na und? Wenn du noch nicht hundertprozentig zur Ehe bereit bist, dann warte noch ein bisschen. Aber warte nicht, weil deine Schwester dich verunsichert hat. Hör einfach auf dein Herz.«

In Claires Kopf riet eine leise Stimme noch immer zur Vorsicht, aber ihr Herz hatte entschieden. »Was würde ich nur ohne dich machen?«

»Das Gleiche wie ich ohne dich: zu viel trinken und mich bei Fremden ausweinen.«

Die leichte Niedergeschlagenheit in Ginas Stimme entging Claire nicht. Sie war ihrer Freundin mehr als dankbar für ihr Verständnis, während sie selbst gerade eine schwere Zeit durchmachte. »Und was treibst du so?«

»Heute oder in dieser Woche? Ich bin launischer als ein Teenager und meine Hüften nehmen den soliden Umfang eines Buick an.«

»Im Ernst, Gigi. Wie geht es dir?«

Gina seufzte. »Besch… Rex war gestern Abend hier. Der Mistkerl hat glatt zehn Pfund abgenommen und färbt sich die Haare. Vermutlich verlangt er schon bald von mir, ihn wieder Rexster zu nennen.« Gina verstummte für einen Moment. »Er will diese Frau heiraten.«

»Autsch.«

»Das kannst du laut sagen. Ich erinnere mich noch genau an den Tag, als er mir einen Antrag machte. Es tut verdammt weh. Aber das Neueste weißt du noch gar nicht: Joe ist wieder da.«

»Tatsächlich? Und wo hat er die ganze Zeit gesteckt?«

Gina schwieg kurz, dann fuhr sie mit gedämpfter Stimme fort: »Keine Ahnung. Darüber hat er sich nicht genauer geäußert. Er sieht schlecht aus. Älter. Gestern ist er nach Hause gekommen und hat erst mal dreizehn Stunden durchgeschlafen. Ehrlich gesagt, kann ich nur hoffen, dass ich keinen Menschen je so sehr liebe, wie er Diana geliebt hat.«

»Und was hat er jetzt vor?«

»Das weiß ich nicht. Natürlich habe ich ihm angeboten, hier zu bleiben, aber das will er nicht. Er ist wie ein Tier, das zu lange in der Wildnis gelebt hat. Und hier im Haus stolpert er auf Schritt und Tritt über Einnerungen. Das Foto von meiner Hochzeit hat er fast eine Stunde lang angestarrt. Ehrlich, ich hätte heulen können.«

»Bestell ihm liebe Grüße von mir.«

»Mach ich.«

Sie plauderten noch ein paar Minuten lang über alltägliche Dinge. Als Claire den Hörer auflegte, ging es ihr besser. Sie hatte das Gefühl, wieder festeren Boden unter den Füßen zu haben. Auch der Gedanke an Joe und Diana gab ihr Zuversicht. Trotz allem, was sich ereignet hatte, waren die beiden ein Beweis dafür, dass es aufrichtige Liebe wirklich gab.

Claire betrachtete ihren Verlobungsring. Matt glänzend schmiegte sich ein Band aus Silberfolie um den Ringfinger ihrer linken Hand.

Entschlossen verdrängte sie alle Vermutungen darüber, was ihre Schwester zu dem »Ring« sagen würde, sondern erinnerte sich an den Moment, als Bobby ihn ihr an den Finger steckte.

»Heirate mich«, hatte er auf Knien geflüstert. O Bobby, wollte sie erwidern, das geht nicht so schnell. Wir kennen uns doch kaum …

Natürlich kamen ihr diese Worte nicht über die Lippen. Als sie die Liebe in seinen dunklen Augen sah, eine Liebe, von der sie bisher nur geträumt hatte, war es um sie geschehen. Sicher, ihr Verstand – der Teil von ihr, der ihr Leben fast dreißig Jahre lang bestimmt hatte – riet ihr eindringlich, nur ja keine Torheit zu begehen.

Aber ihr Herz wollte auf die Warnungen nicht hören. Sie liebte Bobby. So sehr, dass sie zu ertrinken glaubte.

Gina hatte Recht. Diese Liebe war ein Geschenk. Etwas, auf das sie kaum noch zu hoffen gewagt hatte. Sie würde es nicht abweisen, nur weil sie Angst empfand. Denn eins hatte das Muttersein sie gelehrt: Liebe verlangte Mut. Und mit Mut ließ sich jede Furcht überwinden.

Claire nahm ihren Sweater von der Sessellehne, legte ihn sich um die Schultern und ging ins Freie.

Inzwischen war es fast ganz Nacht geworden. Dunkelheit legte sich auf die noch vom Widerschein der Sonne violettrosa getönten Bergspitzen. Für die Touristen, die um ihre Lagerfeuer saßen und Hot Dogs brieten, war es eine Zeit absoluter Ruhe in dieser idyllischen Einöde. Die Einheimischen wussten es besser. Nicht weit entfernt gab es eine Welt, die dem oberflächlichen Betrachter verborgen blieb, von der jene nichts ahnten, die ihr Leben damit zubrachten, in Telefone zu lauschen und auf Computerbildschirme zu starren.

Auf den nahen Gipfeln, Bergen mit Namen wie Formidable, Terror und Despair, kamen die Gletscher nie zur Ruhe. Rastlos und unaufhaltsam glitten sie weiter, zermalmten jeden Felsbrocken in ihrem Weg. Selbst die heiße Augustsonne konnte sie nicht zum Schmelzen bringen und an den Ufern des mächtigen Skykomish lauerten nur wenige Meter von den ausgetretenen Touristenpfaden Tausende wild lebender Tiere auf Beute.

Und doch fühlte sich die Dunkelheit still und friedlich an, roch die Luft nach Tannennadeln und trockenem Gras. Es war die Jahreszeit, in der für wenige Wochen die Rasenflächen ihr saftiges Grün verloren und sich braun verfärbten. Die ungewöhnlichste Zeitspanne im Nordwesten – die Phase der Dürre.

Claire lauschte dem Stimmengemurmel der Camper, hin und wieder unterbrochen von Hundegebell oder dem Lachen eines Kindes. Und daneben das Rauschen des Flusses – beständig und vertraut wie das Schlagen ihres Herzens. Diese Geräusche waren zur Melodie ihres Lebens geworden, hatten seit langem die kakophonische, unberechenbare Begleitmusik ihrer Mutter ersetzt.

Sie verzichtete auf Schuhe. Barfuß lief sie am leeren Pool entlang. Aus dem kleinen Pumpenhaus drang das Surren der Filteranlage. Zwei Schlauchboote – eines pinkfarben, das andere lindgrün – dümpelten auf dem dunklen Wasser.

Langsam drehte Claire ihre abendliche Runde, blieb hier und da stehen, um ein paar Worte mit Gästen zu wechseln, und trank mit Wendy und Jeff Goldstein in Haus dreizehn ein Glas Wein.

Als sie die Hütten am östlichen Rand des Resorts erreichte, war es vollständig dunkel. Hinter allen Fenstern schimmerte goldenes Licht.

Zunächst glaubte Claire, dass Grillen mit ihrem nächtlichen Konzert begannen. Dann erkannte sie, dass die Saiten einer Gitarre gestimmt wurden.

Blockhütte vier besaß eine hübsche kleine Veranda mit Blick auf den Fluss. Wegen Schäden am Dach war die Hütte in diesem Sommer nicht vermietet worden und nun wohnte Bobby darin. »Schicksal«, hatte Dad gemurmelt, als er Claire den Schlüssel überreichte.

Jetzt saß Bobby mit gekreuzten Beinen am Rand der Veranda, eine Gitarre auf dem Schoß. Er sah auf den Fluss hinaus und stimmte unsicher, fast zögernd eine Melodie an.

Claire schlich unter die ausladenden Äste einer Douglasie und beobachtete ihn. Die Musik schickte kleine, wohlige Schauer über ihre Haut.

Fast unhörbar begann er zu singen: »*I've been walkin' all my life ... on a road goin' nowhere. Then I turned a corner, darlin'... and there you were.*«

Claire musste schlucken. Ein Gefühl der Zärtlichkeit, süß und schmerzhaft zugleich, erfasste sie, dass sie schon befürchtete, in Tränen auszubrechen. Sie trat aus dem Schatten heraus.

Bobby hob den Kopf und sah sie. Ein Lächeln ließ sein sonnengebräuntes Gesicht strahlen.

Sie ging auf ihn zu. Das trockene Gras raschelte leise unter ihren Füßen.

Ohne den Blick von ihr zu wenden, sang er weiter. »*For the first time in my life ... I believe in God almighty ... in the Lord my grandpa promised me ... 'cause, honey, I see Heaven in your eyes.*« Bobby griff noch ein paar Akkorde, schlug leicht mit der Hand auf den Bauch der Gitarre und grinste verlegen. »Mehr habe ich bis jetzt nicht zuwege gebracht. Es muss natürlich noch überarbeitet werden.« Er legte das Instrument auf den Boden, stand auf und bewegte sich auf sie zu.

Mit jedem seiner Schritte fiel Claire das Atmen schwerer. Als er endlich vor ihr stand, konnte sie kaum noch Luft holen. Sie fühlte sich von ihren Gefühlen nahezu überwältigt.

Er griff nach ihrer linken Hand und betrachtete den Reif aus Silberfolie, der eigentlich ein Diamantring sein sollte. Als er sie wieder anblickte, lächelte er nicht mehr.

»Erbärmlich«, flüsterte er rau und die Scham in seinen Augen ließ Claire erbeben. »Nicht jede Frau würde einen so schäbigen Ring annehmen.«

»Ich liebe dich, Bobby. Das allein ist wichtig. Ich weiß, es ist total verrückt, aber ich liebe dich.« Die Worte lösten die Blockade in ihr. Sie konnte wieder atmen.

»Ich bin nichts Besonderes, Claire. Das weißt du. Ich

habe Fehler in meinem Leben gemacht. Genau drei, um ehrlich zu sein.«

Claire konnte förmlich Meghanns Stimme hören. Aber es machte ihr nichts aus, als sie bemerkte, wie Bobby sie anblickte. So hatte sie noch niemand angesehen – als wäre sie die wichtigste, begehrenswerteste Frau auf der Welt. »Ich bin eine allein erziehende Mutter, die nie geheiratet hat. Ich weiß, wie schnell man Fehler begeht, Bobby.«

»So geht es mir zum allerersten Mal«, sagte er leise mit bebender Stimme. »Das schwöre ich dir.«

»Wie denn?«

»Als würde mein Herz mir gar nicht mehr gehören, als könnte es ohne dich nicht schlagen. Du bist in mir, Claire, gibst mir Kraft. Du weckst in mir den Wunsch, mehr sein zu wollen, als ich bin.«

»Ich möchte mit dir zusammen alt werden«, flüsterte sie. Das war ihr schönster Traum, ihre größte Hoffnung. Ihr ganzes Leben lang hatte sie befürchtet, eine dieser alten, weißhaarigen Frauen zu werden, die auf der Veranda saßen und darauf warteten, dass endlich das Telefon klingelte oder ein Auto vorfuhr. Jetzt endlich wagte sie es, von einer besseren Zukunft zu träumen, von Liebe, Kindern, Familie.

»Ich möchte unseren Kindern zuhören, wie sie auf dem Rücksitz eines Minivan darüber streiten, wer wen gekniffen hat.«

Claire lachte. Es war wunderschön, mit einem anderen Menschen träumen zu können.

Bobby nahm sie in seine Arme und begann, mit ihr zur Musik des Flusses und der Grillen zu tanzen.

»Meine Schwester Meghann kommt morgen«, sagte Claire schließlich. »Sie möchte dich kennen lernen.«

Er löste sich von ihr, griff nach ihrer Hand und führte sie auf die Veranda. Sie setzten sich auf die alte Eichenschaukel und schwangen sanft hin und her. »Sagtest du nicht, sie würde die Hochzeit nicht zur Kenntnis nehmen?«

»Wunschdenken.« Claire blickte ihm in die Augen. »Unsere Heiratspläne scheinen sie maßlos zu erregen.«

»Ist das die Schwester, die Gina nur Cruella de Vil nennt?«

»Noch beliebter ist ihr Spitzname ›Giftzahn‹.«

»Ist ihre Meinung denn wichtig?«

»Sie sollte nicht wichtig sein.«

»Aber sie ist es.«

Claire kam sich vor wie eine Idiotin. »Ja.«

»Dann werde ich sie eben überzeugen. Vielleicht schreibe ich sogar einen Song für sie.«

»Der müsste dann schon die Hitparade stürmen. Mit weniger gibt sich Meg nicht zufrieden. Morgen am späten Nachmittag wird sie hier sein.«

»Soll ich vielleicht zum Armeeladen fahren und mir eine schusssichere Weste besorgen?«

»Kein dummer Gedanke.«

Bobbys Lächeln schwand schnell. »Aber sie wird dich doch nicht dazu bringen, deine Entscheidung zu überdenken, oder?«

Seine Besorgnis rührte Claire zutiefst. »Es ist ihr noch nie gelungen, meine Entscheidung über irgendetwas zu ändern. Das bringt sie ja gerade in Rage.«

»Solange du mich liebst, kann ich alles ertragen.«

»Nun, Bobby Austin, wenn das die Voraussetzung ist …« Claire schmiegte sich an ihn. Bevor sich ihre Lippen berührten, flüsterte sie: »Dann *kannst* du alles ertragen. Sogar meine Schwester.«

Elftes Kapitel

Claire stand in der Küche und wusch das Frühstücksgeschirr ab. Es war einer dieser grauen, trüben Tage, an denen die Wolken so tief hängen, dass man glaubt, sie würden einem gegen den Kopf prallen, sobald man es wagt, vor die Tür zu treten. Das perfekte Wetter für Meghanns Besuch.

Bei dem Gedanken setzte ein heftiges Pochen hinter Claires Schläfen ein. Sie trocknete sich die Hände ab und griff nach dem Excedrin auf dem Fensterbrett.

»Mary Kay Acheson bekommt Cap'n Crunch zum Frühstück.«

Verging denn kein Tag ohne diese Diskussion? »Wahrscheinlich hat sie falsche Zähne bevor sie in die achte Klasse kommt. Du willst doch nicht etwa dein Gebiss herausnehmen, bevor du schlafen gehst, oder?«

Alis Füße trommelten rhythmisch gegen ihre Stuhlbeine. »Willie hat noch alle Zähne, und der geht schon in die neunte Klasse. Er ist praktisch erwachsen.«

»Weil Karen ihm Raisin Bran zum Frühstück gibt. Bei Cap'n Crunch sähe es anders aus.«

Nachdenklich runzelte Ali die Stirn.

Claire spülte eine Tablette mit Wasser hinunter.

»Hast du wieder Kopfweh, Mommy?«

»Tante Meg kommt heute Abend. Sie möchte Bobby kennen lernen.«

Die Falten auf Alis Stirn vertieften sich. Offenbar versuchte sie eine Verbindung zwischen Tante Megs Besuch und den Kopfschmerzen ihrer Mutter herzustellen. »Ich habe gedacht, dass sie zu viel zu tun hat, um überhaupt Luft zu holen.«

Claire setzte sich neben ihre Tochter. »Weißt du, warum Meghann Bobby kennen lernen möchte?«

Alison verdrehte die Augen. »Logo, Mommy.«

»Logo?« Claire unterdrückte ein Lächeln. Irgendwann würde sie mit ihrer Tochter über höfliche Umgangsformen sprechen müssen, aber damit sollte sie besser warten, bis sie nicht das Risiko einging, vor Lachen zu platzen. Sie hob ihre linke Hand. »Du weißt, was dieser Ring bedeutet?«

»Das ist doch kein Ring. Das ist nur Folie.«

»Diese Art Ring ist ein Symbol. Das Material ist absolut unwichtig. Wichtig ist nur, mit welchen Worten er überreicht wird. Und Bobby hat mich gefragt, ob ich ihn heiraten will.«

»Das weiß ich doch, Mommy. Kann ich jetzt aufstehen?«

»Gleich. Jetzt möchte ich erst mal mit dir reden. Niemand ist wichtiger für mich, als du es bist. Niemand, hörst du? Ich werde dich immer lieben, auch wenn ich heirate.«

»Mann, Mommy, das weiß ich doch. Kann ich jetzt endlich …«

»Du bleibst jetzt hier noch einen Moment sitzen. Ich bin noch nicht fertig. Hast du etwas dagegen, dass ich Bobby heirate?«

»Oh.« Alis kleines Gesicht verzog sich. Sie blies erst die linke Wange auf, dann die rechte. »Darf ich ihn dann Daddy nennen?«

»Das würde ihm sehr gefallen.«

»Und wird er dann zu den Familientagen in die Schule

kommen und beim Sackhüpfen mitmachen und Britannys Dad helfen, Hot Dogs zu grillen?«

Claire atmete tief durch. Es fiel ihr nicht leicht, für einen anderen Menschen Blankoversprechen abzugeben. Eine solche Grundzuversicht brachten Frauen auf, die in glücklicheren Familien aufgewachsen waren, in denen man sich auf Mom und Dad fest verlassen konnte. Aber sie glaubte an Bobby, wie sie als Tochter ihrer Mutter irgendeinem Mann zu trauen vermochte. »Ja. Wir können auf ihn zählen.«

Alison strahlte. »Okay. Ich möchte, dass er mein Dad wird. Mein Daddy.« Offensichtlich machte sie sich mit diesem Wort vertraut und erprobte, wie es sich anfühlte, es laut auszusprechen. Es war erstaunlich, wie viele Träume kleiner Mädchen diese wenigen Buchstaben umfassen konnten.

Aber auch die großer Mädchen.

Alison sprang auf, gab ihrer Mutter einen hastigen Kuss und lief die Treppe hinauf in ihr Zimmer. Sekunden später hörte Claire die ersten Töne der Filmmusik von *Arielle*.

Claire betrachtete ihren Verlobungsring. Trotz seiner Schlichtheit gab er ihr ein Gefühl von Hoffnung.

»Eine Hürde ist genommen«, sagte sie laut. Doch eigentlich waren es bereits zwei. Sowohl ihr Vater als auch ihre Tochter hatten ihren Heiratsplänen zugestimmt.

Blieben nur noch zwei nahe Verwandte. Meghann, die alles andere als erfreut geklungen hatte, und ihre Mutter, der es vermutlich völlig egal war. Bislang hatte Claire den Anruf bei ihr noch aufgeschoben. Gespräche mit Mama brachten selten etwas Gutes.

Aber sie war nun einmal ihre Mutter und hatte daher ein Anrecht darauf, informiert zu werden.

Das Komische war, dass immer spontan Megs Gesicht vor Claires geistigem Auge auftauchte, wenn sie an ihre

Mutter dachte. In all ihren Kindheitserinnerungen war es ihre Schwester, die für sie gesorgt hatte – bis zu dem Tag natürlich, an dem Meghann beschloss, Claire zu verlassen.

An Mama hatte Claire bestenfalls flüchtige Erinnerungen. Eigentlich konnte sie sich damit noch glücklich schätzen, denn die Hauptlast von Mamas Launenhaftigkeit hatte Meg getragen. Dennoch taten sie weiterhin unverdrossen so, als wären sie eine intakte Familie.

Claire griff zum Telefon und wählte. Es klingelte und klingelte. Irgendwann schaltete sich der Anrufbeantworter ein. Untermalt von Musik meldete sich die weiche Südstaaten-Stimme ihrer Mutter. »Ich freue mich wirklich sehr über Ihren Anruf, bin im Moment aber leider beschäftigt. Wenn Sie mir eine Nachricht hinterlassen, rufe ich so bald wie möglich zurück. Oh, und lassen Sie sich mein Interview im *People Magazine* nicht entgehen. Ende Juni ist es an den Zeitungskiosken erhältlich. Ich grüße Sie alle.«

Nur ihre Mutter brachte es fertig, über den AB für sich zu werben.

»Hey, Mama«, sagte sie nach dem Piepton. »Hier ist Claire. Deine Tochter. Ich habe großartige Neuigkeiten, über die ich gern mit dir sprechen würde. Ruf mich doch bitte an.« Sicherheitshalber hinterließ sie ihre Nummer und legte auf.

Claire hielt den Hörer noch immer in der Hand, als ihr bewusst wurde, dass sie einen Fehler gemacht hatte. In weniger als zwei Wochen wollte sie heiraten. Wenn sie auf Mamas Rückruf wartete, wäre die Hochzeit längst vorüber. Sie musste Mama *einladen*, nicht einfach nur informieren. Eine Tochter hatte ihre Mutter zu ihrer Hochzeit einzuladen, selbst wenn diese die mütterlichen Instinkte einer Mücke besaß und kaum die Chance bestand, dass sie tatsächlich auftauchte.

Als ihre Mutter es endlich schaffte, nach Seattle zu kommen, um ihre Enkelin kennen zu lernen, war Ali bereits vier Jahre alt.

Claire erinnerte sich noch genau an diesen Tag. Eine Werbetour für *Starbase IV* führte Mama auch nach Seattle und sie wollten sich im Woodland Park Zoo im Zentrum von Seattle treffen.

Über eine Stunde hatten Claire und Alison auf einer Bank in der Nähe des Zoo-Eingangs gewartet.

Claire wollte schon aufgeben und wieder gehen, als sie plötzlich ein vertrautes Kreischen hörte. Sie hob gerade rechtzeitig den Kopf, um Mama in einem bronzefarbenen Seidenkaftan heranrauschen zu sehen wie eine Fregatte in voller Fahrt.

»O Gott ist es wundervoll, endlich meine kleine Tochter wiederzusehen«, schrie sie laut genug, dass sich Köpfe nach ihnen umdrehten. Passanten begannen zu tuscheln.

»Aber das ist doch Tara Zyn«, sagte jemand. »Aus *Starbase IV.*«

Claire konnte sich gerade noch beherrschen, nicht die Augen zu verdrehen. Sie packte Alisons kleine Hand ganz fest und stand auf. »Hey, Mama. Ich freue mich, dich zu sehen.«

Mit dramatischer Geste sank ihre Mutter auf die Knie. »Ist dieses bezaubernde kleine Geschöpf meine Enkelin?«

»Hallo, Mrs Sullivan«, zirpte Alison. Den Namen hatte sie eine Woche lang geübt, denn Claire war sich sicher gewesen, dass ihre Mutter es gar nicht schätzen würde, »Grandma« genannt zu werden. In den Zeitungen behauptete sie immer, kurz vor ihrem fünfzigsten Geburtstag zu stehen.

Mama betrachtete Alison lange. Für einen Moment war so etwas wie Traurigkeit in ihren blauen Augen zu erkennen. Dann kehrte das Lächeln zurück. »Du kannst

Nanna zu mir sagen.« Sie streckte die Hand aus und strich Ali über die kurzen Locken. »Du siehst deiner Mutter wie aus dem Gesicht geschnitten ähnlich.«

»Keiner schneidet meine Mama, Mrs ... Nanna.«

Ihre Mutter blickte auf. »Sie ist kess, Claire-Bear. Genau wie Meggy. Da kannst du froh sein. Die Kessen bringen es im Leben zu etwas. Sie ist die aufgeweckteste Zweijährige, die ich je kennen gelernt habe.«

»Sie ist vier, Mama.«

»Vier?« Ihre Mutter sprang hoch. »Honey, das kann ich gar nicht glauben. Ich weiß doch, dass du gerade erst in der Geburtsklinik warst. Aber jetzt lasst uns zum Reptilienhaus gehen. Schlangen sehe ich mir am liebsten an. In einer Stunde muss ich unbedingt wieder im Hotel sein. Das *Evening Magazine* möchte mich interviewen.« Am späten Nachmittag war Meghann zu ihnen gestoßen. Sie hatten zu viert einen ziemlich schweigsamen Bummel durch das Seattle Center unternommen und so getan, als würde sie etwas miteinander verbinden.

Es hatte Claire wehgetan, sich an diesen Tag zu erinnern, doch jetzt nicht mehr. Die Wunde war geheilt, unter Schichten dickerer Haut vernarbt. Sie hatte längst aufgegeben, sich eine andere Mutter zu wünschen. Wie auch den Traum von einer Schwester, die ihre beste Freundin war. Manche Dinge entwickelten sich eben nicht so, wie man es sich ersehnte, selbst wenn man darüber lange Jahre bittere Tränen vergoss.

Sie blickte auf die Küchenuhr. Es war schon fast eins. In wenigen Stunden würde Meghann hier sein.

»Na großartig«, murmelte Claire.

»Meine Schwester hat mich gestern Abend angerufen.«

Dr. Harriet Bloom lehnte sich zurück. Die Sesselpolster gaben leise schnaufende Geräusche von sich. »Ah.

Kein Wunder, dass Sie unseren Termin eingehalten haben.«

»Ich habe bislang nur eine einzige Sitzung versäumt. Mehr nicht. Ich habe rechtzeitig abgesagt und war bereit, das Ausfallhonorar zu bezahlen.«

»Sie glauben offenbar, dass Geld die Antwort auf alles ist.«

»Was haben Sie, Harriet? Heute äußern Sie sich so mysteriös, dass selbst Freud Ihnen nicht folgen könnte.«

»Ich kann verstehen, dass unser letztes Treffen Sie erregt hat.«

Meghanns Augenlid begann zu zucken. »Eigentlich nicht.«

Die Psychiaterin sah sie durchdringend an. »Erkennen Sie denn nicht, dass Erregung zum Heilungsprozess gehört? Sie müssen endlich aufhören, vor Ihren Gefühlen davonzulaufen.«

»Das versuche ich doch. Vielleicht sollten Sie besser zuhören. Ich sagte, dass meine Schwester mich gestern angerufen hat.«

Harriet seufzte. »Ist das denn ungewöhnlich? Ich hatte den Eindruck, dass Sie häufiger mit Ihrer Schwester sprechen. Allerdings reden Sie dabei nie über die wirklich wichtigen Dinge.«

»Nun, das stimmt. Wir telefonieren alle paar Monate miteinander. Für gewöhnlich zu Weihnachten oder Geburtstagen.«

»Und was war nun an dem gestrigen Gespräch so außergewöhnlich?«

Meghanns Lid zuckte so heftig, dass sie kaum noch etwas sehen konnte. Aus unerklärlichen Gründen fand sie es schwer, still sitzen zu bleiben. »Sie will heiraten.«

»Versuchen Sie ganz ruhig zu atmen, Meghann.«

»Mein Augenlid flattert wie verrückt.«

»Holen Sie tief Luft.«

Meghann kam sich vor wie eine Idiotin. »Was zum Teufel ist nur los mit mir?«

»Sie empfinden Furcht, das ist alles.«

Das Gefühl zu benennen half. Meghann *hatte* Angst. Sie atmete tief durch und sah Harriet Bloom an. »Ich möchte nicht, dass sie verletzt wird.«

»Warum nehmen Sie an, dass die Heirat sie verletzen könnte?«

»Ich bitte Sie ... Mir ist nicht entgangen, dass Sie Ihren Einkaräter nicht mehr tragen. Ich kann mir nicht vorstellen, dass Sie vor Begeisterung gejauchzt haben, als Sie ihn abnahmen.«

Dr. Bloom ballte die linke Hand zur Faust. »Viele Schwestern freuen sich über eine solche Nachricht.«

»Nicht, wenn sie Scheidungsanwältinnen sind.«

»Können Sie Ihren Job nicht einmal beiseite lassen?«

»Es geht hier nicht um meinen Job, Harriet. Meine Schwester ist dabei, einen verhängnisvollen Fehler zu begehen. Und davor muss ich sie bewahren.«

»Liebt sie den Mann?«

Meghann wedelte geringschätzig mit der Hand. »Aber natürlich.«

»Und das zählt für Sie gar nicht?«

»Anfangs sind sie alle bis über beide Ohren verliebt. Das ist, als würde man sich mit einem dünnen Gummifloß aufs Meer hinaus wagen. Das Salzwasser löst es auf. Nach ein paar Jahren hat man nichts mehr, woran man sich klammern könnte. Und dann kommen die Haie.«

»Leute wie Sie.«

»Es ist nicht der richtige Zeitpunkt für Anwaltswitze. Ich muss meine Schwester unbedingt davon abhalten, den falschen Mann zu heiraten.«

»Woher wissen Sie, dass er der Falsche ist?«

Wer einen kennt, kennt sie alle, wollte Meghann schon sagen, hielt sich aber rechtzeitig zurück. Diese Bemerkung hätte nur zu weiteren unsinnigen Fragen und Spekulationen geführt. »Er hat keinen richtigen Job. Sie kennen sich noch nicht einmal einen Monat. Er ist – *Musiker*. Er lässt sich von den Leuten *Bobby Jack* nennen. Reicht das?«

»Sind Sie vielleicht eifersüchtig?«

»Aber klar. Ich bin ganz wild darauf, einen minderbemittelten Countrysänger zu heiraten, der im Cowboy Bob's Western Roundup am Lake Chelan den Pausenfüller macht. Ja, Harriet, Sie haben den Nagel auf den Kopf getroffen. Ich bin neidisch.« Meghann verschränkte die Arme vor der Brust. »Ganz bestimmt heiratet er sie nur wegen dieses so genannten Resorts. Er will sie dazu überreden, das Gelände als Bauland für Ferienapartments oder Zahnarztpraxen zu verkaufen.«

»Wäre das nicht ein Beweis für ökonomisches Denken?«

»Claire liebt dieses gottverlassene Stück Land. Sie würde es nur sehr widerwillig mit Beton zupflastern lassen.«

»Sagten Sie nicht, dass das Land praktisch brachliegt und dass Claire dort nur ihr Leben vergeudet? Wenn ich mich nicht sehr irre, empfahlen Sie ihr den Bau eines Wellness-Centers.«

»Offenbar *wollen* Sie mich nicht verstehen.«

»Oh, ich verstehe Sie schon. Sie sind überzeugt, Ihre Schwester retten zu müssen. Hoch zu Ross wie der Ritter in schimmernder Rüstung.«

»Jemand muss sie schützen. Und dieses Mal möchte ich sie nicht im Stich lassen.«

»Dieses Mal ...«

Meghanns Kopf schnellte hoch. Wie ein Raubvogel hatte sich Dr. Bloom auf die beiden entscheidenden Worte gestürzt. »Ja, dieses Mal.«

Betont langsam beugte Harriet sich vor. »Erzählen Sie mir von dem Tag, an dem Sie Ihre Schwester verlassen haben.«

Meghann verspannte sich. »Aber darum geht es hier doch überhaupt nicht.«

»Spielen Sie nicht die Ahnungslose, Meg. Oder muss ich Sie tatsächlich daran erinnern, dass alles zwischen Ihnen und Ihrer Schwester mit der Vergangenheit zu tun hat? Was ist damals geschehen?«

Meghann schloss die Augen. Es lag auf der Hand, dass sie sich in einem Zustand der Schwäche befand, denn die Erinnerungen schienen geradezu über sie herfallen zu wollen. Sie zuckte mit den Schultern, bemühte sich um Gelassenheit und öffnete die Augen wieder. »Das wissen Sie sehr genau. Sie wollen nur, dass ich das alles noch einmal durchlebe.«

»So? Will ich das?«

»Ich war sechzehn und Claire neun. Mama bewarb sich in Los Angeles um eine Rolle in *Starbase IV* und amüsierte sich dabei so großartig, dass sie die Kinder vergaß, die sie in Bakersfield zurückgelassen hatte. Dann tauchten Leute von der Fürsorge bei uns auf und drohten damit, uns ins Heim einzuweisen. Ich war alt genug, um rechtzeitig das Weite zu suchen, aber Claire ...« Meghann zuckte mit den Schultern. »Also rief ich Sam Cavenaugh an, ihren Vater. Sam konnte seine Tochter gar nicht schnell genug retten.« Meghann merkte, wie verletzt sie sich anhörte. Selbst jetzt, nach all diesen Jahren, war die Erinnerung an jenen Sommer schwer zu ertragen. Sie wusste noch genau, wie sehnlich sie sich gewünscht hatte, Sam wäre auch ihr Vater. »Aber das alles ist Schnee von vorgestern. Sam war ein wunderbarer Vater für Claire. Alle wurden zufrieden und glücklich.«

»Wirklich alle? Und was ist mit dem Mädchen, das

Mutter und Schwester verlor und keinen Vater hatte, bei dem es Zuflucht suchen konnte?«

Die Frage schmerzte. Meghann hatte den Namen ihres Vaters nie in Erfahrung bringen können. Für ihre Mutter war er stets nur »dieser Versager«. Sie richtete sich kerzengerade auf. »Genug von den alten Geschichten. Sagen Sie mir nur eins, Harriet ... Ist es vernünftig, einen Mann zu heiraten, den man erst seit ein paar Wochen kennt? Wie würde es Ihnen denn gefallen, wenn Ihre Tochter so übereilt in eine Ehe stolpert?«

»Ich müsste darauf vertrauen, dass ihr Entschluss richtig ist. Wir können anderen Menschen nicht unsere Ansichten aufdrängen. Selbst wenn wir sie lieben.«

»Ich liebe Claire wirklich«, sagte Meghann leise.

»Das weiß ich doch. Daran hat nie ein Zweifel bestanden.«

»Auch wenn uns nichts verbindet, werde ich nicht tatenlos zusehen, wie sie ihr Leben wegwirft.«

»Oh, Sie verbindet einiges, wie ich finde. Schließlich haben Sie neun Jahre lang miteinander gelebt. Daraus ergeben sich viele gemeinsame Erinnerungen. Ich habe so das Gefühl, dass Sie einmal sehr gute Freundinnen waren.«

»Sie meinen, bis ich sie bei einem Mann zurückließ, den sie kaum kannte, und mich aus dem Staub machte? Ja. Davor waren wir wohl die besten Freundinnen. Aber Claire wünschte sich unbedingt einen Daddy, und sobald sie den hatte ... Nun ...« Meghann warf einen Blick auf die Uhr. Es war kurz vor vier. »Um diese Tageszeit brauche ich bestimmt zwei Stunden bis nach Hayden. Die Verkehrssituation wird immer katastrophaler, finden Sie nicht auch? Wenn wir endlich einen anständigen Bürgermeister wählen würden, anstatt ...«

»Schweifen Sie nicht wieder ab, Meg. Dazu ist das

Thema zu wichtig. Es wäre durchaus verständlich, wenn Claire eine gewisse Abneigung gegen Sie empfände.«

»Sie hasst mich. Das habe ich Ihnen doch schon gesagt.«

»Und trotzdem wollen Sie in Ihrem tollen Schlitten nach Hayden rasen, um sich in ihr Leben einzumischen.«

»Ich betrachte mein Eingreifen als Versuch, sie vor sich selbst zu retten. Ich möchte sie lediglich auf ein paar Risiken aufmerksam machen, die sie offenbar übersehen hat.«

»Glauben Sie wirklich, dass Ihre Ratschläge willkommen sind?«

Meghann verzog das Gesicht. Mit Sicherheit nicht. Manchen Leuten fiel es eben schwer, die offenkundigen Fakten zu akzeptieren. »Ich werde so behutsam wie möglich vorgehen.«

»Sie wollen ihr also *behutsam* beibringen, auf keinen Fall einen mittellosen Musiker zu heiraten?«

»Ja, ja, ich weiß. Ich kann manchmal ziemlich schroff und autoritär sein, aber diesmal habe ich vor, meine Worte sehr genau zu wählen. Worte wie ›Versager‹, ›Nassauer‹ oder ›Heiratsschwindler‹ kommen mir nicht über die Lippen. Natürlich wird sie zunächst verletzt reagieren, aber schließlich doch einsehen müssen, dass ich nur das Beste für sie will.«

Die Psychiaterin musterte Meghann lange Zeit schweigend. »Können Sie sich erinnern, was man empfindet, wenn man liebt?«, fragte sie schließlich.

Meghann konnte den Gedankensprung nicht nachvollziehen, war aber froh, nicht mehr über Claire sprechen zu müssen. »Ich war schließlich mit Eric verheiratet, oder?« Nummer zwei auf ihrer persönlichen Hitliste der Fehlentscheidungen …

»Was ist Ihnen von der Ehe mit Eric am meisten im Gedächtnis geblieben?«

»Das Ende. Ich hatte Kopfschmerzen, die länger anhielten als meine Ehe.«

»Warum ist die Beziehung gescheitert?«

»Aber das wissen Sie doch. Er hat mich betrogen. Mit fast allen Cheerleadern der Seahawks und der Hälfte des Personals vom Bellevue Hooters. Er war mit Feuereifer auf der Jagd nach Silikontitten. Wenn er in seinem Job doch nur annähernd so eifrig gewesen wäre.«

»Erinnern Sie sich noch an seinen Heiratsantrag?«

Meghann seufzte. Sie wollte sich nicht erinnern. Das war alles unendlich lange her. Die brennenden Kerzen, die weißen Rosenblüten, die den Weg zum Bett markierten, die leise Musik aus dem Nebenzimmer, eine Instrumentalversion von *All Out of Love*. »*Ich* habe ihm einen Antrag gemacht, wenn Sie es genau wissen wollen. Ich war noch nie besonders geduldig, und Eric brauchte mindestens eine Stunde, um sich für ein Paar Socken zu entscheiden.«

Harriet Bloom verzog das Gesicht. »Meghann!«

»Was ist?«

»Warum tischen Sie mir diese Geschichte auf? Ich bin nicht so dumm, wie Sie gern glauben möchten.«

Meghann senkte den Kopf und betrachtete eingehend ihre Fingernägel. Jahrelang hatte sie Stories von Erics Untreue erzählt. Die Bemerkung über seine Jagd auf Silikontitten war immer für einen Lacher gut. Sie hatte gelernt, dass es leichter war, ihn für einen Ehebrecher zu halten, für einen unverbesserlichen Schürzenjäger. Die Wahrheit war zu schmerzhaft. Nicht einmal Elizabeth wusste genau, was in Meghanns Ehe vorgefallen war. Und jetzt hatte Harriet die Fakten auf irgendeine ihr unerklärliche Weise herausgefunden. »Ich möchte nicht darüber sprechen.«

»Natürlich nicht«, sagte Harriet leise. »Gerade deshalb sollten Sie sich überwinden.«

Meghann atmete bewusst langsam und tief durch. »Er hat keinen Kellnerinnen nachgestellt. Jedenfalls weiß ich davon nichts. Er war mir treu – bis er Nancy traf.« Sie schloss fest die Augen und erinnerte sich an den furchtbaren Tag, an dem er nach Hause kam und unvermittelt in Tränen ausbrach. »*Ich ertrage es einfach nicht mehr, Meg. Du bringst mich um. Nichts, absolut nichts kann ich dir recht machen. Und deine Liebe … ich spüre sie nicht mehr.*«

Und dann, gerade als auch ihre Augen sich mit Tränen füllten, als ihr eine ungewöhnlich verzweifelte Bitte um Verzeihung schon auf der Zunge lag, fuhr er fort: »*Ich habe jemanden kennen gelernt. Sie liebt mich so, wie ich bin. Und sie … ist schwanger.*«

Die Erinnerungen quälten Meghann, machten sie bedürftig und schwach. Sie konnte sie nicht länger für sich behalten. »Er war so romantisch«, flüsterte sie, »der Abend, an dem er mir einen Heiratsantrag machte. Der ganze Raum duftete nach Rosen, im Nebenzimmer spielte leise Musik. Er schenkte uns Champagner ein und sagte, ich bedeutete alles für ihn, er wolle mich immer und ewig lieben, der Vater meiner Kinder sein. Ich musste weinen, als er das sagte.« Hastig wischte sich Meghann über die Augen. »Ich hätte doch wissen müssen, wie zerbrechlich die Liebe ist, nach allem, was ich in meiner Kindheit miterlebt habe. Aber nein, ich war leichtsinnig und rücksichtslos. Ich hätte diese zarte Pflanze pflegen und hegen müssen. Ich konnte gar nicht glauben, wie schnell sie einging. Er hat mich verlassen, weil ich ihm nicht genug Liebe gegeben habe.« Ihr versagte fast die Stimme. »Ihn trifft keine Schuld.«

»Also haben Sie ihn geliebt.«

»O ja, ich habe ihn geliebt«, antwortete Meghann leise und spürte, wie die alte Wunde neu aufbrach.

»Es ist bemerkenswert, dass Sie sich bereitwillig an die schmerzlichen Umstände der Scheidung erinnern, Ihre Liebe zu Eric aber verdrängen wollen.«

»Es reicht.« Meghann stand auf. »Ich fühle mich wie bei einer Herzoperation ohne Betäubung.« Sie blickte auf ihre Armbanduhr. »Abgesehen davon ist es schon spät. Ich habe Claire versprochen, am frühen Abend bei ihr zu sein. Ich muss los.«

Dr. Harriet Bloom setzte langsam die Brille ab. »Überlegen Sie sich gut, was Sie tun, Meg. Vielleicht könnte diese Hochzeit etwas sein, das Claire und Sie einander wieder näher bringt.«

»Sie meinen, ich soll sie diesen Bobby Jack Tom Dick heiraten lassen und kein Wort dazu sagen?«

»Manchmal beweist man Liebe damit, andere Menschen ihre eigenen Entscheidungen treffen zu lassen. Mit anderen Worten: den Mund zu halten.«

»Meine Klientinnen zahlen nicht wenig dafür, dass ich ihnen die Wahrheit sage.«

»*Ihre* Wahrheit. Außerdem ist Claire nicht Ihre Klientin. Sie ist eine Frau, die zum ersten Mal heiratet. Und fünfunddreißig Jahre alt, wenn ich das hinzufügen darf.«

»Soll ich sie etwa überschwänglich in die Arme reißen und mit strahlendem Lächeln verkünden, wie großartig ich es finde, dass sie einen Fremden heiratet?«

»Ja.«

»Und wenn er ihr das Herz bricht?«

»Dann wird Claire Sie brauchen. Aber sie wird sich nicht an Sie wenden, wenn sie damit rechnen muss, von Ihnen zu hören, dass Sie von Anfang an gewusst haben, dass es so kommen würde.«

Meghann dachte darüber nach. Sie war vielleicht ein Sturkopf und manchmal etwas schroff, aber doch nicht schwachsinnig. »Entschuldigen Sie, Harriet«, sagte sie schließlich, »aber da bin ich anderer Ansicht. Ich kann sie nicht blindlings in ihr Unglück laufen lassen. Claire ist der beste Mensch, den ich kenne.«

»Der beste Mensch, den Sie *nicht* kennen, meinen Sie wohl. Und dabei wollen Sie es auch belassen. Sie wollen sie auf Distanz halten.«

»Wie auch immer. Auf Wiedersehen.« Mit schnellen Schritten verließ Meghann den Raum.

Dr. Harriet Bloom irrte. So viel war sicher.

Meghann hatte Claire einmal im Stich gelassen. Das würde sie auf keinen Fall wiederholen.

Es ist töricht, einen Mann zu heiraten, den man gerade erst kennen gelernt hat …

›Töricht‹ ist vielleicht nicht das richtige Wort …

Alle Erfahrungen lehren …

Du bist ihre Schwester, nicht ihre Anwältin …

Seit mehr als einer Stunde führte sie nun schon diese absurde Diskussion mit dem Rückspiegel. Wie kam es nur, dass sie vor Gericht zwingende Argumente fand, die eine Jury zu Tränen rühren konnten, ihr jetzt aber keine schlichten, überzeugenden Worte einfallen wollten, um ihre Schwester vor der drohenden Katastrophe zu warnen?

Meghann ließ den zähen Verkehr am Rand von Seattle hinter sich und kam in die flache, grüne Landschaft des Snohomish Valley. Ortschaften, die in ihrer Jugend den Eindruck verschlafener Provinznester machten, brüsteten sich nun mit einer Vielfalt an kleinen Pensionen und Bed-and-Breakfast-Unterkünften. Massive Einfamilienhäuser mit Backsteinfassaden und Säulenveranden machten sich auf briefmarkengroßen Rasenparzellen breit, auf den Parkflächen standen Fahrräder und Kombis. Die meisten der alten, schindelverkleideten Bauernhäuser waren vor langem abgerissen worden, nur selten lugte eines hinter Reklametafeln hervor oder behauptete sich neben einem Fast-Food-Restaurant.

Doch als sich die Straße in die Berge hinauf wand, verblasste der Glanz der Zivilisation. Hier, im Schatten der bläulichen Gipfel der Cascade Mountains, schienen die Orte unberührt vom Vormarsch des Fortschritts. Die kleinen Ansiedlungen mit Namen wie Sultan, Goldbar oder Index lagen zu abseits, um »modernisiert« zu werden. Noch.

Die letzte Ortschaft vor Hayden verdiente den Namen nicht; sie bestand lediglich aus ein paar Gebäuden entlang der Straße, bot die letzte Gelegenheit, vor der Auffahrt zum Pass zu tanken oder etwas zu essen. Ein wenig einladendes Gasthaus – das Roadhouse – wurde von seiner grellen blinkenden Neonreklame fast erdrückt, die für Coors Light warb.

Am liebsten hätte sie angehalten, um diese heruntergekommene Kaschemme zu betreten und in ihrem verqualmten Halbdunkel alles zu vergessen. Das wäre jedenfalls besser, als Claire gegenüberzutreten und zu sagen: Du machst einen großen Fehler.

Aber Meghann fuhr weiter, die neun Meilen zur Ausfahrt Hayden, verließ die Autobahn und bog schließlich auf eine von Tannen gesäumte, zweispurige Landstraße ein. Schroff und abweisend ragten hohe Berge in den Himmel. Selbst im Sommer lag Schnee auf den unzugänglichen Gipfeln.

Rechts neben ihr tauchte ein kleines, grünes Schild auf. »Hayden. 872 Einwohner. Heimat von Lori Adams, der Siegerin im Rechtschreibwettbewerb des Staates Washington 1974« stand darauf.

Neunzehnhundertvierundsiebzig.

Nur drei Jahre später hatte Meghann den verschlafenen kleinen Ort zum ersten Mal gesehen. Damals bestand Hayden aus nicht mehr als einer Hand voll baufälliger Häuser. Die Idee, mit der ursprünglichen Bergwelt des Westens Touristen anzulocken, war noch nicht geboren.

Plötzlich wurde Meghann von der Erinnerung förmlich überwältigt. Sie glaubte den muffigen Geruch von Sams altem Pick-up wahrzunehmen, Claires mageren Körper dicht neben sich zu spüren. »*Will er wirklich, dass wir bei ihm leben?*«, wollte ihre kleine Schwester jedes Mal wissen, wenn Sam ausstieg, um zu tanken oder in einem billigen Motel nach freien Zimmern zu fragen. Sie hatten zwei Tage für die Fahrt von Kalifornien nach Washington gebraucht, aber in dieser ganzen Zeit kaum ein Wort miteinander gewechselt. Meghann litt unter akuten Bauchschmerzen. Mit jeder Meile steigerte sich ihre Furcht, dass der Anruf bei Sam ein Fehler gewesen sein könnte. Als sie Hayden endlich erreichten, waren Meghann die optimistischen Antworten auf die Fragen ihrer Schwester ausgegangen. Sie drückte nur stummm Claires Hand. Auch Sam musste das anhaltende Schweigen unbehaglich geworden sein. Er stellte das Radio lauter. Als sie vor dem Campingplatz hielten, sang Elton John *Goodbye Yellow Brick Road*.

Komisch, an welche Dinge man sich erinnerte.

Meghann verlangsamte die Fahrt. Hayden machte noch immer den Eindruck eines gastfreundlichen Ortes, in dem Nachbarinnen neu zugezogenen Familien Eintopf oder ofenfrischen Apfelkuchen vorbeibrachten.

Aber Meghann wusste es besser.

Sie hatte hier lange genug gelebt, um zu wissen, wie unbarmherzig diese freundlich aussehenden Menschen einem Mädchen gegenüber sein konnten, das von der Norm abwich. Zugegeben, ein kleiner Ort kann Wärme und Geborgenheit bieten, die Stimmung in der Gemeinde kann aber auch sehr schnell in eisige Kälte umschlagen. Wenn man von einer Stripperin in einem Trailer aufgezogen wurde, kann man nicht einfach nach Mayberry ziehen und sich so perfekt eingliedern, als wäre man dort geboren.

Zumindest konnte es Meghann nicht. Bei Claire war es eine andere Geschichte.

Meghann hielt vor der einzigen Kreuzung, die über eine Ampel verfügte. Als es für sie grün wurde, gab sie Gas.

Ein paar Meilen weiter sah sie das Schild.

»River's Edge Resort. Nächste Straße links.«

Sie bog auf die Schotterpiste ein. Die Bäume zu beiden Seiten waren gigantisch. In ihrem Schatten wuchsen Salal und mannshohe Farne.

An der ersten Einfahrt drosselte sie erneut das Tempo. Auf dem Briefkasten in Form und Farbe eines Orca stand »C. Cavenaugh«.

Der einst verwilderte Hof sah jetzt aus wie der Garten eines englischen Cottage: gepflegt, getrimmt, sorgfältig bepflanzt. Die Holzschindeln der Hausfassade waren in einem blassen Gelb gehalten, die umlaufende Veranda mit Körben voller Pelargonien und Lobelien schneeweiß gestrichen.

Bisher war Meghann nur einmal hier gewesen, kurz nach Alis Geburt. Sie erinnerte sich noch, wie sie auf einem schäbigen Sofa gesessen und versucht hatte, sich mit Claire zu unterhalten. Dann waren die Bluesers – Claires Freundinnen – schnatternd und laut und so unerbittlich über sie hergefallen wie ein Heuschreckenschwarm.

Eine endlose Stunde ließ Meghann den Tumult über sich ergehen, trank lauwarme Limonade und dachte über einen Einspruch vor Gericht für eine ihrer Klientinnen nach, dem nicht stattgegeben worden war. Irgendwann hatte sie sich dann mit einer lahmen Entschuldigung verabschiedet. Seither war sie nicht wieder hier gewesen.

Jetzt parkte sie ihren Wagen und stieg aus. Beladen mit Geschenken, lief sie zur Haustür und klopfte.

Niemand öffnete ihr.

Nach einer Weile vergeblichen Wartens marschierte sie zum Auto zurück und fuhr die rund hundert Meter zu der Blockhütte, in der die Rezeption des Campingplatzes untergebracht war.

Am Swimmingpool vorbei, in dem Kinder Marco Polo spielten, lief sie auf das lang gestreckte Gebäude zu. Als sie die Tür öffnete, schellte über ihr eine Glocke.

Sam Cavenaugh stand hinter dem Empfangstresen. Bei ihrem Eintreten blickte er auf. Sein offenes Lächeln schwand kurz, wurde aber schnell wieder angeknipst. »Hey, Meg. Wie schön, dich wiederzusehen. Verdammt lang her ...«

»Ja. Ich *weiß*, wie sehr du mich vermisst hast.« Wie immer verspürte Meghann in Sams Gegenwart Unbehagen, eine fast zornige Abneigung. Weil Claire ihn Meghann vorgezogen hatte, behauptete Dr. Harriet Bloom, aber natürlich stimmte das nicht. Meg konnte sich noch gut an den Tag erinnern, an dem er sie angeschrien hatte. »*Verschwinde. Geh einfach!*« Er glaubte, sie übe auf seine Tochter einen schlechten Einfluss aus. Was sie aber am meisten erbitterte, war sein nächster Satz gewesen. »*Du bist genau wie deine verdammte Mutter.*«

Schweigend sahen sie sich an. Immerhin wahrte er Abstand.

»Du siehst gut aus«, sagte Sam schließlich.

»Du auch.« Meghann warf einen Blick auf ihre Armbanduhr. Das Letzte, was sie jetzt wollte, war herumzustehen und sich mit Sam anzuschweigen.

»Claire hat mich gebeten, auf dich zu warten. Sie verspätet sich ein wenig. Die Familie Ford in Blockhaus siebzehn hat Probleme mit ihrem Herd. Claire ist schnell hinübergelaufen, um den Schaden zu beseitigen, sollte aber eigentlich gleich zurück sein.«

»Gut. Dann warte ich vor dem Haus auf sie.«

»Sie müsste gleich hier sein.«

»Das hast du bereits gesagt.«

»Immer noch die knallharte Meghann, was?«, fragte er leise, fast ein bisschen resigniert.

»Aus Erfahrung, Sam. Das weißt du besser als jeder andere.«

»Ich habe dich nicht vor die Tür gesetzt, Meghann. Ich ...«

Sie machte auf dem Absatz kehrt, ging hinaus und ließ die Tür hinter sich zufallen. Als sie ihren Wagen fast erreicht hatte, hörte sie seine Stimme.

»Sie ist glücklich mit dem Burschen, Meg.«

Langsam drehte sich Meghann um. »Wenn ich mich recht erinnere, warst du bei der Heirat mit Mama auch glücklich. Genau wie ich bei meiner Hochzeit mit Eric.«

Sam kam auf sie zu. »Deine Mutter ist eine echte Plage und ich war jahrelang stinkwütend auf sie, aber ich bin froh, dass ich sie geheiratet habe.«

»Du musst den Verstand verloren haben.«

»Claire ...« Mehr sagte er nicht.

»Oh.« Meghann verspürte einen feinen Stich. Da war sie wieder, diese lächerliche Eifersucht. Darüber sollte sie inzwischen eigentlich hinweg sein.

»Geh behutsam mit ihr um«, sagte er. »Sie ist deine Schwester.«

»Ich weiß, dass sie meine Schwester ist.«

»Wirklich?«

»Ja, *wirklich*.« Ein weiteres Mal drehte Meghann ihm den Rücken zu und ließ ihn stehen. Sie schlenderte über den Campingplatz. Die große Anzahl der Gäste überraschte sie. Und alle schienen sich ungemein wohl zu fühlen. Das Gelände war gut ausgestattet, liebevoll gepflegt und bot geradezu eine Postkarten-Ansicht: Wohin sie auch blickte – sie sah nur Berge, hohe Tannen und Wasser. Schließlich stieg Meghann wieder in ihr Auto und fuhr zurück zu Claires Haus.

Als sie diesmal klopfte, hörte sie gleich darauf schnelle Schritte. Die Tür flog auf.

Vor ihr stand Alison in einem Overall mit Gänseblümchenmuster und einer hübschen gelben Bluse.

»Du kannst unmöglich Alison Katherine Cavenaugh sein. Die ist noch ein Baby.«

Ali strahlte. »Ich bin schon ein großes Mädchen.«

»Ja, das sehe ich.«

Alison musterte sie stirnrunzelnd. »Deine Haare sind länger und auch schon ziemlich grau.«

»Nun, vielen Dank, dass du es bemerkt hast.« Sie beugte sich zu Ali hinab. »Wie ist es? Willst du Tante Meg nicht umarmen?«

»Du siehst aus, als kannst du ganz normal atmen.«

Meg hatte nicht die leiseste Ahnung, was das Kind damit meinte. »Natürlich atme ich normal.«

Zögernd trat ihre Nichte einen Schritt vor und bequemte sich zu einer Umarmung.

»Ich habe dir ein Geschenk mitgebracht«, lächelte Meghann.

»Lass mich raten.« Claire tauchte in der Diele auf. »Du bist fest überzeugt, dass jede Fünfjährige ein Schweizer Armeemesser braucht.«

»Nein. Ein MG.«

»Das kann nicht dein Ernst sein.«

Meghann lachte. »Ich habe mich in die Abgründe der Hölle gewagt – ein Spielzeuggeschäft in Northgate – und nach der am harmlosesten aussehenden Verkäuferin Ausschau gehalten. Sie hat mir stattdessen das hier empfohlen.« Meghann streckte Alison einen Karton in buntem Geschenkpapier entgegen.

Alison riss die Verpackung auf. »Es ist ein Groovy Girl, Mommy. Ein Groovy Girl!« Sie stürzte sich in Meghanns Arme, zeigte Claire die Puppe und rannte die Treppe hinauf.

Meghann überreichte ihrer Schwester eine Flasche Far Niente 1997. »Das ist mein Lieblingswein.«

»Danke.«

Etwas ratlos standen sie sich gegenüber. Vor einem guten Jahr hatten sie sich zum letzten Mal gesehen. Damals war ihre Mutter auf einer PR-Tour nach Seattle gekommen und hatte sich zunächst mit Claire und Alison im Zoo getroffen und Meghann war später im Seattle Center zu ihnen gestoßen. Die meiste Zeit ihrer gemeinsamen Stunden verbrachten sie mit Alison bei Karussellfahrten im Fun Forest. Auf diese Weise mussten sie nicht miteinander reden.

Schließlich streckte Claire beide Arme aus, zog Meghann schnell an sich und ließ sie genauso schnell wieder los.

Überrascht stolperte Meghann rückwärts, zu verblüfft, um die Geste zu erwidern. Später wünschte sie sich, Claire doch umarmt zu haben. »Es riecht sehr appetitlich, aber du hättest nicht zu kochen brauchen. Wie du weißt, wollte ich euch zum Essen einladen.«

»Das Angebot im Chuck Wagon ist nicht ganz dein Stil. Ich wollte mir diesbezügliche Bemerkungen ersparen.«

»Wie kommst du auf den Gedanken, dass ich ...«

»Komm endlich rein. Du warst schon lange nicht mehr hier.«

»*Du* hast *mich* noch nie besucht.«

»Das war lediglich eine Feststellung, Meg. Ich wollte keinen Streit vom Zaun brechen.«

Meghann schluckte nur, sie kam sich wie eine Idiotin vor.

Sie folgte ihrer Schwester ins Wohnzimmer und setzte sich neben sie aufs Sofa. Der absurde Verlobungsring – aus *Alufolie* – sprang ihr förmlich ins Auge. Nur gut, dass sie hergekommen war. Und es gab nicht den geringsten Grund, um den heißen Brei herumzureden. »Claire, ich glaube ...«

In diesem Moment betrat *er* das Zimmer, und Meghann wusste sofort, warum ihre Schwester ihren Verstand verloren hatte. Bobby Austin mochte als Sänger vielleicht keine große Nummer sein, aber sein Aussehen ... Nun, damit könnte er Säle füllen. Er war groß und schlank, mit breiten Schultern und blonden, fast schulterlangen Haaren. Und er lächelte nicht, er – strahlte.

Ein Mann wie er riss einen nicht nur hin. Er schleuderte einen in Sphären, aus denen man nur tief fallen konnte.

Claire und er tauschten einen Blick aus. Die unübersehbare Liebe darin erinnerte Meg an die bedauerliche Tatsache, dass einem mitunter auch der falsche Mann den Atem verschlagen kann.

Aber früher oder später musste eine Frau wieder Luft holen.

»Ich bin Bobby Austin«, sagte er lächelnd.

Meghann stand auf und gab ihm die Hand. »Meghann Dontess.«

»Von Claire weiß ich, dass man Sie Meg nennt.«

»Ja, meine Freunde.«

Er lächelte. »Ihre Miene sagt mir, dass Sie es lieber hätten, wenn ich bei Miss Dontess bleibe.«

»Ich könnte mir vorstellen, dass die Mädels in Arkansas Sie durchaus charmant finden.«

»Das kann ich nur mit Bestimmtheit über die Mädels

in Texas sagen.« Er legte einen Arm um Claire. »Aber diese Tage liegen längst hinter mir. Ich habe das Mädchen gefunden, mit dem ich alt werden möchte.« Er küsste Claire leicht auf die Wange und drückte ihre Hand. Dann griff er nach der Weinflasche und ging in die Küche.

Meghann sah ihre Schwester an und überlegte, was sie sagen sollte. Aber nichts, was ihr einfiel, schien zu der Situation zu passen.

Bobby Austin kam mit zwei gefüllten Weingläsern zurück und reichte eins davon Meghann. »Ich vermute, dass Sie ein paar Fragen an mich haben«, sagte er und setzte sich neben Claire.

Seine Direktheit verblüffte Meghann. Leicht verunsichert nahm sie in dem Sessel gegenüber dem Sofa Platz. Offenkundig repräsentierten sie unterschiedliche Parteien: Bobby und Claire gegen Meghann. »Erzählen Sie mir ein wenig von sich.«

»Ich liebe Claire.«

»Etwas Handfesteres bitte.«

»Sie bevorzugen Zahlen und Fakten? Nun gut. Ich bin siebenunddreißig. Habe an der Oklahoma State University Musik studiert und dort auch meinen Abschluss gemacht. Finanziert mit einem Rodeo-Stipendium. Hab mit dem Lasso Kälber eingefangen. Dabei habe ich mir die Knie ruiniert. Und ich war – schon verheiratet.«

Gespannt beugte Meghann sich vor. »Wie oft?«

Er sah Claire an. »Drei Mal.«

»Großer Gott!« Meghann starrte ihre Schwester unverwandt an. »Du musst echt von Sinnen sein. Wenn Eheschließungen Schwerverbrechen wären, säße er lebenslang hinter Gittern.«

Er seufzte. »Ich habe Sue Ellen geheiratet, als wir achtzehn waren. Sie erwartete ein Kind von mir, und da, wo ich herkomme …«

»Sie haben Kinder?«

»Nein.« Seine Stimme wurde leiser. »Es war eine Fehlgeburt. Danach gab es für uns kaum noch einen Grund zusammenzubleiben. Die Ehe hielt nicht einmal drei Monate. Aber ich hatte nichts daraus gelernt. Mit einundzwanzig habe ich wieder geheiratet. Dummerweise stellte sich erst nach der Hochzeit heraus, dass sie sich vom Leben etwas anderes erwartete als ich. Tolle Autos, teuren Schmuck. Als die Polizei sie festnahm, weil sie in unserem Haus mit Kokain handelte, buchtete man mich gleich mit ein. Ich hatte keine Ahnung davon, mir war nie etwas aufgefallen, obwohl wir zwei Jahre lang zusammenlebten. Aber niemand glaubte mir, dass ich mit den Drogen nichts zu tun hatte. Und dann kam Laura, die Einzige, die wirklich zählt. Sie war – oder besser: ist – Kinderärztin und liebt Countrymusic. Wir waren zehn Jahre miteinander verheiratet. Vor etwa einem Jahr haben wir uns getrennt. Den Grund könnte ich Ihnen nennen, aber er geht Sie nichts an. Claire weiß natürlich Bescheid.«

Ein Krimineller, dessen drei Ehen gescheitert waren.

Hervorragend.

Und jetzt würde die böse Schwester der guten das Herz brechen, indem sie ihr die Augen öffnete.

Aber wie?

Das war die Millionen-Dollar-Frage. Wie sprach man in einer Situation wie dieser Dinge an, die nun einmal gesagt werden mussten? Und dann auch noch in Anwesenheit dieses Adonis? Mit einer Sache hatte Dr. Bloom Recht: Meghann und Claire hatten jahrelang auf einer gefährlich hohen Klippe aus Schein und Höflichkeiten verbracht. Eine einzige falsche Bemerkung konnte sie abstürzen lassen.

Claire erhob sich vom Sofa und kam auf sie zu. Sie setzte sich auf die chinesische Truhe, die als Couchtisch diente.

»Ich weiß, dass du dich nicht für mich freuen kannst, Meg.«

»Ich möchte es wirklich.« Es war die Wahrheit. »Es ist nur so, dass …«

»Ich weiß, dass Bobby mir vielleicht nicht das bieten kann, was man eine *gesicherte Zukunft* nennt. Ich weiß, dass du dein Geld als Scheidungsanwältin verdienst. Vor allem aber weiß ich, dass du bei Mama aufgewachsen bist.« Fast beschwörend beugte sie sich vor. »Ich *weiß* das alles, Meg.«

Das nahm Meghann den Wind aus den Segeln. Ihre Schwester hatte offenbar gründlich nachgedacht, alle möglichen Risiken erwogen. Meghann konnte nichts vorbringen, worüber Claire sich nicht bereits Gedanken gemacht hatte.

»Mir ist klar, dass meine Entscheidung leichtfertig auf dich wirkt, unüberlegt und riskant. Wahrscheinlich denkst du: Genau wie Mama. Das brauchst du mir nicht erst zu sagen. Was ich mir von dir wünsche, ist Vertrauen.«

Exakt Harriets Worte … Aber Meghann hatte längst verlernt, Menschen zu vertrauen. Falls sie überhaupt jemals dazu fähig gewesen war.

»Ich weiß, wie schwer das für dich ist. Der Anführer eines Rudels ordnet sich nie gern unter. Aber mir würde es viel bedeuten, wenn du dich wenigstens ein Mal überwinden könntest. Mich umarmen und mir Glück wünschen könntest. Selbst wenn du es nicht ganz aufrichtig meinst.«

Meghann blickte in die klaren, grünen Augen ihrer Schwester. Claire wirkte ängstlich, aber nicht nur, auch erwartungsvoll. Offenbar wappnete sie sich gegen eine verletzende Reaktion, etwas in ihr wollte die Hoffnung jedoch nicht ganz aufgeben …

Meghann erinnerte sich an ihre Kindheit. Sobald ihre Mutter einen neuen »Freund« nach Hause brachte, träumte Claire davon, er würde endlich der ersehnte Vater für sie sein. Meghann hatte versucht, ihre Schwester vor diesem unbegründeten Optimismus zu bewahren, allerdings ohne jeden Erfolg. Wenn der nächste Mann auftauchte, war er der Grund für neue Hoffnungen.

Natürlich glaubte Claire an Bobby Austin.

Meghann sah keinen Weg, ihre Schwester eines Besseren zu belehren. Daher blieben ihr nur zwei Möglichkeiten: sich mit Claires Wahl einverstanden zu erklären oder auf ihrer Ablehnung zu beharren. Im ersten Fall könnten Claire und sie ihr pseudoschwesterliches Verhältnis aufrechterhalten. Im zweiten Fall würde sie selbst diese distanzierte Beziehung aufs Spiel setzen.

»Ich vertraue dir, Claire«, sagte sie schließlich und wurde mit einem kleinen, unsicheren Lächeln belohnt. »Wenn du sagst, dass du Bobby liebst, soll es mir recht sein.«

Claire sog scharf die Luft ein. »Danke. Ich weiß, dass es dir nicht leicht fällt.« Sie beugte sich vor und umarmte Meghann, die vor Überraschung ganz vergaß, die Geste zu erwidern.

Claire stand auf und setzte sich wieder neben Bobby, der ihr sofort einen Arm um die Schultern legte und sie fest an sich zog.

Meghann suchte nach Worten, um die unbehagliche Stille zu beenden. »Und wie sehen deine Hochzeitspläne aus? Ein Freund von mir ist zufällig Friedensrichter …«

»Oh nein«, lachte Claire. »Ich habe fünfunddreißig Jahre lang warten müssen. Jetzt will ich eine Hochzeit mit allen Schikanen. Langes, weißes Kleid, kirchliche Trauung, dreistöckige Torte. Ein Empfang mit Tanz. Eben mit allem Drum und Dran.«

Meghann wusste nicht, warum sie das so überraschte. Schon als Kind hatte Claire am liebsten Braut gespielt.

»In der Etage unter unserer Kanzlei hat eine Eventmanagerin ihr Büro. Ich glaube, sie hat Bill Gates' Hochzeit vorbereitet.«

»Wir sind hier in Hayden, nicht in Seattle. Wir mieten die VFW Hall und jeder steuert etwas zum Buffet bei. Im Bon Marché gibt es inzwischen eine Abteilung für Brautmoden. Es wird einfach wundervoll. Wart's nur ab.«

»Was? *Wie bitte*?« Impulsiv sprang Meghann auf. Diese – *Discount-Hochzeit* würde sie auf keinen Fall zulassen. »Ich werde die Hochzeit und den Empfang organisieren.« So, jetzt fühlte sie sich besser. Nicht mehr so – überrumpelt.

Claires Lächeln schwand. »*Du*?«

»Traust du mir das etwa nicht zu? Ich kann das.«

»Aber ... aber ... du bist doch sehr beschäftigt. Ich kann unmöglich verlangen, dass du meinetwegen deinen Job vernachlässigst.«

»Du hast es nicht verlangt. Ich habe es dir angeboten. Und abgesehen davon habe ich im Moment gerade – ein bisschen mehr Zeit.« Die Idee gefiel ihr zunehmend besser. Vielleicht konnten sie auf diese Weise wieder zueinander finden. »Ich würde es wirklich gern für dich tun, Claire.«

»Oh.« Mehr brachte Claire nicht über die Lippen. Meghann wusste, dass ihre Schwester sie für den sprichwörtlichen Elefanten im Porzellanladen hielt.

»Ich mache alles so, wie du es dir wünschst, Claire. Es bleibt *deine* Hochzeit. Das verspreche ich dir.«

»Ich finde, das hört sich großartig an.« Bobby strahlte über das ganze Gesicht. »Sie sind sehr großzügig, Meghann.«

Claire runzelte die Stirn. »Warum höre ich plötzlich die Titelmusik zu *Vater der Braut*? Zurückhaltung war noch nie dein Fall, Meg.«

Plötzlich fühlte sich Meghann unbehaglich, eigentümlich verletzlich. Sie konnte sich nicht erklären, warum ihr so viel daran lag. »Diesmal halte ich mich zurück. Glaub mir.«

»Also gut«, sagte Claire schließlich. »Du kannst mir bei meinen Hochzeitsvorbereitungen helfen.«

Lachend klatschte Meghann in die Hände. »Wunderbar. Aber jetzt sollte ich besser anfangen. Wo ist euer Telefonbuch? Wann wollt ihr heiraten? Nächsten Sonnabend? Oh, da bleibt uns aber nicht viel Zeit.« Sie rannte in die Küche, fand einen Zettel und begann fieberhaft Notizen zu machen.

»Großer Gott«, hörte sie ihre Schwester stöhnen. »Ich habe die Büchse der Pandora geöffnet.«

Zwölftes Kapitel

Nach zwei Tagen im Haus seiner Schwester glaubte Joe ersticken zu müssen. Überall stieß er auf Erinnerungen an sein früheres Leben. Wie es weitergehen sollte, wusste er zwar nicht, aber hier konnte er auf keinen Fall bleiben.

Joe wartete, bis Gina das Haus verlassen hatte, um Einkäufe zu erledigen, packte seine Sachen – darunter ein paar Fotos von Diana – in seinen Rucksack und ging zur Tür. Auf dem Küchentisch hatte er einen Zettel zurückgelassen:

Kann nicht bleiben. Verzeih mir, aber es tut einfach zu weh. Ich weiß, dass auch du eine schwere Zeit durchmachst, bleibe in der Nähe. Rufe dich so bald wie möglich an. Vielen Dank, du bedeutest mir viel, J.

Joe schleppte sich die wenigen Meilen nach Hayden zurück. Als er dort ankam, fühlte er sich wie nach einem Marathonlauf. Er war völlig erschöpft und unendlich müde.

Er wollte nicht die Flucht ergreifen und sich in irgendeinem schäbigen Motelzimmer von seinen Schuldgefühlen zerfressen lassen.

Als er den Kopf hob, fiel sein Blick auf ein Hinweisschild auf den Mountain View Cemetery. Ein Schauer lief ihm über den Rücken. Als er das letzte Mal auf dem Friedhof gewesen war, hatte es in Strömen geregnet. Zwei Polizisten überwachten jeden seiner Schritte. Die Trauergäste hielten bewusst Abstand. Doch er spürte ihre Verachtung, hörte ihr Getuschel.

Irgendwann wollte er sich entfernen, aber die Polizisten hielten ihn grob zurück. »Ich ertrage das nicht«, flüsterte Joe mit rauer Stimme. »Pech für Sie«, entgegnete einer der Männer und packte ihn noch fester am Arm.

Er sollte jetzt eigentlich auf den Friedhof gehen. Aber er schaffte es nicht, er konnte einfach nicht vor ihrem Grabstein niederknien.

Abgesehen davon würde er sie auf dem Friedhof nicht finden. In seinem Herzen war mehr von ihr als unter irgendeiner grünen Rasenfläche.

Joe machte einen Bogen um die Ortschaft und lief zwischen Feldern auf den Fluss zu. Das sanfte Gurgeln des Wassers weckte Erinnerungen an ihre gemeinsame Jugendzeit. An Picknicktage am Ufer, an Liebesnächte in seinem alten Dodge Charger.

Er ging in die Knie.

»Hey, Di.« Joe schloss die Augen und kämpfte gegen die aufsteigenden Schuldgefühle an. »Ich bin wieder hier. Und was jetzt?«

Doch mit dem Sommerwind kam keine Antwort, kein Hauch ihres Parfums wehte ihn an. Und dennoch wusste er es ganz sicher. Sie freute sich, dass er heimgefunden hatte.

Er schlug die Augen wieder auf, beobachtete die kleinen Schaumkronen auf den Wellen. »Auf die Insel zurück kann ich nicht.« Vor drei Jahren hatte er ihr Haus auf Bainbridge Island verlassen, ohne sich auch nur ein einziges Mal umzudrehen. Ihre Kleider hingen noch immer im Schrank, ihre Zahnbürste steckte noch immer in ihrem Glas im kleinen Bad.

Dorthin zurückzukehren war unmöglich. Seine Hoffnung – falls es die überhaupt gab – lag in winzigen Schritten. Er brauchte sich nicht auf sein altes Leben zuzubewegen, er musste nur endlich aufhören, davor die Flucht zu ergreifen.

»Ich könnte mir in Hayden einen Job suchen«, sagte er nach langem Schweigen.

Leicht wäre es mit Sicherheit nicht. Bestimmt erinnerten sich viele an das, was er getan hatte. Er müsste das Gerede ertragen, die verstohlenen Blicke.

»Zumindest könnte ich es versuchen.«

Die fünf Worte gaben ihm das Gefühl, wieder atmen zu können.

Er blieb noch etwa eine Stunde und überließ sich seinen Erinnerungen. Schließlich rappelte er sich hoch und lief in den Ort zurück.

Ein paar Einheimische spazierten durch die Straßen, und mehr als ein Gesicht musterte ihn fragend, aber niemand sprach ihn an. Er spürte es, wenn er erkannt wurde, bemerkte, wie alte Freunde bei seinem Anblick auswichen. Joe ging mit gesenktem Kopf weiter. Er war schon drauf und dran, die verdammte Jobsuche aufzugeben, als er sich am Ortsrand wiederfand. Er hielt gegenüber dem Riverfront Park inne und starrte die Reihen von Autos an, die ordentlich hinter einem Maschendrahtzaun geparkt standen. Auf dem Firmenschild über einer Blechhütte stand »Smitty's – Die beste Autowerkstatt in Hayden«.

Am Zaun hing ein handgeschriebenes Schild: »Mitarbeiter gesucht. Erfahrung Voraussetzung, aber wem sage ich das?«

Joe überquerte die Straße und hielt auf den Eingang zu.

Ein Hund bellte. Erst jetzt bemerkte Joe die »Warnung vor dem Hund«. Sekunden später kam ein weißer Zwergpudel um die Hausecke gefegt.

»Madonna, hör auf zu kläffen.« Ein alter Mann trat aus der Werkstatt. Er trug einen ölverschmierten Overall und eine Mariners-Basecap. Ein langer, weißer Bart bedeckte die untere Hälfte seines Gesichts. »Achten Sie einfach gar nicht auf den Köter. Was kann ich für Sie tun?«

»Ich hab gelesen, Sie suchen Hilfe.«

»Im Ernst?« Der Alte schlug sich auf den Schenkel. »Das Ding hängt da, seit Jeremy Forman aufgehört hat, um aufs College zu gehen. Himmel, das muss jetzt gut zwei Jahre her sein. Ich …« Er verstummte, trat einen Schritt näher und hob die Brauen. »Joe Wyatt?«

Joe merkte, wie er sich verspannte. »Hey, Smitty.«

Smitty pfiff gekonnt durch die Zähne. »Ich werd verrückt.«

»Ich bin wieder da. Und brauche dringend einen Job. Aber falls Sie befürchten, Kunden zu verlieren, wenn Sie mich einstellen, habe ich vollstes Verständnis für eine Absage.«

»Du willst als *Schrauber* arbeiten? Aber du bist doch Arzt …«

»Die Zeiten sind endgültig vorbei.«

Smitty musterte ihn lange schweigend. »Erinnerst du dich an Phil, meinen Sohn?«

»Er ist sehr viel älter als ich, aber ich erinnere mich genau. Er fuhr doch diesen roten Camaro, oder?«

»Vietnam hat ihn zugrunde gerichtet. Schuldgefühle, glaube ich. Er hat da drüben auch schießen müssen … Wie auch immer, ich habe schon einmal einen Mann weglaufen sehen. Das ist nicht gut. Natürlich stelle ich dich ein, Joe. Zum Job gehört immer noch die kleine Hütte. Wie ist es? Willst du?«

»Ja.«

Smitty nickte. Dann marschierte er gefolgt von Joe durch die Werkstatt und zur Hintertür wieder hinaus. Der Garten war groß und gepflegt. Überall am Wegrand blühten Blumen. Und da, vor ein paar hohen Tannen, stand die kleine Blockhütte. Moos bedeckte das Dach, die Veranda hing bedenklich durch.

»Als du früher hier gewohnt hast, warst du noch ein Teenager. Und hattest so viele Freundinnen, dass ich irgendwann das Zählen aufgegeben habe.«

»Das ist lange her.«

»Yeah.« Smitty seufzte. »Helga hält sie noch immer blitzblank. Sie wird sich freuen, dass du wieder da bist.«

Joe folgte Smitty in die Hütte.

Im Inneren war es so aufgeräumt und sauber wie früher. Eine rot gestreifte Wolldecke lag auf einem alten Ledersofa, neben dem Kamin stand ein Schaukelstuhl. Die Küche schien mit Töpfen und Pfannen bestens ausgestattet und der kleine Schlafraum wurde von einem großen Himmelbett beherrscht.

Joe schüttelte Smittys bärenhafte Pranke. »Vielen Dank«, sagte er heiser.

»Es gibt eine ganze Reihe von Leuten in Hayden, denen du nicht egal bist, Joe. Das scheinst du vergessen zu haben.«

»Es tut gut, das zu hören. Trotzdem wäre es mir lieber, wenn niemand erfahren würde, dass ich zurück bin, zumindest vorerst. Ich bin – das Zusammensein mit Menschen nicht mehr gewöhnt.«

»Es ist ein langer Weg zurück nach so einer Sache, nehme ich an.«

»Ein *sehr* langer Weg.«

Nachdem Smitty gegangen war, holte Joe eines der gerahmten Fotos aus dem Rucksack, die er aus dem Haus seiner Schwester mitgenommen hatte, und betrachtete Dianas lächelndes Gesicht. »Es ist ein Anfang«, sagte er zu ihr.

Meghann erwachte mit einem Gefühl der Verwirrung. Warum war es dunkel? Und so ruhig? Kein Autohupen, keine

Sirenen, kein Reifenquietschen. Sie glaubte in einem Nebenzimmer ein Radio zu hören. Dann erkannte sie, dass draußen vor dem Fenster offenbar Vögel sangen. *Vogelgezwitscher*? O Gott …

Sie war bei Claire.

Meghann setzte sich abrupt im Bett auf und blickte sich um. Das Gästezimmer wirkte sonderbar anheimelnd. Überall entdeckte Meg Selbstgebasteltes – Beweise für die Zeit, die bereitwillig auch in kleine Dinge investiert wurde – und Alis Malereien. Gerahmte Fotos standen auf Tischen, Konsolen, Regalbrettern. An einem anderen Ort, zu einer anderen Zeit hätte Meghann über den mit verschieden geformten Nudeln beklebten Eierkarton vielleicht schallend gelacht. Hier, im Haus ihrer Schwester, entlockte ihr das »Schmuckkästchen« ein Lächeln. Sie stellte sich vor, wie Alison es mit ihren kleinen Fingern sorgfältig bemalt und beklebt hatte. Und wie Claire jedes fertig gestellte kleine Kunstwerk begeistert gelobt hatte, um es dann stolz zur Schau zu stellen. Dinge, für die ihre eigene Mutter nie die Zeit gefunden hatte.

Sie hörte ein Klopfen an der Tür, dann ein unsicheres »Meg?«.

Sie warf einen Blick auf den Wecker.

Viertel nach zehn.

Schon so spät? Meghann rieb sich die vor Müdigkeit brennenden Augen. Wie üblich hatte sie sich stundenlang von einer Seite auf die andere geworfen. »Ich bin wach«, rief sie und schlug die Bettdecke zurück.

»Das Frühstück steht auf dem Tisch«, rief Claire durch die geschlossene Tür. »Ich reinige jetzt schnell den Swimmingpool. Wir wollen gegen elf aufbrechen, wenn dir das immer noch recht ist.«

Meghann brauchte eine Sekunde, um sich zu erinnern. Sie hatte versprochen, mit Claire und ihren Freundinnen in den Ort zu fahren. Um mit erwachsenen Frauen, die sich Bluesers nannten, ein Hochzeitskleid auszusuchen …

Hastig unterdrückte Meghann ein Stöhnen. »Ich werde fertig sein.«

»Bis dann also.«

Meghann lauschte Claires Schritten, die sich von der Tür entfernten. Wie lange konnte sie diese Farce noch durchhalten? Früher oder später musste ihr der Kopf zerspringen oder – noch schlimmer – die Wahrheit würde ungebremst aus ihr heraussprudeln: *»Du kannst ihn unmöglich heiraten. Du kennst ihn nicht. Komm endlich zur Vernunft.«*

Keines von beidem würde besonders gut ankommen.

Aber da Julie Meghann eine Art Zwangsurlaub verordnet hatte und weil es keine Freunde gab, die sie hätte besuchen können, saß sie nun hier mit den Hochzeitsvorbereitungen für ihre Schwester fest. Gab es jemanden, der für diese Aufgabe weniger geeignet wäre?

Sie konnte sich nicht einmal an die letzte Hochzeit erinnern, an der sie teilgenommen hatte. Halt, nein, sie konnte doch.

Es war ihre eigene.

Meghann kletterte aus dem Bett, ging zur Tür, öffnete sie einen Spaltbreit und spähte hinaus. Niemand war zu sehen oder zu hören. Sie lief die Treppe hinauf in das kleine Bad im ersten Stock. Neben dem Waschbecken lag eine noch eingeschweißte Reisezahnbürste, offenbar aus dem Angebot des »Resort«-Minimart. Meghann putzte sich schnell die Zähne und duschte.

Eine halbe Stunde später verließ sie das Haus. Sie steckte in einer weißen Bluse von Dolce & Gabbana und Marc-Jacobs-Jeans mit einem breiten, braunen Ledergürtel – den Sachen, die sie bereits am Vortag getragen hatte.

Der Garten badete förmlich im Sonnenlicht. Es war Ende Juni, eine grandiose Jahreszeit im Nordwesten. Blumen und Blüten, wohin das Auge auch blickte. Das glänzende Grün von Sträuchern und Bäumen umrahmte die bunte Farbenpracht des Gartens. Dahinter schob sich der Granitgipfel des Formidable Peak aus einem Kranz dichter Wattewölkchen.

Meghann warf ihre Handtasche auf den Beifahrersitz des Porsche und stieg ein. Dumpf dröhnend erwachte der Motor zum Leben. Langsam und bemüht, keinen Staub aufzuwirbeln, fuhr sie los. Es war nicht weit, nur rund fünfhundert Meter, aber ihre hohen Absätze waren für einen Fußmarsch über Kieswege wenig geeignet.

Schließlich parkte sie vor dem lang gestreckten Blockhaus und stakste vorsichtig über das taufeuchte Gras zum Eingang.

Die Rezeption war leer.

Meghann trat hinter den Tresen, suchte das Telefonbuch von Hayden und schlug es auf. Unter »Hochzeitsservice« gab es nur einen Eintrag – *Royal Event Planning*. Darunter stand in schwungvollem Kursiv: »Wir organisieren alles so einmalig, als wäre es die erste und einzige Hochzeit Ihres Lebens«.

Ein leicht ironisches Lächeln verzog Meghanns Lippen. Wer wäre für die Planung von Claires Heirat besser geeignet? Schnell schrieb sie die Telefonnummer auf einen Zettel und steckte ihn in ihre Handtasche.

Dann machte sie sich auf die Suche nach ihrer Schwester und fand sie schließlich auf dem WC des Zeltplatzes, wo sie die Verstopfung in einer der Toiletten beseitigte.

Meghanns entsetzte Miene ließ Claire laut auflachen. »Warte draußen, Sensibelchen. Ich bin sofort bei dir.«

Das ließ Meghann sich nicht zweimal sagen.

Sekunden später kam Claire heraus. »Ich ziehe mir

schnell etwas anderes an, dann können wir los.« Sie sah zu dem Porsche hinüber und brach erneut in Lachen aus. »Du bist *gefahren*?«

Meghann setzte sich ins Auto und schaltete das Radio ein. *Hotel California* dröhnte aus dem Lautsprecher. Sie schloss das Klappverdeck und wartete.

Kurz darauf tauchte Claire in Jeans und einem River's Edge-T-Shirt wieder auf. Sie verstaute ihre Canvastasche hinter den Sitzen und stieg ein. »Na, so elegant bin ich noch nie in den Ort kutschiert.«

Da Meghann nicht recht wusste, wie ihre Schwester die Bemerkung gemeint hatte, schwieg sie. »Halt einfach den Mund und lächle« war inzwischen eine Art Mantra für sie geworden.

»Du hast ziemlich lange geschlafen«, sagte Claire und stellte die Musik leiser. »Ich hätte dich eher für eine Frühaufsteherin gehalten, die schon um sieben im Büro ist.«

»Ich konnte nicht besonders gut schlafen.«

»Mach dir keine Sorgen um mich, Meg. Bitte.«

Das leise »bitte« setzte Meghann zu. Sie wollte nicht, dass Claire glaubte, sie wäre wegen der Hochzeit nicht zur Ruhe gekommen. »Ich habe oft Schlafprobleme.«

»Seit wann?«

»Oh, ich glaube, das hat bereits auf dem College angefangen. Das nächtelange Büffeln vor den Prüfungen. Du weißt ja, wie das ist.«

»Nein, weiß ich nicht.«

Meghann hätte sich ohrfeigen können, die Erwähnung des Colleges war falsch gewesen, ganz falsch. Claire musste das als Hinweis auf die Unterschiede zwischen ihnen werten, als einen weiteren Beweis dafür, dass sich Meg überlegen fühlte. Im Laufe der Jahre hatte Claire immer wieder spitze Bemerkungen über ihre »intellektuelle« große Schwester gemacht. Es war ein überaus heikles

Thema. »Nach allem, was ich so höre, hat man auch als Mutter hin und wieder unruhige Nächte.«

»Nun, da kennst du dich ja aus. Mama hat erzählt, dass ich früher zu Koliken geneigt habe und eine echte Plage war.«

»Als ob Mama das wüsste. Du hattest doch keine Koliken, du hattest eine Ohreninfektion. Wenn die Schmerzen zu heftig wurden, hast du geschrien wie am Spieß. Dann habe ich dich auf den Arm genommen und bin in den Waschraum gegangen. Ich habe mich mit dir auf den Wäschetrockner gesetzt, ihn eingeschaltet, und dann haben wir geschaukelt, bis du endlich einschlafen konntest. Mama hat sich immer gefragt, wo ihre Vierteldollarmünzen abgeblieben sind.«

Meghann spürte, dass Claire sie ansah. Sie suchte nach Worten, um das Thema zu wechseln, aber ihr fiel nichts ein.

Schließlich lachte Claire auf, aber es klang irgendwie brüchig. »Kein Wunder, dass ich heute noch gern Wäsche wasche. Jetzt musst du abbiegen.«

Meghann und Claire bewegten sich wieder auf gefahrloserem Terrain, jede wahrte ihre Distanz.

»Da ist es.« Claire zeigte auf ein viktorianisches Haus in Bonbonrosa mit lavendelfarbenen Zierleisten. Ein Kiesweg führte durch den kurz geschnittenen Rasen. Zu beiden Seiten des Weges blühten feuerrote Rosen. »Miss Abigail's Drawers« stand auf einem Schild am schneeweißen Lattenzaun.

Meghann seufzte. »Wir könnten auch zu Escada oder Nordstrom fahren …«

»Ich heirate, Meg, nicht du.«

»Schon gut. Ich halte mich zurück. Geh ruhig voran. Ich sage kein Wort.«

Sie liefen die knarrenden Verandastufen hinauf und betraten das Geschäft. Das Angebot war überwältigend: Plastikblumen, Figürchen aus allen möglichen Materialien, Muschelbilderrahmen und Christbaumschmuck aus bemaltem Ton. Hinter dem Kaminschirm brannten Votivkerzen.

»Hallo?«, rief Claire.

Die Reaktion ließ nicht lange auf sich warten. Sie hörten das Geschnatter von Frauenstimmen, dann hastige Schritte.

Eine große, ältere Frau, den Kopf voller krauser, grauer Löckchen, erschien aus einem Nebenzimmer. Sie trug ein wadenlanges Hawaiihemd und Pantoffeln mit weißen Pompons. »Claire Cavenaugh. Ich freue mich ja so, Ihnen *endlich* das Obergeschoss zeigen zu können.«

»Hochzeitskleider sind oben«, erklärte Claire Meghann. »Abby hatte bei mir schon alle Hoffnung aufgegeben.«

Bevor Meghann etwas sagen konnte, tauchten zwei weitere Frauen auf. Die kleinere trug ein weit fallendes Kleid und weiße Tennisschuhe. Die andere war groß, gertenschlank und in beigefarbene Seide gehüllt.

Zwei der Bluesers. Meghann erkannte die beiden, konnte ihnen aber beim besten Willen keine Namen zuordnen.

Claire half ihr schnell aus der Klemme: Die kleine war Gina, die große Charlotte.

»Karen konnte nicht kommen«, sagte Gina und musterte Meghann argwöhnisch. »Willie muss zum Kieferorthopäden und Dottie hat sich auf ihre Brille gesetzt.«

»Mit anderen Worten, ein ganz normaler Tag für Karen«, fügte Charlotte hinzu.

Und dann begannen alle auf einmal zu reden.

Meghann sah, wie sich Claire mit Abigail und Charlotte auf die Treppe zubewegte. Sie schwatzten über Satin, Spitze, Perlenstickerei und Schleier.

Das Allerwichtigste ist ein Ehevertrag, schoss es Meghann durch den Kopf. Plötzlich fühlte sie sich um Jahrzehnte älter als diese Frauen und ihnen unendlich fremd.

»Als wir uns das letzte Mal sahen, war Alison gerade geboren.« Gina stand neben einem gusseisernen Kranich. »Und jetzt bist du wegen der Hochzeit wieder hier.«

Claires Freundinnen hatten noch nie einen Hehl daraus gemacht, dass Meghann nicht zu ihnen gehörte. »Es freut mich, dich wiederzusehen, Gina.«

»Es überrascht mich, dass du dir freinehmen konntest. Wie ich höre, bist du die beste Scheidungsanwältin in Seattle.«

»Ich wollte mir Claires Hochzeit nicht entgehen lassen.«

»Ich kenne eine Scheidungsanwältin. Sie ist im Auflösen von Ehen sehr gut.«

»Das gehört zu unseren Aufgaben.«

»Bringst du sie eigentlich auch wieder zusammen?«, fragte Gina leise.

»Nicht allzu oft.«

Ginas Gesicht veränderte sich. Es fiel in sich zusammen wie ein luftleerer Ballon und Meghann begriff. »Du machst gerade eine Scheidung durch.«

Tapfer bemühte sich Gina um ein Lächeln. »Ich habe sie vor kurzem überstanden. Aber du hast doch Erfahrung … Sag mir, dass es mir bald besser geht.«

»Das wird es«, sagte Meg mit sanfter Stimme. »Aber es kann eine Weile dauern. Es gibt eine ganze Reihe von Gruppen, die dir vielleicht helfen können.« Sie griff in ihre Handtasche.

»Ich kann mich bei den Bluesers ausweinen, aber vielen Dank. Lass uns jetzt nach oben gehen und für deine Schwester ein wundervolles Hochzeitskleid aussuchen.«

»In Hayden?«

Gina quittierte die Frage mit einem Lachen und lief dann vor ihr die Treppe hinauf. Oben probierte Claire bereits das erste Kleid an. Es hatte riesige Puffärmel, einen herzförmigen Ausschnitt und einen Rock, der aussah wie eine umgestülpte Teetasse. Meghann setzte sich in einen weißen Rohrsessel, Gina stellte sich hinter sie.

»Oh, das sieht wirklich sehr schön aus«, flötete Abigail, »und es ist um dreiunddreißig Prozent herabgesetzt.«

Prüfend drehte sich Claire vor dem großen Spiegel.

»Es gibt dir etwas von einer Prinzessin«, kommentierte Charlotte.

Claire sah ihre Schwester an. »Wie findest du es?«

Meghann wusste nicht recht, was von ihr erwartet wurde. Zurückhaltung oder Offenheit. Sie warf noch einen Blick auf Claire und *konnte* sich unmöglich zurückhalten. »Kein Wunder, dass das Kleid günstiger angeboten wird. Es ist grauenhaft.«

Unverzüglich machte sich Claire auf die Suche nach einem anderen Brautkleid.

Charlotte und Abigail sahen Meghann an. Keine der beiden lächelte.

Sie war zu direkt gewesen und jetzt galt sie als Spielverderberin, als Außenseiterin.

Beim nächsten Kleid würde sie sich jede Bemerkung verkneifen. Kein einziges Wort würde ihr über die Lippen kommen.

»Und was hältst du von dem hier?«, fragte Claire wenig später.

Meghann krümmte sich in ihrem Sessel. War das ein Witz? Das Kleid sah aus wie etwas, was man auf einem provinziellen Erntefest anzog. Bestenfalls zur Übergabe der Country Music Awards. Das Einzige, was das Kleid noch komplettieren konnte, war ein Melkschemel. Es war potthässlich. Und unglaublich – gewöhnlich.

Claire studierte sich im Spiegel, betrachtete sich von allen Seiten. Dann drehte sie sich zu Meg um. »Du bist verblüffend schweigsam.«

»Das liegt an meinem akuten Brechreiz. Ich *kann* nicht sprechen.«

Claires Lächeln gefror. »Dem entnehme ich, dass du es ablehnst.«

»Diesen stoffgewordenen Albtraum kann man nur ablehnen.«

»Entschuldigen Sie, aber ich finde, Ihr Urteil fällt nun doch ein wenig krass aus.« Abigail plusterte sich auf wie ein erregter Puter.

»Es geht um Claires *Hochzeit*«, sagte Meghann, »und nicht um eine Kostümprobe für *Unsere kleine Farm*.«

»Meine Schwester äußert sich immer krass«, sagte Claire leise und verschwand wieder in der Umkleidekabine.

Meghann seufzte. Wieder hatte sie sich nicht beherrschen können, sondern unverblümt ihre Meinung herausposaunt. Sie machte sich in ihrem Sessel ganz klein und kniff die Lippen zusammen.

Die nächsten Stunden bestanden in einer Parade indiskutabler Kleider. Claire schlüpfte in jedes hinein, wollte von den Umstehenden wissen, was die davon hielten, und zog es wieder aus. Nach Meghanns Meinung fragte sie ebenso wenig, wie diese sich dazu äußerte. Stattdessen lehnte sie sich zurück und legte den Kopf an die Wand.

Ein Stoß in die Rippen weckte sie. Blinzelnd richtete Meghann sich auf. Charlotte, Abigail und Claire verschwanden gerade in einem Raum, über dessen Eingang »Hüte und Schleier« stand.

Gina sah Meg an. »Ich wusste ja schon, dass du mitunter recht zickig sein kannst. Aber einzuschlafen, während deine Schwester Hochzeitskleider anprobiert, ist wirklich ein starkes Stück.«

Meghann rieb sich die Augen. »Das war die einzige Möglichkeit, meinen Mund zu halten. Da tragen ja die Kellnerinnen bei Dennys hübschere Kleider. Ich habe ihr einen Gefallen getan, glaub mir. Hat sie ein Kleid gefunden?«

»Nein.«

»Am liebsten würde ich dem Himmel danken, ich fürchte allerdings, dass es im Ort ein weiteres Geschäft mit ähnlichem Angebot gibt.« Meghann runzelte die Stirn. »Was meinst du eigentlich mit ›zickig‹? Hat Claire das über mich gesagt?«

»Nein. Ja. Manchmal. Du weißt, wie es ist, wenn man irgendwann zu viele Margaritas trinkt. Karen spricht von ihrer Schwester Susan als ›eiskalter Psychopathin‹. Claire nennt dich ›Giftzahn‹.«

Meghann wollte lächeln, schaffte es aber nicht. »Oh.«

»Ich kann mich noch gut daran erinnern, als sie herzog«, fuhr Gina leise fort. »Sie war verschlossen wie eine Auster und begann zu weinen, sobald man sie nur schief ansah. Jahrelang hörten wir von ihr nur Klagen darüber, wie sehr sie ihre Schwester vermisste. Erst nach unserem Schulabschluss erfuhr ich, was ihr zugestoßen war.«

»Was *ich* ihr angetan habe, meinst du.«

»Darüber steht mir kein Urteil zu. Ich habe mich in meinem Leben auch nicht immer richtig verhalten und Mutter zu sein ist der härteste Job der Welt. Selbst wenn man erwachsen ist und sich das Kind sehr gewünscht hat. Was ich sagen will, ist, dass Claire durch die Ereignisse ziemlich verletzt wurde, und wenn sie leidet, verwandelt sie sich mitunter in Polly Politeness. Okay, sie bleibt höflich, aber die Temperatur im Raum sackt glatt um fünfundzwanzig Grad ab.«

»Wem sagst du das. Ich hätte heute den ganzen Tag über wirklich einen Mantel brauchen können.«

»Kann ich mir gut vorstellen. Aber auch wenn sie es nicht zugibt, bedeutet es ihr sehr viel, dass du hier bist.«

»Ich habe ihr angeboten, die Hochzeit vorzubereiten.«

»Dafür scheinst du perfekt geeignet zu sein.«

»O ja. Ich bin eine echte Romantikerin.« Meghann seufzte tief.

»Du musst ihr doch nur zuhören. Richtig *zuhören* und dann ernsthaft versuchen, ihren Traum auch Wirklichkeit werden zu lassen.«

»Vielleicht könntest du mir die notwendigen Informationen beschaffen? Als eine Art Geheimagentin in meinem Auftrag?«

»Wann habt ihr beide das letzte Mal bei einem Drink zusammengesessen und miteinander *geredet*?«

»Lass es mich mal so ausdrücken: Wir waren noch nicht alt genug, um Wein trinken zu dürfen.«

»Das habe ich mir gedacht. Dann hol es jetzt nach. Setz dich mit ihr zusammen.«

»Aber Alison ...«

»Um Ali kann sich Sam kümmern. Ich werde ihm einen entsprechenden Tipp geben.« Gina wühlte in ihrer Handtasche nach einem Zettel, notierte etwas darauf und streckte ihn Meghann entgegen. »Hier ist meine Handynummer. Ruf mich in einer Stunde an, und ich sage dir, was Ali in der nächsten Zeit mit ihrem Grandpa vorhat.«

»Claire wird sich bestimmt darum reißen, mit mir etwas zu unternehmen. Vor allem, nachdem ich die Brautkleider miesgemacht habe.«

»Und dann auch noch eingeschlafen bist. Dein Schnarchen war nicht zu überhören. Jedenfalls hast du den Eindruck vermittelt, als wäre dir ziemlich egal, was andere wünschen oder wollen.«

»Du nimmst wohl auch kein Blatt vor den Mund, was?«

»Selten. Daher auch die Scheidung. Lade Claire zum Abendessen ein. Geh mit ihr ins Kino. Seht euch Blumenarrangements für die Hochzeit an. Unternehmt irgendetwas *Schwesterliches*. Es ist allerhöchste Zeit.«

Dreizehntes Kapitel

Claires Lippen waren nur noch ein schmaler Strich. Diese Fähigkeit, Zorn oder auch Verärgerung ohne Worte auszudrücken, die sie später bedauern könnte, hatte sie geradezu perfektioniert. »Allmächtiger, Claire«, stöhnte ihr Vater häufig, »ich kenne niemanden sonst, der mich derart anschreien kann, ohne einen Ton zu sagen. Eines Tages wird deine ganze aufgestaute Wut auf einmal hochkommen und du wirst dran ersticken.«

Sie warf einen Seitenblick auf ihre Schwester, die hinter dem Steuer saß und entschieden zu schnell fuhr. Mit den schwarzen, im Wind flatternden Haaren sah sie aus wie irgendein Filmstar. Eine Sonnenbrille, die vermutlich ein kleines Vermögen gekostet hatte, bedeckte ihre Augen. »Wohin fahren wir?«, fragte sie nun schon das vierte Mal.

»Wart's ab.« Immer die gleiche knappe Antwort. Als hätte Meghann Angst, mehr zu sagen.

Einfach *einzuschlafen* ... Dabei erwartete Claire nun wirklich nicht viel von ihrer Schwester. Sie hatte weiß Gott nicht damit gerechnet, dass es Meghann *Spaß* machte, ein Brautkleid auszusuchen. Oder dass sie es *genoss*, ein paar Stunden im Kreis von Freundinnen zu verbringen.

Am meisten verbitterte Claire, dass sie Meg als Erste nach ihrer Meinung gefragt hatte. Obwohl Gina und Charlotte nur zwei Meter entfernt standen. Sie hatte buchstäblich um Zustimmung *gebettelt.* »*Wie findest du es, Meghann?*«

Zwei Mal. Danach hatte sie ihren Fehler erkannt und beschlossen, ihre Schwester zu ignorieren.

Und dann hörte sie das Schnarchen …

Und fühlte, dass ihr die Tränen kamen.

Natürlich hatte es auch nicht viel geholfen, dass keins der Kleider ihr wirklich gefiel, dass selbst hässliche Sachen heutzutage Unsummen kosteten, und dass sie sich gegen Ende des Besuchs bei Abigail zu fragen begann, ob sie nicht einfach ihr weißes Sommerkleid anziehen sollte. Im Gegenteil, das hatte sie den Tränen noch näher gebracht. Inzwischen war Claire einfach nur wütend. Meghann würde die Hochzeit ruinieren, daran konnte kein Zweifel bestehen. Ihre Schwester war wie ein Virus. Zehn Sekunden mit ihr in einem Raum, und man wurde unweigerlich krank.

»Ich muss zu Ali zurück«, erklärte Claire, ebenfalls zum vierten Mal.

»Das kannst du auch. Bald.«

Claire atmete tief durch. Genug war genug. »Hör mal, Meg … Was die Hochzeitsvorbereitungen betrifft … Du brauchst nicht …«

»Wir sind da.« Meghann lenkte den silbernen Porsche an den Straßenrand und hielt. Bevor Claire reagieren konnte, sprang Meghann aus dem Auto und fütterte den Parkautomaten. »Komm, steig aus.«

Sie befanden sich im Zentrum von Seattle. Auf dem ureigenen Terrain ihrer Schwester. Wahrscheinlich wollte Meg mit ihrem teuren Apartment protzen.

Claire runzelte die Stirn. Vor ihr stieg die Straße leicht an. In rund sechs Blocks Entfernung konnte sie den Public Market erkennen. Hinter ihr und ähnlich weit entfernt legten die Fähren an. Irgendwo spielte ein Straßenmusiker etwas Sentimentales auf dem Saxophon. Links führten Betontreppen zu einer Grünanlage inmitten eines Apartmentkomplexes. Auf der anderen Straßenseite lag ein Diamond Parking Lot. Heute, an einem spielfreien Tag, waren die meisten Stellplätze leer.

»Wohnst du hier in der Nähe?« Claire griff nach ihrer Handtasche und kletterte aus dem Porsche. »Ich habe mir immer vorgestellt, dass du in einem Wolkenkratzer lebst.«

»Ich habe dich unzählige Male zu mir eingeladen.«

»Genau zwei Mal. Als Mama wegen irgendeines Fantreffens in Seattle war und dann noch einmal zu Weihnachten. Das Festessen hast du wieder abgesagt, weil du erkältet warst, und Mama ist mit uns ins Canlis essen gegangen.«

Überrascht sah Meghann sie an. »Tatsächlich? Und ich war ganz sicher, dich immer wieder gebeten zu haben, mich doch mal zu besuchen.«

»Das stimmt schon. Du hast nur weder Tag noch Uhrzeit genannt. Ich sollte ›jederzeit vorbeikommen‹, wenn ich in der Stadt war. Leider komme ich so gut wie nie nach Seattle.«

»Du scheinst heute ein bisschen feindselig zu sein.«

»Findest du? Könnte mir gar nicht erklären, warum.« Claire hängte sich ihre Tasche über die Schulter und versuchte, mit Meghann Schritt zu halten. »Wir müssen unbedingt über die Hochzeit sprechen. Dein Auftritt heute Vormittag …«

»Hier.« Meghann blieb vor einer schmalen weißen Tür stehen, die zu beiden Seiten von Schaufenstern flankiert wurde. Ein Mann in schwarzem Anzug dekorierte hinter der Scheibe gerade eine Kleiderpuppe um. Er bemerkte Meghann und winkte ihr zu.

»Was ist das für ein Geschäft?«

»Du warst doch damit einverstanden, dass ich deine Hochzeit organisiere, stimmt's?«

»Genau darüber möchte ich schon die ganze Zeit mit dir reden. Bedauerlicherweise scheint dein Hörsinn ziemlich unterentwickelt zu sein.«

Meg stieß die Tür auf und trat ein.

Claire zögerte.

»Komm.« Ihre Schwester wartete vor dem Fahrstuhl auf sie.

Claire setzte sich widerwillig in Bewegung.

Eine Sekunde später glitten die Lifttüren auf und sie stiegen ein.

»Das mit der Kleideranprobe tut mir Leid«, sagte Meghann schließlich. »Ich weiß, dass ich mich unmöglich benommen habe.«

»Einzuschlafen ist eine Sache. Aber dann auch noch zu schnarchen …«

»Ich sagte doch, dass es mir Leid tut.«

Claire seufzte. »Irgendwie ist das die Tragödie unseres Lebens, Meg. Findest du nicht auch? Uns beiden tut immer irgendetwas Leid, aber wir …«

Die Fahrstuhltüren gingen auf.

Claire verschlug es den Atem.

Meghann legte ihrer Schwester eine Hand auf die Schulter und schob sie aus dem Lift in den Laden.

Allerdings handelte es sich nicht um einen *Laden*. Das wäre so, als würde man Disneyland einen Rummel nennen.

Überall standen Kleiderpuppen mit den wundervollsten Hochzeitsroben, die Claire je gesehen hatte. »Oh, mein Gott«, entfuhr es ihr, als sie zögerlich auf ein Kleid zutrat. Es war schulterfrei, mit schmaler Taille. Cremefarbene Seide ergoss sich in großzügigen Falten auf den Boden. Claire befühlte den Stoff – er war weicher, feiner als alles, was sie jemals berührt hatte – und warf einen verstohlenen Blick auf das Preisschild: 4200.- $.

Sie ließ das Etikett blitzschnell wieder sinken, als hätte sie sich die Finger verbrannt, und drehte sich zu Meghann um. »Lass uns gehen.« Sie spürte einen Kloß im Hals. Sie war wieder ein kleines Mädchen, das in der Diele des Hauses einer Freundin stand und zusah, wie die Familie gemeinsam zu Abend aß.

Fest legten sich Megs Finger um ihr Handgelenk. »Ich möchte, dass du ein paar dieser Kleider anprobierst.«

»Das kann ich nicht. Ich weiß, du kannst nicht aus deiner Haut. Aber das hier ... entspricht mir nicht. Ich arbeite auf einem Campingplatz.«

»Ich möchte es nicht zweimal sagen, Claire, also hör mit bitte genau zu. Ich arbeite fünfundachtzig Stunden die Woche und meine Klientinnen zahlen fast vierhundert Dollar die Stunde. Ich will damit wirklich nicht angeben, aber ich habe nun mal Geld. Und es würde mir sehr viel bedeuten, wenn ich dir das Brautkleid kaufen dürfte. Die Sachen, die du am Vormittag anprobiert hast, passen nicht zu dir. Es tut mir Leid, wenn du mich deshalb für einen Snob hältst, aber das ist nun mal meine Meinung. Bitte. Lass *mich* das Kleid kaufen.«

Claire wollte etwas erwidern, aber eine Frauenstimme kam ihr zuvor. »Meghann Dontess in einem Brautmodensalon? Ist das zu glauben?«

Eilig schritt eine hoch gewachsene, gertenschlanke Frau in einem marineblauen Hemdblusenkleid auf sie zu. Hohe Bleistiftabsätze klapperten über den Marmorfußboden. Der fransige Schnitt ihrer weißblonden Haare erinnerte an Meg Ryan.

»Hallo, Risa.« Meg streckte die Hand aus. Die Verkäuferin schüttelte sie lächelnd und wandte sich dann Claire zu.

»Und das ist die kleine Schwester der großen Anwältin?«

Claire glaubte einen leicht osteuropäischen Akzent zu hören. Russisch vielleicht. »Ja, ich bin Claire Cavenaugh.«

»Und Meghann hat nichts dagegen, dass Sie heiraten?«

»Eigentlich hat sie mir ernsthaft davon abgeraten.«

Die Verkäuferin warf den Kopf in den Nacken und lachte. »Das glaube ich Ihnen aufs Wort. Mich hat sie zwei Mal vor der Ehe gewarnt. Beide Male hätte ich auf sie hören sollen, aber was will man machen? Wo die Liebe hinfällt, sag ich immer ...« Sie trat einen Schritt zurück und musterte Claire von Kopf bis Fuß.

Die vor Verlegenheit kaum wusste, wohin sie blicken sollte.

Risa pochte sich mit einem langen, dunkel lackierten Fingernagel gegen die Vorderzähne. »Eigentlich habe ich mir Ihre Schwester anders vorgestellt.« Sie warf Meghann einen bedeutsamen Blick zu. »Ein Mädchen vom Lande, das mitten im Nirgendwo heiratet?«

Claire konnte sich nicht entscheiden, ob sie lächeln oder Meghann kurzerhand an die Gurgel springen sollte.

Wieder klopfte sich die Verkäuferin gegen die Zähne. »Sie sind eine echte Schönheit«, stellte sie schließlich fest. »Größe sechsunddreißig oder achtunddreißig, würde ich denken.« Sie sah Meghann an. »Hat sie noch einen Termin bei Renaldo? Die Haare ...«

»Ich kann es versuchen.«

»Wir müssen unbedingt ihre Augen betonen. Ein faszinierendes Blau. Sie erinnert mich an Jennifer Aniston von *Friends*. Ja. Genau so sieht Ihre Schwester aus. Bei ihr fallen mir die klassischen Designer ein: Prada, Valentino, Armani, Wang. Vielleicht auch etwas von Azzaro. Wenn Sie mir bitte folgen würden.« Die Frau drehte sich um und marschierte los. Hier und da streckte sie die

Hand nach einem Kleid aus und legte es sich über den Arm.

Claire sah Meghann an. »Armani? Vera Wang?« Sie schüttelte den Kopf. Das geht doch nicht, diese Kleider sind nichts für mich, wollte sie sagen, aber die Worte blieben ihr im Hals stecken. Welches kleine Mädchen hätte nicht von einer romantischen Hochzeit in Weiß geträumt? Vor allem ein Mädchen, das auch nach vielen gebrochenen Versprechen immer noch fest an die Liebe glaubte.

»Wir können jederzeit wieder gehen. Wir *müssen* nichts kaufen«, versicherte Meghann. »Probier sie einfach an. Nur zum Spaß.«

»Nur zum Spaß ...«

»Kommen Sie bitte! Ich habe ein paar passende Modelle für Sie herausgesucht«, rief die Verkäuferin. Wie benommen folgte Claire der Aufforderung, während Meghann zurückblieb und sich von der Verkäuferin weitere Roben auf die ausgestreckten Arme legen ließ.

Wenig später betrat Claire einen durch Paravents abgeschirmten Ankleidebereich, der größer war als ihr Schlafzimmer. Drei hohe Spiegel zeigten sie von allen Seiten.

»Nur zu. In der Kabine warten ein paar Kleider auf Sie. Probieren Sie sie an.« Risa versetzte ihr einen aufmunternden kleinen Stups.

Claire öffnete die Tür zur Umkleidekabine, in der bereits drei Roben für sie hingen. Eine von Ralph Lauren, aus weißer Seide mit spitzenbesetztem und perlenbesticktem Mieder. Das Prada-Modell war elfenbeinfarben mit einem zarten, pfirsichrosa Hauch. Es hatte Rüschenärmel und einen leicht asymmetrisch endenden Rock. Die dritte Robe war eine weißseidene Armani-Kreation von raffinierter Schlichtheit, gerade geschnitten und mit tiefem, verführerischem Rückenausschnitt.

Claire verdrängte jeden Gedanken an die Preise. Von diesem Augenblick hatte sie ihr Leben lang geträumt. Sie konnte sich *alles* leisten. Sie schlüpfte aus ihren verwaschenen Jeans, zog das T-Shirt mit dem Emblem vom Campingplatz aus und ließ beides zu Boden fallen. (Auf ihren verschossenen BH und die billigen Baumwollhöschen verschwendete sie keinen Blick.)

Sanft und weich glitt das Ralph-Lauren-Kleid über ihre Schultern, schmiegte sich fast zärtlich an ihre nackte Haut. Claire kam sich vor wie Kim Basinger in *L. A. Confidential*.

»Kommen Sie, Honey. Lassen Sie sich bewundern«, rief die Verkäuferin. Zögernd öffnete Claire die Tür.

Zwei Frauen mit weit aufgerissenen Augen blickten ihr entgegen. »Schuhe!«, schrie Risa und eilte davon.

Die Arme voller Kleider starrte Meg Claire schweigend an. Ihre Lippen öffneten sich, aber nur ein leiser Seufzer kam heraus.

Unwillkürlich musste Claire lächeln, hatte aber gleichzeitig das sonderbare Gefühl, jeden Moment in Schluchzen auszubrechen. »Dieses Kleid ist nicht ohne. Natürlich hat mein Auto weniger gekostet als dieses Prachtgewand.« Prüfend drehte sie sich vor den Spiegeln. Kein Wunder, dass Meghann die Kleider bei Abigail scheußlich fand.

Mit einem Paar Sandaletten in der Hand kehrte die Verkäuferin zurück.

Claire lachte. »Für wen halten Sie mich? Carrie Bradshaw? Ich müsste doch verrückt sein, so hohe Absätze zu tragen. Ganz zu schweigen von der Tatsache, dass ich mir bei einem Sturz sämtliche Knochen brechen würde.«

»Keine Widerrede. Ziehen Sie sie an.«

Claire tat wie ihr befohlen und stand dann reglos da. Bei jedem Atemzug riskierte sie, das Gleichgewicht zu verlieren.

»O *weh*. Ihre Mutter hat es offenbar versäumt, Sie an hohe Absätze zu gewöhnen. Zu schade. Warten Sie, ich hole Ihnen Pumps.« Bei dem letzten Wort verzog sie leicht die Lippen.

Als Risa verschwunden war, lachte Meg kurz auf. »Das Einzige, an das Mama uns gewöhnt hat, waren Schuhe, aus denen wir längst herausgewachsen waren.«

»Aber *sie* hatte regelmäßig neue.«

»Ja, komisch.«

Sie tauschten einen verständnisinnigen Blick. Doch der kurze Moment der Einigkeit war schnell vorbei, zu schnell. Claire verspürte so etwas wie Bedauern.

»Ich finde den Stoff ein bisschen problematisch, du nicht auch?« Claire war fest entschlossen, an jedem Kleid irgendeinen Makel zu entdecken, damit ihre Schwester nicht so viel Geld ausgab.

Meg runzelte die Stirn. »Problematisch? Du siehst atemberaubend aus.«

»Unter dem Kleid zeichnet sich jede Rundung ab. Ich müsste auf jeden Fall ein Korsett tragen.«

»Claire! Das ist Größe sechsunddreißig. Noch dünner, und ich würde dich für magersüchtig halten.«

Danach probierte Claire weitere Kleider an, eins schöner als das andere. Sie fühlte sich wie eine Märchenprinzessin. Da störte es auch nicht, dass sie jedes einzelne ablehnen musste. Stets fand sie irgendetwas auszusetzen: Die Ärmel sind zu kurz, zu weit, zu gebauscht … Der Ausschnitt ist zu brav, zu gewagt, zu altmodisch …

Claire konnte sehen, dass Meghann allmählich frustriert war, auch wenn sie unermüdlich neue Kleider anbrachte. Meg und Geduld hatten noch nie recht zusammengepasst.

Längst kümmerte sich Risa um andere Kundinnen.

Schließlich streckte Claire die Hand nach der letzten Robe aus, die Meg ausgewählt hatte. Es war ein elegantes, weißes Kleid mit perlenbesticktem, trägerlosem Mieder und einem weit fallenden Taftrock.

Claire hakte ihren BH auf und schlüpfte in das Kleid. Sie zog den Reißverschluss zu und trat aus der Umkleidekabine.

Meghann rührte sich nicht, sagte kein einziges Wort.

Verunsichert runzelte Claire die Stirn. Sie hörte, wie Risa in der Nähe mit einer anderen Kundin scherzte.

Claire sah ihre Schwester an. »Du bist ungewöhnlich schweigsam. Hat es dir die Sprache verschlagen?«

»Sieh dich an.«

Claire hob den schweren Rock an und trat auf das Podest. Langsam hob sie den Kopf und betrachtete sich im Spiegel.

Die Frau, die ihr entgegenblickte, konnte nicht Claire Cavenaugh sein. Nein. Die Frau im Spiegel war nicht vorzeitig vom College abgegangen, um Kosmetikerin zu werden, nur um dann diese Ausbildung ebenfalls abzubrechen ... Sie hatte kein uneheliches Kind zur Welt gebracht, weil ihr Geliebter verschwunden war ... und auf gar keinen Fall schuftete sie auf einem Campingplatz, den sie als *Resort* ausgab.

Diese Frau fuhr ausschließlich in Limousinen vor und trank Champagner aus mundgeblasenen Gläsern. Sie schlief auf Seidendamast und hatte immer einen gültigen Reisepass.

Diese Frau hätte sie werden können, wenn sie in New York die Uni besucht und danach in Paris weiterstudiert hätte. Vielleicht konnte sie diese Frau immer noch werden.

Wie war es möglich, dass ein Kleid alles betonte, was in einem Leben schief gelaufen war, und gleichzeitig ganz subtil auf eine andere Zukunft verwies? Claire stellte sich Bobbys Gesicht vor, wenn sie in diesem Kleid durch den

Mittelgang der Kirche auf ihn zuschritt. Bobby, der bei seinem Antrag vor ihr auf die Knie gesunken war. Wenn er sie so sah …

Hinter ihr betrat Meghann das Podest.

Da waren sie nun, Seite an Seite. Zwei Frauen, die sich als Kinder näher standen als Schwestern, und einander jetzt unendlich fern waren.

Meghann berührte Claires nackte Schulter. »Wage ja nicht, auch an diesem Kleid herummäkeln zu wollen.«

»Ich habe keinen Blick auf den Preis geworfen, aber …«

Meghann griff nach dem Preisschild und zerriss es. »So, jetzt kannst du es auch nicht mehr.« Sie drehte sich um und hob eine Hand. »Risa? Kommen Sie doch bitte mal her.«

Claire sah ihre Schwester an. »Du wusstest es vorher, stimmt's? Du hast dieses Kleid mit Absicht bis zum Schluss aufgehoben.«

Meg unterdrückte ein Lächeln. »Natürlich war mir klar, dass dir dieses Vera-Wang-Modell am besten stehen würde. Aber ich wusste auch, dass du dich zunächst mit Händen und Füßen sträuben würdest. Du wolltest nicht, dass ich dir dein Brautkleid kaufe.«

»Jetzt bin ich mir da nicht mehr so sicher …«

»Gut, Claire. Sehr gut. Es bedeutet mir nämlich sehr viel, dass du mich an deinen Hochzeitsvorbereitungen teilnehmen lässt.«

»Wir sind schließlich Schwestern«, sagte Claire nach längerem Schweigen. Das Gespräch machte sie verlegen und es barg Gefahren. Als würden sie über einen gefrorenen Teich schlittern, dessen Eisdecke für ihr Gewicht nicht fest genug war. »Vielen Dank für das Kleid. Es ist …« Ihre Stimme begann verdächtig zu zittern. »Es ist genau das, wovon ich immer geträumt habe.«

Jetzt lächelte Meg doch. »Auch wenn ich nicht an den Bestand von Ehen glaube, bin ich durchaus in der Lage, eine absolut unvernünftige Hochzeit zu planen.«

Mit geröteten Wangen und die Arme voller Kleider trat Risa hinter einem Paravent hervor. »Also tatsächlich das Wang-Modell«, stellte sie leise fest und sah Meghann an. »Sie sagten ja bereits, dass sie sich dafür entscheiden würde.«

»Ich hatte es vermutet.«

»Sie sieht einfach bezaubernd aus, finden Sie nicht auch?« Die Verkäuferin hängte die nicht mehr benötigten Brautkleider an einen Haken und betrachtete Claire erst kritisch, bevor sie anfing, an ihr zu zupfen und zu zerren. »Wir werden hier an der Brust etwas abnähen und die Taille eine Spur weiter machen. Und dann müssen Sie noch einen Schleier auswählen. Etwas Elegantes, oder? Nicht zu überladen. An welche Schuhe denken Sie?«

»Diese Pumps gefallen mir recht gut.«

Risa kniete sich auf den Boden, um den Saum abzustecken. »Ich lasse den Rock lang – für den Fall, dass Sie Ihre Meinung ändern. Worum ich Sie dringend bitten würde. Es ist rechtzeitig fertig«, versprach sie und eilte wieder davon.

»Woher wusstest du, dass ich mich für dieses Kleid entscheiden würde?«, fragte Claire.

»Ich habe zufällig gehört, wie du bei meiner Hochzeit zu Elizabeth sagtest, dass dein Kleid ganz schlicht und einfach sein sollte. Du hattest Recht. In meinem sah ich aus wie ein Zirkuspferd.« Meghann bemühte sich um ein Lächeln. »Vielleicht hat mich Eric deshalb verlassen.«

Der leise Schmerz in der Stimme ihrer Schwester entging Claire nicht. Das überraschte sie. Sie hatte immer geglaubt, Meghann könnte nichts, absolut gar nichts etwas anhaben. »Er hat dir sehr wehgetan, nicht?«

»Natürlich. Erst hat er mir das Herz gebrochen, dann wollte er mein Geld. Mit einem Ehevertrag wäre mir viel erspart geblieben. Oder noch besser: Wenn ich weiterhin unverheiratet mit ihm zusammengelebt hätte.«

Dieser nicht gerade subtile Wink entlockte Claire ein Lächeln. »Falls meine Heirat mit Bobby ein Fehler ist, dann einer, den ich begehen *will.*«

»Yeah. Das ist ja das Verhängnisvolle an der Liebe – ihr grenzenloser Optimismus. Was hältst du davon, wenn wir uns aus dem Wild Ginger etwas Essbares mitnehmen und zu mir gehen?«

»Aber Alison ...«

»... ist im Zeke's Drive-In bestens versorgt und geht nach dem Abendessen mit Sam und Bobby in die Big Bowl. Ich habe mit Gina telefoniert.«

Claire schmunzelte. »Bobby geht freiwillig zum Bowling? Und du glaubst nicht an echte Liebe. Jetzt hilf mir bitte, das Kleid auszuziehen.« Sie wollte schon die Tür zur Umkleidekabine hinter sich schließen, als ihr etwas einfiel. Sie drehte sich noch einmal um. »Dein Hochzeitskleid war wunderschön, Meghann, und du sahst hinreißend aus. Ich hoffe, meine Bemerkung zu Elizabeth hat dich nicht gekränkt. Wir waren offenbar nicht mehr ganz nüchtern.«

»Die Ärmel sahen aus wie aufgespannte Regenschirme. Weiß der Himmel, warum ich es ausgesucht habe. Nein, das stimmt nicht. Ich habe leider Mamas schlechten Geschmack geerbt. Sobald ich zu etwas Geld kam, engagierte ich eine Einkaufsberaterin. Aber vielen Dank für deine Entschuldigung.«

Claire verschwand in der Kabine und zog ihre Jeans an. Die Auswahl von Schleier und Schuhen dauerte eine weitere Stunde. Dann packte Meghann Claires Arm und schob sie aus dem Geschäft.

Vor dem Wild Ginger parkte Meghann in zweiter Reihe, rannte in das Restaurant und kam drei Minuten später wieder heraus. Sie warf die Tüte auf Claires Schoß, kletterte hinter das Steuer und trat aufs Gaspedal.

Sie rasten durch die Pike Street und bogen dann scharf nach links ab, in die Einfahrt zu einer unterirdischen Parkgarage.

Claire folgte ihrer Schwester in den Lift und hinauf in das Penthouse-Apartment.

Der Ausblick war atemberaubend. Hinter den Panoramafenstern breitete sich amethystfarbene Dämmerung aus. Im Norden blinzelten die Lichter der verschlafenen, kleinen Gemeinde Queen Anne herüber. Die Space Needle wirkte so nah, dass man glaubte, den Gästen im rotierenden Restaurant auf die Teller sehen zu können. Tief unter ihr erstreckte sich der Puget Sound, das dunkle, endlose Blau gesäumt von den funkelnden Lichtbändern der Küste.

»*Wow!*«

»Yeah, die Aussicht ist wirklich nicht schlecht«, sagte Meghann und setzte die Papiertüte auf der Granitplatte der Küchentheke ab.

Wohin Claire auch blickte, überall sah sie Perfektion. Kein Bild an den seidenbespannten Wänden hing schief, kein vergessenes Glas, keine aufgeschlagene Zeitung verunzierte eine Tischplatte. Und natürlich lag nirgendwo auch nur ein Staubkörnchen.

Claire ging zu dem kleinen Biedermeier-Schreibtisch in der Ecke. Auf ihm stand eine gerahmte Fotografie, offenbar die einzige im ganzen Raum.

Sie zeigte Claire und Meghann im Alter von vielleicht sieben und vierzehn. Eng umschlungen saßen sie am Rand eines Anlegestegs. Die glimmende Zigarette in einer Ecke wies auf Mama als Fotografin hin.

Zu ihrer Überraschung versetzte es Claire einen kleinen Stich, sie so in inniger Umarmung zu sehen. Sie drehte sich nach Meg um, die gerade Teller aus dem Schrank holte.

Claire stellte das Foto zurück und schlenderte weiter durch das Apartment ihrer Schwester. Sie kam in ein makellos weißes Schlafzimmer, für das sich nur eine Frau ohne Kinder und Haustiere entscheiden konnte, und ein Bad, in dem mehr Kosmetika standen als im entsprechenden Regal bei Rite Aid. Und während der ganzen Zeit dachte sie darüber nach, was hier nicht stimmte.

Sie kehrte in die Küche zurück.

Meghann reichte ihr eine Margarita. »Mit Eis. Ohne Salz. Ist das okay?«

»Perfekt. Du hast ein wundervolles Zuhause.«

»Zuhause?« Meg lachte. »Komisch, ich sehe es nie so, aber ja, natürlich ist es mein Zuhause. Vielen Dank für das Kompliment.«

Das war's. Es war kein *Zuhause*, eher eine noble Hotelsuite. Eindeutig vier Sterne, aber kühl. Unpersönlich. »Hast du die Einrichtung selbst ausgewählt?«

»Machst du Witze? Das Letzte, was ich ausgewählt habe, war mein Hochzeitskleid mit den Fallschirmärmeln. Ich habe eine Innenarchitektin engagiert. Eine Deutsche, die kein Wort Englisch sprach.« Sie stellte die Teller auf ein Tablett und bewegte sich auf die Terrassentür zu. »Wollen wir nicht draußen essen? Wir müssen uns allerdings auf den Boden setzen. Die Innenarchitektin hatte fürchterlich unbequeme Möbel ausgesucht. Ich habe alles zurückgebracht, aber noch keine Zeit gefunden, mir Ersatz zu kaufen.«

»Seit wann wohnst du hier?«

»Seit sieben Jahren.«

Claire folgte ihrer Schwester auf die Terrasse hinaus.

Es war ein herrlicher Abend. Der Himmel ein Meer aus funkelnden Sternen.

Während des Essens machte sich ein unbehagliches Schweigen zwischen ihnen breit. Meg warf zwar hier und da eine Bemerkung ein, die eindeutig darauf abzielte, die Stille zu brechen, aber wie Flutwellen kehrte sie immer wieder zurück.

»Habe ich mich eigentlich schon für das Kleid bedankt?«

»Ja, hast du. Es war mir eine Freude.« Meg stellte ihren leeren Teller auf den Boden und lehnte sich zurück.

»Schon komisch«, sagte Claire. »Mit dem ganzen Verkehr, den Schiffssirenen und dem Rattern der Eisenbahn ist es auch abends ziemlich laut hier, aber irgendwie habe ich das Gefühl von Leere. Von Einsamkeit.«

»Tja, das ist manchmal so in der City.«

Claire blickte Meg an, und zum ersten Mal sah sie nicht die strenge, überkritische, ältere Schwester, die immer Recht hatte. Allerdings auch nicht die Schwester, die sie einmal so bedingungslos geliebt hatte. Jetzt sah sie eine Frau, die nur selten lächelte und außer ihrer Arbeit kein wirkliches Leben zu haben schien. Eine einsame Frau, der einmal das Herz gebrochen worden war, und die nun nicht mehr an die Liebe glauben konnte oder wollte.

Claire musste an früher denken, als sie unzertrennliche Freundinnen waren. Zum ersten Mal seit Jahren fragte sie sich, ob das nicht wieder so werden könnte. Aber dann müsste eine von ihnen den ersten Schritt tun …

Claire beschloss, das Risiko zu wagen. »Vielleicht möchtest du für ein paar Tage bei mir wohnen? Während du die Hochzeit vorbereitest, meine ich.«

»Ist das dein Ernst?« Ihre Schwester wirkte überrascht.

»Wahrscheinlich bist du viel zu beschäftigt.«

»Eigentlich nicht. Zufällig ist mein aktueller Fall gerade

abgeschlossen. Und ich müsste tatsächlich einige Zeit in Hayden verbringen. Für ein paar Besorgungen und Besprechungen. Morgen habe ich sogar vor Ort einen Termin. Aber ich möchte dir nicht zur Last fallen.«

Ein Fehler, Claire. Eine mordsmäßige Dummheit ...

»Dann ist es also abgemacht. Du kommst für ein paar Tage zu mir.«

Vierzehntes Kapitel

Meghann parkte das Auto am Straßenrand und stieg aus. Sie überprüfte noch einmal ihre Notizen und sah sich um.

Hayden badete förmlich im warmen, goldenen Sonnenlicht. Menschen schlenderten gemächlich über den Bürgersteig, blieben gelegentlich auf ein Schwätzchen stehen oder winkten einander im Vorübergehen zu.

Auf der anderen Straßenseite stand ein Mädchen, ein Teenager mit magentaroten Haaren und Hosen, die selbst Shaquille O'Neal zu groß wären.

Meghann konnte sich gut vorstellen, wie das Mädchen sich in dieser schmucken, sauberen Kleinstadt fühlte: als Außenseiterin, die nicht dazugehörte. Trailerparks befanden sich gewöhnlich weit abseits kleinbürgerlicher Wohlanständigkeit, das hatte Meghann schon früh lernen müssen. Und wenn man sich dann auch noch falsch kleidete, wurde man wie der letzte Dreck behandelt. Früher oder später – in Meghanns Fall eher früher – gab man auf und wurde zu dem, wofür einen die anderen längst hielten.

Kein Wunder, dass ihre Mutter Orte wie Hayden gemieden hatte wie die Pest. »*Eine Gaststätte und vier Kirchen? Ich glaube, da machen wir lieber einen großen Bogen.*« Mama bevorzugte Orte, in denen einen niemand kannte, in denen man sich im Schutz der Dunkelheit aus dem Staub machen konnte – mit Mietschulden für drei oder vier Monate.

Meghann lief zwei Blocks und bog dann rechts in die Azalea Street ein.

Ihr Ziel war kaum zu verfehlen: ein schmales, viktorianisches Haus in Kanariengelb mit purpurfarbenen Zierleisten. Am weißen Lattenzaun des Vorgartens hing ein windschiefes Schild mit der Aufschrift »Royal Event Planning«. Rund um die pinkfarbenen Buchstaben rankten sich glitzernde Rosen.

Am liebsten wäre Meghann weitergegangen. Wer mit Flitterfarbe malte, konnte einfach keine stilvolle Hochzeit planen.

Aber es war Claires Hochzeit und sie wünschte sich eine kleine, informelle Feier.

»Hast du gehört, Meg? Es ist mein Ernst.«

Das hatte Claire gestern Abend drei Mal gesagt und heute beim Frühstück zwei Mal wiederholt.

»Was? Keine Big Band und keine Eis-Skulpturen?«

»Eis-Skulpturen? Ich hoffe, du machst Witze. Ich möchte eine ganz einfache, schlichte Feier. Auch auf das Catering kannst du verzichten. Jeder wird etwas zu essen mitbringen.«

Und an dem Punkt hatte es Meg gereicht. »Es ist eine Hochzeit, kein Begräbnis. Und auch wenn für mich gewisse Ähnlichkeiten zwischen beiden Ereignissen bestehen, lasse ich unter keinen Umständen zu, dass bei der Eheschließung meiner Schwester Mitbringsel aufgetischt werden.«

»Aber …«

»In Scheibletten gewickelte Würstchen und pinkfarbenes Jell-O in Form von Trauringen?« Meghann schüttelte sich. »Auf gar keinen Fall.«

»Meg, versuch bitte nicht, deinen Willen durchzudrücken …«

»Okay, okay. Ich bin Anwältin. Ich kann Kompromisse schließen. Ein zwangloses Essen also.«

»Und der Empfang findet im Freien statt.«

»Wo es regnet? Und Stechmücken über einen herfallen? Sprechen wir von *dem* Freien?«

Claire musste lächeln. »Im Freien. Und in *Hayden*«, fügte sie hinzu.

»Wie du meinst. Aber wahrscheinlich wird dir während der Zeremonie ein Vogel auf den Kopf kacken.«

Claire lachte, wurde jedoch schnell wieder ernst. »Du brauchst das nicht zu tun. Wirklich nicht. Es ist eine Menge Arbeit, in nur neun Tagen eine Hochzeit vorzubereiten.«

Es lag auf der Hand, dass Claire immer noch versuchte, ihr die Planung der Hochzeit auszureden. Das Wissen darum versetzte Meg zwar einen kleinen Stich, aber wie jede Opposition stärkte es nur ihre Entschlossenheit, ihre Aufgabe geradezu brillant zu bewältigen. »Ich muss jetzt los, ich habe einen Termin in Hayden.«

Sie stand bereits an der Tür, als Claire ihr nachrief: »Vergiss den Polterabend nicht. Morgen bei Gina.«

Es kostete Meghann einige Mühe, ihr Lächeln beizubehalten. Ein *Polterabend*. Bestimmt war sie neben Gina die einzige Alleinstehende.

Na, das konnte ja heiter werden …

Meghann öffnete die Pforte, betrat den Märchenland-Vorgarten und befürchtete schon, dass die sieben Zwerge sie ansprangen. Ein grüner Kunstrasenweg führte zur Veranda, deren Stufen unter ihrem Gewicht bedenklich nachgaben. Sie klopfte an die lachsrosa Haustür.

Die Tür öffnete sich einen Spaltbreit, schien dann aber zu klemmen. »Verflixtes Ding«, tönte aus dem Inneren eine Stimme.

Endlich schwang die Tür auf.

Eine alte Frau saß in einem Rollstuhl, neben sich ein Sauerstoffgerät. Zwei Plastikschläuche steckten in ihrer Nase, zogen sich über die hohen, eingefallenen Wangenknochen und verschwanden hinter den Ohren.

»Na, soll ich vielleicht raten?«, fragte sie stirnrunzelnd.

»Wie bitte?«

»Was Sie wollen, zum Geier. Sie haben doch an die verdammte Tür geklopft, oder etwa nicht?«

»Oh. Ich würde gern mit dem Event-Manager sprechen.«

»Das bin ich. Was wünschen Sie? Männliche Stripper?«

»Aber Grandma«, meldete sich eine Männerstimme irgendwo im Haus. »Du weißt doch, dass du dich vor zwanzig Jahren aus dem Geschäft zurückgezogen hast.«

Die Frau richtete sich auf, drehte ihren Rollstuhl um und setzte ihn in Bewegung. »Erica macht Ärger. Da verschwinde ich lieber.«

»Bitte haben Sie Nachsicht mit Granny, ihr Gedächtnis lässt sie von Zeit zu Zeit im Stich«, sagte der hoch gewachsene Mann, der jetzt in die Diele kam. Seinen Kopf bedeckten wasserstoffblondierte Locken und seine Haut war tiefgebräunt. Seine Brille hatte dicke, schwarzgerahmte Gläser. Er trug hautenge, schwarze Lederhosen zu einem tannengrünen Muscle-Shirt, das klapperdürre Arme sehen ließ. »Sie müssen Meghann Dontess sein. Ich bin Roy Royal.«

Meg unterdrückte ein Grinsen.

»Nur zu, lachen Sie ruhig. Ich bin heilfroh, dass mein zweiter Vorname nicht Al ist.« Er knickte in der Taille ein und stemmte eine Hand auf die Hüfte. »Sie tragen verdammt scharfe Klamotten, Miss Dontess. Hier in Hayden bekommen wir nur selten etwas von Marc Jacob zu Gesicht. Hier bevorzugt man Levi's und Wrangler. Ich kann mir nicht mal im Traum vorstellen, was Sie zu mir führen könnte.«

»Claire Cavenaugh ist meine Schwester. Und ich bin hier, um ihre Hochzeit vorzubereiten.«

Der Mann vollführte einen Luftsprung. »Claire! Gut, Miss Dontess, beginnen wir mit der Planung. Für Claire nur vom Feinsten.« Er führte Meghann ins Wohnzimmer und steuerte sie auf ein pinkfarbenes Sofa zu. »Die Trauung findet natürlich in der Episcopal Church statt. Für den Empfang denke ich an die Moose Lodge, als Caterer kommt nur Chuck Wagon in Frage. Wir können tonnenweise Seidenblumen von Target liefern lassen. Die sind später wieder zu verwenden.«

Einfach und zwanglos, dachte Meghann. *Einfach und zwanglos ...*

Nein, das konnte sie nicht zulassen. »Einen Moment, bitte.«

Roy Royal hielt kurz die Luft an. »Ja?«

»Sie reden von einer Hochzeit in Hayden, nicht?«

»Erster Klasse. Nur Missy Henshaws war schicker und die wurde im Golfclub in Monroe gefeiert.« Er beugte sich zu ihr. »Es gab Champagner, nicht nur Bier.«

»Und was kostet hier eine Hochzeit, so in etwa?«

»Nicht so extravagant wie Missys Heirat, sondern eine gute, solide Feier? Sagen wir – zweitausend Dollar. Vielleicht auch weniger, wenn jemand vom Community College die Fotos macht.«

Jetzt beugte sich Meghann zu ihm. »Lesen Sie eigentlich das *People Magazine*, Roy? Oder *In Style*?«

»Machen Sie Witze?« Er lachte. »Von der ersten bis zur letzten Seite.«

»Dann sollten Sie wissen, wie eine so genannte Promi-Hochzeit aussieht. Ich denke besonders an die, die als ›schlicht, aber edel‹ bezeichnet werden.«

Er wedelte abwehrend mit der Hand durch die Luft. »Machen Sie sich über mich lustig, Honey? Denise Richards Hochzeit war angeblich ganz schlicht, aber es gab mehr Rosen als beim Rosenfest in Nizza. Schlicht bedeutet in Hollywood, dass es einfach richtig teuer ist, aber keine Brautjungfern und keinen Empfang im Freien.«

»Können Sie ein Geheimnis für sich behalten, Mister Royal?«

»Die Reagan-Jahre habe ich quasi im Schrank verbracht. Glauben Sie mir, Honey, ich weiß, wann ich den Mund halten muss.«

»Ich möchte eine Hochzeit, wie sie Hayden noch nicht gesehen hat. Aber davon darf außer Ihnen und mir keiner auch nur das Geringste erfahren. Kein Sterbenswörtchen zu niemandem. Sind wir uns einig?«

»Aber klar.« Schmunzelnd klatschte er in die Hände. »Und was erwarten Sie genau?«

»Perfektion. Die Erfüllung des Traums aller kleinen Mädchen.«

»Mit anderen Worten …«

»Geld spielt keine Rolle.«

Noch immer lächelnd, schüttelte Roy Royal den Kopf. »Honey, diesen Satz habe ich echt noch *nie* gehört.« Er streckte die Hand aus und nahm eine Ausgabe von *Bride's* vom Couchtisch. »Vielleicht sollten wir mit dem Kleid beginnen …«

»Das hat sie bereits.«

Er hob den Kopf.

»Ein Modell von Vera Wang.«

»Vera Wang«, wiederholte er fast ehrfürchtig und schlug die Zeitschrift wieder zu. »Okay. Gehen wir also zu den Details der Feier über.«

»Sie muss unbedingt im Freien stattfinden.«

»Ah. Ein Zelt. Großartig. Wir sollten über die Beleuchtung nachdenken …«

Meghann hörte kaum zu, während er wie aufgezogen weiterschwadronierte. Über Lichterketten und Lampions. Blumen. Musik. Tischdekoration. Kleine Souvenirs für die Gäste …

Mit Royal Event Planning hatte sie eindeutig die richtige Wahl getroffen. Sie brauchte nichts anderes zu tun, als Schecks auszuschreiben.

Joe steckte bis zu den Ellbogen im Fahrgestell eines alten Kubota-Traktors und wechselte gerade das Öl, als er bemerkte, dass sich ein Auto näherte und hielt. Er wartete darauf, dass Smitty den Neuankömmling begrüßte, konnte aber nichts hören als die blechernen Fetzen eines Hank-Williams-Songs aus dem tragbaren Radio.

»Jemand hier?«, rief eine Stimme. »Smitty?«

Joe kroch unter dem Traktor hervor und stand auf. Er setzte sich gerade seine Basecap auf, als ein stämmiger Mann die Werkstatt betrat.

Er erkannte den Mann. Es war Reb Tribbs, ein Holzfäller, der bei der Arbeit einen Arm verloren hatte.

Joe zog sich den Mützenschirm tiefer in die Stirn. »Was kann ich für Sie tun?«

»Mein Truck springt nicht richtig an. Das verdammte Ding war gerade erst bei Smitty, und er sagte, er hätte es repariert. Offenbar hat er geschlampt. Ich zahle aber keinen Cent, bevor nicht alles in Ordnung ist.«

»Das müssen Sie mit Smitty klären. Aber wenn Sie den Wagen in die Werkstatt fahren wollen, werde ich …«

»Kenne ich Sie nicht?« Reb Tribbs runzelte die Stirn, schob sich den Cowboyhut in den Nacken und trat näher. »Ich vergesse keine Stimme, die ich einmal gehört habe. Mit meinen Augen steht es zwar nicht zum Besten, aber hören kann ich wie ein verdammter Wolf.«

»Kenne ich Sie nicht?« war eine Frage, die Joe überall in Washington gehört hatte. »Ich habe ein Allerweltsgesicht. Immer wieder glauben Leute, mich zu kennen. Aber wenn Sie den Truck hier lassen …«

»Was sagt man dazu? Joe Wyatt!« Reb Tribbs pfiff durch die Zähne. »Du bist es doch, oder?«

Joe seufzte resigniert. »Hey, Reb.«

Es entstand eine längere Pause. Tribbs musterte Joe mit schief gelegtem Kopf, als würde er auf etwas lauschen. »Junge, du hast aber Nerven. Hier erinnert man sich noch genau an das, was du getan hast. Himmel, ich dachte, man hätte dich eingebuchtet.«

»Nein.« Joe verspürte den überwältigenden Drang, Reb Tribbs einfach den Rücken zuzuwenden, er blieb aber stehen wie erstarrt. Er hatte sich alles selbst zuzuschreiben.

»Wenn du mich fragst, solltest du so schnell wie möglich wieder verschwinden. Ihr Dad braucht nicht zu wissen, dass du hier bist.«

»Ich habe ihn noch nicht besucht.«

»Natürlich nicht. Dafür hat ein so erbärmliches Stück Scheiße, wie du es bist, nicht genug Mumm in den Knochen. Verschwinde, Joe Wyatt. Einen Kerl wie dich brauchen wir hier in Hayden nicht.«

»Es reicht, Reb.« Smitty stand in der offenen Werkstatttür, ein angebissenes Sandwich in einer Hand, eine Dose Cola in der anderen.

»Ich begreife nicht, wie du diesen Verbrecher einstellen konntest«, knurrte Tribbs.

»Es reicht, habe ich gesagt.«

»Wenn er weiter für dich arbeitet, werde ich dir meinen Truck nicht mehr zur Reparatur bringen.«

»Ich schätze, das werde ich überleben«, erklärte Smitty.

Reb stotterte etwas Unverständliches, machte auf dem Absatz kehrt und marschierte zu seinem Auto. Bevor er einstieg, blickte er sich noch einmal um. »Das wird dir noch Leid tun, Zeb Smith. Abschaum wie der gehört nicht nach Hayden.«

Als Reb Tribbs anfuhr, legte Smitty Joe eine Hand auf die Schulter. »Er ist selbst *Abschaum*, Joe. War er schon immer. Eine miese, kleine Ratte.«

Joe blickte aus dem Fenster, sah dem verbeulten, roten Truck nach. »Wenn sich herumspricht, dass ich wieder hier bin, wirst du Kunden verlieren.«

»Macht nichts. Mein Haus ist bezahlt, mein Grundstück auch. Die Miete meines Zweithauses im Ort bringt mir fünfhundert im Monat. Helga und ich haben vorgesorgt. Ich brauche keine Kunden. Keinen einzigen.«

»Trotzdem ... Du hast einen Ruf zu verlieren.«

Smittys Druck auf seine Schulter verstärkte sich. »Als Helga und ich das letzte Mal etwas von unserem Philly hörten, lebte er in Seattle. Unter dem Viaduct. Heroin. Jeden Tag bete ich, dass ihm irgendjemand hilft.«

Joe nickte stumm. Er wusste nicht, was er entgegnen sollte.

»Ich muss dringend fort«, sagte Smitty schließlich. »Einen Costco reparieren. Wie ist es? Kommst du in den nächsten zwei Stunden allein klar?«

»Nicht, wenn Reb wieder auftaucht.«

»Das wird er nicht.« Smitty warf ihm die Schlüssel zu. »Schließ ab, wenn du es für richtig hältst.« Dann verließ er die Werkstatt.

Joe beendete seine Arbeit, konnte aber den Zwischenfall mit Reb Tribbs nicht vergessen. Die Worte des alten Mannes schienen die Luft in der Werkstatt zu verpesten.

»*Einen Kerl wie dich brauchen wir hier in Hayden nicht ...*«

Als er die Werkstatt abschloss, fühlte er sich wieder leer, ausgebrannt. Wie vernichtet durch Tribbs' Bemerkungen.

Dann dachte er an Gina. Er musste sich nicht einsam und allein fühlen, er hatte ja seine Schwester.

Joe ging ins Büro und wählte ihre Nummer. Der Anrufbeantworter schaltete sich ein, und Joe legte wieder auf, ohne eine Nachricht zu hinterlassen.

Er verschloss auch das Büro und wollte sich auf den Weg zu seiner Hütte machen, als er zufällig die Straße hinunter blickte.

Die Redhook-Neonreklame im Fenster von Mo's Tavern fiel ihm ins Auge.

Und plötzlich hatte er Durst. Er sehnte sich danach, in das verqualmte Halbdunkel da drüben einzutauchen und zu trinken, bis der Druck in seiner Brust endlich nachließ.

Joe zog sich die Basecap tiefer ins Gesicht und überquerte die Straße. Vor dem Lokal blieb er kurz stehen und hoffte inständig, dass er niemanden traf, den er kannte. Dann öffnete er die verschrammte Holztür.

Verstohlen blickte er sich um, entdeckte keine bekannten Gesichter und konnte endlich wieder freier atmen. Er suchte sich den hintersten Tisch in der Ecke. Ein paar Minuten später stand eine erschöpft wirkende Serviererin vor ihm. Sie nahm seine Bestellung entgegen und kam bald darauf mit einem Krug Bier wieder zurück.

Er goss sich ein Glas ein. Bedauerlicherweise erinnerten ihn die drei leeren Stühle an seinem Tisch an andere Zeiten, an ein anderes Leben. Früher musste er niemals allein trinken.

Seit mindestens zehn Jahren hatte Meghann an keinem Polterabend mehr teilgenommen. Ihre Freundinnen und Kolleginnen lebten meistens ohne Trauschein mit ihren Partnern zusammen, um dann – mitunter – ganz im Stillen zu heiraten. Sie wusste nicht recht, wie sie sich in diesen Kleinstadtkreisen benehmen sollte, ohne aufzufallen. Ohne zwangsläufig zur Außenseiterin zu werden.

Nach dem vierstündigen Besuch bei Roy Royal hatte sie gestern eine weitere Stunde im Too Many Cooks zugebracht. Sie war zwar keine großartige Köchin, kannte sich aber immerhin mit den Gerätschaften recht gut aus. Wenn sie abends nicht einschlafen konnte, schaltete sie hin und wieder Kochsendungen im Fernsehen an. Daher wusste sie, was gebraucht wurde, und kaufte für Claire (und Bobby, obwohl sie sich die beiden noch immer nicht als Paar vorstellen konnte) eine Küchenmaschine von Cuisinart.

Als sie wieder bei Claire ankam, war sie völlig erschöpft, und das Abendessen munterte sie nicht gerade auf. Je länger es sich hinzog, desto isolierter kam sie sich vor, ganz wie das sprichwörtliche fünfte Rad am Wagen.

Natürlich hatte sie sich um ein Gespräch bemüht, doch das war nicht gerade leicht. Claire und Bobby schienen ausschließlich Augen füreinander zu haben und Alison redete wie ein Wasserfall – vor allem mit ihrer Mutter und Bobby. Bei den überaus seltenen Gelegenheiten, bei denen es Meg gelang, den Redeschwall des Kindes kurz zu unterbrechen, erntete sie bestenfalls geteilte Aufmerksamkeit.

»Was haben Sie gerade gesagt?«, fragte Bobby zweimal fast unwirsch nach und löste nur zögernd seinen Blick von Claire.

Meghann konnte sich nicht mehr genau erinnern, was sie gesagt hatte. Sie wusste nur, dass jede ihrer Äußerungen falsch gewesen war. Unter keinen Umständen hätte sie ihre Arbeit erwähnen dürfen. Eine kleine, harmlose Bemerkung über einen treulosen Ehemann hatte Alison prompt zu der Frage veranlasst: »Wirst du dich irgendwann von Bobby scheiden lassen, Mommy?«

Claire fand das alles andere als komisch. »Nein, mein Schatz. Hör nicht auf Tante Meg. Wenn es um die Ehe geht, ist sie der personifizierte Antichrist.«

»Der *was*?«

Bobby lachte so schallend, dass er seine Milch verschüttete. Das brachte Alison zum Lachen und schließlich auch Claire. Es war bemerkenswert, wie ausgrenzend das Lachen anderer sein kann.

Meghann war die Einzige, die keine Miene verzog. Sie entschuldigte sich mit Kopfschmerzen und rannte die Treppe hinauf in ihr Zimmer.

Aber jetzt, eine knappe Stunde später, fühlte sie sich wieder ein bisschen besser. Sie warf einen Blick auf den Wecker: zwanzig vor sieben.

Komm schon, Meg. Es ist Zeit, die bevorstehende Hochzeit deiner Schwester mit einem Mann zu feiern, der bereits drei Mal geschieden ist. Moment! Vergiss die Geschenke nicht! Sie lief über den Flur ins Bad, band sich die schwarzen Haare zu einem Nackenknoten zusammen und kaschierte die feinen Fältchen um die Augen mit Make-up. Dann kehrte sie ins Zimmer zurück und öffnete den Schrank. Sie brauchte eine Weile, bis sie sich entschieden hatte, was sie anziehen sollte. Glücklicherweise hatte sie genügend eingepackt.

Schließlich fiel ihre Wahl auf ein schlichtes, schwarzes Kleid. Mit Armani lag man nie falsch. Sie zog schwarze Strümpfe sowie gleichfarbige Pumps an und lief dann die Treppe hinunter.

Im Haus war alles ruhig.

»Claire?«

Keine Antwort.

Dann entdeckte sie den Zettel auf dem Küchentisch: »Liebe Meg, tut mir Leid, dass du dich nicht wohl fühlst. Bleib ruhig zu Hause und erhole dich. Liebe Grüße, C.«

Sie waren ohne sie losgefahren. Meghann sah auf ihre Armbanduhr. Sieben Uhr. Natürlich waren sie fort. Als Ehrengäste durften sie nicht zu spät kommen.

»Verdammt.«

Sie überlegte, ob sie nicht wirklich besser hier bleiben sollte.

Tut mir Leid, Claire. Ich …

… habe mich verfahren.

… fühlte mich nach dem Abendessen nicht ganz wohl.

… konnte mein Auto nicht in Gang bringen.

Jede Ausrede klang plausibel. Wahrscheinlich wäre Claire sogar ganz froh, wenn sie nicht an der Party teilnahm. Aber ihr Fernbleiben würde die Mauer, die sie trennte, nur noch weiter erhöhen.

Und die war bereits hoch genug.

Meghann kramte die lavendelfarbene Einladung aus ihrer Tasche. »Polterabend für Claire und Bobby« stand da in schwungvoller Schrift. Auf der Rückseite waren Ort und Zeit vermerkt.

Sie konnte sich nicht erinnern, wann sie sich das letzte Mal so langsam auf ihr Auto zubewegt oder sich derart sklavisch an die Geschwindigkeitsvorschriften gehalten hatte. Aber Hayden war ein kleiner Ort und die Richtungshinweise konnten kaum verfehlt werden. In weniger als zehn Minuten hatte sie Ginas Haus erreicht. Meghann parkte hinter einem betagten, roten Pick-up mit Gewehrablage im Rückfenster und einem Aufkleber auf der Stoßstange: »Zum Teufel mit dem Rauchfußkauz«.

Zweifellos ein glühender Anhänger von Greenpeace.

Meghann stieg aus und lief über einen gewundenen Plattenweg auf ein lang gestrecktes Blockhaus mit umlaufender Veranda zu. Aus Hängekörben ergossen sich Blüten von tiefblauen Männertreu – Männertreu! – und feuerroten Pelargonien. Übermannsgroße Rhododendronbüsche waren wie mit lilafarbenen Blütendolden übersät. Durch geöffnete Fenster drangen Gesprächsfetzen und Lachen nach draußen. Von irgendwoher kam der stampfende Rhythmus eines alten Queen-Songs: *Another One Bites the Dust.*

Der Titel entlockte Meghann ein Grinsen. Sie klemmte ihr Geschenk fest unter einen Arm, stieg die Verandastufen hinauf und klopfte an die Tür. Du schaffst das ganz bestimmt. Du kommst mit ihren Freundinnen schon klar. Du brauchst nur zu nicken, zu lächeln und zu fragen, wo der Krug mit der Bowle steht ...

Hastige Schritte, dann schwang die Tür auf.

Mit lachendem Gesicht stand Gina auf der Schwelle. Bis sie Meghann sah. »Oh.« Sie trat einen Schritt zur Seite. »Wie schön, dass es dir besser geht.«

Verdutzt starrte Meghann Gina an. Sie trug eine Caprihose und ein viel zu weites, schwarzes T-Shirt. Und sie war barfuß. Na großartig. »Ich bin wohl etwas zu sehr aufgetakelt.«

»Machst du Scherze? Ohne die fünfzehn Pfund, die ich nach Rex' Verschwinden zugelegt habe, sähe ich auch anders aus. Aber komm doch rein. Du bist meine Partnerin für den Abend.« Gina lächelte. »Ich dachte schon, ich müsste solo bleiben.«

Sie packte Meghann beim Arm und lenkte sie über einen breiten Korridor in ein großes Zimmer mit Ausblick auf einen wundervollen Garten. »Claire! Sieh doch mal, wer hier ist«, rief sie laut genug, dass jeder es hörte.

Abrupt verstummten die Gespräche, alle drehten sich um. Fast jeder steckte in T-Shirts und Jeans.

Mit Ausnahme von Meghann natürlich. Die sah aus, als wollte sie zu einer Dinnerparty auf der Space Needle.

Claire löste sich aus Bobbys Tentakeln und eilte auf ihre

Schwester zu. Die eisblauen Baumwollhosen und der weiße Pullover mit U-Boot-Kragen standen ihr blendend. Ihre langen, blonden Haare hatte sie aus der Stirn gekämmt und mit einem weißen Band zusammengefasst. Sie lächelte strahlend. »Wie schön, dass du doch noch gekommen bist. Ich dachte, du hättest Migräne. Wenn ich Kopfschmerzen habe, kann ich mich stundenlang nicht rühren.«

Meghann kam sich vor wie Jackie O. bei einem Squaredance in der hintersten Provinz. »Ich hätte nicht kommen sollen. Es ist besser, wenn ich gleich wieder gehe.«

»Bitte nicht.« Ihre Schwester wirkte besorgt. »Ich freue mich, dass du hier bist. Wirklich.«

Bobby schlenderte heran und legte einen Arm um Claires Taille. Meghann musste zugeben, dass er gut aussah. Verdammt gut. Er würde ihrer Schwester förmlich im Vorbeigehen das Herz brechen.

»Hey, Meghann«, grinste er breit. »Ich bin froh, dass du doch noch kommen konntest.«

Es fuchste Meghann, von diesem Hinterwäldler auf der Party ihrer Schwester geradezu gönnerhaft begrüßt zu werden. Sie musste sich zu einem Lächeln zwingen. »Danke, Bobby.«

Schweigend standen sie beieinander, bis Gina endlich die unbehagliche Stille durchbrach: »Ich wette, du könntest gut einen Drink gebrauchen.«

Meghann nickte. »Auf jeden Fall.«

»Komm mit in die Küche«, sagte Gina. »Ich mixe dir eine steife Margarita.«

»Aber beeil dich«, mahnte Claire. »Wir wollten gerade mit den Spielen beginnen.«

Meghann zuckte so heftig zusammen, dass sie um ein Haar gestolpert wäre.

Auch das noch: *Spiele …*

Jetzt hatte Meghann tatsächlich Kopfschmerzen.

Die Knie züchtig aneinander gepresst, hockte sie am Rand eines Sofas und balancierte einen Pappteller mit selbst gebackenen Keksen auf dem Schoß. Die anderen Gäste (ausnahmslos Pärchen, wie in der Arche Noah) saßen nebeneinander oder im Kreis auf dem Boden und tauschten Reminiszenzen an Ereignisse und Vorfälle aus, die für Meghann völlig neu waren.

»Erinnert ihr euch noch, wie Claire im Island Lake Camp vom höchsten Brett ins Wasser stürzte …«

»Oder wie sie Mrs Testerns Lineal versteckte …«

»Wisst ihr noch, wie sie den Vergiftungsnotruf alarmieren musste, weil sie Ali dabei ertappt hatte, wie sie sich über den Waschkübel hermachte …«

Die Jahre auf der Junior und High School, die Teenager-Phase, in der Girls vor allem Fun wollten, die erste Zeit nach Alisons Geburt … Das alles war Meghann absolut fremd. Natürlich hätte auch sie einiges zu erzählen gehabt, Geschichten über ein Mädchen, das sich einmal alle Haare abschnitt, damit es aussah wie Buffy in *Family Affair*, das jeden Abend in Tränen ausbrach, weil Mama wieder einmal nicht nach Hause kam, und das in den Armen seiner großen Schwester und einem viel zu kleinen Kinderbett schließlich doch einschlief.

»Claires große Schwester …« Die braunhaarige Frau in ausgeblichenen Jeans und einem Old-Navy-T-Shirt trug einen Ehering mit einem Diamanten von der Größe eines Taubeneis. Sie sank neben Meghann aufs Sofa. »Ich bin Karen. Wir haben uns vor einigen Jahren mal kennen gelernt. Ihr Kleid ist übrigens umwerfend.«

»Vielen Dank.«

»Wie ich hörte, raten Sie Claire zu einem Ehevertrag.«

»Kommen Sie immer so schnell zur Sache?«

»Wir kümmern uns eben umeinander.«

Im Grunde konnte Meghann dafür nur dankbar sein. In dieser Hinsicht hatte sie ernsthaft versagt. Deshalb saß sie hier, aufgetakelt und isoliert, und tat so, als würden ihr die Kekse das Wasser im Mund zusammenlaufen lassen. »Wie schön. Sie kann froh sein, so gute Freundinnen zu haben.«

»Darüber sind wir alle froh. Aber einen Ehevertrag wird sie leider nicht unterschreiben. Ich habe ihr auch schon dazu geraten.«

»Tatsächlich?«

Karen hob ihre linke Hand. »Scheidungskriegsveteran. Der Bursche da drüben, der mit den vollen Hamsterbacken, das ist Harold.«

»Vielleicht sollten Sie noch einmal mit Claire reden. Es ist einfach nicht klug, sich unabgesichert auf diese Sache einzulassen.«

»Diese *Sache* ist eine Ehe und dabei geht es vor allem um Vertrauen. Ihre Schwester gehört zu den Gläubigen dieser Welt. Das sollten Sie ihr nicht nehmen.«

»Vertrauen ist etwas, das einem im Jurastudium gründlich ausgetrieben wird.«

»Ich habe eher den Eindruck, dass Ihnen der Glaube an feste Bindungen schon lange davor abhanden gekommen ist. Sehen Sie mich nicht so schockiert an. Ich bin keine Hellseherin. Die Bluesers haben keine Geheimnisse voreinander. Ich weiß, dass Sie beide keine leichte Kindheit hatten.«

Meghann starrte ins Leere. Es war ihr unbehaglich, dass Fremde so viel über sie wussten. Über ihre Kindheit sprach sie nicht einmal mit Freundinnen, auch nicht mit Elizabeth. Sie konnte sich noch sehr genau an die Blicke erinnern, mit denen sie als Kind gemustert wurde. Als wäre sie der letzte Dreck ...

Karen schien auf eine Reaktion zu warten. Das Schweigen zwischen ihnen wurde schwer und erdrückend. Megs Herz begann schneller zu schlagen. Sie wollte dieses Gespräch nicht fortsetzen. Diese verdammten Bluesers waren – einfach zu direkt.

»Okay, Leute, höchste Zeit für die Spiele«, rief Gina und sprang auf.

Meghann seufzte erleichtert.

»Gina *liebt* Spiele«, bemerkte Karen. »Ich kann nur hoffen, dass sich niemand zum Affen machen muss. Es war nett, Sie wiederzusehen, Meghann. Aber jetzt muss ich zu Harold. Er scheint langsam ungeduldig zu werden.« Sie stand auf und marschierte auf ihren Mann zu.

»In den Garten, wenn ich bitten darf.« Gina klatschte in die Hände. »Draußen seht ihr Doughnuts auf einer Leine. Jeder sucht sich einen aus und stellt sich davor auf.«

Gehorsam trotteten die Gäste ins Freie.

Meghann hielt sich zurück.

»Nicht kneifen, Meg«, rief Gina. »Auch für dich ist ein Doughnut reserviert.«

Alle drehten sich zu ihr um.

Sie schlenderte über die Veranda und in den Garten. Der Duft von Geißblatt und Rosen erfüllte die Abendluft. Lautes Froschquaken wies darauf hin, dass irgendwo in der Nähe ein Teich sein musste. Das gab dem Abend eine sonderbar surreale Atmosphäre, aber vielleicht lag das auch an dem in der Luft baumelnden Gebäck.

»Sobald ich auf die Stoppuhr drücke, muss jeder von euch so schnell wie möglich den Zucker von seinem Doughnut lecken. Auf diese Weise erfahren wir, wer am besten küssen kann.«

Jemand lachte, Charlottes Mann, wie Meg glaubte. »Wenn du herausbekommen willst, wer die flinkeste Zunge hat, sollten wir lieber ...«

»Wage es ja nicht, den Satz zu beenden«, rief Charlotte lachend.

»Also – los. Und nicht die Hände benutzen. Das ist unfair.«

Die Gäste stürzten sich auf die Aufgabe und innerhalb von Sekunden prustete jeder vor Lachen.

Meghann bemühte sich wirklich, aber schon beim ersten Versuch stieß sie mit der Nase gegen den Doughnut und Puderzucker rieselte auf ihr schwarzes Kleid.

»Fertig!«, schrie Bobby und reckte so triumphierend die Arme in die Luft, als hätte er den entscheidenden Homerun erzielt.

Lachend schlang Claire die Arme um ihn. »Jetzt kennt ihr den *wahren* Grund, warum ich ihn heirate.«

Meghann kehrte ihrem Doughnut den Rücken. Wieder war sie die Einzige, die nicht lachte oder scherzte.

Gina überreichte Bobby eine CD. »Hier, dein Preis. Und ich bin mir ganz sicher, dass du in unser aller Achtung erheblich gestiegen bist.« Sie rannte ins Haus und kam wenig später mit einer großen, weißen Porzellanschüssel zurück. »Das nächste Spiel heißt ›M&Ms sagen die Zukunft voraus‹. Jeder nimmt sich so viel er will und sucht sich dann einen Platz.« Auffordernd streckte sie allen ihre Schüssel entgegen.

Meghann sah, dass nicht nur sie skeptisch war. Niemand griff wirklich beherzt zu. Meg nahm zwei Schokolinsen und setzte sich als Einzige auf die oberste Verandastufe. Die anderen hockten sich auf den Rasen.

»Für jedes M&M muss man etwas über die Braut oder den Bräutigam sagen und eine Voraussage für die Zukunft treffen.«

Die Männer stöhnten vernehmlich auf.

Harold verdrehte die Augen und Karen stupste ihn leicht mit dem Ellbogen an.

»Ich fange an«, rief Charlotte. »Ich habe drei. Claires Lächeln ist einfach wundervoll, und ich sage voraus, dass sich mit Bobby daran nichts ändern wird. Sie kann auch sehr gut kochen, daher wage ich die Vorhersage, dass er vor seinem vierzigsten Geburtstag rund und fett ist. Und schließlich verabscheut sie das Waschen und Bügeln, folglich prophezeie ich, dass sich Bobby an Falten und Flecke gewöhnen wird.«

Claire lachte schallend, lauter als alle anderen.

»Jetzt bin ich dran«, sagte Karen. »Ich habe nur ein M&M genommen, da ich auf Diät bin – wie üblich. Claire hat eine – Vorliebe für elektrische Geräte entwickelt. Ich sage voraus, dass sie die künftig nicht mehr braucht.«

»Karen!«, schrie Claire auf und lief rot an.

Es ging weiter und weiter, aber mit jeder Aussage steigerte sich Megs Unbehagen. Selbst die Ehemänner schienen mehr über Claire zu wissen als sie, und Meghann befürchtete, nicht an sich halten zu können, wenn sie an der Reihe war, sondern einfach herauszuplatzen: »Ich sage vorher, dass er ihr das Herz bricht.« Mit zwei großen Schlucken leerte sie ihr Margarita-Glas.

»Meg! Meg!«, rief Gina. »Du bist dran.«

Unsicher starrte Meghann auf die M&Ms in ihrer schweißnassen Hand. »Ich habe zwei.« Sie zwang sich zu einem Lächeln. »Claire ist – die liebevollste Mutter, die ich kenne, daher prophezeie ich, dass Alison nicht ihr einziges Kind bleibt.«

Claire strahlte und lehnte sich an Bobby, der ihr etwas ins Ohr flüsterte.

»Und die zweite Prophezeiung, Meg?«

Sie nickte. »Meine Schwester liebt von ganzem Herzen, aber es fällt ihr nicht unbedingt leicht, daher wage ich die Vorhersage, dass es ihr wirklich ernst ist.« Sie hob den Kopf und bemerkte, dass Claire die Stirn runzelte.

Meghann wusste nicht, warum. Sie fand ihre Aussage positiv und optimistisch, eigentlich sogar ein bisschen romantisch. Aber ihre Schwester sah aus, als würde sie gleich in Tränen ausbrechen.

»Ich bin die Letzte«, brach Gina die plötzliche Stille. »Und habe nur eins. Da Claire keinen Ton vom anderen unterscheiden kann, prophezeie ich, dass Bobby auf sie als Hintergrundsängerin gern verzichtet.«

Lachend standen alle auf und scharten sich um Claire und Bobby.

Zu ihrer Überraschung fühlte sich nun Meghann den Tränen nahe. Unbeholfen rappelte sie sich hoch und stellte fest, dass die beiden Margaritas offenbar stärker gewesen waren, als sie gedacht hatte. Auch das noch! Als sie sich unbeobachtet glaubte, schlich sie sich hastig zum Haus und lief zu ihrem Auto.

Sie wollte nach Hause fahren, dort auf Claire warten und sich entschuldigen. Für was auch immer.

Doch dann bemerkte sie die Bar.

Fünfzehntes Kapitel

Meghann nahm den Fuß vom Gaspedal. Das Tempo des Porsche verlangsamte sich zu einem Kriechen.

Durch das Rauchglas des Fensters konnte sie die schattenhaften Umrisse der Gäste des Lokals erkennen, die eng nebeneinander am Tresen saßen.

Es wäre ein Leichtes, sich unter ihnen zu verlieren, weil einen niemand nach dem Namen fragte oder wissen wollte, warum man hier war. Wenn sie ein Glas – oder auch zwei oder drei – trinken würde, ginge es ihr bestimmt bald besser.

Vielleicht würde sie jemanden kennen lernen ... der sie dann mit nach Hause nahm und ihr für ein paar Stunden half zu vergessen. Zu schlafen.

Aus bitterer Erfahrung wusste sie, dass sie an Abenden wie diesem, wenn sie sich ihrer Unzulänglichkeiten nur allzu schmerzhaft bewusst wurde, schlaflos in ihrem leeren Bett lag und unverwandt zur Decke starrte. Um dann am nächsten Morgen im Bad in leere, traurige Augen zu blicken.

Meghann trat aufs Gas. Sie raste zwei Blocks weiter, fand einen Parkplatz und schaltete den Motor aus. Als sie das Auto verließ, bemerkte sie, wie still die Nacht war. Der Große Bär schien auf dem Weg zum Fluss zu sein.

Die meisten Geschäfte waren geschlossen und finster, nur an wenigen Firmenschildern war die Beleuchtung eingeschaltet. Alle sieben oder acht Meter warf eine flaschengrüne, gusseiserne Laterne einen gelblichen Lichtkegel auf das Pflaster des Bürgersteigs.

Meghann zupfte sich den Schulterriemen zurecht, klemmte ihre Tasche fest unter den Arm und lief zu der Bar zurück. Vor der offenen Tür zögerte sie keine Sekunde, holte einmal tief Luft und trat ein.

Das Lokal unterschied sich durch nichts von den Hunderten anderer, in denen sie sich schon die Zeit vertrieben hatte. Tabakrauch waberte in langen, geisterhaften Schwaden vor der in die Decke eingelassenen Neonbeleuchtung. Die Bar nahm die gesamte rechte Wand ein, eine wuchtige Mahagonitheke, die bestimmt hundert Jahre auf dem Buckel hatte. Der mindestens zwei Meter breite Spiegel dahinter war von goldenen Adern durchzogen, seine Beschichtung zu einem trüben Silber verblasst. In ihm wirkten die Gäste größer und dünner. Ein Zerrspiegel für Menschen, die zu betrunken waren, um es zu bemerken.

Meghanns Blicke überflogen die Riege am Tresen. Auf dem schimmernden Holz standen mehr Gläser, als Gäste auf den Barhockern saßen, und jeder hielt eine brennende Zigarette in der Hand.

Das waren die Kampftrinker, die bereits um zehn Uhr vormittags ihre Hocker erklommen und sie nur verließen, um einem menschlichen Bedürfnis zu folgen.

Links im Raum standen runde Tische, die meisten von ihnen gut besetzt. Im schummrigen Hintergrund entdeckte sie die Umrisse eines Billardtisches und hörte das scharfe Klacken der Kugeln. Aus der Jukebox erklang ein alter Springsteen-Song: *Glory Days*.

Wie wahr. Vermutlich die Wahl des nicht mehr ganz so jungen Typen am Tresen. Er trug eine rotweiße Lettermans-Jacke und hatte sich schon vor Jahren von seinen Haaren verabschieden müssen.

Meghann bewegte sich weiter durch den Qualm. Ihr Herzschlag beschleunigte; Rauch und Erwartung trieben ihr das Wasser in die Augen. Sie ging zu einer Lücke am Tresen, wo ein müde wirkender Mann eine Bierlache aufwischte. Falls ihr Anblick ihn überraschte – schließlich tauchten Frauen wie sie nicht jeden Tag allein in drittklassigen Bars auf –, ließ er sich zumindest nichts davon anmerken.

»Was darf's sein?« Er warf seinen Lappen beiseite und angelte sich seine Zigarette aus dem Aschenbecher.

Sie lächelte. »Geben Sie mir ein Glas Weißwein. Wenn möglich einen Vouvray.«

»Wir haben Inglenook und Gallo.«

»Dann Inglenook.«

Er wandte sich ab, verschwand und kehrte einen Moment später mit dem Wein zurück.

Meghann warf ihre Platin-Kreditkarte auf die Theke. »Schreiben Sie an. Es bleibt nicht bei dem einen Glas.«

In der Jukebox klickte es, dann ertönten die ersten Klänge einer alten Platte von Aerosmith. Wie in einer Rückblende sah sich Meghann als junges Mädchen im Kingdome in der ersten Reihe stehen und ihre glühende Liebe zu dem Frontmann Steven Tyler herausbrüllen.

Sie nahm dem Barkeeper die Kreditkarte ab, verstaute sie wieder in ihrer Handtasche und ging zu dem nächststehenden Tisch, an dem sich drei Männer angeregt unterhielten.

Normalerweise setzte sie sich an einen leeren Tisch und wartete einfach ab, wer auf sie zutrat, doch dafür fehlte ihr heute schlichtweg die Geduld. Sie sehnte sich nach Ablenkung, nach Gesellschaft.

»Na, Jungs.« Lächelnd schob sie sich zwischen zwei der Männer.

Abrupt brach die Unterhaltung ab. Die plötzliche Stille ließ Meghanns Ohren rauschen. Da erst bemerkte Meghann, dass alle drei Eheringe trugen.

Sie lächelte unentwegt weiter. Leicht fiel es ihr nicht.

»Hi«, sagte einer der Männer und rutschte verlegen auf seinem Stuhl herum.

»Hi«, echoten die anderen beiden. Keiner sah sie an.

»Ich muss leider los, Jungs«, sagte der erste, schob seinen Stuhl zurück und stand auf.

»Ich auch.«

»Ich auch.«

Und schon waren sie verschwunden.

»Bis bald«, rief Meghann ihnen für den Fall nach, dass jemand ihre Abfuhr mitbekommen hatte. »Und fahrt bloß vorsichtig.«

Dann zählte sie im Stillen bis fünf und blickte sich um. Nicht weit von ihr entfernt saß ein Mann allein an einem Tisch und machte sich emsig Notizen auf einem Block. Er war so vertieft in seine Arbeit, dass er von der hässlichen Szene offenbar nichts bemerkt hatte.

Sie ging zu ihm. »Darf ich mich vielleicht zu Ihnen setzen?«

Als er den Kopf hob, sah Meghann, wie jung er war. Einundzwanzig vielleicht, höchstens zweiundzwanzig. Sein Blick war offen und arglos, voll von der grenzenlosen Hoffnung, die man nur in der Jugend aufbrachte. Meghann fühlte sich unwiderstehlich davon angezogen. »Verzeihen Sie, Ma'am. Was sagten Sie gerade?«

Ma'am …

»Nennen Sie mich doch Meg.«

Er runzelte die Stirn. »Sie kommen mir irgendwie bekannt vor. Sind Sie vielleicht eine Freundin meiner Mutter? Sie heißt Sada Carlyle.«

Meghann kam sich vor wie die alte Lady aus *Titanic.*

»Nein. Ich kenne sie nicht. Und ich ... habe Sie offensichtlich mit jemandem verwechselt. Entschuldigung.«

Ihr Griff um das Weinglas verstärkte sich. Panik drohte, sie zu überwältigen.

Reiß dich zusammen ...

Sie wandte sich einem anderen Tisch zu. Bevor sie ihn erreicht hatte, schlüpfte eine Frau an ihr vorbei, setzte sich und küsste den Mann am Tisch auf die Wange.

Unvermittelt drehte Meghann ab und stieß mit einem heruntergekommenen, zotteligen Mann zusammen, der eindeutig auf dem Rückweg vom Tresen war. »'tschuldigung«, sagte sie hastig. »Ich hätte besser aufpassen müssen.«

»Nichts passiert.«

Leicht schwankend ging er zu seinem Tisch und setzte sich.

Da stand sie nun – ganz allein in einer gut besuchten Bar. Am Billardtisch entdeckte Meghann drei Männer. Zwei von ihnen wirkten in ihrer schwarzen Lederkleidung und mit schweren Ketten behangen geradezu gemeingefährlich. Der dritte hatte so viele Tattoos auf dem kahlen Schädel, dass er aussah wie die Erde – vom Weltall aus betrachtet.

Wieder spürte sie eine Woge von Panik in ihr aufsteigen. Heute war ganz offensichtlich nicht ihr Tag. Es blieb ihr nichts anderes übrig, als zu Claire zurückzufahren, sich allein im Gästebett auszustrecken, um schlaflos und sehnsüchtig darauf zu warten, dass ein neuer Tag anbrach.

Meghann sah zu dem menschlichen Wrack hinüber. Er hatte breite Schultern; sein schwarzes T-Shirt spannte sich über dem Rücken. Der Taillenbund seiner abgetragenen Levi's saß so locker, als hätte er an Gewicht verloren, aber weder genug Zeit oder Geld gehabt, sich neue, passende Jeans zu kaufen.

Sie konnte wählen: er oder die Einsamkeit.

Meghann ging auf ihn zu. »Haben Sie etwas dagegen, wenn ich mich zu Ihnen setze?«

Er blickte nicht auf. »Was bin ich? Ihre fünfte Wahl?«

»Sie haben *mitgezählt*?«

»Das war nicht allzu schwer, Lady. Sie räumen hier schneller auf als ein Cop auf einer Party von irgendeiner Studentenverbindung.«

Sie zog sich einen Stuhl heran und setzte sich ihm gegenüber an den Tisch. Die Jukebox spielte *Lookin' for Love. Ausgerechnet …*

Schließlich hob er doch den Kopf. Unter silbergrauen Haarsträhnen, an denen er vermutlich mit einem Taschenmesser herumgeschnippelt hatte, schauten sie blaue Augen an. Verblüfft stellte sie fest, dass er nicht viel älter als sie sein konnte und auf eine gewisse Weise fast attraktiv war. Er sah aus wie ein Mann, dem das Leben übel mitgespielt hatte.

»Was immer Sie auch suchen«, sagte er leise. »Hier werden Sie es nicht finden.«

Sie wollte flirten, etwas Witziges und Belangloses sagen, aber bevor ihr Mund die ersten Worte formte, gab sie auf. Er hatte etwas an sich, das …

»Sind wir uns nicht schon einmal begegnet?«, fragte Meghann stirnrunzelnd. Sie hatte ein wirklich gutes Gedächtnis. Und Gesichter vergaß sie nur sehr selten. Bis auf die der Männer, die sie dann und wann aufgabelte. Die verdrängte sie sofort.

»Das werde ich immer wieder gefragt.« Er seufzte. »Wahrscheinlich habe ich das typische Durchschnittsgesicht.«

Nein, das stimmte nicht. Sie war sicher, ihn schon einmal gesehen zu haben, doch darauf kam es nicht an. Das Einzige, was sie wollte, war ihre Anonymität wahren und keine Freundschaften schließen. »Es ist ganz und gar nicht durchschnittlich. Leben Sie hier in der Gegend?«

»Jetzt schon.«

»Womit verdienen Sie Ihr Geld?«

»Sehe ich so aus, als hätte ich Geld? Ich schlage mich so durch, mehr nicht.«

»So geht es uns doch allen. Mehr oder weniger.«

»Hören Sie, Lady …«

»Ich heiße Meghann. Freunde nennen mich Meg.«

»Ich werde Sie nicht mit nach Hause nehmen, Meghann. Habe ich mich klar genug ausgedrückt?«

Sie musste lächeln. »Ich kann mich nicht erinnern, Sie darum gebeten zu haben. Ich habe Sie lediglich gefragt, ob ich mich zu Ihnen setzen darf. Sie neigen zu vorschnellen Schlüssen.«

Verlegen senkte er den Blick. »Tut mir Leid. Ich war – längere Zeit allein. Da verliert man die Gewandtheit im Umgang mit Menschen.«

Die Gewandtheit im Umgang mit Menschen … Das klang nach Bildung.

Sie beugte sich vor. Obwohl es nicht hell genug war, um ihn genauer zu betrachten, fand sie sein Gesicht anziehend. Zumindest anziehend genug für eine Nacht.

»Und wenn es nun doch mein Wunsch wäre, mit Ihnen nach Hause zu gehen?«

Als er sie wieder ansah, hätte sie schwören können, dass er blass geworden war. Seine Augen hatten das Blau eines klaren Sees.

Er ließ sich viel Zeit mit der Antwort. »Ich würde sagen, dass es nichts zu bedeuten hätte.« Seine Stimme klang gepresst. Er sah aus, als hätte er Angst.

Meghann hob die Brauen. »Was? Der Sex?«

Er nickte.

Plötzlich verspürte sie die Erregung der Jagd, das

schnellere Schlagen ihres Herzens. Sie hob den Arm, legte einen Zeigefinger auf seinen Handrücken. »Was wäre, wenn mir das absolut nichts ausmacht? Wenn ich es genau so will?«

»Das wäre sehr bedauerlich.«

Getroffen von der Bemerkung, zog sie ihre Hand zurück. Zu ihrer Überraschung kam sie sich so transparent vor, als könnten seine blauen Augen sie durchschauen. »Wollen Sie nun mit mir ins Bett oder nicht? Ohne Bedingungen. Ohne Verpflichtugen. Nur eine Nacht. Ein paar Stunden Zusammensein.« Meghann hörte die Schärfe in ihrer Stimme, die Verzweiflung.

Wieder verging eine halbe Ewigkeit. »Ich bin mir nicht sicher, ob ich es kann.«

»Ich schon.« Meghann presste die Lippen zusammen, um nichts Törichtes zu sagen. Es war absolut lächerlich, aber sie fühlte sich verunsichert, irgendwie nervös. Sie wünschte sich, dass er sie nicht zurückwies – mit einer Intensität, die sie sich nicht erklären konnte. Schließlich war er nur ein weiteres Glied in der Kette nichts sagender, unbedeutender Männer, mit denen sie seit ihrer Scheidung geschlafen hatte. Und doch ängstigte es sie, dass er ihr einen Korb geben könnte. »Vielleicht fällt es uns gemeinsam leichter, diese Nacht zu überstehen.«

Er stand so schnell auf, dass sein Stuhl fast umgestürzt wäre. »Ich wohne nicht weit. Nur ein paar Schritte die Straße hinunter.«

Meghann vermied die üblichen Vorspiegelungen von Zuneigung und Vertrautheit. Griff nicht nach seiner Hand oder lehnte sich lächelnd an seine Schulter. »Ich folge Ihnen«, war alles, was sie sagte.

Joe spürte sie neben sich, fühlte die Wärme ihres Körpers, registrierte, wie ihre Hand beim Laufen unabsichtlich gegen seine stieß.

Diese Farce muss ein Ende haben. Sofort, dachte er. Bleib stehen und sage ihr, dass alles ein großes Missverständnis ist. Aber Joe ging weiter, setzte einen Fuß vor den anderen.

Er roch ihr Parfum. Süß, moschusartig und sexy. Es erinnerte ihn an die Sommer im tiefen Süden. An duftende Blüten und schwüle, dunkle Nächte.

Er musste nicht mehr ganz bei sich sein. War offenbar betrunkener, als er gedacht hatte.

Er konnte es nicht tun. Er wusste ja nicht einmal mehr *wie*. (An das Sexuelle erinnerte er sich natürlich, aber das Andere, das Reden, die Berührungen, die Zärtlichkeiten waren ihm entfallen.)

Und dann stand er plötzlich vor seiner Hütte. Sie waren drei Blocks gelaufen und während der ganzen Zeit hatte er kein Wort hervorgebracht. Sie auch nicht, und er wusste nicht, ob er dafür dankbar sein sollte oder nicht. Hätte sie irgendetwas Sinnloses geplappert, hätte er vielleicht die Kraft gefunden, diese absurde Sache zu beenden. Ihr Schweigen war sein Verhängnis.

»Hier wohne ich zurzeit«, sagte er.

»Zurzeit?«

Die Nachfrage überraschte ihn. Sie hatte ohne zu zögern das einzige Wort herausgepickt, das etwas über ihn aussagte. Er musste vor ihr auf der Hut sein.

Joe schloss die Tür auf und machte einen Schritt zur Seite, um sie als Erste eintreten zu lassen.

Sie runzelte kurz die Stirn und lief dann an ihm vorbei in die Dunkelheit.

Er folgte ihr und schaltete absichtlich kein Licht an. Überall standen Fotografien von Diana. Er wollte keine Erklärungen über sein Leben abgeben, nicht gegenüber dieser Frau in ihrem Designerkleid und mit jeder Menge teuren Schmuck. Eigentlich wollte er überhaupt nichts sagen.

Joe ging in die Küche und holte ein paar von den Kerzen, die für den Fall, dass durch Winterstürme der Strom ausfiel, griffbereit lagen. Schweigend trug er sie ins Schafzimmer und zündete sie an. Als er fertig war, drehte er sich um. Sie stand am Fußende des Bettes und umklammerte ihre Handtasche, als befürchtete sie, jemand könnte sie ihr stehlen.

Er holte tief Luft. Sie war schön, sehr schön. Pechschwarze Haare, blasse Haut, grüne Mandelaugen, Lippen, die nur selten zu lächeln schienen. Was zum Teufel wollte sie von ihm? Und was er von ihr? Seit Diana war er mit keiner Frau mehr zusammen gewesen.

Sie holte etwas aus ihrer Tasche – o Gott, ein Kondom! – und ließ sie auf den Boden fallen. Mit einem angedeuteten Hüftschwung bewegte sie sich auf ihn zu und öffnete dabei ihr Kleid. Es fiel ihr von den Schultern, enthüllte einen schwarzen Spitzen-BH und ein alabasterfarbenes Dekolleté.

Verschwinden Sie, wollte er sagen, aber stattdessen zog er sie in seine Arme. Ihr Körper schmiegte sich an ihn, und langsam, ganz langsam bewegte sie sich.

Als er endlich die Kraft fand, sich von ihr zu lösen, merkte er, dass er zitterte.

»Alles in Ordnung?«, fragte sie.

Joe dachte nicht nach, sagte kein Wort, sondern hob sie hoch und trug sie zum Bett.

Zusammen fielen sie auf die zerwühlten Laken. Er lag auf ihr – ein gutes, angenehmes Gefühl. Ihre Hüften drängten sich ihm entgegen.

Stöhnend senkte er den Kopf, um sie zu küssen. Die weiche Nachgiebigkeit ihrer Lippen erinnerte ihn schmerzhaft an die Vergangenheit.

Diana …

»Was hast du gesagt?«

Meghann.

Als er sie zum zweiten Mal küsste, ließ er die Augen offen. Die Wildheit ihres Kusses raubte ihm den Atem.

Sie schob ihre Hände unter sein T-Shirt. Ihre Fingerspitzen kneteten und drückten seine Brustwarzen. »Zieh deine Hose aus«, flüsterte sie heiser. »Ich möchte dich fühlen.«

Sie lösten sich voneinander. Joe glitt vom Bett, und seine Finger zitterten so stark, dass er kaum seine Jeans öffnen konnte.

Nackt sanken sie wieder auf das Bett. Er rieb sein Glied an ihrer warmen, weichen Haut, küsste ihre geöffneten Lippen, ihr Kinn, ihre geschlossenen Augen. Sie schlang ein Bein um ihn, drängte sich fest an ihn, er spürte ihre Hitze.

Dann streckte sie die Hand nach seinem Penis aus und umfasste ihn. Auf und ab bewegten sich ihre Finger. Auf und ab. Er spürte, wie ihm mit einem geübten Griff das Kondom übergezogen wurde.

Stöhnend wagte er einen ersten, tastenden Stoß, und zog sich schnell wieder zurück, bevor es zu spät war. Seine Lippen glitten über ihren Körper, küssten ihr Kinn, ihren Hals, ihre Brüste. Er umschloss eine Brustwarze mit den Lippen, liebkoste sie. Seine Hände drückten ihre Schenkel auseinander, während er ihren Nabel küsste, ihren Bauch, ihr Schamhaar.

Sie wollte ihn von sich stoßen.

Er ließ es nicht zu. Sein Mund wanderte weiter. Mit einem leisen Keuchen umfasste sie seinen Kopf mit beiden Händen und drängte ihm entgegen. Seine Zunge schob sich in sie hinein, erkundete sie, schmeckte sie.

»O … mein … Gott«, stöhnte sie. »Komm. *Jetzt.*«

In einer einzigen, fließenden Bewegung zog er sie an sich und drang in sie ein.

Sie umklammerte ihn, passte sich jedem seiner Stöße an, sie fanden einen gemeinsamen Rhythmus, schneller und immer schneller.

Joes Orgasmus ließ sich mit nichts, was er zuvor erlebt hatte, vergleichen.

»Puh«, sagte sie und strich sich das feuchte Haar aus dem Gesicht. »Das war eindeutig erste Klasse.«

Er lehnte sich gegen das Kopfbrett. Sein Atem ging in kurzen, abgehackten Stößen. Er zitterte noch am ganzen Körper.

Mit einem breiten Lächeln sah sie ihn an. »Wie heißt du eigentlich?«

»Joe.«

»Nun, Joe. Das war großartig.«

Nach einer endlosen Minute wagte er es, einen Arm um sie zu legen. Sie fest an sich ziehend, schloss er die Augen.

Zum ersten Mal seit Jahren schlief er mit einer Frau in den Armen ein.

Als er erwachte, war er wieder allein.

Sechzehntes Kapitel

Wow!« Claire fiel in die Kissen zurück. »Ich kann mich nicht erinnern, wann ich das letzte Mal am frühen Morgen so glücklich gemacht worden bin.« Sie strich sich eine Haarsträhne aus den Augen und lächelte Bobby an. »Du musst mich wirklich lieben, wenn du mich küsst, bevor ich mir die Zähne geputzt habe.«

Er rollte sich auf seine Seite des Bettes. Sein attraktives Gesicht war von winzigen Schlaffältchen durchzogen. »Du traust mir noch immer nicht, oder?«

»Doch, natürlich«, entgegnete sie, eine Spur zu schnell.

Er strich ihr so zärtlich über die Wange, dass sie unwillkürlich seufzen musste. »Ich liebe dich, Claire Cavenaugh. Am liebsten würde ich dem Mann einen Tritt in den Hintern verpassen, der dich so verunsichert hat, dass du mir jetzt nur schwer glauben kannst.«

Sie wusste selbst, wie traurig sie lächelte. Doch das konnte sie nicht ändern. »Das waren nicht nur Männer.«

»Nun, deine Mutter oder deine Schwester kann ich schlecht verprügeln.«

Sie lachte. »Beweise einfach, dass Meg Unrecht hat. Nichts könnte sie mehr irritieren.«

»Sie bemüht sich und das weißt du auch.«

Claire richtete sich auf. »Ja, das ist mir nicht entgangen. Erst wirft sie mir vor, nicht richtig lieben zu können, und dann verlässt sie fluchtartig die Party.«

»Sie hat dir ein Kleid gekauft, das teurer ist als mein Auto.«

»Geld bedeutet Meg nichts. Sie hat tonnenweise davon. Kannst sie fragen.«

Bobby setzte sich nun ebenfalls auf und lehnte sich gegen das Kopfbrett. Die Bettdecke glitt von seinem nackten Oberkörper und blieb auf seinen Oberschenkeln liegen.

»Auch sie ist bei deiner Mutter aufgewachsen, nur hatte sie leider keinen Dad, der sie da rausholte. Es ist mit Sicherheit nicht leicht für sie gewesen, erst jahrelang für dich zu sorgen und dann zusehen zu müssen, wie Sam ihre Stelle einnimmt.«

»Ich kann nicht glauben, dass du sie auch noch verteidigst. Sie hat meine Heirat mit dir eine Dummheit genannt, einen *großen* Fehler.«

Auf seinem Gesicht leuchtete dieses fast träge Lächeln auf, bei dem sie immer ganz weiche Knie bekam. »Das kannst du ihr nicht vorwerfen, Liebling. Sie versucht nur, dich zu beschützen.«

»Mir ihren Willen aufzuzwingen, meinst du wohl.«

»Komm her«, sagte er leise.

Sie beugte sich zu ihm. Als er sie küsste, berührten ihre nackten Brüste leicht seinen Oberkörper. Er legte einen Arm um ihren Nacken, zog sie eng an sich und küsste sie, bis sie die ganze Diskussion vergaß. Als sie sich schließlich von ihm löste, war ihr ein wenig schwindlig und ihr Atem ging schneller.

»Mir machst du nichts vor, Claire Cavenaugh«, flüsterte er. »Nach dem Zirkus mit dem Hochzeitskleid hattest du Kopfschmerzen und gestern Abend schon wieder. Wenn Meghann dich kränkt, behauptest du zwar, es macht dir nichts aus, du schluckst aber Aspirin. Ich weiß Bescheid, Süße. Meghann ist deine Schwester – und nur das zählt. Die einzige, die du hast.«

Claire wollte widersprechen, konnte es jedoch nicht. Sie sehnte sich ja wirklich danach, Meg wieder näher zu sein. Immer häufiger erinnerte sie sich an die alte Meg. An ihre frühere, enge Verbundenheit. »Mir gefällt nicht, wie wir miteinander umgehen«, räumte sie ein.

»Und?«

»Niemand kann mich so auf die Palme bringen wie Meghann. Sie hat eine echte Begabung, immer das Falsche zu sagen.«

»Yeah. Mein Dad war genauso. Ständig lagen wir uns in den Haaren. Jetzt lebt er nicht mehr, und ich wünschte, ich hätte mir ein bisschen mehr Mühe gegeben.«

»Also gut, Sigmund Freud. Ich versuche mit ihr zu reden. Ein weiteres Mal.«

»Und kein Aspirin mehr.«

Claire gab ihm noch einen letzten, langen Kuss und stand dann auf. Als sie geduscht und angezogen aus dem Bad zurückkehrte, war er fort.

Sie machte ihr Bett und lief über den Flur in Alis Zimmer. Ihre Tochter lag tief vergraben unter ihrer blaugrünen *Arielle*-Bettdecke.

»Hey, Süße«, sagte sie und setzte sich auf die Bettkante. »Höchste Zeit aufzustehen.«

Alison drehte sich auf den Rücken und rieb sich verschlafen die Augen. »Haben wir jetzt ein Kätzchen?«

»Nein. Wie kommst du denn darauf?«

»Ich hab gedacht, dass es heute früh irgendwo miaut hat.«

Claire biss sich schnell auf die Unterlippe, um ein Lächeln zu unterdrücken. Sie musste in Zukunft leiser sein. »Du musst dich geirrt haben. Bestimmt hast du geträumt.«

»Und später habe ich jemanden auf der Treppe gehört.«

»Ich ... äh ... war unten, um Kaffee aufzubrühen.«

»Oh. Aber könnte ich nicht einen kleinen Hund bekommen? Amy Schmidt hat einen, obwohl ihre Mom gegen Hunde allergisch ist.«

»Wie wäre es mit einem Goldfisch?«

»Mom! Der letzte Goldfisch ist im Klo runtergespült worden.«

»Ich werde es mir überlegen, okay? Aber jetzt beeil dich. Ich mache Blaubeerpfannkuchen zum Frühstück.«

Claire lief hinunter, um die Kaffeemaschine in Betrieb zu setzen. Als Alison mit ihrem Groovy Girl im Schlepptau in der Küche erschien, waren Eier und Pfannkuchen fertig.

Ali kletterte auf ihren Stuhl, setzte sich die Puppe auf den Schoß und träufelte ausgiebig Ahornsirup auf ihren Pfannkuchen.

»Das reicht«, mahnte Claire und goss erneut Teig in die Pfanne.

»Bobby, Tante Meg und du, ihr seid doch gestern zu dieser Party gefahren. War's schön?«

»Sehr.«

»Habt ihr miteinander gespielt?«

»Natürlich.«

»Und Geschenke bekommen?«

»Aber sicher.«

»Was denn?«

Stringtangas, Schoko-Körperfarbe, einen Riesenkarton Pariser ... »Tante Meg hat uns eine Cuisinart geschenkt. Eine Küchenmaschine«, fügte sie auf Alis verdutzten Blick hinzu.

»Oh. Grandpa geht heute mit mir angeln. Oben am Tidwell Pond.«

»Das macht dir sicher großen Spaß.«

»Du kannst nicht mitkommen, hat er gesagt, weil du mit Hochzeitsscheiß beschäftigt bist.«

»Alison Katherine. Du weißt genau, dass du Grandpas schlimme Worte nicht nachplappern sollst.«

»Ja, weiß ich.« Ali senkte den Kopf und leckte den Sirup von ihrem Teller. In Windeseile war er blitzsauber. »Wusstest du schon, dass ein Wurm nachwächst, wenn man ihn in zwei Teile schneidet?«

»Das ist mir bekannt.«

Ihre Tochter hopste vom Stuhl. »Lily France hat sich die Fingerkuppe abgeschnitten, aber die ist nicht nachgewachsen.« Nachdenklich runzelte Alison die Stirn. »Ich glaube, Gott hat Würmer lieber als Lily. Kein Wunder, sie drängelt sich beim Mittagessen in der Schlange immer vor.«

»Nun, ich glaube nicht, dass …«

»Bye, Mom!« Alison warf ihrer Mutter eine Kusshand zu und rannte aus der Küche. Gleich darauf fiel die Fliegengittertür hinter ihr zu. Eine Minute später hörte Claire die hohe Stimme ihrer Tochter. »Hier bin ich, Grandpa. Suchst du mich schon?«

Lächelnd goss sich Claire noch eine Tasse Kaffee ein, ging auf die Veranda und setzte sich auf die Schaukel.

Sanft hin und her schwingend, blickte sie zum blausilbernen Wasser am hinteren Rand des Grundstücks hinüber. Das Haus stand in sicherer Entfernung vom Ufer auf einer kleinen Anhöhe, aber an einem Tag wie heute, an dem der Himmel enzianblau schimmerte und sich das Gras nach einer unverhofft sonnigen Woche golden verfärbte, vergaß man leicht, wie gefährlich der Fluss sein konnte.

Quietschend öffnete sich die Fliegengittertür und fiel wieder zu. Meghan kam auf die Veranda. Sie trug ein fransenbesetztes, schwarzes Top und Jeans mit ausgestellten Beinen. Ungebändigt fielen ihre schwarzen Locken über die Schultern. Sie sah hinreißend aus. »Guten Morgen.«

Hastig versteckte Claire ihre alten, an den Knien durchgescheuerten Jogginghosen unter einer Wolldecke. »Hast du vielleicht Appetit auf Pfannkuchen?«

Meg setzte sich auf den hölzernen Stuhl gegenüber der Schaukel. »Nein, danke. Ich bin noch immer dabei, die Kekse von gestern zu verdauen.«

»Du bist früh gegangen. Warum eigentlich?« Claire hoffte, dass sie nicht gekränkt klang.

»Es war eine sehr nette Party. Deine Freundin Gina ist wirklich komisch, sehr originell.«

»Ja, sie hat viel Humor.«

»Es kann nicht leicht für sie sein, so kurz nach ihrer Scheidung deine Hochzeit mitzuerleben.«

Claire nickte. »Sie macht eine echt harte Zeit durch.«

»Die Feststellung, dass man den falschen Mann geheiratet hat, ist immer ein schwerer Schlag.«

»Sie waren fünfzehn Jahre verheiratet. Ihre Scheidung bedeutet noch längst nicht, dass er von vornherein der Falsche für sie war.«

Meg sah sie an. »Ich würde sagen, dass es *genau* das bedeutet.«

»Eric hat dir wirklich übel mitgespielt, was?«

»Vermutlich.«

Claire trank einen Schluck Kaffee. Sie wollte sich schon in sich selbst zurückziehen und schweigen – wie immer in Meghanns Gesellschaft. Doch dann erinnerte sie sich an das Gespräch mit Bobby. »Du hast meine Frage noch nicht beantwortet«, begann sie langsam. »Warum bist du so früh gegangen?«

»*So* früh war es nun auch nicht. Gefallen dir deine Geschenke?«

»Ja, sehr. Übrigens vielen Dank für die Cuisinart. Aber jetzt sag mir endlich, warum du so schnell verschwunden bist?«

Meghann schloss die Augen und öffnete sie zögernd wieder. Sie sah – ängstlich aus.

Das überraschte Claire so sehr, dass sie sich abrupt aufrichtete. »Meg?«

»Es war dieses M&M-Spiel«, rückte ihre Schwester schließlich heraus. »Ich wollte kein Spielverderber sein, aber ich kenne dich kaum, daher habe ich offenbar etwas Verkehrtes gesagt. Allerdings weiß ich selbst jetzt noch nicht, was.«

»Du hast gesagt, dass ich zwar von ganzem Herzen liebe, aber nicht unbefangen.«

»Ja.«

»Ich glaube nicht, dass das stimmt. Es hat mich verletzt.«

»Nun, ich sehe es so«, sagte Meg.

Claire beugte sich vor. Endlich näherten sie sich den wirklich wichtigen Themen. »Manchmal ist es nicht leicht, dich zu lieben, Meg.«

»Das weiß ich selbst gut genug, glaub mir.« Sie lachte, aber es klang verbittert.

»Du verurteilst die Menschen – mich – zu schnell und zu hart. Deine Äußerungen sind wie Peitschenhiebe. Jede hinterlässt blutige Striemen.«

»Andere Menschen vielleicht. Aber dich? Dich verurteile ich doch nicht.«

»Ich bin auf dem College durchgerasselt. Ich habe die Kosmetikerinnen-Ausbildung abgebrochen. Ich bin nie aus Hayden herausgekommen. Ich ziehe mich geschmacklos an. Ich habe ein uneheliches Kind von einem Mann, der längst verheiratet war. Und jetzt will ich mit einem dreimal Geschiedenen die Ehe eingehen und bin zu uneinsichtig, mich mit einem Ehevertrag abzusichern. Unterbrich mich, wenn ich aufhören soll. Du weißt schließlich selbst, was du von mir hältst.«

Meg runzelte die Stirn. »Das alles habe ich dir vorgeworfen?«

»Ohne Unterlass. Ich kann doch kaum eine halbe Stunde mit dir zusammen sein, ohne mir wie eine erbärmliche Versagerin vorzukommen. Während du natürlich superintelligent, erfolgreich und perfekt bist.«

»Nun, stimmt es etwa nicht?« Meghann erkannte schnell, dass ihr Versuch eines Scherzes nicht ankam. »Meine Therapeutin glaubt, dass ich mich nur schwer ... zurücknehmen kann.«

»Die Frau scheint ihr Handwerk zu verstehen. Du bist genau wie Mama. Ihr beide müsst immer und überall die Nummer eins sein.«

»Mit dem Unterschied, dass sie psychotisch ist, während ich neurotisch bin. Aber ihr Pech mit Männern hat sie mir mit Sicherheit vererbt.« Meghann sah ihre Schwester an. »Ist es dir gelungen, den Fluch zu brechen?«

Selbst gestern noch hätte Claire auf diese Frage gereizt reagiert. Jetzt verstand sie sie. Claire hatte von ihrer Mutter die Überzeugung geerbt, dass jede Liebe früher oder später enden musste. Meghanns Vermächtnis war etwas ganz anderes: Sie konnte überhaupt nicht an die Liebe glauben. »Ja, Meg. Wirklich.«

Meg lächelte, aber die Wehmut in ihren Augen war nicht zu übersehen. »Ich wünschte, ich hätte deine Zuversicht.«

Zum ersten Mal hatte Claire das Gefühl, die überlegene Schwester zu sein. »Ich weiß, dass es die Liebe tatsächlich gibt. Ich spüre sie in jedem Moment, den ich mit Ali und Dad verbringe. Wenn ... wenn du einen Vater gehabt hättest, könntest du vielleicht auch an die Liebe glauben.« Claire sah, wie ihre Schwester erblasste, und wusste, dass sie zu weit gegangen war.

»Du hattest Glück, Sam zu haben«, sagte Meg nach einer kleinen Pause.

Claire musste an den Sommer denken, in dem ihr Vater versucht hatte, auch für Meg da zu sein. Es war ein Albtraum gewesen. Ständig hatten Meg und Sam darüber gestritten, wer Claire mehr liebte, wer besser wusste, was gut für sie war. Schließlich konnte es Claire nicht mehr ertragen. »*Hör endlich auf, meinen Daddy anzubrüllen*«, schrie sie Meg an. Es war das erste Mal, dass sie ihre Schwester weinen sah. Am nächsten Tag war Meg fortgegangen. Erst Jahre später hatte sie Claire angerufen. Doch da war sie bereits auf dem College und führte ihr eigenes Leben.

»Er wollte auch für dich sorgen«, sagte Claire leise.

»Er war nicht mein Vater.«

Schweigen breitete sich aus. Es machte Claire nervös, drängte sie, die Stille mit Worten zu füllen, aber sie wusste nicht, was sie sagen sollte.

Das Telefon war die Rettung. Als es klingelte, sprang sie auf und rannte ins Haus.

»Hallo?«

»Einen Moment, bitte. Miss Eliana Sullivan möchte Sie sprechen.«

Claire hörte, dass Meghann hinter sie trat. Sie drehte sich um und formte mit den Lippen ein lautloses »Mama«.

»Na, das kann ja heiter werden.« Meg goss sich eine Tasse Kaffee ein.

»Hallo?«, rief ihre Mutter. »Hallo?«

»Hey, Mama. Ich bin's, Claire.«

Ihre Mutter lachte ihr heiseres, sinnliches Lachen, das sie über die Jahre sorgsam kultiviert hatte. »Ich glaube, ich weiß noch recht gut, welche meiner Töchter ich anrufe, Claire.«

»Natürlich«, versicherte Claire hastig, obwohl ihre Mutter sie beide ständig verwechselte. In ihren Erinnerungen waren sie absolut austauschbar. »Wie auch immer«, erklärte sie unbekümmert, wenn man sie darauf ansprach. »Früher habt ihr aneinander geklebt wie Kletten. Wie kann da von mir erwartet werden, dass ich jedes Detail im Gedächtnis habe?«

»Nun, Honey, erzähl schon. Mein Boy sagt, du hättest angerufen. Was gibt es?«

Claire hasste den einstudierten Südstaaten-Akzent. Jeder gedehnte Vokal erinnerte sie daran, dass sie sich für ihre Mutter durch nichts von ihrem »Publikum« unterschied. »Ich wollte dir mitteilen, dass ich heirate.«

»Nun, das überrascht mich. Ich war mir ganz sicher, dass du als alte Jungfer sterben würdest.«

»Vielen Dank, Mama.«

»Und wer ist er?«

»Er wird dir gefallen, Mama. Er ist ein Junge aus Texas.«

»Junge? Ich dachte, das wäre die Vorliebe deiner Schwester.«

Claire musste tatsächlich lachen. »Er ist siebenunddreißig Jahre alt, Mama.«

»Womit verdient er sein Geld? Und wie viel?«

»Das ist für mich nicht wichtig.«

»Bankrott, was? Nun, ich gebe dir einen guten Rat. Es ist leichter, reiche Männer zu heiraten. Aber was soll's. Herzlichen Glückwunsch. Wann ist die Hochzeit?«

»Am Sonnabend, dem Dreiundzwanzigsten.«

»Juni? Du meinst, am kommenden Sonnabend?«

»Das meine ich. Hättest du mich früher zurückgerufen, wäre noch jede Menge Zeit geblieben.«

»Ich habe Shakespeare gespielt. Mit Charlie Sheen, wenn ich das hinzufügen darf.«

»Rund um die Uhr?«

»Was soll das, Schätzchen? Du weißt genau, dass ich

mich um meine Fans kümmern muss. Sie sind für mich *lebenswichtig*. Hast du übrigens mein Bild im *People Magazine* gesehen? Von Jules Asner und mir in einem netten, kleinen Gespräch.«

»Tut mir Leid, das ist mir entgangen.«

»Ich habe dir ein Abo geschenkt. Was machst du eigentlich mit den Zeitschriften? Lässt du sie einfach ungelesen herumliegen?«

»Ich war mit den Hochzeitsvorbereitungen beschäftigt.«

»Ja, richtig. Nun, am Sonnabend ist es ein bisschen schwierig für mich, Honey. Wie wäre es mit dem ersten August-Wochenende?«

Claire verdrehte die Augen. »Ich bedauere wirklich, wenn dein Terminkalender bereits voll ist, aber die Einladungen sind bereits verschickt. Meg steckt mitten in den Vorbereitungen. Es ist zu spät, die Hochzeit zu verschieben.«

Ihre Mutter lachte. »Meg plant deine Hochzeit? Das ist etwa so, als würde man den Papst bitten, eine Bar-Mizwa auszurichten.«

»Die Hochzeit findet am Sonnabend statt. Ich hoffe, du findest eine Möglichkeit, daran teilzunehmen.« Die plötzliche Förmlichkeit überraschte Claire nicht. Es war ihre übliche Reaktion auf Stress.

Meghann reichte ihr ein Aspirin.

Unwillkürlich musste Claire lächeln.

»Ich bekomme bei jedem Gespräch mit ihr Kopfschmerzen«, erklärte Meg mit gedämpfter Stimme. »Plappert sie immer noch?«

Claire nickte. »Ich glaube, sie erwähnte gerade den Namen Anna Nicole Smith.«

»Noch so ein reizendes Southern Girl mit Beziehungsproblemen«, feixte Meg.

»Claire?«, rief ihre Mutter scharf. »Hörst du mir noch zu?«

»Selbstverständlich, Mama. Mir entgeht kein einziges Wort.«

»*Wann* am Sonnabend? Ich habe dich bereits zwei Mal gefragt.«

»Die Trauung beginnt um sieben Uhr abends, danach ist der Empfang.«

Ihre Mutter seufzte. »Ausgerechnet am Sonnabend. Ich musste drei Monate auf meinen Friseurtermin bei José warten. Aber vielleicht kann er mich früher drannehmen.«

Claire ertrug es nicht länger. »Entschuldige, Mama, aber ich muss jetzt Schluss machen. Am Sonnabend um sieben heirate ich in der Episcopal Church in Hayden. Ich würde mich freuen, wenn du dabei sein könntest, hätte aber jedes Verständnis dafür, wenn du zu beschäftigt bist.«

»Ich *bin* beschäftigt. Aber wie oft heiratet schon die eigene Tochter?«

»In unserer Familie eher selten.«

»Sag mir eins, Schätzchen. Bist du dir sicher, dass es von Dauer ist? Ich würde meinen Friseurtermin nur ungern für ...«

»Ich muss los, Mama. Bis bald.«

»Okay, Honey. Ich auch. Und noch einmal meine herzlichsten Glückwünsche.«

»Danke, Mama. Bye.«

Claire sah Meghann an und bemühte sich um ein Lächeln. »Sonnabend ist ein ungünstiger Tag für sie.«

»Warum? Ein Vorsprechen für *$25 000 Pyramid*?«

»Ein Friseurtermin bei José.«

»Wir hätten ihr eine Einladung schicken sollen, nachdem alles vorbei ist.«

»Ich weiß auch nicht, warum ich immer noch etwas anderes von ihr erwarte.«

Meg schüttelte den Kopf. »Wem sagst du das. Selbst eine Alligatorin bleibt in der Nähe ihrer Eier.«

»Mama würde sich ein Omelett braten.«

Sie prusteten vor Lachen.

Claire sah zum Fenster hinaus. Die Sonne brachte die Blumen in ihrem Garten förmlich zum Leuchten. Der Anblick erinnerte sie an die positiven Dinge in ihrem Leben. Es war besser, nicht mehr über das Gespräch mit ihrer Mutter nachzudenken. »Lass uns über die Hochzeitsvorbereitungen reden«, sagte sie schließlich.

»Gern. Vielleicht über das Essen.«

Claire richtete sich auf. »Ich dachte an Submarine-Sandwiches. Wegen ihrer Größe braucht man nicht so viele und die Männer sind ganz verrückt nach ihnen. Ginas Kartoffelsalat würde ganz ausgezeichnet dazu passen.«

Meghann starrte sie an. »Kartoffelsalat und Submarine-Sandwiches? Das wäre ... wunderbar.«

»Warum hast du dann so komisch gestockt?«

»Hattest du den Eindruck? Ich glaube, ich habe nur Luft geholt.«

»Dieses *Luftholen* kenne ich. Das machst du immer, wenn du etwas auszusetzen hast.«

»Nein. Überhaupt nicht. Aber neulich habe ich zufällig mit meiner Freundin Carla gesprochen. Sie ist ausgebildete Köchin und hat eine kleine Cateringfirma aufgebaut, doch leider geht es ihr finanziell gar nicht gut. Kann kaum noch die Miete zahlen. Sie hat mir angeboten, ein paar Horsd'œuvres zuzubereiten – praktisch zum Selbstkostenpreis. Du weißt ja, wie das ist, sie braucht dringend Empfehlungen. Aber keine Angst. Ich kaufe das Essen auch gern bei Safeway, wenn dir das lieber ist.«

Nachdenklich runzelte Claire die Stirn. »Würde es deiner Freundin wirklich helfen, das Catering für eine Hochzeit zu übernehmen?«

»Sicher, doch darum geht es nicht. Mir ist vor allem wichtig, dass deine Hochzeit ganz genau so wird, wie du sie dir vorstellst.«

»Wie viel würde es kosten?«

»Es wäre nicht teurer als Submarine-Sandwiches und Kartoffelsalat.«

»Tatsächlich? Nun, ich denke, das geht in Ordnung. Unter einer Bedingung. Es muss diese kleinen Würstchen in Teig geben. Bobby *liebt* sie.«

»Würstchen im Schlafrock. Aber ... *natürlich*. Die hätte ich bestimmt nicht vergessen.«

Claire kam es so vor, als hätte ihre Schwester erneut gestockt, sie war sich allerdings nicht ganz sicher.

Meg lächelte, ein bisschen forciert. »Wie es der Zufall so will, kenne ich auch eine arbeitslose Konditorin, die eine Hochzeitstorte backen könnte. Als Dekoration schlägt sie Veilchenblüten vor, aber natürlich ist das allein deine Entscheidung.«

»Du bist echt unmöglich, Meg.«

»Ich weiß. Überkritisch und unversöhnlich.«

»Stimmt haargenau. Doch eins muss man dir lassen. Wenn du etwas in die Hand nimmst, dann richtig.«

Meghanns Lächeln verblasste. Claire wusste, dass ihre Schwester an den Sommer vor vielen Jahren dachte, in dem Meg ihr Leben in die Hand genommen und von Grund auf verändert hatte.

»Das habe ich bestimmt nicht böse gemeint«, sagte Claire leise. »O verdammt, unsere Beziehung erinnert mich wirklich an ein Minenfeld.«

»Ich weiß.«

»Lass uns lieber über die Torte sprechen ...«

Siebzehntes Kapitel

Ich habe die Genehmigung für die Parknutzung und eine Reservierung für das Zelt. Den Standplatz bespreche ich morgen mit den Leuten vom Party-Service auf meinem Weg zu Costco.« Befriedigt lehnte sich Roy Royal zurück. »Das wär's.«

»Und die Beleuchtung?«, fragte Meghann und setzte ein Häkchen hinter das Zelt auf ihrer Liste.

»Zehntausend weiße Christbaumlichter, zweiundvierzig Lampions und zwanzig Hängeleuchten. Können Sie als erledigt betrachten.«

Meghann vermerkte es entsprechend und atmete tief durch. Alle Punkte auf ihrer Liste waren abgehakt. In den letzten beiden Tagen hatte sie von früh bis spät gerackert und jedes noch so kleine Detail doppelt und dreifach überprüft. Es würde, versicherte Roy Royal mindestens dreimal am Tag, die größte, beste, *tollste* Hochzeit werden, die je in Hayden stattgefunden hatte.

Meg fand zwar, dass das kein sonderlich beeindruckender Maßstab war, behielt diese sarkastische Einstellung aber für sich. Einen Vorteil hatte ihre Schufterei: Endlich konnte sie nachts schlafen. Das einzige Problem waren nun ihre Träume.

Die sich vor allem um Joe drehten. Sobald sie die Augen schloss, erinnerte sie sich an die Nacht mit ihm. An seine blauen, traurigen Augen, an die Zärtlichkeit, mit der er etwas flüsterte – einen Namen vielleicht –, während sie sich liebten.

Sich liebten …

Worte, die sie dafür nie zuvor gebraucht hatte, bei keinem Einzigen.

»Meghann! Was ist? Sie haben wieder diesen entrückten Blick. Denken Sie über die Horsd'œuvres nach?«

Sie grinste Roy an. »Sie hätten Carlas Gesicht sehen sollen, als ich ihr sagte, sie müsste Würstchen im Schlafrock zubereiten.«

»Es ist mir ja fast peinlich, das zuzugeben, aber sie schmecken klasse. Mit Ketchup. Oder noch besser, mit Baked Beans. Vermutlich sind sie schneller verputzt als der Brie und die Pastete.«

»Die Pastete habe ich ihr ausgeredet.« Erneut sah Meghann in ihre Liste. Es war wie ein Zwang, alles immer wieder überprüfen zu müssen.

Roy Royal legte ihr eine Hand auf den Arm. »Es ist geschafft, Liebes. Sie brauchen heute Abend nur noch die Generalprobe zu überstehen, dann können Sie sich erst mal aufs Ohr hauen.«

»Vielen Dank, Roy. Ich weiß nicht, wie ich das alles ohne Sie bewältigt hätte.«

»Es war mir eine außerordentliche Freude, diese Hochzeit vorzubereiten, glauben Sie mir. Mein nächstes Event findet auf der Weide der Clausens statt. Jeder bringt etwas zu essen mit. Todds Zulassung zum College soll gefeiert werden.«

Meghann verabschiedete sich von Roy und machte sich auf den Weg zu ihrem Auto. Nach etlichen Blocks bemerkte sie, dass sie in die falsche Richtung gelaufen war. Sie wollte gerade wieder umdrehen, als sie die Werkstatt entdeckte. Dahinter, zwischen Fichten und wild wucherndem Salal versteckt, stand Joes Hütte.

Meghann verspürte den plötzlichen Drang, zur Hütte zu laufen, Joe zu überraschen und ihn in sein Bett zu zerren. Der Sex war wirklich gut gewesen. Besser als gut. So überwältigend, dass sie sich mitten in der Nacht davongestohlen hatte. Im Verlassen war sie schon immer besser als im Bleiben und Guten-Morgen-Sagen.

In der Küche ging das Licht an. Sie bemerkte einen Schatten hinter dem Fenster, das Aufschimmern silbergrauer Haare.

Fast wäre sie zu ihm gelaufen.

Fast.

Aus bitterer Erfahrung wusste sie, dass sie nur mit anonymem Sex umgehen konnte, dass alles andere sie schlicht überforderte.

Sie machte auf dem Absatz kehrt und lief zurück zu ihrem Auto.

Wie versteinert stand Joe am Spülbecken und hörte, wie das Wasser in den Ausguss plätscherte. Eigentlich wollte er das Geschirr abwaschen, nur deshalb war er schließlich in die Küche gegangen, aber er konnte sich nicht dazu aufraffen.

Auf der anderen Straßenseite war sie und sah zu seinem Haus herüber.

Meghann. »*Freunde nennen mich Meg …*«

Mit verschränkten Armen stand sie da, das Kinn leicht gereckt, und rührte sich nicht. Aus der großen Blumenampel neben ihr streifte eine Ranke roter Blüten ihren Oberarm. Sie schien es gar nicht zu bemerken. Vermutlich nahm sie auch den Duft nicht wahr. Er hatte nicht den Eindruck, als wäre sie eine – romantische Frau.

»Meghann«, sagte er halblaut, erstaunt über das Verlangen in seiner Stimme. Seit den Stunden mit ihr dachte er viel zu oft an sie.

Natürlich hatte das nichts zu bedeuten. Es waren nur die Hormone, die nach zu langer Zeit der Enthaltsamkeit verrückt spielten. Aber jetzt, als er sie da drüben auf der anderen Straßenseite sah, als er diese Sehnsucht in sich spürte, wusste er, dass er sich das nur einredete.

Sie machte einen Schritt auf ihn zu.

Sein Herz schlug schneller, seine Hände ballten sich zu Fäusten.

Dann drehte sie sich um und lief schnell davon.

»Gott sei Dank«, murmelte er, empfand aber das genaue Gegenteil von Erleichterung.

Joe drehte den Wasserhahn zu und trocknete sich die Hände ab. Langsam ging er zum Kaminsims und betrachtete ein Foto von Diana. Auf dem Bild stand sie vor dem Arc de Triomphe in Paris, lächelte strahlend und winkte ihm zu.

»Verzeih mir«, sagte er leise und fuhr sacht mit einer Fingerspitze über das Glas.

Das Klingeln des Telefons riss ihn aus seinen Gedanken.

Das konnte nur eine sein. »Hey, Gina«, sagte er, noch bevor sie sich gemeldet hatte.

»Hey, großer Bruder. Heute Abend findet bei mir die Generalprobe für ein Hochzeitsdinner statt. Es ist zwar ein bisschen kurzfristig, aber vielleicht hast du ja Lust zu kommen.«

Die Generalprobe für ein Hochzeitsdinner … »Danke für die Einladung, aber nein. Auf keinen Fall.«

»Claire Cavenaugh kommt nun endlich doch noch unter die Haube.«

Joe schloss die Augen und versuchte, sich an Claire zu erinnern. »Tut mir Leid, Gigi«, sagte er schließlich. »Aber das schaffe ich einfach nicht.« Das Einzige, was für ihn noch schwerer zu ertragen wäre als die Teilnahme an einer Hochzeit, wäre ein Krankenhaus zu betreten.

»Das verstehe ich, Joe. Wirklich. Ich rufe dich in der nächsten Woche wieder an.«

Claire saß im Wartezimmer der Arztpraxis und blätterte in der neuesten Ausgabe des *People Magazine*. Ihr Blick fiel auf ein Foto von ihrer Mutter in voller Weltraummontur in irgendeinem Park. Claire las die Bildunterschrift: »Eliana Sullivan wurde zum 25-jährigen Jubiläum der *Starbase IV*-Premiere von ihren Fans förmlich bestürmt.«

»O bitte. Selbst als kleines Kind hatte ich bessere Halloween-Kostüme.«

»Was hast du gesagt, Mommy?«

Claire lächelte ihre Tochter an, die im Schneidersitz auf dem braungrauen Teppich saß und mit einer Puppe spielte. »Nichts Wichtiges, Süße.«

»Müssen wir noch lange warten? Ich hab Hunger.«

»Wir sind bestimmt bald dran. Aber erst muss sich Doktor Roloff um Patienten kümmern, die wirklich krank sind. Du hast doch Sammy Chan gesehen. Er hat sich den Arm gebrochen.«

Alison kniff die Augen zusammen. »Aber du bist nicht krank, oder?«

»Natürlich nicht. Ich bin zu meiner jährlichen Vorsorgeuntersuchung hier. Das habe ich dir doch gesagt.«

»Ja.« Ali spielte wieder mit ihrer Puppe.

Ein paar Minuten später erschien die Sprechstundenhilfe Monica Lundberg im Wartezimmer und lächelte Claire an. »Doktor Roloff erwartet Sie.«

»Bleib brav hier, Schätzchen«, sagte Claire zu Alison. »Ich bin gleich zurück.«

»Ich werde auf sie aufpassen«, bot die Sprechstundenhilfe an. »Gehen Sie bitte in Behandlungsraum vier.«

»Danke.« Claire lief den Flur entlang und betrat das letzte Zimmer auf der linken Seite.

»Hey, Claire, wie weit sind die Hochzeitsvorbereitungen?«

Sie lächelte die Arzthelferin an. Bess arbeitete seit Ewigkeiten für Dr. Roloff.

»Wir haben alles im Griff. Es wird eine ganz einfache, schlichte Feier.«

»Richtig so.« Bess maß Claires Temperatur und prüfte ihren Blutdruck. »Hervorragend, Kindchen. Sie scheinen keine Probleme zu haben.« Flink zapfte Bess Claire Blut ab, klebte ein Pflaster auf die Einstichstelle und griff ein Plastikgefäß aus dem Regal. »Sie kennen die Prozedur. Stellen Sie die Probe auf die Ablage im WC-Vorraum. Doktor Roloff wird sofort bei Ihnen sein.«

»Vielen Dank, Bess.«

Die Artzhelferin zwinkerte schmunzelnd. »Na, dann bis morgen.«

Claire lief ins Bad und stellte das Gefäß mit der Urinprobe wie befohlen ab. Dann kehrte sie in den Behandlungsraum zurück, zog schnell den grünen Kittel an und kletterte auf den Untersuchungstisch.

Wenige Augenblicke später betrat Dr. Henry Roloff den Raum, ein hochgewachsener, grauhaariger Mann mit ernsten Augen und einem freundlichen Lächeln. Er war seit ihrer Ankunft in Hayden ihr Arzt, hatte ihre Mittelohrentzündungen ebenso behandelt wie ihre jugendliche Akne und sie zuletzt auch durch ihre Schwangerschaft begleitet. Inzwischen war Alison ebenfalls seine Patientin.

Der Arzt setzte sich auf einen Rollhocker und kam auf sie zu. »Und? Schon aufgeregt vor dem großen Tag?«

»Ziemlich. Ich hoffe sehr, Sie und Tina können kommen?«

»Dieses Ereignis würde ich mir um nichts auf der Welt entgehen lassen.« Er senkte den Blick und Claire wusste, dass er an seine Tochter dachte. »Diana hätte sich sehr über deine Heirat gefreut.«

Claire musste schlucken. Dass Diana nicht an ihrer Hochzeit teilnehmen konnte, war sehr schmerzhaft für sie. Die Bluesers hatten immer alles gemeinsam getan. »Sie hat oft gesagt, ich würde mich wahrscheinlich für einen Prinzen aufsparen.«

Endlich hob der Arzt wieder den Kopf und schenkte ihr ein müdes Lächeln. »Hast du schon gehört? Joe ist wieder in Hayden.«

»Ja. Wie geht es ihm?«

Henry Roloff seufzte tief auf. »Das weiß ich nicht. Er hat sich bei uns bislang nicht blicken lassen.« Es war nicht zu übersehen, wie sehr ihn das verletzte.

»Das wird er bestimmt noch tun.«

»Ja, sicher.« Dr. Roloff schob sich die Brille höher auf die Nase und richtete sich auf. »Nun, sprechen wir von etwas anderem.« Er warf einen Blick in Claires Patientenakte. »Alles in Ordnung?«

»Ja.«

»Eigentlich ist dein Jahrestermin erst in zwei Monaten. Warum die Eile, Claire? Sonst müssen wir dich dreimal schriftlich erinnern und mindestens einmal anrufen, um dich endlich in die Praxis zu bekommen.«

»Ich möchte Sie bitten, mir die Pille zu verschreiben.« Claire merkte, dass sie errötete. Großer Gott, sie war fünfunddreißig. Kein Grund zur Verlegenheit. »Wir wollen mit Kindern noch ein wenig warten.«

Der Arzt studierte ihre Unterlagen und nickte. »Ich würde sie dir nur ungern jahrelang verschreiben. Aber für einen kürzeren Zeitraum ist nichts dagegen einzuwenden. Ich denke, wir entscheiden uns für die Mini-Pille.«

»Sehr gut.«

Dr. Roloff legte ihre Akte zur Seite. »Lass mich jetzt schnell einen Abstrich vornehmen.«

Als er fertig war, setzte Claire sich auf.

»Dein Dad erzählte mir, dass du in der vergangenen Woche Kopfschmerzen hattest.« Der Arzt streifte sich die Gummihandschuhe ab. »Und dass du dir den linken Knöchel verstaucht hast.«

Claire stöhnte verhalten. Solange sie zurückdenken konnte, war ihr Vater schnurstracks zum Arzt gerannt, sobald sie einen Niednagel hatte oder ein Milchzahn wackelte. »Im letzten Jahr dachte er, ich hätte Symptome der Ménière-Krankheit, weil mir nach einer Fahrt mit dem Riesenrad schwindlig war.«

Er schmunzelte. »Sam nimmt Gesundheitsdinge tatsächlich sehr ernst. Du hättest ihn sehen sollen, als du noch klein warst. Er rief mehrmals die Woche hier an und fragte, ob dies oder das auch wirklich unbedenklich ist. Schon wenn du drei Mal hintereinander geniest hast, machte er sich Sorgen. Aber das heißt keineswegs, dass seine Bedenken völlig aus der Luft gegriffen wären. Könnten die Kopfschmerzen vielleicht durch deinen Monatszyklus ausgelöst worden sein?«

»Irgendwie habe ich *immer* das Gefühl, dass meine Periode gerade vorbei ist oder kurz bevorsteht«, lachte sie. »Daher könnte ich es mir durchaus vorstellen.«

»Treibst du irgendeinen Sport?«

»Seit der neunten Klasse nicht mehr. Damals habe ich Leichtathletik gemacht und Volleyball gespielt.«

Der Arzt notierte etwas in ihrer Patientenakte. »Stubenhocker« vermutlich.

»Schläfst du ausreichend und gut?«

»Wie ein Baby. Seit ich Bobby kenne …« Wieder wurde sie rot. »Nun, wie gesagt. Ich schlafe hervorragend.«

»Das freut mich. Stress?«

»Ich bin eine allein erziehende Mutter, die zum ersten Mal in ihrem Leben heiratet. Meine Schwester, die ich kaum kenne, bereitet meine Hochzeit vor und meine Mutter droht ernsthaft damit zu kommen. Daher kann ich nicht leugnen, dass ich schon ein wenig gestresst bin.«

»Also gut. Sag deinem Dad, dass alles in Ordnung ist. Es besteht kein Grund zur Sorge. Aber sieh zu, dass du mehr Bewegung bekommst. Das ist die beste Therapie gegen Stress. Und du bist wieder ein bisschen anämisch. Das könnte der Grund für die Kopfschmerzen sein. Nimm also ein Eisenpräparat, okay?«

»Wenn Sie es sagen.«

»Und jetzt fahr mit deiner bezaubernden Tochter nach Hause und konzentriere dich auf deine Hochzeit. Der ganze Ort redet über nichts anderes mehr.«

»Das hat man sich wohl selbst zuzuschreiben, wenn man sich so lange Zeit lässt.«

»Du warst kurz davor, ›die alte Jungfer von Hayden‹ genannt zu werden. Keine Ahnung, worüber Bess und Tina sich künftig die Köpfe zerbrechen werden.« Seine Augen hinter den runden Brillengläsern funkelten vergnügt.

»Danke, Doc.«

Er tätschelte ihre Schulter. »Ich freue mich für dich, Claire. Wir alle freuen uns.«

Achtzehntes Kapitel

Am Nachmittag schlug das Wetter um. Wolken zogen auf, es wurde empfindlich kühl und feiner Sprühregen fiel vom Himmel.

Claire brachte den Rest des Tages damit zu, Arbeit vorzutäuschen.

»Geh endlich nach Hause, Claire«, sagte ihr Vater jedes Mal, wenn ihn sein Weg ins Büro führte.

»Ich habe zu tun«, behauptete sie unentwegt und erntete dafür schallendes Gelächter.

»Klar doch. Du bist heute wirklich eine große Hilfe. Geh heim, nimm ein Bad. Oder lackier dir die Nägel.«

Doch dazu war sie viel zu nervös. Fünfunddreißig war entschieden zu alt für eine Erst-Hochzeit. Wie konnte sie sicher sein, dass sie nicht einen großen Fehler beging?

Aber immer dann, wenn ihre Befürchtungen sie zu überwältigen drohten, bog sie um eine Ecke oder öffnete eine Tür und – sah Bobby. Einmal strich er den Zaun um das Waschhaus, ein anderes Mal schrubbte er Kanus.

Und stets lächelte er sie strahlend an und sagte: »Hey, Darling. Ich liebe dich.«

Nach diesen wenigen Worten, nach seinem Lächeln konnte Claire wieder freier atmen – etwa eine Stunde lang, bis sie erneut von Bedenken und Ängsten heimgesucht wurde.

Schließlich gab sie sich geschlagen und lief zu ihrem

Haus. Im Vorgarten lag Spielzeug im Gras: eine halb angezogene Barbie, ein pinkfarbener Plastikeimer nebst kleiner Schaufel, ein Fisher-Price-Viehstall mitsamt den dazugehörenden Tieren. Sie klaubte alles auf und ging auf die Tür zu.

»Da bist du ja«, stellte Meghann bei ihrem Eintreten fest.

»Hey«, erwiderte Claire knapp und marschierte seufzend zur Truhe, um das aufgesammelte Spielzeug zu verstauen.

»Alles in Ordnung mit dir?«

»Selbstverständlich.« Sie hatte nicht die geringste Lust, ihr Nervenflattern ausgerechnet mit Miss Ehevertrag zu diskutieren.

Ihre Schwester stand auf. Claire spürte, dass Meghann sie intensiv musterte. Ganz kritische Anwältin und überhaupt nicht schwesterlich. »Ich wollte mir gerade einen Eistee machen. Für dich auch?«

»Eine Margarita wäre mir lieber.«

»Kommt sofort. Setz dich.«

Claire sank auf das Sofa und streckte die Beine auf dem mit Zeitschriften bedeckten Couchtisch aus.

Im Nu kam Meghann mit zwei Gläsern zurück. »Hier, bitte.«

Claire nahm ihr ein Glas ab und probierte den Cocktail. »Schmeckt wunderbar. Danke.«

Meg setzte sich auf den Schaukelstuhl neben dem Kamin. »Du hast Angst«, stellte sie leise fest.

Claire fuhr zusammen, als hätte ihre Schwester sie angeschrien. Sie zuckte mit den Schultern, trank wieder einen Schluck und bemühte sich, Meg nicht anzusehen. Sie kam sich vor wie das sprichwörtliche Kaninchen vor der Schlange.

Meg verließ den Schaukelstuhl und setzte sich neben

Claire. »Das ist völlig normal, glaub mir. Wenn du *keine* Angst hättest, müsste ich mir Sorgen machen.«

Überrascht sah Claire ihre Schwester an.

»Ich erinnere mich genau an die Hochzeit von Elizabeth und Jack. Die beiden liebten sich wie kaum ein anderes Paar. Und doch brauchte Elizabeth zwei Martinis, um den Weg zum Altar zu bewältigen. Nur ein Dummkopf würde sich nicht fürchten, Claire. Vielleicht werden Trauungen deshalb in der Kirche durchgeführt – weil jede Eheschließung ein Glaubensakt ist.«

»Ich liebe ihn.«

»Das weiß ich.«

»Dennoch soll ich deiner Meinung nach einen Ehevertrag unterzeichnen, um im Fall einer Scheidung meinen Besitz zu schützen.«

»Ich bin Anwältin. Menschen abzusichern gehört zu meinen Aufgaben.«

»Fremde vielleicht. Bei Verwandten sieht das schon anders aus.«

Meghann blickte in ihr Glas. »Mag sein«, räumte sie fast unhörbar ein.

Claire wünschte, den kleinen, perfiden Seitenhieb zurücknehmen zu können. Warum mussten sie einander nur ständig wehtun? »Ich weiß ja, dass du mir helfen willst, aber wie könntest du das? Du glaubst weder an die Liebe noch an die Ehe.«

Es dauerte einen Moment, bis Meghann antwortete. »Ich habe nie ein Krähenbaby zu Gesicht bekommen«, sagte sie schließlich leise.

»Ein *was*?«

»Auf meinem Weg zur Kanzlei sehe ich Scharen von Krähen auf den Telefonkabeln im Park. Daher weiß ich, dass es im Frühling irgendwo Nester voller junger Krähen geben muss.«

»Meg, wovon redest du?«

»Ich weiß, es *existieren* Dinge, auch wenn ich sie nicht sehen oder erleben kann. Die Liebe scheint dazuzugehören. Aber ich bemühe mich, trotzdem an sie zu glauben. Deinetwegen.«

Claire war sich bewusst, dass es ihrer Schwester nicht leicht gefallen sein konnte, ihr das zu sagen. Wer bei ihrer Mutter aufgewachsen war, konnte nun einmal nur schwer an die Liebe glauben. Dass Meghann es dennoch Claires wegen versuchen wollte, berührte sie tief. »Danke. Und vielen Dank auch, dass du die Feier vorbereitest.«

»Es macht sehr viel mehr Spaß, als ich gedacht hätte. Irgendwie so, als gehörte man zum Abschlussball-Komitee – was bei mir natürlich nie der Fall war.«

»Ich war Ballkönigin«, grinste Claire. »Im Ernst. Und auch Rhododendron-Prinzessin.«

Meg lachte. Offensichtlich erleichtert, zu einem unverfänglicheren Thema zu wechseln. »Was macht so eine Prinzessin?«

»Sie sitzt in einem bonbonrosa Kleid auf der Ladefläche eines Pick-up und winkt huldvoll der schaulustigen Menge zu. Es regnete damals so heftig, dass ich schließlich aussah wie Tim Curry am Ende der *Rocky Horror Picture Show*. Dad hat mindestens drei Dutzend Fotos geschossen und in ein Album geklebt.«

Wieder blickte Meg in ihr Glas. Es dauerte eine Weile, bis sie sprach. »Das ist eine nette Erinnerung.«

Claire bereute ihren letzten Satz. Er führte Meg nur erneut vor Augen, dass sie ohne Vater groß geworden war. »Tut mir Leid.«

»Du hast Glück mit Sam. Und Ali mit dir. Du bist eine wundervolle Mutter.«

»Bedauerst du es?« Claire überraschte sie beide mit dieser sehr persönlichen Frage. »Keine Kinder zu haben, meine ich.«

»Die Tätigkeit einer Scheidungsanwältin hat mich steril gemacht.«

»Meghann ...«

Endlich blickte ihre Schwester sie an. »Ich glaube nicht, dass ich mich besonders gut dazu eigne. Dabei sollten wir es belassen.«

»Aber mir warst du eine gute Mutter. Für eine Zeit lang.«

»Du sagst es – für eine Zeit lang.«

Claire beugte sich näher zu ihrer Schwester. »Ich würde mich freuen, wenn du in der nächsten Woche für Alison sorgen könntest. Wenn wir auf Hochzeitsreise gehen.«

»Ich dachte, ihr wollt keine Flitterwochen machen.«

»Dad hat darauf bestanden. Sein Hochzeitsgeschenk ist eine siebentägige Reise nach Kauai.«

»Und du willst, dass *ich* bei Ali bleibe?«

Claire lächelte. »Es würde mir wirklich viel bedeuten. Ali muss dich unbedingt besser kennen lernen.«

Meghann holte hörbar Luft. Sie wirkte nervös. »Du vertraust mir?«

»Natürlich.«

Meg lehnte sich zurück. Ein zittriges Lächeln verzog ihre Lippen. »Okay.«

»Natürlich sind der Schießplatz und Bungee-Springen absolut tabu«, grinste Claire.

»Schade, dann fällt wohl auch das Fallschirmspringen aus. Darf ich dann wenigstens mit ihr Ponyreiten?«

Sie lachten noch immer, als Sam zur Tür hereinkam. Er hatte sich bereits für das Probedinner umgezogen, trug frisch gebügelte schwarze Hosen und ein blassblaues Jeanshemd mit einem River's-Edge-Logo auf der Brusttasche. Seine vor kurzem geschnittenen braunen Haare waren sorgsam aus der Stirn gekämmt. Wüsste Claire es nicht besser, hätte sie ihn im Verdacht gehabt, sie sich nach hinten gegelt zu haben.

»Hey, Dad. Du siehst großartig aus.«

»Danke für die Blumen.« Er lächelte ihre Schwester unsicher an. »Hallo, Meg.«

»Hallo, Sam«, entgegnete sie steif und erhob sich. »Ich muss mich umziehen. Bis später.«

Als Meghann verschwunden war, schüttelte Sam seufzend den Kopf. »Wenn sie mich ansieht, komme ich mir vor wie ein Monster.«

»Das Gefühl kenne ich. Aber was gibt's, Dad? Ich sollte mich auch langsam umziehen.« Sie äugte ihm über die Schulter. »Wo steckt Ali? Wolltest du nicht mit ihr Schach spielen?«

»Bobby versucht, ihr einen französischen Zopf zu flechten.«

»Ich werde die schlimmsten Schäden beseitigen, bevor wir gehen«, lachte Claire und bewegte sich in Richtung Tür. »Wie ist es? Holst du mich in einer Dreiviertelstunde ab?«

»Vorher möchte ich mit dir sprechen. Nur eine Minute. Ich war mir nicht ganz sicher, ob ich nicht vorher darüber mit Bobby reden sollte …«

Sie lächelte. »Ich hoffe, das wird nicht unsere längst überfällige Unterhaltung zum Thema Sex.«

»Ich habe mit dir über Sex gesprochen.«

»›Lass bloß die Hände davon‹ ist kein *Gespräch*.«

»Setz dich, Miss Neunmalklug.« Sam nickte zur Couch hinüber. »Keine Widerworte. Es dauert bestimmt nicht lange.«

Er hockte sich auf die Kante des Couchtisches und musterte die Gläser. »Ziemlich früh für Margaritas, oder?«

»Ich war ein bisschen nervös.«

»Das erinnert mich an die Heirat mit deiner Mama.«

»Lass mich raten ... Sie fing am frühen Morgen mit dem Trinken an und hörte nicht wieder auf.«

»Nicht nur sie. Wir beide.« Er lächelte, aber ein wenig wehmütig, und irgendwie fühlte Claire sich dadurch ausgeschlossen.

Nach kurzem Schweigen griff er in seine Brusttasche, holte ein kleines, schwarzes Kästchen heraus und öffnete es.

Darin befand sich ein Diamantring in lanzettförmiger Fassung. »Das ist der Ring deiner Grandma Myrtle. Sie wollte, dass du ihn bekommst.«

Das Schmuckstück löste bittersüße Erinnerungen aus. Früher, wenn ihre Großmutter beim Kartenspielen ausgeteilt hatte, blitzten und funkelten die Diamanten im Lampenlicht.

Zärtlich griff Sam nach ihrer Hand. »Ich kann doch nicht zulassen, dass mein Baby mit einem Ring aus Alufolie vor den Altar tritt.«

Claire streifte den Reif über ihren Finger. Er passte ihr wie angegossen. Sie stand auf und schloss ihren Vater in die Arme. »Danke, Dad.«

Er roch wie immer nach Brennholz und Rasierwasser, und in diesem Moment, als sie ihr Gesicht gegen seine Wange drückte, erinnerte sie sich an unzählige Begebenheiten aus ihren Mädchenjahren. An Abende, an denen sie zum Bowlen gingen und sich in Zeke's Drive-In Hamburger holten ... An das Aufflackern der Verandabeleuchtung, zehn Sekunden nachdem ihr Dad und sie in der Auffahrt hielten ... An die Geschichten, die er ihr vor dem Einschlafen erzählte, wenn sie sich verängstigt und allein fühlte und ihre große Schwester vermisste.

Von morgen an war sie eine verheiratete Frau. Ein anderer Mann würde der Mittelpunkt ihres Lebens sein, andere Arme sie stützen und halten. In Zukunft wäre sie Bobbys Frau und nicht mehr Sam Cavenaughs kleine Tochter.

Als ihr Vater sich von ihr löste, standen ihm Tränen in den Augen, und Claire wusste, dass er das Gleiche dachte wie sie.

»Ich werde dich immer lieben«, flüsterte sie.

Er nickte. »So wie ich dich.«

Neunzehntes Kapitel

Meghann wünschte inständig, sie hätte ihrer Schwester das Probe-Abendessen bei Gina ausgeredet. Jeder Augenblick war die reine Hölle.

»Bist du allein gekommen?«

»Wo steckt dein Mann?«

»Du hast keine Kinder? Nun, da kannst du dich echt glücklich schätzen. Manchmal wünsche ich mir, meine einfach irgendwo abladen zu können.« Diesem Bekenntnis folgte für gewöhnlich ein verlegenes Lachen.

»Du bist also solo? Es muss herrlich sein, so unabhängig zu sein.« Diese Vermutung wurde meist von einem Stirnrunzeln begleitet.

Meghann war klar, dass Claires Freundinnen höflich sein wollten, aber nicht recht wussten, worüber sie mit ihr sprechen sollten. Wie denn auch? Diese Frauen redeten über kaum etwas anderes als ihre Familien. Ein großes Thema waren Sommerlager, wie auch kinderfreundliche Ferienunterkünfte am Lake Chelan und an der Küste von Oregon. Meg hatte keine Ahnung, was »kinderfreundlich« bedeutete. Dass zu jeder Mahlzeit eine Ketchup-Flasche auf den Tisch kam, vermutlich.

Die Frauen gaben sich alle Mühe, sie in ihren Kreis einzubeziehen, besonders die Bluesers, aber je intensiver sie das versuchten, desto isolierter fühlte sich Meg. Sie kannte sich in vielen Dingen aus: der Weltpolitik, der Situation im Nahen Osten, den besten Einkaufsmöglichkeiten für Designer-Klamotten, dem Immobilienmarkt und der Wall Street. Über zwei Themenbereiche konnte sie jedoch nicht sprechen: über Familie und Kinder.

Meghann stand neben dem Kamin in Ginas gemütlich eingerichtetem Haus und nippte an ihrer zweiten Margarita. Wie schon das erste Glas leerte sich auch dieses beängstigend schnell. Überall scharten sich Grüppchen – auf der Terrasse, im Wohnraum, im Esszimmer – und plauderten lachend miteinander. An der Küchentheke stand Claire und scherzte mit Gina. Von irgendwoher trat Bobby hinter Claire und flüsterte ihr etwas ins Ohr. Sofort drehte sie sich zu ihm um, ließ sich von ihm umarmen. Sie schmiegten sich aneinander wie passende Puzzle-Teile, und als Claire zu Bobby aufblickte, strahlte sie über das ganze Gesicht.

Liebe …

Aber durfte man dem Anschein tatsächlich trauen?

Lieber Gott, bitte … Zum ersten Mal seit Jahren ertappte sich Meghann bei einem Stoßgebet. Lass es die *wahre* Liebe sein …

»Hört mir bitte kurz zu«, rief Gina und kam aus der Küche. »In Kürze erwartet euch der zweite Höhepunkt des Abends.«

Alle verstummten, blickten sie voller Spannung an.

Gina lächelte triumphierend. »Hector öffnet die Bowlingbahn, nur für uns. In einer Viertelstunde brechen wir auf.«

Bowling … Geliehene Schuhe. Polyesterhemden. Mannschaftsbildung.

Unwillig gab Meghann ihren Platz neben dem Kamin auf. Sie wollte gerade einen Schluck trinken, als sie bemerkte, dass das Glas bereits leer war. *Verdammt …*

»Wir haben uns noch gar nicht miteinander bekannt gemacht. Ich bin Harold Banner, Karens bessere Hälfte.«

Fast erschreckt sah Meg den Mann an. Er hatte sich ihr unbemerkt genähert. »Freut mich, Sie kennen zu lernen, Harold.«

Er war groß und schlank, mit buschigen, schwarzen Brauen und einem ungewöhnlich breiten Lächeln. Aber vielleicht hatte er auch einfach zu viele Zähne. »Sie sind Anwältin, wie ich höre?«

»Ja.«

»Nun, dann hätte ich da eine kleine Frage ...«

Tapfer unterdrückte Meghann ein Aufstöhnen.

Er wieherte vor Lachen. »Keine Angst, nur ein Scherz. Ich bin Arzt, mir brauchen Sie nichts zu erzählen. Buchstäblich jeder, den ich kennen lerne, klagt unverzüglich über irgendein Zipperlein.«

Meghann starrte in ihr leeres Glas und verzog keine Miene.

»Ich schätze, Sie haben Ihren Mann zu Hause gelassen. Ein wahrer Glückspilz. Karen schleppt mich überallhin mit.«

»Ich bin nicht verheiratet.« Es war mindestens das zehnte Mal an diesem Abend, dass sie genötigt wurde, ihr Single-Dasein zu offenbaren.

»Ah. Frei und ungebunden. Wie schön für Sie. Kinder?«

Meg wusste, dass er nur nett sein wollte und nach Gemeinsamkeiten für eine Unterhaltung suchte, aber das half nicht viel. Noch eine einzige Erinnerung daran, dass sie eine allein stehende Frau war, und sie würde einen Heulkrampf bekommen. Normalerweise war sie stolz auf ihre Unabhängigkeit, aber hier in dieser Runde wurde ihr permanent das Gefühl vermittelt, dass ihr etwas Entscheidendes fehlte. »Entschuldigen Sie, Harold. Aber ich muss jetzt leider gehen.«

»Und was ist mit unserem Ausflug auf die Bowlingbahn?«

»Ich bowle nicht.« Meghann durchquerte den Raum und legte ihrer Schwester leicht eine Hand auf die Schulter.

Claire drehte sich um. Sie sah in diesem Moment so glücklich aus, dass es Meghann fast den Atem verschlug. »Lass mich raten«, lachte sie. »Bowlen ist nicht unbedingt dein Ding.«

»Oh, ich liebe Bowlen. Ganz bestimmt«, fügte sie hastig auf den zweifelnden Blick ihrer Schwester hinzu. »Ich habe sogar meine eigene Kugel.« *Großer Gott, hätte sie sich das denn nicht verkneifen können*?

»Klar. Wie könnte es bei dir anders sein?« Claire lehnte sich an Bobby, der sich mit Charlottes Mann angeregt unterhielt.

»Leider muss ich morgen schon sehr früh raus. Es gibt da ein paar Dinge, die ich noch dringend erledigen muss.«

Claire nickte. »Natürlich, Meg. Das verstehe ich.«

»Und ich dachte, ich sollte vielleicht Mama anrufen.«

Das Gesicht ihrer Schwester verdüsterte sich. »Ob sie kommt? Was meinst du?«

»Ich werde mich jedenfalls bemühen, sie dazu zu bewegen.«

Claire nickte.

»Nun, dann noch viel Spaß. Ich verabschiede mich noch schnell von Gina.«

Fünfzehn Minuten später saß Meghann im Auto und raste mit offenem Verdeck auf Hayden zu. Ihre Haare flatterten im kühlen Abendwind.

Sie versuchte, den Abend zu verdrängen, die lästigen Fragen und Kommentare aus dem Kopf zu bekommen, aber es gelang ihr nicht. Claires Freunde hatten es geschafft, Meghann die Leere in ihrem Leben schmerzlich bewusst zu machen.

Als sie die Leuchtreklame von Mo's Fireside Tavern sah, trat sie hart auf die Bremse.

Meghann wusste, dass es keine besonders gute Idee war. Was erwartete sie da drinnen schon? Nur Ärger. Und dennoch …

Sie parkte am Straßenrand und betrat die Bar. Ein wahres Chaos aus Geräuschen und Gerüchen stürmte auf sie ein: lautes Lachen, Rufen, Gläserklirren, Tabakqualm.

Natürlich, es war Freitagabend.

Überall saßen Männer auf Barhockern und an Tischen. Hier und da entdeckte Meghann auch Frauen, aber verdammt wenige.

Sie durchquerte den Raum, schlenderte an den Tischen vorbei, musterte das Angebot. Mit ihrem geübten, eindeutigen Lächeln musste sich doch jemand aufgabeln lassen …

Meghann befand sich schon auf dem Rückweg zur Tür, als sie mit einem Mal erkannte, warum sie wirklich hergekommen war.

»Joe«, entfuhr es ihr verblüfft. Sie hatte nicht einmal *geahnt*, dass sie ihn wiedersehen wollte.

Das war nicht gut, gar nicht gut.

Sie verließ die Bar. Draußen auf der Straße atmete sie tief die frische, klare Bergluft ein. Noch nie hatte sie mit einem Mann zwei Mal geschlafen. Oder zumindest nur sehr selten. Hin und wieder nahm sich Meghann zu Silvester fest vor, im neuen Jahr keine Jungs vom College mehr aufzureißen, um sich dann ein paar Wochen lang Männern mit lichter werdendem Haar zu widmen. Doch die Rückfälle waren programmiert, wie ihre Freundin Elizabeth seufzend bemerkte.

Jetzt stellte Meghann erstaunt fest, dass sie nicht das geringste Verlangen verspürte, die Möglichkeiten in einer x-beliebigen Bar zu sondieren und mit einem Fremden nach Hause zu gehen.

Sie wollte …

Joe.

Meghann stand neben ihrem Auto und blickte zu seiner kleinen Hütte hinüber. Hinter den Fenstern brannte Licht.

»Nein«, sagte sie laut, überquerte dann aber die Straße und lief durch seinen Garten, in dem es nach Geißblatt und Jasmin duftete. Vor der Hütte blieb sie stehen und fragte sich, was zum Teufel sie hier eigentlich machte.

Dann klopfte sie. Drinnen rührte sich nichts. Niemand öffnete die Tür.

Sie drehte am Knauf und trat ein. In der Hütte war es schummrig und still. Eine einsame Lampe verbreitete ihren matten Lichtschein und im Kamin knisterte ein Feuer.

»Joe?« Vorsichtig tastete sie sich weiter.

Keine Antwort.

Ein Schauer lief über Meghanns Rücken. Sie spürte, dass er hier in der Nähe war, sich wie ein waidwundes Tier im Halbdunkel versteckte und sie beobachtete.

Unsinn, sie gab sich irgendwelchen Hirngespinsten hin. Er war nicht zu Hause. Und sie hatte in seiner Hütte absolut nichts zu suchen.

Sie wollte schon wieder zur Tür gehen, als sie plötzlich die Fotos bemerkte. Sie standen buchstäblich überall – auf dem Couchtisch, auf den Fensterbrettern, im Regal, auf dem Kaminsims.

Neugierig ging Meghann näher an die Bilder heran. Alle zeigten dieselbe Frau, eine attraktive Blondine, die in ihrer Eleganz an Grace Kelly erinnerte. Irgendetwas an ihr kam Meghann vage bekannt vor. Sie griff nach einem Foto, fuhr mit einem Finger über den billigen Plexiglasrahmen und betrachtete es genauer. Auf dem Schnappschuss bereitete die Frau offenbar gerade Teig zu. Sie trug eine Schürze mit dem Aufdruck *Kiss the Cook*. Ihr Lächeln wirkte so ansteckend, dass sich auch Meghanns Lippen unwillkürlich verzogen.

»Brichst du immer bei anderen Leuten ein und schnüffelst in ihren Privatdingen?«

Meghann zuckte zusammen. Das Foto entglitt ihren Händen und fiel auf den Boden. Sie drehte sich um. »Joe? Ich bin's. Meghann.«

»Das weiß ich.«

Er hockte in einer Zimmerecke auf dem Fußboden, ein Bein angezogen, das andere ausgestreckt. Der schwache Feuerschein des Kamins beleuchtete seine silbergrauen Haare und eine Hälfte seines Gesichts. Sie bemerkte die tiefen Falten um seine Augen. Etwas wie Trauer umgab ihn, und sie fragte sich, ob er geweint hatte.

»Ich hätte nicht einfach so eindringen dürfen. Ich hätte überhaupt nicht herkommen dürfen«, murmelte sie verlegen. »Entschuldigung.« Sie wandte sich zum Gehen.

»Trink ein Glas mit mir.«

Meghann holte tief Luft und erkannte, wie sehr sie sich gewünscht hatte, dass er sie zum Bleiben aufforderte.

»Was möchtest du?«

»Einen Martini vielleicht?«

Er lachte heiser. »Ich kann dir Scotch anbieten. Und Scotch.«

Sie quetschte sich am Couchtisch vorbei und setzte sich auf das Ledersofa. »Dann nehme ich einen Scotch.«

Joe stand auf und durchquerte den Raum. Jetzt wusste sie, warum er so schwer zu erkennen gewesen war. Er trug schwarze Jeans und ein schwarzes T-Shirt.

Sie hörte ein plätscherndes Geräusch, dann das Klirren von Eiswürfeln. Während er ihren Drink eingoss, sah sie sich im Raum um. Die Fotos bereiteten ihr Unbehagen. Ihre Vielzahl deutete darauf hin, dass Joe von dem Grace-

Kelly-Double förmlich besessen war. Vergeblich versuchte Meghann sich zu erinnern, wo sie diese Frau schon einmal gesehen hatte.

»Hier, bitte.«

Sie blickte ihn an.

Er stand direkt vor ihr. Die oberen beiden Knöpfe seiner Levi's standen offen und sein T-Shirt war am Hals zerschlissen. Meghann sah seine schwarzen Brusthaare.

»Danke«, sagte sie.

Er nahm einen Schluck aus der Flasche und wischte sich mit dem Handrücken über den Mund. »Gern geschehen.« Er blieb stehen und starrte sie weiter an. Er schwankte leicht.

»Du bist betrunken«, stellte sie fest.

»Heute ist der zweiundzwanzigste Juni.« Er versuchte ein Lächeln, aber die Traurigkeit in seinen Augen strafte ihn Lügen.

»Und? Hast du etwas gegen den zweiundzwanzigsten Juni?«

Sein Blick schnellte zu den Fotos auf dem Couchtisch, kehrte aber sogleich zu ihr zurück. »Du warst neulich schon mal hier, bist aber nicht reingekommen.«

Also hatte er sie bemerkt, wie sie auf der anderen Straßenseite gestanden und zu seinem Haus hinübergeblickt hatte. Da sie nicht wusste, was sie sagen sollte, trank sie einen Schluck Whisky.

Er setzte sich neben sie.

Sie drehte sich zu ihm um, erkannte aber einen Moment zu spät, wie nahe sie sich waren. Sie konnte seinen Atem auf ihren Lippen spüren. Sie rutschte zur Seite.

Er streckte den Arm aus, packte sie am Handgelenk. »Geh nicht.«

»Ich wollte gar nicht gehen. Aber vielleicht sollte ich es tun.«

Abrupt ließ er sie los. »Ja, vielleicht solltest du.« Wieder setzte er die Flasche an und trank.

»Wer ist sie, Joe?«, fragte Meghann leise, doch in dem stillen Zimmer hörte sich ihre Stimme zu laut an, zu persönlich. Sie zuckte zusammen und wünschte, sie hätte die Frage nicht gestellt.

»Meine Frau. Diana.«

»Du bist verheiratet?«

»Nicht mehr. Sie – hat mich verlassen.«

»An einem zweiundzwanzigsten Juni.«

»Woher weißt du das?«

»Mit Scheidungen kenne ich mich aus. Die Jahrestage können die Hölle sein.« Meghann sah ihm in die traurigen Augen und bemühte sich, absolut nichts zu empfinden. Es war besser so, gefahrloser. Aber so dicht neben ihm, nahe genug, um von ihm in die Arme genommen zu werden, verspürte sie doch etwas: Sehnsucht. Mit einem Mal wünschte sie sich mehr von Joe, mehr als nur Sex.

»Vermutlich sollte ich wirklich gehen. Du scheinst allein sein zu wollen.«

»Ich war lange genug allein.«

Die verzweifelte Einsamkeit in seiner Stimme überwältigte Meghann. »Ich auch.«

Er streckte die Hand aus, berührte ganz sanft ihr Gesicht. »Ich kann dir nichts bieten, Meghann.«

Die Art, wie er ihren Namen aussprach – wehmütig, resigniert, hoffnungslos –, ließ sie erschauern. Sie wollte ihm sagen, dass sie nichts anderes von ihm wollte als vielleicht eine Nacht in seinem Bett, brachte die Worte zu ihrer Überraschung allerdings nicht über die Lippen. »Das macht nichts.«

»Du solltest aber mehr verlangen.«

»Du auch.«

Plötzlich kam sie sich ungemein verletzlich vor, ganz so, als könnte ihr dieser Mann, den sie gar nicht kannte, das Herz brechen. »Wir reden zu viel, Joe. Küss mich.«

Im Kamin brach ein Holzscheit in sich zusammen. Funken stoben durch den Raum.

Aufstöhnend zog er sie in seine Arme.

Zwanzigstes Kapitel

Das Wetter am nächsten Morgen war einfach perfekt. Strahlend stieg die Sonne am azurblauen, wolkenlosen Himmel empor. Ein leichter Wind raschelte durch die Ahornbäume. Gegen fünf war Claire bereit, sich anzuziehen. Sie hatte nur ein Problem: Sie schien sich nicht rühren zu können.

Es klopfte an die Tür.

»Herein«, rief Claire, dankbar für die Ablenkung.

Einen Stapel Kleider in Plastikhüllen über dem Arm, stand Meghann auf der Schwelle. Sie schien nervös und irgendwie unsicher. »Ich dachte, es könnte ganz nett sein, wenn wir uns zusammen anziehen.« Als Claire nicht sofort antwortete, fügte sie hastig hinzu: »Aber wahrscheinlich hältst du das für eine blödsinnige Idee.« Sie wandte sich zum Gehen.

»Warte. Das wäre großartig.«

»Ehrlich?«

»Ja. Ich muss nur noch duschen.«

»Ich auch. Gib mir zehn Minuten.«

Pünktlich auf die Sekunde tauchte sie, nur in ein Badetuch gewickelt, wieder auf. Sie warf das Tuch von sich, zog BH und Höschen an, föhnte sich die Haare trocken und flocht sich einen französischen Zopf.

»Das sieht wundervoll aus«, stellte Claire fest.

»Wenn du willst, kann ich dich auch frisieren.«

»Würdest du das tun?«

»Klar. Als du klein warst, habe ich es ständig getan.«

Daran konnte sich Claire zwar nicht erinnern, lief aber ganz automatisch zum Bett und ging in die Knie.

Meghann stellte sich hinter sie und machte sich daran, ihr die Haare zu bürsten. Dabei summte sie leise vor sich hin.

Claire schloss die Augen. Es war ein angenehmes, wohliges Gefühl, sich die Haare bürsten zu lassen.

Und plötzlich, mit dem Summen ihrer Schwester, kam die Erinnerung zurück.

»Du wirst das hübscheste Mädchen im Kindergarten sein, Claire-Bear. Ich flechte dir dieses pinkfarbene Band ins Haar, das wird dich beschützen.«

»Wie ein Zauberband?«

»Ja. Genau so. Aber jetzt sitz endlich still und zappele nicht herum …«

»Du hast mir tatsächlich die Haare frisiert, als ich klein war.«

Die Bürste hielt einen Moment inne, aber nur kurz. »Ja.«

»Ich wünschte, ich könnte mich besser an diese Jahre erinnern.«

»Und ich wünschte, mir wäre weniger in Erinnerung geblieben.«

Claire wusste nicht, was sie darauf sagen sollte, daher wechselte sie das Thema. »Hast du mit Mama gesprochen?«

»Nein. Ich habe es gestern drei Mal vergeblich versucht. Ihr *Boy* sagte mir, sie würde zurückrufen, wenn ihre Zeit es erlaubt.«

»Es hat keinen Sinn, sich über sie aufzuregen. Sie ist, wie sie ist.«

»Yeah. Als Schauspielerin ist ihre Zeit vorbei und als Mutter hat ihre Zeit gar nicht erst angefangen.«

Claire lachte. »Dass ihre Zeit vorbei ist, würde sie aber empört bestreiten.«

»Das stimmt. Schließlich ist sie in Cleveland in einem Shakespeare-Stück aufgetreten. So, Claire. Fertig.«

Claire stand auf und wollte ins Bad gehen.

»Warte.« Meghann zog sie zum Bett zurück. »Setz dich. Man kann von einer Braut nicht verlangen, dass sie sich selbst schminkt.« Meg rannte in ihr Zimmer und kehrte eine Minute später mit einem Kosmetikkoffer zurück.

Misstrauisch beäugte ihre Schwester den riesigen Kasten. »Aber übertreibe es nicht. Ich möchte nicht aussehen wie Miss Piggy.«

»So? Und ich dachte, du brennst förmlich darauf.« Meghann öffnete den Koffer. In ihm lagen Dutzende schwarz glänzender Dosen und Behälter mit den verschlungenen Chanel-Cs.

Claire musste schmunzeln. »Ich glaube, du verbringst entschieden zu viel Zeit bei Nordstrom.«

»Mach die Augen zu.«

Claire tat es. Hauchzarte Pinsel fächelten ihre Augenlider und Wangenknochen.

»*Ich nenne sie immer Feenküsse …*«

Halloween. In dem Jahr, in dem sie in Medford, Oregon, wohnten. Damals hatte ihre Mutter tagsüber als Kellnerin gearbeitet und nachts als Tänzerin in einem Striptease-Club.

»*Kannst du machen, dass ich aussehe wie eine Prinzessin, Meggy?*«, hatte Claire gefragt und den Kosmetikbeutel ihrer Mutter sehnsüchtig angestarrt.

»*Natürlich, Dummerchen. Setz dich und schließ deine Augen …*«

»Okay, geschafft.«

Mit wackligen Knien stand Claire auf. Sie sah Meghann an, die mit dem offenen Kosmetikkoffer neben sich vor dem Bett kniete, und für den Bruchteil einer Sekunde war Claire wieder eine sechsjährige Prinzessin, die an einem Halloween-Abend ängstlich die Hand ihrer großen Schwester umklammerte.

»Geh schon und schau dich an.«

Gehorsam lief Claire ins Bad und wagte einen Blick in den Spiegel.

Ihre blonden Haare waren leicht aus dem Gesicht gebürstet und im Nacken zu einer eleganten Rolle verschlungen. Die Frisur betonte ihre hohen Wangenknochen und ließ ihre Augen geradezu riesig wirken. Nie zuvor hatte sie schöner ausgesehen.

»Oh …« Mehr brachte sie nicht über die Lippen.

»Es gefällt dir nicht. Macht nichts, ich kann es ändern. Komm her.«

Claire drehte sich zu ihrer Schwester um. Warum mussten sie einander immer missverstehen und jeweils das Schlimmste annehmen? Kein Wunder, dass sie sich ständig gegenseitig verletzten. »Nein, es gefällt mir. Ich finde es – großartig.«

Meghann strahlte. »Wirklich?«

Claire machte einen Schritt auf ihre Schwester zu. »Was ist nur mit uns geschehen, Meg?«

Meghanns Lächeln schwand. »Das weißt du genau. Bitte. Lass uns nicht darüber sprechen. Zumindest nicht heute.«

»Das sagen wir nun schon seit Jahren. Immer wieder. Aber das bringt uns nicht gerade weiter, findest du nicht auch?«

Meghann seufzte. »Manche Dinge sind einfach zu schmerzhaft, um über sie sprechen zu können.«

Claire wusste, was sie meinte. Aber das war das Leitthema ihrer Beziehung zueinander. Bedauerlicherweise hatte es dazu geführt, dass sie einander fremd waren. »Manchmal tut Schweigen mehr weh als alles andere.« Die Enttäuschung in ihrer Stimme war nicht zu überhören.

»Ich schätze, dafür sind wir der beste Beweis.«

Sie sahen sich lange und ohne ein Wort zu sagen an.

Plötzlich flog die Tür auf. »Mommy!« Alison kam ins Zimmer gerannt. Sie trug bereits ihr eisblaues Seidenkleid. »Schnell, Mommy. Das *musst* du dir ansehen.« Ungeduldig packte sie Claires Hand und zerrte sie zur Tür.

»Einen Moment, mein Schatz.« Claire warf Meghann hastig einen Bademantel zu, hüllte sich in einen zweiten und folgte ihrer Tochter die Treppe hinunter. Draußen standen Dad, Bobby und Ali um ein knallrotes, funkelnagelneues Cabrio.

Verblüfft drängte sich Claire an ihnen vorbei und bemerkte die riesige, pinkfarbene Schleife auf der Motorhaube. »Was um alles in der Welt hat das zu bedeuten?«

Dad streckte ihr eine Karte entgegen.

»Liebe Claire, lieber Bobby«, las sie, »für euren großen Tag wünsche ich euch viel Glück. Ich hoffe noch immer, mit euch feiern zu können. Tausend Küsse, Mama.«

Claire starrte den Wagen lange Zeit schweigend an. Das konnte nur eins bedeuten: Ihre Mutter würde nicht zu ihrer Hochzeit kommen. Wahrscheinlich konnte sie ihren Friseurtermin nicht verschieben.

Meg trat neben sie und legte ihr eine Hand auf die Schulter. »Wenn ich mich nicht sehr irre, ist das wohl Mamas Hochzeitsgeschenk.«

Claire seufzte. »Wer sonst könnte mir einen Zweisitzer schenken? Wie stellt sie sich das eigentlich vor? Soll Ali vielleicht hinterherlaufen?«

Dann lachte sie. Was blieb ihr auch anderes übrig?

Claire stand in einem Nebenraum der kleinen Episcopal Church an der Front Street. Die letzte Stunde war das reine Chaos gewesen. Sie hatte kaum drei Sätze mit Meghann wechseln können.

Ständig kam eine der Bluesers herein und brach in Begeisterungsstürme über ihr Kleid aus. Meghann sauste mit einem Klemmbrett herum, um letzte Details zu überprüfen. Und Alison wollte mindestens zwanzig Mal wissen, auf welcher Altarstufe sie nun eigentlich stehen sollte.

Doch jetzt herrschte gnädige Stille. Claire stand vor dem hohen Spiegel und wollte kaum glauben, was sie sah. Das Kleid passte perfekt. In schimmernden Wogen ergoss sich der weiße Taft auf den Boden und der Schleier ließ sie aussehen wie eine Prinzessin.

Ihr Hochzeitstag.

Sie konnte es noch immer nicht ganz fassen. Seit sie Bobby kannte, hatte sie sich jeden Abend beim Schlafengehen gefragt, ob er am Morgen noch da sein würde. Um dann morgens fast erstaunt festzustellen, dass er sich nicht aus dem Staub gemacht hatte.

Ein weiteres Vermächtnis aus ihrer Kindheit, nahm sie an.

Aber bald wäre sie Mrs Robert Jackson Austin.

Es klopfte.

Meghann steckte den Kopf zur Tür herein. »Die Kirche ist bis auf den letzten Platz gefüllt. Bist du so weit?«

Claire musste schlucken. »Ja.«

Meghann nahm ihre Schwester am Arm und führte sie in den kleinen Bereich vor den geschlossenen Türen zum Altarraum. Dort warteten bereits Sam und Ali.

»Oh, Ali Kat. Du siehst aus wie eine kleine Prinzessin.« Claire bückte sich, um ihre Tochter zu küssen.

Lachend drehte Alison eine kleine Pirouette. »Ich finde mein Kleid auch ganz toll, Mommy.«

Meghann beugte sich zu Alison hinunter. »Bist du bereit, Schätzchen? Schön langsam laufen. Genau so, wie wir es geübt haben, okay?«

Aufgeregt hüpfte Ali von einem Fuß auf den anderen. »Okay.«

Meghann öffnete die Tür einen Spaltbreit, damit Ali in die Kirche schlüpfen konnte.

Mit Tränen in den Augen sah Sam Cavenaugh seine Tochter an. »Ich schätze, jetzt bist du nicht mehr mein kleines Mädchen.«

»Gleich ist es so weit«, mahnte Meg. Nur Sekunden später setzte die Orgel ein. Unter den Klängen von *Here Comes the Bride* ließ Meghann die Doppeltüren aufschwingen.

Claire legte eine Hand auf Dads Arm und sie schritten langsam über den Mittelgang. Vor dem Altar wartete Bobby in einem schwarzen Smoking. Neben ihm stand sein Bruder Tommy Clinton. Beide Männer strahlten über das ganze Gesicht.

Claires Vater blieb stehen, hob ihren Schleier leicht an, küsste sie auf die Wange und trat zur Seite. Und dann war Bobby da, nahm ihren Arm und führte sie die Stufen zum Altar empor.

Sie sah Bobby an und liebte ihn in diesem Moment so sehr, dass es wehtat. *Es war gefährlich, einen Menschen bedingungslos zu lieben ...*

Lautlos formten seine Lippen die Worte »Keine Angst« und er drückte ihre Hand.

Claire versuchte, an nichts anderes zu denken als an den festen Druck seiner Finger, an die Sicherheit, die er ihr gab.

Father Tim redete und redete, aber Claire hörte nicht viel mehr als das heftige Pochen ihres Herzens. Kurz vor ihrem Gelöbnis packte sie die Angst, sie könnte ihren Einsatz verpassen oder vielleicht die entscheidenden Worte vergessen haben.

Doch die Panik erwies sich als unbegründet. Als sie »Ja, ich will« sagte und dabei in Bobbys blaue Augen blickte, kamen ihr ganz gegen ihren Willen die Tränen.

Lächelnd sah Father Tim sie beide an. »Hiermit erkläre ich euch beide zu Mann und …«

Mit einem lauten Krachen flogen die Türen der Kirche auf. Alle Köpfe wandten sich um.

Im Eingang stand eine Frau mit ausgebreiteten Armen, eine Zigarette in einer Hand. Sie trug ein Silberlamékleid, das ihre Formen betonte. Hinter ihr scharte sich eine kleine Menge: Bodyguards, Reporter, Fotografen. »Ich kann einfach nicht glauben, dass ihr ohne mich angefangen habt.«

Ein Raunen lief durch die Kirchenbänke. »Das ist *sie*«, flüsterte jemand.

Bobby runzelte die Stirn.

Seufzend fuhr sich Claire über die Augen. Sie hätte es wissen müssen. »Nun lernst du doch noch meine Mutter kennen, Bobby.«

»Ich *bringe sie um.*« Meghann sprang auf und wischte sich die überraschenden Tränen von den Wangen. Mit einer hastigen Entschuldigung drängte sie sich an den Gästen vorbei und trat auf den Mittelgang.

»Da ist ja mein anderes Mädchen.« Ihre Mutter streckte theatralisch die Arme aus. Wieder tauchten Blitzlichter alles in blendendes Licht.

Meghann packte ihre Mutter am Arm und zerrte sie hinter die Türen zurück. Die Paparazzi folgten in geschlossener Formation. Es gab einen beängstigenden Moment, als ihre Mutter auf ihren absurd hohen Absätzen ins Schwanken geriet und Meghann schon eine

Massenkarambolage von Körpern auf dem roten Teppich befürchtete, aber geistesgegenwärtig verstärkte sie ihren Griff und verhinderte die drohende Katastrophe.

Durch die inzwischen geschlossenen Türen hörte sie, wie Father Tim seinen zweiten Versuch unternahm, Bobby und Claire zu Mann und Frau zu erklären. Einen Moment später brandeten Jubel und Applaus auf.

Meg schob ihre Mutter in den Nebenraum und warf die Tür zu.

»Was *fällt* dir ein, mich …«, brauste ihre Mutter auf, verstummte aber wieder.

Ein Hund bellte. Der Blick ihrer Mutter richtete sich auf den kleinen Transportkorb unter ihrem Arm. »Es ist alles okay, Honey. Meggy macht wie üblich aus einer Mücke einen Elefanten.«

»Du hast deinen *Hund* mitgebracht?«

Ihre Mutter drückte eine Hand gegen ihre üppige Brust. »Du weißt genau, dass Elvis nicht gern allein bleibt.«

»*Allein*? Du lebst doch seit Jahren nicht mehr allein, Mama. Abgesehen von dem bedauernswerten Trottel, mit dem du gerade schläfst, beschäftigst du drei Gärtner, zwei Haushälterinnen, eine persönliche Assistentin und einen Boy. Einer von ihnen wird sich doch wohl um den Hund kümmern können.«

»Ich bin dir keine Erklärung über meinen Lebensstil schuldig, Miss Meggy. Würdest du mir endlich sagen, warum zum Teufel du mich von der Hochzeit meiner eigenen Tochter fern hältst?«

Hilflose Wut stieg in Meghann hoch. Es war, als hätte sie es mit einem begriffsstutzigen Kind zu tun. Sie sah nicht die geringste Chance, Mama verständlich zu machen, was sie falsch gemacht hatte. »Du warst nicht rechtzeitig hier.«

Ihre Mutter wedelte mit der Hand. »Ich bin prominent, Schätzchen. Stars kommen *immer* etwas zu spät.«

»Heute ist Claire die Hauptperson. Kannst du das denn nicht begreifen, Mama? Es ist *ihr* Tag. Aber was machst du? Du platzt mitten in die Zeremonie hinein und stiehlst ihr die Show. Was hast du hier draußen gemacht, auf den *richtigen* Moment für deinen Auftritt gewartet?«

Mama senkte kurz den Blick, aber das reichte aus, um Megs Vermutungen zu bestätigen. Ihre Mutter *hatte* ihren Auftritt zeitlich abgepasst. »Oh, Mama.« Sie schüttelte den Kopf. »Das ist ein neuer Negativrekord. Selbst für dich. Und wer sind eigentlich all diese Leute? Glaubst du wirklich, du brauchst in Hayden *Bodyguards*?«

»Du hast von meiner Karriere noch nie viel gehalten, aber ich habe überall Fans. Manchmal machen sie mir direkt Angst.«

Meghann lachte auf. »Heb dir das Theater für das *People Magazine* auf, Mama.«

»Hast du die Fotoreportage gelesen? Ich sah wirklich gut aus, findest du nicht auch?« Ihre Mutter trat vor den Spiegel und überprüfte ihr Make-up.

»Sobald die Kirche leer ist, rede ich mit deiner Gefolgschaft. Da sie alle mit Autos gekommen sind, können sie in ihnen warten, bis du Hayden wieder verlässt. Keine Angst, Mama, ich beschütze dich vor deinen tobenden Fans.«

»Vergiss es, Meggy. Wer sollte mich dann auf der Hochzeit fotografieren? Eine Frau in meinem Alter braucht die richtigen Filter.« Sie griff in ihr paillettenbesetztes Abendtäschchen, zog einen Lippenstift hervor und beugte sich näher zum Spiegel.

»Mama«, begann Meghann langsam und betont. »Claire hat lange genug auf diesen Tag gewartet.«

»Weiß Gott, das ist richtig. Ich habe schon befürchtet, sie und ihre komischen Freundinnen wären Lesben.« Ihre

Mutter ließ die Kappe über den Lippenstift schnappen und lächelte ihr Spiegelbild an.

»Muss ich dich wirklich daran erinnern, dass wir uns heute auf Claire konzentrieren sollten? Auf *ihre* Wünsche?«

Ihre Mutter schoss förmlich zu ihr herum. »Also, das tut wirklich weh. Wann habe ich *je* meine Wünsche vor die meiner Kinder gestellt?«

Meghann verschlug es die Sprache. Am verblüffendsten fand sie, dass ihre Mutter tatsächlich glaubte, was sie da gesagt hatte. Meg zwang sich zu einem Lächeln. »Hör mal, Mama, ich habe keine Lust, mir dir zu streiten. Nicht heute. Wir werden jetzt beide zu dem Empfang gehen und Claire sagen, wie sehr wir uns für sie freuen.«

»Ich freue mich ja auch für sie. Wirklich. Verheiratet zu sein ist das wundervollste Gefühl auf der Welt. Ich erinnere mich noch sehr genau daran, wie überglücklich ich mit Claires Daddy war.«

So *überglücklich* wie mit jedem deiner Männer, dachte Meghann, verkniff sich aber jeden Hinweis darauf, dass die Ehe ihrer Mutter mit Sam weniger als sechs Monate gedauert und sie ihn eines Abends kurzerhand verlassen hatte, nachdem sie ihn zuvor noch zum Supermarkt geschickt hatte, damit er ihr Tampons besorgte. Fast zehn Jahre lang – bis zu Meghanns Anruf – wusste Sam nicht einmal, dass er eine Tochter hatte. Häufig hatte sich Meghann vorgestellt, wie Sam an jenem regnerischen Abend zum Chief Sealth Trailer Park in Concrete, Washington, zurückkehrte und mit der Tamponschachtel in der Hand verständnislos auf den leeren Stellplatz starrte. »Vergiss das nicht, wenn du mit Claire sprichst, Mama.« Sie trat einen Schritt näher und sah in das geliftete Gesicht ihrer Mutter. »Du kannst *einen* Fotografen mitnehmen. Aber nur *einen*. Keine Bodyguards und keinen Hund. Das sind meine Bedingungen und ich lasse nicht mit mir handeln.«

»Du kannst einem echt auf die Nerven gehen, Meghann.« Ihre Mutter sprach so schleppend, dass nur geübte Ohren sie verstehen konnten. »Kein Wunder, dass es kein Mann lange mit dir aushält.«

»Das sagst ausgerechnet du? Eine Frau, die immerhin sechs Mal verheiratet war? Du solltest wirklich dazu übergehen, mit Elizabeth Taylor die Gatten zu tauschen. Sonst gehen euch noch die Männer aus.«

»Du hast nicht das kleinste Fünkchen Romantik im Leib.«

»Wie kann das angehen? Wo ich doch in meiner Kindheit mit Liebe geradezu *überschüttet* worden bin?«

Nur Zentimeter voneinander entfernt standen sie sich gegenüber und starrten sich in die Augen.

Dann lachte ihre Mutter. Aber nicht ihr kehliges, sinnliches Hollywood-Schnurren, sondern ihr echtes, fast vulgäres Lachen. »Du hast schon immer gegen mich rebelliert, Meggy-Darling. Schon mit acht Monaten. Habe ich dir das eigentlich jemals erzählt?«

Gegen ihren Willen musste Meghann lächeln. So war es immer zwischen ihr und ihrer Mutter. Wie sollte man einem so oberflächlichen Menschen wie Mama auch lange böse sein? Irgendwann blieb einem nichts anderes übrig, als zu lachen und zur Tagesordnung überzugehen. »Ich glaube nicht, Mama.«

Ihre Mutter legte einen Arm um sie und zog sie an sich. Das erinnerte Meghann an viele ähnliche Situationen in ihrer Kindheit und Jugend. »Du hast dich vor mir aufgebaut, mir trotzig in die Augen geblickt und – gelächelt. Es war zum Brüllen komisch.«

»Diese Angewohnheit habe ich beibehalten.«

»Kann ich mir vorstellen. So sind Biester nun mal. Wenn du Kinder hättest, würdest du das wissen.«

»Oh, bitte. Verschon mich, Mama.«

»Du wirst mir nicht sagen, was ich zu tun und zu lassen habe, Schätzchen. Als Mutter braucht man Mumm. Aber den hast du nicht, das ist alles. Denk daran, wie du deine Schwester im Stich gelassen hast. Aber das ist nichts, wofür du dich schämen müsstest.«

»Ich glaube, ich muss mir ausgerechnet von dir nicht sagen lassen, was man braucht, um eine gute Mutter zu sein, Mama. Zwing mich nicht, dich an ein paar Dinge zu erinnern, die du offenbar vergessen hast. Beispielsweise, dass es deine Aufgabe war, Claire aufzuziehen, und nicht meine.«

»Gehen wir nun zu Claires Empfang oder nicht? Mein Rückflug ist für Mitternacht gebucht. Aber keine Angst, Stars wie ich brauchen nicht zwei Stunden vor dem Start am Flughafen zu erscheinen. Ich muss erst gegen elf in SeaTac sein.«

»Das heißt, dass du etwa gegen halb neun Uhr hier aufbrechen musst. Dann lass uns jetzt endlich gehen. Und es ist mir wirklich ernst damit, Mama. Ich erwarte, dass du dich benimmst.«

»Muss ich dich wirklich daran erinnern, dass Southern Girls gutes Benehmen buchstäblich mit der Muttermilch aufsaugen, Honey?«

»Oh bitte, Mama. Du stammst ebenso wenig aus den Südstaaten wie Tony Soprano.«

Ihre Mutter seufzte theatralisch. »Bei Gott, ich hätte dich tatsächlich in Wheeling, West Virginia, am Straßenrand zurücklassen sollen.«

»Das *hast* du getan.«

»Du warst schon immer hartherzig und nachtragend. Das ist ein echter Charakterfehler, Meggy. Wirklich. Offenbar habe ich meine Kinder falsch eingeschätzt. So etwas kommt vor. Mein *eigentlicher* Fehler war, mich wieder auf dich einzulassen.«

Meghann seufzte. Bei ihrer Mutter war es unmöglich, auch nur einmal das letzte Wort zu behalten. »Komm, Mama. Sonst glaubt Claire am Ende noch, ich hätte dich umgebracht.«

Einundzwanzigstes Kapitel

Entschlossen verdrängte Claire jeden Gedanken an den peinlichen Auftritt ihrer Mutter. Sie klammerte sich an Bobbys Arm und genoss es, im Mittelpunkt der Aufmerksamkeit zu stehen. Nie zuvor in ihrem Leben hatte sie sich so geschätzt und – geliebt gefühlt. Nahezu alle Bewohner von Hayden waren zur Hochzeit erschienen, und alle versicherten Claire, dass sie die schönste Braut war, die sie je zu Gesicht bekommen hatten.

Das gefiel ihr, gefiel ihr sogar sehr. Der hektische Alltag konnte eine allein erziehende Mutter leicht vergessen machen, wie angenehm es war, sich allgemeiner Bewunderung zu erfreuen.

Bobby legte seinen Arm fester um ihre Taille und zog sie eng an sich. »Habe ich dir eigentlich schon gesagt, wie hinreißend du aussiehst?«

Zärtlich schmiegte sie sich an ihn. »Das hast du.«

»Als du da in der Kirche auf mich zukamst, blieb mir buchstäblich die Luft weg. Ich liebe dich, Mrs Austin.«

Claire spürte, dass ihr schon wieder die Tränen kamen. Doch das war kaum überraschend. Den ganzen Tag hatte sie nahe am Wasser gebaut.

Eng umschlungen liefen sie weiter. »Ich kapiere nicht, warum alle ihre Autos am Riverfront Park stehen haben. Es gibt doch genügend Platz rund um die Kirche. Dann hätten wir im Konvoi zum Campingplatz fahren können.«

Bobby zuckte mit den Schultern. »Ich folge nur den anderen. Gina hat gesagt, dass am Park eine Limousine auf uns wartet.«

»Typisch Meghann«, lachte Claire. »Für die sechs Meilen eine Limo zu mieten.« Aber sie konnte eine gewisse Erregung nicht leugnen. Noch nie war sie in einer Limousine gefahren.

Plötzlich blieben die Hochzeitsgäste vor ihnen stehen und bildeten wie auf ein lautloses Kommando hin ein Spalier.

»Kommt weiter«, rief Gina und winkte ihnen zu.

Claire griff nach Bobbys Hand und zog ihn mit sich. Die Gäste rechts und links neben ihnen lachten und klatschten. Reiskörner hagelten auf sie nieder, prallten von ihren Gesichtern ab, knirschten unter ihren Füßen.

Sie erreichten das Ende des Spaliers.

»O mein Gott.« Claire drehte sich um und suchte in der Menge nach ihrer Schwester, aber Meghann war nirgendwo zu erblicken.

Sie konnte gar nicht fassen, was sie da sah: Der Riverfront Park, in dem sie viele Stunden ihrer Kindheit verbracht, sich beim Sprung von der Schaukel einen Knöchel gebrochen und ihren ersten Kuss bekommen hatte, war wie durch Zauberhand verwandelt.

Abendliche Dunkelheit machte aus dem dichten Gras einen pechschwarzen Moosteppich. In der fast glatten Wasseroberläche des Flusses spiegelte sich bleiches Mondlicht.

Ein riesiges, weißes Zelt war im Park errichtet worden. Tausende winziger Glühbirnen schlangen sich als leuchtende Ketten um die Zeltstangen und über das Dach. Selbst aus der Ferne konnte Claire die silberweiß gedeckten Tische im Innern erkennen. Chinesische Lampions warfen ihr Licht als Sterne und Halbmonde auf Wände und Boden.

Langsam ging sie weiter. Rosenduft erfüllte die Abendluft, und Claire sah, dass auf jedem Tisch eine schlichte Glasschale mit weißen Rosenblüten stand. Ein langes, silbern gedecktes Buffet nahm eine Seitenwand des Zeltes ein. In einer Ecke spielte ein Trio in weißen Smokings ein schmachtendes Liebeslied aus den vierziger Jahren.

»Wow«, seufzte Bobby neben ihr.

Das Trio stimmte *Isn't It Romantic?* an.

»Darf ich Sie um diesen Tanz bitten, Mrs Austin?«

Claire ließ sich von Bobby zum Tanzparkett führen und bewegte sich, beobachtet von Verwandten und Freunden, traumverloren zu den Klängen der Musik.

Als das Lied endete, entdeckte Claire schließlich ihre Schwester. Sie befand sich im Schlepptau ihrer Mutter, die offensichtlich bester Laune war. »Komm, Bobby«, sagte Claire, ergriff seine Hand und zog ihn vom Parkett. Es schien eine halbe Ewigkeit zu dauern, die Menge der Gäste zu durchqueren, die dem Hochzeitspaar unbedingt gratulieren wollten. Aber endlich kamen sie in die Nähe der Bar, an der ihre Mutter eine Gruppe faszinierter Zuhörer mit Anekdoten vom Leben an Bord der USS *Star Seeker* unterhielt.

Ihre Mutter sah sie kommen und verstummte mitten im Satz. Ein Lächeln überzog ihr Gesicht. »Claire!« Sie streckte beide Hände aus. »Tut mir Leid, dass ich zu spät dran war, Süße. Das Leben von Stars wird von anderen bestimmt. Aber du bist die allerschönste Braut, die ich je gesehen habe.« Ihre Stimme geriet kurz ins Wanken. »Wirklich, Claire«, fügte sie dann leiser hinzu. »Du machst mich sehr stolz.«

Ihre Blicke trafen sich. In den dunklen Augen ihrer Mutter sah Claire echte Freude und fühlte sich sonderbar berührt.

»Und nun ...«, sagte ihre Mutter schnell und setzte wieder ihr Kameralächeln auf. »Wo steckt mein frisch gebackener Schwiegersohn?«

»Hier bin ich, Miss Sullivan.«

»Nenn mich Ellie. Das tun alle in meiner Familie.« Sie ging einen Schritt auf Bobby zu und pfiff leise durch die Zähne. »Du siehst gut genug aus, um es in Hollywood zu etwas zu bringen.«

Das war das größte Kompliment, das sie auf Lager hatte.

»Vielen Dank, Ma'am.«

Ein Anflug von Gereiztheit huschte über ihr Gesicht, verschwand aber schnell wieder. »Nenn mich Ellie, bitte. Wie ich hörte, bist du Sänger. Ob allerdings auch ein guter, hat Meggy nicht dazu gesagt.«

»Ich bin gut.«

Sie nahm seine Hand. »Wenn du auch nur halb so gut singst, wie du aussiehst, kann es nicht mehr lange dauern und du bist im Radio zu hören. Komm. Erzähl mir von deiner Karriere, während wir eine Runde auf dem Parkett drehen.«

»Es ist mir eine Ehre, mit meiner Schwiegermutter zu tanzen.« Bobby zwinkerte Claire kurz zu und verschwand.

Claire wandte sich an Meghann, die den Wortwechsel schweigend verfolgt hatte. »Alles in Ordnung mit dir?«

»Mama hat ihren Hund mitgebracht. Neben einer ganzen Meute von Bodyguards.«

»Schließlich könnte sie jeden Moment von einer Horde ihrer Fans überfallen werden«, gab Claire grinsend zu bedenken.

Meghann lachte, wurde aber schnell wieder ernst. »Gegen halb neun muss sie wieder fort.«

»Wegen einem Maniküretermin bei Rollo?«

»Wahrscheinlich. Aus welchen Gründen auch immer. Ich halte ein Dankgebet für angebracht.«

Das Trio wechselte zu *As Time Goes By*.

Claire sah ihre Schwester an und suchte nach den richtigen Worten. »Die Hochzeit …«, begann sie, aber ihre Stimme versagte. Sie schluckte.

»Ich habe einen Fehler gemacht. Stimmt's?«

Claire empfand plötzlich Trauer über ihre Entfremdung, über die vielen unwiederbringlich verlorenen Jahre.

»Du hast ein Vermögen ausgegeben«, sagte sie leise.

»Nein.« Meghann schüttelte den Kopf. »Fast alles waren Sonderangebote. Die Lichterketten sind meine Weihnachtsbaumbeleuchtung. Und das Zelt …«

Claire legte einen Finger auf die Lippen ihrer Schwester. »Schh. Ich versuche nur, dir zu danken.«

»Oh.«

»Ich wünschte …« Wieder brach Claire ab. Sie wusste nicht, wie sie ihre plötzliche Sehnsucht ausdrücken sollte. Sie kam ihr viel zu groß, zu übermächtig vor, um sie in einfache Worte zu fassen.

»Ich weiß«, sagte Meghann leise. »Vielleicht kann es künftig anders werden. Diese Tage mit dir … erinnern mich daran, wie nahe wir uns früher standen.«

»Du warst meine beste Freundin.« Energisch drängte Claire die aufsteigenden Tränen zurück. »Ich habe dich sehr vermisst, als du mich …« Aber sie verstummte. Sie wollte die harten Worte nicht aussprechen.

»Du hast mir auch gefehlt.«

»Mommy, Mommy! Tanz mit uns.«

Claire drehte sich um und sah, dass Alison und ihr Vater hinter ihr standen.

»Wenn ich mich nicht sehr irre, ist es Brauch, dass die Braut mit ihrem Vater tanzt«, lächelte Sam und streckte ihr beide Hände entgegen.

»Und mit ihrer Tochter! Grandpa wird mich auf den Arm nehmen.«

Claire reichte Meghann ihr Sektglas und ließ sich zum Tanzparkett ziehen. Als sie inmitten der anderen Paare anlangten, flüsterte Sam Claire ins Ohr: »Wenn Ali eines Tages heiratet, wirst du wissen, was man als Elternteil in diesem Moment empfindet. Man ist überwältigt von den unterschiedlichsten Gefühlen, vor allem aber von Glück.«

»Vergiss nicht, was du mir versprochen hast, Grandpa!« Ungeduldig hopste Alison von einem Fuß auf den anderen.

Sam beugte sich zu seiner Enkeltochter hinab und hob sie auf den Arm. Eng aneinander geschmiegt tanzten die drei zur Musik von *The Very Thought of You*.

Claire wandte schnell den Kopf ab, damit Alison ihre Tränen nicht sah. Links von ihr wirbelte ihre Mutter den armen Bobby im Kreis herum. Claire musste laut lachen und verstand genau, was ihr Vater gemeint hatte.

Überwältigende Gefühle …

Für den Rest ihres Lebens würde sie sich an diesen Tag erinnern und wissen, wie glücklich sie sich schätzen konnte, wie sehr sie liebte und geliebt wurde.

Und das war Meghanns Geschenk.

Meghann blickte über den nachtschwarzen Rasen des Riverfront Park zu dem kleinen, mondbeschienenen Haus hinüber. Hinter ihr packte die Band ihre Instrumente zusammen. Nur wenige Gäste bewiesen noch ihre Ausdauer. Ihre Mutter hatte sich schon vor Stunden verabschiedet, ebenso Sam und Alison. Alle anderen, darunter das junge Paar, waren gegen Mitternacht aufgebrochen. Meghann war geblieben und hatte die Aufräumarbeiten beaufsichtigt, aber jetzt war auch das geschafft.

Meghann trank einen Schluck Sekt und blickte wieder zur Straße hinüber. Ihr Auto stand vor Joes Haus. Gerade fragte sie sich, ob sie diesen Parkplatz vielleicht doch absichtlich gewählt hatte.

Wahrscheinlich schlief er längst tief und fest.

Es wäre absurd, zu ihm zu gehen, möglicherweise sogar verhängnisvoll, aber da lag so etwas in der Luft. Eine Art romantischer Verzauberung. Die Nacht duftete berauschend nach Rosen und ließ einen glauben, dass alles möglich war. Zumindest heute Nacht.

Meghann dachte nicht länger darüber nach, denn sonst hätte möglicherweise ihre Vernunft gesiegt. Stattdessen summte sie leise vor sich hin und lief den Kiesweg hinunter. Als sie die Straße erreicht hatte, wandte sie sich nach rechts.

Vor seiner Gartenpforte blieb sie stehen. Im Haus brannte Licht.

Was war nur in sie gefahren? So etwas sah ihr so gar nicht ähnlich.

Langsam bewegte sie sich auf seine Haustür zu, blieb aber wieder einen Moment unschlüssig stehen, bevor sie schließlich doch klopfte.

Wenige Augenblicke später öffnete Joe die Tür. Sein Haar war wirr und zerzaust, als hätte er bereits geschlafen, und er trug nichts als ein Paar schwarzer Jeans. Er schien darauf zu warten, dass sie etwas sagte, aber Meghann fand keine Worte. Stumm starrte sie auf seinen nackten Oberkörper.

»Was ist? Willst du für immer da stehen bleiben?«

Meghann hob die rechte Hand und zeigte ihm die Sektflasche, die sie mitgebracht hatte.

Er musterte sie schweigend. Als die Stille unbehaglich wurde, griff er sich ein schwarzes T-Shirt vom Sofa, streifte es über und kam wieder zur Tür. »Kann es sein, dass du scharf bist? Bist du deshalb hergekommen?«

Meghann zuckte zusammen. Sie überlegte, ob sie sich

empören, ihm vielleicht sogar eine Ohrfeige verpassen sollte. Aber eine Frau, die mit wildfremden Männern schlief, hatte das Recht auf Empörung verwirkt. Er war lediglich offen und direkt, doch sie spürte noch etwas anderes. Er schien wütend auf sie zu sein. Aber warum? Sie konnte es sich nicht erklären. Noch verwirrender war die Tatsache, dass es ihr etwas ausmachte. Viel sogar. »Nein. Ich dachte, wir könnten gemeinsam irgendwohin gehen.«

»Du willst mit mir *ausgehen*? Um ein Uhr morgens?«

»Warum nicht?«

»*Warum* wäre die bessere Frage.«

Meghann sah ihm in die Augen. Als sich ihre Blicke trafen, begann ihr Herz schneller zu schlagen. Meghann wollte darauf nicht antworten. Konnte es nicht, denn das hätte sie verraten. »Hör mal, Joe, ich war einfach nur gut drauf. Vielleicht habe ich ein bisschen zu viel getrunken.« Ihre Stimme zitterte. Beschämt schloss sie die Augen. »Ich hätte nicht kommen sollen. Entschuldige.« Als sie die Augen wieder öffnete, sah sie, dass er einen Schritt näher gekommen war. Nahe genug, um sie zu küssen.

»Zum Ausgehen bin ich wirklich nicht aufgelegt.«

»Schade.«

»Ich hätte aber nichts dagegen, wenn du hereinkommen willst.«

Unmerklich atmete Meghann tief auf. »Wie schön.«

»Ich habe allerdings etwas dagegen, allein aufzuwachen. Es ist okay, wenn du nicht die ganze Nacht bleiben willst, aber schleich dich nicht davon wie eine Nutte.«

Also *das* war es. »Tut mir Leid.«

Er lächelte und sein ganzes Gesicht strahlte mit einem Mal. Es machte ihn zehn Jahre jünger. »Also gut. Komm herein.«

Sie berührte seinen Arm. »Ich habe dich vorher noch nie lächeln sehen.«

»Tja«, sagte er sehr leise und mit einem Anflug von Traurigkeit. »Ich bin auch ziemlich aus der Übung.«

Als vor den Fenstern der kleinen Hütte die Dämmerung aufzog, erwachte Meghann aus tiefem Schlaf. Aber im Gegensatz zu sonst fühlte sie sich erholt und entspannt. Sie konnte sich nicht erinnern, wann sie das letzte Mal so ausgeruht aufgewacht war.

Sie spürte Joes nacktes Bein dicht neben sich. Er hatte einen Arm um sie geschlungen. Selbst im Schlaf berührten seine Fingerspitzen ihre Haut.

Sie sollte aufstehen und gehen. Das war etwas, worin sie es im Laufe der Jahre zur Perfektion gebracht hatte: sich behutsam der jeweiligen Umarmung zu entziehen, geräuschlos das Bett zu verlassen, um sich anzukleiden, und schließlich zu verschwinden.

»Ich habe allerdings etwas dagegen, allein aufzuwachen«, hatte er gestern Nacht gesagt.

Sie konnte sich nicht einfach heimlich davonstehlen.

Es überraschte Meghann, dass sie es diesmal auch gar nicht wollte. Sie wusste, dass es besser für sie wäre, das Bett und Joe zu verlassen, aber es fühlte sich so gut an, wieder in den Armen eines Mannes zu liegen. Sie lauschte Joes langsamen, regelmäßigen Atemzügen, spürte den leichten Druck seines Arms und machte sich bewusst, dass Vertrautheit und menschliche Nähe in ihrem Leben geradezu eine Seltenheit waren. Stets verfolgte sie Vorhaben so zielstrebig und beherrscht, dass für Gefühle kein Platz blieb. Natürlich konnte man die Nähe, die sie zu Joe verspürte, nicht als echtes, tiefes Gefühl bezeichnen, dafür kannten sie sich viel zu wenig, aber für Meghann war selbst dieser Anschein von Intimität mehr, als sie seit Jahren empfunden hatte.

Und ihr Sex war ganz anders gewesen als die Male zuvor. Ruhiger, zärtlicher. Im Gegensatz zu ihren ersten Begegnungen, als es ihnen gar nicht schnell genug gehen konnte, war es diesmal so, als hätten sie alle Zeit der Welt. Seine langsamen, sinnlichen Küsse hatten sie fast um den Verstand gebracht. Und das nicht nur aus rein körperlichem Verlangen. Als sie sich von seiner Leidenschaft hinreißen ließ, hatte sie sich vorgestellt, dass da *mehr* zwischen ihnen war.

Das beunruhigte Meghann. Körperliche Begierde verstand und akzeptierte sie. Sie war das tiefe Schwarz in einer grauen Welt.

Emotionen waren etwas ganz anderes. Selbst wenn sie nicht zu aufrichtiger Liebe führten, bedeuteten sie Probleme. Das Letzte, das Meghann sich wünschte, waren tiefe Gefühle zu einem Mann.

Und doch …

Zur Selbsttäuschung hatte Meghann noch nie geneigt, und jetzt, da sie nackt in Joes Armen lag, gestand sie sich ein, dass sie etwas für Joe empfand. Mit Sicherheit keine Liebe, aber *irgendetwas*. Wenn er sie küsste, kam es ihr vor, als wäre sie nie zuvor geküsst worden.

Und das konnte nur eins bedeuten: den Beginn unausweichlichen Leids.

Der Anfang vom Ende.

Sie fühlte sich übertölpelt. Ahnungslos hatte sie eine Tür mit der Aufschrift »unverbindlicher Sex« geöffnet und fand sich nun in einem Raum voller Möglichkeiten wieder.

Die einer Frau das Herz brechen konnten.

Wenn sie ihn rechtzeitig verließ, würde er bald nicht mehr sein als eine Erinnerung. Vielleicht würde es ein wenig wehtun, an ihn zu denken, aber das wäre ein bittersüßer, nicht einmal unangenehmer Schmerz. Und auf jeden Fall den Seelenqualen vorzuziehen, die sie unausweichlich erleiden musste, wenn sie es wagte, an mehr als an Sex zu glauben.

Sie musste diese Sache sofort beenden, bevor es zu spät war.

Die Erkennntnis machte sie traurig, ließ sie ihre Einsamkeit noch stärker empfinden.

Ohne nachzudenken beugte sie sich vor und küsste ihn. Liebe mich, wollte sie flüstern, wusste aber, dass ihre Stimme sie verraten würde.

Und so schloss sie die Augen und tat so, als würde sie schlafen. Es half nichts. Immer wieder musste sie an später denken, wenn sie ihn verlassen würde.

Sie wusste, dass sie ohne Abschied gehen würde.

Joe erwachte mit Meghann in seinen Armen. Erinnerungen an die vergangene Nacht tauchten in ihm auf, machten ihn fast schwindlig. Vor allem erinnerte er sich an den rauen, fast verzweifelten Klang ihrer Stimme, wenn sie seinen Namen rief.

Ganz vorsichtig bewegte er sich ein wenig, damit er sie betrachten konnte. Wirr lagen die langen, schwarzen Haarsträhnen um ihr Gesicht. Er dachte daran, wie er zuvor voller Leidenschaft mit beiden Händen in ihre Haarmähne gegriffen und später beim Einschlafen sanft über sie gestrichen hatte. Auf dem Baumwollkissen wirkten ihre blassen Wangen noch weißer als sonst. Ein trauriger Zug lag um ihre Augen und ihren Mund, als würde sie selbst im Schlaf nicht vergessen können.

Sie waren wirklich ein eigenartiges Paar. Inzwischen hatten sie drei Nächte miteinander verbracht, wussten aber noch immer nichts voneinander.

Zu seiner Überraschung verspürte er schon wieder Verlangen nach ihr. Aber nicht nur nach ihrem Körper. Er wollte sie näher kennen lernen und bereits dieser Wunsch schien etwas in ihm zu verändern. Es war, als hätte jemand in einem bisher kalten und dunklen Raum ein Licht angezündet.

Und doch erschreckte es ihn.

In den letzten Jahren waren seine Schuldgefühle ihm in Fleisch und Blut übergegangen. Aus ihnen hatte er Kraft bezogen, sie waren das Einzige, das ihn aufrecht hielt, das Erste, woran er sich morgens beim Aufwachen erinnerte, der letzte Gedanke abends vor dem Einschlafen.

Wenn er seine Schuldgefühle abbaute – nicht alle natürlich, nur gerade so viel, um sich ein anderes Leben, eine andere Frau zu wünschen –, würde er damit möglicherweise auch die Erinnerungen verlieren? War Diana vielleicht so intensiv mit seinem Bedauern verwoben, dass er nur beides oder gar nichts haben konnte? Und wenn, könnte er wirklich ein neues Leben ohne die Frau führen, die er so lange Jahre bedingungslos geliebt hatte?

Er wusste es nicht.

Aber als Joe jetzt auf Meghann hinabblickte, ihren leichten Atem auf seiner Haut spürte, empfand er den Wunsch, es zumindest zu versuchen. Er streckte die Hand aus und strich ihr eine Haarsträhne aus der Stirn. Eine Geste, die er jahrelang nicht gewagt hätte.

Blinzelnd schlug Meghann die Augen auf. »Morgen«, murmelte sie heiser.

Er küsste sie. »Guten Morgen.«

Hastig entzog sie sich ihm, wandte sich ab. »Ich muss gehen. Um neun Uhr soll ich meine Nichte abholen.« Meghann schlug die Decke zurück und stand auf. Sie bedeckte ihren Körper mit dem Kopfkissen und rannte ins Bad. Als sie in ihrem lavendelblauen Seidenkleid wieder herauskam, war auch Joe angezogen.

Sie hob ihre Sandaletten auf und warf sich ihre Strumpfhose über eine Schulter. »Ich muss wirklich los.« Sie blickte zur Tür und ging darauf zu.

Er wollte sie aufhalten, wusste aber nicht wie. »Ich bin froh, dass du gestern gekommen bist.«

Meghann lachte. »Ich auch. Und gleich zwei Mal.«

»Geh nicht.« Er kam auf sie zu. Joe hatte keine Ahnung, was sich zwischen ihnen abspielte, ob sie überhaupt etwas verband, aber ein Scherz war es mit Sicherheit nicht.

Wieder blickte sie nervös zur Tür. »Ich kann nicht bleiben, Joe.«

»Dann bis später.« Er wartete auf ihre Antwort, aber sie schwieg. Stattdessen küsste sie ihn. Leidenschaftlich. Als sie sich von ihm löste, musste er heftig nach Atem ringen. »Du bist ein wundervoller Mann, Joe.«

Sie verließ schnell den Raum.

Joe ging zum Fenster und blickte ihr nach. Wie gehetzt rannte sie zu ihrem Auto, aber sobald sie es erreicht hatte, drehte sie sich noch einmal um und sah zu seinem Haus zurück. Selbst aus der Entfernung machte sie einen eigentümlich traurigen Eindruck. Das erinnerte Joe daran, wie wenig er doch über sie wusste.

Er verspürte den Wunsch, das zu ändern; wollte glauben, dass es schließlich doch eine Zukunft für ihn gab. Vielleicht sogar eine mit ihr.

Aber zunächst einmal musste er mit der Vergangenheit ins Reine kommen.

Er wusste zwar noch nicht ganz genau, wie er eigentlich ein neues Leben beginnen und an eine bessere Zukunft glauben sollte, aber er kannte den ersten Schritt dazu. Hatte ihn schon immer gekannt.

Er musste mit Dianas Eltern sprechen.

Zweiundzwanzigstes Kapitel

Meghann parkte ihren Wagen und stieg aus. Ein schneller Blick zum Haus sagte ihr, dass niemand da war. Es brannte kein Licht. Sie stopfte die Strumpfhose in ihre Handtasche und lief über den Rasen zur Eingangstür.

Eine halbe Stunde später hatte sie geduscht, T-Shirt und Jeans angezogen und packte. Bevor sie das Haus verließ, schrieb sie Claire eine kurze Nachricht auf einen Zettel.

»Willkommen daheim, Claire und Bobby! Alles Liebe, Meg.«

Sie legte den Zettel gut sichtbar auf den Küchentisch und schaute sich dann ein letztes Mal um. Der Abschied fiel ihr überraschend schwer. Claires Haus war ihr in den letzten Tagen zu einem echten Heim geworden. Im Vergleich dazu kam Meg ihr Apartment in Seattle kalt und leer vor.

Schließlich setzte sie sich in ihren Porsche und fuhr gemächlich über den Campingplatz.

So früh am Sonntagmorgen lag der Platz ruhig und still da. Keine Kinder, die im Pool planschten, keine Camper, die herumwanderten. Nur am Flussufer standen zwei einsame Männer – vermutlich Vater und Sohn – und warfen ihre Angeln aus.

An der Grundstücksgrenze bog sie nach rechts auf eine ausgefahrene Kiespiste ein. Hier standen die Bäume enger beieinander, ihre dichten Kronen ließen nur noch wenige

Sonnenstrahlen durch. Zu guter Letzt gelangte Meghann zu einer hufeisenförmigen Lichtung mit Rhododendronsträuchern und mannshohen Farnen. In der Mitte stand ein grauer Trailer auf Zementblöcken. Die kleine Holzterrasse vor der Eingangstür zierten Töpfe mit roten Pelargonien und violetten Petunien.

Meg parkte das Auto und stieg aus. Wie immer vor einem Treffen mit Sam verkrampfte sich ihr Magen. Es kostete sie einige Mühe, ihn zu sehen und sich nicht an die Vergangenheit zu erinnern.

»*Geh. Verschwinde endlich …*«

»*Du bist genau wie deine Mutter …*«

Meghann umklammerte den Schulterriemen ihrer Tasche und stieg die Holzstufen hinauf. Es duftete nach Geißblatt und Jasmin.

Sie pochte an die Tür, aber offenbar zu leise. Als niemand reagierte, klopfte sie stärker.

Mit einem leisen Quietschen schwang die Tür auf und heraus trat Sam, in abgetragenem Overall und einem hellblauen T-Shirt mit dem Aufdruck »River's Edge«. Seine braune Haarmähne stand ihm wild vom Kopf ab.

»Meg …« Er zwang sich sichtlich zu einem Lächeln und machte einen Schritt zur Seite. »Komm doch herein.«

Sie folgte der Einladung und fand sich in einem überraschend behaglichen Wohnraum wieder. »Guten Morgen, Sam. Ich möchte Alison abholen.«

»Soso.« Er runzelte die Stirn. »Bist du sicher, dass du Ali für eine Woche nach Seattle mitnehmen willst? Ich behalte sie wirklich gern hier.«

»Davon bin ich überzeugt«, entgegnete Meghann leicht pikiert.

»Damit wollte ich absolut nichts andeuten.«

»Natürlich nicht.«

»Aber ich weiß schließlich, wie beschäftigt du bist.«

»Glaubst du noch immer, dass ich einen schlechten Einfluss ausübe? Ist es das?«

Sam kam einen Schritt auf sie zu, blieb dann aber stehen. »Diese Bemerkung damals war unüberlegt von mir. Claire hat mir gesagt, wie gut du zu ihr gewesen bist. Aber zu der Zeit kannte ich mich mit Kindern kaum aus, und ganz bestimmt nicht mit Mädchen im Teenageralter, die ...«

»Erspar mir den Rest. Bitte. Hast du vielleicht eine Liste für mich? Leidet Alison unter Allergien, nimmt sie Medikamente? Gibt es irgendetwas, das ich beachten muss?«

»Sie geht gegen acht ins Bett und hat es gern, wenn man ihr dann noch etwas vorliest. Die *Kleine Meerjungfrau* ist ihre Lieblingsgeschichte.«

»Gut.« Meghann spähte in den beengten Flur. »Ist sie fertig?«

»Ja. Sie verabschiedet sich nur noch von der Katze.«

Meg wartete. Irgendwo im Trailer tickte eine Uhr.

»Am Sonnabend ist sie zu einer Geburtstagsparty eingeladen. Wenn du sie hier gegen Mittag wieder ablieferst, bringe ich sie hin«, sagte Sam schließlich. »Dann ist sie auch gleich da, wenn Claire und Bobby am Sonntag aus ihren Flitterwochen wiederkommen.«

»Sie wird pünktlich hier sein. Braucht sie noch ein Geschenk? Soll ich es für sie kaufen?«

»Wenn es dir nichts ausmacht.«

»Kein Problem.«

»Aber nichts Kostspieliges.«

»Ich denke, das schaffe ich schon.«

Wieder breitete sich Stille aus, unterbrochen nur vom Ticken der Uhr.

Meg suchte gerade nach einer unverfänglichen Bemerkung, als Alison mit einer riesigen schwarzen Katze unter dem Arm ins Zimmer gerannt kam. »Lightning möchte mit, Grandpa. Das hat sie mir gesagt. Ich habe ihr Miauen genau verstanden. Darf ich sie mitnehmen, Tante Meg? Bitte!«

Meghann hatte keine Ahnung, ob Katzen in ihrem Apartmenthaus überhaupt erlaubt waren.

Bevor sie jedoch etwas erwidern konnte, kniete Sam vor seiner Enkelin nieder und nahm ihr das Tier ab. »Lightning muss hier bleiben, Liebes. Du weißt doch, wie gern er mit seinen Freunden spielt und im Wald Mäuse jagt. Außerdem ist er ein Bursche vom Land. In der Stadt würde es ihm nicht gefallen.«

Alisons Augen in dem blassen, herzförmigen Gesicht wurden ganz groß. »Aber ich bin doch auch vom Land«, wandte sie ein und schob die Unterlippe vor.

»Richtig, aber du bist auch eine kleine Abenteurerin. Genau wie Mulan und Prinzessin Jasmine. Glaubst du, sie hätten Angst vor einer Fahrt in die große Stadt?«

Ali schüttelte den Kopf.

Sam schloss Alison in die Arme und drückte sie fest an sich. Erst nach einer ganzen Weile stand er auf und sah Meghann an. »Pass gut auf meine Enkeltochter auf.«

Fast genau diese Worte hatte sie vor langer Zeit zu Sam gesagt. *Pass gut auf meine Schwester auf* ... Allerdings hatte sie dabei geschluchzt. »Das werde ich.«

Alison griff nach ihrem *Arielle*-Rucksack und einem kleinen Koffer. »Ich bin fertig, Tante Meg.«

»Okay, dann lass uns fahren.« Meghann nahm den Koffer und ging zur Tür. Aber als sie bereits im Porsche saßen und über den Kiesweg rollten, schrie Alison plötzlich laut: »Halt!«

Meg trat auf die Bremse. »Was ist denn?«

Alison stieß die Tür auf und rannte zum Trailer zurück. Einen Moment später kam sie wieder und drückte eine pinkfarbene Decke an ihre Brust. In ihren Augen glitzerten Tränen.

»Ohne meine Schmusedecke kann ich nicht auf Abenteuerreise gehen.«

Den ersten Anblick von Kauai würde Claire nie wieder vergessen.

Als das Flugzeug in eine Linkskurve ging und zur Landung ansetzte, sah sie schneeweiße Sandstrände und türkisfarbene Wellen. Unter der Wasseroberfläche zeichneten sich dunkle Riffe ab.

»Oh, Bobby«, flüsterte sie. Sie wollte ihm sagen, was dieser Moment für ein Mädchen bedeutete, das in Wohnwagen aufgewachsen war und von Palmen immer nur geträumt hatte. Aber die Worte, die ihr einfielen, schienen zu dürftig, um diesen großen Augenblick beschreiben zu können.

Eine Stunde später saßen sie in ihrem Mietwagen, einem Mustang-Cabrio, und fuhren nach Norden.

Zu ihrer Überraschung stellte Claire fest, dass die Vegetation mit jedem Kilometer grüner wurde, üppiger. Als sie zur berühmten Hanalei Bridge kamen, wähnte sie sich in einer ganz anderen Welt. Links von der zweispurigen Straße standen Bauern im seichten Wasser ihrer Tarofelder. Kilometerweit war weder ein Haus noch eine Straßenabbiegung zu sehen. Von blühenden Sträuchern umgeben, schlängelte sich rechts der Hanalei River dahin. Kajakfahrer und Paddler trieben langsam flussabwärts. Dunkel hoben sich die Berge vom strahlend blauen Himmel ab. Ein paar Wolkenfetzen kündigten Regen für den nächsten Tag an, aber heute war das Wetter geradezu perfekt.

»Jetzt! Hier musst du abbiegen«, sagte Claire kurz hinter einer Kirche.

Die Häuser an dieser Straße standen auf großen Wassergrundstücken. Claire hatte protzige Villen vom Typ Bel Air befürchtet, doch diese Sorge erwies sich als unbegründet. Die meisten Gebäude waren landestypisch und schlicht. An einem kleinen Park bogen sie noch einmal ab und sahen dann das Haus, das ihr Vater gemietet hatte. In einer Sackgasse gelegen und nur einen Block vom Meer entfernt, bot es alles, was man sich wünschen konnte: Abgeschiedenheit und Strandnähe.

Mit seinem weiß abgesetzten blauen Anstrich wirkte das Haus wie ein Schmuckkästchen inmitten einer tropischen Landschaft. Eine dichte Hecke schirmte das Grundstück an drei Seiten gegen die Nachbarn ab.

Im Innern des Hauses waren die Wände weiß, es gab helle Pinienholzdielen und farbenfrohe hawaiianische Möbel. Die Fenster des Schlafzimmers im oberen Stockwerk blickten auf die Berge. Als Claire auf den kleinen Balkon hinausging, hörte sie die Brandung rauschen.

Bobby trat hinter sie und umschlang sie mit beiden Armen. »Wenn ich eines Tages viel Geld verdiene, könnten wir hier leben.«

Claire lehnte sich an ihn. Davon hatte sie jahrelang geträumt, aber irgendwie hatte diese Vorstellung ihre Faszination verloren. »Es ist mir egal, ob du irgendwann viel Geld verdienst oder nicht, Bobby. Lass uns das Hier und Jetzt genießen, denn es ist mehr, als ich mir jemals erträumt habe.«

Er drehte sie um, damit er ihr ins Gesicht blicken konnte. In seinen Augen lag ein Anflug von Traurigkeit. »Ich werde dich nicht verlassen, Claire. Warum kannst du mir das nicht glauben?«

Sie bemühte sich um ein Lächeln. »Ich glaube es ja.«

»Nein. Tust du nicht, nicht wirklich. Ich liebe dich, Claire. Wahrscheinlich kann ich nichts anderes tun, als das ständig zu wiederholen. Ich gehe nirgendwohin.«

»Auch nicht an den Strand?«

Hand in Hand schlenderten sie langsam zum Meer. Unten an einem der Strandpavillons feierten Hawaiianer ein Familienfest. Schwarzhaarige, dunkelhäutige Kinder in bunten Badeanzügen spielten im Gras, während die Erwachsenen im Pavillon ein Buffet aufbauten. Irgendwo spielte jemand auf einer Ukulele.

Zu beiden Seiten erstreckte sich der weite, sichelförmige Strand der Hanalei Bay. Die untergehende Sonne tauchte die Berge im Norden in ein pinkfarbenes Licht.

Kleine, weiß gekrönte Wellen schwappten heran und trugen lachende Kinder an den Strand. Weiter hinten lagen halbwüchsige Jungen auf Surfbrettern. Sobald eine größere Welle heranrollte, gab ihnen ihr Lehrer, ein gut aussehender Bursche mit Strohhut, einen kleinen Stoß.

Claire und Bobby verbrachten den Rest des Tages auf dem warmen Sand von Hanalei Bay und sahen dem Sonnenuntergang zu. Als es am Strand leer und dunkel wurde, liefen sie unter funkelnden Sternen schließlich zu ihrem Haus zurück. Gemeinsam bereiteten sie sich ein Essen zu und nahmen die Teller auf die von Laternen und Kerzen erleuchtete hintere Veranda mit hinaus. Doch irgendwann war der letzte Bissen gegessen und das Geschirr abgewaschen …

Bobby nahm Claire auf die Arme und trug sie die Treppe hinauf. Lachend klammerte sie sich an ihn und löste ihre Hand erst von seinem Nacken, als er sie auf das Bett fallen ließ.

»Du bist wunderschön«, sagte er und schob einen Finger unter ihren Badeanzugträger. Die Berührung brannte förmlich auf ihrer kalten Haut und sie konnte kaum noch atmen.

Bobby bückte sich, um seine Schwimmshorts auszuziehen, und richtete sich wieder auf. Der Anblick seines nackten Körpers ließ Claire erschauern. Sie streckte die Arme aus.

Er bewegte sich auf das Bett zu, und Claire entging das Zittern seiner Hände nicht, als er ihr den Badeanzug vom Körper streifte und ihre Brüste berührte. Und dann küsste er sie – ihren Mund, die Augenlider, ihr Kinn, ihre Brüste.

Sie umklammerte ihn mit den Armen und zog ihn auf sich. Gleich darauf fühlte sie, wie er seine Hand zwischen ihre Beine schob. Mit einem verlangenden Aufstöhnen erleichterte sie ihm die Suche. Als er endlich in sie eindrang, krallte sie ihre Finger in seinen muskulösen Rücken und bewegte sich mit ihm im gleichen, immer leidenschaftlicheren Rhythmus.

Danach schmiegte sich Claire an den heißen, feuchten Körper ihres Mannes und schlief unter seinen gleichmäßigen Atemzügen und dem leisen Schnurren des Deckenventilators ein.

Meghann unternahm mit Alison eine Blitztour durch das Zentrum von Seattle. Sie gingen ins Aquarium und sahen zu, wie Otter und Seehunde gefüttert wurden. Meg rollte die Ärmel ihrer Designerjacke hoch und tauchte, gemeinsam mit einer Busladung Schulkinder, ihre Hände in das Erkundungsbecken, um ganz vorsichtig Seeanemonen, Muscheln und Seesterne zu berühren.

Danach kauften sie sich Hot Dogs an einem Stand und schlenderten am Kai entlang. Im Ye Olde Curiosity Shoppe bestaunten sie Schrumpfköpfe, ägyptische Mumien und billige Souvenirs. Sie aßen im Red Robin Emporium Hamburger zu Abend und krönten den Tag mit dem Besuch eines Disneyfilms im Pacific Place Theater.

Als sie das Apartment erreichten, war Meghann am Rand eines Zusammenbruchs.

Nicht so Alison, deren Energie unglücklicherweise

noch längst nicht erschöpft war. Sie flitzte von Raum zu Raum, unterzog alles einer genauen Prüfung und stieß über Gegenstände wie die elektrische Zahnbürste mit automatischer Munddusche ein beeindrucktes »*Wow*!« aus.

Meg saß auf der Couch und hatte die Beine auf dem Tisch ausgestreckt, als Alison mit der Lalique-Schale aus der Diele ins Zimmer gerannt kam.

»Hast du das gesehen, Tante Meg? Die Mädchen hier drauf haben nichts an«, kicherte sie.

»Das sind Engel.«

»Sie sind *nackt*. Billy hat mir erzählt, dass sein Dad ganz viele Hefte mit nackten Mädchen hat. Wie langweilig.«

»Das liegt im Auge des Betrachters.« Meghann stand auf, nahm Ali behutsam die Schale aus den Händen und brachte sie in die Diele zurück. Als sie ins Wohnzimmer zurückkam, sah ihre Nichte sie stirnrunzelnd an.

»Wie kann denn was im Auge liegen? Tut das nicht weh?«

Meg fühlte sich zu ausgelaugt für langatmige Erklärungen. »Mit Sicherheit.« Sie ließ sich wieder auf die Couch fallen. Wie hatte sie diesen kindlichen Überschwang früher nur ertragen?

»Hast du eigentlich gewusst, dass Adlerjunge die Kotze von ihren Eltern fressen?«

»Was du nicht sagst. Da würden sie ja selbst von mir besser versorgt werden. Und ich bin nun wirklich keine gute Köchin.«

Alison gluckste vor Lachen. »Meine Mommy kann gut kochen.« Doch kaum hatte sie es ausgesprochen, begann ihre Unterlippe verdächtig zu zittern. Tränen schimmerten in ihren grünen Augen. In diesem Moment sah sie Claire so ähnlich, dass es Meghann den Atem verschlug. Sie fühlte sich an die Abende vor vielen Jahren erinnert, an denen sie ihre kleine Schwester in die Arme zog und zu trösten versuchte: »*Sei nicht traurig, es wird alles wieder gut. Mama ist bestimmt gleich da …*«

»Komm her, Ali«, sagte Meg und musste sich räuspern.

Alison schien zu zögern. Nur kurz, doch es reichte, um Meghann daran zu erinnern, wie wenig vertraut miteinander sie und ihre kleine Nichte waren.

Ali setzte sich neben sie auf die Couch, allerdings einen halben Meter entfernt.

»Möchtest du mit deiner Mommy sprechen? Sie wollte zwar gegen sieben anrufen, aber …«

»Jaaa!«, rief Alison und hopste begeistert auf den Kissen auf und ab.

Meghann ging auf die Suche nach ihrem Telefon. Sie fand es auf ihrem Nachttisch, wählte nach einem Blick in ihr Notizbuch die Nummer des Ferienhauses auf Kauai und streckte ihrer Nichte den Apparat entgegen.

»Mommy?«, fragte Ali gespannt. »Hi, Mommy. Ich bin es, Ali Kat.«

Lächelnd verschwand Meg in die Küche und machte sich daran, die Tüten mit Dingen auszupacken, die sie seit Jahren nicht mehr gekauft hatte: Frosted Flakes, Pop-Tarts, Oreo-Kekse sowie Produkte, die absolutes Neuland für sie waren. Saft in silbernen Plastiktüten beispielsweise und Joghurtbecher mit Fertigfruchtmischungen in abknickbaren Ecken. Ihr wichtigster Erwerb war ein Buch mit Tipps zur Freizeitgestaltung mit Kindern. Sie hatte sich fest vorgenommen, diese Tage zu einer unvergesslichen Zeit für Alison zu machen.

»Sie will mit dir sprechen, Tante Meg.« Alison kam in die Küche gesaust.

»Danke.« Meg griff nach dem Telefon. »Hallo?«

»Hey, große Schwester. Na, wie geht's? Hat sie schon mal für eine Minute den Mund gehalten?«

Meg lachte. »Nicht mal beim Essen.«

»Typisch meine Ali.«

Alison zupfte an Meghanns Hosenbein. »Mommy hat gesagt, dass der Sand auf der Insel wie Zucker ist. Wie *Zucker*! Kann ich ein paar Kekse haben?«

Meg gab ihr einen Oreo. »Aber nur einen. Du gehst bald ins Bett.« Und zu Claire gewandt, fügte sie hinzu: »Ich brauche dringend eine Margarita.«

»Du schaffst das schon.«

»Das hoffe ich. Weißt du, es erinnert mich …«

»An was?«, hakte Claire leise nach.

»An uns. An dich. Manchmal, wenn ich Ali anblicke, sehe ich dich.«

»Sie wird dich lieben, Meg. Ganz bestimmt.«

Meghann schloss die Augen. Es tat gut, so mit Claire zu reden, wie echte Schwestern, die mehr verband als eine trostlose Kindheit. »Sie vermisst dich.«

»Es kann ein bisschen problematisch werden, sie zum Schlafen zu bewegen. Du musst ihr eine Geschichte vorlesen.« Claire lachte. »Aber ich warne dich. Sie hat eine erstaunliche Ausdauer.«

»Ich werde es mit *Moby Dick* versuchen. Dabei bleibt niemand lange wach.«

Wieder zerrte Alison an Megs Hosenbein. »Ich glaube, mir ist …« Weiter kam sie nicht. In hohem Strahl erbrach sie sich auf Meghanns Schuhe.

»Ich muss Schluss machen, Claire. Amüsier dich gut. Wir telefonieren morgen wieder miteinander.«

Sie schaltete den Apparat aus und legte ihn auf die Küchentheke.

Verlegen grinste Alison sie an. »Oh, oh.«

»Wahrscheinlich war die doppelte Portion Bananensplit

doch keine so gute Idee.« Meghann schlüpfte aus ihren Schuhen, nahm Alison auf den Arm und brachte sie ins Bad.

In der riesigen Marmorwanne sah ihre Nichte geradezu winzig aus.

»Das ist ja wie in einem Swimmingpool.« Ali nahm den Mund voll Wasser und spuckte es gegen die Wandfliesen.

»Wir trinken unser Badewasser nicht. Neben anderen Dingen unterscheidet uns das von niedrigeren Primaten. Männern zum Beispiel.«

»Bei Grandpa darf ich das aber.«

»Na bitte, was habe ich gesagt? Komm jetzt, ich möchte dir die Haare waschen.« Meghann öffnete die Flasche Baby-Shampoo. Der Geruch ließ sie lächeln. »Mit diesem Shampoo habe ich deiner Mom früher auch die Haare gewaschen.«

»Das brennt aber in den Augen.«

»Das hat sie auch immer behauptet.« Meghann lächelte noch immer, als sie Alisons Haare ausspülte und ihr aus der Wanne half. Sie trocknete das kleine Mädchen ab, zog ihm einen pinkfarbenen Schlafanzug an und trug es ins Gästezimmer.

»Das ist ja ein großes Bett«, stellte Ali fest.

»Weil es für eine Prinzessin gemacht wurde.«

»Bin ich denn eine Prinzessin?«

»Aber natürlich.« Meg machte einen tiefen Knicks. »Was darf ich noch für Sie tun, Hoheit? Jeder Ihrer Wünsche ist mir Befehl.«

Kichernd schlüpfte Alison unter die Decke. »Ich wünsche mir, dass du mir eine Geschichte vorliest. Am liebsten … *Arielle die Meerjungfrau.*«

Meghann suchte im Koffer nach dem Buch, fand es und begann zu lesen.

»Du musst aber zu mir ins Bett kommen«, erklärte Alison.

»Oh.« Meghann kletterte neben ihre Nichte und machte es sich bequem. Ali kuschelte sich in die Kissen, eine Wange auf ihrer geliebten Schmusedecke.

Erneut fing Meghann an zu lesen.

Eine Stunde und sechs Bücher später schlief Alison endlich ein. Meg küsste ihre Nichte auf die Wange, schlüpfte leise aus dem Zimmer und ließ die Tür einen Spaltbreit offen.

Um ihre Nichte nicht zu wecken, schaltete Meghann weder den Fernseher noch die Stereoanlage ein, sondern schlug eine Zeitschrift auf und versuchte zu lesen. Innerhalb von Minuten überwältigte sie die Müdigkeit. Sie schleppte sich ins Schlafzimmer, zog ihr Nachthemd an, putzte sich die Zähne und ging zu Bett.

Meg schloss die Augen und schmiedete Pläne für den kommenden Tag.

Ein Besuch im Woodland Park Zoo.

Bei GameWorks.

Und F. A. O. Schwarz.

Dann in den Fun Forest im Seattle Center.

Ihre Gedanken wanderten vom Fun Forest zum National Forest, nach Hayden, zu Joe.

Joe ...

Meghann dachte an seine sanften, zärtlichen Küsse in der Nacht nach Claires Hochzeit und verspürte eine sonderbare Sehnsucht.

Sie musste ihn wiedersehen. Und nicht nur wegen des Sex.

Aus welchem Grund dann?

Sie hatte sich vor allem und zunächst wegen seiner – Unerreichbarkeit für ihn entschieden. Was waren praktisch seine ersten Worte gewesen?

»Ich nehme dich auf keinen Fall mit zu mir.«

So oder so ähnlich. Von Anfang an hatte er keinen Zweifel gelassen, dass sie sich keine Hoffnungen zu machen brauchte. Welche Hoffnungen auch? Welche Perspektive sollte es über das Bett hinaus für sie denn geben? Er war ein Automechaniker in einer kleinen Provinzstadt, der noch immer unter seiner Scheidung litt.

Es konnte keine Zukunft für sie geben.

Und dennoch ... Wenn sie die Augen schloss, sah sie ihn vor sich und spürte, wie er sie küsste.

»Tante Meg?«

Sie fuhr hoch und knipste die Nachttischlampe an. »Was ist denn?«

Mit ihrer Schmusedecke im Arm stand Alison in der Tür. Ihre Wangen waren feucht von Tränen, die Augen gerötet. »Ich kann nicht schlafen.«

Sie sah genau aus wie Claire ...

»Komm, Schätzchen. Schlaf in meinem Bett. Hier bist du sicher.«

Alison schoss quer durch den Raum, kletterte ins Bett und kuschelte sich an Meg. »Deine Mommy hat auch immer bei mir geschlafen, wenn sie Angst hatte. Wusstest du das?«

Ali steckte einen Daumen in den Mund und schloss die Augen. Nur Sekunden später atmete sie ruhig und gleichmäßig.

Meghann sog den frischen, süßen Duft nach Baby-Shampoo tief ein. Sie schmiegte sich an ihre kleine Nichte, schloss gleichfalls die Augen und rechnete fest damit, wieder über ihre Pläne für den morgigen Tag nachzudenken.

Überraschenderweise schlief sie auf der Stelle ein.

Das Klingeln schreckte Claire aus dem Schlaf. Benommen setzte sie sich auf. »Wie spät ist es denn?« Sie sah auf den

Wecker: Viertel vor sechs. Großer Gott! »Bobby, das Telefon …«

Claire griff über ihren Mann hinweg nach dem Apparat. »Hallo? Meghann? Ist mit Ali alles in Ordnung?«

»Hey, Süße. Wie geht es dir?«

Claire holte tief Luft und stand auf. »Gut, Mama. Wie es einem eben vor sechs Uhr früh auf Kauai geht.«

»Tatsächlich? Ich dachte, Hawaii wäre in derselben Zeitzone wie Kalifornien.«

»Wir sind hier auf dem halben Weg nach Asien, Mama.«

»Dass du auch immer so übertreiben musst, Claire. Schließlich rufe ich dich nicht ohne Grund an.«

Claire holte ihren Morgenrock aus dem Schrank, zog ihn an und ging auf den Balkon hinaus. Der Himmel war gerade im Begriff, sich zu färben. Im Garten stolzierte ein Hahn über den Rasen, ein paar gackernde Hennen im Schlepptau. Der Morgen roch nach tropischen Blüten und Meer. »Was gibt es?«

»Ich weiß, dass du mich für eine schlechte Mutter hältst.«

»Das stimmt nicht.« Claire gähnte und fragte sich, ob es für sie überhaupt noch eine Chance geben würde, wieder einzuschlafen. Sie blickte durchs Fenster auf Bobby, der sich im Bett aufgerichtet hatte und sie stirnrunzelnd ansah.

»Doch. Du und Miss Perfect, ihr erinnert mich ständig daran, wie sehr ich als Mutter versagt habe. Ich finde das zwar höchst ungerecht, aber wie du selbst weißt, muss eine Mutter Opfer bringen, und meins besteht darin, mich mit eurer Undankbarkeit abzufinden.«

»Für dramatische Auftritte ist es ein bisschen früh, Mama. Vielleicht könntest du …«

»Es ist nun mal so, dass ich manche Dinge gut kann

und manche weniger gut. Darin unterscheide ich mich nicht von anderen.«

Claire seufzte. »Ja, Mama.«

»Ich möchte nur, dass du das nicht vergisst. Und deiner superschlauen Schwester kannst du eins sagen: Ganz gleich, woran ihr euch erinnert oder zu erinnern glaubt – die Wahrheit ist, dass ich euch liebe. Ich habe euch immer geliebt.«

»Das weiß ich, Mama.« Sie lächelte Bobby an, formte mit den Lippen das Wort »Mama« und dann »Kaffee«.

»Und jetzt hol meinen Schwiegersohn ans Telefon.«

»Wie bitte?«

»Hast du etwa keinen Mann im Bett?«

Claire lachte. »Doch.«

»Ich möchte mit ihm sprechen.«

»Warum?«

Ihre Mutter ließ einen theatralischen Seufzer hören. »Ich bin nicht nur mit undankbaren, sondern auch misstrauischen Töchtern geschlagen. Es handelt sich um ein Hochzeitsgeschenk, wenn du es ganz genau wissen willst. Offenbar hat euch das Auto nicht gefallen.«

»Es ist zu klein. Alison hat darin keinen Platz.«

»Müsst ihr sie denn *überallhin* mitnehmen?«

»Mama ...«

»Gib mir Bobby. Da du so undankbar bist, geht es um ein Geschenk für *ihn*.«

»Okay, Mama. Ganz wie du willst. Einen Augenblick.« Claire ging ins Zimmer zurück. »Sie will mit dir sprechen.«

Bobby setzte sich auf. »Das kann nichts Gutes bedeuten«, flüsterte er, als er ihr den Apparat abnahm. »Wie geht es der attraktivsten Schwiegermutter auf Erden?« Zwei Sekunden später war die Verblüffung auf seinem Gesicht nicht zu übersehen. »Was? Das kann nicht dein Ernst sein. Wie hast du das denn geschafft?«

Claire trat neben ihn und legte eine Hand auf seine Schulter. »Was gibt es?«

Bobby schüttelte den Kopf. »Das ist echt unglaublich, Ellie. Wirklich. Ich weiß gar nicht, wie ich dir danken soll. Wann?« Er runzelte die Stirn. »Aber wir sind hier auf Kauai. Oh ... ja, verstehe. Am Ticket-Schalter. Ja. Okay. Natürlich rufen wir sofort an. Und nochmals vielen Dank. Du ahnst nicht, was das für mich bedeutet. Ja. Bis dann.«

»Was hat sie getan?«, fragte Claire, nachdem er aufgelegt hatte.

Bobby strahlte über das ganze Gesicht. »Sie hat mir einen Termin bei Kent Ames von Down Home Records verschafft. Ich kann es nicht fassen. Zehn Jahre habe ich in irgendwelchen Bruchbuden gespielt und auf eine derartige Chance gehofft.«

Claire stürzte in seine Arme und sagte sich, wie absurd ihre Sorge gewesen war, ihre Angst, bemerkte aber, dass ihre Hände noch immer zitterten. Zu viele schlechte Erfahrungen mit ihrer Mutter, nahm sie an. »Du wirst sie umhauen.«

Übermütig wirbelte er sie durch die Luft, bis beide laut lachen mussten. »Das ist der Durchbruch, Claire.«

Sie lachte noch immer, als er sie wieder auf die Füße stellte.

»Aber ...« Er wurde ernst.

Die Furcht regte sich wieder. »Was?«

»Das Vorspielen findet am Donnerstag statt. Danach ist Kent Ames für einen Monat weg.«

»Diese Woche?«

»In Nashville.«

Claire blickte ihrem Mann in die Augen. Wenn sie jetzt Nein sagte, weil sie ihre Flitterwochen nicht abbrechen wollte, würde er sie küssen und sagen: »Okay. Ich rufe deine Mutter an und frage, ob es möglich ist, den Termin um einen Monat zu verschieben.« Diese Gewissheit erleichterte ihr die Antwort.

»Ich wollte schon immer mal nach Tennessee.«

Bobby zog sie fest an sich. »Ich hätte auch darauf verzichtet«, erklärte er ruhig.

»Nun, das brauchst du nicht«, lächelte sie. »Und jetzt gib mir das Telefon. Ich sollte Dad und Meghann sagen, dass wir wahrscheinlich einen oder zwei Tage später zurückkommen.«

Die Tage mit Alison nahmen eine Art behaglicher Routine an. Am dritten Nachmittag gab Meghann ihren an Besessenheit grenzenden Wunsch auf, ihrer Nichte unbedingt alle kindgerechten Attraktivitäten in Seattle zeigen zu müssen. Stattdessen liehen sie sich Videos aus, fabrizierten Kekse und spielten Candy Land, bis Meg lachend um Gnade flehte. Überhaupt lachte sie jetzt viel häufiger.

Jeden Abend schlief Meghann mit Alison in den Armen ein und erwachte morgens mit einem völlig ungewohnten Gefühl der Vorfreude. Offenbar hatte sie ganz vergessen, welche Freude es bereitete, für einen anderen Menschen da zu sein.

Als Claire anrief und mitteilte, dass sie später als beabsichtigt zurückkehren würden, schockierte Meg ihre Schwester mit dem Angebot, noch ein paar Tage länger für Ali zu sorgen – und das gern. Leider machte die Geburtstagseinladung einen Strich durch diese Rechnung.

Am Sonnabend war Meghann von der Intensität ihrer Gefühle überrascht. Während der ganzen Fahrt nach Hayden fiel es ihr schwer, ihr Lächeln beizubehalten, während Ali wie ein Wasserfall plapperte und aufgeregt auf ihrem Sitz herumhopste. Im Trailer stürzte sich Alison sofort in die Arme ihres Großvaters und begann von Seattle zu erzählen. Meg küsste ihre Nichte zum Abschied und verließ schnell den Wohnwagen. In der Nacht tat sie kaum ein Auge zu. Ihre Einsamkeit ließ sie keinen Schlaf finden.

Am Montag ging sie wieder zur Arbeit.

Die Stunden schlichen unerträglich langsam dahin. Gegen drei Uhr fühlte sie sich ausgelaugt und erschöpft.

Sie konnte nur hoffen, dass ihre Psychiaterin nichts merkte.

Natürlich vergebens.

»Sie sehen aber gar nicht gut aus«, stellte Harriet fest, als Meghann in den Sessel vor ihrem Schreibtisch sank.

»Oh, vielen Dank.«

»Wie war die Hochzeit?«

»Schön.« Meghann betrachtete angelegentlich ihre Hände. »Selbst meiner Mutter ist es nicht gelungen, das Fest zu ruinieren. Übrigens habe ich die Feier organisiert, wenn Sie es genau wissen wollen.«

»Sie?«

»Tun Sie nicht so überrascht. Ich habe Ihren Rat befolgt und meinen Mund gehalten. Claire und ich sind – uns wieder näher gekommen. Während ihrer Hochzeitsreise habe ich sogar auf meine Nichte aufgepasst. Sie hat eine Woche mit mir hier in Seattle verbracht. Aber jetzt …«

»Ja?«

Meg zuckte mit den Schultern. »Hat mich die Wirklichkeit wieder.« Sie hob den Kopf. »Mein Apartment ist so still. Das ist mir früher gar nicht aufgefallen.«

»War Ihre Nichte denn laut?«

»Sie hat geschwatzt wie ein Wasserfall. Außer, wenn sie schlief.« Meghann verspürte ein seltsames Stechen in der Brust. Ihre kleine Nichte fehlte ihr schon jetzt. Sehr sogar.

»Und das hat Sie an Claire erinnert.«

»Neuerdings erinnert mich alles an damals.«

»Warum?«

»Wir waren die besten Freundinnen«, sagte Meg leise.

»Und nun?«

Meghann seufzte. »Sie ist verheiratet. Sie hat ihre Familie. Vermutlich höre ich erst wieder zu meinem Geburtstag von ihr.«

»Sie könnten auch mal den ersten Schritt tun und Ihre Schwester anrufen.«

»Ja.« Meghann sah auf ihre Uhr. Sie wollte nicht weiter über dieses Thema sprechen. Es war zu schmerzhaft. »Ich muss gehen, Harriet. Bis zum nächsten Mal.«

Meghann blickte ihre Klientin an und hoffte, dass ihr Lächeln nicht so gezwungen aussah, wie es sich anfühlte.

Nervös lief Robin O'Houlihan vor dem Fenster auf und ab. Superschlank und stärker geschminkt als Terence Stamp in *Priscilla – Königin der Wüste* war sie der Prototyp der Ehefrau eines Hollywood-Stars. Zu dünn, zu habgierig, zu – alles. Meghann fragte sich, warum keine dieser Frauen einsah, dass sie von einem gewissen Alter an nicht schlank, sondern ausgemergelt wirkten. Je dünner sie wurden, desto lederstrumpfartiger wurden ihre Gesichter, und Robin O'Houlihans Haare waren so oft blond gefärbt worden, dass sie aussahen wie eine Strohperücke. »Das ist nicht genug. Punktum. Ende der Debatte.«

»Robin ...« Sie bemühte sich um Gelassenheit. »Er bietet Ihnen zwanzigtausend Dollar im Monat an, das Haus am Lake Washington, das Apartment in La Jolla. Nach neunjähriger Ehe ohne Kinder ist das meiner Meinung nach ...«

»Ich *wollte* Kinder«, schleuderte sie Meghann entgegen. »Aber er nicht. Auch dafür sollte er zahlen. Er hat mich um die fruchtbarsten Jahre meines Lebens gebracht.«

»Sie sind neunundvierzig Jahre alt, Robin.«

»Wollen Sie damit etwa sagen, dass ich zu alt für ein Kind bin?«

Nun, nicht unbedingt. Aber Sie waren sechs Mal verheiratet und sind offen gestanden auf dem emotionalen und mentalen Stand einer Zweijährigen. Glauben Sie mir, Ihre nicht geborenen Kinder werden Ihnen danken ...

»Natürlich nicht, Robin. Ich möchte nur darauf hinweisen, dass uns dieser Punkt nicht weiterhelfen wird. Vergessen Sie nicht, dass im Staat Washington die Gründe für das Scheitern einer Ehe unerheblich sind.«

»Ich bestehe auf den Hunden.«

»Darüber haben wir doch schon gesprochen. Die Hunde hatte er bereits vor Ihrer Heirat. Daher ...«

»*Ich* war es, die Lupe ständig daran erinnern musste, die Tibet-Terrier zu füttern. Ohne mich wären sie doch längst verhungert. Ich will sie haben. Und Sie sollten aufhören, mit mir zu streiten. Sie sind *meine* Anwältin, nicht seine. Mit zwanzigtausend im Monat kann ich auf keinen Fall auskommen.« Sie lachte bitter auf. »Er behält immerhin den Jet, das Anwesen in Aspen, das Strandhaus in Malibu und alle unsere Freunde.« Ihr versagte die Stimme, und für einen kurzen Moment sah Meghann Robin O'-Houlihan als die, die sie war: ein vormals ganz gewöhnliches und jetzt verängstigtes Mädchen aus Snohomish, das fest geglaubt hatte, dass eine Frau sich ihren Weg nach oben *erheiraten* konnte.

Meghann wollte freundlich sein, etwas Tröstliches sagen. Früher hätte sie damit keine Mühe gehabt. Aber diese Tage waren längst vorbei, zertrampelt von den Stilettoabsätzen zahlloser rachsüchtiger Ehefrauen, die nicht arbeiten wollten, aber von zwanzigtausend Dollar im Monat nicht leben konnten.

Sie schloss kurz die Augen, um ihre rebellischen Gedanken zu verdrängen. Aber statt beruhigender Dunkelheit tauchte das Bild von Mr O'Houlihan vor ihr auf, wie er am Konferenztisch saß und geduldig alle ihre Fragen beantwortete.

Nein, es gibt keinen Ehevertrag. Das hielt ich nicht für notwendig, ich habe an den Bestand unserer Ehe geglaubt …

Ich habe sie geliebt …

Meine erste Frau ist gestorben. Zehn Jahre nach ihrem Tod lernte ich Robin kennen …

O ja. Ich habe mir Kinder gewünscht. Aber Robin nicht …

Es war einer dieser unangenehmen Momente gewesen, von denen wohl kein Jurist verschont blieb. Die bestürzende Erkenntnis, dass man die falsche Partei vertrat.

Sie hatte ihm geglaubt. Und das war gar nicht gut.

»Hal-lo! Ich rede mit Ihnen.« Robin O'Houlihan kramte eine Zigarette aus ihrer Chanel-Handtasche, schien sich aber plötzlich zu erinnern, dass Rauchen hier nicht gestattet war, und stopfte den Glimmstängel in die Tasche zurück. »Wie komme ich nun an das Haus in Aspen? Und die Hunde?«

Meghann drehte ihren Stift zwischen Daumen und Zeigefinger und dachte nach. Hin und wieder prallte der Stift auf die Schreibtischplatte. Es hörte sich fast an wie der Rhythmus einer Kriegstrommel. »Ich werde Graham anrufen und mit ihm darüber sprechen. Offensichtlich ist Ihr Mann doch bereit, sich sehr großzügig zu zeigen. Aber eins dürfen Sie mir ruhig glauben, Robin. Die Menschen neigen dazu, über sehr viel weniger als ein geliebtes Haustier in Rage zu geraten. Wenn Sie für Fluffy und Scruffy in den Ring steigen wollen, sollten Sie auch bereit sein, dafür eine Menge aufzugeben. Ihr Mann kann sein Angebot im Hinblick auf die Häuser jederzeit rückgängig machen. Also überlegen Sie sich sehr genau, wie wichtig die Hunde für Sie sind.«

»Ich möchte ihm wehtun, das ist alles.«

Meghann dachte an den Mann, mit dem sie vor mehr als einem Monat gesprochen hatte. An seinen traurigen, fast verzweifelten Gesichtsausdruck. »Ich glaube, das haben Sie längst getan. Falls das ein Trost für Sie ist …«

Robin O'Houlihan pochte mit einem langen, rot lackierten Fingernagel gegen ihre Zähne und sah auf Bainbridge Island hinaus. »Ich hätte nicht mit dem Poolboy schlafen sollen.«

Oder mit dem jungen Mann, der Ihnen die Lebensmittel liefert, oder dem Dentisten, der Ihre Zähne perlweiß überkront … »Vergessen Sie nicht, dass das Scheidungsrecht in Washington kein Verschuldensprinzip kennt.«

»Es geht mir nicht um die Scheidung. Ich rede von meiner Ehe.«

»Oh.« Wieder erhaschte Meg einen kurzen Blick auf die Frau, die sich hinter der Fassade eines teuren Make-up verbarg. »Das Leben kann nur in der Rückschau verstanden werden, aber nur in der Schau nach vorwärts gelebt werden. Ich glaube, das hat Kierkegaard gesagt.«

»So?« Robin O'Houlihan war eindeutig desinteressiert. »Also gut, ich denke über die Hunde nach und teile Ihnen meine Entscheidung mit.«

»Warten Sie nicht zu lange. Graham erwähnte eine Frist von sechsunddreißig Stunden für sein Angebot. Danach geht es in den Ring. Runde eins.«

Ihr Gegenüber nickte. »Für jemanden mit Ihrem Ruf machen Sie auf mich einen äußerst zaghaften Eindruck.«

»Nicht zaghaft. Pragmatisch. Aber falls Sie sich lieber von einem anderen …«

»Nein.« Robin O'Houlihan hängte sich ihre Tasche über die Schulter und marschierte zur Tür. »Ich rufe Sie morgen an«, sagte sie, ohne sich noch einmal umzudrehen.

Meghann holte tief Luft. Sie fühlte sich wie durch einen Fleischwolf gedreht.

Sie schlug die Akte zu und dachte wieder an Mr O'-Houlihans trauriges Gesicht.

Nein, es gibt keinen Ehevertrag. Das hielt ich nicht für notwendig, ich habe an den Bestand unserer Ehe geglaubt …

Wie verzweifelt er sein musste. Aber es reichte noch nicht, ihm das Herz zu brechen. O nein. Meghann und Robin O'Houlihan mussten noch einen Schritt weitergehen und ihm das wahre Gesicht der Frau zeigen, die er geheiratet hatte. Danach würde er sich wohl kaum dazu durchringen können, noch einmal Vertrauen aufzubringen, Liebe …

Seufzend warf sie einen Blick in ihren Kalender. Gott sei Dank hatte sie heute keinen weiteren Kliententermin mehr. Noch einen Fall einer gescheiterten Liebesbeziehung hätte sie auch nicht ertragen. Sie packte ihre Unterlagen ein, griff nach Handtasche und Aktenkoffer und verließ das Büro.

Es war ein lauer Frühsommerabend. Auf den Straßen herrschte die hektische Betriebsamkeit des Berufsverkehrs. Auf dem Markt scharten sich noch immer Touristen um die Fischstände. Händler in weißen Schürzen schleuderten sich dreißig Pfund schwere Lachse zu. Bei jedem Wurf drückten Touristen auf die Auslöser ihrer Kameras.

Meghann achtete kaum auf das Spektakel. Sie war bereits an den Fisch- und Gemüseständen vorbei, als sie bemerkte, welche Route sie eingeschlagen hatte.

Direkt vor ihr befand sich das Athenian.

Vor der Tür blieb sie stehen, nahm die vertrauten Gerüche nach Zigaretten und Bratfett ebenso wahr wie das leise Summen der Gespräche, die schließlich auf die entscheidende Frage hinausliefen: Sind Sie allein hier?

Allein.

Treffender ließ sich ihr Leben nicht beschreiben. Vor allem jetzt, da Alison nicht mehr hier war. Es überraschte sie, welche große Lücke ihre kleine Nichte hinterlassen hatte.

Meghann wollte nicht ins Athenian gehen, sich irgendeinen Mann aufgabeln und ihn mit in ihr Apartment nehmen. Sie wollte ...

Joe.

Der Gedanke an ihn verstärkte ihre schwermütige Stimmung, intensivierte das Gefühl von Einsamkeit.

Sie drehte sich um und lief nach Hause.

In der Lobby winkte sie dem Portier zu, der den Mund öffnete, um ihr etwas mitzuteilen. Aber sie ignorierte ihn und ging zügig zum Fahrstuhl. In der Penthouse-Etage öffnete sich der Lift mit lautem Klingeln und Meghann stieg aus.

Die Tür zu ihrem Apartment stand einen Spalt offen.

Besorgt fragte sie sich, ob sie am Morgen etwa vergessen hatte, die Tür zu schließen.

Nein. Auf gar keinen Fall.

Meghann wollte schon wieder zum Fahrstuhl schleichen, als sich eine Hand mit einer Flasche Tequila durch den Türspalt schob.

Gefolgt von der ganzen Elizabeth Shore. »Ich habe deinen transatlantischen Hilferuf vernommen und hier bin ich. Mit dem bewährten Tranquilizer für die Verwirrten und Verzweifelten.«

Zu ihrem eigenen Entsetzen brach Meghann in Tränen aus.

Dreiundzwanzigstes Kapitel

Joes Arbeitstag näherte sich dem Ende. Und das war auch gut, denn er wollte Dianas Eltern heute noch einen Besuch abstatten.

Es war ein angenehmes Gefühl, Pläne zu haben, selbst wenn ihre Ausführung ihm letztendlich nur weitere Schmerzen zufügen würde. Er ließ sich bereits so lange ziellos treiben, dass allein schon ein Vorhaben etwas eigentümlich Beruhigendes hatte.

Aber noch lag er auf dem Rücken unter der Karosserie eines alten Impala.

»Hallo, Sie da.«

Joe stutzte. Er glaubte, etwas gehört zu haben, konnte sich aber nicht ganz sicher sein, da das Radio auf der Werkbank zu laut war. Willie Nelson warnte Mütter vor Kindern, die die Absicht hatten, später Cowboys zu werden.

Dann trat jemand gegen seinen Stiefel.

Joe rutschte unter dem Auto hervor.

Ein kleines Mädchen mit ernsten, grünen Augen in einem sommersprossigen Gesicht lächelte ihn an. Es blinzelte, und Joe fragte sich, ob es vielleicht eine Brille brauchte, erkannte dann aber, dass seine Arbeitslampe das Kind blendete. Schnell knipste er sie aus.

»Smitty ist im Büro«, sagte er.

»Das weiß ich doch. Da ist er immer. Wussten Sie,

dass der Sand auf Hawaii wie Zucker ist? Smitty lässt mich immer mit seinen Werkzeugen spielen. Wer sind Sie?«

Joe stand auf und wischte sich die Hände an seinem Overall ab. »Ich heiße Joe. Und nun troll dich.«

»Ich bin Alison. Meine Mom nennt mich Ali.«

»Freut mich, dich kennen zu lernen, Ali.« Er sah zur Uhr. Es war vier. Zeit, sich auf den Weg zu machen.

»Britanni Henshaw sagt immer ›*See you later, Ali Gator*‹ zu mir. Kapieren Sie?«

»Klar. Aber jetzt ...«

»Meine Mom hat mir verboten, mit Fremden zu sprechen, aber Sie sind nicht fremd. Sie sind Joe.« Das kleine Gesicht verzog sich nachdenklich. »Warum haben Sie so lange Haare? Wie ein Mädchen.«

»Weil es mir so gefällt.« Joe ging zum Wasserbecken und schrubbte sich die Hände.

»Auf meinem Rucksack ist ein Bild von Arielle. Wollen Sie es sehen?« Ohne auf seine Antwort zu warten, flitzte sie aus der Werkstatt. »Gehen Sie nicht weg«, rief sie ihm über die Schulter zu.

Joe war auf halbem Weg zu seiner Hütte, als Alison neben ihm auftauchte. »Sehen Sie? Da ist Arielle. Hier als Prinzessin und da als Meerjungfrau.«

Joe blieb nur kurz stehen, dann lief er weiter. »Ich muss jetzt nach Hause. Vielleicht solltest du besser auch nach Hause gehen.«

»Musst du pupsen?«

Er lachte schallend. »Nein.«

»Und wenn, würden Sie´s mir ja sowieso nicht sagen.«

»Auf gar keinen Fall. Ich muss heim und mich umziehen, weil ich etwas vorhabe. Aber es war wirklich nett, deine Bekanntschaft zu machen.«

Sie hielt mit ihm Schritt und erzählte von einer Freundin namens Moolan, die sich alle Haare abgeschnitten hatte und mit Messern spielte.

»Für solche Kinder gibt es doch die Schulfürsorge.«

Alison gluckste vor Lachen und schwatzte unermüdlich weiter.

Joe stieg die Stufen zur Veranda hinauf und öffnete die Tür. »Nun, Alison ...«

Sie sauste an ihm vorbei in die Hütte.

»Du musst jetzt gehen, Alison«, sagte er streng. »Es ist gerade unpassend ...«

»Bei Ihnen riecht es aber komisch.« Sie setzte sich auf die Couch und wippte mit den Füßen. »Wer ist die Frau auf den ganzen Bildern?«

Er drehte ihr einen Moment lang den Rücken zu, und als er sich wieder zu ihr umwandte, stand sie am Fenster und streckte ihre Hand nach den Fotos aus.

»Lass das«, rief er schärfer als notwendig.

Erschreckt ließ sie die Hand sinken. »Ich kann es auch nicht leiden, wenn einer in meinen Sachen schnüffelt.« Neugierig starrte sie auf die Fotos. Drei standen auf dem Fensterbrett, zwei weitere auf dem Kaminsims. Die Ansammlung schien sie zu verblüffen.

»Auf den Bildern ist meine Frau. Diana.« Es schmerzte noch immer, ihren Namen laut auszusprechen.

»Sie ist sehr hübsch.«

Joe betrachtete die Collage von Schnappschüssen auf dem Tisch neben ihm. Die Aufnahmen hatte Gina an einem Silvesterabend gemacht. »Ja.« Er räusperte sich. Inzwischen war es Viertel nach vier. Er musste sich allmählich beeilen. »Kannst du dir nicht woanders die Zeit vertreiben?«

»Doch«, seufzte sie theatralisch. »Ich muss Marybeth meine Barbie bringen. *Meine* Barbie.«

»Weshalb?«

»Weil ich bei ihrer den Kopf abgebrochen hab. Grandpa sagt, ich muss ihr meine Puppe schenken und mich entschuldigen.«

Joe ging in die Hocke, um ihr in die Augen blicken zu können. »Nun, Ali Gator, dann haben wir ja doch etwas gemeinsam. Auch ich ... habe etwas sehr Wertvolles zerbrochen und muss mich jetzt entschuldigen.«

Sie seufzte abgrundtief. »Zu dumm.«

Joe stand auf. »So, jetzt muss ich mich aber wirklich fertig machen.«

»Okay, Joe.« Alison lief zur Tür, öffnete sie, drehte sich aber noch einmal zu ihm um. »Glaubst du, dass Marybeth wieder mit mir spielt, wenn ich mich entschuldigt habe?«

»Das hoffe ich.«

»Wiedersehen, Joe.«

»*See you later, Ali Gator.*«

Vor Vergnügung lachend, rannte sie aus der Hütte.

Eine geschlagene Minute sah Joe ihr nach, dann ging er ins kleine Bad. Er duschte, rasierte sich und zog seine saubersten Sachen an. Und während der ganzen Zeit überlegte er fieberhaft, was er sagen würde. *Dianas Tod hat etwas in mir zerbrochen ... Ich habe versagt ... Ich konnte es nicht ertragen, sie sterben zu sehen.*

Keiner dieser Sätze vermochte jedoch das ganze, qualvolle Spektrum seiner Gefühle auszudrücken.

Als er zu ihrem Haus kam, wusste er noch immer nicht, was er sagen würde. Sein Blick fiel auf den Briefkasten.

Dr. und Mrs Henry Roloff.

Unwillkürlich streckte Joe die Hand aus und fuhr mit den Fingerspitzen über die goldfarbenen Buchstaben. Auf Bainbridge Island hatte es einen ähnlichen Briefkasten gegeben. Einen mit der Aufschrift: Dr. und Mrs Joe Wyatt.

In einem früheren Leben.

Joe betrachtete das Haus seiner Schwiegereltern. Es sah genauso aus wie an einem anderen Junitag vor langer Zeit, als Diana und er im Kreis von Verwandten und Freunden im Garten ihre Hochzeit feierten.

Panik ergriff ihn und er wollte schon wieder umdrehen.

Aber Davonlaufen half nichts. Das hatte er versucht, aber es hatte ihn hierher zurückverschlagen, zu diesem Haus, zu diesen Menschen, denen er sich einmal so nahe gefühlte hatte, um ihnen zu sagen ...

... Es tut mir leid.

Mehr nicht.

Joe lief über das Fischgrätmuster des Weges auf das Haus mit den weißen Säulen zu. Zu beiden Seiten von ihm verströmten Rosen und in Form geschnittene Buchshecken ihren Duft. Neben der Eingangstür wachten zwei gusseiserne Löwen.

Joe zögerte nicht. Er streckte die Hand aus und drückte auf die Klingel.

Einige Augenblicke später öffnete sich die Tür. In khakifarbenen Hosen und einem marineblauen Pullover stand Henry Roloff vor ihm. »Was kann ...« Bei Joes Anblick wurden seine Augen ganz groß. »Joey«, sagte er. Die Pfeife in seiner Hand begann zu beben. »Wir haben schon gehört, dass du wieder da bist.«

Joe bemühte sich verzweifelt um ein Lächeln.

»Wer ist es?«, fragte Tina aus dem Inneren des Hauses.

»Du wirst es nicht glauben«, flüsterte Henry heiser, kaum hörbar.

»Henry?«, rief sie noch lauter. »Wer ist es?«

Henry Roloff trat einen Schritt zur Seite. Ein unsicheres Lächeln zeigte sich auf seinen Zügen. »Er ist nach Hause gekommen, Mutter«, rief er. Und dann sagte er es noch einmal, während sich seine Augen mit Tränen füllten. »Er ist nach Hause gekommen.«

»Bist du sicher, dass das Tequila ist? Schmeckt wie Feuerzeugbenzin.« Meghann merkte selbst, wie schleppend und undeutlich ihre Aussprache klang. Sie hatte schon keinen Schwips mehr, sondern näherte sich dem Zustand der Volltrunkenheit. Aber sie fühlte sich großartig.

»Du, der war mordsteuer. Für meine Freundin nur vom Feinsten.« Elizabeth streckte die Hand nach einem Stück Pizza aus, bekam es aber nicht richtig zu packen. Der geschmolzene Käse rutschte samt Belag vom Teig und landete auf dem Terrassenboden. »Hoppla.«

»Macht nichts.« Meg hob das klebrige Zeug auf und schleuderte es einfach über die Brüstung. »Hab vielleicht grad 'nen Touristen umgebracht.«

»Machst du Witze? Es ist nach zehn. Seattle ist wie ausgestorben. Tote Hose.«

»Stimmt.«

Elizabeth biss in den Rest ihrer Pizza. »Also was ist los, Schätzchen? Deine Nachrichten klangen neulich ziemlich deprimiert. Und in der Regel brichst du bei meinem Anblick auch nicht in Tränen aus.«

»Wo soll ich anfangen? Ich hasse meinen Job. Der Mann einer Klientin wollte mich erschießen, nachdem ich ihn ruiniert habe. Meine Schwester musste unbedingt einen Countrysänger heiraten, der einen geradezu kriminellen Frauenverschleiß hat.« Sie hob den Kopf. »Willst du noch mehr hören?«

»Bitte.«

»Während meine Schwester in den Flitterwochen gewesen ist, war meine Nichte hier bei mir, und jetzt kann ich die Stille in meinem Apartment kaum ertragen. Und dann habe ich da noch diesen Mann kennen gelernt …«

Langsam legte Elizabeth das Pizzastück auf den Pappteller zurück.

Meghann sah ihre Freundin an und spürte, wie sie eine Welle der Hilflosigkeit überkam. »Mit mir stimmt was nicht, Birdie«, sagte sie leise. »Manchmal wache ich mitten in der Nacht total verheult auf. Und ich weiß nicht mal, warum ich heule.«

»Bist du noch immer einsam?«

»Was meinst du mit ›noch immer‹?«

»Komm schon, Meg. Wir sind seit mehr als zwanzig Jahren Freundinnen. Ich kenne dich seit deinem ersten Semester an der Uni. Du warst still und verschlossen, aber eins von diesen jungen Genies, von denen man glaubt, dass sie sich entweder umbringen oder ein Heilmittel gegen Krebs erfinden. Damals hast du jede Nacht geweint. Mein Bett stand neben deinem, falls du dich erinnerst? Dein leises Schluchzen hat mir fast das Herz gebrochen.«

»Hast du deshalb angefangen, mich zu den Vorlesungen zu begleiten?«

»Ich wollte mich ein bisschen um dich kümmern. Wir Südstaatenfrauen sind alle Glucken, wusstest du das nicht? Ich habe jahrelang darauf gewartet, dass du mir anvertraust, warum du weinst.«

»Wann habe ich aufgehört? Mit dem Weinen meine ich.«

»Im vorletzten Studienjahr. Aber da war es für Fragen schon zu spät. Und als du Eric geheiratet hast, habe ich sehr gehofft, dass du endlich glücklich wirst.«

»Das ist lange her.«

»Tja, und danach habe ich immer gehofft, dass du dich noch mal verliebst, dass du irgendwann den Richtigen findest.«

Meghann füllte ihre Gläser auf, trank einen großen Schluck und lehnte sich gegen die Terrassenbrüstung. Ein leichter Wind wehte ihr Haarsträhnen ins Gesicht. Die gedämpften Geräusche des Abendverkehrs drangen zu ihnen herauf. »Ich habe ... jemanden kennen gelernt.«

»Wie heißt er?«

»Joe. Seinen Nachnamen weiß ich nicht. Ist das nicht erbärmlich?«

»Ich dachte, du magst Sex mit Fremden.«

Meghann bemerkte, wie sehr Elizabeth sich bemühte, nicht missbilligend zu klingen. »Ich schätze es nun mal, die Kontrolle zu behalten, allein aufzuwachen und mein Leben so zu führen, wie es mir passt.«

»Und was ist dann dein Problem?«

Wieder verspürte Meghann diese Woge der Hilflosigkeit, das Gefühl, von einer starken Strömung fortgetragen zu werden. »Die Kontrolle zu behalten ... allein aufzuwachen und mein Leben genau so zu führen, wie es mir passt.«

»Also hat dieser Joe gewisse Emotionen in dir geweckt.«

»Vielleicht.«

»Ich nehme mal an, dass du ihm aus dem Weg gehst, seit dir das bewusst geworden ist, oder?«

»Bin ich so leicht zu durchschauen?«

Elizabeth lachte. »Komm. Dieser Joe hat dir Angst eingejagt, da hast du die Flucht ergriffen. Sag mir, wenn ich mich irre.«

»Miststück.«

»Ja, aber das Miststück hat den Nagel auf den Kopf getroffen, stimmt´s?«

»Yeah. Das sind die Schlimmsten.«

»Erinnerst du dich noch an meinen letzten Geburtstag?«

»Bis zum dritten Martini. Danach eher lückenhaft.«

»Ich sagte dir, dass ich mir nicht sicher wäre, ob ich

Jack noch liebe. Du hast mir geraten, bei ihm zu bleiben. Mit dem Hinweis, dass ich alles verlieren würde, während er das Mädchen von der Salatbar im Hooters heiratet.«

Meghann verdrehte die Augen. »Ein weiterer beeindruckender Beweis dafür, dass ich ein emotionaler Krüppel bin. Du sprichst von Liebe, aber ich komme dir mit wirtschaftlichen Bedenken. Ich kann echt stolz auf mich sein.«

»Tatsache ist, dass ich in meiner Ehe todunglücklich war. Ich habe mir jahrelang selbst in die Tasche gelogen. Ich fühlte mich andauernd falsch verstanden und irgendwie auch ausgenutzt.«

»Aber letzten Endes ist es gut ausgegangen. Ihr seid doch wieder wie die Turteltauben.«

»Soll ich dir verraten, wie ich meine Liebe zu ihm wiedergefunden habe?«

»Therapie? Medikamente?«

»Ich habe genau das getan, wovor ich mich am meisten gefürchtet habe.«

»Du hast ihn verlassen.«

»Ich hatte zuvor noch nie allein gelebt, Meg. *Noch nie*. Und ich hatte solche Angst vor einem Leben ohne Jack, dass ich anfangs kaum atmen konnte. Aber schließlich habe ich es doch getan – mit deiner Hilfe. An dem Abend, an dem du im Strandhaus aufgetaucht bist, hast du mir buchstäblich das Leben gerettet.«

»Du warst schon immer stärker, als du geglaubt hast.«

Elizabeth musterte sie skeptisch. »Du musst aufhören, dich vor der Liebe zu fürchten. Vielleicht ist Joe ein guter Anfang.«

»Er ist der absolut Falsche für mich. Ich verbringe grundsätzlich keine Nächte mit Männern, die ich nicht sofort wieder vergessen kann.«

»Du verbringst überhaupt keine Nächte mit Männern.«

»Ah, das Miststück ist zurück.«

»Warum hältst du ihn für *falsch*?«

»Weil er Automechaniker in der Provinz ist. Er wohnt in einer heruntergekommenen Hütte, die ihm sein Arbeitgeber überlassen hat. Er schneidet sich die Haare mit einem Taschenmesser. Oh, und obwohl er sonst nicht viel von Dekoration hält, hat er seine Behausung mit Fotos von seiner Exfrau geradezu zugepflastert.«

Elizabeth sah sie nur an und schwieg.

»Okay, so was macht mir eigentlich nichts aus. Die Fotos sind schon ein bisschen unheimlich, aber gegen seinen Job habe ich nichts. Und Hayden gefällt mir sogar. Es ist ein ganz netter Ort, aber …«

»Aber was?«

In Elizabeths Augen sah Meghann Mitgefühl und Verständnis. Das tröstete sie. »Ich bin ohne ein Wort verschwunden. Habe mich nicht mal von ihm verabschiedet. Das lässt sich nicht so einfach in Ordnung bringen.«

»Du warst noch nie jemand für den bequemen Weg.«

»Bis auf den Sex.«

»Ich habe Sex mit Fremden nie für *bequem* gehalten.«

»Ist er auch nicht«, sagte Meg leise.

»Dann ruf ihn an. Entschuldige dich, sag ihm, du hättest dringende Termine gehabt.«

»Ich hab seine Nummer nicht.«

»Was ist mit seinem Arbeitsplatz?«

»Du meinst, ich soll in der Werkstatt anrufen? Na, ich weiß nicht so recht … Es geht ja hier schließlich um was Persönliches.«

»Also entschuldige mal, du hast dich mit ihm in den Kissen gewälzt, aber ein Telefonanruf ist dir zu persönlich?«

Meghann musste lachen. »Gut, gut, ich benehme mich wie eine Idiotin.«

»Einsicht ist der erste Weg zur Besserung. Okay, Meghann. Hör zu, was wir machen. Und das meine ich jetzt ernst. Morgen werden wir beide zur Salish Lodge fahren, wo ich uns für eine hübsche, kleine Wellnessbehandlung angemeldet habe. Wir werden uns ein paar vergnügliche Stunden machen und eine Strategie ausarbeiten. Bevor du jetzt protestierst, lass dir sagen, dass ich bereits Julie angerufen und dich für morgen entschuldigt habe. Danach wirst du mich am Flughafen absetzen und dann weiter nach Norden fahren. Und du hältst erst wieder an, wenn du vor Joes Haustür stehst. Habe ich mich klar genug ausgedrückt?«

»Ich weiß nicht, ob ich den Mumm dafür habe.«

»Willst du, dass ich mitkomme? Jederzeit und mit Freuden!«

»Also deshalb werdet ihr Frauen aus dem Süden Magnolien aus Stahl genannt.«

Elizabeth lachte. »Aber sicher, Honey. Verrate bloß nie einem Southern Girl, dass du Angst hast, einem gut aussehenden Kerl nachzustellen.«

»Ich liebe dich. Weißt du das eigentlich?«

Elizabeth streckte eine Hand nach der Pizza aus. »Vergiss diesen Satz nicht, Meg. Früher oder später wirst du ihn brauchen. Aber nun erzähl endlich von Claires Hochzeit. Ich kann nicht glauben, dass sie zugelassen hat, dass *du* ihre Hochzeit organisierst.«

Vierundzwanzigstes Kapitel

»Hier in diesem Club wurde Garth Brooks entdeckt.«

Claire lächelte Kent Ames, den Chef von Down Home Records, und seinen Assistenten Ryan Turner an. Das hatten sie nun schon zum dritten Mal betont – innerhalb einer Stunde. Claire wusste nicht recht, ob die beiden Männer Gedächtnisse wie Siebe hatten oder glaubten, sie wäre zu begriffsstutzig, um die Bedeutung ihrer Worte beim ersten Mal zu verstehen.

Seit zwei Tagen hielten Bobby und sie sich schon in Nashville auf. Ihr Zimmer im Loews Hotel war atemberaubend. Sie hatten Candle-Light-Dinner im Hotelrestaurant genossen und opulent im Bett gefrühstückt. Sie waren in Opryland und in der Country Music Hall of Fame gewesen. Aber am tollsten war, dass Bobby bei seinen vier Auftritten brilliert hatte. Sein erster fand in einem klammen, fensterlosen Büro statt. Niedergeschlagen kam Bobby zurück und beklagte sich darüber, dass er einem lustlosen, pickligen Bürschchen mit wenig Musikverständnis vorsingen musste. Am Abend tranken sie Champagner und taten so, als mache es überhaupt nichts aus. Claire drückte seine Hand, küsste ihn auf die Wange und versicherte ihm, wie sehr sie ihn liebte.

Am nächsten Morgen um Viertel vor neun klingelte das Telefon in ihrem Hotelzimmer – der sehnlich erwartete Rückruf der Plattenfirma – und Bobby erklomm die sprichwörtliche Leiter zum Erfolg. Er sang sich in der Angestelltenhierarchie von Instanz zu Instanz aufwärts, bis er sich schließlich in einem großen, eleganten Büro mit Blick auf die Music Row wiederfand, dem Traum aller Country-and-Western-Sänger.

Die letzten vierundzwanzig Stunden hatten ihr Leben verändert. Bobby war *jemand.* Ein Mann auf dem Weg zum Star.

Jetzt saßen sie in einem kleinen Nachtclub an einem Tisch in der ersten Reihe. In knapp einer Stunde sollte Bobby die Bühne betreten, um den Chef des Plattenlabels und seinen Assistenten von seinen »Konzertqualitäten« zu überzeugen.

Die Unterhaltung mit den Männern schien Bobby nicht die geringsten Schwierigkeiten zu bereiten. Sie sprachen über Leute aus der Musikbranche und Dinge, von denen Claire keine Ahnung hatte: Demobänder, Studiozeiten, Tantiemen und Vertragsklauseln.

Sie wollte alles verstehen und sich genau merken. In ihrer Vorstellung war sie nicht nur Bobbys Frau, sondern auch seine Partnerin, sie schien sich aber nicht richtig konzentrieren zu können. Vom langen Flug von Kauai über Seattle und Memphis nach Nashville hatte sie Kopfschmerzen bekommen, die einfach nicht vergehen wollten. Und sie musste immer wieder daran denken, wie enttäuscht Ali geklungen hatte, dass sie erst ein paar Tage später zurück sein würden.

Der Tabakrauch im Club, die dröhnende Musik und die lauten Gespräche taten ihr Übriges. Sie klammerte sich an Bobbys Hand, nickte höflich, wenn einer der Männer sie ansprach, und hoffte, dass ihr Lächeln nicht so verspannt aussah, wie es sich anfühlte.

Kent Ames richtete seinen Blick auf sie. »In fünfundvierzig Minuten beginnt Bobbys Auftritt. Normalerweise dauert es Jahre, bis jemand in diesem Club eine Chance bekommt.«

Claire nickte lächelnd.

»Hier in diesem Club wurde Garth Brooks entdeckt. Leider nicht von mir, verdammt.«

Claire verspürte ein merkwürdiges Kribbeln in ihrer rechten Hand. Sie brauchte zwei Versuche, um nach ihrer Margarita zu greifen. Als sie es endlich geschafft hatte, trank sie das Glas in einem Zug aus und hoffte, dass das Pochen in ihren Schläfen nachließ.

Sie hoffte vergeblich. Stattdessen wurde ihr nun auch noch übel. Sie stand auf und stellte fest, dass sie leicht schwankte. Vermutlich hatte sie zu viel getrunken.

»Vezeihung«, murmelte sie und begriff erst, dass sie das Gespräch unterbrochen hatte, als die Männer sie erstaunt anblickten.

»Was ist, Claire?« Bobby sprang auf.

Sie zwang sich zu einem Lächeln. »Tut mir Leid, Bobby. Meine Kopfschmerzen werden immer schlimmer. Ich glaube, ich muss mich hinlegen.« Sie küsste ihn auf die Wange und flüsterte: »Zeig ihnen, was du kannst, Liebling.«

Er legte einen Arm um sie. »Ich bringe dich ins Hotel.«

Ryan Turner hob die Brauen. »Aber Ihr Auftritt ...«

»Ich musste den Clubbesitzer daran erinnern, dass er mir einen Gefallen schuldig ist, um Ihnen diese Chance einzuräumen«, äußerte Kent Ames eisig.

»Ich bin rechtzeitig zurück.« Bobby nickte den beiden Männern zu und führte Claire auf die belebte Straße hinaus.

»Du brauchst mich nicht zu begleiten, Bobby. Wirklich nicht.«

»Nichts ist mir wichtiger als du, Liebes. Absolut nichts.

Diese Jungs sollten von Anfang an wissen, wo meine Prioritäten liegen.«

»Fordere dein Glück bloß nicht heraus.«

»In letzter Zeit ist Fortuna auf meiner Seite. Seit meinem Auftritt im Cowboy Bob's.«

Sie hasteten durch die Lobby und fuhren mit dem Lift in ihr Stockwerk hinauf. Im Zimmer zog Bobby Claire aus, brachte sie ins Bett und sorgte dafür, dass Aspirin und ein Glas Wasser auf dem Nachttisch in Reichweite waren.

»Schlaf schnell ein, Liebling«, flüsterte er und küsste sie auf die Stirn.

»Viel Glück, Honey. Ich liebe dich.«

»Genau deshalb brauche ich kein Glück.«

Wenig später fiel die Tür ins Schloss und sofort fühlte sich der Raum kälter an. Leerer. Claire richtete sich im Bett auf und rief im River's Edge an. Bemüht, so locker wie möglich zu klingen, erzählte sie Ali und Sam von ihrem aufregenden Tag und versprach, übermorgen zu Hause zu sein. Nachdem sie aufgelegt hatte, seufzte sie tief und schloss die Augen.

Als Claire am nächsten Morgen erwachte, waren die Kopfschmerzen fort. Sie fühlte sich zerschlagen und erschöpft, konnte aber schon wieder strahlen, als ihr Bobby von seinem Auftritt erzählte.

»Ich habe sie umgehauen, Claire. Ohne Scherz. Kent Ames schilderte meine Zukunft in den glühendsten Farben. Er hat uns einen Vertrag angeboten. Ist das zu glauben?«

Eng umschlungen saßen sie auf der Polsterbank im Erker ihrer Suite. Bobby sah so blendend aus, dass Claire ganz hingerissen war. »Natürlich glaube ich es. Ich habe dich schließlich singen gehört. Du hast es verdient, ein Superstar zu sein. Und wie geht es nun weiter?«

»Die Arbeit in Nashville wird rund einen Monat in Anspruch nehmen, meinen sie. Um ein geeignetes Programm aufzunehmen, eine Backup-Band zusammenzustellen und so weiter. Kent sagte, es wäre nicht ungewöhnlich, dreitausend Songs zu checken, bis der richtige gefunden ist. Wenn das Demoband fertig ist, fangen sie an, mich zu promoten. Sie wollen, dass ich im September und Oktober auf Tour gehe. Alan Jackson braucht ein Vorprogramm. *Alan Jackson!* Aber keine Angst. Ich habe ihnen gesagt, dass wir einen Zeitplan austüfteln müssen, der auf die Familie abgestimmt ist.«

In diesem Moment liebte Claire ihn mehr, als sie jemals für möglich gehalten hätte. Sie griff nach dem Revers seines Bademantels und zog ihn an sich. »In deinem Bus werden aber *ausschließlich* Männer und potthässliche Frauen sein. Ich habe Filme über solche Tourneen gesehen.«

Bobby küsste sie lange und leidenschaftlich. Als er sich von ihr löste, war ihr ganz schwindlig. »Womit habe ich dich nur verdient, Claire?«

»Damit, dass du mich liebst.« Sie schob eine Hand in seinen Bademantel. »Und jetzt trag mich zum Bett und beweise es mir.«

Meghann fühlte sich nach ihrem Tag im Wellness-Center keineswegs entspannt. Zwischen Massagen, Gesichtspackungen und Saunasitzungen hatten Elizabeth und sie endlos geredet. Doch ganz gleich, wie oft Meg versuchte, das Thema zu wechseln, sie kamen immer wieder auf einen Punkt zurück.

Joe ...

Elizabeth hatte ihr keine Ruhe gelassen. Zum ersten Mal wusste Meghann, wie man sich fühlte, wenn ein anderer einem seine Meinung aufdrängen wollte.

»Ruf ihn an. Hör endlich auf, ein solcher Angsthase zu

sein.« Diese Forderungen wurden auf unterschiedliche Weise und in vielfältigen Variationen geäußert, liefen aber letztlich alle auf einen Befehl hinaus:

»Ergreif die Initiative.«

Als Meghann Elizabeth zum Flughafen gebracht hatte, empfand sie fast so etwas wie Erleichterung. Die Stille war unendlich wohltuend. Aber dann kam Meg in ihr leeres Apartment zurück und stellte fest, dass Elizabeths Stimme in ihr nachhallte. Also ging sie noch einmal aus dem Haus, kaufte sich ein Stück Pizza, lief zum Kai und tauchte auf der Suche nach Ablenkung in den Strom der Touristen ein.

Als sie in ihre Wohnung zurückkehrte, war es halb neun.

Und wieder wurde sie von unerträglicher Leere begrüßt.

»Ich sollte mir eine Katze anschaffen«, sagte sie laut und warf ihre Handtasche auf die Couch. Sie sah sich eine Folge von *Sex and the City* und dann eine Wiederholung der Anwaltsserie *The Practice* an (Bobby Donnell weinte zum Steinerweichen). Angewidert schaltete sie den Fernseher aus.

Grundgütiger. *Männliche Verteidiger sind echte Heulsusen …*

Sie ging zu Bett.

Um dann stundenlang nur an die Decke zu starren.

Ruf ihn an, du Feigling …

Gegen halb sieben am nächsten Morgen stand sie auf, duschte und zog einen schwarzen Hosenanzug und eine lavendelblaue Seidenbluse an.

Ein Blick in den Spiegel sagte ihr, dass sie nicht mehr als zwei Stunden geschlafen hatte. Als müssten sie die Fältchen um ihre Augen *daran* erinnern …

Um halb acht saß sie an ihrem Schreibtisch und vertiefte sich in die Akte Pernod.

Alle fünfzehn Minuten blickte sie aufs Telefon.

Ruf ihn endlich an ...

Gegen zehn gab sie sich schließlich geschlagen und meldete sich über die Sprechanlage bei ihrer Sekretärin.

»Ja, Miss Dontess?«

»Ich brauche die Telefonnummer einer Autowerkstatt in Hayden, Washington.«

»Wie heißt die Werkstatt?«

»Ich kenne weder den Firmennamen noch die Adresse. Aber sie liegt gegenüber dem Riverfront Park, an der Front Street.«

»Ich werde ...«

»... ein bisschen einfallsreich sein müssen. Es ist eine kleine Stadt. Da kennt buchstäblich jeder jeden.«

»Aber ...«

»Vielen Dank.« Meghann nahm den Finger von der Taste.

Zehn endlose Minuten verstrichen. Dann meldete sich Rhona.

»Ich habe die Werkstatt gefunden. Sie heißt Smitty's Garage.«

Meghann notierte sich die Nummer auf einen Zettel. Ihr Herz pochte bis in ihren Hals hinauf.

»Das ist ja absurd.« Sie griff nach dem Telefon und wählte. Bei jedem Klingeln verspürte sie den überwältigenden Drang, wieder aufzulegen.

»Smitty's Garage.«

Meghann schluckte. »Ist Joe zu sprechen?«

»Einen Moment bitte. Joe!«

Der Hörer wurde abgelegt, dann wieder aufgenommen. »Hallo?«

»Joe? Hier ist Meghann.«

Schweigen, *langes* Schweigen. »Ich dachte, ich würde nichts mehr von dir hören.«

»Da sieht man mal wieder, wie schnell man sich irren kann.« Meghann lachte gekünstelt, aber der Scherz verpuffte. »Ich ... äh ... habe am Freitagnachmittag einen Termin in Snohomish County. Vermutlich hast du keine Lust dazu ... ich hätte erst gar nicht anrufen sollen, aber ich dachte, wir könnten vielleicht zusammen essen gehen.«

Er antwortete nicht.

»Vergiss es. Ich bin eine Idiotin. Ich lege jetzt auf.«

»Ich könnte ein paar Steaks kaufen und Smittys Grill ausleihen.«

»Im Ernst?«

Er lachte leise auf und das Geräusch lockerte die schmerzhafte Verspannung in ihrem Nacken. »Warum nicht?«

»Ich könnte gegen sechs da sein. Passt dir das?«

»Ausgezeichnet.«

»Gut, ich bringe den Wein mit und einen kleinen Nachtisch. Bis dann also.«

Mit einem Lächeln legte Meg auf. Zehn Minuten später summte die Gegensprechanlage.

»Miss Dontess, Ihre Schwester ist auf Leitung zwei. Sie sagt, es sei dringend.«

»Danke, Rhona.« Meghann nahm den Anruf entgegen. »Hey, Claire. Willkommen zu Hause. Offenbar ist deine Maschine pünktlich gelandet. Wirklich erstaunlich. Wie war es ...«

»Ich bin auf dem Flughafen und weiß nicht, wen ich sonst anrufen sollte.« Claires Stimme hörte sich zittrig an. Fast klang es so, als würde sie weinen.

»Was ist passiert, Claire?«

»Ich kann mich nicht an den Flug aus Nashville erinnern. Ich habe keine Ahnung, wie ich an mein Gepäck gekommen bin, aber es liegt im Kofferraum. Ich kann mich nicht erinnern, zum Parkdeck gelaufen zu sein, aber ich sitze in meinem Auto.«

»Entschuldige, aber ich fürchte, ich verstehe nicht ganz.«

»Ich auch nicht, verdammt noch mal«, schluchzte Claire. »Ich weiß nicht, wie ich nach Hause kommen soll.«

»O mein Gott.« Entschlossen verdrängte Meghann die aufkommende Panik. »Hast du was zu schreiben da?«

»Ja. Direkt vor mir.«

»Auch einen Stift?«

»Ja.« Ihr Schluchzen verebbte. »Ich habe wahnsinnige Angst, Meg.«

»Schreib auf. Post Alley Nummer acht zwei neun. Hast du das?«

»Ja.«

»Verlier den Zettel nicht. Jetzt steig aus dem Auto und geh zurück ins Terminal.«

»Aber ich hab Angst.«

»Ich bleibe bei dir. Am Telefon.« Sie hörte, wie Claire die Autotür zuschlug.

»Warte. Ich weiß nicht, wohin ...«

»Siehst du einen überdachten Zugang vor dir? Mit den Namen von Fluglinien?«

»Ja. Da steht Alaska und Horizon.«

»Geh da lang. Ich bin hier, Claire. Keine Angst. Fahr mit der Rolltreppe eine Etage tiefer. Siehst du sie?«

»Ja.«

Sie hörte sich erschreckend hilflos an. Es schnürte Meghann fast die Kehle zu. »Und jetzt geh ins Freie und zur Taxirufsäule. Welche Nummer steht über der Tür, durch die du gerade gekommen bist?«

»Zwölf.«

»Sag dem Taxifahrer, er soll dich an Tür Nummer zwölf abholen, du willst ins Stadtzentrum gebracht werden.«

»Bleib dran.«

Meghann hörte, wie ihre Schwester in ein anderes Telefon sprach.

Dann wurde ihre Stimme wieder lauter. »Okay.« Erneut begann sie zu schluchzen.

»Ganz ruhig, Claire. Alles wird gut.«

»Wer spricht denn da?«

Eiskalte Furcht überkam Meghann. »Ich bin's, Meg. Deine Schwester.«

»Ich kann mich nicht erinnern, dich angerufen zu haben.«

O Gott! Meghann schloss die Augen. Sie musste tief durchatmen, um wieder sprechen zu können. »Ist das Taxi schon da?«

»Ja. Es hält gerade neben mir. Warum?«

»Es wird dich zu mir bringen. Steig ein und gib dem Fahrer den Zettel, den du in der Hand hältst.«

»Ich verstehe das alles nicht, Meg. Woher weißt du denn von dem Zettel? Was geht hier vor?«

»Keine Angst, Claire. Steig jetzt in das Taxi. Es bringt dich zu mir. Ich warte hier auf dich.«

Das Taxi fuhr an den Straßenrand und hielt. Bevor Claire sich bedanken konnte, wurde die Beifahrertür aufgerissen, Meghann hielt dem Fahrer ein paar Geldscheine entgegen und warf den Schlag wieder zu.

Gleich darauf öffnete sich die Tür zum Rücksitz.

»Da bist du ja, Claire. Komm, steig aus.«

Claire griff ihre Handtasche und kletterte aus dem Taxi. Sie schwankte leicht, fühlte sich benommen, leicht schwindlig.

»Wo ist dein Gepäck?«

Claire sah sich um. »Ich muss es im Auto gelassen haben.« Sie lachte nervös. »Hör mal, Meg, mir geht es inzwischen sehr viel besser. Ich weiß nicht … Wahrscheinlich hatte ich eine Art Aussetzer. Der Flug war grauenhaft und in Memphis haben sie mich buchstäblich gefilzt. Bobby bleibt noch ein paar Wochen in Nashville und er fehlt mir schon jetzt. Ich schätze, ich hatte nur eine kleine Panikattacke oder so was. Lass uns einfach irgendwo eine Tasse Kaffee trinken gehen. Vermutlich brauche ich nur ein bisschen Schlaf.«

Entgeistert sah Meghann sie an. »Eine Panikattacke? Willst du mich auf den Arm nehmen? Glaub mir, Claire, ich kenne Panikattacken. Dabei vergisst man nicht, wie man nach Hause kommt.«

»Richtig, du weißt ja immer alles besser.« Die Verunsicherung über ihren »Aussetzer« ließ ihre Stimme schärfer klingen als beabsichtigt. »Aber ich möchte nicht mit dir streiten.«

»Wir werden auch nicht miteinander streiten. Wir steigen jetzt beide in das Auto da und fahren ins Krankenhaus.«

»Mir geht es gut. Glaub mir doch endlich. Vielleicht bekomme ich lediglich eine Grippe. Zu Hause gehe ich gleich zum Arzt.«

Meghann trat einen Schritt auf sie zu. »Du kannst es dir aussuchen. Entweder steigst du jetzt brav mit mir in das Auto, oder ich mache dir eine Szene, die sich gewaschen hat. Du weißt genau, wie hervorragend ich das kann.«

»Gut. Bring mich ins Krankenhaus, wo wir wahrscheinlich den ganzen Tag und mindestens zweihundert Dollar für die Diagnose verschwenden, dass ich mir eine Grippe eingefangen habe, die durch den Flug noch verschlimmert wurde.«

Wortlos packte Meg sie am Arm und schob sie auf die schwarzen Polster eines Lincoln Town Car.

»Mit einem Luxusschlitten zur Notaufnahme. Na toll.«

Meg würdigte sie keiner Antwort, sondern musterte sie prüfend. »Geht es dir wirklich besser?«

Die Besorgnis in der Stimme ihrer Schwester rührte Claire. Plötzlich erinnerte sie sich daran, dass Meg immer aufgebracht und zornig reagierte, wenn sie Angst hatte. Das war schon in ihrer Kindheit so gewesen. »Tut mir Leid, wenn ich dich beunruhigt habe.«

Endlich rang sich Meg zu einem Lächeln durch. »Das hast du in der Tat.«

Claire wechselte das Thema. »Bobbys Vorsingen war ein Bombenerfolg. Man hat ihm einen Vertrag angeboten.«

»Den er hoffentlich nicht unterschreibt, bevor ich ihn gründlich geprüft habe.«

»Die normale Reaktion wäre: Herzlichen Glückwunsch.«

Meghann räusperte sich errötend. »Herzlichen Glückwunsch. Das ist echt großartig.«

»Ich glaube, das wäre eine gute Story für *Ripley's Believe It or Not!* Unter der Überschrift ›Eliana Sullivan vollbringt eine gute Tat‹.«

»Eine, die ihr durchaus nutzt. Ein prominenter Schwiegersohn rückt auch sie in den Mittelpunkt des Interesses. Ich sehe die Interviews schon vor mir, in denen sie erklärt, sie hätte ihn entdeckt und sein Leben verändert.« Meghann drückte sich eine Hand gegen die Brust, klapperte mit den Wimpern und verfiel in einen schleppenden Südstaatenakzent. »›Wenn es um meine Familie geht, kennt meine Großzügigkeit keine Grenzen.‹«

Claire lachte, bemerkte dann aber, dass es erneut in ihrer rechten Hand kribbelte. Während sie die Hand betrachtete, krümmten sich ihre Finger zu einer Art Klaue.

Für den Bruchteil einer Sekunde konnte sie sie nicht öffnen. *O Gott …*

Ihre Finger entspannten sich wieder.

Das Auto hielt vor dem Krankenhaus und sie stiegen aus.

»Was kann ich für Sie tun?«, fragte eine korpulente junge Frau mit grünen Haaren und Nasenring am Empfang der Notaufnahme.

»Ich möchte mich untersuchen lassen.«

»Was sind Ihre Beschwerden?«

»Ich habe wahnsinnige Kopfschmerzen.«

Ungeduldig mischte Meghann sich ein. »Notieren Sie, Schwester: Migräneartige Kopfschmerzen. Kurzzeitiger Gedächtnisverlust.«

»Stimmt. Das hatte ich vergessen.« Claire lächelte verlegen.

Stirnrunzelnd schob die junge Frau Claire ein Klemmbrett zu. »Füllen Sie dieses Formular aus und geben Sie mir Ihre Chipkarte.«

Claire zog die Karte aus ihrer Handtasche. »Mein Hausarzt sagt immer, ich brauche mehr Bewegung.«

»Das sagen sie alle«, lachte die Schwester. »Nehmen Sie bitte Platz, bis Sie aufgerufen werden.«

Eine Stunde später warteten sie noch immer. Meghann war einem Tobsuchtsanfall nahe. Drei Mal hatte sie die Schwester an der Rezeption angeschrien und zuletzt mit juristischen Konsequenzen gedroht.

»Unglaublich! Und so etwas nennt sich *Notaufnahme*.«

»Sieh es doch positiv. Sie scheinen mich nicht für ernsthaft krank zu halten.«

»Selbst wenn. Bis sie uns aufrufen, sind wir längst an Altersschwäche gestorben. Verdammt noch mal!« Meg sprang vom Stuhl hoch und tigerte nervös durch den Wartebereich.

Claire wollte ihre Schwester beruhigen, fühlte sich jedoch zu erschöpft. Die Kopfschmerzen waren stärker geworden, sie hütete sich allerdings, das Meg zu sagen.

»Claire Austin«, rief eine Krankenschwester in blauem Kittel.

»Das wurde aber auch höchste Zeit.« Meghann eilte herbei, um Claire beim Aufstehen zu helfen.

»Du bist ein wahrer Schatz, Meg.« Claire stützte sich schwer auf ihre Schwester.

»Sei nicht albern«, entgegnete Meghann und geleitete sie zu der zierlichen Schwester, die vor der Tür des Untersuchungsraumes stand.

»Claire Austin?«

»Das bin ich.«

»Warten Sie bitte hier draußen«, sagte die Schwester zu Meghann.

»Nein.«

»Wie bitte?«

»Ich begleite meine Schwester. Wenn der Arzt mich wieder hinausschickt, werde ich seiner Aufforderung folgen.«

Claire wusste, sie sollte sich eigentlich über ihre Schwester ärgern. Typisch Meghann, sich in Dinge einzumischen, die sie nichts angingen, und dabei so energisch auf ihrem Willen zu bestehen, aber offen gestanden wäre sie nur ungern allein dem Arzt gegenübergetreten.

»Ganz wie Sie meinen.«

Fest klammerte sich Claire an die Hand ihrer Schwester, als sie einen Raum mit greller Deckenbeleuchtung betraten, in dem es nach Desinfektionsmitteln roch. Sie schlüpfte in ein Krankenhausnachthemd, beantwortete der Schwester einige Fragen, ließ sich den Blutdruck messen und Blut abnehmen.

Dann mussten sie wieder warten.

»Wenn ich etwas Ernstes hätte, würden sie sich bestimmt längst um mich kümmern«, sagte Claire nach einer Weile. »Daher hat das Warten auch etwas Gutes.«

Meghann stand mit dem Rücken zur Wand, die Arme fest verschränkt, als befürchtete sie, sonst um sich zu schlagen. »Wahrscheinlich hast du Recht«, murmelte sie und fügte noch leiser hinzu: »Diese Vollidioten.«

»Dem Himmel sei Dank, dass du keinen Pflegeberuf ergriffen hast. Du hast wirklich eine ausgesprochene Begabung, einen zu beruhigen.«

»Entschuldige. Aber wir wissen beide, dass Geduld nicht gerade meine Stärke ist.«

Claire streckte sich auf dem Untersuchungstisch aus und starrte an die Decke.

Endlich klopfte es an die Tür, gleich darauf betrat ein junger Mann in weißem Kittel den Raum.

»Guten Tag, ich bin Doktor Lannigan. Na, was fehlt uns denn?«

Meghann stöhnte unüberhörbar.

Claire setzte sich auf. »Hallo, Doktor Lannigan. Ich bin mir sicher, dass es nichts Ernstes ist. Ich habe Kopfschmerzen, aber meine Schwester bestand darauf, mich ins Krankenhaus zu bringen. Nach einem Langstreckenflug hatte ich wohl so etwas wie eine Panikattacke.«

»Während der sie vergessen hat, wo sie wohnt«, fügte Meg hinzu.

Der Arzt sah weder Meghann noch Claire an. Stattdessen studierte er seine Unterlagen. Danach forderte er sie auf, erst einen Arm zu heben, dann den anderen, den Kopf zu drehen, mit den Augen zu zwinkern und ihm ein paar einfache Fragen zu beantworten: welcher Tag heute war, wie der Präsident hieß. »Leiden Sie öfter unter Kopfschmerzen?«, wollte er schließlich wissen.

»Ja, wenn ich Stress habe. In letzter Zeit jedoch häufiger«, räumte Claire ein.

»Hat es vielleicht kürzlich größere Veränderungen in Ihrem Leben gegeben?«

»Das kann man wohl sagen«, lachte Claire. »Ich habe vor einer Woche erst geheiratet und mein Mann bleibt nun für längere Zeit in Nashville. Zu Plattenaufnahmen.«

»Ah.« Der Arzt lächelte. »Nun, Mrs Austin, Ihre Blutwerte sind absolut in Ordnung, das gilt auch für Puls, Temperatur und Blutdruck. Vermutlich sind Ihre Beschwerden stressbedingt. Ich könnte zwar noch ein paar Tests durchführen, halte das aber nicht für notwendig. Ich werde Ihnen etwas gegen die Migräne verschreiben. Sobald sich Schmerzen bemerkbar machen, nehmen Sie zwei Tabletten mit reichlich Wasser ein. Sollten die Kopfschmerzen jedoch anhalten, muss ich darauf bestehen, dass Sie einen Neurologen aufsuchen.«

Claire nickte erleichtert. »Vielen Dank, Doktor.«

»O nein. *So* nicht.« Meghann bewegte sich auf den Arzt zu. »Ich bestehe doch auf ein wenig mehr Sorgfalt.«

Überrascht sah er sie an und wich unwillkürlich einen Schritt zurück.

»Mich können Sie nicht so abspeisen, ich sehe regelmäßig *Emergency Room*. Man sollte bei ihr unbedingt ein ECG durchführen. Oder auch ein CT oder ein EKG. Irgendwelche verlässlichen Tests. Auf jeden Fall muss meine Schwester *sofort* einem Neurologen vorgestellt werden.«

Der Arzt hob die Brauen. »Diese Untersuchungen sind recht kostspielig. Ich kann nicht bei jedem Patienten, der über Kopfschmerzen klagt, ein ECG veranlassen, aber wenn Sie wollen, empfehle ich Ihnen einen Neurologen, mit dem Sie einen Termin ausmachen können.«

»Seit wann sind Sie Arzt?«

»Ich bin im ersten Jahr des Praktikums.«

»Und Sie streben ein zweites Jahr an?«

»Selbstverständlich. Aber ich verstehe nicht ganz …«

»Holen Sie Ihren Vorgesetzten. Sofort. Wir haben hier nicht drei Stunden lang gewartet, damit uns ein Mediziner in Ausbildung erzählt, dass meine Schwester unter Stress leidet. Ich habe Stress, Sie haben Stress. Aber wir haben keine Gedächtnisausfälle. Schaffen Sie uns einen Neurologen her. Und wir wollen auch keinen Termin ausmachen, wir wollen *unverzüglich* einen Facharzt sehen.«

»Warten Sie bitte.« Er klemmte sein Clipboard unter den Arm und verließ hastig den Raum.

Claire seufzte. »Du übertreibst maßlos. Glaub mir, es *ist* Stress.«

»Das hoffe ich auch, aber ich verlasse mich nicht auf die *Diagnose* dieses Jüngelchens.«

Ein paar Augenblicke später tauchte die Schwester auf. »Doktor Kensington hat sich von Doktor Lannigan unterrichten lassen. Sie möchte ein CT bei Ihnen durchführen.«

»Gott sei Dank«, sagte Meghann.

Die Schwester nickte. »Kommen Sie bitte mit mir«, sagte sie zu Claire.

Lächelnd legte Meghann eine Hand um den Arm ihrer Schwester. »Stellen Sie sich vor, wir wären siamesische Zwillinge.«

Die Schwester setzte sich in Bewegung.

Sie liefen einen Korridor entlang, dann einen zweiten, fuhren mit dem Lift in ein anderes Stockwerk und durchquerten schließlich die Tür zur Abteilung für Nuklearmedizin.

Nuklearmedizin … Claire spürte, dass sich Meghanns Griff verstärkte.

»Hier ist es.« Die Schwester blieb vor einer geschlossenen Tür stehen, blickte Meghann an und zeigte auf einen Stuhl. »Sie können nicht mit hineinkommen, aber ich passe gut auf Ihre Schwester auf, okay?«

Meghann zögerte, nickte dann mürrisch. »Keine Angst, Claire. Ich rühre mich hier nicht von der Stelle.«

Claire folgte der Schwester in einen Raum und dann über einen kleinen Durchgang in einen weiteren Raum, der von einem riesigen, walzenförmigen Gerät dominiert wurde. Sie ließ sich auf eine schmale Liege helfen, die so aussah, als ließe sie sich in die Riesenwalze hineinschieben.

Sie wartete und wartete. Von Zeit zu Zeit kam die Schwester vorbei, murmelte Entschuldigungen für das Ausbleiben des Arztes und verschwand wieder.

Allmählich fröstelte Claire. Die Angst, die sie bislang tapfer verdrängt hatte, kehrte wieder. Es war unmöglich, sich in dieser Umgebung nicht zu fürchten.

Endlich öffnete sich die Tür und ein Mann in weißem Kittel kam herein. »Entschuldigung, dass Sie warten mussten. Ich wurde aufgehalten. Ich bin Doktor Cole, der Radiologe. Liegen Sie einfach absolut still, dann haben Sie es im Handumdrehen überstanden.«

Claire zwang sich zu einem Lächeln. Sie versuchte, nicht weiter über die Tatsache nachzudenken, dass alle anderen im Raum Bleischürzen trugen, während sie lediglich in einem dünnen Nachthemd steckte.

»Fertig. Sie sind erlöst«, sagte der Arzt schließlich.

Claire war so dankbar, dass sie fast die Kopfschmerzen vergaß, die zunehmend stärker geworden waren.

»Was war denn nur los?«, fragte Meghann gereizt. »Es hieß doch, dass es höchstens eine Stunde dauert.«

»Das stimmt auch. Aber sie mussten erst den Arzt auftreiben.«

»Ich fasse es nicht, wir sind umzingelt von Nichtskönnern.«

Claire lachte. Nachdem sie die Prozedur hinter sich hatte, ging es ihr schon sehr viel besser. »Offenbar bringt man euch während des Jurastudiums eine sehr präzise Ausdrucksweise bei.«

»Ich glaube, es würde dir gar nicht gefallen, was ich *präzise* von diesem Krankenhaus halte.«

In diesem Moment tauchte die Schwester wieder auf.

»Kann ich mich anziehen?«, fragte Claire.

»Noch nicht. Doktor Kensington hat zusätzlich eine Kernspintomographie angeordnet.«

»Was ist denn das?«, fragte Claire beunruhigt.

»Damit kann sich die Ärztin ein noch klareres Bild für ihre Diagnose verschaffen. Eine Methode, die häufig angewandt wird.«

Es folgte ein Marsch in einen anderen Flur. Wieder musste Meghann vor der Tür warten.

Diesmal wurde Claire gebeten, ihren Trauring, die Halskette, die Ohrringe und sogar ihre Haarspange abzulegen. Dann wollte der Radiologieassistent wissen, ob sich in ihrem Körper metallische Drähte, Platten oder ein Herzschrittmacher befanden. Sie verneinte, wollte aber den Grund seiner Frage erfahren. »Nun, wir wollen doch nicht, dass die Dinge aus Ihnen herausfliegen, wenn wir das Gerät einschalten.«

»Das ist ja eine reizende Vorstellung«, murmelte Claire. »Ich kann nur hoffen, dass meine Zahnfüllungen fest sitzen.«

Lachend half ihr der Mann in das sargähnliche Gerät. Es fiel Claire schwer, gleichmäßig zu atmen. Die Unterlage war hart, kalt und drückte in ihren Rücken. Der Assistent schnallte sie fest. »Sie dürfen sich auf keinen Fall bewegen.«

Claire schloss die Augen. Es war unangenehm kalt und sie fror, aber sie rührte sich nicht.

Als die Maschine eingeschaltet wurde, hörte sie sich an wie ein Presslufthammer.

Ruhig, Claire. Nicht bewegen … Sie wagte kaum zu atmen. An der Feuchtigkeit auf ihren Wangen merkte sie, dass sie weinte.

Die einstündige Untersuchung dehnte sich zu einer Ewigkeit. Irgendwann hielt man das Gerät an und gab ihr eine Infusion. Die Nadel bohrte sich in Claires Arm, Kontrastflüssigkeit strömte in ihren Blutkreislauf. Fast glaubte sie, spüren zu können, wie das Zeug in ihr Gehirn drang. Schließlich lag auch diese Qual hinter ihr. Zusammen mit Meghann kehrten sie in den Raum in der Abteilung für Nuklearmedizin zurück, in dem Claires Anziehsachen hingen. Dann bat man sie in ein weiteres Wartezimmer.

»War mir irgendwie klar«, murrte Meg.

Eine knappe Stunde später betrat eine hochgewachsene, erschöpft aussehende Frau in weißem Kittel den Raum. »Claire Austin?«

Claire stand auf. Die plötzliche Bewegung ließ sie so bedenklich schwanken, dass Meg sie stützen musste.

Die Frau lächelte. »Ich bin Doktor Sheri Kensington, Chefärztin der Neurologie.«

»Claire Austin. Das ist meine Schwester Meghann Dontess.«

»Freut mich, Sie kennen zu lernen. Kommen Sie bitte.« Die Ärztin führte sie in ein kleines Büro, dessen Wände mit Bücherregalen, Urkunden und Kinderzeichnungen bedeckt waren. Neben ihrem Schreibtisch stand eine Reihe von Leuchtkästen, an denen Röntgenbilder-ähnliche Folien hingen.

Claire betrachtete die Bilder und fragte sich, was darauf zu sehen war.

Dr. Kensington setzte sich an den Schreibtisch und bedeutete Claire und Meghann, ihr gegenüber Platz zu nehmen. »Ich möchte mich für Ihre Probleme mit Doktor

Lannigan entschuldigen. Wie Sie sicher wissen, befinden Sie sich in einem Lehrkrankenhaus, und gelegentlich sind unsere Mediziner in Ausbildung nicht so gründlich, wie wir uns das wünschen. Natürlich hatten Sie Recht mit Ihrem Beharren auf einer umfassenderen Untersuchung. Ich hoffe, das ist auch Doktor Lannigan inzwischen bewusst.«

Claire nickte. »Meine Schwester hat ein ausgesprochenes Talent dafür, ihren Willen durchzusetzen. Aber was haben Sie festgestellt? Eine Grippeinfektion?«

»Nein, Mrs Austin. Sie haben eine Geschwulst im Gehirn.«

»Was?«

»Eine Geschwulst. Einen Tumor.« Langsam stand Dr. Kensington auf, trat vor die Aufnahmen und zeigte auf einen hellen Fleck. »Er befindet sich hier, im rechten Stirnlappen, und scheint etwa die Größe eines Golfballs zu haben.«

Ein Tumor ...

Claire fühlte sich, als hätte man sie aus einem Flugzeug gestoßen. Ihr wurde schwindlig, es rauschte in ihren Ohren und sie bekam keine Luft mehr.

»Es tut mir sehr Leid, das sagen zu müssen«, fuhr die Ärztin fort, »aber ich habe mich mit einem Hirnchirurgen beraten und wir halten den Tumor beide für inoperabel. Sie werden sicher noch die Meinungen weiterer Fachärzte einholen wollen. Darüber hinaus sollten Sie in jedem Fall einen Onkologen aufsuchen.«

Hilflos rang Claire nach Atem.

Meghann sprang auf und sah aus, als wollte sie die Ärztin erwürgen. »Wollen Sie damit sagen, dass meine Schwester einen Hirntumor hat und Sie nichts dagegen unternehmen?«

»Ja.« Dr. Kensington kehrte zum Schreibtisch zurück

und setzte sich. »Wir sind der Ansicht, dass die Geschwulst nicht operierbar ist, aber das heißt keineswegs, dass wir gar nichts tun können.«

»Meg, bitte …« Unsinnigerweise hatte Claire das Gefühl, dass ihre Schwester alles nur noch schlimmer machen würde. Flehend blickte sie die Ärztin an. »Heißt das, dass ich – sterben könnte?«

»Wir müssen weitere Untersuchungen durchführen, um die genaue Beschaffenheit Ihres Tumors zu bestimmen. Aber aufgrund seiner Größe und Lage sieht es … nicht gut aus.«

»Mit inoperabel meinen Sie, dass Sie nicht operieren *wollen*«, zischte Meghann.

Dr. Kensington wirkte überrascht. »Ich bezweifle, dass irgendjemand das tun würde. Ich habe ausführlich mit unserem Gehirnchirurgen über den Fall gesprochen. Er stimmt meiner Diagnose zu. Der Eingriff wäre zu gefährlich.«

»Oh, tatsächlich? Befürchten Sie etwa, sie könnte dabei sterben?« Meg schaute die Ärztin angewidert an. »Wer *kann* und *wird* diese Operation durchführen?«

»In unserer Klinik niemand.«

Meghann hob ihre Handtasche vom Boden auf. »Komm, Claire. Wir sind im falschen Krankenhaus.«

Hilflos blickte Claire zwischen der Ärztin und ihrer Schwester hin und her. »Du bist nicht allwissend, Meg. Bitte …«

Meghann kniete sich vor sie und sah ihr fest in die Augen. »Das ist mir sehr wohl bewusst, Claire. Ich weiß, dass ich verdammt stur sein kann, und auch, dass ich dich in der Vergangenheit im Stich gelassen habe, aber das ist jetzt unwichtig. Alles, was von jetzt an zählt, ist ausschließlich dein Leben.«

Claire spürte, dass ihr die Tränen kamen. Sie verabscheute ihre Hilflosigkeit, konnte aber nichts dagegen tun. Plötzlich *fühlte* sie, dass sie sterben würde.

»Verlass dich auf mich, Claire, vertrau mir.«

Sie sah ihrer Schwester in die Augen und erinnerte sich daran, dass Meghann früher für sie das Wichtigste auf der Welt gewesen war. Jetzt brauchte sie wieder eine große Schwester. Dringend.

Meghann half ihr beim Aufstehen. Dann drehte sie sich noch einmal zu der Ärztin um. »Verbringen Sie weiter Ihre Zeit damit, *Doktor* Lannigan beizubringen, wie man ein Fieberthermometer abliest. Wir werden einen Arzt finden, der meiner Schwester das Leben rettet.«

Fünfundzwanzigstes Kapitel

Vor einigen Jahren hatte Claire eine Phase gehabt, in der sie sich regelmäßig ausländische Filme im Kino angesehen hatte. An jedem Sonnabend hatte sie Alison zu ihrem Vater gebracht und war zu einem kleinen altmodischen Lichtspielhaus gefahren, in dem sie sich ganz in den schwarzweißen Bildern auf der Leinwand verlieren konnte.

Genauso kam sie sich jetzt vor: wie einer der Schwarzweiß-Charaktere in einer fremden, grauen Welt. Die Geräusche um sie herum drangen wie durch eine dicke Watteschicht an ihr Ohr; alles, was sie hören konnte, war das gleichmäßige Klopfen ihres Herzens.

Wie war es möglich, dass sie eine ernste Krankheit hatte, eine *tödliche* Krankheit?

Als sie das Hospital verließ, stürmte die Wirklichkeit mit Sirenengeheul, Hupen und kreischenden Bremsen auf sie ein. Sie kämpfte gegen den überwältigenden Drang an, sich die Ohren zuzuhalten.

Meghann half ihr beim Einsteigen ins Auto. Die wohltuende Stille ließ sie erleichtert aufseufzen.

»Bist du okay?«, wollte Meghann wissen, und Claire bekam den Eindruck, dass ihre Schwester diese Frage bereits mehrmals gestellt hatte. Ihre Stimme hörte sich besorgt und ängstlich an.

Sie sah Meg an. »Habe ich jetzt Krebs? Ein Tumor ist doch Krebs, oder?«

»Wir wissen nicht, was du hast. Diese hirnverbrannten Ärzte haben jedenfalls nicht die geringste Ahnung.«

»Hast du diesen Fleck auf dem Röntgenbild gesehen, Meg? Er war *riesengroß.*« Plötzlich war Claire unendlich müde. Sie schloss die Augen und wollte nur noch schlafen. Morgen sahen die Dinge vielleicht ganz anders aus. Wahrscheinlich stellte sich alles als ein Missverständnis heraus, als großer Irrtum.

Meghann packte sie bei den Schultern, drehte sie halb zu sich herum und schüttelte sie. »Hör mir zu, verdammt. Du darfst jetzt auf keinen Fall resignieren. Du musst stark sein und kämpfen. Du kannst nicht den bequemen Weg wählen und einfach aufgeben wie damals auf dem College oder der Kosmetikschule.«

»Ich habe einen Hirntumor und du vergleichst das mit meinem College-Abbruch. Wirklich erstaunlich.« Claire wollte zornig werden, aber es gelang ihr nicht. Sie war mit einem Mal so kraftlos, so ausgepumpt, dass sie kaum denken konnte. »Dabei fühle ich mich überhaupt nicht krank. Kopfschmerzen hat schließlich jeder mal, oder?«

»Ab morgen werden wir noch weitere, andere Diagnosen einholen. Als Erstes versuchen wir es im Johns Hopkins. Dann im Sloan-Kettering in New York. Irgendwo muss es doch einen Chirurgen geben, der den Mumm aufbringt …« Meghann versagte die Stimme, Tränen traten in ihre Augen.

Irgendwie ängstigte es Claire noch mehr, ihre Schwester die Fassung verlieren zu sehen. »Es wird bestimmt wieder gut«, entgegnete sie automatisch. Andere zu beruhigen, war leichter als nachzudenken. »Du wirst schon sehen. Wir müssen nur zuversichtlich sein.«

»Richtig«, sagte Meghann nach längerem Schweigen. »Du darfst die Hoffnung nicht verlieren, während ich alles herausfinden werde, was über deinen Zustand in Erfahrung zu bringen ist.«

»Als Team meinst du?«

»Na ja, jemand muss dir doch helfen, das durchzustehen.«

»Aber ... du?«

Plötzlich tauchte ihre ganze Kindheit vor ihnen auf, die vielen guten Momente, aber auch die weniger guten.

Claire fixierte ihre Schwester. »Wenn du dich jetzt darauf einlässt, dann musst du aber auch bei mir sein, wenn es irgendwann hart auf hart kommt.«

Meg blickte zum Fenster hinaus. »Du kannst dich auf mich verlassen.«

Claire fasste ihre Schwester am Kinn und zwang sie so, sich zu ihr umzudrehen. »Sieh mich an, wenn du so etwas sagst.«

»Vertrau mir.«

»Ich muss tatsächlich dem Tod nahe sein, wenn ich *das* tue.« Nachdenklich runzelte sie die Stirn. »Es wäre mir lieb, wenn das zunächst mal unter uns bleiben könnte.«

»Warum solltest du auch jetzt schon was sagen, bevor wir wirklich etwas Genaues wissen?«

»Weißt du, es würde Dad nur ängstigen und Bobby dazu bringen, nach Hause zu kommen.« Sie musste sich räuspern. »Und Ali? Daran wage ich nicht einmal zu denken.«

»Wir erzählen ihnen einfach, dass wir für eine Woche zusammen in ein Wellness-Center fahren. Werden sie das schlucken?«

»Bobby bestimmt. Ali auch. Und Dad ... Ich weiß nicht. Vielleicht sage ich ihm, dass wir uns ungestört aussprechen möchten. Er will uns schon seit Jahren miteinander versöhnen. Ja, ich glaube, das kauft er uns ab.«

Irgendwann hatte Joe von Fröschen in der Serengeti gelesen, die ihren Laich an schlammigen Flussufern ablegten. Doch dann hörte der Regen auf und die Trockenzeit begann, die in der Serengeti oft genug nicht nur Monate anhielt. Die Eier konnten jahrelang in der unfruchtbaren, harten Erde überdauern. Doch wenn dann wieder Regen einsetzte, kamen winzige Frösche durch den Schlamm ans Tageslicht, gingen auf Partnersuche, und ein neuer Lebenskreislauf begann.

Unglaublich, hatte er damals gedacht, dass unter derartigen Bedingungen Leben überhaupt möglich ist.

Doch inzwischen wusste er es besser. Das Gespräch mit Dianas Eltern hatte ihn befreit. Nicht von den Schuldgefühlen, aber durch ihr Verständnis, durch ihr Verzeihen war seine Last kleiner geworden. Er konnte wieder glauben, dass es eine Zukunft für ihn gab. Zwar nicht in der Medizin, denn er könnte die Nähe des Todes nicht ertragen, aber irgendwo …

Und da war Meghann. Zu seiner großen Überraschung hatte sie angerufen und ein Treffen vorgeschlagen. Seine erste wirkliche Verabredung mit einer Frau seit mehr als fünfzehn Jahren.

Er hatte keine Ahnung, wie er sich darauf vorbereiten sollte.

Sie war so ganz anders als Diana. Meghann hatte nichts Sanftes, Weiches an sich. Kein einziger Augenblick mit ihr versprach irgendetwas – schon gar keine gemeinsame Zukunft. Selbst in den intimsten Situationen verbarg sie gelegentlich ihr Gesicht vor ihm.

Joe wusste, dass es klug wäre, sie und das Verlangen zu vergessen, das sie in ihm entfacht hatte. Klug, aber eben unmöglich. Das wäre so, als würde man von den Fröschen erwarten, dass sie in ihrem Versteck blieben, obwohl sie den belebenden Regen spürten. Tausende Jahre Evolution hatten bestimmte Instinkte so weit geschärft, dass sie nicht ignoriert werden konnten.

Meghann hatte Joe ins Leben zurückgeholt, vielleicht noch mehr als das Verständnis von Dianas Eltern. Jetzt konnte er einfach nicht mehr zurück.

Ihretwegen wagte er schließlich einen Gang in den Ort. In seiner Mittagspause lief er mit gesenktem Kopf über die Main Street, die Basecap tief ins Gesicht gezogen. Er kam an zwei alten Männern vorbei, die vor dem Loose Screw Hardware Store saßen, und an einer Frau, die zwei kleine Kinder aus der Eisdiele zerrte. Er registrierte, dass Passanten mit den Fingern auf ihn zeigten und tuschelten, ging aber entschlossen weiter.

Schließlich betrat er das Friseurgeschäft und setzte sich auf einen der leeren Stühle. »Ich glaube, ich könnte einen Haarschnitt gebrauchen«, sagte er, ohne Frank Hill anzusehen, der ihm erstmals die Haare getrimmt hatte, als er zehn Jahre alt war – für das obligatorische Foto der vierten Klasse.

»Das kann man wohl sagen.« Frank stellte den Besen in eine Ecke, griff sich Kamm und Schere. Nachdem er Joe einen Umhang umgelegt hatte, machte er sich daran, ihm die Haare zu kämmen. »Kopf hoch.«

Langsam hob Joe den Kopf. Im Spiegel bemerkte er die Spuren, die Trauer und Schuldgefühle auf seinem Gesicht hinterlassen hatten: tiefe Falten um Augen- und Mundpartie sowie das vorzeitig ergraute Haar. Mit verkrampftem Magen und geballten Fäusten saß er während der nächsten halben Stunden reglos da und wartete darauf, dass Frank ihn erkannte.

Als er fertig war und gezahlt hatte, ging er zur Tür und wollte sie gerade öffnen, da sagte Frank: »Du kannst jederzeit wiederkommen, Joe. Du hast immer noch ein paar Freunde in dieser Stadt.«

Das gab ihm genügend Mut, zu Swain's Mercantile zu laufen, um sich neue Kleidung zu kaufen. Zu seiner Überraschung lächelten ihn ein paar alte Bekannte an.

Gegen ein Uhr kehrte Joe zur Werkstatt zurück und nahm seine Arbeit wieder auf.

»Das ist jetzt mindestens das zehnte Mal in den letzten dreißig Minuten, dass du auf die Uhr siehst«, stellte Smitty gegen halb fünf fest. Er stand an der Werkbank und bastelte ein Skateboard zusammen, ein Geburtstagsgeschenk für seinen Enkel.

»Ich ... äh ... habe etwas vor«, stotterte Joe.

Schmunzelnd streckte Smitty die Hand nach einem Schraubenschlüssel aus. »Was du nicht sagst.«

Joe schlug die Motorhaube des Trucks zu. »Ich dachte, ich könnte ausnahmsweise vielleicht ein paar Minuten früher gehen.«

»Dagegen ist nichts einzuwenden.«

»Danke.« Joe betrachtete seine ölverschmierten Finger. Er konnte sich nicht vorstellen, Meghann mit diesen Händen zu berühren, obwohl der Schmutz unter seinen Fingernägeln sie bisher nicht gestört hatte. Das war einer der Punkte, die ihm an ihr gefielen. Die Frauen, die er früher gekannt hatte, blickten leicht auf Männer herab, die – so ungepflegt waren.

»Was hast du vor? Falls man fragen darf ...« Mit wiegenden Schritten kam Smitty auf ihn zu.

»Eine Freundin kommt zum Abendessen.«

»Fährt diese Freundin zufällig einen Porsche?«

»Yeah.«

Smitty grinste. »Soll ich dir den Grill leihen? Und willst du dir aus Helgas Garten ein paar Blumen abschneiden?«

»Ich hab mich nicht zu fragen getraut.«

»Großer Gott, Joe, tu es einfach. Mach den Mund auf,

wenn du was willst Das ist unter Nachbarn und Kollegen so üblich.«

»Vielen Dank.«

»Helga hat gestern Käsekuchen gebacken. Ich wette, es sind noch ein paar Stücke übrig.«

»Meine Freundin will für den Nachtisch sorgen.«

»Ah. Nach dem Motto, jeder bringt mit, was er hat, hm? Früher war das nicht üblich. Aber natürlich haben zu meiner Zeit Männer auch nichts geköchelt.« Er zwinkerte. »Jedenfalls nicht auf dem Herd. Na, dann wünsche ich dir einen angenehmen Abend.«

Joe stopfte den ölverschmutzten Lappen in seine Gesäßtasche und verließ die Werkstatt. Auf dem Weg zu seiner Hütte klopfte er bei Helga, plauderte ein paar Minuten mit ihr und verließ sie mit einem kleinen Grill in der Hand. Er stellte das Gerät auf der kleinen Veranda auf und füllte es mit den Briketts, die er in seiner Mittagspause bei Swain's gekauft hatte.

Er betrat seine Hütte, sah sich um und überlegte, was er zu tun hatte.

Die Kartoffeln waschen, mit Öl bepinseln und in Folie wickeln.

Die Maiskolben von ihren Deckblättern befreien.

Die Steaks würzen.

Die Blumen im Wasserkrug arrangieren.

Den Tisch decken.

Joe blickte auf die Uhr.

In anderthalb Stunden ist sie hier.

Er duschte und rasierte sich, zog seine neuen Sachen an und ging in die Küche.

Während der nächsten Stunde arbeitete er emsig, bis die Kartoffeln in der Backröhre waren, der Mais in der Pfanne, die Blumen auf dem Tisch und die Kerzen angezündet.

Joe goss sich ein Glas Rotwein ein und wechselte ins Wohnzimmer, um dort auf sie zu warten.

Er setzte sich auf das Sofa und streckte die Beine aus.

Von ihrem Foto auf dem Kaminsims lächelte Diana ihn an.

Joe verspürte Gewissensbisse, als würde er etwas Unrechtes tun. Aber das war natürlich absurd.

Und dennoch ...

Er stellte das Glas auf den Tisch, ging zum Kamin und nahm das Foto in die Hand. »Hey, Di«, flüsterte er. Es war eins seiner Lieblingsbilder, an einem Silvestertag am Whistler Mountain aufgenommen. Diana trug eine weiße Pelzmütze und einen silberfarbenen Parka. Sie sah unwahrscheinlich jung und hinreißend aus.

Drei Jahre lang hatte er ihr sein Herz ausgeschüttet, ihr buchstäblich alles anvertraut, aber plötzlich wusste er nicht mehr, was er sagen sollte. Hinter ihm flackerten die Kerzen auf einem für zwei gedeckten Tisch.

Mit den Fingerspitzen fuhr Joe über das Glas. Es fühlte sich glatt und kalt an. »Ich werde dich immer lieben.«

Das entsprach der Wahrheit. Diana würde immer seine erste – und vielleicht größte – Liebe sein.

Aber er musste einer neuen Beziehung zumindest eine Chance geben.

Nacheinander sammelte Joe die Fotografien ein und ließ nur eine auf dem Beistelltisch neben dem Sofa zurück. Alle anderen brachte er ins Schlafzimmer und verstaute sie sorgfältig in einer Pappschachtel. Irgendwann würde er einige der Aufnahmen zu seiner Schwester mitnehmen.

Als er ins Wohnzimmer zurückkehrte und sich setzte, dachte er an Meghann und musste unwillkürlich lächeln. Er freute sich auf den gemeinsamen Abend.

Gegen halb zehn war ihm das Lächeln vergangen.

Er saß allein und halb betrunken auf der Couch, neben

sich eine leere Weinflasche. Die Kartoffeln waren zu Mus zerkocht, die Kerzen heruntergebrannt. Die Haustür stand weit und einladend offen, aber der Pfad davor und die Veranda blieben leer.

Gegen Mitternacht ging er schließlich allein ins Bett.

In den vergangenen neun Tagen hatten Meghann und Claire eine ganze Reihe von Spezialisten aufgesucht. Zu ihrer Überraschung zeigten sich Ärzte schnell zu Terminen bereit, wenn man einen Hirntumor hatte und Geld kein Problem darstellte. Sie machten die Bekanntschaft von Neurologen, Hirnchirurgen, Neuro-Onkologen und Radiologen. Sie waren im Johns Hopkins, im Sloan-Kettering, im Scripps. Wenn sie nicht gerade im Flugzeug saßen, warteten sie in Krankenhäusern oder Arztpraxen. Und lernten Dutzende neuer, furchteinflößender Begriffe kennen: Glioblastom, Astrozytom, Kraniotomie. Einige Ärzte waren herzlich und mitfühlend, doch weit mehr waren kühl, distanziert und zu beschäftigt, um ihnen viel Zeit zu widmen. Sie sprachen die erschreckend geringe Bandbreite an Therapiemöglichkeiten an und verwiesen auf Statistiken, die nur wenig Hoffnung boten.

Und alle sagten das Gleiche: inoperabel. Unabhängig davon, ob Claires Tumor nun bös- oder gutartig war – in beiden Fällen konnte er tödlich sein. Die meisten der Fachärzte hielten Claires Tumor für ein Glioblastom von der Sorte, der sie den Beinamen »Terminator« gegeben hatten. *Haha*.

Jedes Mal, wenn sie eine Stadt verließen, richtete Meghann ihre ganzen Erwartungen auf das nächste Ziel.

Bis ein Neurologe am Scripps sie beiseite nahm. »Hören Sie, Sie verschwenden nur wertvolle Zeit«, hielt er ihr vor. »Im Moment liegt die größte Chance Ihrer Schwester in einer Bestrahlung. Fünfundzwanzig Prozent der Gehirntumore sprechen darauf positiv an. Wenn die Geschwulst genügend schrumpft, kann sie vielleicht operiert werden. Bringen Sie Ihre Schwester nach Hause. Hören Sie auf, die Diagnose zu bezweifeln, fangen Sie endlich an, gegen den Tumor zu kämpfen.«

Claire hatte zugestimmt und so waren sie nach Hause gefahren. Am nächsten Tag ging Meghann mit ihrer Schwester ins Swedish Hospital, wo ein Neuro-Onkologe das Gleiche sagte, was zusätzlich von einem Radiologen bestätigt wurde. Sie rieten dazu, unverzüglich mit der Therapie zu beginnen.

Claire würde vier Wochen lang täglich bestrahlt werden.

»Ich werde hier bleiben müssen«, sagte Claire, als sie in Megs Apartment vor dem kalten Kamin saßen. »Hayden ist einfach zu weit entfernt.«

»Selbstverständlich. Ich rufe Julie an und nehme mir Urlaub.«

»Das ist wirklich nicht nötig. Ich kann mit dem Bus zum Krankenhaus fahren.«

»Kommt ja überhaupt nicht in Frage. Für wen hältst du mich?«

»Eine Freundin von mir bekam Chemotherapie und Bestrahlung ...« Claire blickte durchs Fenster auf die funkelnden Lichter der Stadt, sah aber nur Diana vor sich, die zusammen mit ihrem Haar jede Hoffnung verlor. Und letzten Endes konnten die Therapien sie auch nicht retten. »Ich möchte nicht, dass Ali mich so sieht. Sie kann bei Dad bleiben. Vielleicht besorge ich mir eine Perücke und besuche sie am Wochenende.«

»Ich werde ein Auto mieten. Dann kann Bobby dich zur Klinik fahren und wieder zurück.«

»Ich werde Bobby nichts sagen ... noch nicht.«

Meghann runzelte die Stirn. »Warum nicht?«

»Auf keinen Fall rufe ich meinen frisch gebackenen Ehemann an und erzähle ihm, dass ich einen Gehirntumor habe. Er würde auf der Stelle seine Sachen packen und Nashville verlassen, und das will ich nicht.« Claire sah sie an. »Auf diesen Durchbruch hat er sein ganzes Leben lang gewartet. Das will ich ihm nicht kaputtmachen.«

»Aber wenn er dich liebt ...«

»Er *liebt* mich«, entgegnete Claire fest, »das ist doch gerade der springende Punkt. Und ich liebe ihn. Ich will nicht, dass er sich diese Chance entgehen lässt. Abgesehen davon kann er auch nichts anderes tun, als mir die Hand zu halten.«

»Ich dachte, bei der Liebe geht es nicht zuletzt darum, einander in schwierigen Zeiten beizustehen.«

»Das sehe ich genauso.«

»Wirklich? Ich habe eher den Eindruck, als hättest du Angst, er würde nicht kommen.«

»Ach, hör doch auf.«

Meghann setzte sich neben ihre Schwester. »Mir ist völlig klar, dass du dich fürchtest, Claire. Und ich weiß, dass Mama und ich dich im Stich gelassen haben. Mir ist bewusst, dass wir dir – sehr wehgetan haben. Aber du musst Bobby die Möglichkeit geben ...«

»Hier geht es nicht um die Vergangenheit.«

»*Alles* hat mit der Vergangenheit zu tun, behauptet meine Seelenklempnerin immer, und ich fange langsam an, ihr zuzustimmen. Der entscheidende Punkt ist doch ...«

»Misch dich nicht in mein Leben ein. Bitte.« Claires Stimme begann zu zittern. »Ich habe einen Tumor. *Ich*. Du wirst mir nicht vorschreiben, was ich zu tun und zu lassen habe, okay? Ich liebe Bobby und werde ihn auf keinen Fall bitten, alles für mich aufzugeben.« Claire stand auf. »Wir sollten gehen. Ich muss mit Dad reden.«

»Und was ist mit Mama?«

»Was soll mit ihr sein?«
»Wirst du sie anrufen?«
»Um zu hören, dass sie mit der Auswahl von Sofabezügen zu beschäftigt ist, um ihre kranke Tochter zu besuchen? Nein, danke. Ich rufe sie an, wenn es schlimmer wird. Du weißt, wie sehr sie unnötige Szenen verabscheut. Und jetzt lass uns endlich fahren.«
Zwei Stunden später bog Meghann in die River Road ein und hielt nach kurzer Zeit vor Claires Haus. Die Strahlen der untergehenden Sonne wanderten über die gelb gestrichenen Schindeln und verwandelten das Pink der Rosen in ein glühendes Orange. Der Garten war ein einziger Farbenrausch. Auf dem Rasen lag ein achtlos hingeworfenes Kinderfahrrad mit Stützrädern.
»Oh Gott …«, flüsterte Claire.
»Du schaffst es«, versicherte Meg. »Die Bestrahlung kann dich retten. Rede mit ihnen, wie wir es besprochen haben. Ich helfe dir.«
Ein zittriges Lächeln glitt über das Gesicht ihrer Schwester. »Nein, das muss ich allein durchstehen.«
Meg begriff. Es war Claires Familie, nicht ihre. »Okay.«
Claire stieg aus dem Auto. Mit unsicheren Schritten ging sie auf das Haus zu. Schnell lief Meg ihr nach und hakte sie unter.
Vor der Haustür holte Claire tief Luft. »Also gut. Mommy ist krank …«
»Und die Ärzte werden sie wieder gesund machen.«
Hilflos sah Claire sie an. »Aber wie kann ich das denn versprechen? Was ist, wenn …«
»Über das *Wenn* können wir uns später immer noch Gedanken machen, Claire. Jetzt versprichst du ihnen, dass du bald wieder gesund bist.«
Claire nickte. »Du hast Recht.« Sie zwang sich zu einem Lächeln und stieß die Tür auf.

In einem verwaschenen Overall saß Sam auf dem Sofa und lächelte ihnen entgegen. »Da seid ihr ja endlich. Wie war euer Wellness-Urlaub?« Mitten im Satz wurde er ernst. Er blickte erst Claire an, dann Meghann. Langsam stand er auf. »Was ist passiert?«

»Mommy!« Alison sprang von ihrem Fisher-Price-Bauernhof hoch und rannte auf ihre Mutter zu.

Claire ging in die Hocke, umfing Ali mit beiden Armen und zog sie an sich.

Meghann sah, wie ihre Schwester bebte, und sehnte sich danach, sie zu umarmen und zu trösten, wie sie es früher getan hatte. Unbändiger Zorn stieg in ihr auf. Warum musste das Schicksal ausgerechnet Claire so hart treffen? Wie sollte sie ihrer Tochter in die Augen schauen und sagen »Ich bin krank«, ohne daran zu zerbrechen?

»Du zerquetschst mich ja, Mommy«, beschwerte sich Alison und wand sich aus den Armen ihrer Mutter. »Hast du mir etwas mitgebracht? Können wir über Weihnachten nach Hawaii fliegen? Grandpa sagt ...«

Claire stand auf und warf einen nervösen Blick auf Meghann. »Hol mich um sechs ab. Okay?« Dann drehte sie sich lächelnd zu ihrem Vater und ihrer Tochter um. »Ich muss mit euch beiden reden.«

»Das muss ich allein durchstehen ...«

Meghann verließ das Haus, rannte zu ihrem Auto und startete den Motor.

Sie hatte keine Ahnung, wohin sie fuhr, bis sie ihr Ziel erreichte.

Die Hütte wirkte dunkel und verlassen.

Meghann parkte, ließ ihre Handtasche im Wagen und überquerte die Straße.

Sie klopfte an Joes Tür.

Wenig später machte er auf. »Was denkst du dir eigentlich? Soll das ein schlechter Witz sein?«

Da erst fiel Meghann schlagartig ihre Verabredung ein. Am letzten Freitag. Sie wollte Wein und das Dessert mitbringen. Es kam ihr vor, als wären inzwischen Jahrzehnte vergangen. Über seine Schulter hinweg sah sie einen welkenden Strauß auf dem Couchtisch und hoffte, dass er die Blumen nicht für ihr Rendezvous gekauft hatte. *Aber natürlich hatte er. Wie lange er wohl auf sie gewartet hatte*? »Entschuldige. Ich habe unser Abendessen ganz vergessen.«

»Nenne mir nur *einen* guten Grund, warum ich dir *nicht* die Tür vor der Nase zuschlagen sollte.«

Meghann sah ihn an und fühlte sich innerlich so zerrissen, dass sie kaum atmen konnte. »Meine Schwester hat einen Gehirntumor.«

Sein Gesichtsausdruck veränderte sich. Etwas wie gequältes Verstehen trat in seine Augen, sodass Meg sich unwillkürlich fragte, was *er* durchgemacht hatte. »O Gott.«

Er breitete die Arme aus und sie ließ sich in seine Umarmung hineinfallen. Zum ersten Mal gab sie ihre Selbstbeherrschung auf und brach hemmungslos in Tränen aus.

Joe stand auf der Veranda und blickte in die Dämmerung. Im Park gegenüber der Straße fand ein Baseballspiel statt. Hin und wieder durchbrachen Anfeuerungsrufe der Zuschauer die Stille. Ansonsten war nichts zu hören als das Rascheln des Abendwinds in den Geißblattranken.

Es war weit besser für ihn gewesen, wütend auf Meghann zu sein, sie vergessen zu wollen, weil sie ihn versetzt hatte. Als sie sich von ihm umarmen ließ und ihn mit Tränen in den Augen ansah, hatte er nur noch den verzweifelten Wunsch verspürt, ihr zu helfen.

»*Meine Schwester hat einen Gehirntumor …*«

Joe schloss die Augen. Er wollte sich nicht erinnern, wollte die Gefühle verdrängen, die ihn überfielen.

Fast eine Stunde lang hatte er Meghann nur in den Armen gehalten. Sie hatte geweint, bis keine Tränen mehr in ihr waren, um dann in einen unruhigen Schlaf zu fallen. Wahrscheinlich war es ihr erster Schlaf seit Tagen.

Joe kannte das. Nach einer Diagnose wie dieser schlief ein Mensch entweder zu viel oder gar nicht.

Über wirklich wichtige Dinge hatten sie nicht gesprochen. Er hatte ihr nur über die Haare gestrichen, sie auf die Stirn geküsst und sie gehalten.

Joe empfand Scham, als er daran dachte.

Hinter ihm ging die Fliegengittertür auf und fiel scheppernd wieder zu. Er versteifte sich, konnte – wollte? – sich nicht zu ihr umdrehen und ihr ins Gesicht blicken. Als er es doch tat, sah er, wie verlegen sie war.

Ihre Wangen waren gerötet, ihre schönen Haare eine zerzauste Mähne. Sie versuchte zu lächeln, und die Mühe, die sie sich gab, zerriss ihm fast das Herz. »Ich werde dich für einen Verdienstorden vorschlagen.«

Am liebsten hätte Joe sie wieder in die Arme genommen, doch das wagte er nicht. Zwischen ihnen hatte sich etwas verändert, auch wenn sie das nicht wusste. Krankenhäuser. Tumore. Leiden, Sterben und Tod.

Er konnte das alles nicht noch einmal mit ansehen. Er hatte gerade erst angefangen, sich davon zu erholen. »Es ist nichts dabei, wenn man weint.«

»Nein. Aber es hilft auch nicht viel.« Sie kam auf ihn zu, und er fragte sich, ob ihr bewusst war, dass sich ihre Hände verkrampften.

Er bekam den Eindruck, dass die Zeit in seinen Armen sie gleichzeitig beruhigt und zornig gemacht hatte. Als hasse sie es, hilflos und trostbedürftig zu sein. Er war lange genug allein gewesen, um das verstehen zu können.

»Ich danke dir für … oh, ich weiß auch nicht. Dafür,

dass ich hier sein darf. Ich hätte dich nicht so überfallen dürfen.«

Joe wusste, worauf sie wartete, auf einen kleinen Satz. »Es freut mich, dass du gekommen bist« vielleicht.

Als er schwieg, wich sie stirnrunzelnd einen Schritt zurück. »Zu viel auf einmal und zu plötzlich, nehme ich an. Kann ich absolut nachvollziehen. Auch ich kann Menschen nicht leiden, die sich an einen klammern. Nun, ich sollte jetzt besser gehen. Morgen fängt Claire mit den Bestrahlungen an.«

»Wo?« Die Frage kam ihm gegen seinen Willen über die Lippen.

Sie blieb stehen, drehte sich zu ihm um. »Im Swedish Hospital.«

»Habt ihr auch noch andere Meinungen eingeholt?«

»Was denkst du denn? Wir waren bei den angesehensten Spezialisten im ganzen Land. Sie stimmen nicht in allen Punkten überein, aber *inoperabel* ist ihr Lieblingswort.«

»Es gibt da einen Hirnchirurgen an der UCLA. Er heißt Stu Weissman. Er ist gut.«

»Sie sind alle gut. Und alle einer Meinung.« Sie musterte ihn. »Woher kennst du Weissman?«

»Ich habe mit ihm zusammen studiert.«

»Auf dem College?«

»Du klingst so überrascht. Dass ich jetzt Handlangerdienste verrichte und in einer schäbigen Hütte hause, heißt noch längst nicht, dass es immer so gewesen sein muss. Ich habe einen Abschluss in Amerikanischer Literaturwissenschaft.«

»Wir wissen eigentlich gar nichts voneinander.«

»Vielleicht ist es besser so.«

»Normalerweise hätte ich darauf irgendwas Schlagfertiges erwidert. Aber ich bin heute etwas langsam. Liegt wohl daran, dass ich eine Schwester mit einem Hirntumor habe. Tu einfach so, als wäre ich geistreich gewesen.«

Ihre Stimme versagte. Sie wandte sich ab und ging davon.

Er wollte ihr nachlaufen, sich entschuldigen und ihr die ganze Wahrheit erzählen, wer er war und was hinter ihm lag. Dann könnte sie möglicherweise verstehen, dass es Situationen gab, denen er sich nicht gewachsen fühlte. Aber er rührte sich nicht vom Fleck.

Als Joe zurück ins Haus ging, fiel sein Blick auf das letzte Foto von Diana. Zum ersten Mal bemerkte er ein vorwurfsvolles Funkeln in ihren Augen.

»Was?«, fragte er gereizt. »Es gibt nichts, was ich tun könnte.«

Als Claire von dem »Kloß« in ihrem Kopf erzählte, hörte Alison aufmerksam zu.

»Ein Golfball ist ziemlich klein«, stellte sie schließlich fest.

Claire nickte lächelnd. »Ja. Das stimmt.«

»Und eine Spezialkanone schießt ihre Zauberstrahlen auf den Kloß ab, bis er verschwindet? Wie bei Aladins Wunderlampe?«

»Genau so.«

»Und warum musst du bei Tante Meg wohnen?«

»Das Krankenhaus ist zu weit entfernt. Ich schaffe es nicht, jeden Tag nach Seattle zu fahren und wieder zurück.«

»Okay«, sagte Alison, sprang auf und stürmte die Treppe hoch. »Geh nicht weg«, rief sie über die Schulter gewandt.

»Du hast mich nicht angesehen«, bemerkte Sam, als Ali verschwunden war.

»Ich weiß.«

Er stand auf, durchquerte das Zimmer und setzte sich neben sie. Claire spürte seine vertraute Wärme, als er einen Arm um sie legte und sie fest an sich zog. Sie legte den Kopf an seine Schulter. Ein Tropfen fiel auf ihre Wange, und sie wusste, dass er weinte.

»Ich könnte dich doch jeden Tag zum Krankenhaus fahren«, sagte er leise und dafür liebte sie ihn noch mehr. Aber sie wollte nicht, dass er sie schwach und hinfällig sah. Zusammen mit Meg hatte sie sich über die Auswirkungen der Strahlentherapie informiert. Sie würde ihre ganze Kraft brauchen, um die Behandlung durchzustehen. Sie konnte nicht jeden Abend nach Hause kommen und ihren Zustand an den Augen ihres Vaters ablesen. »Das weiß ich. Du bist immer für mich da gewesen, wenn ich dich gebraucht habe.«

Mit einem schweren Seufzer wischte er sich über die Augen. »Hast du es Bobby schon gesagt?«

»Noch nicht.«

»Aber du wirst es tun?«

»Natürlich. Sobald er aus Nashville zurück ist ...«

»Nein!«

Verwirrt über die plötzliche Strenge in seiner Stimme, sah sie ihn an. »Was?«

»Ich hatte keine Ahnung, dass deine Mutter schwanger war. Habe ich dir das jemals erzählt?«

»Das hast du.«

»Ich lief eines Abends los, um etwas zu besorgen, und als ich zurückkam, war sie fort. Ich habe sie überall gesucht. Aber du kennst Ellie. Wenn sie verschwindet, dann gründlich. Ich nahm meinen Job in der Papierfabrik wieder auf und versuchte sie zu vergessen. Es hat lange gedauert.«

Claire legte eine Hand auf seinen Arm. »Das weiß ich doch alles.«

»Das weißt du nicht. Als Meg mich anrief, damit ich dich zu mir hole, wurde ich innerhalb einer Sekunde von einem alleinstehenden Mann zum Vater eines neunjährigen Mädchens. Damals habe ich Ellie wirklich abgrundtief gehasst. Es hat etliche Jahre gedauert, bis ich irgendwie darüber hinwegkam, dass sie mich um deine ganze Kindheit betrogen hat. Ich konnte an nichts anderes denken als an das, was sie mir alles vorenthalten hat: deine Geburt, deine ersten Worte, die ersten Schritte. Ich habe dich doch nie wirklich ganz in den Armen halten können.«

»Was hat das mit Bobby zu tun?«

»Du kannst für andere keine Entscheidungen treffen, Claire. Vor allem nicht für Menschen, die dich lieben.«

»Aber man kann sie schonen. Ist das nicht der Sinn von Liebe?«

»Für dich ist es *Schonen*? Und was ist, wenn er es für Egoismus hält? Falls wirklich ... das Schlimmste eintritt, bringst du ihn um das Einzige, was zählt. Gemeinsame Zeit.«

Claire senkte den Kopf. »Ich kann es ihm nicht sagen, Dad. Ich kann es einfach nicht.«

»Ich könnte deine Mutter umbringen für das, was sie dir und Meg angetan hat.«

»Hier geht es nicht darum, dass Mama uns verlassen hat«, entgegnete Claire. »Sondern darum, wie sehr ich Bobby liebe. Ich will nicht, dass er meinetwegen auf seine große Chance verzichtet.«

Bevor ihr Vater etwas erwidern konnte, kam Alison ins Zimmer gerannt und zog ihre Babydecke hinter sich her, ohne die sie nie ins Bett ging. »Hier, Mommy«, sagte sie. »Du kannst meine Schmusedecke haben, bis es dir besser geht.«

Claire nahm die angegraute, ehemals pinkfarbene Decke in die Hände, hielt sie sich vor das Gesicht und atmete den süßen Geruch ihrer Tochter tief ein. »Danke, Ali Kat«, flüsterte sie heiser.

Alison kroch auf Claires Schoß und umarmte sie. »Ist schon gut, Mommy. Du brauchst nicht zu weinen. Ich bin schon groß. Ich kann ohne meine Schmusedecke einschlafen.«

Sechsundzwanzigstes Kapitel

Meghann saß im Warteraum und blätterte in der neuesten Ausgabe des *People Magazine*. Es war das Sonderheft, in dem die am besten und die am schlechtesten gekleideten Promis vorgestellt wurden. Aber Meghann konnte bei Gott keinen Unterschied erkennen. Schließlich warf sie die Zeitschrift auf den geschmacklosen Tisch aus Holzfurnier. Die Wanduhr tickte unbarmherzig weiter.

Sie stand auf und lief noch einmal zum Empfangstresen. »Inzwischen warte ich über eine Stunde. Sind Sie sicher, dass mit meiner Schwester alles in Ordnung ist? Claire …«

»Austin, ich weiß. Vor fünf Minuten habe ich mit der Radiologie gesprochen. Sie müsste gleich kommen.«

Meghann verkniff sich die Bemerkung, dass sie vor einer Viertelstunde eine ähnliche Antwort erhalten hatte. Stattdessen kehrte sie seufzend zu ihrem Stuhl zurück. Das einzige Magazin, das sie noch nicht gelesen hatte, war *Field & Stream*. Sie verzichtete auf die Lektüre.

Endlich erschien Claire.

Langsam stand Meghann auf. An der rechten Kopfseite ihrer Schwester entdeckte sie eine kleine, rasierte Stelle. »Wie war es?«

Claire hob die Hand und befühlte den kahlen Fleck.

»Sie haben mich tätowiert. Ich komme mir vor wie Damien, dieser Typ aus *Das Omen*.«

Meghann betrachtete die winzigen schwarzen Punkte auf der nackten Kopfhaut. »Ich könnte dich so frisieren, dass man überhaupt nichts sieht von der ... Du weißt schon.«

»Der kahlen Stelle? Das wäre großartig.«

Eine ganze Weile sahen sie sich nur stumm an. »Nun, dann lass uns gehen«, sagte Meghann schließlich.

Sie verließen das Krankenhaus und liefen über den Parkplatz.

Auf der kurzen Fahrt zu ihrem Apartment überlegte Meghann fieberhaft, was sie sagen könnte. Sie musste jetzt vorsichtig sein, musste jedes ihrer Worte mit Bedacht wählen und durfte nur das Richtige sagen. Was immer das sein mochte.

»Es hat gar nicht wehgetan«, sagte Claire.

»Wirklich? Wie schön.«

»Aber es fiel mir ziemlich schwer, mich die ganze Zeit nicht bewegen zu dürfen.«

»Oh ... klar. Das kann ich mir denken.«

»Ich habe die Augen geschlossen und mir vorgestellt, es wären Sonnenstrahlen. Die mich heilen. Wie in einer der Broschüren, die du mir gegeben hast.«

Meghann hatte ihre Schwester mit einem ganzen Stapel Publikationen über positives Denken und eine grundsätzlich optimistische Lebenseinstellung versorgt, wusste bisher jedoch nicht, dass Claire sie wirklich las. »Es freut mich, dass dich das Infomaterial interessiert. Die Lady bei Fred Hutch hat versprochen, mir noch eine ganze Kiste davon schicken zu lassen.«

Claire lehnte sich zurück und blickte zum Fenster hinaus.

Von der Seite betrachtet, sah sie aus wie immer. Meghann wünschte sich inständig, irgendetwas wirklich Wichtiges sagen zu können. Zwischen ihnen war so vieles unausgesprochen.

Mit einem leisen Seufzer fuhr sie in die Tiefgarage und parkte den Porsche auf ihren Stellplatz.

Immer noch schweigend bestiegen sie den Lift zum Apartment. Oben angekommen, drehte sich Meg zu ihrer Schwester um und starrte eine Sekunde zu lange auf die kahle Stelle. »Möchtest du vielleicht etwas essen?«

»Nein.« Claire berührte kurz Megs Hand. Ihre Finger waren eiskalt. »Vielen Dank, dass du mich heute begleitet hast. Es war gut, nicht allein sein zu müssen.«

Ihre Blicke trafen sich. Und wieder spürte Meghann die Last ihrer Entfremdung.

»Vielleicht sollte ich mich hinlegen. Ich habe in der letzten Nacht kaum ein Auge zugetan.«

Also hatten sie beide wach gelegen und in ihren jeweiligen Zimmern an die Decke gestarrt. Meghann wünschte, sie wäre zu Claire gegangen, hätte sich auf ihr Bett gesetzt und mit ihr über die Dinge geredet, die wirklich wichtig waren. »Ich auch nicht.«

Claire nickte. Sie wartete noch einen Moment, dann drehte sie sich um und verließ den Raum in Richtung Gästezimmer.

Meghann sah, wie die Tür zwischen ihnen langsam zufiel. Reglos stand sie da und lauschte auf die schleppenden Schritte ihrer Schwester. Sie fragte sich, ob sich Claire da draußen langsamer bewegte, ob die Angst ihr Sehvermögen trübte. Oder ob sie die kleine kahle Stelle an ihrem Kopf im Spiegel betrachtete. Brach Claires tapfere Fassade wie ein Kartenhaus zusammen, wenn sie unbeobachtet war?

Sie hoffte inständig, dass es nicht so war, und ging in ihr Arbeitszimmer. Früher hatten Akten, Protokolle und

Vergleichsentwürfe den Schreibtisch bedeckt. Jetzt bog sich die Glasplatte förmlich unter medizinischen Büchern, JAMA-Artikeln und Berichten über die neuesten Forschungsergebnisse. Und jeden Tag trafen neue Pakete von Buchversandhäusern ein.

Meghann setzte sich an den Schreibtisch und griff nach dem Buch, das sie gerade las. Es behandelte das Thema Krebs und gab Ratschläge, wie man mit der Diagnose fertig werden konnte. Es war bei einem Kapitel mit der Überschrift »Verstummen Sie nicht gerade dann, wenn Sie reden sollten« aufgeschlagen.

»Diese schwierige Phase kann durchaus eine Zeit innerer Bereicherung sein. Nicht nur für den Patienten, sondern für die Familie«, las Meghann. »Sie kann eine Chance sein, Sie und Ihre Lieben einander näher zu bringen.« Sie klappte das Buch zu und vertiefte sich in einen JAMA-Artikel über Tamoxifen und die potentiellen Fä-higkeiten des Wirkstoffes, Tumoren schrumpfen zu lassen.

Meghann griff nach einem Notizblock und begann eifrig zu schreiben. Als sie Stunden später den Kopf hob, stand Claire in der Tür und lächelte sie an. »Irre ich mich, oder planst du tatsächlich, die Operation selbst durchzuführen?«

»Schon jetzt weiß ich mehr über deine ... Verfassung als dieser Schwachkopf, bei dem wir als Erstes waren.«

Vorsichtig über Bücherpakete und Zeitschriften steigend, bahnte sich Claire ihren Weg ins Zimmer. Ihr Blick wanderte über die Stapel voll gekritzelter Seiten und leer geschriebener Stifte. »Kein Wunder, dass du die beste Anwältin der Stadt bist.«

»Ich recherchiere eben gründlich. Ich stelle gerade eine Art Synopse her, eine knappe Zusammenfassung aller wichtigen Dinge, die ich gelesen habe.«

»Vielleicht sollte ich das selbst lesen. Was meinst du?«

»Manches davon ist ... hart.«

Claire streckte die Hand nach dem kleinen Regal links neben dem Schreibtisch aus. Auf den Rücken eines Aktenordners war mit roter Tinte das Wort »Hoffnung« geschrieben. Sie zog ihn heraus.

»Nicht«, sagte Meg. »Damit habe ich gerade erst angefangen.«

Ihre Schwester klappte den Ordner auf. Er war leer. Sie sah Meghann an.

»Hier, das gehört da hinein«, sagte Meg und riss schnell ein paar Seiten von einem Block. »Informationen über Tamoxifen.«

»Was ist das? Ein Medikament?«

»Es muss doch Menschen geben, die Gehirntumoren besiegt haben«, erklärte Meghann entschlossen. »Ich werde jeden einzelnen aufspüren und seine Geschichte in dem Ordner da archivieren.«

Wortlos beugte Claire sich vor und griff nach einem leeren Blatt Papier. Sie schrieb ihren Namen darauf, legte das Blatt in den Ordner und stellte ihn ins Regal zurück.

Fast schon ehrfurchtsvoll blickte Meghann zu ihrer Schwester auf. »Ich bewundere dich. Weißt du das eigentlich?«

»Die Töchter unserer Mutter sind hart im Nehmen.«

»Notgedrungen.«

Meg lächelte. Zum ersten Mal an diesem Tag hatte sie das Gefühl, wieder freier atmen zu können. »Wollen wir uns einen Film ansehen?«

»Alles außer *Love Story*.«

Meghann machte gerade Anstalten, sich zu erheben, da klingelte es an der Tür. Sie hob die Brauen. »Wer kann das sein?«

»Du tust ja gerade so, als bekämst du nie Besuch.«

Meghann lief an Claire vorbei zur Tür. Bevor sie sie erreicht hatte, klingelte es wieder. »Verdammt guter Portier«, murmelte sie und öffnete.

Vor ihr standen Gina, Charlotte und Karen.

»Wo ist sie?«, schrie Karen.

Claire kam aus dem Arbeitszimmer. Karen und Charlotte murmelten Meghann eine knappe Begrüßung zu, schossen auf Claire zu und rissen sie förmlich in ihre Arme.

»Sam hat uns angerufen«, sagte Gina zu Meghann, als sie allein in der Diele waren. »Wie geht es ihr?«

»Ganz okay, nehme ich an. Die erste Bestrahlung verlief offenbar gut. Sie muss sich vier Wochen lang täglich bestrahlen lassen. Sie wollte euch nicht beunruhigen«, fügte sie auf Ginas Blick hinzu.

»Ja, das glaube ich gern. Aber so etwas kann sie nicht allein durchstehen.«

»Sie hat mich«, entgegnete Meg gekränkt.

Gina drückte ihren Arm. »Sie braucht uns alle.«

Meghann nickte. Schweigend sahen die beiden Frauen sich an.

»Ruf mich an. Jederzeit«, sagte Gina leise.

»Danke.«

Gina lief an Meg vorbei ins Wohnzimmer. »Also gut«, rief sie. »Wir haben salzige Zwiebelringe, pappiges Popcorn, witzige Filme und natürlich Spiele. Womit wollen wir anfangen?«

Meghann sah den Freundinnen zu. Alle redeten wild durcheinander. Sie rührte sich nicht vom Fleck und keine der vier schenkte ihr die geringste Beachtung.

Irgendwann ging sie in ihr Arbeitszimmer und schloss die Tür hinter sich. Während sie am Schreibtisch saß und die neuesten Veröffentlichungen über Chemotherapie und die Möglichkeiten las, Tumoren durch Hitze zu veröden, hörte sie ihre Schwester laut lachen.

Sie zog sich das Telefon heran und wählte Elizabeths Nummer.

»Hey«, sagte sie, nachdem ihre Freundin sich gemeldet hatte.

»Was ist?«, fragte Elizabeth. »Du bist ausgesprochen einsilbig. Das ist doch sonst gar nicht deine Art.«

»Claire ...«, brachte Meghann noch über die Lippen, bevor ihr die Tränen kamen.

Wie hingegossen lag Joe auf dem Sofa und trank ein Bier. Inzwischen sein drittes.

Die Chance auf Erlösung – die er noch eine Woche zuvor in Reichweite vor sich sah wie eine lebensrettende Oase mitten in der Wüste – hatte sich mit einem Mal verflüchtigt. Er hätte wissen müssen, dass es ein Trugbild war.

Es würde keinen Neuanfang geben. Dafür fehlte ihm einfach der Mut. Er hatte gedacht, ja gehofft, dass er mit Meghann die nötige Kraft aufbringen könnte.

»Meghann«, flüsterte er und schloss die Augen. Er hatte für sie und ihre Schwester gebetet. Zu mehr fühlte er sich wirklich nicht in der Lage.

Meg ...

Er bekam sie einfach nicht aus dem Kopf. Seine Gedanken und seine Sehnsucht kreisten unablässig um sie. Um das zu beenden, hatte er zu den Bierflaschen gegriffen.

Dabei war es eigentlich nicht *sie*, die ihm fehlte. Himmel, er kannte doch nicht einmal ihren Nachnamen. Wusste nicht, wo sie lebte und womit sie sich in ihrer Freizeit beschäftigte.

Joe trauerte vielmehr um die *Möglichkeiten*, die sich durch sie kurzfristig eröffnet hatten. Wenige – ganz überraschende und kostbare – Augenblicke lang hatte er es gewagt, sich nach dem Zusammensein mit einem anderen

Menschen zu sehnen, sich eingeredet, dass es eine Zukunft für ihn gab.

Er nahm einen tiefen Schluck. Es half nicht viel.

Das Telefon in der Küche klingelte. Langsam stand er auf. Vermutlich war es Gina, die sich erkundigen wollte, wie es ihm ging. Er hatte keine Ahnung, was er ihr sagen sollte.

Aber es war nicht Gina, sondern Henry Roloff. Er hörte sich an, als wäre es dringend. »Joe? Können wir uns vielleicht auf einen Kaffee treffen? Sagen wir in einer Stunde?«

»Was gibt es denn?«

»Im Whitewater Diner? Um drei?«

Joe hoffte inständig, dass er den Weg dorthin bewältigen konnte, ohne zu schwanken. »Selbstverständlich.« Er legte auf und ging ins Bad, um zu duschen.

Eine Stunde später lief er die Main Street hinunter. Noch leicht benommen vom Bier, aber das war wahrscheinlich gar nicht so verkehrt. Er wusste, dass Passanten ihn anstarrten, doch es machte ihm nichts aus.

Er brauchte seine ganze Kraft, die Bedienung im Diner höflich anzulächeln. Zum Glück war es eine Frau, die er nicht kannte. Sie führte ihn zu einem Tisch, an dem Henry bereits auf ihn wartete.

»Hey, Joe. Vielen Dank, dass du so schnell gekommen bist.«

»Ich kann nicht behaupten, dass ich übermäßig beschäftigt wäre. Heute ist Sonnabend. Die Werkstatt hat geschlossen.«

Henry plauderte eine Weile über Tinas Garten und ihren Winterurlaub in St. Croix, aber Joe wurde das Gefühl nicht los, dass da noch mehr im Busch war. Er spürte, wie er sich unwillkürlich verkrampfte.

Schließlich konnte er die Anspannung nicht mehr ertragen. »Warum wolltest du mich sprechen, Henry?«

Dianas Vater blickte ihn einen Moment lang stumm an. »Ich möchte dich um einen Gefallen bitten.«

»Ich würde alles für dich tun. Das weißt du. Worum geht es?«

Henry zog einen großen, ockerfarbenen Umschlag unter dem Tisch hervor.

Joe brauchte sich den Inhalt gar nicht erst anzuschauen. Er wusste Bescheid. Er lehnte sich zurück und hob abwehrend die Hände. »Alles, nur das nicht, Henry. Ich kann das nicht mehr!«

»Ich möchte lediglich, dass du einen Blick darauf wirfst. Der Fall …« Henrys Pieper meldete sich. »Einen Augenblick bitte.« Henry holte sein Mobiltelefon aus der Tasche und wählte eine Nummer.

Joe starrte den Umschlag an. In ihm befanden sich Patientenunterlagen. Eine Dokumentation von Krankheit, Schmerz und Leid.

Damit wollte er nichts zu tun haben. Nie wieder. Für einen Menschen, der seinen Glauben und sein Selbstvertrauen so gründlich verloren hatte wie Joe, gab es kein Zurück. Abgesehen davon durfte er gar nicht mehr praktizieren. Er hatte seine Approbation auslaufen lassen.

Er stand auf. »Tut mir Leid«, unterbrach er Henrys Gespräch. »Meine Tage als Arzt sind vorbei.«

»Warte.« Henry hob eine Hand.

Joe drehte sich um und verließ das Restaurant.

Obwohl die Bestrahlungen jeweils nur wenige Minuten dauerten, bestimmten sie Claires Leben. Am vierten Tag fühlte sie sich wie ausgelaugt und ihr war schlecht. Die Nebenwirkungen waren allerdings halb so schlimm wie die Telefongespräche.

Jeden Tag rief sie um Punkt zwölf Uhr mittags zu Hause

an. Alison meldete sich immer gleich nach dem ersten Klingeln und wollte wissen, ob der »Kloß« schon kleiner geworden war. Dann kam ihr Vater an den Apparat und stellte die gleiche Frage, nur mit anderen Worten. Claire merkte, dass es ihr von Mal zu Mal schwerer fiel, Zuversicht zu verbreiten.

Bei jedem Anruf stand Meg dicht neben ihr. Sie ging kaum noch in die Kanzlei. Und wenn, dann höchstens drei Stunden am Tag. Den Rest ihrer Zeit verbrachte sie über Büchern und Artikeln oder surfte im Internet. Sie verfolgte das Thema Gehirntumor mit der gleichen Zähigkeit, mit der sie früher zahlungsunwillige Väter aufgespürt hatte.

Claire war dankbar für ihre Bemühungen. Sie las alles, was Meg ihr gab, und war sogar bereit, den »GTC« – Gehirntumor-Cocktail – zu trinken, den Meghann aufgrund ihrer Nachforschungen empfohlen hatte. Er enthielt eine Vielzahl von Vitaminen und Mineralstoffen.

Sie sprachen ausführlich über Therapien, Prognosen und die neuesten Studienergebnisse. Jedoch nie über die Zukunft. Claire fehlte der Mut, ihre Angst einzugestehen, und Meg fragte nicht danach.

Nur gegen zwei Uhr mittags schien Meghann bereit, sie aus den Augen zu lassen. Das war der Zeitpunkt, an dem Claire Bobby anrief.

Jetzt war Claire allein im Wohnzimmer. Beim ersten Schrillen der auf zwei eingestellten Uhr in der Küche hatte Meghann wie üblich mit einer Entschuldigung den Raum verlassen.

Claire ging zum Telefon und wählte Bobbys Handy-Nummer.

Er meldete sich sofort. »Hey, Süße. Es ist bereits drei Minuten *nach* zwei.« Beim Klang seiner Stimme wurde ihr ganz warm ums Herz.

Sie lehnte sich in die weichen Couchpolster zurück. »Erzähl, was du heute so erlebt hast.« Es war leichter zuzuhören als zu reden. Anfangs konnte sie über seine Geschichten lachen und sich ein paar nette, kleine Lügen ausdenken. Neuerdings fiel es ihr jedoch immer schwerer. Claire fragte sich, wie lange es noch dauern konnte, bis ihm auffiel, dass sie bei ihren Gesprächen nur zuhörte, oder wie ihre Stimme bebte, wenn sie »Ich liebe dich« sagte.

»Heute habe ich George Strait getroffen. Ist das nicht unglaublich? Er hat mir einen Song gegeben und meinte, er wäre genau das Richtige für meine Stimme. Ich habe ihn mir sofort angehört und er ist echt großartig. Hör mal ...« Bobby begann zu singen.

Ein Schluchzen stieg in Claires Kehle auf. Sie musste ihren Mann unterbrechen, bevor ihr die Tränen kamen. »Wundervoll, Bobby. Damit schaffst du es garantiert unter die ersten zehn Plätze auf der Hitliste.«

»Alles in Ordnung mit dir, Liebling?«

»Mir geht's gut. Uns allen geht es gut. Du wärst überrascht, wie oft Meg und ich gemeinsam etwas unternehmen. Und Ali und Dad lassen dich natürlich grüßen.«

»Grüß sie bitte zurück. Du fehlst mir, Claire.«

»Du mir auch. Aber es sind ja nur noch ein paar Wochen.«

»Kent glaubt, dass wir in der nächsten Woche alle Songs beisammenhaben. Danach geht es ins Studio. Was hältst du davon, dann für ein paar Tage herzukommen? Ich würde dir die Lieder zu gern vorsingen.«

»Vielleicht.« Claire fragte sich, welche Ausrede ihr dazu einfallen würde. Sie fühlte sich zu erschöpft, jetzt darüber nachzudenken. »Ich hoffe, du genießt jede einzelne Minute da unten.«

»Auf jeden Fall. Das heißt, so gut das ohne dich möglich ist.«

Was sie tat, war richtig. Absolut richtig. »Also, mein

Schatz, ich muss Schluss machen. Meg hat mich zum Lunch eingeladen. Dann wollen wir ins Gene Juarez Spa, zur Maniküre.«

»Ich dachte, du wärest gestern erst bei der Maniküre gewesen?«

Claire zuckte zusammen. »Das musst du falsch verstanden haben. Da war ich zur Pediküre. Ich liebe dich.«

»Ich dich auch, Claire. Ist ... wirklich alles okay?«

Sie spürte, dass ihr schon wieder die Tränen kamen. »Sicher. Alles bestens.«

»Ich habe uns alles für ein Picknick eingepackt«, sagte Meghann am nächsten Vormittag nach der Strahlenbehandlung.

»Ich habe keinen großen Appetit.«

»Das weiß ich. Ich dachte nur ...«

Claire brauchte ihre ganze Willenskraft, sich aus ihrer Lethargie zu reißen. Bedauerlicherweise wurde auch das immer schwerer. »Du hast Recht. Es ist ein fantastischer Tag.«

Meghann hakte sie unter und ging mit ihr zum Auto. Nach nur wenigen Minuten waren sie auf dem Freeway. Links von ihnen schimmerte der Lake Union in der Sonne. Sie kamen an den neugotischen Gebäuden der University of Washington vorbei und brausten über die Floßbrücke.

Auf dem Lake Washington herrschte reger Betrieb. Zahllose Boote durchschnitten die Wellen, Wasserskiläufer im Schlepptau.

Auf Mercer Island verließ Meghann den Freeway, bog wenig später auf eine schmale, baumgesäumte Einfahrt ein und parkte vor einem schmucken Haus mit grauen Schindeln. »Es gehört meiner Partnerin. Sie hat es uns für heute Nachmittag überlassen.«

»Es überrascht mich, dass sie bei deiner ständigen Abwesenheit noch weiter mit dir zusammenarbeiten will.«

Meghann half Claire beim Aussteigen und führte sie über die Wiese zu einem Anlegesteg. »Erinnerst du dich an Lake Winobee?« Sie geleitete ihre Schwester zum Ende des Stegs und war ihr behilflich, sich zu setzen.

»An den Sommer, in dem du mir den pinkfarbenen Bikini geschenkt hast?«

Meghann stellte den Picknickkorb ab und nahm neben ihrer Schwester Platz. Beide ließen die Beine baumeln. Klatschend schlug Seewasser gegen die Stützpfosten. In ihrer Nähe dümpelte ein Segelboot, das *The Defense Rests*. Bei jeder Bewegung knarrten die Leinen.

»Den hatte ich bei Fred Meyer geklaut«, sagte Meghann. »Als ich nach Hause kam, musste ich mich vor Angst übergeben. Mama hat sich nicht weiter drum gekümmert. Sie hat nur kurz von ihrer *Variety* aufgeblickt und gesagt: ›Lange Finger bringen nichts als Probleme.‹«

Nachdenklich studierte Claire das Profil ihrer Schwester. »Ich habe damals so darauf gewartet, dass du wiederkommst. Dad sagte immer: ›Keine Sorge, Claire-Bear, sie ist deine Schwester. Sie kommt zurück.‹ Warum hast du es nicht getan?«

Meghann seufzte resigniert, als hätte sie gewusst, dass dieses Thema nicht länger zu umgehen war. »Weißt du noch, wie Mama damals zum Vorsprechen für *Starbase IV* fuhr?«

»Ja.«

»Sie tauchte nicht wieder auf. Es war zwar nicht ungewöhnlich, dass sie für einen Tag oder zwei verschwand, aber nach etwa fünf Tagen bekam ich die Panik. Es war kein Geld mehr da und wir hatten Hunger. Und dann fing auch noch die Fürsorge an herumzuschnüffeln. Ich hatte große Angst, dass man dich in ein Heim stecken könnte. Also habe ich Sam angerufen.«

»Das weiß ich doch alles, Meg.«

Meg schien sie nicht gehört zu haben. »Er sagte, er würde uns beide bei sich aufnehmen.«

»Und das hat er auch getan.«

»Aber er war nicht *mein* Vater. Ich bemühte mich wirklich, mich in Hayden einzufügen. Na ja, das ging voll daneben. Ich geriet in schlechte Gesellschaft und fing an, Mist zu bauen. Ein Therapeut würde wohl sagen, ich wurde auffällig, um Aufmerksamkeit zu bekommen. Jedes Mal, wenn ich Sam und dich zusammen sah ...« Sie zuckte mit den Schultern. »Ich schätze, ich fühlte mich ausgeschlossen. Du warst das Einzige, was ich auf der Welt hatte, und nun gab es dich für mich irgendwie nicht mehr. Eines Abends kam ich betrunken nach Hause und Sam explodierte. Er nannte mich eine ›erbärmliche große Schwester‹ und stellte mich vor die Wahl, entweder sollte ich zur Vernunft kommen oder verschwinden.«

»Und da bist du verschwunden. Wohin?«

»Eine Weile trieb ich mich in Seattle herum und tat mir vor allem selbst Leid. Ich schlief in Toreingängen oder verlassenen Gebäuden und machte Sachen, auf die ich nicht unbedingt stolz bin. Dann fiel mir eines Tages einer meiner Lehrer in Barstow ein. Mister Earhart. Er hatte mir immer klar zu machen versucht, dass ich nur mit einer guten Ausbildung dieses erbärmliche Wohnwagenleben hinter mir lassen könne. Deshalb strengte ich mich an und bekam so gute Zensuren, dass ich schließlich sogar eine Klasse überspringen konnte. Jedenfalls rief ich ihn an – er war zum Glück noch immer an derselben Schule. Er sorgte dafür, dass ich vorzeitig die High School abschließen und eine Prüfung auf meine Hochschulreife ablegen konnte. Ich bestand sie mit Supernoten. Ich schrieb mich an der

Uni ein, die mir prompt ein Stipendium anbot. Den Rest kennst du.«

»Meine kluge Schwester«, bemerkte Claire, zum ersten Mal mit Stolz, ohne jede Verbitterung.

»Ich redete mir ein, dass du deine große Schwester längst nicht mehr brauchst. Aber … ich wusste sehr wohl, wie weh ich dir getan hatte. Ich dachte, du würdest mir nie verzeihen. Deshalb habe ich es gar nicht erst auf den Versuch ankommen lassen.« Endlich sah Meghann Claire an. Sie lächelte zögernd. »Ich muss meiner Seelenklempnerin unbedingt sagen, dass sich ihre horrenden Honorare endlich doch ausgezahlt haben. Es hat mich an die zehntausend Dollar gekostet, dir das alles endlich sagen zu können.«

»Dein einziger Fehler war, dich nie zu melden«, sagte Claire.

»Jetzt bin ich da.«

»Ja.« Claire schaute auf den glitzernden See hinaus. »Ohne dich hätte ich das alles nie geschafft.«

»Das stimmt nicht. Du bist der tapferste Mensch, den ich kenne.«

»Glaub mir, so tapfer bin ich gar nicht.«

Meghann drehte sich zum Picknickkorb um. »Ich habe auf den richtigen Moment gewartet, dir das zu geben.« Sie zog einen Ordner aus dem Korb und streckte ihn Claire entgegen. »Hier.«

»Jetzt nicht, Meg. Ich bin müde.«

»Bitte.«

Seufzend nahm Claire ihr den Ordner ab. Es war der mit der Aufschrift »Hoffnung«. Sie blickte Meg angespannt an, sagte aber kein Wort. Mit zittrigen Fingern klappte sie den Ordner auf.

In ihm entdeckte sie die Fallgeschichten von rund einem Dutzend Menschen, die Glioblastome besiegt hatten.

Jedem von ihnen war nach der Diagnose eine Restlebenszeit von höchstens zwölf Monaten prophezeit worden – vor sieben oder mehr Jahren.

Claire blinzelte vergeblich gegen die Tränen an. »Genau das hatte ich heute dringend nötig.«

»Das habe ich mir gedacht.«

Sie schluckte. »Ich habe wahnsinnige Angst.« Es tat gut, das endlich zugeben zu können.

»Ich auch«, flüsterte Meghann. Dann zog sie ihre Schwester fest an sich.

Zum ersten Mal seit ihrer Kindheit lag Claire in den Armen ihrer großen Schwester. Meghann strich ihr über den Kopf, wie sie es früher so oft getan hatte.

Unter Meghanns Berührung lösten sich Haarsträhnen, wurden vom Wind erfasst und trieben davon.

Claire entzog sich Megs Umarmung und bemerkte die blonden Haarbüschel in der Hand ihrer Schwester. Ein paar Strähnen wurden ins Wasser geweht. Sie beobachtete, wie sie von der Strömung davongetragen wurden. »Ich wollte dir nicht sagen, dass sie mir ausfallen. Jeden Morgen ist mein Kopfkissen von Haaren übersät.«

»Vielleicht sollten wir nach Hause fahren«, schlug Meghann schließlich vor.

»Ja, ich bin tatsächlich ziemlich müde.«

Meghann half ihr beim Aufstehen. Langsam kehrten sie zum Auto zurück. Claires Schritte waren unbeholfen, unsicher, und sie klammerte sich an den Arm ihrer Schwester.

Während der gesamten Fahrt blickte Claire stumm aus dem Fenster.

Zu Hause brachte Meg ihre Schwester sofort ins Bett.

»Es sind nur Haare«, sagte Claire und sank in die Kissen.

Meghann legte den Ordner auf den Nachttisch. »Sie wachsen bald wieder nach, wirst schon sehen.«

»Ja.« Seufzend schloss Claire die Augen.

Meghann ging zur Tür. Als sie sie erreicht hatte, drehte sie sich noch einmal um.

Reglos und mit geschlossenen Lidern lag ihre Schwester in den Kissen. Es sah so aus, als würde sie nicht einmal atmen. Aber dann, ganz langsam und ohne die Augen zu öffnen, tastete sie nach ihrem Trauring. Tränen liefen ihr die Wangen hinunter, verursachten kleine, feuchte Flecke auf dem Kopfkissen.

Und Meghann wusste, was sie zu tun hatte.

Sie zog die Tür hinter sich zu und ging zum Telefon. Neben dem Apparat lag eine Liste mit Claires wichtigsten Nummern. Auch die von Bobby.

Meghann wählte und wartete ungeduldig darauf, dass er sich meldete.

In den vergangenen vierundzwanzig Stunden hatte Claire nahezu die Hälfte ihrer Haare verloren. Als sie sich am Vormittag für die Fahrt zum Krankenhaus fertig machte, verbrachte sie fast eine halbe Stunde damit, sich einen Seidenschal um den Kopf zu wickeln.

»Hör auf, ständig an deinem Kopf herumzufummeln«, sagte Meghann, als sie den Warteraum der Abteilung für Nuklearmedizin erreichten. »Du siehst gut aus.«

»Ja, wie eine von diesen Wahrsagerinnen. Und ich weiß nicht, warum du darauf bestanden hast, dass ich mich schminke. Ich sehe ja aus wie Martha Phillips.«

»Wie wer?«

»Eine Mitschülerin in der achten Klasse. Sie schlief unter der Höhensonne ein. Wir nannten sie zwei Wochen lang nur Tomatengesicht.«

»Kinder können so reizend sein.«

Claire ging zu ihrer Bestrahlung und erschien dreißig Minuten später wieder im Warteraum. Auf den Seidenschal hatte sie diesmal verzichtet. Ihre Kopfhaut war gerötet und zu empfindlich.

»Lass uns einen Kaffee trinken gehen«, sagte sie, als Meghann aufstand.

»Von Kaffee wird dir doch immer schlecht.«

»Wovon nicht? Lass uns trotzdem eine Tasse trinken.«

»Ich muss heute unbedingt in die Kanzlei. Ich habe da einen Termin, den ich nicht verschieben kann.«

»Schade.« Als Claire mit Meghann das Krankenhaus verließ, konnte sie sich kaum aufrecht halten. Neuerdings fühlte sie sich so erschöpft und müde, dass sie schlurfte wie eine alte Frau. Im Auto fielen ihr praktisch die Augen zu.

Vor der Tür des Apartments blieb Meghann mit dem Schlüssel in der Hand stehen und sah sie an. »Ich bemühe mich, alles zu tun, was gut für dich ist. Das musst du mir glauben.«

»Das weiß ich doch.«

»Hin und wieder mache ich natürlich auch Fehler. Ich neige offenbar zu dem Irrglauben, alles besser zu wissen.«

Claire lächelte. »Erwartest du jetzt Widerspruch?«

»Es ist mir wirklich wichtig, dass du eins nicht vergisst: Ich versuche immer, das Beste für dich zu tun.«

»Okay, Meg. Aber jetzt fahr in die Kanzlei. Ich möchte *Judge Judy* nicht versäumen. Sie erinnert mich an dich.«

»*Sehr* komisch.« Meg musterte sie noch einen Augenblick lang schweigend und schloss dann die Apartmenttür auf. »Also bis später.«

»Sagtest du nicht, du hättest einen Termin, Meg? Wenn du noch lange hier herumstehst, wirst du ihn am Ende verpassen. Tschüss.«

Meghann nickte und ging zum Fahrstuhl.

Als Claire das Klingelzeichen des Aufzugs hörte, trat sie über die Schwelle und schob die Tür hinter sich zu.

Im Apartment war die Stereoanlage eingeschaltet. Dwight Yoakhams *Pocket of a Clown* schallte Claire entgegen.

Sie blickte durch die offen stehende Tür ins Wohnzimmer, und da war – *er*.

Bobby.

Claire riss beide Hände hoch und bedeckte ihren Kopf, dann rannte sie ins Bad, ließ sich vor der Toilettenschüssel auf die Knie fallen und übergab sich.

Er stand hinter ihr, hielt ihr behutsam die letzten noch verbliebenen Haarsträhnen aus dem Gesicht. »Ich bin bei dir, Claire. Ich bin ja hier.«

Sie kniff die Augen zu, unterdrückte Tränen der Scham und bemühte sich, langsam und gleichmäßig zu atmen.

Beruhigend strich er ihr über den Rücken.

Als der Anfall vorüber war, ging Claire zum Waschbecken, um sich die Zähne zu putzen. Schließlich drehte sie sich zu ihm um und versuchte zu lächeln. »Willkommen in meinem Albtraum.«

Die Liebe in seinen Augen war – überwältigend. »Unserem Albtraum, Claire.«

Sie wusste nicht, was sie sagen sollte. Sie befürchtete, in Tränen auszubrechen, sobald sie den Mund öffnete. Dabei wollte sie doch stark und tapfer erscheinen.

»Du hattest kein Recht, mir das zu verschweigen.«

»Ich wollte dir deine große Chance nicht kaputtmachen. Und ich glaubte … es würde mir bald besser gehen. Du träumst schon so lange von einem Durchbruch.«

»Ja sicher. Ich singe gern und habe davon geträumt, irgendwann ein Star zu sein, aber ich *liebe* dich. Ich kann nicht fassen, dass du mich nicht sofort angerufen hast. Was wäre gewesen, wenn …«

Claire biss sich auf die Unterlippe. »Es tut mir Leid.«

»Offenbar vertraust du mir nicht. Kannst du dir vorstellen, wie ich mich dabei fühle?« Seine Stimme klang heiser, gepresst.

»Ich habe es aus Liebe getan.«

»Aus *Liebe*? Ich frage mich, ob du überhaupt weißt, was Liebe ist. Du kämpfst hier Tag für Tag im Krankenhaus um dein Leben, verschweigst mir das aber, nur damit ich meine idiotischen Liedchen singen kann? Für was für einen Menschen hältst du mich eigentlich?«

»Entschuldige, Bobby. Ich wollte doch nur ...« Hilflos sah sie ihn an und schüttelte den Kopf.

Er zog sie in die Arme und drückte sie fest an sich. »Ich liebe dich, Claire. Ich *liebe* dich. Wann geht das endlich in deinen Kopf?«

Sie verschränkte ihre Hände in seinem Nacken und klammerte sich an ihn, als würde sie ohne ihn den Halt verlieren. »Ich schätze, mein Tumor war im Wege. Aber jetzt weiß ich es, Bobby. Jetzt weiß ich es.«

Stunden später, als Meghann nach Hause kam, brannte im Apartment kein Licht. Auf Zehenspitzen schlich sie durch die Dunkelheit.

Als sie das Wohnzimmer erreicht hatte, wurde eine Lampe angeknipst.

Eng umschlungen lagen Claire und Bobby auf der Couch.

»Ich habe auf dich gewartet«, flüsterte Claire.

Meghann warf ihren Aktenkoffer auf einen Sessel. »Ich musste ihn anrufen, Claire.«

»Woher wusstest du, dass er kommen würde?«

Meghann warf einen Blick auf den schlafenden Bobby. »Als ich anrief, war er gerade im Studio und nahm einen

Song auf. Offen gestanden war ich mir nicht sicher, dass er es tun würde.«

Claire sah erst ihren Mann an, dann Meghann. »Ja«, sagte sie leise, »ich auch nicht.«

»Er hat keine Sekunde gezögert, Claire. Nicht eine Sekunde. Er sagte ›Scheiß auf die Aufnahmen‹, und ich zitiere wörtlich: ›Morgen bin ich in Seattle.‹«

»Das ist nun schon das zweite Mal, dass du einen Mann anrufst, damit er mir beisteht.«

»Du hast Glück, so sehr geliebt zu werden.«

Claire zuckte mit keiner Wimper. »Ja. *Großes* Glück.«

Siebenundzwanzigstes Kapitel

Joe lag auf dem Sofa und starrte auf den kleinen Schwarz-Weiß-Bildschirm.

Er war so vertieft in das Programm, dass es einen Moment dauerte, bis er die Schritte vor der Hütte überhaupt wahrnahm.

Unwillig richtete er sich auf.

Ein Schlüssel drehte sich im Schloss, dann ging die Tür auf. Die Fäuste in die Hüften gestemmt, stand Gina vor ihm. »Hey, großer Bruder. Wirklich nett, wie oft du dich meldest.«

Er seufzte. »Smitty hat dir einen Schlüssel gegeben.«

»Wir haben uns Sorgen um dich gemacht.«

»Ich hatte zu tun.«

Sie warf einen vielsagenden Blick auf die leeren Bierdosen und Pizza-Kartons und schenkte ihm ein grimmiges Lächeln. »Schluss jetzt. Du kommst mit mir nach Hause. Ich habe einen Braten im Ofen und *Die unglaubliche Entführung der Mrs. Stone* ausgeliehen. Wir werden ein Glas Wein trinken, uns den Film ansehen und lachen.« Ihre Stimme wurde leiser. »Das könnte ich wirklich gut gebrauchen.«

Die Art, wie sie das sagte, ließ ihn vor Scham zusammenzucken. Er war so mit sich selbst beschäftigt gewesen, dass er die Probleme seiner Schwester ganz vergessen hatte. »Alles in Ordnung?«

»Komm endlich«, wich sie aus. »Smitty meinte, ich soll dich mit einem *Fußtritt* aus deiner Höhle befördern. Ich hätte nicht übel Lust, genau das zu tun.«

Joe wusste, dass es zwecklos war, mit ihr zu diskutieren – Gina hatte diesen zu allem entschlossenen Gesichtsausdruck –, und um ehrlich zu sein, wollte er das auch nicht. Er war das Alleinsein gründlich leid. »Okay, okay, ich komme ja schon.«

Er setzte sich zu seiner Schwester ins Auto und kurze Zeit später standen sie in ihrer hellen, gemütlichen Küche.

Gina goss ihm ein Glas Merlot ein.

Während seine Schwester den Braten begoss und Kartoffeln briet, schlenderte Joe durchs Wohnzimmer. In einer Ecke entdeckte er eine Nähmaschine. Daneben lagen bunte Stoffbahnen und ein offenbar fertig gestelltes Kleid. Er hob es auf und wollte seiner Schwester gerade ein Kompliment über ihre Geschicklichkeit machen, da bemerkte er, was es war.

»Oh«, sagte Gina hinter ihm. »Ich habe ganz vergessen, es wegzuräumen. Tut mir Leid.«

Joe erinnerte sich an den Tag, an dem Gina mit ähnlichen Krankenhaushemden zu ihnen gekommen war.

»Du sollst nicht aussehen müssen wie alle anderen«, hatte sie zu Diana gesagt.

Diana hatte vor Freude geweint. Es schien eine Lappalie zu sein, nur ein anderer, farbenfroher Stoff, aber nach langer Zeit konnte Diana wieder lächeln. »Für wen hast du es genäht?«

»Für Claire. Sie wird zurzeit bestrahlt.«

»Claire ...«, wiederholte er leise und fühlte sich ganz elend. Das Leben konnte manchmal verdammt ungerecht sein. »Sie hat doch gerade erst geheiratet.«

»Ich habe es dir nicht erzählt ... weil ... nun ja, ich wusste, dass es traurige Erinnerungen weckt.«

»Wo wird sie behandelt?«

»Im Swedish Hospital.«

»Gut. Sehr gut. Da ist sie bestens aufgehoben.« Bestrahlung. Er erinnerte sich an alle Einzelheiten. An die verbrannt aussehende Haut, die Kurzatmigkeit, wie Diana die Haare ausfielen. Erst einzeln, später büschelweise. Er und Gina wussten weiß Gott, wie das Endstadium aussah. Joe verstand nicht, wie Gina das noch einmal mitmachen konnte.

»Claire hat die besten Ärzte konsultiert. Ich bin mir sicher, dass es ihr bald besser geht. Es wird nicht wie ... du weißt schon.«

»Bei Diana«, sagte Joe in die unbehagliche Stille hinein.

Gina legte ihm eine Hand auf die Schulter. »Entschuldige. Ich hätte es dir gern erspart.«

Joe sah durchs Fenster in den Garten und auf den Spielplatz hinaus. Kinder ... Auch Diana und er hatten von Kindern geträumt.

»Vielleicht möchtest du Claire ja mal besuchen?«

»Nein«, sagte er schnell und wusste, dass Gina ihn verstand. »Meine Krankenhaus-Tage sind vorüber.«

Gina nickte. »Lass uns den Film anschauen. Er soll lustig sein. Vielleicht haben wir dann was zu lachen.«

Er legte einen Arm um die Taille seiner Schwester. »Das würde mir sicher gut tun.«

Meghann hockte in dem Sessel, der sich früher so bequem angefühlt hatte, und starrte Dr. Bloom an.

»Es war alles ganz großer Mist«, stieß sie verbittert hervor. »Meine ganzen Sitzungen bei Ihnen waren nichts anderes als eine Gelegenheit für eine selbstbesessene Frau, sich über die Fehler auszulassen, die sie in ihrem Leben gemacht hat. Warum haben Sie mir nie gesagt, wie unwichtig das alles ist?«

»Weil es *wichtig* ist.«

»Nein. Ich war sechzehn Jahre alt, als das alles passierte. *Sechzehn.* Meine Befürchtungen, meine Schuldgefühle, ihre Ressentiments – nichts davon zählt mehr.«

»Warum nicht?«

Meghann schloss die Augen, wollte ihre Bitterkeit wiederbeleben, empfand aber nur eine große Leere. »Sie ist krank.«

»Oh.« Dr. Bloom seufzte. »Das tut mir Leid.«

»Ich habe Angst, Harriet«, gestand Meg schließlich. »Was ist, wenn ich es nicht schaffe?«

»Was genau?«

»An ihrem Bett zu sitzen, ihre Hand zu halten und zuzusehen, wie sie stirbt. Ich habe furchtbare Angst, dass ich sie wieder im Stich lasse.«

»Das werden Sie nicht.«

»Woher wollen Sie das wissen?«

»Ach, Meghann ... Der einzige Mensch, den Sie jemals im Stich gelassen haben, sind Sie selbst. Sie werden für Claire da sein. Sie waren immer für sie da.«

Meghann wünschte, das entspräche der Wahrheit. Sie wäre gern jemand, auf den man sich verlassen konnte.

»Glauben Sie mir, Meghann, wenn ich krank wäre, könnte ich mir keinen besseren Menschen an meiner Seite wünschen als Sie. Sie schwimmen so intensiv in alten Kränkungen und Verletzungen herum, dass Sie nicht einmal den Kopf heben, um Luft zu holen. Sie haben sich mit Claire versöhnt, ob das nun direkt ausgesprochen wurde oder nicht. Sie sind wieder ihre Schwester. Schließen Sie endlich Frieden mit sich selbst.«

Meghann dachte darüber nach. Dann lächelte sie zögernd. Es stimmte. Sie hatte bereits zu viele Jahre mit Ängsten und Schuldgefühlen vergeudet. Jetzt war es an der Zeit für Hoffnung, und zum ersten Mal würde sie mutig genug sein, an Claires Gesundung zu glauben. Sie würde nicht wieder die Flucht ergreifen. Diesen Fehler hatte sie in ihrer Ehe gemacht. Aus ihrer lähmenden Furcht heraus, Eric zu verlieren, hatte sie ihn nie vorbehaltlos lieben können.

»Danke, Harriet. Für Ihre Honorare hätte ich mir einen Mercedes kaufen können, aber Sie haben mir wirklich geholfen.«

Dr. Harriet Blooms Gesicht verzog sich, und überrascht stellte Meghann fest, dass sie die Psychiaterin noch nie lächeln gesehen hatte. »Das freut mich.«

Meghann stand auf. »Dann sehen wir uns in der nächsten Woche wieder? Zur gleichen Zeit?«

»Selbstverständlich.«

Meg verließ die Praxis, fuhr mit dem Lift ins Erdgeschoss und trat in den sonnigen Junitag hinaus.

Ihre Tasche schulternd, machte sie sich zügig auf den Heimweg.

Sie hatte den Apartmentblock fast erreicht, als irgendetwas sie den Kopf heben ließ. Der kleine Park auf der anderen Straßenseite war gut besucht. Studenten spielten Hackey Sack, Touristen fütterten die kreischenden Möwen, Leute mit Einkaufstüten ruhten sich auf den Bänken aus. Meghann wusste nicht recht, was sie bewogen hatte, sich neugierig umzublicken.

Dann sah sie ihn an einem Holzgeländer stehen. Er hatte ihr den Rücken zugewandt, aber sie erkannte ihn an den ausgeblichenen Jeans und dem Baumwollhemd. Er war vermutlich der einzige Mann in Seattle, der an einem sonnigen Tag einen Cowboyhut trug.

Sie überquerte die Straße. »Hey, Bobby.«

»Hi, Meg.« Er drehte sich nicht um.

»Was machst du hier draußen?«

»Claire schläft.« Endlich schaute er sie an. Seine Augen waren rot und verquollen. »Sie hat sich eine Stunde lang übergeben. Auch dann noch, als nichts mehr in ihrem Magen sein konnte. Keine Sorge, ich habe aufgewischt.«

»Ich mache mir keine Sorgen.«

»Heute scheint es ihr besonders schlecht zu gehen.«

»Manche Tage sind schlimmer als andere. Ich wette, Nashville hätte dir Besseres zu bieten.«

»Soll das ein Scherz sein? Meine Frau kämpft um ihr Leben. Und du glaubst, ich mache mir Gedanken um meine Karriere?«

»Entschuldige.« Sie legte ihm eine Hand auf den Arm. »Ich hatte schon immer das Feingefühl einer Abrissbirne.«

»Nein«, seufzte Bobby. »Ich muss mich entschuldigen. Offenbar brauchte ich jemanden, den ich anblaffen kann.«

»Dazu gebe ich dir bestimmt bald wieder Gelegenheit, zerbrich dir darüber mal nicht den Kopf.«

Er lächelte, aber es sah müde aus, verzweifelt. »Ich ... verliere vor Angst fast den Verstand. Und ich will nicht, dass sie es merkt.«

»Ich weiß.« Nachdenklich sah Meghann Bobby an. Ihre Schwester konnte sich ehrlich glücklich schätzen, von diesem Mann geliebt zu werden. Aus irgendeinem Grund fiel ihr Joe ein, wie er über seine Scheidung geweint hatte. Auch Joe war jemand, der wusste, was Liebe wirklich bedeutete. »Du bist ein feiner Kerl, Bobby Jack Tom Dick. Ich habe mich in dir getäuscht.«

Er lachte. »Und du bist bei weitem nicht das Biest, für das ich dich gehalten habe.«

»Ich nehme das als Kompliment«, grinste Meghann.

»Das kannst du auch.«

»Fein. Dann lass uns zu Claire gehen und versuchen, sie zum Lachen zu bringen.«

Die Tage schlichen dahin und an jedem Morgen fühlte Claire sich erschöpfter als am Abend zuvor. Ihre Kräfte nahmen rapide ab, obwohl sie sich um eine positive Einstellung bemühte. Sie redete sich ein, die Strahlen wären die heilende Sonne. Sie meditierte täglich eine Stunde und stellte sich vor, sie wäre in einem kühlen, erfrischenden Wald oder an ihrem geliebten Fluss. Sie aß die makrobiotische Diät, von der Meghann schwor, sie würde ihr helfen.

Die Bluesers tauchten – gemeinsam oder einzeln – häufig in Seattle auf, um Claire Mut zuzusprechen und sie ein wenig aufzuheitern. Selbst Megs Freundin Elizabeth kam für ein paar Tage zu Besuch und ihre Anwesenheit lenkte ihre Schwester ein bisschen ab. Am schlimmsten waren die Wochenenden in Hayden, wenn Claire ihrer kleinen Tochter vorspielte, alles wäre völlig in Ordnung.

Aber die Abende verbrachten Claire, Meg und Bobby meistens in dem erschreckend stillen Apartment. Oft sahen sie sich gemeinsam Filme an. Nach Bobbys Ankunft hatten sie zunächst versucht, Karten zu spielen oder einfach nur miteinander zu reden. Doch davon waren sie schnell wieder abgekommen. Keiner von ihnen konnte die Zukunft erwähnen, ohne sich gleichzeitig zu fragen: Wird es überhaupt noch ein gemeinsames Weihnachtsfest geben? Ein Thanksgiving? Einen nächsten Sommer? Und so hatten sie stillschweigend dem Fernsehapparat ihre abendliche Unterhaltung überlassen. Claire war dankbar dafür. Auf diese Weise konnte sie ein paar Stunden ganz ruhig dasitzen, ohne sich verstellen zu müssen.

Schließlich war die Strahlentherapie beendet.

Am folgenden Morgen stand Claire früh auf. Sie duschte, zog sich an und trank ihren Kaffee auf der Terrasse mit Blick auf den Puget Sound. Sie fand es erstaunlich, dass bereits so viele Menschen auf den Beinen waren und ihren ganz alltäglichen Beschäftigungen nachgingen – an diesem Tag, der über ihre Zukunft entscheiden würde.

»Heute ist es also so weit.« Meghann kam zu ihr auf die Terrasse.

Claire zwang sich zu einem Lächeln. »Ja.«

»Alles in Ordnung mit dir?«

Gott, wie sie diese Frage verabscheute. »Absolut.«

»Hast du gut geschlafen?«

»Nein. Du?«

»Nein.« Meg legte einen Arm um Claires Schultern, zog sie an sich.

Claire bereitete sich auf aufmunternde Worte vor, aber ihre Schwester blieb stumm.

Hinter ihnen glitt die Glastür auf. »Guten Morgen, Ladies.« Bobby trat hinter Claire und küsste sie auf den Nacken.

Schweigend standen sie noch einen Moment beieinander, dann drehten sie sich um und verließen das Apartment.

Nach kurzer Fahrt erreichten sie das Swedish Hospital. Als sie den Warteraum in der Abteilung für Nuklearmedizin betraten, bemerkte Claire die Patienten, die Hüte oder Kopftücher trugen. Wenn sich ihre Blicke trafen, stand etwas wie trauriges Verstehen in ihren Augen. Sie waren Mitglieder in einem Club, dem niemand beitreten wollte. Jetzt wünschte sich Claire, auf ihren Schal verzichtet zu haben. Ihren kahlen Kopf zu zeigen bewies einen Mut, den sie gern besessen hätte.

Heute, an dem Tag, der alle Fragen beantworten sollte, brauchten sie nicht zu warten. Sie meldete sich am Empfang und wurde unverzüglich zur Kernspintomographie gebracht. Innerhalb von Minuten lag sie, voll gepumpt mit dem Kontrastmittel, in der Maschine.

Als sie in den Warteraum zurückkehrte, setzte sie sich zwischen Meg und Bobby. Sie hielten sich alle an den Händen.

Dann wurde ihr Name aufgerufen.

Claire erhob sich.

Bobby musterte sie besorgt. »Keine Angst, Baby. Ich bin bei dir.«

Die drei begaben sich auf den langen Marsch durch die Flure und landeten schließlich in Dr. Sussmans Büro. Auf dem Türschild stand: Chefarzt der Neurologie. Der Chefradiologe Dr. McGrail war ebenfalls anwesend.

»Guten Tag, Mrs Austin, Miss Dontess, Mister Austin«, sagte Dr. Sussman.

»Nun?«, fragte Meghann ungeduldig.

»Der Tumor hat auf die Bestrahlung angesprochen. Er ist um rund zwölf Prozent kleiner geworden«, erklärte Dr. McGrail.

»Das ist ja großartig«, sagte Meg.

Die Ärzte tauschten Blicke aus. Dr. Sussman trat zu den Sichtkästen, knipste das Licht an, und da waren sie, die Aufnahmen von Claires Gehirn. Und der *Schatten*. Schließlich drehte der Arzt sich zu Claire um. »Die Rückbildung hat Ihnen Zeit geschenkt. Leider ist der Tumor aber noch immer inoperabel.«

Leider ...

Claire ließ sich schwer auf den Ledersessel plumpsen. Sie befürchtete, sonst zu Boden zu sinken.

»Aber es hat doch etwas gebracht«, sagte Meg. »Es ist doch besser geworden, oder? Was ist mit weiteren Bestrahlungen? Oder einer Chemotherapie? Ich habe gelesen, dass neu entwickelte Chemos ...«

»Hör auf«, sagte Claire. Sie hatte es leise sagen wollen, aber es kam laut heraus, scharf. Sie sah den Neurologen an. »Wie viel Zeit bleibt mir noch?«

»Bei einem Tumor dieser Größe und Lage sind die Aussichten nicht besonders gut«, sagte Dr. Sussman ganz leise, als könnte das den Schlag abmildern. »Manche Patienten haben noch ein Jahr. Vielleicht ein wenig länger.«

»Und die anderen?«

»Sechs bis neun Monate.«

Claire betrachtete ihren Trauring. Den Ring, den Grandma Myrtle sechzig Jahre lang getragen hatte.

Meghann ging zu Claire und fiel vor ihr auf die Knie. »Wir werden das nicht einfach hinnehmen. Es gibt wissenschaftliche Studien, die ...«

»Gib dir keine Mühe«, flüsterte sie und dachte an Ali. Sie sah die klaren Augen ihrer Tochter, ihr sonniges Zahnlückenlächeln, hörte sie sagen *»Ich bin jetzt groß. Ich kann ohne meine Schmusedecke einschlafen«*, und brach zusammen. Tränen rollten über ihre Wangen. Sie spürte, wie sich Bobbys Finger in ihre Schulter bohrten, und wusste, dass auch er weinte. Sie wischte sich über die Augen und sah den Arzt an. »Und was jetzt?«

Meghann sprang hoch und lief unruhig auf und ab, studierte die Aufnahmen an den Leuchtkästen, die Urkunden an den Wänden. Claire sah, dass ihre Schwester Angst hatte und – wie üblich – darauf zornig reagierte.

Dr. Sussman zog einen Stuhl heran und setzte sich Claire gegenüber. »Wir haben noch einige Optionen. Keine optimalen, fürchte ich, aber ...«

»Wer ist das?«, unterbrach Meghann mit hoher, fast schriller Stimme. Sie hielt ein gerahmtes Foto in der Hand, das sie von der Wand genommen hatte.

Dr. Sussman hob die Brauen. »Das Bild wurde während meines Studiums aufgenommen. Es zeigt meine Kommilitonen und mich.« Er wandte sich wieder Claire zu.

Meghann knallte das Foto so hart auf den Schreibtisch,

dass das Glas zerbrach. Sie zeigte auf einen Mann. »Wer ist das?«

Dr. Sussmann stand auf und trat an den Schreibtisch. »Joe Wyatt.«

»Er ist *Arzt*?«

Verblüfft sah Claire ihre Schwester an. »Du kennst Joe?«

»Woher kennst *du* Joe?«, fragte Meghann zurück.

»Er ist eigentlich Radiologe«, mischte Dr. McGrail sich ein. »Und zwar einer der besten. Zumindest war er das. Ein wahres Genie in Sachen Kernspintomographie. Er konnte Möglichkeiten – Therapien – entwickeln wie kein anderer.«

Abwehrend hob Claire die Hand. »Mach dir keine Illusionen, Meg. Wir brauchen keinen Radiologen mehr. Und glaub mir, Joe wäre der Letzte, den ich um Hilfe bitten würde. Was ich brauche, ist ein Wunder.«

Meghann schien ihrer Schwester gar nicht zuzuhören. Sie starrte Dr. McGrail unverwandt an. »Was soll das heißen? Er *war*?«

»Er hat aufgehört. Ist buchstäblich vom Erdboden verschwunden.«

»Warum?«

»Er hat seine Frau getötet.«

Achtundzwanzigstes Kapitel

Die Fahrt nach Hause schien kein Ende nehmen zu wollen. Niemand sagte ein Wort. Als sie im Apartment ankamen, presste Bobby Claire so fest an sich, dass sie fast keine Luft mehr bekam, und ließ sie dann abrupt los. »Ich muss dringend unter die Dusche«, sagte er mit gebrochener Stimme.

Claire wusste, was er wirklich wollte. Sie hatte selbst oft genug die eine oder andere Träne in Meghanns Duschkabine vergossen.

Sie ging zur Couch und ließ sich schwer darauf fallen. Ihr war schwindlig und sie fühlte sich unendlich müde. In ihren Ohren dröhnte es und da war wieder dieses sonderbare Kribbeln in ihrer rechten Hand, aber nichts davon durfte sie ihrer Schwester gegenüber erwähnen, die wieder diesen unerbittlichen Nur-nicht-aufgeben-Blick hatte.

Meg setzte sich vor ihr auf die Tischkante. »Es werden alle möglichen Therapien ausprobiert. In Houston gibt es einen Arzt …«

»Der vor Gericht gestellt werden sollte?«

»Das heißt nicht, dass er ein Scharlatan ist. Seine Patienten …«

Abwehrend hob Claire beide Hände. »Können wir nicht wenigstens einmal der Realität ins Auge blicken?«

Meghann wirkte so gekränkt, dass Claire lachen musste.

»Was ist?«, fauchte Meg.

»Als kleines Kind habe ich mir hin und wieder vorgestellt, eine seltene Krankheit zu bekommen, die dich und Mama an mein Bett treibt. Ich habe mir bis ins kleinste Detail ausgemalt, wie du um mich trauerst.«

»Hör auf damit, bitte ...«

Claire sah ihre Schwester an. Sie war ganz blass geworden und zitterte. »Ich möchte nicht, dass du um mich weinst.«

Meghann stand so abrupt auf, dass sie sich das Schienbein am Tisch stieß und derb fluchte. »Ich ... will nicht darüber reden, dass du vielleicht stirbst. Ich *schaffe* es nicht.« Sie konnte gar nicht schnell genug aus dem Zimmer rennen.

»Aber für mich ist es wichtig, dass du mit mir darüber sprichst«, sagte Claire laut in den leeren Raum hinein. Hinter ihren Augen setzte wieder das schmerzhafte Pochen ein. Es hatte schon den ganzen Tag über in Lauerstellung gelegen.

Sie wollte sich gerade auf der Couch ausstrecken, als der Schmerz sie mit aller Wucht traf. Keuchend rang sie nach Luft. Ihr Kopf fühlte sich an, als würde er jeden Moment explodieren.

Sie konnte sich nicht rühren, nicht einmal atmen. Sie versuchte, den Namen ihrer Schwester zu schreien.

Aber die Stereoanlage spielte *Thunder Road* und die Musik verschluckte ihre dünne Stimme.

Alison, dachte sie.

Dann wurde um sie herum alles dunkel.

Meghann stand am Bett ihrer Schwester und klammerte sich mit beiden Händen an die Metallgitterstäbe. »Haben die Medikamente geholfen?«

Claire sah ganz klein aus in dem Krankenhausbett, zart

und zerbrechlich. Ihr Versuch eines Lächelns war herzzerreißend. »Ja. Ich hatte wohl einen ziemlich üblen Anfall. Willkommen in meiner neuen Welt. Ich schätze, die gute Nachricht ist, dass ich nicht auch noch einen Herzinfarkt hatte. Wie lange muss ich hier bleiben?«

»Ein paar Tage.«

»Ich glaube, es ist an der Zeit, Mama anzurufen.«

Meghann zuckte zusammen. Ihre Lippen zitterten verräterisch. »Okay.«

»Und sag bitte auch Dad, Ali und den Bluesers, dass sie mich besuchen sollen. Gina bringt mich immer zum Lachen.«

Die Resignation in der Stimme ihrer Schwester entging Meghann nicht, dieses klaglose Sichabfinden. Sie wollte protestieren, an Claires Lebenswillen appellieren, fand aber keine Worte und schüttelte nur stumm den Kopf.

»Doch, Meg«, sagte Claire mit einer Entschlossenheit, die Meg überraschte. »Und jetzt möchte ich schlafen. Ich bin müde.«

»Das sind die Medikamente.«

»Wirklich?« Claire lächelte wehmütig. »Gute Nacht. Und kümmere dich heute Abend ein bisschen um Bobby. Er ist nicht so stark, wie er aussieht.« Sie schloss die Augen.

Ganz vorsichtig, um nicht an den Infusionsschlauch zu stoßen, umfasste Meghann die Hand ihrer Schwester. »Du wirst wieder gesund«, sagte sie mindestens zehn Mal und hoffte dabei jedes Mal auf eine Antwort, bekam aber nie eine. Ein paar Minuten später betrat Bobby das Zimmer. Seine Augen waren gerötet und verquollen.

»Sie ist aufgewacht«, flüsterte Meghann. »Aber bald darauf wieder eingeschlafen.«

»Verdammt.« Er griff nach Claires anderer Hand und drückte sie sanft. »Hey, Baby. Ich bin wieder da. Ich war nur eine Tasse Kaffee trinken.« Seufzend betrachtete er die schmale Gestalt in den Kissen. »Sie gibt auf«, flüsterte er kaum hörbar.

»Ich weiß. Sie will, dass ich alle anrufe und bitte, sie zu besuchen. O Gott, was sollen wir nur Ali sagen?«

»Überlasst das mir«, wisperte Claire und schlug die Augen auf. »Bobby ...« Sie streckte die Arme nach ihm aus. »Ich liebe dich.«

Meghann konnte es keine Sekunde länger ertragen. Mit jedem Atemzug schien ihre Schwester sich zu verabschieden. »Ich muss telefonieren.« Sie rannte aus dem Zimmer.

Alles war besser, als neben Claires Bett zu stehen und zu lächeln, während sie sich fühlte, als risse ihr jemand das Herz aus der Brust. Selbst ein Anruf bei ihrer Mutter.

Es war schon spät. Die Nachtschicht hatte ihren Dienst aufgenommen und die Flure wirkten leer und verlassen. Meghann ging zu den Wandtelefonen und wählte die Nummer in Los Angeles.

»Hallo, Frank?«, meldete sich die laute, angetrunkene Stimme ihrer Mutter.

»Ich bin es, Mama. Meghann.«

»Meggy! Ich dachte, um diese Zeit würdest du die Bars unsicher machen.«

»Claire ist krank.«

»Ausgerechnet auf ihrer Hochzeitsreise?«

»Das war vor einem Monat. Jetzt ist sie im Krankenhaus.«

»Ich kann nur hoffen, dass das nicht wieder eins deiner Bravourstückchen ist, Meggy. Wie damals, als du mich auf der Arbeit angerufen hast, weil Claire aus dem Bett gefallen war und du glaubtest, sie wäre gelähmt. Natürlich hat sie seelenruhig geschlafen, aber *mich* hat das vierzig Dollar an Trinkgeldern gekostet.«

»Damals war ich elf.«

»Dennoch.«

»Sie hat einen Gehirntumor, Mama. Die Bestrahlung hat nicht geholfen, und niemand bringt den Mut auf, sie zu operieren.«

Am anderen Ende der Leitung entstand eine lange Pause. Dann: »Wird sie wieder gesund?«

»Ja«, sagte Meghann, weil sie sich etwas anderes gar nicht vorzustellen wagte. »Vielleicht aber auch nicht«, fügte sie schließlich leiser hinzu. »Du solltest besser kommen.«

»Ich habe morgen um zwei ein *Starbase IV*-Treffen und ...«

»Du bist morgen hier, oder ich rufe die Leute vom *People Magazine* an und erzähle ihnen, dass du deine krebskranke Tochter nicht besuchst.«

Wieder schwieg ihre Mutter lange Zeit. »Ich kann mit so etwas nicht besonders gut umgehen«, murmelte sie endlich.

»Das kann keiner von uns, Mama.« Ohne ein weiteres Wort legte Meghann auf und wählte Sams Nummer. Aber nach dem ersten Klingeln verließ sie der Mut. Sie konnte Sam doch nicht am Telefon sagen, dass seine Tochter ihn ein letztes Mal sehen wollte.

Meg hängte ein und kehrte ins Zimmer ihrer Schwester zurück.

Bobby saß neben dem Bett und sang Claire ganz leise etwas vor.

Er blickte zu ihr auf, die Wangen tränenüberströmt. »Sie ist noch nicht wieder aufgewacht.«

»Das wird sie aber. Sing weiter. Ich bin sicher, dass es ihr gefällt.«

»Ja ...« Er schluchzte trocken auf.

Nie zuvor hatte sie einen Mann so leiden sehen: der Schmerz in seinem Gesichtsausdruck war auch der ihre.

»Ich fahre zu Sam. Ich muss es ihm persönlich sagen. Falls Claire aufwacht …« Meghann riss sich zusammen. »*Wenn* Claire aufwacht, sag ihr, dass ich sie liebe und bald wieder zurück bin. Hast du die Zweitschlüssel zu meinem Apartment?«

»Ich bleibe heute Nacht hier.«

»Okay.« Meghann wollte noch etwas sagen, wusste aber nicht, was. Sie verließ fluchtartig den Raum, rannte zu ihrem Auto und fuhr nach Norden.

Neunzig Minuten später erreichte sie Hayden und verlangsamte das Tempo.

Als sie an einer Ampel halten musste, sah sie die Werkstatt, die Hütte dahinter.

Joe Wyatt.

»Er ist eigentlich Radiologe. Und zwar einer der besten …« Schlagartig erinnerte sie sich an Dr. McGrails verblüffende Worte, die sie dann in ihrer Verzweiflung über Claires Diagnose irgendwie – verdrängt hatte.

Dr. Joseph Wyatt. Natürlich! Kein Wunder, dass sie geglaubt hatte, ihn von irgendwoher zu kennen. Das Gerichtsverfahren gegen ihn war auf allen Titelseiten gewesen. Über etlichen Bieren hatten sich Meghann und ihre Kollegen die Köpfe über den Prozess heißgeredet. Sie hatte damals seine Partei ergriffen und war fest überzeugt, dass er freigesprochen würde. Aber nie hatte sie sich gefragt, was eigentlich nach der Urteilsverkündung aus ihm geworden war.

Jetzt wusste sie es. Er war verschwunden, untergetaucht. Trotzdem blieb er einer der besten Radiologen. *»Er konnte Möglichkeiten – Therapien – entwickeln wie kein anderer …«*

Und dennoch hatte er nichts unternommen, als sie ihm schluchzend von ihrer kranken Schwester erzählte. Absolut nichts.

Und er *kannte* Claire.

»Mistkerl!« Meghanns Blick flog zur Seite. Auf dem Beifahrersitz lag der Umschlag aus dem Krankenhaus.

Sie wendete, trat hart auf die Bremse und parkte am Straßenrand. Dann griff sie sich den Umschlag und marschierte zu seiner Hütte.

Sie hämmerte gegen die Tür und schrie seinen Namen, bis sie drinnen Schritte hörte.

Als er die Tür öffnete und sie überrascht ansah, stieß sie ihn so hart gegen die Brust, dass er nach hinten taumelte.

»Hey, Joe. Du gestattest?« Sie knallte die Tür mit dem Fuß hinter sich zu.

»Es ist fast Mitternacht.«

»Ich weiß, *Doktor Wyatt.*«

Er ließ sich aufs Sofa fallen und starrte sie wortlos an.

»Du hast mich in den Armen gehalten. Du hast meine Verzweiflung miterlebt.« Ihre Stimme zitterte und ihre Hilflosigkeit machte Meghann nur noch wütender. »Und hattest mir nichts anderes zu bieten als die *Empfehlung* eines Kollegen? Was für ein Mensch bist du eigentlich?«

»Einer, dessen Heldentage hinter ihm liegen. Wenn du weißt, wer ich bin, ist dir auch bekannt, was ich getan habe.«

»Du hast deine Frau getötet.« Er zuckte zusammen. »Hätte ich deinen Nachnamen gekannt, hätte ich mich auch erinnert. Dein Prozess hat großes Aufsehen in Seattle erregt. Das Verfahren gegen einen Arzt, der seiner todkranken Frau Sterbehilfe geleistet hat.«

»Sterbehilfe ist ein netteres Wort als Totschlag.«

Die Qual in seiner Stimme nahm ihrem Zorn die Spitze. Sie hatte im Verlauf des letzten Monats einiges über Leid und Trauer lernen müssen. »Hör zu, Joe. Unter normalen Umständen würde ich mit dir über das reden, was du getan hast. Vielleicht würde ich dich sogar in die Arme nehmen und sagen, dass ich dich verstehe, dass jeder, der auch nur einen Funken Mitgefühl aufbringt, nicht anders gehandelt hätte. Das wusste offenbar auch das Gericht, denn du bist schließlich freigesprochen worden. Ich würde möglicherweise sogar wissen wollen, wie es dir in den letzten Jahren ergangen ist; welche Selbstvorwürfe und Schuldgefühle einen der besten Radiologen in dieses miese – Versteck getrieben haben. Aber es sind keine normalen Umstände. Meine Schwester *stirbt.*« Sie warf den ockerfarbenen Umschlag vor ihn auf den Tisch. »Das sind die Aufnahmen von ihrer Kernspintomographie. Vielleicht kannst du ihr helfen.«

»Ich habe meine Approbation auslaufen lassen. Ich praktiziere nicht mehr. Tut mir Leid.«

»Es tut dir *Leid*? Du hast die Fähigkeit, Menschenleben zu retten, verkriechst dich aber hier in diesem schäbigen Loch, schüttest billigen Whiskey in dich hinein und badest in Selbstmitleid? Was bist du nur für ein mieser, egoistischer Scheißkerl.« Meghann starrte auf ihn hinunter, wollte ihn hassen, wollte ihm wehtun, konnte aber weder das eine noch das andere. »Und ich habe – etwas für dich empfunden.«

»Es tut mir Leid«, sagte er noch einmal.

»Ich schick dir 'ne Einladung zur Beerdigung.« Meghann machte auf dem Absatz kehrt und lief zur Tür.

»Nimm die Aufnahmen mit.«

Sie blieb stehen und warf ihm einen letzten vernichtenden Blick zu. »Nein, Joe. Du wirst sie schon anfassen müssen. Wirf sie selbst in den Müll. Und sieh zu, ob du danach noch in den Spiegel schauen kannst.«

Dann verließ sie die Hütte. Sie schaffte es gerade noch zum Auto, bevor sie in Tränen ausbrach.

Meghann parkte vor dem Trailer und rang um Fassung. Aber sobald sie die Puderdose öffnete, um ihr Make-up zu erneuern, sah sie ihre verweinten Augen und fing sofort wieder zu schluchzen an.

Sie hatte keine Ahnung, wie lange sie schon im Porsche saß, aber irgendwann setzte ein heftiger Regen ein. Dicke Tropfen fielen auf das Schiebedach, schlugen gegen die Windschutzscheibe.

Schließlich stieg sie aus und lief die Stufen zum Wohnwagen hinauf.

Sam öffnete die Tür, bevor Meghann klopfen konnte. »Ich habe mich bereits gefragt, wie lange du wohl noch da draußen im Auto sitzen willst.«

»Ich dachte, du hättest mich nicht gesehen.«

Er versuchte zu lächeln. »Du hast schon immer geglaubt, du wärst schlauer als ich.«

»Nicht als du, Sam. Ich halte mich für schlauer als alle anderen.«

»Wie schlimm ist es?«

»Sehr schlimm.« Als Meg das sagte, schossen ihr abermals Tränen in die Augen. Energisch wischte sie sie fort.

»Komm her.« Sam breitete die Arme aus.

Meg zögerte.

»Nun mach schon.«

Sie stürzte sich in seine Arme, klammerte sich an ihn und schluchzte, als könnte sie nie wieder aufhören. Sie spürte, dass auch er weinte.

Als sie sich endlich aus der Umarmung lösten, blickten sie einander schweigend an. Meghann suchte nach Worten, fand aber keine.

Plötzlich hörten sie Schritte und dann kam Alison in den Raum. Sie trug einen pinkfarbenen Schlafanzug und hatte ihr Groovy Girl auf dem Arm. Mit großen Augen sah sie Meghann an. »Fahren wir jetzt zu Mommy? Geht es ihr wieder gut?«

Meghann ging in die Hocke und zog ihre Nichte in die Arme. »Ja«, sagte sie mit rauer Stimme. »Morgen kannst du deine Mommy besuchen.«

Die ganze Nacht wälzte sich Meghann von einer Seite auf die andere, um schließlich gegen Morgengrauen in einen unruhigen Schlaf zu fallen. Als sie wieder erwachte, stellte sie überrascht fest, dass es halb zehn war. Ein schneller Blick in die Räume des Apartments sagte ihr, dass Sam und Ali bereits zum Krankenhaus gefahren waren. Bobby hatte die Nacht bei Claire verbracht. Sie eilte ins Bad, um zu duschen. Eine halbe Stunde später parkte sie vor dem Krankenhaus.

Auf einem Stuhl am Fenster des Warteraums saß Gina und strickte an einer pinkfarbenen Decke. Karen und Charlotte spielten Cribbage, während Bobby aus dem Fenster starrte. Bei Meghanns Eintreten drehte er sich um. Sie sah seinen Augen an, dass Claire eine schlechte Nacht gehabt hatte. Neben Bobby saß Ali auf dem Fußboden und malte mit Buntstiften.

»Tante Meg«, rief das kleine Mädchen, sprang auf und hopste ihr entgegen.

Meghann fing ihre Nichte mit beiden Armen auf und hob sie hoch.

»Grandpa ist bei Mommy. Darf ich jetzt auch zu ihr? Bitte.«

Fragend sah Meghann Bobby an. Er zuckte nur seufzend mit den Schultern.

»Aber sicher«, sagte Meg. Dann trug sie Ali, langsam und jeden Schritt ängstlicher, über den Flur.

Vor Claires Zimmer blieb sie stehen, zwang ein Lächeln auf ihr Gesicht und öffnete die Tür.

Sam stand neben Claires Bett und hielt ihre Hand. Er weinte.

Ali glitt zu Boden und rannte zu ihrem Großvater, der sie sofort auf den Arm nahm. »Was ist, Grandpa? Hast du etwas ins Auge bekommen? Einmal hat Sammy Chan etwas ins Auge gestochen und dann hat Eliot Zane ihn eine Heulsuse genannt.«

Meghann und Claire tauschten einen Blick aus.

»Gib mir meine Kleine«, sagte Claire zu ihrem Vater und streckte die Arme aus. Ali bemerkte nicht, wie ihre Mutter bei jeder Bewegung, jeder Berührung vor Schmerz zusammenzuckte.

Verstohlen wischte Sam sich über die Augen. »Ich sollte jetzt lieber den Installateur anrufen. Der Poolfilter hört sich fürchterlich an.«

Seine Enkeltochter nickte. »Wie Bärenfurze.«

»Alison Katherine!« Endlich konnte Claire lächeln. »Habe ich dir nicht gesagt, dass du Grandpas unanständige Worte nicht nachplappern sollst?«

»Ja«, grinste Ali.

Als hätten sie beide in diesem Moment genau das Gleiche gedacht, sahen Sam und Meghann sich an. *Wer würde in Zukunft so etwas zu Alison sagen*?

Meg ließ die drei allein und ging in den Warteraum zurück, wo sie unkonzentriert in einer Zeitschrift blätterte.

Eine Stunde später entstand ein mittlerer Tumult auf dem Flur und Meghann hob neugierig den Kopf.

Ihre Mutter! In elegantes Schwarz gekleidet und einen Hundekorb tragend, marschierte sie einem ganzen Trupp von Begleitern voran. Einer machte emsig Fotos.

Eliana Sullivan betrat den Warteraum und blickte sich um. Als sie Meghann entdeckte, brach sie in Tränen aus. »Wie geht es unserer Kleinen?« Sie zog ein Seidentaschentuch aus ihrem Ärmel und betupfte sich die Augen.

Der Fotograf drückte erneut auf den Auslöser.

Mama belohnte ihn mit einem tapferen Lächeln. »Das ist meine andere Tochter Meghann Dontess. D-O-N-T-E-S-S. Sie ist neunundzwanzig Jahre alt.«

Lautlos zählte Meg bis zehn. »Das Mitbringen von Hunden ist nicht gestattet«, sagte sie eisig.

»Ich weiß. Ich musste ihn einschmuggeln. Aber du kennst ja Elvis. Er ...«

»Wenn Elvis nicht verschwindet, ist er in etwa zehn Sekunden so tot wie sein Namensvetter.« Während ihre Mutter empört nach Luft schnappte, wandte sich Meghann an einen schwarz gekleideten Mann mit Stiernacken und Sonnenbrille, der etwas abseits stand. »Hören Sie, Mister Bodyguard. Bringen Sie den Hund ins Auto.«

»Lieber ins Hotel«, seufzte ihre Mutter mit Leidensmiene. »In der Suite hat er wenigstens genügend Auslauf.«

»Ja, Ma'am.« Stiernacken nahm den Hundekorb und entfernte sich.

»Einen Moment«, sagte Meghann zu den weiteren Mitgliedern der Entourage und zog ihre Mutter am Arm in eine ruhige Ecke des Raumes. »Was soll das Theater? Kannst du denn nicht wenigstens einmal auf Blitzlichter verzichten?«

Tief gekränkt richtete sich ihre Mutter zu voller Größe auf. »Als du anriefst, hatte ich gerade auf der anderen Leitung mit einem Reporter von *Us* gesprochen. Offenbar hat er etwas mitbekommen, aber was sollte ich denn machen? Es ist ja schließlich nicht meine Schuld, wenn die Zeitschrift unbedingt über meinen Besuch bei meiner schwer kranken Tochter berichten will. Es ist manchmal wirklich nicht leicht, prominent zu sein. Das kannst du mir glauben.«

Meghann wunderte sich über sich selbst. Eigentlich hätte sie doch vor Zorn über ihre Mutter ausrasten müssen, aber als sie ihr in die stark geschminkten Augen blickte, bemerkte sie etwas, das sie erstaunte.

»Du hast ja Angst«, stellte sie verblüfft fest. »Deshalb hast du diese ganze Reportermeute mitgebracht. Damit du so tun kannst, als handele es sich um einen deiner üblichen Auftritte.«

Ihre Mutter verdrehte die Augen. »Ich habe doch keine Angst. Ich fürchte mich vor nichts. Aber es ... es ...«

»Was?«

»Es geht um Claire«, wisperte ihre Mutter und wandte den Kopf ab. »*Claire.*« Ihre Stimme wurde heiser, und Meghann war sicher, dass sie diesmal nicht spielte. »Kann ich zu ihr?«

»Nur ohne deine Gefolgschaft.«

»Begleitest du mich?«, fragte ihre Mutter leise.

Das überraschte Meghann. Sie hatte ihre Mutter immer für oberflächlich und rücksichtslos gehalten, die Sorte Frau, die genau wusste, was sie vom Leben wollte, und beim Erreichen ihrer Ziele nicht zimperlich war, die Sorte Frau, die kaltschnäuzig über Polizeiabsperrungen und Leichen hinwegstieg, wenn sie ihr im Weg waren. Jetzt schien es so, als habe sie sich da vielleicht geirrt, als sei ihre Mutter vielmehr ein schwacher, labiler und ängstlicher Mensch.

Und doch fragte sie sich, ob ihre Mutter eventuell eine bessere Schauspielerin war, als sie bisher angenommen hatte. Mit Ängsten kannte Meghann sich aus. Besonders mit denen, die durch Schuldgefühle hervorgerufen wurden.

»Natürlich begleite ich dich.«

Sie gingen zu den Reportern, und ihre Mutter bat tränenreich um ein wenig Rücksichtnahme in einer emotional schwierigen Situation und schlug vor, das Interview in einem Restaurant in der Nähe des Krankenhauses fortzusetzen.

Vor Claires Zimmer blieb Meghann stehen. »Bist du bereit?«

Ihre Mutter setzte ein strahlendes Lächeln auf, nickte und rauschte wie eine Operndiva über die Schwelle. »Claire, mein Liebling. Ich bin's, Mama.«

Claire versuchte zu lächeln. In den weißen Kissen sah sie unglaublich bleich und hinfällig aus. Die vor allem auf einer Kopfseite ausgefallenen Haare ließen sie sonderbar asymmetrisch wirken, irgendwie – schief. »Hey, Mama. Du hast Sam und Ali verpasst. Sie sind gerade in die Cafeteria gegangen.«

Abrupt blieb ihre Mutter stehen, ihre Arme sanken herab. Sie drehte sich zu Meghann um.

»Ich weiß, dass ich grauenhaft aussehe, Mama«, sagte Claire und brachte mit Mühe ein Lachen zustande.

Ihre Mutter setzte sich wieder in Bewegung, allerdings jetzt sehr viel langsamer. »Aber das stimmt doch überhaupt nicht, Schätzchen. Du siehst gut aus, sehr gut.« Sie zog einen Stuhl neben das Bett und ließ sich darauf nieder. »Ich muss gerade an eine Folge von *Starbase IV* denken. Sie hieß *Attack Buffet*, erinnerst du dich? Ich erwischte eine Portion verdorbener Raumnahrung und prompt fielen mir alle Haare aus.« Sie lächelte. »Ich habe die Folge an die Emmy-Jury geschickt. Natürlich kam sie nicht in die engere Wahl. Zu politisch. Aber irgendwie fühlte ich mich freier, so ohne Haare.«

»Du hast eine Schädelkappe aus Gummi getragen, Mama.«

»Trotzdem. Ein kahler Kopf lässt die Augen einer Frau sehr viel ausdrucksvoller wirken. Dennoch wünschte ich, ich hätte mein Make-up mitgebracht. Du könntest schon ein wenig Rouge vertragen, vielleicht auch einen zarten Lidstrich. Meghann hätte mich ruhig darauf aufmerksam machen können. Und ich besorge dir so schnell wie möglich ein hübsches Bettjäckchen. Mit einem kleinen Pelzkragen. Ich erinnere mich da an ein Kleid, das ich …«

»Mama!« Claire versuchte, sich aufzurichten. Es kostete sie sichtlich ihre ganze Kraft. »Ich habe einen Tumor. Er zerfrisst mir das Gehirn.«

Eliana Sullivans Lächeln gefror zu einer Maske. »Dass du dich auch immer so schrecklich *plastisch* ausdrücken musst, Schätzchen. Wir Frauen aus dem Süden …«

»Hör endlich auf, Mama. *Bitte*!«

Ihre Mutter sackte auf ihrem Stuhl zusammen. Sie schien irgendwie an Substanz zu verlieren, kleiner zu werden, unscheinbar, bis sie nur noch eine dünne, stark geschminkte Frau war, die sich einmal zu oft einem Facelifting unterzogen hatte. »Ich weiß nicht, was du von mir willst.«

Zum ersten Mal seit zwanzig Jahren hörte Meghann die richtige Stimme ihrer Mutter: statt des weichen Singsangs der Südstaaten die flache Eintönigkeit des Mittelwestens.

»O Mama«, sagte Claire, »natürlich weißt du das nicht. Du wolltest nie Kinder. Du wolltest immer nur ein Publikum. Entschuldige, aber ich bin viel zu erschöpft für Höflichkeiten. Ich hoffe, du weißt, dass ich dich lieb habe. Ich habe dich immer geliebt. Auch als du – *weggesehen* hast.«

Genau so hatte ihre Mutter es immer formuliert: »*Da sorge ich jahrelang für meine Babys, und als ich nur für eine Minute wegsehe, sind beide fort.*«

Diese Sichtweise der Dinge war leichter für ihre Mutter, nahm Meghann an, als sich der Tatsache zu stellen, dass sie Claire schlicht und ergreifend verlassen hatte.

»Sam war ein guter Mann«, sagte ihre Mutter so leise, dass sie schon sehr genau hinhören mussten, um sie zu verstehen. »Der einzige gute, den ich in all den Jahren gefunden habe.«

»Ja«, stimmte Claire zu.

Unbekümmert wedelte ihre Mutter mit der Hand. »Aber ihr kennt mich. Ich war noch nie jemand, der in der Vergangenheit herumstochert.« Der Südstaaten-Akzent war zurück. »Ich blicke nach vorn. So habe ich es schon immer gehalten.«

Ihre Mutter war wieder ganz die Alte. Die winzige Chance, die sich angesichts Claires Krankheit geboten hatte, war verflogen. Ihre Mutter hatte sich gefangen. Sie stand auf. »Ich möchte dich nicht zu sehr anstrengen. Ich fahre schnell zu Nordstrom und kaufe ein bisschen Make-up. Hast du etwas dagegen, wenn ein Freund von mir ein kleines Foto von uns macht?«

»Mama ...«, warnte Meghann.

Claire sank in die Kissen zurück. »Würdest du bitte Bobby und Ali zu mir schicken, Meghann? Ich möchte ihnen einen Kuss geben, bevor ich ein wenig schlafe.«

Eliana Sullivan beugte sich zu Claire hinunter und küsste sie auf die Stirn. Dann stürzte sie davon. Als Meghann das Zimmer verließ, wäre sie um ein Haar mit ihrer Mutter zusammengestoßen.

»Make-up, Mama?«

»Auch wenn sie stirbt, braucht sie sich nicht so gehen zu lassen.« Die Haltung ihrer Mutter bröckelte.

Meghann streckte die Hand aus.

»Wage es ja nicht, mich anzufassen, Meggy. Ich könnte es nicht ertragen.« Sie machte kehrt und lief mit klappernden Absätzen davon.

Es gab niemanden, der sich nicht nach ihr umdrehte.

Claire wurde immer schwächer. Am Abend des zweiten Tages im Krankenhaus wollte sie nur noch schlafen.

Die Besuche von Familie und Freundinnen hatten sie erschöpft. Die Bluesers waren natürlich vollzählig gekommen, hatten Blumen, Obst und Claires Lieblingsfilme mitgebracht. Sie plauderten, machten Scherze und schwelgten in Erinnerungen an frühere Zeiten. Nur Gina fand den Mut, Claires größte Ängste, ihre tiefste Verzweiflung anzusprechen.

»Du weißt hoffentlich, dass ich immer für Ali da sein werde«, sagte sie, als alle anderen in die Cafeteria gegangen waren.

Nie hatte Claire die Freundin mehr geliebt als in diesem Moment. »Danke«, flüsterte sie leise. »Ich konnte es ihr noch nicht sagen.«

»Wie solltest du auch?«

Ihre Blicke trafen sich und Ginas Augen füllten sich langsam mit Tränen. Beide dachten darüber nach, welche Stärke es erforderte, sich von seiner fünfjährigen Tochter zu verabschieden. Erst nach einer ganzen Weile verzog sich Ginas Gesicht zu einem kleinen Lächeln. »Und? Was machen wir jetzt mit deinen Haaren?«

»Ich dachte daran, den Rest auch noch abzuschneiden und vielleicht platinblond zu färben.«

»Wow, schick. Dann sehen wir neben dir bestimmt aus wie biedere, alte Hausfrauen.«

»Davon träume ich«, seufzte Claire, »eine biedere, alte Hausfrau zu werden.«

Aber sosehr sich Claire auch über die Besuche freute, letzten Endes war sie doch fast froh, als ihre Freundinnen dann gingen. Am späten Abend des zweiten Tages entfalteten die Medikamente endlich ihre Wirkung und sie schlief ein.

Und wurde abrupt wieder wach.

Ihr Herz schlug zu heftig und außerdem unregelmäßig. Sie konnte weder tief atmen noch sich aufsetzen. Irgendetwas stimmte nicht.

»Claire? Ist alles in Ordnung?« Das war Bobbys

Stimme. Er saß neben ihrem Bett und hatte anscheinend geschlafen. Sich die Augen reibend, stand er auf. Eine Sekunde lang glaubte sie an eine Halluzination, befürchtete, dass sich der Tumor nun auch durch den gesunden Bereich ihres Gehirns gefressen hatte. Dann kam er ganz nahe und sie hörte das leise Klimpern von Schlüsseln.

»Bobby«, flüsterte sie und wollte die Arme ausstrecken, aber es schienen Bleigewichte an ihnen zu hängen.

»Ich bin bei dir, Liebes.«

Es kostete sie ihre ganze Kraft, aber schließlich schaffte sie es, eine Hand zu heben und ihm über die Wange zu streichen. »Ich liebe dich, Robert Jackson Austin. Mehr als alles auf der Welt – vielleicht mit Ausnahme meiner Ali Kat. Komm, leg dich zu mir ins Bett. Ich möchte dich ganz nah bei mir spüren.«

Bobby blickte auf die Geräte, die Kabel und Infusionsschläuche. »Oh, mein Schatz …« Er beugte sich vor und küsste sie stattdessen.

Der sanfte Druck seiner Lippen fühlte sich so gut an. Claire schloss die Augen und spürte, wie sie in die Kissen zurücksank. »Ali«, wisperte sie. »Ich möchte meine Kleine …«

Ein unsäglicher Schmerz explodierte hinter ihrem rechten Auge.

Neben ihrem Bett setzte ein durchdringender Pfeifton ein.

Der Schmerz ist fort, ihr tut nichts mehr weh. Langsam streckt sie eine Hand aus, betastet ihren Kopf und spürt statt kahler, juckender Haut ihre langen, dichten Haare.

Sie setzt sich auf. Die Schläuche, mit denen sie an die Apparate angeschlossen war, sind verschwunden. Sie will rufen, dass es ihr besser geht, aber es sind zu viele Menschen im Raum, alle weiß gekleidet. Und alle drängen sich um ihr Bett, reden wild durcheinander, so dass sie kein Wort verstehen kann.

Plötzlich bemerkt sie, dass sie irgendwo in der Luft schwebt und zusieht, wie sich die Ärzte an ihrem Körper zu schaffen machen. Ihr Nachthemd wird hochgeschoben und irgendein Gerät auf ihre Brust gedrückt.

»Jetzt!«, schreit jemand.

Es tut unendlich wohl, hier über ihnen zu sein und keine Schmerzen mehr zu empfinden ...

»Noch mal!«

Dann denkt sie an ihre Tochter, ihr wundervolles kleines Mädchen, das sie nicht noch ein letztes Mal in den Armen gehalten hat.

Wer wird ihrer kleinen Tochter jetzt sagen, dass ihre Mommy nicht mehr da ist?

Die Ärzte treten zurück. »Wir haben sie verloren.«

»Komm zurück, Claire«, schreit Meghann und boxt sich durch die Menge. »Komm sofort zurück, verdammt!«

Jemand will sie zur Seite ziehen, aber sie versetzt ihm einen rüden Stoß mit dem Ellbogen. »Ich meine es ernst, Claire. Komm gefälligst zurück. Ali ist im Wartezimmer. Du hast dich nicht von ihr verabschiedet. Das hat sie nicht verdient, verdammt. Komm endlich zurück.« Sie packt Claire bei den Schultern und schüttelt sie heftig. »Das *kannst* du Alison und mir nicht antun.«

»Wir haben einen Puls«, ruft jemand.

Meghann wird so heftig zur Seite gestoßen, dass sie in eine Ecke des Zimmers taumelt und von dort aus zusieht, wie ihre Schwester stabilisiert wird.

Irgendwann verlassen die Mediziner das Zimmer. Bis auf das leise Summen und Piepen der Apparate ist es ganz still.

Wie gebannt starrt Meghann auf Claires Brust, beobachtet, wie sie sich langsam hebt und senkt. Es dauert einen Moment, bis ihr auffällt, wie intensiv sie selbst Luft holt und wieder ausstößt. Als wollte sie den Körper ihrer Schwester zwingen, seinen lebenserhaltenden Rhythmus beizubehalten.

»Ich habe dich genau gehört.«

Beim Klang von Claires Stimme stößt Meghann sich von der Wand ab und tritt ans Bett.

Und da liegt ihre Schwester, kaum noch Haare auf dem Kopf, totenblass, und lächelt sie an. »Und ich dachte: Großer Gott, ich bin tot, aber sie brüllt mich immer noch an.«

Neunundzwanzigstes Kapitel

Mindestens zehn Anläufe hatte Joe schon unternommen, den verdammten Umschlag wegzuwerfen. Sein Problem war nur, dass er sich nicht dazu überwinden konnte, ihn überhaupt anzufassen.

Feigling …

Er hörte das Wort so deutlich, dass er den Kopf hob. Er war allein in der Hütte. Dianas Foto blickte ihn vom Kaminsims her an.

Joe schloss die Augen und wünschte, er könnte sie an seiner Seite fühlen wie früher so oft. Hautnah *spüren*, wie sie sich neben ihn aufs Sofa setzte und flüsterte: »*Du brichst mir das Herz, Joey …*«

Aber diese Halluzinationen waren schon so lange ausgeblieben, dass er vergessen hatte, wie sie sich anfühlten. Allerdings brauchte er ihre Nähe nicht erst heraufzubeschwören, um genau zu wissen, was sie sagen würde.

Sie würde sich für ihn schämen, wie er sich für sich selbst schämte. Und ihn an den Eid erinnern, den er einmal geleistet hatte, nämlich den Menschen zu helfen.

Und hier ging es nicht um einen x-beliebigen Menschen, sondern um Claire Cavenaugh. Um die Frau, die stundenlang neben Dianas Bett gesessen, mit ihr eine obszöne Version von Scrabble gespielt und Seifenopern im Fernsehen angeschaut hatte. Joe erinnerte sich, wie er eines Abends nach einem langen Arbeitstag nach Hause kam.

Als er die Tür öffnete, war Claire da und tanzte – nur mit BH und Höschen bekleidet – übermütig durchs Zimmer. Diana, die seit Wochen nicht einmal mehr ein Lächeln zustande gebracht hatte, lachte so schallend, dass ihr Tränen über die Wangen liefen.

»*Von uns erfährst du nichts*«, hatte Claire geprustet, als er wissen wollte, was da vor sich ging.

»*Ein paar kleine Geheimnisse muss eine Frau schon haben dürfen*«, hatte Diana hinzugefügt, »*selbst vor der großen Liebe ihres Lebens.*«

Jetzt war Claire krank, lag in einem Raum, der Hoffnungslosigkeit verströmte, und blickte hinaus auf einen wolkenverhangenen Himmel, und das an einem strahlenden Tag im Hochsommer.

Wahrscheinlich konnte er nichts für sie tun, aber wie sollte er je mit sich ins Reine kommen, wenn er es nicht wenigstens versuchte? Vielleicht war es ein göttlicher Fingerzeig darauf, dass ein Mensch nicht an alten Ängsten festhalten durfte, wenn er neu anfangen wollte.

Wenn Diana jetzt da wäre, würde sie sagen, dass seine Chance gar nicht offensichtlicher sein konnte. Es war eine Sache, vor Schuldgefühlen davonzulaufen. Aber eine ganz andere, die Augen vor ein paar Aufnahmen vom Gehirn einer Freundin zu verschließen.

»*Du tötest sie und diesmal wird es keine beschönigenden Worte wie* Sterbehilfe *geben …*«

Tief Luft holend, streckte er den Arm aus und tat so, als bemerke er nicht, wie sehr seine Hand zitterte, wie dringend es ihn plötzlich nach einem Drink verlangte.

Joe zog die Röntgenbilder aus dem Umschlag, ging mit ihnen in die Küche und hielt sie am Fenster über der Spüle ins Sonnenlicht.

Konzentriert betrachtete er die Aufnahmen. Adrenalin ließ sein Herz schneller schlagen.

Jetzt wusste er, warum alle diesen Tumor als inoperabel bezeichnet hatten. Für eine Operation bedurfte es außergewöhnlicher Fähigkeiten. Der Gehirnchirurg, der sie durchführte, musste geradezu gottgleiche Hände haben und ein entsprechendes Ego.

Aber mit einer äußerst behutsamen Resektion – gab es vielleicht eine Chance. Es konnte nicht ausgeschlossen werden, dass der kleine Schatten da kein Tumor war, sondern auf ihn reagierendes Gewebe.

Was er als Nächstes tun musste, lag auf der Hand.

Er duschte heiß und zog das blaue Hemd an, das er sich kürzlich gekauft hatte, und saubere Jeans. Dann steckte er die Aufnahmen wieder in den Umschlag und ging zu Smittys Haus. Helga stand in der Küche und bereitete das Mittagessen vor, während sich Smitty im Wohnzimmer *Judge Judy* ansah. Bei Joes Eintreten drehte er sich neugierig um. »Hey, Joe.«

»Entschuldige, aber kann ich mir eventuell den Truck von dir ausleihen? Ich muss nach Seattle fahren. Vielleicht bleibe ich über Nacht.«

Wortlos kramte Smitty die Autoschlüssel aus der Tasche und warf sie ihm zu.

»Danke.« Joe lief zu dem 73er Ford-Pick-up und stieg ein. Leicht verwirrt starrte er auf das Armaturenbrett. Es war Jahre her, seit er hinter einem Steuer gesessen hatte. Dann ließ er den Motor an und gab Gas.

Zwei Stunden später parkte er in der Tiefgarage an der Madison Street Ecke Broadway und betrat das Gebäude, das früher einmal sein ganzes Leben ausgemacht hatte.

In der Lobby hing wie immer das Gemälde von Elmer Nordstrom, der dem Wolkenkratzer mit seiner schwarzen, glatten Fassade den Namen gegeben hatte.

Mit gesenktem Kopf lief Joe auf die Fahrstühle zu und drückte auf den Knopf.

Als sich die Türen öffneten, stieg er ein. Zwei Angestellte in weißen Kitteln folgten ihm. Sie unterhielten sich über Laborbefunde und stiegen in der dritten Etage aus, dem Stockwerk, in dem ein Übergang das Bürogebäude mit dem Swedish Hospital verband.

Joe dachte an die Zeit, in der er hocherhobenen Hauptes durch diese Flure gelaufen war, ein Mann, der seinen Platz in der Welt kannte.

Im vierzehnten Stockwerk glitten die Fahrstuhltüren wieder auf.

Reglos starrte Joe die Goldbuchstaben auf den Glastüren am Ende des Ganges an: *Seattle Nuclear Specialists*.

Seine Praxis. Zumindest hatte er sie gegründet. Darunter waren die Namen von sieben oder acht Ärzten verzeichnet. Joes Name befand sich nicht darunter.

Natürlich nicht.

Kurz bevor sich der Lift wieder in Gang setzte, stieg er aus und überquerte den Korridor. Hinter den Glastüren warteten einige Patienten, während der Empfang mit zwei Frauen besetzt war. Beide kannte er ebenso wenig wie die Patienten.

Er überlegte, ob er schnurstracke zu Lis Zimmer gehen sollte, brachte dafür aber nicht genügend Mut auf. Stattdessen trat er an den Empfangstresen.

Eine der Frauen – ihr Namensschildchen wies sie als Imogene aus – lächelte ihn an. »Kann ich Ihnen behilflich sein?«

»Ich möchte zu Doktor Li Chinn.«

»Wie ist Ihr Name?«

»Sagen Sie ihm bitte, ein auswärtiger Kollege würde ihn gern in einem dringenden Fall konsultieren. Ich habe einen langen Weg hinter mir.«

Die Sprechstundenhilfe musterte ihn verstohlen, sichtbar irritiert über seine billige Kleidung und den provinziellen Haarschnitt. Stirnrunzelnd drückte sie auf die Taste der Gegensprechanlage und übermittelte seinen Wunsch. Einen Moment später wandte sie sich wieder an Joe. »In einer Viertelstunde hat er Zeit für Sie. Wenn Sie inzwischen bitte im Warteraum Platz nehmen würden …«

Joe setzte sich auf einen Stuhl, und plötzlich erinnerte er sich wieder daran, dass Diana Stoffe und Farben für die Praxis ausgesucht hatte. Zuzeiten hatte es bei ihnen daheim ausgesehen wie in einem Musterlager.

»*Ich möchte nur, dass einfach alles perfekt ist*«, hatte sie auf seine scherzhaften Bemerkungen erwidert. »*Dein Beruf ist das Einzige, das du mehr liebst als mich.*«

Es war eine gute Erinnerung; er wünschte, sie könnte ihm ein Lächeln entlocken.

»Herr Doktor? *Herr Doktor*?«

Joe zuckte zusammen. So hatte man ihn seit einer Ewigkeit nicht mehr genannt. »Ja?« Er stand auf.

»Doktor Chinn erwartet Sie. Gehen Sie da durch die Glastür, den Flur entlang und dann …«

»Ich kenne mich aus.« Joe ging zur Tür, blieb aber wieder stehen und bemühte sich, ruhig zu atmen. Er schwitzte, seine Handflächen waren feucht. Bestimmt hinterließen seine Finger Abdrücke auf dem Umschlag.

»Herr Doktor? Fehlt Ihnen etwas?«

Seufzend schritt Joe durch die Tür – und sah sich bekannten Gesichtern gegenüber. Schwestern, Assistenten, Radiologie-Technikern.

Joe zwang sich dazu, ihren Blicken nicht auszuweichen. Sie sahen ihn an, erkannten ihn und senkten hastig den Kopf. Ein paar lächelten verlegen oder winkten ihm flüchtig zu, aber kein Einziger sprach ihn an. Joe fühlte sich wie ein Geist im Reich der Lebenden. Unsichtbar.

Einige der Mienen zeigten unverhohlen ihre Missbilligung. Diese Blicke kannte Joe gut; sie waren es, die ihn zu seiner Flucht bewogen hatten. Andere wirkten peinlich berührt, verlegen über sein unvermutetes Auftauchen. Was sagte man auch zu einem einst bewunderten Mann, der wegen Tötung seiner Frau vor Gericht gestanden hatte und seit drei Jahren wie vom Erdboden verschwunden war?

Joe lief an einer Reihe Frauen vorbei, die auf ihre Mammographie warteten, an einem zweiten Wartebereich und bog dann auf einen ruhigeren, leereren Flur ein. Schließlich gelangte er zu einer geschlossenen Tür. Er atmete tief durch und klopfte.

»Herein«, sagte eine vertraute Stimme.

Joe betrat den Raum, der einmal sein Büro war. Hinter riesigen Panoramafenstern ragten die Wolkenkratzer von Seattle auf.

Li Chinn saß hinter dem Schreibtisch und las. Bei Joes Eintreten blickte er auf. Ein fast ulkiger Ausdruck bildete sich auf seinem normalerweise gleichmütigen Gesicht. »Das glaube ich jetzt nicht«, murmelte er, blieb aber sitzen.

»Hey, Li.«

Der Arzt zögerte, schien nicht recht zu wissen, was er sagen sollte. »Es ist lange her, Joe.«

»Drei Jahre.«

»Wo hast du denn gesteckt?«

»Ist das wirklich wichtig? Ich wollte bei dir vorbeikommen und dir sagen, dass ich die Praxis verlasse. Aber ...« Er seufzte und hörte selbst, wie pathetisch er sich anhörte. »Ich konnte den Mut dazu nicht aufbringen.«

»Dein Name stand noch ein ganzes Jahr lang an der Tür.«

»Tut mir Leid, Li. Vermutlich hat es der Praxis geschadet.«

Chinn nickte. Seine dunklen Augen blickten traurig. »Ja.«

»Ich habe hier ein paar Röntgenbilder und möchte dich bitten, sie dir mal anzuschauen.« Als Chinn zustimmte, ging Joe zu den Lichtkästen und klemmte die Aufnahmen in die Befestigungsleiste.

Li Chinn kam hinter seinem Schreibtisch hervor und betrachtete sie lange Zeit prüfend. »Offenbar siehst du etwas, das ich nicht sehe.«

Joe streckte die Hand aus. »Da.«

Li Chinn hob die Brauen und verschränkte die Arme. »Kaum ein Chirurg würde sich an so etwas heranwagen. Das Risiko ist zu groß.«

»Aber ohne Operation wird sie sterben.«

»Sie könnte auch *durch* sie sterben.«

»Meinst du nicht, es ist den Versuch wert?«

Chinn musterte ihn. Die Falten auf seiner Stirn wurden tiefer. »Früher hätte Joe Wyatt andere nicht nach ihrer Meinung gefragt.«

»Die Dinge ändern sich«, erwiderte Joe knapp.

»Kennst du einen Chirurgen, der einen solchen Eingriff durchführen würde? Ihn durchführen *könnte*?«

»Stu Weissman von der University of California, in L. A.«

»Ah, der Cowboy. Ja, vielleicht.«

»Ich darf nicht mehr praktizieren. Meine Approbation ist ausgelaufen. Könntest du Weissman die Aufnahmen schicken? Ich werde ihn anrufen.«

Li Chinn knipste die Beleuchtung aus. »Mache ich. Du weißt, dass du deine Approbation jederzeit erneuern lassen kannst?«

»Ja.« Schweigen breitete sich zwischen ihnen aus. »Nun, ich sollte mich jetzt besser auf den Weg machen und mich mit Stu Weissman in Verbindung setzen.« Joe ging zur Tür.

»Warte.«

Er drehte sich wieder um.

»Hat jemand vom Personal mit dir gesprochen?«

»Nein. Was sollten sie zu einem Mörder auch groß sagen?«

Li Chinn kam auf ihn zu. »Mag sein, dass einige dich tatsächlich dafür halten. Aber die meisten von uns – wissen einfach nicht, was sie sagen sollen. Jedem hier ist klar, dass Diana unter unvorstellbaren Schmerzen litt, und es gab nicht die geringste Hoffnung für sie. Wir müssen Gott dankbar sein, nicht in deiner Haut zu stecken.«

Joe schwieg.

»Du hast eine große Begabung, Joe«, fuhr Chinn fort. »Sie zu vergeuden wäre auch ein Verbrechen. Wenn oder falls du bereit bist, wieder zu arbeiten, dann komm zu mir. In dieser Praxis geht es darum, Leben zu retten, und nicht darum, sich Sorgen um ebenso alte wie haltlose Gerüchte zu machen.«

»Vielen Dank.« Aber die beiden Worte waren bei weitem zu gering, um seine Dankbarkeit auszudrücken. Überrascht von der Intensität seiner Gefühle verließ Joe den Raum.

Unten in der Halle ging er zu den Fernsprechern und rief Stu Weissman an.

»Joe Wyatt ...«, dröhnte Weissmans Stimme an sein Ohr. »Wo zum Teufel sind Sie? Ich hatte schon befürchtet, der Erdboden hätte Sie verschluckt. Eine verdammte Schande, dass man Sie damals angeklagt hat.«

Joe wollte keine Zeit mit langatmigen Erklärungen verschwenden. Dafür wäre später noch Gelegenheit, falls Stu Weissman zustimmte. »Ich möchte Sie bitten, eine Operation zu übernehmen. Sie ist mehr als riskant. Aber Sie sind der Einzige, der sie durchführen kann.«

»Etwas konkreter, bitte.«

Joe berichtete von Claires Krankheitsverlauf, der aktuellen Diagnose und den Überlegungen, die ihm beim Betrachten der Aufnahmen gekommen waren.

»Und Sie meinen, ich könnte da etwas tun?«

»*Nur* Sie.«

»Nun, Joe, Ihre Augen waren schon immer die besten in der ganzen Branche. Schicken Sie mir die Fotos. Wenn ich Ihre Einschätzung teile, steige ich sofort ins nächste Flugzeug. Aber sorgen Sie dafür, dass die Patientin sich des Risikos voll und ganz bewusst ist. Ich möchte nicht umsonst nach Seattle fliegen.«

»Sie können sich darauf verlassen. Danke, Stu.«

»Hat gut getan, mit Ihnen zu reden«, sagte Weissman und beendete das Gespräch.

Auch Joe legte auf. Jetzt musste er nur noch mit Claire sprechen.

Er kehrte zu den Aufzügen zurück, fuhr in die dritte Etage hoch und lief über den Verbindungsgang ins Swedish Hospital. Ein paar Leute runzelten über seinen Anblick die Stirn, andere steckten tuschelnd die Köpfe zusammen. Er ließ sich nicht davon beeindrucken und ging gesenkten Hauptes weiter. Niemand sprach ihn an oder wollte wissen, was ihn hierher führte – bis er die Intensivstation erreichte.

»Doktor Wyatt?«

Zögernd drehte er sich um. Es war Trish Bey, die Oberschwester der Intensivstation. Sie hatten jahrelang eng zusammengearbeitet, und kurz vor ihrem Tod waren Diana und sie gute Freundinnen geworden. »Hallo, Trish.«

Sie lächelte. »Wie schön, Sie endlich wiederzusehen. Wir haben Sie sehr vermisst.«

Seine Schultern entspannten sich. »Danke.« Sie standen sich noch ein paar Momente schweigend gegenüber, dann nickte Joe, verabschiedete sich und lief zu Claires Zimmer.

Er klopfte leise und stieß die Tür auf.

Halb aufgerichtet saß sie im Bett und machte den Eindruck, als schliefe sie. Die kahlen Stellen auf einer Kopfseite ließen sie unglaublich jung wirken.

Joe trat auf sie zu und versuchte nicht daran zu denken, dass Diana genauso ausgesehen hatte. Blass und zerbrechlich wie eine alte Porzellanpuppe, die allzu sehr geliebt worden war.

Claire schlug die Augen auf. »Joey«, wisperte sie. »Ich habe gehört, dass du wieder da bist. Willkommen zu Hause.«

Er holte einen Stuhl und setzte sich neben ihr Bett.

»Ich weiß, dass ich schon mal besser ausgesehen habe.«

»Du bist wunderschön. Das warst du immer.«

»Lieb von dir, Joe. Ich werde Di von dir grüßen.« Ihre Augen fielen wieder zu. »Entschuldige, aber ich bin unglaublich müde.«

»Warum hast du es so eilig, meine Frau wiederzusehen?«

Langsam öffnete sie die Augen und schien lange zu brauchen, sich auf ihn zu konzentrieren. »Es besteht keine Hoffnung, Joe. Gerade du solltest wissen, wie das ist. Mach mir nichts vor, es tut zu sehr weh.«

»Das sehe ich … anders.«

»Glaubst du etwa, dass sich die Weißkittel irren?«

»Ich möchte keine falschen Hoffnungen wecken, Claire, aber ja, vielleicht.«

»Bist du dir sicher?«

»Niemand kann sich je sicher sein.«

»Ich will nicht wissen, was andere denken. Ich frage dich, Joey. Meinst du wirklich, dass ich noch nicht aufgeben soll?«

»Eine Operation kann dich retten. Es ist allerdings nicht auszuschließen, dass es zu ernsten Beeinträchtigungen kommt, Claire. Lähmungen. Dem Verlust motorischer Fähigkeiten. Hirnschäden.«

Sie lächelte, wenn auch ein bisschen zittrig. »Weißt du, worüber ich gerade nachgedacht habe? Kurz bevor du gekommen bist?«

»Nein.«

»Wie ich Ali Kat sage, dass ihre Mommy sterben wird. Die Risiken sind mir egal, Joe. Ich bin zu allem bereit, wenn ich mich nur nicht von Ali verabschieden muss.« Ihre Stimme versagte und er erkannte das ganze Ausmaß ihrer Verzweiflung. Aber ihre Tapferkeit überraschte ihn.

»Ich habe einem Freund deine Aufnahmen zugeschickt. Wenn er mit meiner Diagnose übereinstimmt, wird er dich operieren.«

»Danke, Joe«, sagte sie leise und schloss die Augen.

Er beugte sich über sie und gab ihr einen Kuss auf die Stirn. »Bis bald, Claire.«

Er stand schon an der Tür, als er ihre Stimme hörte. »Joey?«

Er drehte sich wieder um. »Ja?«

»Sie hätte dich nicht darum bitten dürfen.«

»Wer?«, fragte er, obwohl er die Antwort bereits kannte.

»Diana. Ich würde es von Bobby nie verlangen. Ich weiß, was ich ihm damit antun würde.«

Joe schwieg. Das Gleiche sagte auch Gina häufig. Er verließ das Zimmer und zog die Tür hinter sich zu. Seufzend lehnte er sich gegen die Wand und schloss die Augen.

»Sie hätte dich nicht darum bitten dürfen …«

»Joe?«

Er öffnete die Augen. Meghann stand ein paar Meter von ihm entfernt und starrte ihn an. Ihre Augen waren gerötet und verquollen.

Joe empfand einen nahezu unwiderstehlichen Drang, sie an sich zu ziehen und zu trösten.

»Und? Hast du eine Möglichkeit gefunden, ihr zu helfen?« Langsam kam sie auf ihn zu.

Er zögerte mit der Antwort. Schließlich wusste er besser als die meisten anderen, dass nichts grausamer war als enttäuschte Hoffnungen. »Ich habe mit einem Kollegen gesprochen. Wenn er mir zustimmt, wird er operieren, aber …«

Meghann warf sich in seine Arme. »Danke.«

»Es ist verdammt riskant, Meg. Sie könnte die Operation nicht überleben.«

Meghann löste sich von ihm und wischte sich ungeduldig über die Augen. »Ich bin überzeugt, dass Claire dieses Risiko eingeht. Wir Sullivan-Mädels kämpfen bis zum bitteren Ende. Vielen Dank, Joe. Und … entschuldige, was ich neulich zu dir gesagt habe. Ich kann manchmal ein echtes Miststück sein.«

»Die Warnung kommt ein bisschen spät.«

Sie lächelte, wurde jedoch schnell wieder ernst. »Warum hast du mir eigentlich nichts von deiner Frau erzählt?«

»Wann hätte ich das denn tun sollen?«

»Nun, irgendeine Gelegenheit hätte sich bestimmt ergeben.«

»Ach ja? Hätte ich dir vielleicht, nachdem wir gerade miteinander geschlafen hatten, *gestehen* sollen, dass ich meine Frau getötet habe?«

»Du hast sie nicht getötet. Das war der Krebs. Du hast ihr Leiden beendet.«

»Und ihr Leben.«

Meghann sah ihm fest in die Augen. »Wenn Claire mich darum bittet, würde ich es tun. Und ich wäre bereit, dafür auch ins Gefängnis zu wandern. Ich könnte sie nicht leiden lassen.«

»Bete zu Gott, dass sie dich nie darum bittet.« Joe hörte

selbst, wie heiser seine Stimme klang. Früher hätte er sich für so viel offenkundige Verletzbarkeit geschämt. Aber das war zu einer Zeit, in der er fest an sich glaubte, sich für einen Halbgott hielt, mindestens.

»Wie geht es jetzt weiter?«, fragte sie in die plötzlich entstandene Stille hinein. »Ich meine für Claire.« Sie trat einen Schritt zurück, schuf gewissermaßen Distanz zwischen Joe und sich selbst.

»Wir warten auf Nachricht von Stu Weissman. Und können nur hoffen, dass ihn meine Argumente überzeugen.«

Als Joe zum Ausgang lief, hörte er seinen Namen. Er blieb stehen und drehte sich um.

Gina stand nur wenige Schritte von ihm entfernt. »Offensichtlich hat sich mein Bruder endlich daran erinnert, dass er Arzt ist.«

»Ich habe lediglich Stu Weissman angerufen. Mehr nicht.«

»Du gibst ihr eine Chance, Joe.« Lächelnd kam Gina näher.

»Ja, mag sein. Aber wir müssen abwarten, was Stu sagt. Vielleicht erhält sie ihre Chance. Ich hoffe es.«

Gina legte ihm eine Hand auf den Arm. »Diana wäre stolz auf dich. Und ich bin es auch.«

»Danke.«

»Komm, setz dich zu uns in den Warteraum. Du hast dich lange genug abgesondert. Es ist Zeit, dass du ein neues Leben beginnst.«

»Ich muss vorher noch etwas erledigen.«

»Aber du kommst zurück?«

»Versprochen.«

Eine Stunde später näherte sich die Fähre Bainbridge Island. Joe stand auf dem Oberdeck und blickte Eagle Harbor entgegen. Die kleine Bucht mit ihren gepflegten Häusern und den Segelbooten in der Marina schien ihn willkommen zu heißen. Er war froh, dass sich kaum etwas verändert hatte. Noch immer gab es mehr Bäume als Häuser und die Uferfront war nicht in winzige Parzellen aufgeteilt.

»Das ist es, Joey. Hier möchte ich unsere Kinder aufziehen …«

Seine Finger verkrampften sich um die Reling. Seit diesem Tag waren gerade einmal zehn Jahre vergangen, aber sie kamen ihm vor wie eine Ewigkeit. Wie jung und hoffnungsvoll Diana und er damals doch waren. Nie hätte einer von ihnen auch nur geahnt, dass sie nicht zusammen alt und grau werden würden.

Dass einer von ihnen allein weiterleben müsste.

Das Signalhorn der Fähre dröhnte.

Joe stieg die Treppe zum Unterdeck hinunter, setzte sich in Smittys Pick-up. Als die Fähre angelegt hatte, fuhr er von Bord.

An jeder Straßenecke, mit jedem Ladenschild stürmten Erinnerungen auf ihn ein.

»Holst du das Schränkchen für mich ab, Joey? Es steht bei Bad Blanche's …«

»Lass uns heute zur Weinkellerei fahren. Ich möchte den frischen Most riechen …«

»Abendessen? Vergiss das Abendessen! Geh mit mir ins Bett, Joey, oder …«

Er bog in die Straße ein, an der sie früher gewohnt hatten. Riesige Baumkronen wölbten sich über die Fahrbahn, sperrten die Sonne aus. Von der Straße aus war kein Haus zu sehen, nur Briefkästen und Einfahrten.

An der letzten trat er auf die Bremse.

Die Mailbox war noch immer auf ihrem Pfahl. Dr. und Mrs Joe Wyatt. Sie war Dianas erste Anschaffung, nachdem sie sich zum Kauf entschlossen hatten.

Joe fuhr die lange, baumgesäumte Zufahrt hinunter. Das Haus stand auf einer sonnigen Lichtung, die an einen breiten Kiesstrand grenzte. Es war ein hübsches, kleines Cottage im Cape-Cod-Stil, mit weiß abgesetzten Zedernholzschindeln verkleidet.

Die Wisteria hatte mächtig zugelegt, bemerkte Joe. Ihre kräftigen Ranken schlangen sich um das Verandageländer, die Säulen hinauf, und schienen wild entschlossen, die Fassade zu stürmen.

Schließlich stellte Joe den Motor ab und verließ die Sicherheit des Wagens. Langsam und mit angehaltenem Atem lief er zur Haustür.

Das Erste, was ihm auffiel, war der Geruch. Ein Gemisch aus salziger Seeluft und dem süßen Duft von Rosenblüten.

Er holte den Schlüssel hervor, den er all die Jahre für diesen besonderen Tag in seinem Portemonnaie aufbewahrt hatte.

Dabei erinnerte er sich an lange Monate, in denen er fest überzeugt war, nie wieder nach Bainbridge Island zurückkehren zu können.

Der Schlüssel passte, drehte sich im Schloss.

Joe stieß die Tür auf – *»Ich bin wieder da, Liebes ...«* – und trat ein.

Die Räume sahen genauso aus, wie er sie verlassen hatte. Joe dachte an den Tag, an dem er nach seinem Prozess – als freier Mann, nein, als nicht schuldiger Mann – hergekommen war, um einen Koffer zu packen und ein letztes Telefongespräch zu führen. *»Tut mir Leid«*, hatte er zu Gina gesagt. *»Ich muss hier weg. Irgendwohin. So weit weg wie möglich.«*

»Ich kümmere mich um das Haus«, hatte sie schluchzend geantwortet. *»Du wirst wieder zurückkommen.«*

»Das weiß ich nicht. Wie könnte ich?«

Und nun war er doch hier. Wie versprochen hatte Gina das Haus in Schuss gehalten, Steuern und anfallende Rechnungen mit Geld von einem besonderen Konto beglichen. Kein Staub lag auf Möbeln oder Fensterbrettern, keine Spinnweben hingen von den Zimmerdecken.

Er ging von Raum zu Raum, nahm Dinge in die Hand und erinnerte sich. Jedes Möbelstück brachte ihn in die Vergangenheit zurück.

»Dieser Sessel ist einfach perfekt, Joey, findest du nicht auch? Der ideale Fernsehsessel …«

Jeder einzelne Gegenstand hatte eine eigene Geschichte. Joe bewegte sich wie ein Blinder und ließ seine Finger über jede Oberfläche wandern, als könnte Tasten intensivere Erinnerungen auslösen als Blicke.

Schließlich gelangte er zum Schlafzimmer – und musste sich zwingen hineinzugehen. Alles war wie früher. Das große, alte Doppelbett – ein Hochzeitsgeschenk von Mom und Dad –, der wundervolle Quilt, den sie nach Dads Tod bekommen hatten. Die Nachttische, auf denen sich einst Bücher gestapelt hatten – Romane auf ihrer Seite, militärhistorische Werke auf seiner. Selbst das kleine Petit-Point-Kissen, das Diana zu Beginn ihrer Krankheit gestickt hatte.

Joe setzte sich auf das Bett, griff nach dem Kissen und betrachtete die winzigen braunen Flecke.

»Ich fürchte, Sticken ist keine besonders gute Therapie. Ständig steche ich mich und verliere so viel Blut, dass mir fast schwindlig wird …«

»Hey, Diana«, sagte Joe laut und wünschte, er könnte ihren Anblick heraufbeschwören wie früher. Er strich mit den Fingern über den Stoff und versuchte sich zu erinnern, wie es sich anfühlte, sie zu berühren. »Ich war heute im Krankenhaus. Hat gut getan.«

Joe wusste, was sie dazu sagen würde. Er war sich aber

nicht ganz sicher, ob er für eine Rückkehr wirklich bereit war. Sein Leben hatte sich grundlegend verändert, sich in winzige Bestandteile aufgelöst, die sich möglicherweise gar nicht mehr zusammenfügen ließen.

Er dachte an die Blicke der anderen in seiner alten Praxis. Die Mitarbeiter hatten ihn angesehen und sich gefragt: »Sieht so ein Mörder aus?«

»Du hättest das nicht von mir verlangen dürfen, Di. Es hat mich – vernichtet.«

Nachdenklich strich er weiter über das Kissen. »Nun, vielleicht habe ich mich auch selbst zugrunde gerichtet«, gestand er sich leise ein. Er hätte hier bleiben sollen, in der Nähe der Menschen, die er schätzte und liebte, denen er sich verbunden fühlte. Seine Flucht war ein Fehler gewesen.

Es war an der Zeit, das Davonlaufen und Verstecken zu beenden. Zeit, sich den Menschen zu stellen, die den Stab über ihn brachen, und ihnen zu beweisen, wie sehr sie sich irrten.

Er musste sein Leben wieder aufnehmen.

Langsam stand er auf, ging zum Schrank und öffnete die Lamellentüren.

Dianas Kleider nahmen zwei Drittel des Platzes ein.

Vor drei Jahren hatte er schon einmal die Sachen einpacken und verschenken wollen. Er hatte einen lavendelblauen Cashmerepullover zusammengelegt und dann aufgegeben. Er hatte es einfach nicht geschafft.

Jetzt zog Joe den beigefarbenen Angorapullover vom Bügel, ihren Lieblingspulli. Er vergrub das Gesicht in der Wolle und meinte den feinen Duft ihres Parfums zu riechen. Tränen brannten ihm in den Augen. »Leb wohl, Diana«, flüsterte er.

Dann machte er sich auf die Suche nach einem Karton.

Dreißigstes Kapitel

Am nächsten Morgen rief Stu Weissman Claire an und sprach hastig auf sie ein. Sie war so geschwächt und benommen, dass sie ihm kaum folgen konnte.

»Moment mal«, sagte sie nach einer Weile und setzte sich abrupt auf. »Soll das heißen, dass Sie mich operieren?«

»Ja. Aber ich muss Sie warnen. Ich kann Ihnen keinen Erfolg garantieren. Die Aussichten sind nicht allzu rosig. Es könnte zu Lähmungen kommen, zu Hirnschäden oder noch Schlimmerem.«

»Ich soll also vom Schlimmsten ausgehen, meinen Sie.«

Er lachte. »Ja.«

»Trotzdem. Ich gehe das Risiko ein.«

»Gut, dann sind wir uns ja einig. Ich fliege heute nach Seattle und werde morgen früh um acht mit der Operation beginnen.« Seine Stimme wurde sanfter. »Ich möchte wirklich nicht pessimistisch klingen, aber Sie sollten zuvor noch Ihre Angelegenheiten regeln. Wenn Sie verstehen, was ich meine.«

»Hab verstanden. Vielen Dank, Doktor Weissman.«

Am Nachmittag desselben Tages verabschiedete sich Claire von ihren Freundinnen. Nacheinander, denn sie glaubte, jede der drei hätte ein letztes Gespräch unter vier Augen verdient.

Karen gegenüber ließ sie eine scherzhafte Bemerkung über die grauen Haare fallen, die ihr in den nächsten Jahren wegen Willie wachsen würden, und flehte ihre Freundin an, sich um ihre dritte Ehe zu bemühen, sie zu einer glücklichen Verbindung zu machen. »Gib die Hoffnung auf Kinder nicht auf«, sagte sie zu Charlotte. »Sie sind das Wichtigste, das wir auf dieser Welt zurücklassen. Wenn du selbst wirklich keine bekommen kannst, dann denk über eine Adoption nach.« Mit Gina gestaltete es sich schon schwieriger. Sie blieben fast eine Stunde zusammen. Hin und wieder schlief Claire ein, dann stand Gina hilflos neben dem Bett und kämpfte tapfer gegen ihre Tränen an.

»Kümmere dich um meine Familie«, sagte Claire schließlich kaum hörbar.

»Kümmere dich selbst um sie«, entgegnete Gina mit einer Überzeugung, die sie nicht empfand. »Du weißt, dass du dich auf mich verlassen kannst«, fügte sie dann leiser hinzu.

Es waren schmerzliche Abschiede, bei denen vieles unausgesprochen blieb. Alle gaben sich zuversichtlich, dass Claire auch am nächsten Abend noch bei ihnen wäre. Claire bestärkte ihre Freundinnen in diesem Glauben, und obwohl sie ihn gern für sich übernommen hätte, fühlte sich die Hoffnung an wie ein geliehener Pullover, der nicht ganz passen wollte.

Claire war unendlich erschöpft, vor allem aber hatte sie fürchterliche Angst. Dr. Weissman hatte sich mehr als zurückhaltend über einen möglichen Erfolg geäußert und an den Risiken keinerlei Zweifel gelassen. *»Die Aussichten sind nicht allzu rosig«*, hatte er gesagt. Das Schlimmste an ihrer Furcht war jedoch, dass sie ganz allein mit ihr war. Da war niemand, mit dem sie darüber hätte sprechen können.

An diesem langen, anstrengenden Tag tauchten immer wieder Momente auf, in denen Claire sich wünschte, sie hätte bereits alles hinter sich, wäre plötzlich und unerwartet gestorben. Jetzt gab es keine Gelegenheit mehr, sich unauffällig davonzustehlen. Nicht mit ihren liebsten Menschen, die nebenan im Warteraum saßen und für sie beteten. Allein der Gedanke an die Abschiede, die ihr noch bevorstanden, ließ sie verzweifeln. Bobby und Sam würden sie schluchzend in die Arme schließen, darauf musste sie sich vorbereiten. Sowie auf Megs unkontrollierte, hilflose Wutausbrüche.

Und dann Ali ... Woher sollte Claire nur die Kraft nehmen, sich von ihrer Tochter zu verabschieden?

Meghann stand vor der geöffneten Tür der Krankenhauskapelle, einem kleinen, schlichten Raum im zweiten Stockwerk.

Es war eine Ewigkeit her, seit sie in einem Gotteshaus Trost gesucht hatte.

Langsam trat sie über die Schwelle und ließ die Tür hinter sich ins Schloss fallen. Nahezu lautlos lief sie über den senffarbenen Teppichbelag und trat in die mittlere Kirchenbank. Es gab kein Kniepolster, aber sie sank trotzdem auf die Knie. Es schien ihr nicht mehr als angebracht, wenn sie Gott um ein Wunder anflehte.

Sie faltete die Hände und senkte den Kopf. »Ich bin Meghann Dontess«, begann sie in der Überzeugung, sich vorstellen zu müssen. »Bestimmt hast du mich längst vergessen. Ich habe lange nicht mehr zu dir gebetet, seit der neunten Klasse nicht mehr, wenn ich mich recht entsinne. Damals habe ich mir mehr Geld gewünscht, damit Claire Ballettstunden nehmen kann. Dann verlor Mama wieder einmal ihren Job und wir zogen woanders hin. Ich ... ich habe aufgehört zu glauben, dass du ... helfen kannst.«

Meghann dachte an Claire in ihrem Krankenhausbett, wie blass und müde sie aussah, und an die bevorstehende Operation. »Meine Schwester ist ein guter Mensch, lieber Gott. Bitte, beschütze sie. Lass Ali nicht ohne ihre Mutter aufwachsen.«

Meghann kniff die Augen zu. Tränen liefen ihr über die Wangen. Sie wollte noch etwas sagen, Gott vielleicht einen Handel anbieten, aber sie hatte nichts vorzuweisen als ihre nackte Verzweiflung.

Hinter ihr ging die Tür auf und wieder zu. Jemand kam über den Mittelgang.

Hastig wischte Meghann sich über die Augen und setzte sich auf die Bank.

»Meg?«

Überrascht blickte sie auf. Sam stand neben ihr. Mit hängenden Schultern und verweinten Augen. »Sie verabschiedet sich gerade von ihren Freundinnen.«

»Ich weiß.«

»Ich kann nicht mehr mit ansehen, wie sie nacheinander aus ihrem Zimmer kommen. Sobald sie die Tür hinter sich schließen, brechen sie in Tränen aus.«

Meghann hatte aus denselben Gründen die Flucht ergriffen. »Sie kann sich glücklich schätzen, so gute Freundinnen zu haben.«

»Das stimmt. Darf ich mich zu dir setzen?«

Sie rutschte zur Seite und er nahm neben ihr Platz. Er war nahe genug, dass sie seine Körperwärme spüren konnte, aber sie berührten sich nicht, sprachen kein Wort.

»Ich war dreißig, als du mich damals angerufen hast«, sagte Sam schließlich.

»Hm.« Sie runzelte die Stirn. Was wollte er von ihr hören?

»Ich hatte keine Geschwister und auch keine weiteren Kinder.«

»Ich weiß, Sam. Darauf hast du mich jedes Mal hingewiesen, wenn ich wieder einmal etwas verbockt hatte.«

Er seufzte. »Ich war stinksauer auf Eliana. Sie hatte mich um die Kindheit meiner Tochter betrogen. Ich hätte all diese Jahre nicht allein zu leben brauchen ... während du und Claire von der Hand in den Mund leben musstet. Ich konnte es einfach nicht ertragen.«

»Auch das weiß ich.«

Er drehte sich zu ihr um. »Mit Claire war alles ganz leicht. Sie sah mich mit ihren großen Augen vertrauensvoll an und sagte *Hi, Daddy*. Einfach so. Ich habe sie vom ersten Moment an geliebt. Aber du ...« Er schüttelte den Kopf. »Du hast mir eine Heidenangst eingejagt. Du warst – schwierig, rebellisch, und fandest alles absolut falsch, was ich zu Claire sagte. Du warst eben ein Teenager und ich hatte keine Ahnung von pubertären Problemen. Ich glaubte, du wärst wie ...«

»Mama.«

»Ja. Ich wollte vor allem, dass Claire nicht verletzt wird. Es hat eine Weile gedauert, Jahre, um ehrlich zu sein, bis ich begriff, dass du anders bist als Ellie. Aber da war es zu spät.«

»Möglicherweise bin ich tatsächlich wie Mama«, sagte sie leise.

»Nein«, protestierte Sam heftig. »Du warst Claires Fels in der Brandung in den letzten Wochen. Während dieses ganzen Albtraums konnte sie sich fest auf dich verlassen. Du bist ein wirklich guter Mensch, Meghann, auch wenn du das vielleicht nicht glaubst. Und es tut mir so unendlich Leid, dass ich das nicht früher erkannt habe. Als du noch ein Kind warst.«

»In letzter Zeit sind viele Dinge klarer geworden.«

»Yeah.« Sam lehnte sich in der Bank zurück. »Ich weiß nicht, wie ich das alles überstehen soll.«

Darauf wusste Meghann keine Antwort. Wie sollte sie auch, wenn sie sich diese Frage immer wieder selbst stellte?

Ein paar Minuten später öffnete sich erneut die Tür. Diesmal war es Bobby. Er sah aus, als würde er jeden Moment zusammenbrechen.

»Sie möchte, dass ich Ali zu ihr bringe«, flüsterte er mit erstickter Stimme. »Das schaffe ich nicht.«

»O Gott«, stöhnte Sam auf.

»Ich werde es tun.« Meghann stand langsam auf.

Irgendwann musste Claire wieder eingeschlafen sein, denn als sie wieder aufwachte, war draußen die Sonne bereits untergegangen. Die Dämmerung tauchte das Zimmer in ein sanftes, silbriges Licht.

»Deine Mommy ist wach.«

Da sah Claire ihre Tochter. Ali hing an Meghann wie ein kleiner Affe. Ihre Hände umschlangen den Hals ihrer Tante, ihre Beine umklammerten deren Taille.

Claire stieß einen leisen Seufzer aus, riss sich aber schnell wieder zusammen. Diesen Moment konnte sie nur überstehen, wenn sie so tat, als würde es noch viele gemeinsame Momente geben. Ihrer Tochter wegen musste sie an ein Wunder glauben.

»Da bist du ja, Ali Kat. Jemand hat mir erzählt, dass du alle Zimtschnecken in der Cafeteria verputzt hast.«

»Nur drei, Mommy«, kicherte Alison. »Wenn ich noch eine in mich hineinstopfe, muss ich brechen, hat Tante Meg gesagt.«

Claire streckte die Arme aus. »Komm her, mein Schatz.«

Behutsam legte Meg Alison in die Arme ihrer Schwester. Claire zog Ali an sich, als wollte sie sie nie wieder loslassen. Sie kämpfte mit den Tränen, als sie ihrer Tochter ins Ohr flüsterte: »Du darfst nicht vergessen, wie lieb ich dich habe.«

»Nein, Mommy.« Ali schmiegte sich noch enger an ihre Mutter und lag ganz still. So reglos wie seit Jahren nicht mehr. Da wusste Claire, dass sie Ali nichts vormachen konnte. »Ich habe dem lieben Gott gesagt, dass ich nie mehr um Cap'n Crunch betteln werde, wenn er dich wieder gesund macht«, wisperte Alison, und Claire meinte, etwas in ihr würde zerbrechen. Sie drückte ihre Tochter an sich, strich ihr immer wieder nur stumm über die Wange. »Bring sie nach Hause«, sagte sie schließlich, als die hilflose Verzweiflung sie zu überwältigen drohte.

Sofort hob Meghann ihre kleine Nichte hoch. Aber Ali glitt aus Megs Armen auf den weißen Plastikstuhl neben dem Bett und blickte Claire unverwandt an.

»Ich will nicht, dass du stirbst, Mommy«, sagte sie mit einer ganz piepsigen Stimme.

Es kostete Claire fast übermenschliche Kraft, ihre Tochter anzulächeln. »Das weiß ich, Ali Kat, und ich liebe dich mehr als alle Sterne am Himmel. Aber jetzt fahr mit Grandpa und Bobby nach Hause. Sie haben mir erzählt, dass sie mit dir ins Kino wollen.«

Meghann hob Ali vom Stuhl. Claire bemerkte, dass auch sie den Tränen nahe war. »Überrede Bobby dazu, Dad und Ali zu begleiten«, sagte sie zu ihrer Schwester. »Er war jede Nacht hier. Sag ihm, dass Alison ihn heute Abend braucht.«

Meghann drückte die Hand ihrer Schwester. »Sie braucht *dich*. Wir alle brauchen dich.«

»Ich muss jetzt schlafen«, seufzte ihre Schwester und schloss die Augen.

Stunden später schreckte Claire aus dem Schlaf. Ihr Herz klopfte so heftig, dass ihr fast schwindlig wurde. Kurze

Zeit wusste sie nicht, wo sie war. Dann sah sie die Blumen und die Geräte. Sie kniff die Augen zusammen und blinzelte zur Wanduhr. Mondlicht brachte ihr gewölbtes Glas zum Schimmern. Es war vier Uhr.

In wenigen Stunden würde man ihr den Schädel öffnen.

Panik stieg in ihr auf, aber dann entdeckte sie Meghann, die auf einem unbequemen Stuhl in der Ecke schlief.

»Meg«, flüsterte Claire und drückte die Taste, die das Kopfteil ihres Bettes aufrichtete. Doch selbst das surrende Geräusch weckte ihre Schwester nicht.

»Meg«, rief sie noch einmal, lauter.

Erschreckt fuhr Meghann hoch und blickte sich um. »Was ist? Wo …?«

»Hier.«

Ihre Schwester fuhr sich mit einer Hand durch die wirren Haare. »Ist es so weit?«

»Nein. Erst in gut vier Stunden.«

Meghann stand auf und zog den Stuhl zum Bett. »Hast du geschlafen?«

»Nur phasenweise. Die Aussicht, dass einem der Schädel geöffnet wird, hält einen hellwach.« Claire blickte zum Fenster, in den Mondschein hinaus. Plötzlich bekam sie es so mit der Angst, dass sie am ganzen Körper zu zittern begann. Die tapfere Fassade, die sie ihrer Familie und den Freundinnen gezeigt hatte, wurde rissig. »Weißt du noch, was ich früher getan habe, wenn ich einen Albtraum hatte?«

»Du bist zu mir ins Bett gekrochen.«

»Ja. Die schmale Liege im Wohnraum des Trailers.« Claire lächelte. »Es roch nach verschüttetem Bourbon und Zigarettenrauch und war viel zu klein für uns beide. Aber wenn ich ganz dicht bei dir lag, war ich mir sicher, dass mir nichts auf der Welt etwas anhaben konnte.« Sie blickte Meg an und schlug die Bettdecke zurück.

Nach kurzem Zögern kletterte Meghann zu Claire ins Bett. Sie merkte, wie dünn ihre Schwester geworden war, verkniff sich aber jede Bemerkung.

»Wie kommt es nur, dass wir all die Dinge vergessen, die wirklich wichtig sind?«

»Ich war eine Idiotin.«

»Wir haben so viel Zeit vergeudet.«

»Ich hätte mich längst bei dir entschuldigen müssen«, sagte Meg. »Tut mir Leid.«

Claire tastete nach Megs Hand und drückte sie. »Ich habe eine Bitte an dich, Meg, und ich will nichts von deinem üblichen Unsinn hören. Ich kann meine Bitte nicht wiederholen. Jedes Wort ist, als müsste ich zerbrochenes Glas schlucken. Falls ... es zum ... Schlimmsten kommt, möchte ich, dass du dich um Ali kümmerst. Sie braucht eine Mutter.«

Meghann drückte die Hand ihrer Schwester so fest, dass deren Finger nicht mehr richtig durchblutet wurden. Lange Sekunden vergingen, bevor sie mit rauer Stimme sagte: »Ich sorge dafür, dass sie sich immer an dich erinnert.«

Claire nickte. Sprechen konnte sie nicht.

Danach lagen sie schweigend in der Dunkelheit nebeneinander, bis die aufgehende Sonne den Raum erhellte und Claire in den OP gerollt wurde.

Meghann stand am Fenster und starrte zu den beigefarbenen Gebäuden auf der anderen Straßenseite hinüber. Seit Claire vor drei Stunden in den Operationssaal gebracht worden war, hatte Meghann jedes Fenster und jede Tür in Sichtweite gezählt. Dreiundzwanzig Menschen hatten die Ecke Broadway und James Street passiert. Weitere sechzehn bildeten eine Schlange vor dem kleinen Starbucks-Café.

Jemand zupfte an ihrem Ärmel. Meghann zuckte zusammen. Neben ihr stand Alison und sah zu ihr auf. »Ich hab Durst.«

Meghann blickte in die klaren, grünen Augen und wäre fast in Tränen ausgebrochen. »Okay, Süße.« Sie hob ihre kleine Nichte hoch und lief mit ihr zur Cafeteria.

»Ich möchte ein Pepsi Blue. Das hast du mir neulich auch gekauft.«

»Es ist erst elf Uhr. Saft ist besser für dich.«

»Du hörst dich an wie Mommy.«

Meg musste schlucken. »Wusstest du, dass deine Mommy als Kind am liebsten Tab getrunken hat? Und Fresca. Aber ich habe immer auf Orangensaft bestanden.«

Meghann bezahlte den Saft und trug Ali in den Warteraum zurück. Als sie das Mädchen absetzen wollte, klammerte es sich fester an sie.

»Oh, Ali ...« Meghann wollte ihrer Nichte versprechen, dass es ihrer Mutter bestimmt bald besser ginge, aber die Worte blieben ihr im Halse stecken.

Mit Ali in den Armen setzte sie sich auf einen Stuhl und strich ihr zärtlich über das Haar. Innerhalb von Minuten schlief das Kind ein.

Meghann gegenüber hob Gina den Kopf, lächelte sie und Ali kurz an, und vertiefte sich wieder in ihr Kreuzworträtsel. Sam, ihre Mutter, Bobby, Karen und Charlotte spielten Karten. Joe saß in einer Ecke und las in einer Zeitschrift. Er hatte seit Stunden nicht aufgeblickt, kein Wort geäußert. Aber auch alle anderen redeten nicht viel. Was sollten sie auch sagen?

Gegen Mittag erschien eine OP-Schwester und teilte ihnen mit, dass es noch einige Stunden dauern würde.

»Sie sollten etwas essen gehen«, stellte sie kopfschüttelnd fest. »Es hilft der Patientin auch nicht, wenn Sie hier alle zusammenbrechen.«

Sam nickte und stand auf. »Kommt. Lasst uns kurz in die Cafeteria gehen. Ich lade euch ein.«

»Ich bleibe hier«, erklärte Meghann. Sie würde ohnehin nichts hinunterbekommen. »Ali braucht ihren Schlaf.«

Bobby drückte ihr dankbar die Schulter. »Sollen wir dir etwas mitbringen?«

»Ein Sandwich für Ali vielleicht. Mit Erdnussbutter und Marmelade.«

»Was immer du willst.«

Als sie fort waren, lehnte sich Meghann zurück, stützte den Kopf gegen die Wand und bewachte Alisons Schlaf. Ihre Nichte schnarchte leise. Es kam Meg vor, als sei es erst gestern gewesen, dass sie Claire so in den Armen gehalten und ihr zugeflüstert hatte, alles würde wieder gut.

»Jetzt dauert es schon fast vier Stunden. Verdammt, was stellen sie eigentlich mit ihr an?«

Meghann blickte auf. Vor ihr stand ihre Mutter und hielt eine unangezündete Virginia Slims zwischen den Fingern. Ihr Make-up war an einigen Stellen verschmiert und ließ sie wie einen traurigen Clown aussehen. »Ich dachte, du wärst mit den anderen essen gegangen.«

»In der *Cafeteria*? Nein, danke. Ich esse später in meiner Hotelsuite.«

»Setz dich, Mama.«

Ihre Mutter sank auf den Plastikstuhl neben ihr. »Das ist bei Gott der schlimmste Tag meines Lebens. Und das will etwas heißen.«

»Es fällt wirklich nicht leicht, das Warten.«

»Ich sollte Sam suchen. Vielleicht spielt er mit mir Karten.«

»Warum hast du ihn damals verlassen, Mama?«

»Er ist ein guter Mann«, war alles, was ihre Mutter hervorbrachte.

Erst glaubte Meg, sie wolle sich vor der Antwort drücken, aber dann begriff sie.

Ihre Mutter hatte Sam verlassen, *weil* er ein guter Mann war. Aus Ängsten heraus, die Meghann nur allzu vertraut waren.

»Ich hätte mich mit ihm aussprechen müssen«, flüsterte ihre Mutter und wedelte ungeduldig mit der Zigarette. »Aber ohne Drehbuch ist mir das Reden noch nie leicht gefallen.«

»Keinem von uns.«

»Na und? Reden ändert nichts.« Abrupt stand sie auf. »Ich bin im Restaurant gegenüber. Holt mich, wenn« – ihre Stimme kippte leicht – »sie es überstanden hat.« Sie knipste ihr Hollywood-Lächeln an und rauschte davon.

Quälend langsam verstrichen die Stunden, bis gegen vier Uhr endlich Dr. Weissman in den Warteraum kam. Meghann bemerkte ihn als Erste. Sie packte Alison fester und stand auf. Dann erhoben sich der Reihe nach Bobby, danach Sam und schließlich Joe, Gina, Karen und Charlotte. Schweigend bewegten sie sich auf den Arzt zu. Der strich sich mit einer Hand über die schütteren Haare und lächelte erschöpft.

»Die Operation ist problemlos verlaufen.«

»Gott sei Dank«, flüsterten sie unisono.

»Aber sie ist noch längst nicht über den Berg. Der Tumor erwies sich als invasiver, als wir gedacht hatten.« Er sah Joe an. »In ein paar Stunden wissen wir mehr.«

Einunddreißigstes Kapitel

Benommen und verwirrt kam Claire auf der Aufwachstation zu sich. Hinter ihren Augen pochte es schmerzhaft, und sie wollte gerade auf den Rufknopf drücken, um eine Schwester um ein Advil zu bitten, als die Erkenntnis sie traf wie ein Schlag.

Sie lebte.

Sofort zählte sie bis hundert, um ihr Erinnerungsvermögen auf die Probe zu stellen, und rief sich dann alle Orte ins Gedächtnis, in denen sie als Kind gelebt hatte, sie kam aber nur bis Barstow, als die erste Schwester an ihr Bett trat. Danach wurde sie von allen Seiten begutachtet, abgetastet, gestochen und getestet, bis sie keinen klaren Gedanken mehr fassen konnte.

Abwechselnd saß ihre Familie an ihrem Bett. Später erinnerte sie sich vor allem an Bobby, der ihr sanft eine Kältekompresse auf den Kopf drückte, und Dad, der sie mit Eissplittern fütterte, wenn sie Durst verspürte. Meghann brachte ihr Alis neuestes Kunstwerk. Auf dem in bunten Farben gemalten Bild standen drei Strichmännchen an einem Flussufer. Darunter hatte Alison die Worte »Ich libe dich, Momy« gekrakelt.

Am Tag nach der Operation setzten die Schmerzen ein und Claire wurde zunehmend gereizter. Ihr gesamter Körper fühlte sich an wie zerschlagen und die durch den Stahlreifen verursachten Druckstellen auf ihrer Stirn taten höllisch weh. Aber man wollte ihr keine Medikamente geben, um Nachwirkungen der Operation nicht zu kaschieren.

»Ich fühle mich beschissen«, gestand sie Meghann, die in dem Sessel am Fenster saß.

»Du siehst auch beschissen aus.«

Claire brachte ein Lächeln zustande. »*Sehr* aufbauend. Glaubst du, sie kommen bald?«

Meghann blickte von ihrem Buch auf, das sie offenbar verkehrt herum las, wie Claire bemerkte. »Ich werde mich erkundigen.« Sie legte das Buch beiseite und stand auf. In diesem Moment öffnete sich die Tür.

Dolores, die Schwester der Tagschicht, trat ins Zimmer. Sie schob einen Rollstuhl vor sich her. »Es ist Zeit für Ihre Kernspintomographie.«

Panik überkam Claire. Plötzlich wollte sie ihr Bett nicht verlassen, wollte nicht wissen, ob ... Es ging ihr besser. Das war mehr, als sie sich erhofft hatte.

Meghann stellte sich neben Claire und drückte ihre Hand. Die Berührung gab ihr genügend Kraft. »Okay, Dolores. Tun Sie, was Sie offenbar nicht lassen können.«

Als Claire auf den Flur gerollt wurde, gesellte Bobby sich zu ihnen. »Ist es so weit?«

»Ja«, antwortete Meg für ihre Schwester.

Während des langen Wegs zur Abteilung für Nuklearmedizin hielt Bobby Claires Hand. Es fiel ihr unendlich schwer, sie loszulassen, um ganz allein in den hellen Untersuchungsraum gefahren zu werden.

Ein paar Minuten später lag sie erneut in der sargähnlichen Röhre, hörte ihr Hämmern und wünschte sich nichts mehr als eine makellose, tumorfreie Aufnahme ihres Gehirns. Sie klammerte sich so inbrünstig an diese Vorstellung, dass ihre Schläfen schließlich von Tränen feucht waren.

Bobby, Meghann und Dolores erwarteten sie auf dem Flur.

Die Schwester half Claire in den Rollstuhl, schob ihre Füße auf der Stütze zurecht. Dann ging es zurück in ihr Zimmer.

Das Warten wurde unerträglich. Rastlos tigerte Meghann in dem kleinen Raum auf und ab. Bobby drückte Claires Hand so fest, dass sie jedes Gefühl in ihren Fingern verlor. Alle paar Minuten steckte Sam den Kopf zur Tür herein.

Endlich kehrte Dolores zurück. »Die Ärzte erwarten Sie, Mrs Austin.«

Drei Dinge halfen Claire, die Rollstuhlfahrt zu überstehen: der beruhigende Druck von Bobbys Hand, Dolores' aufmunterndes Geplapper und Meghanns Nähe.

»So, da wären wir.« Die Schwester blieb vor der Tür stehen und klopfte.

»Herein«, rief eine Stimme.

Dolores tätschelte Claires Schulter. »Wir beten für Sie, meine Liebe.«

»Danke.«

Meghann schob den Rollstuhl in den Raum, in dem sich mehrere Ärzte befanden. »Guten Morgen, Claire«, sagte Dr. Weissman.

Sie musste sich räuspern, erst dann brachte sie ein »Guten Morgen« über die Lippen. Die Männer warteten darauf, dass Meghann sich setzte. Es dauerte eine Weile, bis sie erkannten, dass sie es nicht tun würde.

Dr. Weissman knipste die Beleuchtung der Sichtkästen an. Claire sah ihre Aufnahmen. *Ihr* Gehirn. Sie fasste nach den Rädern und rollte näher.

Konzentriert studierte sie die Bilder, blickte dann die Ärzte an. »Ich kann keinen Tumor mehr erkennen.«

Dr. Weissman lächelte. »Ich auch nicht. Ich glaube, es ist uns gelungen, ihn vollständig zu entfernen, Claire.«

»O Gott, wirklich?« Darauf hatte sie so sehr gehofft, so flehentlich darum gebetet, und irgendwann sogar daran geglaubt. Doch nun musste sie erkennen, dass ihr Glaube auf äußerst wackligem Fundament gestanden hatte.

»Erste Laborberichte deuten darauf hin, dass es sich um ein Astrozytom gehandelt hat«, fuhr der Arzt fort.

»Es war also kein Glioblastom? Gott sei Dank.«

»Ja. Und darüber hinaus war es gutartig«, sagte Dr. Weissman.

Einer der anderen Ärzte trat vor. »Sie haben großes Glück gehabt, Mrs Austin. Doktor Weissman ist förmlich über sich hinausgewachsen. Aber wie Sie wissen, kommt es bei den meisten Gehirntumoren zu Neubildungen. In achtundzwanzig Prozent der Fälle.«

»Hören Sie auf!« Erst die Mienen der Ärzte sagten Claire, dass sie die drei Worte geschrien hatte. Betroffen sah sie Meg an. Aber ihre Schwester nickte ihr ermunternd zu. »Ihre Statistiken interessieren mich nicht. Das Ding war doch gutartig, oder?«

»Ja«, bestätigte der Arzt. »Aber im Zusammenhang mit Gehirntumoren ist das eine ziemlich irreführende Bezeichnung. *Alle* Gehirntumoren können letzten Endes zum Tode führen, ob sie nun gutartig sind oder …«

»Ja, ja, weiß ich doch alles, begrenzter Platz im Schädel und so weiter«, fiel Claire ihm ins Wort. »Aber es handelt sich um keine Krebsform, die sich über meinen ganzen Körper ausbreiten kann, richtig?«

»Korrekt.«

»Doktor Weissmann« hat den Tumor entfernt und er war gutartig. Mehr brauche ich nicht zu wissen. Sie können mit mir gern über postoperative Therapien reden, aber nicht über Risiken und Sterberaten. Meine Schwester hat sich sehr genau über Ihre Statistiken informiert.« Sie lächelte Meg an. »Sie hat einen Aktenordner mit der Aufschrift ›Hoffnung‹ angelegt und in ihm die Krankengeschichten von Dutzenden von Menschen gesammelt, bei denen vor mehr als sieben Jahren Gehirntumoren diagnostiziert wurden. Und wissen Sie, was sie alle gemeinsam haben?«

Nur Dr. Weissman lächelte.

»Ihnen allen wurde gesagt, dass sie nur noch höchstens sechs Monate leben würden. Sie erinnern mich an die Meteorologen in Seattle. Die sagen im Juni auch immer nur Regen voraus. Aber ich denke gar nicht daran, einen Schirm mitzunehmen. Meine Zukunft ist sonnig.«

Dr. Weissmans Lächeln wurde breiter. Er durchquerte den Raum und beugte sich zu ihr hinunter. »So ist es richtig«, flüsterte er ihr ins Ohr.

Claire sah ihn an. »Ich weiß wirklich nicht, wie ich Ihnen danken soll.«

»Danken Sie lieber Joe Wyatt. Viel Glück, Claire.«

Sobald Claire wieder in ihrem Zimmer war, brach sie schluchzend zusammen. Sie schien gar nicht mehr aufhören zu können. Bobby hielt sie fest in den Armen, wiegte sie hin und her und küsste immer wieder ihren kahlen Kopf. Als sie sich endlich wieder ein wenig gefasst hatte, blickte sie zu ihm auf und flüsterte: »Ich liebe dich, Bobby.«

Er küsste sie mit einer verzweifelten Heftigkeit.

»Geh, hol unser kleines Mädchen«, wisperte sie ihm ins Ohr. »Ich möchte Ali sagen, dass ihre Mommy wieder ganz gesund wird.«

Er eilte aus dem Zimmer.

»Du hast es den Weißkitteln aber ordentlich gegeben«, sagte Meg, als sich die Tür hinter Bobby geschlossen hatte.

»Offenbar kennst du mein neues Lebensmotto noch nicht: *Leg dich nicht mit Glatzköpfchen an.*«

»Ich werde mich hüten«, grinste Meg.

Claire griff nach der Hand ihrer Schwester und drückte sie. »Danke.«

Meg küsste Claire auf die von blauen Flecken übersäte Stirn. »Wir sind Schwestern«, sagte sie leise. Das war Antwort genug. »Ich werde jetzt Mama holen. Stell dich schon mal darauf ein, dass sie eine ganze Film-Crew mitbringt.« Sie zwinkerte Claire zu und verließ den Raum.

»Der Tumor ist weg, verschwunden. Ha!«, sagte Claire laut in das leere Zimmer hinein.

Und dann lachte sie, bis ihr die Tränen kamen.

Meghann traf alle in der Cafeteria an. Bobby sprach mit Sam. Ihre Mutter stand in der Schlange vor dem Tresen und gab Autogramme. Die Bluesers und Alison saßen in einer Ecke zusammen und unterhielten sich. Nur Joe fehlte.

»Und was soll ich Ihnen sagen«, verkündete ihre Mutter einem atemlosen Publikum, »da wird doch echt von mir verlangt, in einem Kleid auf die Bühne zu gehen, wo der Reißverschluss klemmt. Ich bin nicht gerade eine *flachbrüstige* Frau, also können Sie sich vorstellen ...«

»Mama?« Meghann berührte ihren Arm.

Ihre Mutter fuhr herum. Bei Meghanns Anblick schwand ihr Lächeln. Einen Moment lang sah sie ganz klein aus, verletzlich. Wie die kleine Joanie Jojovitch aus den Armenvierteln von Detroit. »Und?«

»Geh zu ihr, Mama. Es gibt gute Nachrichten.«

Ihre Mutter seufzte. »Was denn *sonst*? Dass ihr alle auch immer so übertreiben müsst.« Sie drehte sich wieder zu ihren Zuhörern um. »Ich hasse es, mitten in einer Story abzubrechen, aber wie es scheint, ist meine Tochter auf wundersame Weise genesen. Das erinnert mich an einen meiner Fernsehfilme, in dem …«

Meghann machte auf dem Absatz kehrt und ging.

»Tante Meg!« Alison sprang auf und rannte schnurstracks in Meghanns ausgebreitete Arme. »Meiner Mommy geht es besser!«

Die Bluesers brachen in Jubel aus. »Los, Mädels«, übertönte Gina die Stimmen der Freundinnen. »Lasst uns zu Claire gehen.«

Bobby kam auf Meghann zu. »Komm, Ali Gator. Deine Mommy wartet schon auf dich.« Er wollte gerade gehen, hielt dann aber inne, drehte sich um und küsste Meghann ganz sanft auf die Wange. »Danke«, flüsterte er.

Überrascht von der Heftigkeit ihrer Empfindungen schloss Meghann schnell die Augen. Als sie sie wieder öffnete, sah sie Sam in ihre Richtung laufen.

Er ging so langsam, als befürchtete er, dass ihm seine Beine den Dienst versagten. Er streckte die Hand aus und berührte ihre Wange.

Es dauerte ein paar Sekunden, bis er endlich den Mund öffnete. »Zu Thanksgiving kommst du nach River's Edge. Keine faulen Ausreden, wenn ich bitten darf. Wir sind eine Familie.«

Meg dachte an all die Jahre, in denen sie Claires Einladung abgelehnt hatte, und an die weiteren, in denen keine Einladung mehr ausgesprochen wurde. Dann erinnerte sie sich an ihr letztes Thanksgiving. Sie hatte Müsli zu Abend gegessen und sich eingeredet, sie wäre gar nicht einsam … »Ich kann euch auch nicht raten, ohne mich zu feiern.«

Sam nickte und ging weiter. Sie sah, wie er zum Tresen schlenderte, ihre Mutter beim Arm packte und mit sich fortzog. Sie warf ihren Zuhörern Kusshände zu und stolperte hinter ihm her.

Meghann blickte sich um, unschlüssig, wohin sie jetzt gehen sollte.

Joe ...

Sie lief los, rannte durch die Korridore und reckte allen Schwestern und Assistenten, die in den vergangenen Wochen mehr als gute Freunde geworden waren, triumphierend ihren Daumen entgegen.

Im Warteraum kam sie abrupt zum Stehen.

Er war leer. Die Zeitschriften, in denen er gelesen hatte, lagen noch aufgeschlagen auf dem Tisch.

Meghann spähte den Flur hinunter, aber Claire brauchte sie im Moment nicht. Sie würden später noch genügend Zeit füreinander haben, wenn die ganze Aufregung sich legte und der Alltag zurückkehrte. Sie hatten noch lange, lange Jahre vor sich. Jetzt brauchte Claire vor allem Kleider für die Zeit nach der Entlassung aus dem Krankenhaus.

Meghann fuhr mit dem Fahrstuhl in die Lobby hinunter und verließ das Gebäude. Sie konnte es kaum erwarten, Elizabeth anzurufen.

Es war ein wundervoller, sonniger Tag. Alles in Seattle wirkte klarer, sauberer. In der Ferne schimmerte der Sound silbern zwischen den grauen Wolkenkratzern auf. Sie lief die Straße hinunter und dachte über viele Dinge nach: ihr Leben, ihren Job, ihre Familie.

Vielleicht würde sie ihre bisherige Tätigkeit als Scheidungsanwältin aufgeben, um auf einem anderen juristischen Fachgebiet zu praktizieren, oder aber eine Art Beratungs- und Informationsbüro für Menschen mit Gehirntumoren gründen. Möglicherweise konnte sie ja einen desillusionierten Arzt dazu bewegen, mit ihr zusammenzuarbeiten. Oder sie rief eine karitative Organisation ins Leben, die Patienten die besten Behandlungsmethoden finanzierte. Mit einem Mal schien es Meghann, als öffne sich ihr eine ganze Welt neuer und vielversprechender Optionen.

In weniger als einer halben Stunde erreichte sie ihren Apartmentkomplex. Sie wollte gerade die Straße überqueren, als sie ihn neben der Tür entdeckte.

Joe stieß sich von der Wand ab und kam ihr auf halbem Weg entgegen. »Gina hat mir deine Adresse genannt.«

»Hast du mit Stu Weissman über die Kernspintomographie gesprochen?«

»Ja, fast eine Stunde lang. Es sieht gut aus für Claire.«

»Gott sei Dank.«

»Ich hab das Alleinsein so satt, Meg«, sagte er leise und ohne Umschweife. »Außerdem bin ich es leid zu glauben, dass mein Leben nach Dianas Tod jeden Sinn verloren hat.«

Sie sah ihn an. Sie waren einander so nahe, dass er sie küssen könnte, wenn er das wollte. »Welche Chance gibt es wohl für ein Paar wie uns?«

»Wir *haben* eine Chance. Wie jeder andere auch.«

»Wir könnten unglücklich werden.«

»Das haben wir schon einmal überlebt.« Unendlich behutsam umfasste er ihr Gesicht mit beiden Händen. Es war eine Geste, die sie fast in Tränen ausbrechen ließ. Nie zuvor war ein Mann so zärtlich zu ihr gewesen. »Und wir könnten uns ineinander verlieben.«

Meghann blickte ihm in die Augen und sah darin Hoffnung auf eine gemeinsame Zukunft. Sogar mehr als das. Sie sah einen Schimmer der Liebe, von der er sprach, und konnte zum ersten Mal daran glauben. Wenn Claire wieder gesund werden konnte, war alles möglich. Sie schlang die Arme um ihn und stellte sich auf die Zehenspitzen. »Vielleicht ist das längst geschehen«, wisperte sie, bevor sie ihn küsste.

Epilog

Ein Jahr später

Der Lärm war ohrenbetäubend: Kinder kreischten von Karussells und Luftschaukeln, Eltern riefen ihnen nach, Schausteller priesen lautstark ihre Attraktionen an, und über allem dröhnten Sirenen und der stampfende Rhythmus der Musik von den Fahrgeschäften.

Alison rannte aufgekratzt vorneweg und schleppte Joe vom Fische-Angeln zur Walzerbahn, zum Ringe-Werfen. Ein paar Schritte dahinter liefen Meghann und Claire. Sie unterhielten sich – so weit das bei dem Krach möglich war – und schleppten die Stofftiere und anderen Tinnef, die Ali und Joe gewonnen hatten. Claire war von ihrer Krankheit kaum noch etwas anzumerken. Selbst ihre leichten Gleichgewichtsstörungen wurden von Tag zu Tag weniger. Ihr Haar war nachgewachsen, lockiger und blonder als zuvor.

»Es wird langsam Zeit …«, sagte Claire und gab Joe ein Zeichen. Zu viert schlenderten sie am Getränkekiosk vorbei und schlugen den Weg zur Bühne des Vergnügungsparks ein.

»Es sind ja bereits Zuschauer da.« Claire hörte sich ausgesprochen nervös an.

»Was dachtest *du* denn?«, lachte Meghann.

»Schnell, Mommy. Beeil dich!« Aufgeregt hopste Alison von einem Fuß auf den anderen. An einer Seitentür zeigte Claire ihren Backstage-Ausweis, und sie betraten den Bereich hinter der Bühne, in dem Musiker und Sänger sich auf den Auftritt vorbereiteten.

Als Bobby sie kommen sah, winkte er. Alison stürzte auf ihn zu. Er fing sie auf und wirbelte sie hoch durch die Luft. »Mein Daddy wird singen. Auf einer richtigen Bühne«, rief sie so laut, dass jeder es hören konnte.

»So ist es.« Bobby legte einen Arm um Claire und küsste sie. »Wünsch mir Glück.«

»Das brauchst du nicht.«

Nachdem sie noch ein paar Worte gewechselt hatten, verließen die vier Bobby und suchten sich ihre Plätze in der vierten Reihe. Meghann half Claire beim Hinsetzen. Ihre Schwester war ab und an noch ein wenig wacklig auf den Beinen.

»Vor ein paar Tagen war Kent Ames am Telefon«, sagte Claire. »Mama hat ihm wegen der Kündigung von Bobbys Vertrag offenbar die Hölle heiß gemacht.«

»Sie verfolgt ihn förmlich mit ihrem Hass.«

»Ich weiß. In der letzten Woche hat sie ihm gesteckt, dass Bobby durch ihre Vermittlung bei Mercury Records vorsingen kann. Kent Ames tobte vor Wut. Sieht ganz so aus, als wolle er Bobby noch eine letzte Chance geben. Er sagte, er hoffe, dass Bobby *diesmal* seine Prioritäten anders setzen würde.« Claire lächelte.

Ein Mann erschien auf der Bühne und breitete mit strahlendem Lächeln die Arme aus. »Bob-by – Jack – Au-stin!«

Höflicher Applaus tröpfelte durch die Bankreihen.

Jauchzend sprang Alison von ihrem Sitz hoch. »Yay, Daddy!«

Mit seiner Gitarre in der Hand betrat Bobby die Bühne. Er überblickte die Menge, fand Claire und warf ihr einen Luftkuss zu. »Diesen Song habe ich für meine Frau geschrieben, von der ich viel über Liebe und Tapferkeit gelernt habe. Ich liebe dich, Baby.« Er stimmte seine Gitarre und fing an zu singen. Seine klare, ausdrucksstarke Stimme schlug die Zuhörer vom ersten Ton an in ihren Bann. Er sang davon, die Frau seiner Träume und mit ihr die Liebe zu finden, und ihr dann in schweren Zeiten beizustehen. Bei der letzten Strophe wurde seine Stimme zu einem rauen Flüstern. Fasziniert beugte die Menge sich vor, um kein Wort zu verpassen.

»*When I saw you stumble*
over rocks along the way
I learned the truth of real love
and the gift of one more day.«

Der Applaus wollte kein Ende nehmen. Viele Frauen hatten Tränen in den Augen.

Meghann legte einen Arm um ihre Schwester. »Habe ich dir nicht von Anfang an gesagt, dass er ein wundervoller Ehemann für dich ist? Mir hat Bobby auf Anhieb gefallen.«

Claire lachte. »Das muss mir irgendwie entgangen sein. Und was ist mit Joe und dir? Ihr lebt doch praktisch schon seit Monaten zusammen. Für mich sieht es ganz so aus, als würdest du in naher Zukunft einen Ehevertrag unterschreiben.«

Meghanns Blick flog zu Joe, der frenetisch klatschte. Er arbeitete längst wieder als Arzt, und beide konnten nicht nur an die Liebe *glauben*, sie lebten sie. »Ein Ehevertrag? Ich? Nie im Leben. Wir denken an eine kleine, schlichte Hochzeit. Irgendwo im Grünen …«

»Wo es regnet? Wo die Mücken über einen herfallen? Redest du von *dem* Grünen?«

»Vielleicht mit Hamburgern, Hot Dogs und …«

»Ginas Kartoffelsalat.«

Sie sagten es beide zur selben Zeit und mussten schallend lachen.

»Aber klar.« Meghann lehnte sich an ihre Schwester. »Genau so soll es sein.«

Danksagung

Dank an Dr. Barbara Snyder und Katherine Stone – nicht zum ersten Mal. Weiterhin danke ich Diane VanDerbeek, Attorney Extraordinaire, für ihre Unterstützung in juristischen Fragen sowie John, Diane und der großartigen *Olympus*-Crew: Danke für einen unvergesslichen Bootsausflug.